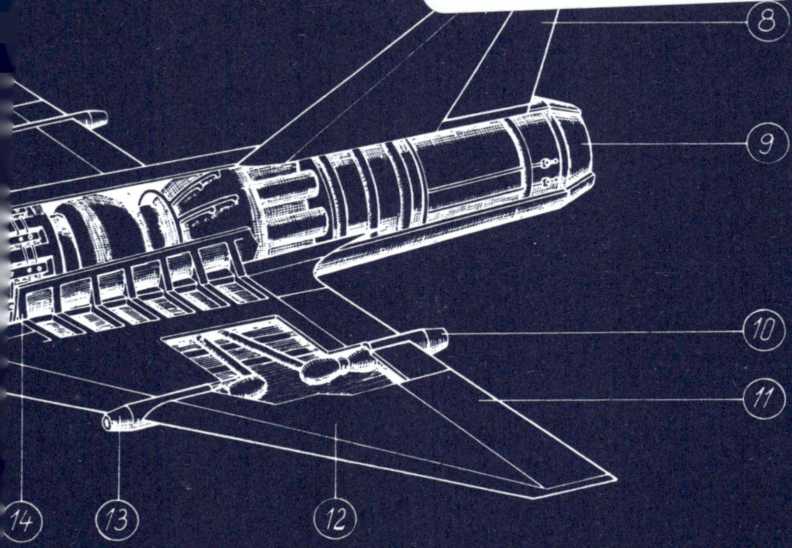

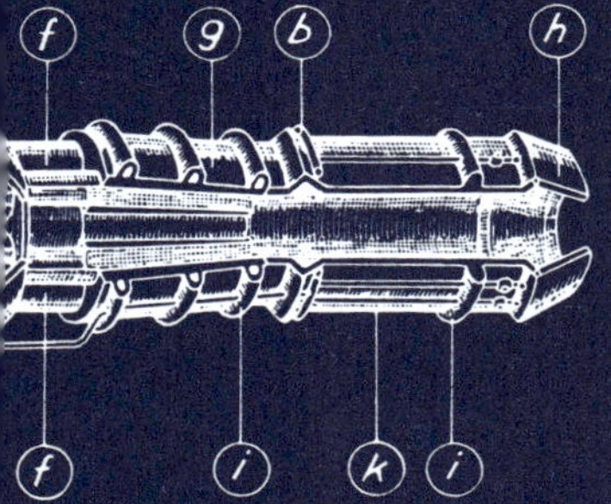

15. Flügelnase
16. 2 Gleitkufen für eventuelle Notlandung
17. Elektronik
18. Hyperkomanlage
19. Energiespeicherbank für Bugkanone
20. Schwere Impulskanone, starr eingebaut

Hochleistungs-Kompakt-Impulstriebwerk:

a) Kernfusionsreaktor
b) Elektronische Geräte zur elektromagnetischen Kraftfelderzeugung, um die Fusion und den Plasmastrahl in der Mitte zu halten, daß keine Wandberührung stattfindet
c) Übergangs- und Abkühlungszone
d) Leitungen zur Brennkammerregulierung
e) Brennkammern
f) Düsenstrahlstabilisatoren
g) Verdichter
h) Düsenquerschnittsverstellung
i) Verstärkungsring
k) Schubrohr
l) Zuleitungen für Brems- und Steuerdüsen

Zeichnung: Rudolf Zengerle

Perry Rhodan

Der Fall Kolumbus

Perry Rhodan

Der Fall Kolumbus

VPM Verlagsunion
Pabel Moewig KG, Rastatt

Redaktion: William Voltz
Titelillustration: Johnny Bruck
Druck und Bindung: Graphischer Großbetrieb Pößneck
Printed in Germany 1999
ISBN 3-8118-2018-4

Einleitung

In den Einleitungen zu den von ihm herausgegebenen SF-Anthologien „Die besten Stories von 19..“, die in Übersetzungen in den PLAYBOY-Taschenbüchern des Moewig-Verlags erscheinen, bringt Isaac Asimov Rückblendungen auf historische Ereignisse jener Jahre, in denen die von ihm ausgewählten Stories erschienen sind. Dabei nennt er unseren Planeten eine „Welt außerhalb der Realität“, während er immer dann, wenn er SF-Stories oder Geschehnisse aus der SF-Szene kommentiert, von der „realen Welt“ spricht. Asimov, nie um einen Gag verlegen, tut dies sicher nur halb aus Spaß, ist er doch auch Wissenschaftler und weiß, wie fragwürdig die Wirklichkeit ist. Bei der Bearbeitung dieses PERRY-RHODAN-Buches, in dem es in erster Linie um galakto-politische Auseinandersetzungen geht, fühlte ich mich durchaus ebenfalls in eine „reale“ Welt versetzt, denn es ist nicht auszuschließen, daß raumfahrende Zivilisationen so miteinander umgehen würden, wie es in diesen Geschichten dargestellt wird. Besonders lernfähig hat sich die Menschheit, was die Bewältigung ihrer Konflikte angeht, bisher leider nicht gezeigt, und die Befürchtung, daß bei einer Weiterentwicklung der Raumfahrt in erster Linie waffentechnische Überlegungen eine Rolle spielen könnten, ist so abwegig nicht. Allerdings ist die Hoffnung, daß mit einer Erforschung des Weltraums die Entwicklung neuer Denkmuster einher gehen könnte, schon durch die Aussagen vom Mond zurückkehrender Astronauten gestärkt worden. In den für dieses Buch verwendeten Originalromanen aus den frühen sechziger Jahren (es sind, unberücksichtigt der darin vorgenommenen Kürzungen und Bearbeitungen: *Schach dem Universum* von Kurt Mahr, *Rekruten für Arkon* von Clark Darlton, *Kampfschule Naator* von Clark Darlton, *Schlüssel zur Macht* von K. H. Scheer, *Der Fall Kolumbus* von K. H.

Scheer, *Guckys große Stunde* von Kurt Brand, *Atlan in Not* von Kurt Brand und *Ernst Ellerts Rückkehr* von Clark Darlton) setzen sich die Autoren mit Konflikten im Weltraum auseinander. Wie immer habe ich versucht, die gesamte Geschichte in einen geschlossenen Rahmen zu bringen, Wiederholungen und Widersprüche auszumerzen und dabei den Episoden nichts von ihrer Spannung zu nehmen. Unterstützt haben mich dabei Christa Schurm, Franz Dolenc und G. M. Schelwokat, bei denen ich mich bedanke.

Heusenstamm, Februar 1982 William Voltz

Vorwort

Die Geschichte des Solaren Imperiums in Stichworten:

1971: Die STARDUST erreicht den Mond, und Perry Rhodan entdeckt den gestrandeten Forschungskreuzer der Arkoniden.

1972: Aufbau der Dritten Macht und Einigung der Menschheit.

1976: Perry Rhodan löst das galaktische Rätsel und entdeckt den Planeten Wanderer, wo seine Freunde und er von dem Geisteswesen ES die relative Unsterblichkeit erhalten.

1984: Rhodans erster Kontakt mit dem Robotregenten von Arkon im Kugelsternhaufen M-13. Der Robotregent versucht, die galaktische Position der Erde herauszufinden und die Menschheit zu unterwerfen.

2040: Das Solare Imperium ist entstanden. Nach 10000 Jahren taucht der Arkonide Atlan aus seiner Unterwasserkuppel im Atlantik auf und wird Perry Rhodans Freund.
Die Druuf dringen durch Überlappungsfronten aus ihrer Zeitebene in unser Universum vor. Menschen gelangen in das Druufuniversum, um dort der unheimlichen Gefahr zu begegnen.

2042: Arkoniden und Druuf bekriegen sich an den Grenzen der Überlappungsfront. Das Bewußtsein des irdischen Mutanten Ellert wird im Körper des Druufwissenschaftlers Onot gefangen.

2043: Rhodans Frau Thora stirbt auf dramatische Weise, und ihr gemeinsamer Sohn Thomas Cardif wird zum Gegenspieler seines Vaters.

1.

Mit der üblichen Ungezwungenheit betrat Reginald Bull den weiten Raum, in dem Perry Rhodan arbeitete.

Perry Rhodan saß an einem Tisch, über den hinweg er zum Fenster hinaus einen großen Teil Terranias überblicken konnte. Der Raum lag im obersten Stockwerk des hohen Verwaltungsgebäudes. Perry Rhodan hatte Wert darauf gelegt, hier seinen Arbeitsplatz zu haben. Die Weite des Ausblicks war eine Allegorie zu der Tragweite, die den Entschlüssen zukam, die in diesem Raum gefaßt wurden.

Reginald Bull setzte sich in einen der bequemen Sessel, die Perry Rhodan für seine Besucher hatte aufstellen lassen.

„Ich habe deine Nachricht bekommen, weiß aber immer noch nicht“, sagte er nachdenklich, „was wir uns von dieser Sache versprechen, Perry.“

Rhodan schien die Frage nicht gehört zu haben. Er sah an Bull vorbei zum Fenster hinaus. Die klare weiße Wintersonne stand zwei Handbreit über dem Horizont. Es war neun Uhr morgens. Bis vor einer halben Stunde hatte draußen Reif auf den Dächern gelegen. Das Jahr 2043 ging zu Ende.

„Viel“, antwortete Perry Rhodan schließlich. „Eine empfindliche Schwächung des militärischen Potentials unserer beiden Gegner: der Druuf und der Arkoniden.“

Reginald Bull räusperte sich. „Ich erinnere mich, daß wir noch vor zwei Monaten die Absicht hatten, Arkon unter Druck zu setzen. Es war schon alles vorbereitet. Nur ein kleiner Zwischenfall hielt uns davon ab, den Plan zu Ende zu führen. Warum nehmen wir ihn jetzt nicht wieder auf?“

Rhodan sah seinen Freund an.

„Was du einen kleinen Zwischenfall nennst“, antwortete er

amüsiert, „hat uns beide und noch zwei andere um ein Haar das Leben gekostet. Erinnerst du dich noch, wie es aussah, als der ganze Planet Gray Beast unter unseren Füßen explodierte?“

Bull nickte. „Schön. Für *uns* war es ernst. Aber im großen Rahmen der galaktischen Politik war es wirklich nur ein Zwischenfall. Wir haben das Abenteuer überstanden und können den Plan wiederaufnehmen, nicht wahr?“

Rhodan antwortete rasch: „Nein, das können wir nicht.“ Er nickte in Richtung auf einen Stapel papierdünner Plastikfolien, die vor ihm auf dem Tisch lagen. „Du hast die Rechenergebnisse der Venus-Positronik noch nicht gesehen.“

Schweigend griff Reginald Bull nach den Folien. Sie waren etwa so groß wie Briefbögen, durch dünne Linien in zwanzig schmale, senkrecht verlaufende Felder eingeteilt und mit Serien von Punkten, Kreuzen und kleinen Kreisen bedeckt. Die Zeichen gehörten zum Maschinenkode der arkonidischen Rechenmaschinen. Es gehörte Übung dazu, die Zeichen ohne positronischen Übertrager lesen zu können, aber Reginald Bull besaß diese Übung.

Er las einige Blätter und legte sie wieder zurück. Beim Lesen war sein Gesicht ernst geworden. Er sah zum Fenster hinaus, als denke er angestrengt über etwas nach.

„Das arkonidische Imperium ist in Aufruhr“, rezitierte er schließlich, was er gelesen hatte. „Der Robotregent mobilisiert die letzten Reserven, um der Druufgefahr Herr zu werden. Er weiß nicht – und kann auch nicht verstehen –, daß die Druuf nur noch kurze Zeit eine Gefahr sein werden. Die Überlappungsfront, in der unser und ihr Universum einander begegnen, schmilzt und wandert in Richtung des Milchstraßenzentrums ab. Ist die Überlappungsfront erst einmal verschwunden, gibt es keine natürliche Möglichkeit mehr, vom Einsteinraum in den Druufraum zu gelangen – oder umgekehrt. Das bedeutet: Die Druuf werden von da an für uns keine Gefahr mehr darstellen.“

Er sah zur Seite und musterte Perry Rhodan.

„Weiter habe ich nicht gelesen“, gab er zu. „Aber die Schlußfolgerungen liegen auf der Hand, nicht wahr?“

„Das kann ich dir sagen, wenn ich gehört habe, was du meinst.“

„Der Robotregent auf Arkon“, fuhr Bull fort, „hat sein ganzes Reich mobilisiert. Das bedeutet: Er hat mindestens achtzigtausend Raumschiffe unter Waffen. Er ist nicht in der Lage, das eigentliche Phänomen der verschiedenen Eigenzeiten zu verstehen. Er hält sich an das Handgreifliche – das sind die Druufschiffe, die ab und zu in unser Universum vorstoßen, und die Überlappungszone, durch die seine eigenen Schiffe in den Druufraum hineingelangen. Wenn die Druuf nichts mehr von sich hören lassen, weil die Überlappungszone verschwunden ist, dann wird er das für einen Trick halten und weiterhin wachsam sein, weil er glaubt, daß die Druuf jeden Augenblick wieder auftauchen können.“

Er machte eine Pause und fuhr sich mit der rechten Hand durch das Haar. Er sah sehr unglücklich aus.

„Wer auch immer Arkon angreift“, fuhr er fort, „jetzt und in naher Zukunft, wird es also mit einer Flotte von achtzigtausend Einheiten zu tun haben. Dabei sind die Neubauten nicht berücksichtigt, die in ununterbrochener Reihe vom Stapel laufen. Wenn man bedenkt, daß die terranische Flotte nur aus ein paar tausend Schiffen besteht, dann – ja, dann kommt man allerdings zu dem Schluß, daß wir uns in diese Sache vorerst nicht einlassen können.“

Perry Rhodan schwieg.

Reginald Bull, der auf eine Antwort wartete, fragte nach einer Weile: „Das hast du gemeint, Perry, nicht wahr?“

„Ja, das habe ich gemeint. Wir sind zu schwach, und wir haben es gerade noch im letzten Augenblick eingesehen. Wenn man allein die Zahl der Schiffe rechnet, dann ist der Robotregent im Verhältnis zwanzig zu eins in der Überzahl. Wir wären noch schlechter daran als Friedrich der Große im Siebenjährigen Krieg. Und – wir können natürlich nicht mit dem Wunder rechnen, das den alten Friedrich damals vor dem Untergang rettete.“

Reginald Bull stand auf und ging zum Fenster. „Glaubst du, daß es Julian Tifflor gelingen wird, Abhilfe zu schaffen?“

„Tiff ist nur ein kleines Steinchen in einem großen Mosaik. Von nun an beschränkt sich die Erde darauf, kleine Streiche auszuteilen. Wir können nur Schritt für Schritt zum Ziel kommen. Wir müssen am arkonidischen Imperium knabbern wie die Mäuse am Käse. Eines Tages haben dann die kleinen Mäuse den großen Käse aufgefressen."

Bull drehte sich um und rümpfte die Nase.

„Nicht daß mir das Bild besonders gefiele", sagte er, „aber ich glaube, du hast recht."

Er kehrte zu Rhodans Tisch zurück und nahm auch die übrigen Blätter auf, die er noch nicht gelesen hatte.

Julian Tifflor hockte sich auf die Kante des Bettes, auf dem er während der mehrstündigen, anstrengenden psychophysischen Behandlung gelegen hatte. Allein der Anblick des Bettes rief unangenehme Erinnerungen in ihm wach, aber es gab keine andere Sitzgelegenheit im ganzen Raum.

Leutnant Lubkov, Sergeant Fryberg und noch zwölf andere Männer – das war die Mannschaft, mit der er in anderthalb Stunden zu einem waghalsigen Abenteuer aufbrechen sollte. Tifflor wußte, daß sich Rhodan, kurz nach dem Start dieser Mannschaft mit der veralterten INFANT, mit dem Robotregenten in Verbindung setzen würde, um ihm zu erklären, daß sich vierzehn Männer unter Führung eines Flottenoffiziers von der Menschheit losgesagt hatten und zu Deserteuren geworden waren. Tifflor mußte damit rechnen, daß der Regent Jagd auf sie machen würde, in der Hoffnung, ihrer habhaft zu werden und endlich etwas über die Position der Erde zu erfahren. Tifflor wußte, daß Rhodan damit einen bestimmten Plan verfolgte.

Man hatte Tiff und seinen vierzehn Gefährten auf mechanosuggestivem Weg den ganzen Plan eingegeben, der diesem Unternehmen zugrunde lag. Das hatte mehrere Stunden gedauert. Jede Einzelheit des Plans war jetzt in Tifflors Gehirn so fest verankert, als hätte er seit seiner Kindheit an nichts anderes gedacht. Der Plan war nach Tifflors Ansicht so vollkommen, daß so gut wie nichts an ihm mißlingen konnte. Die Zahl der Experten, die diesen Plan ausgearbeitet hatten, schätzte Tifflor vorsichtig auf hundert, und ihre Arbeitszeit auf drei Wochen. Außerdem hatten sie sich positronischer Kombinatoriken bedient.

Er legte sich flach auf das Bett und rief sich Rhodans letzte Worte ins Gedächtnis.

„Terra steckt tief im Dreck, Tiff, um es deutlich zu sagen. Wenn der Fall Kolumbus eintritt und der Robot erfährt, wo wir uns verstecken, wird es der Erde so ergehen wie vor anderthalb Monaten Gray Beast. Den Druuf wird der Weg in unser Universum bald versperrt sein. Die Überlappungsfront schwindet und wandert aus. *Dann* wird der Robot anfangen, sich um die Erde zu kümmern. Wir müssen jede Chance wahrnehmen, die uns einen weiteren Zeitgewinn verschaffen und Arkon Nachteile bringen kann. Eine solche Chance bietet sich uns jetzt, solange die Druuf noch nicht von unserem Universum abgeschnitten sind. Über den Plan an sich brauche ich Ihnen nichts zu erzählen, Tiff. Sie kennen ihn in jeder Einzelheit. Auf die Männer, die Sie bei sich haben, können Sie sich verlassen, auch wenn Sie die meisten bisher noch nie gesehen haben. Sie sind konditioniert. Selbst wenn der Plan mißlingt und sie einem Fremden in die Hände fallen, werden sie der Erde nicht schaden können – ebensowenig wie Sie selbst, Tiff. Wir haben uns also gesichert. Wir *müssen* uns sichern, denn wir sind gegen eine riesige Übermacht auf uns allein gestellt. Das Kollektivwesen auf Wanderer, das uns als einziges hätte helfen können, meldet sich nicht. Wir haben keine Möglichkeit, es zur Hilfeleistung zu bewegen. Betrachten Sie Ihr Unternehmen also nicht als eine Verlegenheitspatrouille, Tiff. Von Ihrem Erfolg hängt eine ganze Menge ab. Deswegen werden wir auch ein Auge auf Sie haben. Zwei Schlachtschiffe werden ständig in Ihrer Nähe sein. Sie tragen immer noch den telepathischen Zeichengeber, der es unseren Mutanten ermöglicht, Ihren Standort aus einer Entfernung bis zu zwei Lichtjahren ausfindig zu machen. Sie gehen uns also nicht verloren, Tiff."

Die Erinnerung verblaßte. Tifflor erhob sich. Der Fall Kolumbus, von dem Rhodan gesprochen hatte, war ein Kodewort. Damit wurde ein eventueller Angriff feindlich gesinnter Mächte auf die Erde bezeichnet. Akut war eine solche Gefahr im Augenblick nicht, denn weder der Robotregent noch die Druuf kannten die Position der Erde.

Tifflor verließ das Zimmer, um sich zu der Mannschaft zu begeben.

Außer Leutnant Lubkov und Sergeant Fryberg, die Tifflor schon kannte, befanden sich unter den vierzehn noch vier weitere Bekannte: John Marshall, der Telepath; Ras Tschubai, der Teleporter; André Noir, der Suggestor, und Tama Yokida, der Telekinet. Perry Rhodan hatte das Mutantenkorps für die Zeit des Geheimeinsatzes seiner fähigsten Mitglieder beraubt. Marshall, Tschubai, Noir und Yokida stellten zusammen eine Macht dar, die es mit einem ganzen Regiment wohlausgerüsteter Truppen aufnehmen konnte.

Tifflor fühlte sich darüber sehr erleichtert. Mutanten waren wertvolle Helfer – besonders in dieser Situation, denn paramechanischen und parapsychologischen Begabungen standen Arkoniden wie Druuf in gleicher Weise hilflos gegenüber.

Der Bildschirm leuchtete weiß. Die mechanische Stimme war tief, kräftig und mit allen Raffinessen moduliert. Niemand, der nicht wußte, daß die Stimme dem Robotregenten von Arkon gehörte, wäre auf die Idee gekommen, daß er es hier mit einem nichtorganischen Gesprächspartner zu tun hatte.

Es gehörte zu den seltsamen Zügen der galaktischen Politik, daß der Robotregent stets bereit war, eine Botschaft von Perry Rhodan zu empfangen, auch wenn Arkon und Terra in Feindschaft miteinander lebten. Selbst diese Feindschaft jedoch war etwas Eigenartiges. Sie schloß nicht aus, daß irgendwo in der Galaxis arkonidische und terranische Schiffe geschlossen gegen einen gemeinsamen Feind vorgingen, während ein paar tausend Lichtjahre entfernt eine arkonidische Robotflotte sich anschickte, einen terranischen Stützpunkt zu bombardieren.

Was den Austausch von Botschaften anbelangte, so glaubte Perry Rhodan allerdings zu wissen, welches der eigentliche Grund für die Bereitwilligkeit des Regenten war: Botschaften wurden über Telekom ausgestrahlt. Telekomgespräche aber boten die Möglichkeit, den Sender anzupeilen, und an nichts lag dem Robotregenten im Augenblick mehr als daran, die galaktische Position der Erde zu erfahren.

Natürlich hatte Perry Rhodan dafür gesorgt, daß dem Regenten das auf diesem Wege nicht gelang. Das Gespräch, das er mit dem Regenten führte, lief über zwölf Relaisstationen, bevor es endgültig nach Arkon abgestrahlt wurde. Von der Erde lief es über Richtstrahl zu einer Station, die zweitausend Lichtjahre weit entfernt war. Das Telekom-Wellenbündel besaß einen Durchmesser von knapp vierzig Metern. Die Bündelöffnung betrug rund drei Zehnmillionstel Bogensekunden. Das heißt: In einer Entfernung von zweitausend Lichtjahren hatte sich das Bündel von vierzig Metern auf dreißigtausend Kilometer aufgefächert und besaß damit einen Durchmesser, der nur um wenige Prozent größer war als der des Planeten, auf dem sich die Relaisstation befand. Das bedeutete, daß die Station genau „angezielt“ werden mußte. In der Tat waren Bündelung des Strahls und Ausrichtung der Antenne Meisterleistungen der Richtstrahltechnik, wie man sie vor noch nicht allzu langer Zeit für völlig unmöglich gehalten hätte.

Das Wichtige war, daß ein feindlicher Beobachter die so übermittelte Sendung nur dann abhören und – unter diesen Umständen allerdings mit besonderer Leichtigkeit – den Sender anpeilen konnte, wenn er sich zufällig mitten im Richtstrahl befand. Die Wahrscheinlichkeit für diesen Zufall war so gering, daß niemand sie zu berücksichtigen brauchte.

Terra war also gesichert. Die Vermittlung des Gesprächs von Relaisstation zu Relaisstation folgte demselben Prinzip. Überdies wechselte die Kette der Stationen von Sendung zu Sendung. Der Robotregent hatte keine Chance, auf diese Weise etwas über den galaktischen Standort der Erde zu erfahren.

Er selbst gab seine Antworten über einen gewöhnlichen Allwinkel-Sender. Er hätte nicht gewußt, wohin er mit seinem Richtstrahl hätte zielen müssen.

Das Gespräch, das Perry Rhodan an diesem Abend des 11. Dezember 2043 mit dem Robotregenten führte, war kurz, aber inhaltsschwer. Rhodan erklärte: „Ich befinde mich in einer unangenehmen Situation. Ein hoher Offizier meiner Flotte hat sich als Verräter entpuppt und mit ein paar Gesinnungsgenossen in einem gestohlenen Raumschiff die Erde verlassen. Ich weiß nicht, wohin die

Leute sich wenden werden. Ich wäre Ihnen dankbar, wenn Sie mich benachrichtigen wollten, sobald sie einem Ihrer Schiffe in die Hände fallen. Nicht daß die Männer besonders wichtig wären. Sie besitzen nicht einmal genug Informationen, um mir schaden zu können. Es geht mir nur um das Prinzip: Ein Deserteur muß bestraft werden."

Der Regent erkannte das an. Er versprach Hilfe. Da seiner Stimme trotz aller Modulation keine Gefühlsregungen anzumerken waren, weil er keine hatte, war auch nicht zu spüren, daß er Perry Rhodans Beweggründe nicht für echt hielt.

Man nannte einen Mann nicht einen „hohen Offizier" und behauptete gleich im nächsten Satz, er sei kein wichtiger Mann. Der Robotregent war sicher, daß der Deserteur ihm, wenn er ihn in die Hände bekam, wertvolle Dienste leisten würde.

Er ließ sich also die Personalbeschreibungen der fünfzehn Flüchtigen geben. Nachdem das geschehen war, fügte Perry Rhodan noch hinzu: „Vielleicht kann ich einen Hinweis geben, der Ihnen die Sache leichter macht. Ich hatte vor wenigen Wochen ein Gespräch mit dem desertierten Offizier. Er vertrat damals die Ansicht, daß es für die Erde am günstigsten sei, mit den Druuf ein Bündnis gegen Sie zu schließen. Er schien auf das Bündnis versessen zu sein. Ich vermute daher, daß er versuchen wird, in das Druufuniversum einzutauchen."

Das Gespräch wurde auf arkonidisch geführt. Der Robotregent bedankte sich für den Hinweis und verabschiedete sich.

Gleich darauf aktivierte er seinen Logiksektor und ließ die Nachricht, die er soeben bekommen hatte, gründlich untersuchen. Wie er erwartet hatte, stellte sich heraus, daß die Wahrscheinlichkeit, daß es sich bei Perry Rhodans Botschaft um eine Finte handelte, nicht gerade gering war. Immerhin überwog die Wahrscheinlichkeit, daß die Bitte echt war und ein hoher Offizier mit vierzehn Mann die Erde in verräterischer Absicht verlassen hatte.

Welche der Aussagen des Logiksektors auch immer zutraf – der Regent war davon überzeugt, daß er keinen Fehler machen würde, wenn er das Schiff der Deserteure jagen ließ. Die arkonidische Blockadeflotte in der Nähe der Überlappungsfront, die der Terraner passieren mußte, wenn er zu den Druuf wollte, war dreißigtausend

Einheiten stark. Man konnte sie um weitere zehntausend verstärken und die Hälfte davon, also zwanzigtausend Schiffe, nach den Deserteuren Jagd machen lassen.

Perry Rhodan konnte nicht wissen, daß der Robotregent sich schließlich so entschied. Er hoffte es aber.

2.

Für arkonidische Begriffe war Door-Trabzon ein merkwürdiger Mann, obwohl er genau wie ein Arkonide aussah – oder vielleicht gerade deswegen. Man hätte von ihm erwartet, daß er zwar das Kommando über die aus zwanzigtausend Einheiten bestehende Suchflotte übernahm, im übrigen aber die Roboter die Arbeit tun ließ, sich auf ein bequemes Bett legte und das anregende Programm der Fiktivprojektoren betrachtete.

Door-Trabzon übernahm das Kommando, aber sonst tat er nichts von dem, was man von ihm erwartete. Er war Ekhonide. Die Ekhoniden waren Abkömmlinge arkonidischer Auswanderer und besaßen noch immer die Statur und die Sprache ihrer Vorfahren. Und doch unterschieden sie sich von ihren Vettern, den echten Arkoniden. Denn diese waren durch Jahrtausende der Ruhe, des Wohlstands und der galaktischen Machtfülle zu gelangweilten Spintisierern geworden. Die Ekhoniden dagegen waren tatkräftig geblieben, und besonders Door-Trabzon, einem hohen Offizier der aus dreihundert Schiffen bestehenden ekhonidischen Flotte, konnte man kein schöneres Angebot machen, als das Kommando über zwanzigtausend Robotschiffe.

Door-Trabzons Flaggschiff war ein Kugelraumer der mächtigsten Klasse. Es hatte den unpersönlichen Namen KK XVII getragen, als Door-Trabzon es übernahm. Jetzt hieß es WA-KELAN, nach dem berühmtesten Heerführer der ekhonidischen Geschichte. Door-Trabzon war stolz auf den Namen und das Schiff und hielt seine Leute, zu denen auch ein halbes Bataillon Roboter zählte, in ständiger Bewegung.

Door-Trabzon war hinter einem Terraner her. Er wußte nicht ganz genau, warum man zwanzigtausend Einheiten aufbot, um ein einzelnes Feindschiff zu jagen, aber da er selbst den Vorteil davon hatte, war es ihm recht. Der Regent hatte ihm versichert, nicht gerade das Wohl und Wehe von Arkon, aber doch sehr viel hänge davon ab, daß man des Terraners habhaft wurde.

Door-Trabzon war davon überzeugt, daß ihm der Feind nicht entkommen würde. Die Suchflotte stand nicht still. Sie bewegte sich fortwährend und bestrich jeden Kubikkilometer des abzusuchenden Raumes.

Sollte er nur kommen, der Terraner.

Nach drei Transitionen erreichte das terranische Schiff, das einen Durchmesser von 90 Metern besaß, ohne Zwischenfälle sein vorläufiges Ziel. Die dunkelrote Wand des Überlappungsfelds stand unübersehbar auf den Bildschirmen der INFANT. In wenigen tausend Kilometern Entfernung öffnete sich der Schlund eines Entladungstrichters und zeigte den Weg, der hinüber in das Universum der Druuf führte.

Julian Tifflor ging diesen Weg zum erstenmal. Er hatte sich daran gewöhnt, das Ganze als ein naturwissenschaftlich-mathematisches Problem zu betrachten, aber jetzt, als er den gähnenden Trichter sah, war ihm nicht besonders wohl zumute. Der rotglühende, langsam pulsierende Schlund sah aus wie der Eingang zur Hölle.

Vorerst jedoch hatte die INFANT noch eine andere Aufgabe: Sie hatte festzustellen, ob ihr Durchbruch von den Arkoniden bemerkt worden war. Zu diesem Zweck bewegte sie sich mit einem Minimum an Fahrt auf den Trichter zu, und Sergeant Fryberg war mit seinen Geräten beschäftigt, um das All nach verdächtigen Telekomsprüchen abzuhören.

Das war in erster Linie ein statistisches Unternehmen. Der terranischen Flotte war die „Gesprächsdichte“ in diesem Sektor des Raumes bekannt. Die Zahl der Telekomgespräche, die innerhalb der arkonidischen Flotte pro Sekunde geführt wurden, war nahezu eine Konstante. An Bord der INFANT war schon kurz nach der letzten Transition festgestellt worden, daß diese Konstante sich seit der letzten Messung durch terranische Patrouillenschiffe um den Faktor 1,333 erhöht hatte. Das konnte nichts mit dem Erscheinen der INFANT zu tun haben, denn der Wert war nicht angestiegen, nachdem die INFANT aufgetaucht war, sondern er war schon gleich zu Anfang so hoch gewesen.

Er hatte sich auch jetzt nicht verändert. Das konnte nur bedeuten, daß die Zahl der arkonidischen Schiffe ebenfalls um den Faktor 1,333 zugenommen hatte. Das wiederum war ein sehr erfreuliches Zeichen, denn es bewies, daß der Robotregent auf Arkon auf den terranischen Bluff hereingefallen war und zusätzliche Anstrengungen machte, um des „Deserteurschiffs“ habhaft zu werden.

Fryberg machte außerdem ein paar Stichproben. Er dechiffrierte einige der aufgefangenen Gespräche und fand, daß sie sich um belanglose Dinge drehten, um Anweisungen, die von einem Schiff an ein anderes gegeben wurden, um Standortmeldungen und sogar um private Probleme.

Alles wies darauf hin, daß die INFANT nicht entdeckt worden war.

Julian Tifflor schickte sich an, die INFANT wieder in Fahrt zu setzen, als Sergeant Fryberg sich plötzlich meldete.

„Da ist etwas in unserer Nähe“, sagte er mißmutig und mit unsicherer Stimme. „Aber ich kann es nicht genau ausmachen.“

Tifflor horchte auf.

„Blenden Sie über!“ befahl er.

Auf Tifflors Interkombildschirm erschien das Bild, das das Ortergerät zeigte und das Fryberg stutzig gemacht hatte. Im ersten Augenblick konnte Tifflor nichts erkennen außer dem matten Dunkelgrün des leeren Bildschirms.

„Rechts oben“, erläuterte Fryberg. „Ein ganz schwacher, verwaschener Fleck.“

Tifflor blendete die Lampe ab, die auf sein Pult schien, und machte einen zweiten Versuch. Rechts oben in der Ecke des Bildschirms entdeckte er, was Fryberg meinte. Es war kein richtiger Fleck – es war ein kaum wahrnehmbarer Hauch, als sei das Glas des Bildschirms beschlagen.

„Was sagen die anderen Geräte?“ fragte er.

„Nichts“, antwortete Fryberg. „Der Materietaster weiß von nichts, aber das kann daran liegen, daß das Ding zu weit entfernt ist. Lichtblitze oder sonst etwas gibt es offenbar nicht ab. Die Umgebung ist frei von Treibstoffrückständen. Nur die Mikrowellen nehmen es wahr.“

Ja, dachte Tifflor, es reflektiert Mikrowellen ungefähr so wie eine Handvoll Ruß das Licht.

Er stellte fest, daß das Ding sich bewegte. Wenn man dem Orter trauen konnte, war es nicht weiter als zehntausend Kilometer entfernt. Hier, dicht vor der Überlappungsfront, wo das Licht der Sterne nur aus dem halben Raumwinkel kam, war nicht damit zu rechnen, daß das Ding auf dem Optikschirm auftauchen würde, bevor es bis auf ein paar hundert Kilometer herangekommen war.

Tifflor zerbrach sich den Kopf darüber, was es sein konnte. Er dachte an eine kleine kosmische Staubwolke. Aber bei ihrer geringen Größe hätte sie von unwahrscheinlicher Dichte sein müssen, um aus zehntausend Kilometern die Mikrowellen so intensiv zu reflektieren, daß noch ein erkennbarer Reflex auf dem Schirm entstand.

Julian Tifflor weigerte sich zu glauben, daß es ein Raumschiff war. Es gab keinen Ortungsschutz, der so vollkommen war, daß man ein Schiff aus so geringer Entfernung nicht mehr eindeutig ausmachen konnte. Es *durfte* keinen solchen Schutz geben, denn eine Flotte von Raumschiffen, die eine derartige Ausrüstung besaßen, war dem Gegner gefährlich hoch überlegen. Tifflor gab zu, daß dies kein logischer Gedanke war. Er versuchte, die Ruhe zu bewahren, aber der Aspekt, der sich darbot, war so erschreckend, daß es ihm nicht gelang.

Er mußte erfahren, was vor sich ging.

Er alarmierte die Männer an den Geschützständen. Er sagte ihnen, Fryberg hätte ein geheimnisvolles Objekt entdeckt, und die INFANT würde es jetzt untersuchen. Vorläufig gab es noch keine Gefahr, aber sie sollten die Augen offenhalten.

Er wußte, daß er den streng vorgeschriebenen Weg seiner Anweisungen und Vorschriften verließ. Er hatte sich, wenn er einmal durch die arkonidische Front gebrochen war, um nichts anderes zu kümmern als darum, daß die INFANT ungesehen in das Druufuniversum gelangte. Was er jetzt tat, konnte ihm unter Umständen die Entdeckung durch arkonidische Schiffe eintragen und das Unternehmen zum Scheitern bringen.

Trotzdem mußte er die Sache untersuchen. Es blieb ihm keine andere Wahl, und die Menschen, die seine Vorschriften ausgearbeitet hatten, hatten nicht mit einem Zwischenfall wie diesem gerechnet.

Mit schwach arbeitendem Triebwerk begann die INFANT eine Kurve zu beschreiben. Wenn man den Entladungstrichter als Bezugspunkt nahm, dann befand sich das unbekannte Objekt hinter dem irdischen Schiff. Die INFANT drehte um einhundertundsechzig Grad, und als sie sich danach langsam, um die Tätigkeit des Triebwerks nicht allzu weithin sichtbar werden zu lassen, in Marsch setzte, tat sie das in Richtung auf die arkonidische Blockadeflotte zu – anstatt von ihr weg, wie es ihre Aufgabe gewesen wäre.

Ein paar Sekunden lang grübelte Julian Tifflor über dem Gedanken, ob es sich bei dem schwachen Orterreflex um einen arkonidischen Trick handelte. Er versuchte sich vorzustellen, was ein arkonidischer Stratege sich dabei gedacht und was für eine Wirkung er erwartet haben könnte, als er in der Nähe eines Entladungstrichters ein Ding anbrachte, das die Ortungsanlage des erwarteten terranischen Raumschiffs schwach zum Ansprechen bringen würde.

Es gab keinen Sinn. Wenn eine Art von Psychologie dahintersteckte, dann war sie für Julian Tifflors Begriffe zu hoch.

Mit geringer Beschleunigung trieb die INFANT auf den Fleck zu. Der Fleck bewegte sich weiter in der gleichen Richtung, die er bisher eingeschlagen hatte. Der Kurs der INFANT war so berechnet, daß sie zusammen mit dem unheimlichen Ding in etwa einer halben Stunde die gleiche Stelle im Raum erreichen würde.

Die Männer im Kommandostand der INFANT quälte der Gedanke, was geschehen würde, wenn es soweit war. Die Gespräche erstarben. Niemand sagte mehr ein Wort. Das leise, längst gewohnte Summen der Aggregate war das einzige Geräusch in dem runden Raum.

Auf Sergeant Frybergs Orterschirm näherte sich der verwaschene Fleck langsam dem Mittelpunkt. Fryberg starrte ihn an und fühlte, wie sein Mund trocken wurde. Wenn das Ding ein Schiff war, dann würde es vielleicht geduldig warten, bis die INFANT sich auf ein paar hundert Kilometer genähert hatte, um dann ihre schwachen Prallschirme mit einer einzigen, wohlgezielten Salve in Stücke zu reißen.

Wir würden nicht einmal mit den Augen zucken können, dachte Fryberg, bevor es uns trifft.

Er hob den Kopf und warf einen nervösen Blick auf den Panoramaschirm. Das Bild hatte sich nicht geändert. Auf der einen Seite lag die dunkelrote Front der Überlappungszone, auf der anderen das leuchtende Gewirr der Sterne. Nirgendwo war dazwischen ein Punkt, der sich durch fremden Glanz von seiner Umgebung abhob. Nirgendwo zeigte sich der matte Schimmer einer Schiffswandung.

Vielleicht ist es kein Schiff, dachte Fryberg. Der Teufel soll's holen, *hoffentlich* ist es kein Schiff. Ich möchte nichts mit einem Schiff zu tun haben, das sich so unsichtbar machen kann wie ein Stück Kohle in einem schwarzen Sack.

Er merkte, daß seine Nerven mit ihm durchgehen wollten. Er lehnte sich tief in seinen Sessel zurück und atmete heftig aus.

Reiß dich zusammen, mein Junge, ermahnte sich Fryberg. Es ist kein Schiff. Es bewegt sich auf einem Inertialkurs. Kein Zeichen deutet darauf hin, daß es gesteuert wird. Es ist ein Meteorit aus Glaswolle oder sonst etwas.

Dann schrie er plötzlich auf. Sein Schrei gellte durch den runden Raum und ließ die anderen hochfahren.

„Es kommt direkt auf uns zu!" brüllte Fryberg voller Entsetzen.

Es war ein miserables Gefühl, das Ding auf sich zukommen zu sehen und nicht zu wissen, was es war.

Zunächst blieb es ein verwaschener Fleck auf dem Orterschirm, und die Optik zeigte an der Stelle, an der es sich befinden mußte, nichts als das übliche Bild.

Die Entfernung verringerte sich rasch. Was auch immer sich hinter dem Fleck verbarg, verfügte über ein leistungsfähiges Triebwerk.

Julian Tifflor unterdrückte den Wunsch, die INFANT herumzureißen und so schnell wie möglich zu fliehen. Als er Kurs auf das Ding nahm, hatte er damit rechnen müssen, daß es sich als ein fremdes Fahrzeug entpuppte. Jetzt, da er es wußte, wäre es inkonsequent gewesen, einen Rückzieher zu machen, und Inkonsequenz war eines von den Dingen, die Tifflor haßte.

Er gab auch keinen Feuerbefehl an die Geschützstände, obwohl die Blicke der Männer ihn darum baten. Sie saßen auf ihren Plätzen, versuchten zu verbergen, daß sie vor Aufregung zitterten, und sahen ihn mit großen, ernsten Augen an.

Tifflor verstand, was sie wollten. Er schüttelte stumm den Kopf, und sie verstanden ihn ebenfalls.

Der Fleck kam näher, und schließlich kam auch der Augenblick, in dem der Astrogator schrie: „Mit unserem Kurs stimmt etwas nicht! Wir treiben ab!"

Julian Tifflor reagierte blitzschnell und instinktiv. Er schaltete das Triebwerk auf Leerleistung und sah, wie die Zeiger auf den Meßskalen zum Stillstand kamen. Die Geschwindigkeit der INFANT blieb auf dem Wert, den sie hatte.

Das besagte nichts – wenigstens nichts über die tatsächliche Geschwindigkeit des Schiffes. Der Astrogator besaß bessere Werte. Solche, die sich aus Rot- und Parallaxenverschiebung ergaben.

„Sagen Sie etwas Genaues", brummte Tifflor, „sobald Sie's wissen."

Der Astrogator beugte sich über seine Geräte und arbeitete fieberhaft. Tifflor starrte auf den Orterschirm und stellte erstaunt fest, daß der verwaschene Fleck zum Stillstand gekommen war. Fryberg hatte seinen Blick bemerkt. Er kannte die Frage, die jetzt kommen mußte, und antwortete im voraus: „Abstand dreizehnhundertundzwanzig Kilometer."

Tifflor sah auf. Der Panoramaschirm wußte immer noch nichts von dem Ding. Dabei hätte man es aus so geringer Entfernung deutlich sehen müssen, wenn es die übliche Größe eines Raumschiffs besaß.

Ratlosigkeit stieg in Julian Tifflor auf. Er fühlte, daß seine Gedanken leerliefen. Es gab keine neue Idee mehr. Das Phänomen war fremd.

„Soviel steht fest“, sagte der Astrogator plötzlich: „Wir bewegen uns mitsamt dem Ding auf den Entladungstrichter zu.“

Tifflor horchte auf. Das hier war etwas, was er verstehen konnte. Das Ding stand deswegen scheinbar still, weil die INFANT sich mit der gleichen Geschwindigkeit in der gleichen Richtung bewegte. Die INFANT hatte ohne Dazutun ihres eigenen Triebwerks ihren Kurs geändert. Anstatt vom Trichter weg, bewegte sie sich jetzt auf ihn zu.

Es gab nur eine Erklärung: Das Ding hatte sie im Schlepp. Es strahlte ein Traktorfeld aus, das die INFANT hinter ihm herzog.

Julian Tifflor hatte gegen diese Art der Behandlung nichts einzuwenden, solange die Fahrt in der Richtung ging, die einzuschlagen er vorgehabt hatte. Er wollte wissen, welche Anstrengungen der Fremde unternehmen würde, um seinen Willen durchzusetzen.

Er gab Alarm. Nachdem er das getan hatte, ließ er die Triebwerke der INFANT wieder anlaufen. Die INFANT stemmte sich mit plötzlich erwachender Kraft gegen den Sog des Traktorfelds und versuchte, sich aus ihm zu befreien. Im Lauf weniger Sekunden steigerte Tifflor die Leistung der Aggregate bis zum Höchstwert. Er sah am Schwanken der Zeiger, wie Triebwerk und Traktorfeld miteinander kämpften. Er sah auch, wie die Zeiger plötzlich einen Sprung in die Höhe machten, als die INFANT sich aus dem Feld löste.

Der Astrogator stieß einen triumphierenden Schrei aus. Mit heiserer Stimme rief er in rascher Folge eine Reihe von Zahlen, die Julian Tifflor bewiesen, daß das Überraschungsmanöver Erfolg hatte. Das Ding hatte auf die plötzlichen Anstrengungen der INFANT nicht rechtzeitig reagiert. Die INFANT war entkommen.

Mehr hatte Julian Tifflor nicht wissen wollen. Er drehte den Triebwerksimpuls um einhundertundachtzig Grad und trieb die INFANT wieder hinter dem fremden Objekt her. Er lavierte sie bis an die Stelle, an der sie sich befunden hätte, wenn sie dem Traktorfeld nicht entkommen wäre, und überließ sie dann wieder dem Feld.

Dabei versuchte er sich vorzustellen, was der Unbekannte jetzt für ein Gesicht machte. Er hatte zusehen müssen, wie das eingefangene Schiff ihm entkam und wie es zurückkehrte, um sich freiwillig wieder in Gefangenschaft zu begeben.

Julian Tifflor zweifelte daran, daß der Fremde sich einen Reim darauf machen konnte.

Zweierlei machte ihn nachdenklich, während die INFANT im Sog des Traktorfelds langsam durch den Entladungstrichter trieb und sich seiner engsten Stelle näherte.

Das Ding hatte sehr langsam auf seinen Fluchtversuch reagiert. Es war also nicht robotgesteuert, denn sonst hätte es nur Bruchteile einer Tausendstelsekunde gebraucht, um sich auf die neue Lage einzustellen und das Traktorfeld zu verstärken. Es war also kein Robotschiff.

Aber selbst wenn man annahm, daß ein organisches Wesen am Steuer saß, mußte dessen Reaktion noch langsam genannt werden – so, als sei es unachtsam oder verschlafen gewesen. Jetzt, eine Viertelstunde nach diesem Manöver, wunderte sich Tifflor darüber, daß ihm das nicht schon im ersten Augenblick aufgefallen war. Denn es war ein ziemlich eindeutiger Hinweis auf gewisse Eigenschaften dessen, der am Steuer des fremden Objekts saß. Jemand in seiner Situation war nicht schläfrig oder unachtsam, er hatte alle Sinne gespannt. Wenn er langsam reagierte, dann deswegen, weil er schneller nicht konnte.

Aus dem einfachen Grund, weil seine Eigenzeit eine andere war als die der Terraner. Wozu ein Terraner eine Sekunde brauchte, brauchte er zwei. Denn er kam aus einem anderen Universum, aus einer anderen Zeitebene, und der Faktor, um den sich seine Eigenzeit von der des Einsteinraums unterschied, war genau zwei.

Das aber war eine Darstellung, die auf alle Druuf paßte.

Julian Tifflor zweifelte nicht mehr daran, daß es sich bei dem unbekannten Objekt um ein Druufschiff handelte. Er wußte noch nicht, wie das Schiff es fertiggebracht hatte, vor allen Suchgeräten, außer dem Mikrowellen-Orter, unsichtbar zu bleiben, aber er nahm sich vor, das herauszufinden.

Vorerst, entschied er, war es das Wichtigste, daß die INFANT sich auf dem richtigen Weg befand.

Unter dem braunen Himmel von Druufon herrschte Aufregung. Eine riesige rote und eine kleinere, aber lichtstarke grüne Sonne schienen auf ein Volk, das mit Besorgnis in die Zukunft blickte.

Die Bedrohung durch das immer größer werdende Flottenaufgebot am Rand der Entladungszone nahm ständig zu. Die Druuf hatten jedoch aus den Fehlern vergangener Tage gelernt, als sie große Verluste an robotgesteuerten Schiffen erlitten hatten. Sie versuchten daher nicht mehr, mit großen Flotten in das fremde Universum vorzustoßen, da sie nicht mehr in der Lage waren, die entstehenden Materialverluste auszugleichen. Sie schickten einzelne, diesmal bemannte Schiffe, denen es gelang, die feindliche Blockade zu durchbrechen und Patrouillenflüge durch den anderen Raum zu machen. Nach den furchtbaren Verlusten der ersten gewaltsamen Durchbruchversuche waren sie froh gewesen, daß ihnen wenigstens das noch glückte und daß der Gegner bisher noch keinen Generalangriff auf ihr Universum gestartet hatte.

Das schien sich nun geändert zu haben. Das letzte Schiff, das von „draußen" zurückgekehrt war, hatte von großen Flottenbewegungen berichtet, die sich vor der Überlappungsfront abspielten. Die feindliche Blockadeflotte war verstärkt worden. Alles deutete auf einen Angriff hin. Nur wenige Optimisten unter den Druuf, ermutigt durch die erfolgreiche Abwehr der ersten Arkon-Vorstöße, glaubten, daß dieses Unternehmen mit einem feindlichen Mißerfolg enden könnte. Rein nach den Zahlen betrachtet, war das Verhältnis der Druuf zu ihren Feinden denkbar ungünstig, und dazu kam noch der Nachteil der langsameren Eigenzeit.

Es sah so aus, als müßten die Druuf um den Bestand ihres Reiches bangen.

Da, anscheinend in letzter Sekunde, erreichte eine neue Nachricht die Hauptstadt des Planeten Druufon. Die Experten studierten sie mit Sorgfalt und kamen zu dem Schluß, daß das, was dem letzten zurückkehrenden Patrouillenschiff gelungen war, ein Lichtblick, wenn nicht gar eine Wende bedeuten könnte.

Denn letzten Endes drehte es sich doch nur darum, ein paar Wesen zu finden, die in der Lage waren, bei einem feindlichen Angriff ebenso schnell zu reagieren wie der Feind selbst.

Diese Wesen schienen gefunden.

3.

Es war ein anderes Universum. Man sah es an der Farbe des Hintergrunds, vor dem das Meer der Sterne im üblichen Glanz prangte. Für Julian Tifflor, der den Sprung aus dem Einsteinraum in den Druufraum zum erstenmal unternahm, hatte der Anblick etwas Unheimliches, beinahe Furchteinflößendes.

Der Raum hatte schwarz zu sein, denn er war nichts anderes als Form gewordene Leere. Aber dieser Raum war dunkelrot. Er glühte, als heize ihn von außen jemand auf.

Julian Tifflor überwand die Beklemmung, die der Anblick des fremden Universums in ihm ausgelöst hatte, und hielt nach dem fremden Schiff Ausschau. Es war nicht mehr länger ein verwaschener Fleck auf dem Mikrowellenschirm. Es war zum glühenden Punkt geworden, und auch die Optik zeigte nun ein mattleuchtendes, rotes Sternchen, das sich in der Art seines Leuchtens deutlich genug von den wirklichen Sternen unterschied.

Der Druuf hatte die Tarnkappe abgelegt.

Die INFANT unternahm nichts. Der Druuf mußte wissen, daß er geortet worden war. Er hatte den terranischen Kreuzer in Schlepp genommen. Es war er, der sich zuerst zu melden hatte.

Das Traktorfeld bestand auch jetzt noch. Das Druufschiff befand sich jedoch im Bremsmanöver und kam eine Stunde nach dem Durchfliegen des Trichterhalses völlig zum Stillstand, wobei die Orter an Bord der INFANT alle Geschwindigkeitsangaben auf das zunächst stehende Doppelsystem der beiden Druufon-Sonnen bezogen.

Eine weitere halbe Stunde verging ereignislos. Julian Tifflor hatte den Plan gefaßt, das Druufschiff anzurufen, wenn es nicht binnen zehn Minuten etwas von sich hören ließ. Aber so lange brauchte er nicht mehr zu warten. Von den zehn Minuten war erst eine Minute vergangen, als aus der dunkelroten Finsternis ein ganzes Geschwader von langen, zylindrischen Einheiten auftauchte und die INFANT in engem Kreis umringte. Tifflor hatte die Geschützstände angewiesen, auf keinen Fall zu feuern.

Wenige Minuten nach dem Auftauchen der Druuf begann der Telekom anzusprechen. Tifflor schaltete auf Empfang und erklärte auf englisch, er sei bereit zu hören, wer auch immer da mit ihm sprechen wolle. Der Bildschirm blieb dunkel. Die Druuf legten entweder keinen Wert darauf, ein Bildgespräch zu führen, oder ihr Sender war nicht mit einer Bildübertragung gekoppelt.

Träge strichen die Sekunden dahin, nachdem Tifflor sich zum Empfang bereit erklärt hatte. Im Geist sah er drüben, an Bord eines der neu angekommenen Schiffe, einen Druuf in ein kleines Gerät sprechen, das er auf der Brust hängen hatte, und darauf warten, daß das Gerät seine Worte in englischer Sprache an das Mikrophon weiterleitete, das vor ihm auf dem Tisch stand.

Er überlegte sich, daß die Druuf bislang nicht hatten wissen können, ob das Schiff, das sie aufgebracht hatten, ein arkonidisches war oder nicht. Die Form des Fahrzeugs gab keinerlei Auskunft darüber. Bis auf Ausnahmefälle war im Einsteinuniversum die Kugelform der Raumschiffe dominierend. Es wäre nichts weiter als vernünftig gewesen, wenn die Druuf den abgeschleppten Eindringling für einen Arkoniden gehalten hätten. Sie schienen ihrer Sache jedoch nicht sicher zu sein, sonst hätten sie sich, nachdem der Trichter passiert war, wohl nicht mehr soviel Mühe gemacht.

Mitten im Nachdenken wurde Tifflor unterbrochen. Der Empfänger hörte auf zu rauschen, und eine unschöne, seelenlose Stimme sagte: „Sie sind ein terranisches Schiff. Was wollen Sie hier?“

Tifflor hatte seine Antworten parat.

„Sie warnen“, erklärte er, nachdem er ein paar Sekunden hatte verstreichen lassen, um die Druuf und ihr langsames Zeitempfinden nicht zu verwirren.

„Wovor wollen Sie uns warnen?“ kam die Gegenfrage.

Nebenbei, jedoch mit Erstaunen, registrierte Tifflor, daß das Übersetzergerät, dessen die Druuf sich bedienten, offenbar vollkommen war, wenigstens was seine Kenntnis der englischen Sprache anbelangte. Die Sätze waren flüssig und korrekt. Nur die Stimme machte den Zuhörer schaudern.

„Vor einem arkonidischen Großangriff", antwortete Tifflor. „Er steht kurz bevor, und ich dachte mir, Sie wären dankbar, wenn Sie jemand darauf aufmerksam machte."

Diesmal dauerte es ein paar Sekunden länger, bis der Druuf sich wieder meldete. Die Stimme klang unbewegt, sie konnte nicht anders klingen. Aber aus dem Satz war das Mißtrauen deutlich genug herauszulesen. „Erwarten Sie eine bestimmte Form der Dankbarkeit?"

Julian Tifflor hatte auch mit dieser Frage gerechnet.

„Falls Sie glauben, ich wollte durch Verrat Geld verdienen", antwortete er unbewegt: „Nein! Im übrigen: Was soll das Mißtrauen? Wollen Sie das ganze Gespräch über Telekom führen?"

Wieder dauerte es eine Weile, bis die Antwort kam. Sie hieß: „Kommen Sie mit zwei Mann Begleitung und unbewaffnet an Bord meines Schiffes. Besitzen Sie ein Beiboot, oder soll ich Sie holen lassen?"

Julian Tifflor wurde zornig.

„Erstens", erklärte er schroff, „komme ich entweder so, wie ich bin, oder überhaupt nicht. Ich habe meine Dienstwaffe am Gürtel hängen, und dort bleibt sie. Dachten Sie, ich hätte vor, mit einer Pistole eine Raumflotte zu erobern? Zweitens: Ich habe ein Boot. Machen Sie sich weiter keine Mühe als die, mir zu zeigen, welches von diesem Dutzend Ihr Schiff ist."

Der Druuf schien keine Einwände mehr zu haben.

„Ich erwarte Sie", antwortete er. „Man gibt Ihrem Boot ein Leitzeichen."

Julian Tifflor unterbrach die Verbindung. Er drehte sich um und sah seine Männer an.

„Es wird ernst", sagte er. „Tschubai, Marshall, machen Sie sich fertig."

Man meldete Door-Trabzon, daß in einem Raumsektor unweit der langsam die Front abfliegenden WA-KELAN zwei fremde Fahrzeuge ausgemacht worden waren. Door-Trabzon geriet in Verwirrung, denn am Kurs der Fremden war ersichtlich, daß sie zusammengehörten, und bisher hatte Door-Trabzon nichts anderes gewußt, als daß über kurz oder lang *ein* terranisches Schiff auftauchen werde.

Seine Verwirrung erreichte den Höhepunkt, als die Orter die ersten genauen Angaben über die Größe der beiden Schiffe machten. Sie standen Door-Trabzons gewaltigen Einheiten in nichts nach.

Etwas überstürzt gab Door-Trabzon Befehl, daß die unbekannten Einheiten eingekreist und angegriffen werden sollten. Um sicherzugehen, bot er dazu ein Geschwader von zweihundert Kreuzern und Schlachtschiffen auf, aber sie hatten sich kaum in Marsch gesetzt, als einer der beiden Fremden mit der WA-KELAN in Verbindung trat und versicherte, sie seien beide in friedlicher Absicht gekommen und befänden sich, was ihre Pläne betreffe, in voller Übereinstimmung mit dem Regenten von Arkon.

Das nahm Door-Trabzon den Wind aus den Segeln. Er widerrief seine Befehle und wies das Kreuzer- und Schlachtschiffgeschwader an, in zurückgezogener Position den weiteren Verlauf der Dinge abzuwarten. Dann machte er sich mit der WA-KELAN selbst auf den Weg, um nach dem Rechten zu sehen.

Noch bevor er dazu kam, erhielt er eine Kurznachricht aus Arkon, die besagte, daß der terranische Befehlshaber, Perry Rhodan, vorgeschlagen habe, selbst an der Suche nach dem mit Deserteuren bemannten Schiff teilzunehmen, und daß dieser Vorschlag seiner Erhabenheit, dem Regenten, plausibel und wünschenswert erschien.

Das brachte Door-Trabzon völlig aus dem Gleichgewicht. Denn erstens war Perry Rhodan ein Name, der seinen Weg durch die Galaxis schon vor Jahrzehnten gemacht hatte, und zweitens wußte Door-Trabzon über das Verhältnis zwischen Terra und Arkon – oder, genauer gesagt: zwischen Perry Rhodan und dem Regenten – zu gut Bescheid, um zu verstehen, warum man Rhodan ausgerechnet in dieser Situation unbehindert zwischen den Einheiten der arkonidischen Such- und Blockadeflotte herumfliegen lassen sollte.

Die Nachricht aus Arkon war jedoch, das wußte Door-Trabzon, als Befehl zu betrachten. Er hatte keine andere Wahl, als sich danach zu richten. Er war der Ansicht, daß Perry Rhodan keinesfalls suchen würde, wenn er nicht außerdem einen anderen Vorteil dabei hatte. Aber diese Ansicht war nichts wert, solange er nicht den Regenten von ihrer Richtigkeit überzeugen konnte.

Er versuchte das, aber augenscheinlich hatte er einen ungünstigen Zeitpunkt dazu gewählt. Der Regent meldete sich nicht einmal.

Door-Trabzon wußte nicht, daß der Regent um diese Zeit damit beschäftigt war, den zentralen Positroniken seiner Blockadeschiffe eine Reihe von Anweisungen zu geben, die ziemlich genau auf das hinausliefen, was auch Door-Trabzon befohlen haben würde – wenn er eine Möglichkeit dazu gehabt hätte.

Der Regent erinnerte sich an den Verdacht, den seine Kombinatorik geäußert hatte, als sie zum erstenmal von Perry Rhodans Information über das geflüchtete Schiff erfuhr. Ein gewisser Betrag von Wahrscheinlichkeit, der nicht einfach übersehen werden konnte, sprach dafür, daß die Sache mit den Deserteuren ganz einfach ein Bluff war. Bis jetzt konnte die Kombinatorik jedoch keine Aussage über das Ziel dieses Bluffs machen, die so gewichtig war, daß man einen Plan hätte darauf aufbauen können. In diese Richtung zielten die Anweisungen, die der Regent den Positroniken gab. Sie hatten von nun an darauf zu achten, welchen Kurs die beiden terranischen Schiffe verfolgten. Sie hatten darüber und über jedes Manöver der beiden Terraner sofort Meldung an den Regenten zu geben. Der Regent seinerseits wartete ungeduldig darauf, daß sein kombinatorischer Zweig aufgrund der nun eingehenden Informationen eine Wahrscheinlichkeitsvorhersage machen konnte, nach der es möglich war, einen erfolgversprechenden Plan auszuarbeiten.

Der Regent hatte nicht vergessen, daß er vor wenigen Wochen Perry Rhodan als Gefangenen schon beinahe in der Hand gehabt hatte. Hier bot sich eine neue Gelegenheit. Wenn es sich ermöglichen ließ, dann sollte dieses Unternehmen Rhodans letztes sein.

Der Regent war ein Robot und kannte keine Skrupel.

Auf der anderen Seite hätte Perry Rhodan ein Narr sein müssen, um das nicht zu wissen. Die beiden Schlachtschiffe, DRUSUS und KUBLAI KHAN, blieben in ständiger Bewegung. Zu jedem Zeitpunkt des Unternehmens reichte ihre Geschwindigkeit für eine sofortige Transition aus. Beide Einheiten befanden sich in höchster Alarmbereitschaft. Eine Unzahl von Orterposten achtete auf die Bewegungen der arkonidischen Schiffe und gab Alarm, sobald sich genug von ihnen in genügend geringem Abstand zusammengefunden hatten, um der DRUSUS oder der KUBLAI KHAN gefährlich zu werden.

Dieser Fall trat jedoch vorerst nicht ein. Perry Rhodan hatte richtig kalkuliert: Der Robotregent würde nichts unternehmen, solange er nicht wußte, worauf die Terraner aus waren.

Dann jedoch würde er zuschlagen, blitzschnell und wohlüberlegt. Das hieß: Mit einer genügend großen Zahl von Schiffen gleichzeitig, so daß die terranischen Schutzschirme durch die Wucht des konzentrierten Feuers zerbrochen und die beiden Schiffe vernichtet wurden.

Perry Rhodan wußte, daß sein Leben keinen Heller wert gewesen wäre, wenn er sich auf die Beteuerungen des Robotregenten verlassen hätte. Sie sprachen vom Willen zur Zusammenarbeit, aber Perry Rhodan wußte besser als irgend jemand anders, daß die große Positronik log.

Die Anwesenheit der beiden terranischen Schiffe erfüllte einen doppelten Zweck. Erstens sollte Julian Tifflor und der INFANT Hilfe gebracht werden, sobald sie sie brauchten, und zweitens war es nötig, Verbindung mit dem im Druufuniversum gelegenen Stützpunkt Hades aufrechtzuerhalten. Niemand konnte die Entwicklung voraussehen, die mit dem Eindringen der INFANT in den Druufraum eingeleitet wurde. Es konnte sich von einer Sekunde zur anderen erweisen, daß jetzt der Augenblick gekommen war, in dem der Stützpunkt Hades in die Auseinandersetzungen eingreifen mußte. Und da Hades selbst nur wenige Möglichkeiten besaß, sich über den Gang der Dinge zu informieren, standen die DRUSUS und die KUBLAI KHAN Wache.

Perry Rhodan war sich darüber im klaren, welches Risiko er bei diesem Unternehmen einging. Er glaubte, gegen alle Eventualitäten Vorsorge getroffen zu haben.

Er wußte nicht, daß der Augenblick auf ihn zukam, in dem sich alle Vorsorge als nutzlos erweisen würde.

Man hatte ihn darauf vorbereitet, daß ein Druuf wie eine Gestalt aus einem Alptraum aussah, aber als er zum erstenmal selbst einen zu Gesicht bekam, hatte er Mühe, den Schock zu überwinden.

Der, vor dem er stand, ragte drei Meter vor ihm auf. Der Mensch hat eigenartige Vorstellungen von Größenverhältnissen. An die Ausmaße seiner gewaltigen Bauwerke erinnert, empfindet er ein Ding, einen Gegenstand von drei Metern Höhe nicht als bemerkenswert groß, was immer es auch ist. Vor einem anderen Menschen, der größer als zwei Meter ist, erschrickt er jedoch im ersten Augenblick, und eine lebende Intelligenz von mehr als drei Metern Höhe jagt ihm vollends Entsetzen ein.

So erging es Julian Tifflor, als er den Kommandostand des Druufschiffs betrat und der Kommandant auf ihn zukam. Der Druuf stand auf mächtigen Säulenbeinen, die allein fast so lang waren wie Julian Tifflor. Die Beine trugen einen kubischen Körper, aus dem ohne den harmonischen Übergang des Halses ein kugelförmiger Kopf von der Größe eines Medizinballs wuchs. Der Kopf besaß vier Augenöffnungen und einen dreieckigen Mund. Ansonsten war er glatt und haarlos. Von dem Körperwürfel hingen zu beiden Seiten mächtige, lange Arme herab, die in feingliedrigen Fingern endeten. Eine eigentliche Hand gab es nicht.

Wie Tifflor erwartete, hatte der Druuf den kleinen Übersetzer auf der Brust hängen. Er schien schon zuvor etwas hineingesprochen zu haben, denn als die drei Terraner den Raum betraten, plärrte das Gerät: „Ich bin allein hier, aber machen Sie sich deswegen keine Hoffnungen. Meine Freunde sind auf dem Posten."

Julian Tifflor war nicht darauf eingegangen. Er hatte sich Zeit genommen, den Druuf zu betrachten und mit seinem Schock fertig zu werden.

Danach winkte er mit der Hand und antwortete wegwerfend:

„Haben Sie keine Angst. Wir sind nicht hierhergekommen, um Ihnen weh zu tun."

Er sah sich um. Die Einrichtung des Raumes wirkte fremdartig, beinahe grotesk für terranische Augen. Im Zentrum der Halle stand ein Ding, so groß wie ein kleines Wochenendhaus, und wies sich durch Bewehrung mit Hebeln und Schaltern als Kommandopult aus. Die Hebel waren so lang wie Reckstangen, und an den Schaltern hätten zwei Terraner mit beiden Händen drücken müssen, um sie zu bewegen. Rings um die Wand lief ein großflächiger Panoramabildschirm und zeigte die dunkelrote Tiefe des fremden Raumes mit seinen unzähligen Sternen. Von den Geräten, die unterhalb des Bildschirms aufgestellt waren, konnte Julian Tifflor kein einziges erkennen. Die Technologie der Druuf war zu verschieden von der terranischen.

Alles in allem war es ein Raum, von dem Tifflor glaubte, daß er sich niemals in ihm wohl fühlen würde. Er wußte noch nicht, daß er gezwungen sein würde, sich mit ihm anzufreunden.

Es gab keine Sitzgelegenheit im Kommandostand. Für die Druuf mit einem mittleren Körpergewicht von acht Zentnern war das Aufstehen eine mühselige Angelegenheit. Nur tiefe Erschöpfung konnte sie dazu bewegen, sich auf einen Stuhl zu setzen. Die Gravitation von Druufon, ihrer Heimatwelt, betrug 1,95 Gravos, also fast das Doppelte der irdischen. Wahrscheinlich herrschte die gleiche Schwerkraft auch an Bord des Druufschiffs, jedoch merkten die Terraner nichts davon. Sie trugen moderne Schutzanzüge mit automatisch reagierenden Antigravabsorbern, die die gewohnte irdische Schwere aufrechterhielten.

„Sie besitzen also Informationen darüber", begann der Druuf von neuem, „daß die Arkoniden uns angreifen wollen."

Julian Tifflor sah ihn an. Es war schwer zu erkennen, in welche Richtung der Druuf blickte. Die Druuf waren Insektenabkömmlinge. Die große Sehfläche ihrer Augen war in Hunderte von kleinen Facetten unterteilt. Tifflor fühlte sich ziemlich unbehaglich.

„Ja", antwortete er knapp.

„Woher haben Sie diese Informationen?" fragte der Druuf.

Die Worte, die er in den Übersetzer sprach, waren für terranische Ohren unhörbar. Die Sprechorgane der Druuf brachten Ultraschallgeräusche hervor. Die Druufsprache war ein unentwirrbares und nicht erlernbares Durcheinander von hochfrequenten Ultraschallauten.

„Ich war bei einigen Verhandlungen zugegen, die über Telekom zwischen Arkon und meiner Heimatwelt geführt wurden“, erklärte Tifflor bereitwillig.

„Worüber wurde in diesen Verhandlungen gesprochen?“

Tifflor wußte nicht, wieviel die Druuf von menschlicher Mimik verstanden. Auf jeden Fall gab er sich Mühe, ungeduldig und ärgerlich auszusehen.

„Hören Sie einmal zu“, sagte er zu dem Druuf. „Gefahr ist im Verzug. Wenn der arkonidische Angriff kommt, dann kommt er rasch. Und Sie stehen hier herum, fragen mich aus und tun so, als hätten Sie noch ein halbes Jahr Zeit. Sind Sie überhaupt berechtigt, diese Informationen entgegenzunehmen? Ich möchte, daß Sie mich zu Ihrer Heimatwelt bringen, damit ich dort Ihrer Regierung eröffnen kann, was ich weiß.“

Man konnte dem Druuf nicht ansehen, ob er beeindruckt war. Trotzdem atmete Julian Tifflor auf. Er hatte den entscheidenden Teil seiner Rolle soeben gesprochen – und er hatte es gut gemacht, meinte er. Kein irdischer Psychologe hätte ihm anmerken können, daß er aus kühler Berechnung in Aufregung geraten war und daß es ihm lediglich darum ging, den Vorschlag zu einem Flug nach Druufon so unverdächtig wie möglich an den Mann zu bringen.

Nach einer Weile antwortete der Druuf: „Woher soll ich wissen, ob Sie nicht in Wirklichkeit ein Verräter sind?“

Tifflor frohlockte. Der Widerstand schien zu weichen. Er *mußte* nach Druufon kommen. Er *mußte* mit Ernst Ellert, der im Körper eines Druuf-Wissenschaftlers steckte, in Verbindung treten und die Dinge über Ellert von Druufon aus zu leiten versuchen. Nur auf Druufon konnte dieses Unternehmen Erfolg haben, wenn es gelang, die höchsten Regierungsspitzen von der drohenden arkonidischen Gefahr und der Notwendigkeit eines sofortigen Gegenschlags zu überzeugen.

„Das können Sie überhaupt nicht wissen", antwortete Tifflor abweisend. „Aber Sie können so auf mich aufpassen, daß ich keinen Schaden anrichten kann, wenn ich ein Verräter bin. Im übrigen, muß ich sagen, habe ich von Ihrer Seite etwas mehr Zuvorkommenheit erwartet. Ich habe ein gerüttelt Maß an Gefahren auf mich genommen, um Sie vor den Arkoniden zu warnen."

Das schien den Druuf zu interessieren.

„Gefahren?" fragte er. „Sie haben keinen Geleitschutz gehabt?"

„Du meine Güte", seufzte Tifflor, „hatte der Druuf, der uns im Traktorstrahl hierhergebracht hat, keine Augen im Kopf? Natürlich hatten wir keinen Geleitschutz. Wir sind von der Erde *geflohen,* wenn Sie das endlich begreifen wollen."

„Sie sind geflohen? Warum?"

„Weil wir Sie sonst nicht hätten warnen können. Terra verhandelt noch mit den Arkoniden. Es wird kein Beistandspakt dabei herauskommen, wie ich die Dinge sehe, aber wenigstens ein Stillhalteabkommen. Es läuft der Linie der terranischen Politik zuwider, Sie vor dem arkonidischen Angriff zu warnen, verstehen Sie das?"

„Nicht ganz. Auf Ihrer Heimatwelt, sagt man, herrscht Meinungsfreiheit. Warum sollten Sie nicht ungestraft anderer Meinung sein können als Ihre Regierung?"

Zum erstenmal hatte Tifflor den ungewissen Eindruck, daß der Druuf mit ihm Versteck spielte.

Julian Tifflor sah sich nach John Marshall um. Marshall war Telepath. Er hätte die Gedanken des Druuf erkennen sollen. Aber Marshall zuckte mit den Schultern und machte ein unglückliches Gesicht.

„Ich bin Offizier der terranischen Flotte", antwortete Tifflor vorsichtig. „Nur die Flotte verfügt über Schiffe, mit denen man Ihr Universum erreichen kann. Aber jedes Mitglied der Flotte ist an die Befehle des Kommandanten gebunden. Die Befehle besagen, daß über die Verhandlungen zwischen Terra und Arkon und über den bevorstehenden Angriff strengstes Stillschweigen gewahrt werden muß. Jemand, der sich an die Befehle hält, kann Sie also nicht warnen. Jemand, der ihnen zuwiderhandelt, wird vor Gericht gestellt und verurteilt. Wir mußten ein Raumschiff stehlen und uns bei Nacht und Nebel davonmachen. Das ist die Lage. Und nun kommen Sie und behandeln uns wie Straßenräuber. Ich will nach Druufon gebracht werden und dort mit den maßgeblichen Leuten sprechen, nicht hier mitten im Raum mit einem kleinen Kapitän."

Die letzte Bemerkung war darauf gezielt, den Druuf aus der Ruhe zu bringen und zur Preisgabe seiner wahren Gedanken zu veranlassen. Das konnte nur gelingen, wenn die Druuf ebenso eitel waren, wie Menschen es zu sein pflegen.

Das waren sie offenbar nicht. Der Druuf blieb völlig ruhig und antwortete gelassen: „Ich *bin* ein maßgeblicher Mann. Ich glaube, ich kann Sie davon überzeugen."

Julian Tifflor hörte eine Serie schnurrender, rumpelnder Geräusche. Er sah sich um und entdeckte, daß die Türen des Kommandostands sich geöffnet hatten. Druuf kamen herein, riesige, schwarzhäutige Gestalten, insgesamt fünfzehn. Sie bildeten einen Kreis um die drei Terraner und ihren Kommandanten. Julian Tifflor hatte das Empfinden, es sei etwas schiefgegangen, aber er wußte nicht was.

Die Druuf verhielten sich nicht feindselig. Sie standen nur da, und niemand konnte erkennen, in welche Richtung sie schauten.

„Beantworten Sie mir bitte noch eine Frage", begann der Kommandant von neuem, und Tifflor registrierte mit Erstaunen, daß er zum erstenmal das Wort „bitte" gebraucht hatte. „Und zwar: *Warum* haben Sie sich soviel Mühe gemacht, um uns zu warnen? Aus Freundschaft?"

Julian Tifflor kniff die Augen zusammen. Diese Frage hatte kommen müssen, und er ließ sich nicht überrumpeln.

„Nein!" zischte er. „Weil ich die Arkoniden hasse!"

Plötzlich war Bewegung unter den Druuf. Köpfe hoben sich, Facettenaugen funkelten. Tifflor war überzeugt, daß sie sich nun miteinander unterhielten. Aber die Laute waren für menschliche Ohren unhörbar.

Erst nach geraumer Zeit wandte sich der Kommandant Tifflor wieder zu. Aus dem Übersetzer sagte die mechanische Stimme: „Wir sind der Ansicht, daß Sie die Wahrheit sprechen. Wir sind sogar nahezu gewiß, denn wir wußten, bevor Sie kamen, von der drohenden Gefahr. Alle Vorbereitungen sind getroffen, um den arkonidischen Angriff abzuwehren. Sie brauchen unsere Regierung nicht mehr zu überzeugen – sie ist es schon. Infolgedessen haben Sie es nicht nötig, den weiten Weg nach unserer Heimatwelt zu machen. Wir sind Ihnen dankbar und sind sicher, daß Sie uns helfen wollen. Daher richten wir eine Bitte an Sie: Bleiben Sie hier bei uns und übernehmen Sie das Kommando eines Flottenteils. Sie wissen von unserer Unterlegenheit den Arkoniden gegenüber, was das Reaktionsvermögen und natürlich auch die Fluggeschwindigkeit unserer Schiffe angeht. Bleiben Sie hier und helfen Sie uns, daß wenigstens ein Flottenteil auf die Manöver des Feindes rasch genug reagieren und Erfolge erzielen kann. Das ist unsere Bitte."

Da wußte Julian Tifflor, daß sein Plan fehlgeschlagen war.

Es gab keinen Ausweg mehr. Er hätte sich verdächtig gemacht, wenn er die Bitte abgeschlagen hätte. Die Bitte war vernünftig, und er hätte zuvor daran denken sollen, daß die Druuf sie stellen würden.

Er konnte nicht mehr zurück. Er mußte ja sagen. Hätte er abgelehnt, er hätte sein Ziel trotzdem nicht erreicht. Die Druuf hätten Verdacht geschöpft und erst recht nicht mehr daran gedacht, ihn nach Druufon zu bringen.

Das Unternehmen war mißglückt. Ohne die Teilnahme von Ernst Ellert konnte kein ausreichender Erfolg erzielt werden.

Julian Tifflor hatte Mühe, seine Niedergeschlagenheit zu verbergen.

„Selbstverständlich", antwortete er, so fest er konnte, „werden wir Ihnen helfen, die Arkoniden zu schlagen."

Der Plan war gewesen, die Druuf-Regierung in Aufregung zu versetzen. Es bestand kein Zweifel daran, daß Ernst Ellert in der Gestalt des Druuf-Wissenschaftlers Onot dies im Verein mit den angeblichen Deserteuren hätte tun können.

Der Plan war gewesen, die Druuf zu einem Ausfall ins Einsteinuniversum zu veranlassen – zu einem Schritt also, mit dem kein Arkonide mehr rechnete – und sie auf verschiedene Möglichkeiten aufmerksam zu machen, wie sie den Arkoniden Schaden zufügen konnten, zum Beispiel durch Angriff auf abgelegene, unbemannte Depots, durch die Zerstörung von Robotstationen und anderen Einzelunternehmen. Natürlich hätten die Arkoniden zurückgeschlagen, aber auch das gehörte zu den Zielen des Plans.

Denn der Plan wollte einzig und allein darauf hinaus, daß Arkoniden und Druuf einander so viele Verluste zufügten, daß Terra außer Gefahr war.

Dieser Plan ließ sich um so leichter verfolgen, da man wußte, daß sowohl die Druuf als auch Arkon fast ausschließlich Robotflotten einsetzen würden, es also lediglich zu großen Materialverlusten auf beiden Seiten kommen würde. Hätte Lebewesen dabei der Tod gedroht, wäre dieser Plan nie realisiert worden.

Das Vorhaben würde sich nun nicht mehr durchführen lassen. Denn in Wirklichkeit dachten die Arkoniden gar nicht daran, die Druuf in ihrem eigenen Universum anzugreifen. Die Flottenbewegungen, auf die die Druuf aufmerksam geworden waren, rührten daher, daß der Robotregent ein einzelnes Schiff, mit terranischen Deserteuren bemannt, unbedingt fassen wollte. Auch das gehörte zum ursprünglichen Plan. Die Druuf sollten dadurch in ihrer Bereitschaft zu einem Vorstoß ins Einsteinuniversum bestärkt werden.

Es würde also zu keinem Kampf kommen, höchstens zu Vorpostengeplänkeln. Die entscheidende Schwächung der arkonidischen und der Druuf-Kriegsmacht würde ausbleiben. Denn ohne die gefälschten, nur durch Onots Autorität als Wissenschaftler gestützten Hinweise, die der Druuf-Regierung geliefert werden und sie auf die angebliche Achillesferse des arkonidischen Imperiums aufmerksam machen sollten, würden die Druuf auch ihrerseits niemals einen Vorstoß in den Einsteinraum unternehmen; dafür waren sie jetzt von ihrer eigenen Unterlegenheit viel zu sehr überzeugt.

Julian Tifflor waren die Hände gebunden. Gewiß, er konnte versuchen, den Druuf-Kommandanten auf verschiedene Möglichkeiten aufmerksam zu machen, wie man den Arkoniden eins auswischen konnte. Aber auch der Kommandant konnte nicht ohne Anweisung seiner Regierung handeln. Die Begutachtung von Tifflors Vorschlägen aber würde Zeit in Anspruch nehmen – und gerade Zeit hatte Terra nicht mehr.

In einigen Monaten würde die Überlappungsfront geschlossen sein. Dann gab es keine Verbindung mehr zwischen den beiden Universen und auch keine Möglichkeit mehr, den Regenten zu schwächen.

Niedergeschlagen bereitete sich Julian Tifflor auf seine Rolle als Kommandeur eines Druuf-Flottenteils vor. Er war überzeugt, daß er in dieser Rolle niemals ein Wort sagen mußte. Wozu denn? Es kam zu keinem Kampf. Die Druuf blieben hüben, die Arkoniden drüben. Bevor die Überlappungszone sich schloß, würde es höchstens noch ein paar kleine Geplänkel geben.

Aber der Plan hatte mit einer Vernichtung von vierzig- oder fünfzigtausend Schiffen gerechnet.

4.

Gucky, der Mausbiber, schenkte dem geräumigen Innern des Kommandostands noch einen letzten Blick. Es störte ihn nicht, daß der Blick durch das Maschengitter des Transmitters ein wenig getrübt war.

Dann schloß er die Augen und drückte auf den Knopf, auf den er lange zuvor schon die Pfote gelegt hatte.

Er spürte nichts. Aber als er die Augen wieder aufschlug, befand er sich in einer weiten Felsenhalle, in der mehrere Reihen solcher Geräte aufgebaut waren wie das, in dem Gucky sich befand, und das, in dem er vor einigen Sekunden an Bord der DRUSUS noch gesessen hatte.

Er sah ein paar Männer vor der Gittertür des Transmitters stehen, aber er achtete nicht auf sie. Er horchte. Er streckte seine telepathischen Fühler aus und versuchte, die Zeichen zu empfangen, die der Mann ausstrahlte, dessentwegen er nach Hades gekommen war.

Und er empfing sie.

Sie klangen wie leises, aber trotzdem deutliches Zirpen. Sie kamen aus der Tiefe des Raumes, und Gucky hatte keine Mühe, an ihnen zu erkennen, daß der Mann, der sie ausstrahlte, sich noch bester

Gesundheit erfreute. Denn der Zeichengeber, den er im Körper trug, war ein halborganisches Gerät, dessen Funktionsfähigkeit mit der körperlichen Verfassung seines Trägers stand und fiel.

Gucky war zufrieden. Julian Tifflor befand sich in der Nähe, nach Guckys Schätzung nicht weiter als ein paar Milliarden Kilometer entfernt, und der telepathische Zeichengeber, den Tifflor als eine Art parapsychologisches Leuchtfeuer mit sich herumtrug, arbeitete mit normaler Leistung.

Inzwischen hatten die Männer draußen die Tür des Transmitters geöffnet. Gucky spazierte hinaus, den Löffelschwanz, für den an seinem Raumanzug ein besonderer Anbau geschaffen worden war, gravitätisch hinter sich herziehend. Die Männer lächelten. Gucky sah es und antwortete mit einem verächtlichen Blick. Er war es gewohnt, daß Menschen über seinen Anblick lächelten. Er sah aus wie eine Kreuzung zwischen einem Biber und einer Maus, die aus Versehen zu groß geraten war. Die Menschen hatten zwar eine Reihe von Märchen und Fabeln, in denen sprechende und kluge Tiere vorkamen, aber wenn sie in Wirklichkeit einem Mausbiber begegneten, der sprechen und logisch denken konnte, dann wußten sie sich vor Staunen nicht zu fassen – oder sie lächelten, so wie diese vier hier.

Gucky setzte sich auf die Hinterbeine und stützte sich mit dem Schwanz. Er gab sich Mühe, seinem großäugigen Mausgesicht den Eindruck der Wichtigkeit zu verleihen und erklärte lispelnd: „Man hat mir den Auftrag gegeben, mich sofort mit Captain Rous in Verbindung zu setzen. Ich bitte, Captain Rous zu benachrichtigen."

Die Männer fingen an zu lachen, aber schon nach ein paar Sekunden verstummten sie wieder. Captain Rous kam den Gang zwischen den Transmittern entlang.

„Ich bin schon informiert", erklärte er. „Unsere Transmitter bekommen selten Grünzeichen. Draußen scheint etwas los zu sein, wie?"

Er wußte, wie sehr Gucky darauf Wert legte, als Mensch behandelt zu werden, und er reichte ihm die Hand. Der Mausbiber erwiderte die Begrüßung mit einer munteren, fast graziösen Geste.

„Und ob da etwas los ist", antwortete er gewichtig. „Eine ganze

Menge. Oberst Tifflor ist mit einem altmodischen Kreuzer und vierzehn Mann Begleitung in das Druufuniversum vorgestoßen und erzählt den Druuf vom bevorstehenden Angriff der arkonidischen Flotte."

Dabei kniff er ein Auge zu – ganz so, wie er es von den Menschen gelernt hatte. Rous lachte.

„Ich verstehe es noch nicht ganz", gab er zu, „aber du wirst es mir sicherlich noch zu Ende erklären, wie?"

„Ganz sicher", bekräftigte Gucky. „Sobald ich etwas zu essen bekommen habe."

Marcel Rous verzog das Gesicht.

„O weh!" machte er. „Wir haben aber keine Mohrrüben."

Gucky entblößte einen einzigen, gewaltigen Zahn und versuchte, so etwas wie ein Lächeln zustande zu bringen.

„Das ist nicht besonders schlimm", meinte er großzügig. „Im Notfall bin ich auch mit einer Konserve zufrieden."

Er erregte allgemeine Heiterkeit. Vorschläge wurden gemacht, was man dem Gast anbieten könne, und Gucky, der jede Art von Spiel liebte, also auch die des munteren Geplänkels mit Worten, tat sein Teil, um die Lustigkeit nicht abflauen zu lassen.

Dabei durchquerten sie die Transmitterhalle und erreichten den Trakt der Verwaltungs- und Mannschaftsräume, die etwa in der Mitte des in eine riesige Berghöhle gebauten Geheimstützpunkts lagen. Während der ganzen Zeit hörte Gucky, nun schon kaum mehr darauf achtend, das Zirpen des Telepathiesenders, den Julian Tifflor mehrere Milliarden Kilometer entfernt im Körper trug.

Gucky gab zu verstehen, daß er einige Tage lang auf Hades bleiben werde – so lange, bis Tifflors Unternehmen geglückt und die INFANT auf dem Rückweg zur Erde war. Man wies ihm einen Wohnraum an und brachte ihm dorthin etwas zu essen. Captain Rous leistete ihm Gesellschaft, während die übrigen Männer auf ihre Posten zurückkehrten. Gucky nahm die Gelegenheit wahr, Marcel Rous über die Dinge, die sich draußen im Druuf- und im Einsteinraum abspielten, beziehungsweise noch abspielen sollten, ins Bild zu setzen.

Der Plan war einleuchtend genug. Marcel Rous verstand ihn

schnell. Er verstand auch, daß der Stützpunkt Hades, auf einem der inneren Planeten des Druufon-Systems gelegen, eine wichtige Rolle spielen würde, sobald Julian Tifflor in Gefahr geriet oder gar sein ganzes Unternehmen fehlzuschlagen drohte.

Während er sich in Gedanken damit beschäftigte und die weitere Entwicklung abzusehen versuchte, vertilgte Gucky in aller Gemütsruhe den Inhalt zweier Konservendosen. Dazu trank er Wasser aus einem großen Becher. Er achtete nicht auf Rous und nicht auf die zirpenden Zeichen, die Julian Tifflors Sender ausstrahlte. Er war hungrig, und solange er hungrig war, dachte er an nichts anderes als ans Essen. Es war schon fast eine Zumutung gewesen, daß Marcel Rous hatte informiert sein wollen, noch bevor der Hunger gestillt war.

Jetzt wußte er alles, also sollte er Ruhe geben.

„Sag mal", begann Rous nach einer Weile ganz entgegen Guckys Erwartungen, „was ist . . ."

Weiter hörte ihn Gucky nicht. Rous sprach noch, aber Gucky achtete nicht darauf. Etwas hatte sich verändert. Er wußte nicht, was, aber da er von Natur aus ein vorsichtiges Wesen war, versuchte er darauf zu kommen. Es war, wie wenn eine Uhr ausgesetzt hätte. Das Ohr war an das Ticken so gewöhnt, daß es das Geräusch gar nicht mehr wahrnahm. Erstarb es, dann spürte man die Veränderung, ohne sofort zu wissen, worin sie bestand.

Der Vergleich mit der Uhr brachte Gucky auf die richtige Spur. Er wußte plötzlich, was geschehen war: Julian Tifflors zirpende Zeichen hatten an Intensität nachgelassen. Sie trafen nicht mehr regelmäßig ein. Sie waren schwach geworden, schwanden und kamen nach einiger Zeit wieder. Das konnte nur eines bedeuten: Tifflor war etwas zugestoßen.

Noch bevor Gucky die DRUSUS verließ, um per Transmitter seinen mehrtägigen Besuch auf Hades anzutreten, hatte Perry Rhodan eine Reihe von Gesprächen mit dem Robotregenten von Arkon geführt. Sie alle drehten sich in erster Linie um die Suche nach dem Schiff der Deserteure. Der Regent wunderte sich darüber, warum es, wenn es doch auf dem Weg zu den Druuf gewesen war, noch nicht in der Nähe der Überlappungszone aufgetaucht war, und Perry Rhodan erklärte ihm, daß es nichts weiter als eine wohlbegründete Vermutung gewesen war, die Deserteure würden sich zu den Druuf begeben, und daß darüber hinaus noch die Möglichkeit bestehe, sie hätten ihr Schiff unbemerkt durch die Reihen der Blockadeschiffe hindurchbugsiert.

Der Regent informierte seine Kombinatorik über diese letztere Möglichkeit und erhielt den Bescheid, daß ein Durchschlüpfen durch die Blockadefront für ein kleineres, unauffälliges Schiff in der Tat nicht unmöglich sei, ja, die Kombinatorik errechnete sogar eine nicht unbeträchtliche Wahrscheinlichkeit dafür, daß ein solch unbemerkter Durchbruch dem terranischen Schiff im Lauf der vergangenen Stunden schon gelungen sein könnte.

Der Regent sah sich plötzlich einer völlig neuen Situation gegenüber. Er war darauf aus gewesen, ein mit Deserteuren bemanntes Schiff zu fangen. Ihn interessierte weder die Tatsache, daß die Besatzung aus Deserteuren bestand, noch ging es ihm um das Schiff. Was er suchte, waren Informationen über die galaktische Position von Rhodans Heimatwelt Terra, und es erschien ihm plausibel, daß ihm Deserteure, wenn sie auch ursprünglich zu den Druuf hatten fliegen wollen, diese Informationen eher geben würden als zum Beispiel Kriegsgefangene, die mit Gewalt eingebracht worden waren und treu zu ihrer Heimat standen.

Er hatte alles mögliche unternommen, um den Flüchtigen den Weg zu verlegen, und nun hörte er, daß trotzdem die Möglichkeit bestand, daß sie ihm entgangen waren. Das hieß: Sie befanden sich bereits im Universum der Druuf.

Der Regent begann, die Möglichkeiten eines Einbruchs in den Druufraum ernsthaft zu erwägen. Bisher hatte er davor zurückgeschreckt. Er war ein leistungsfähiges, positronisches Gebilde, aber seine Erbauer hatten versäumt oder nicht für nötig gehalten, ihm Kenntnisse der mathematisch-physikalischen Theorie der differenten Eigenzeiten mitzugeben. Damals, als der Regent erbaut wurde, galt diese Theorie, die zudem noch in den Kinderschuhen steckte, als ein nutzloses Erzeugnis spintisierender Mathematiker. Niemand glaubte, daß es jemals ein Ereignis geben werde, das sich nach dieser Theorie behandeln ließ. Man sprach ihr jeden praktischen Nutzwert ab und belastete den Regenten nicht mit ihr. Hinzu kam, daß der Regent von Natur aus kein „Gefühl“ für den Zeitablauf besaß. Er konnte zwar Sekunden abzählen, aber das sagte ihm nichts. Mit dem Begriff „Zeit“ konnte er nichts anfangen.

Daher war ihm das Problem der Druuf vom ersten Augenblick an unverständlich, um nicht zu sagen: unheimlich gewesen. Er hatte Perry Rhodan um Hilfe bitten müssen. Er hatte, als die Überlappungsfront sich öffnete, eine riesige Blockadeflotte vor die Öffnung postiert und sich im wesentlichen damit zufriedengegeben, daß es den Druuf nicht gelang, in den Einsteinraum einzudringen.

In diesem Fall galt es, zwei Dinge gegeneinander abzuwägen: Die Unsicherheit über die Konsequenzen, die ein massiertes Eindringen der arkonidischen Flotte in das Druufuniversum hervorrufen würde, gegen die Möglichkeit, das Schiff der terranischen Deserteure zu fassen und auf diese Weise Informationen über Terras galaktische Position zu erhalten.

Nach mehrstündigem Nachdenken entschied der Regent, daß der zweite Punkt den Ausschlag zu geben habe. Wenn man annahm, daß die Druuf-Gefahr durch die Anwesenheit der Blockadeflotte gebannt war, dann gab es für Arkon nichts Wichtigeres, als die Position von Terra zu erfahren und dadurch eine Möglichkeit zu bekommen, diesen mächtigen Feind aus der galaktischen Politik auszuschalten.

Der Regent entschloß sich also, seine Flotte in den Druufraum zu schicken. Er hielt es für nützlich, nicht die ganze Blockadeflotte abzuziehen, sondern nur dem Door-Trabzon unterstehenden Flottenteil den Befehl zum Durchbruch durch die Überlappungszone zu geben.

Denn noch standen die beiden terranischen Superschlachtschiffe KUBLAI KHAN und DRUSUS vor dem Eingang zum Druufuniversum, und der Regent hoffte, zwei Fliegen mit einer Klappe zu schlagen: Terras galaktische Position zu erfahren und gleichzeitig das Schiff zu vernichten, in dem sich Perry Rhodan befand, wäre ein Erfolg gewesen, der Terra von nun an für alle Zeiten zur galaktischen Bedeutungslosigkeit verdammt hätte.

Von alledem erfuhr Perry Rhodan natürlich nichts. Dem Regenten lag nichts daran, seinen ärgsten Gegner über seine Pläne und Gedanken auf dem laufenden zu halten. Perry Rhodan konnte nur hoffen, daß sein Hinweis, die INFANT könne auch unbemerkt durch die Blockadefront gelangt sein, ausreichte, um den Regenten auf neue Ideen zu bringen – wenn nicht gar so weit, daß er seine Flotte in das Druufuniversum hinüberschickte.

Erst ein paar Augenblicke nach Guckys Transmittersprung erfuhr Perry Rhodan, daß seine Kalkulation richtig gewesen war. Die arkonidische Flotte setzte sich in Bewegung. Zwanzigtausend Schiffe schickten sich an, die Überlappungsfront zu durchbrechen und in den Druufraum einzudringen. Zwanzigtausend Schiffe machten sich auf den Weg in ein Abenteuer mit ungewissem Ausgang – und das nur, um ein einziges terranisches Schiff zu fangen und seine Insassen in die Hand zu bekommen.

Auf der DRUSUS und der KUBLAI KHAN gab man Alarm. Das große Spiel war im Gang. In wenigen Augenblicken würden die arkonidischen Schiffe auf die Abwehrfront der Druufflotte prallen. Perry Rhodans Taktik war ein Musterbeispiel dafür, wie durch geschickt gewählte Hinweise sogar ein Meister der Logik, ein positronisches Robotgehirn, nach dem Willen eines Menschen gelenkt werden kann.

Die Frage war jetzt nur noch, ob Julian Tifflor und die INFANT sich etwa mitten in dem Durcheinander befinden würden, wenn es begann, oder ob sie schon auf Druufon in Sicherheit waren.

Julian Tifflor hatte die INFANT aufgegeben. Er hatte es schweren Herzens getan, weil er sah, daß er keine andere Wahl hatte. Die restlichen zwölf Mann Besatzung unter Führung von Leutnant Lubkov waren an Bord des Druufschiffs übernommen worden, und die INFANT war wenige Minuten später planmäßig explodiert.

Zwei Beweggründe waren maßgebend gewesen: Tifflor blieb an Bord des Druufschiffs, also mußte er seine Leute nachholen. Wenn dieses Unternehmen wenigstens einen kleinen Erfolg haben sollte, dann brauchte er sie alle.

Auf der anderen Seite konnte er die INFANT nicht in die Hände der Druuf geben. Niemand konnte absehen, wieviel die Druuf aus dem Aufbau des Schiffes über die terranische Technologie gelernt hätten.

Also wurde die INFANT gesprengt. Leutnant Lubkov, der das Schiff als letzter verließ, schärfte die Bomben. Die INFANT wurde zur weißglühenden Gaswolke, die sich langsam im Raum ausbreitete und dabei an Leuchtkraft verlor. Eine halbe Stunde nach der Explosion war von dem alten Kreuzer nicht die geringste Spur mehr zu sehen.

Die Druuf schienen gegen diese Handlungsweise nichts einzuwenden zu haben. Wahrscheinlich genügte ihnen Tifflors Erklärung, er sei nicht aus Sympathie mit ihnen, sondern aus Haß gegen die Arkoniden zu ihnen gekommen. Er spielte die Rolle des Mannes, der zwar gegen den Willen seiner Vorgesetzten handelt, aber dennoch alles tut, um seiner Heimat, die er als Flüchtling verlassen hat, keinen Schaden zuzufügen.

Julian Tifflor hatte einen neuen Plan entwickelt. Wenn schon sein ursprüngliches Vorhaben gescheitert war, so wollte er dennoch nicht mit leeren Händen zur Erde zurückkehren. Es gab zwei Dinge, für die es sich lohnte, ein gewisses Risiko einzugehen: der Ortungsschutz, der es den Druufschiffen ermöglichte, fast unsichtbar zu werden, und das geheimnisvolle Triebwerk, das die Druuf zu überlichtschnellen Flügen ohne Transition, also ohne Hyperraumsprung, befähigte. Julian Tifflor war davon überzeugt, daß der Besitz beider Geheimnisse der terranischen Flotte die technische Überlegenheit über die arkonidische sichern würde.

Man hatte ihm den Kommandostand des Druufschiffs, das er als erstes betreten hatte, als Befehlszentrale überlassen. Eine Reihe von Druufrobots stand bereit, um jede seiner Anweisungen so schnell wie möglich auszuführen und die Geräte zu bedienen, die er selbst aus Unkenntnis der Druuftechnik nicht bedienen konnte. Seitdem Tifflor das Kommando übernommen hatte, war kein Druuf mehr im Kommandostand erschienen.

Tifflor verstand die Situation richtig. Die Roboter waren nicht nur dazu da, seine Befehle auszuführen oder weiterzuleiten. Sie erfüllten außerdem die höchst wichtige Funktion, auf ihn und seine Begleiter aufzupassen und jeden Mißbrauch der ihm übertragenen Macht zu verhindern.

Denn der Flottenteil, über den man Tifflor das Kommando gegeben hatte, bestand aus insgesamt vierzehntausend Roboteinheiten. Das war das Dreifache der Gesamtstärke der terranischen Raumflotte.

Julian Tifflor war nach wie vor davon überzeugt, daß es nicht zu einer Auseinandersetzung mit den Arkoniden kommen würde. Er hatte seine Begleiter über die neuen Pläne informiert und wartete nun auf den ersten günstigen Zeitpunkt, seine Ideen in die Wirklichkeit umzusetzen.

Natürlich waren sie durch die Vernichtung der INFANT in Nachteil gekommen. Sie hatten nun kein Schiff mehr, mit dem sie sich schnell genug absetzen konnten, wenn es notwendig wurde. Sie konnten selbst kein Druufschiff steuern, und die Roboter würden sich hüten, das an ihrer Stelle zu tun, sobald sie bemerkten, was für ein Spiel da gespielt wurde.

Trotzdem errechnete sich Julian Tifflor eine Chance, mit dem Stützpunkt Hades in Verbindung zu treten, um von dort im entscheidenden Augenblick Hilfe zu bekommen. Natürlich würden die Druuf über kurz oder lang herausbekommen, daß ihre Gäste auf nichts anderes aus waren als auf den Diebstahl zweier technischer Geheimnisse. Der Augenblick, in dem sie dahinterkamen, war derselbe, in dem irgendwo in der Nähe des Druuf-Flaggschiffs ein Raumboot von Hades bereitliegen mußte, um die fünfzehn Terraner aufzunehmen und in Sicherheit zu bringen. Die Chance, daß sich dies so arrangieren ließ, war nicht besonders groß. Aber Julian Tifflor erachtete den Gewinn, den er unter Umständen erzielen konnte, für gewichtig genug, um dafür ein gewisses Risiko zu übernehmen.

Er wußte nichts von den Schritten, die Perry Rhodan inzwischen unternommen hatte, um den Gang der Dinge zu beschleunigen. Er konnte daher auch nicht wissen, daß seine Überlegungen sich sehr bald als müßig erweisen würden, weil die Entwicklung sie überholte und unbrauchbar machte.

Er ahnte noch nichts von dem Unheil, das auf ihn zukam.

Der Kosmos erlebte ein Schauspiel.

Das Firmament begann zu glühen, als die arkonidische Flotte unter Admiral Door-Trabzon durch die Überlappungsfront brach. Die Entladungstrichter, bisher trübrote, halbdunkle Gebilde, strahlten auf, als der Durchbruch der zwanzigtausend Einheiten den ausgleichenden Strom pulsierender Energie unterbrach und eindämmte. Das Universum schien plötzlich aus zwei Hälften zu bestehen: einer finsteren, der das Licht der Sterne nur geringen Glanz verlieh, und einer gelbrot glühenden, in der die Energie von Äonen sich ballte und zu strahlen begann.

Es war ein Bild, wie es die Galaxis noch niemals gesehen hatte.

Perry Rhodan war beeindruckt. Er hatte zuvor errechnet, daß der Durchbruch einer so großen Zahl von Schiffen die Struktur der Kontaktzone beeinflussen und eine Reihe außergewöhnlicher Effekte hervorrufen würde. Aber er hatte nicht geglaubt, daß einer dieser Effekte so deutlich und weithin sichtbar sein würde, wie es das helle Glühen der gesamten Überlappungsfront war.

Es sah aus, als sei das Universum an einer Stelle aufgerissen, und durch das Loch hindurch könne man mitten in die Glut der Hölle schauen. Es war ein Anblick, den keiner von denen, die ihn sahen, jemals im Leben vergessen würde.

Mehr als eine Stunde lang dauerte diese Orgie der gleißenden Helligkeit. Dann ließ die Intensität der Strahlung nach und sank innerhalb weniger Minuten auf den gewohnten Wert. Die Überlappungsfront stand wieder als dunkelglühende Wolke mitten im Raum.

Door-Trabzons Flotte war durchgebrochen. Zurückgeblieben war die Hälfte der arkonidischen Blockadeflotte, insgesamt zwanzigtausend Einheiten und zwei terranische Raumschiffe, die KUBLAI KHAN und die DRUSUS, jedes von ihnen mächtig und von Energie strotzend, aber dennoch den zwanzigtausend Arkoniden im Ernstfall hoffnungslos unterlegen.

Zehn Minuten, nachdem Door-Trabzons Schiffe verschwunden waren, kehrte der Mausbiber Gucky per Transmitter an Bord der DRUSUS zurück und überbrachte eine Hiobsbotschaft.

Julian Tifflor war gerade dabei, sich mit der technischen Einrichtung des Kommandostands vertraut zu machen, als einer der mit Übersetzern ausgerüsteten Roboter zu plärren anfing: „Fremde Fahrzeuge werden geortet! Eine große Flotte von Raumschiffen bricht durch die Überlappungsfront! Der arkonidische Angriff beginnt!"

Julian Tifflor wirbelte herum. Im ersten Augenblick war er geneigt, den Alarm für einen Scherz zu halten. Dann fiel ihm ein, daß selbst der komplizierteste Roboter nicht zu scherzen vermag, und fast gleichzeitig sah er an der Wand, unterhalb des Panoramaschirms, eine Bildfläche aufleuchten, die zahllose, sich langsam bewegende rote Punkte auf blauem Untergrund zeigte.

Julian Tifflor kannte diese Einrichtung. Der Bildschirm war mit einem Orter- und einem Registriergerät gekuppelt. Der Orter funktionierte auf die übliche Weise, und das Registriergerät entschied, ob es sich bei dem georteten Objekt um ein unbekanntes oder ein bekanntes handelte, in diesem Fall also um ein feindliches oder ein freundliches. Je nach der Entscheidung des Registriergeräts, das ständig über die Kurse aller Druufschiffe informiert war, erschien das geortete Objekt auf dem Bildschirm als roter oder grüner Punkt. Rot bedeutete Gefahr, Grün hieß Freund.

Tifflor verschwendete keine Sekunde daran, auf welche Weise die Arkoniden auf die Idee gekommen sein mochten, in den Druufraum einzudringen. Hier waren sie, und wenn er sich nicht schnell auf sein neues Amt als Druufadmiral besann, dann würden sie die Druufflotte überrannt haben, ohne daß ihnen ein einziger Schuß entgegengefeuert worden war.

Julian Tifflor warf einen zweiten Blick auf den Orterschirm und versuchte, die Zahl der arkonidischen Schiffe zu schätzen.

Acht von Tifflors vierzehn Begleitern waren im Kommandostand anwesend. Die übrigen sechs hatte er auf die Geschütztürme des Flaggschiffs verteilt und ihnen mit Übersetzern ausgerüstete Roboter mitgegeben, damit sie sich verständlich machen und Anweisungen geben konnten. Er hatte geglaubt, daß dies zu seiner Rolle gehörte, aber plötzlich war es keine Rolle mehr, sondern tödliche Wirklichkeit.

Tifflor begann zu handeln. Nachdem man ihn eingeweiht hatte, machte es ihm keine Schwierigkeit, vom Orterschirm abzulesen, daß das Zentrum der arkonidischen Flotte sich im Augenblick nahezu fünf Lichtstunden entfernt befand und sich mit einer Geschwindigkeit zwischen dreißig- und vierzigtausend Kilometern pro Sekunde bewegte. Die erstaunlich niedrige Geschwindigkeit schien Tifflor ein Beweis dafür zu sein, daß die Arkoniden vorerst ihrer eigenen Courage nicht so recht trauten.

Das gab den Druuf eine Chance.

„Alle Schiffe abflugbereit!" erklärte Tifflor dem Roboter, der ihm am nächsten stand.

Für einen Unbeteiligten hätte es ausgesehen, als reagierte der Robot überhaupt nicht darauf. Tifflor jedoch wußte, daß er die Anweisung über eine Art Telekomsender ausstrahlte und die Kommandanten der ihm unterstellten Schiffe sie im selben Augenblick empfingen.

Für Tifflors Begriffe verging eine entsetzlich lange Zeit, bis der Robot meldete: „Alle Schiffe abflugbereit."

Julian Tifflor sah sich genötigt, seinen Schlachtplan zu erläutern. Die Druufrobots besaßen jene phantastische Fähigkeit der geistigen Zweigleisigkeit, die es ihnen ermöglichte, gleichzeitig zuzuhören und das Gehörte weiterzugeben. Tifflor wußte, daß durch die Übermittlung seiner Erklärung kein zusätzlicher Zeitverlust entstehen würde.

„Wir beschleunigen innerhalb kürzester Zeit auf Überlichtgeschwindigkeit. Es hat keinen Zweck, wenn wir den Arkoniden offen und deutlich sichtbar entgegenkommen würden. Sie wären uns an Schnelligkeit und Reaktionsvermögen überlegen. Wir beginnen mit dem Bremsmanöver erst, wenn wir die Vorhut der Flotte schon hinter uns gelassen haben. Auf diese Weise tauchen wir inmitten der arkonidischen Schiffe auf. Im Augenblick des Auftauchens eröffnen wir das Feuer. Die Arkoniden werden überrascht sein, aber da es sich um Robotschiffe handelt, wird die Überraschung nicht allzu lange anhalten. Wir senken also unsere Geschwindigkeit nur ein wenig unter die des Lichtes, um nach wenigen Feuerstößen sofort wieder verschwinden zu können. Das ist alles. Jeder ist mehr oder weniger auf sich allein gestellt. Und jetzt – los!"

Die Druufschiffe waren mit ähnlich wirksamen Antigravabsorbern ausgerüstet wie die terranischen. Man merkte nicht, daß das Schiff sich in Bewegung setzte. Auch das Bild auf dem Panoramaschirm änderte sich nicht. Die mattleuchtenden Punkte der anderen Schiffe bewegten sich in der gleichen Richtung und mit der gleichen Geschwindigkeit wie das eigene. Die Konstellationen blieben gleich. Lediglich das helle Leuchten der Triebwerke deutete darauf hin, daß sich etwas tat.

Leutnant Lubkov hatte schon vor einer Weile seinen Platz an einem der an den Wänden stehenden Schaltpulte übernommen. Er hatte Mühe, über die Kante des Pults hinwegzusehen, und noch mehr Mühe, die großen Hebel und Schalter zu bedienen. Aber er wußte, welche Funktion die einzelnen Schalter und Hebel erfüllten, und das allein war im Augenblick wichtig.

„Wenn sie alle so schnell schießen würden wie wir, dann wären die Arkoniden schon so gut wie geschlagen", sagte Lubkov. „Ich fürchte nämlich, an uns allein wird es gar nicht liegen."

Julian Tifflor gab ihm recht. Wenn sie inmitten der arkonidischen Flotte auftauchten, würden die Druufroboter zu schießen beginnen – aber wie? Sie würden länger brauchen, um die Angabe des Zielortes zu erfassen als die arkonidischen Robots, um die Überraschung zu überwinden und sich zum Widerstand zu formieren.

Verdammt, wie kamen die Arkoniden überhaupt dazu, plötzlich mit starken Kräften in den Druufraum vorzustoßen? Julian Tifflor war bereit gewesen, ein beachtliches Risiko auf sich zu nehmen, um zwei technische Geheimnisse zu erbeuten und sie der irdischen Wissenschaft zu übermitteln. Aber an Bord eines Druufschiffs mit entsetzlich langsam reagierender Besatzung gegen eine arkonidische Monsterflotte anzufliegen, war eine andere Sache. Das war potentieller Selbstmord.

Tifflor dachte darüber nach, während das Schiff weiter beschleunigte und sich auf dem Panoramaschirm die ersten bunten Auswirkungen des Dopplereffekts zeigte. Die Druuftriebwerke waren kräftig. Es würden nur noch wenige Minuten vergehen, bis die Geschwindigkeit den kritischen Punkt erreichte, an dem das Schiff aus dem vierdimensionalen Kontinuum ausschied und sich durch einen übergeordneten

Raum zu bewegen begann, ohne jedoch das vierdimensionale Universum aus den Augen zu verlieren.

Die Zeit war zu kurz, und zu viele Gedanken auf einmal stürmten auf Julian Tifflor ein, als daß er hätte zu einem klaren Entschluß kommen können, zu einem Entschluß darüber, ob er den eingeschlagenen Kurs weiter verfolgen oder versuchen sollte, den Stützpunkt Hades zu erreichen.

Das einzige, was ihm wirklich klar wurde, war dies: Im ursprünglichen Plan war vorgesehen, daß die Robotflotten der Druuf und Arkoniden einander nach Möglichkeit dezimieren sollten. Der ursprüngliche Plan war fehlgeschlagen, aber das, was er hatte erreichen wollen, trat nachträglich von selbst ein. Die Arkoniden griffen an, und innerhalb einer Viertelstunde würde eine mörderische Raumschlacht entbrannt sein. Zwanzigtausend Arkoniden stießen auf etwa doppelt so viele Druuf. Verluste würden entstehen. Ganze Flottenteile würden vernichtet werden – so, wie der Plan es vorgesehen hatte.

Spielte es da noch eine Rolle, ob fünfzehn Terraner unschuldigerweise mit in das Durcheinander hineingezogen wurden? Sie hatten eine Aufgabe: Die Druuf, neuerdings von ihrer Unterlegenheit überzeugt, würden allzu schnell den Kampf verlorengeben und sich zurückziehen. Die Verluste der Arkoniden würden gering sein. Erst wenn der von Julian Tifflor befehligte Teil der Druufflotte bewies, daß es möglich war, mit Erfolg gegen die Arkoniden zu agieren, würde der Rest der Druufflotte bereit sein, wirksam in den Kampf einzugreifen.

Nein, entschied Tifflor, wir können nicht kneifen. Hier ist die Möglichkeit, die wir haben wollten.

Er verzichtete darauf, weiter darüber nachzudenken, und richtete seine Aufmerksamkeit darauf, was mit dem Schiff geschah, während es mit Höchstwerten weiter auf den kritischen Punkt zu beschleunigte.

Das Ereignis als solches war wenig beeindruckend. Das einzige, was geschah, war der Farbwechsel des Panoramabildschirms. Das dunkle Rot verschwand, statt dessen tauchte ein nebliges Schwarz auf, auf dem die Lichtpunkte der Sterne grellweiß leuchteten.

Das Druufschiff hatte das vierdimensionale Universum verlassen und strebte mit einer Geschwindigkeit, die höher war als die des Lichts, dem Punkt zu, an dem es der arkonidischen Flotte begegnen wollte. Der Anblick der feindlichen Schiffe – die roten Punkte auf dem Orterschirm – hatte sich nicht verändert. Das Ortungsgerät funktionierte unabhängig von dem Medium, in dem sich das Schiff bewegte.

Julian Tifflor fühlte sich beruhigt. Er hatte sich den Effekt anders vorgestellt, weniger deutlich, beunruhigender. Er hatte geglaubt, daß er ein Schiff befehligte, dessen Kurs er nicht überblicken konnte und dessen Steuerung in den Händen fremdartiger Roboter lag. Allein, daß er sehen konnte, wohin der Flug ging, schien ihm ein Vorteil zu sein.

Auf dem Orterschirm kam die Flut der roten Lichtpunkte mit verwirrender Geschwindigkeit näher. Tifflor versuchte abzuschätzen, welches das erste Manöver der Arkoniden sein würde, wenn sie die feindlichen Raumschiffe mitten unter sich auftauchen sahen, aber die Gedanken liefen ihm wirr durcheinander. Es gelang ihm nicht, sich zu konzentrieren.

Er warf Leutnant Lubkov einen Blick zu, und Lubkov erwiderte ihn mit ruhigem, überlegenem Lächeln.

In diesem Augenblick meldete sich der Interkom.

Es war Fryberg, der sprach.

„Ich weiß nicht", sagte er zu Lubkov, „ob es jetzt noch wichtig ist. Aber Korporal Mainland hat in der Nähe seines Geschützturms einen Beiboothangar entdeckt. Der Hangar hat..."

„Nein", unterbrach ihn Lubkov, „das ist jetzt nicht mehr wichtig."

Mit einem Schritt stand Julian Tifflor vor dem hohen Schaltpult.

„Reden Sie weiter, Sergeant!" befahl er, noch bevor Fryberg abschalten konnte. „Mich interessiert die Sache."

Fryberg schluckte und fuhr fort: „Es gibt ein mächtiges Ding von einem Beiboot dort im Hangar. Mainland hat sich bei einem Roboter vorsichtig danach erkundigt und erfahren, daß es ständig flugbereit gehalten wird. Ein Druuf sitzt in der Pilotenkanzel und hält Wache. Er fungiert als Pilot, wenn das Boot gebraucht wird. Und – das Boot hat wahrscheinlich den Überlichtantrieb."

Tifflor warf einen raschen Blick auf den Orterschirm. Nach seiner Schätzung konnte es nur ein paar Sekunden dauern, bis die Druufschiffe zu bremsen begannen und das Feuer eröffneten.

„Sagen Sie Mainland", befahl er, „er soll sich nicht weiter um das Ding kümmern. Wir übernehmen das. Informieren Sie unter der Hand alle Leute, daß wir mit dem Beiboot verschwinden, wenn es hier brenzlig wird. Lubkov oder ich werden den Befehl dazu geben. Niemand handelt auf eigene Faust. Verstanden?"

„Verstanden", antwortete Fryberg unbewegt und schaltete ab.

Julian Tifflor wandte sich um. Er hatte sich Mühe gegeben, das Gespräch leise zu führen, und es schien, als wären die Roboter mit ihrer Aufgabe, das Schiff zu bremsen und zum rechten Zeitpunkt in das vierdimensionale Universum zurückzutauchen, vollauf beschäftigt, so daß sie auf nichts anderes mehr achten konnten. Aber er war seiner Sache nicht sicher. Er wartete ein paar Augenblicke, und erst als keiner der Robots sich rührte, wandte er sich an Ras Tschubai, den Teleporter, der bisher untätig auf dem Boden gesessen hatte.

„Tschubai, das ist Ihre Sache", sagte er leise und hastig. „Nehmen Sie Noir mit. Er soll versuchen, den Piloten unter seinen Einfluß zu bekommen."

André Noir, der Suggestor, stand neben dem Hauptschott. Als er seinen Namen sprechen hörte, kam er herbei.

„Ich kann nicht dafür garantieren, daß es gelingt", gab er zu bedenken. „Es ist ein völlig fremdes Gehirn."

„Versuchen Sie's!" trug ihm Tifflor auf. „Keine Diskussion jetzt. Halten Sie sich an Tschubai fest."

Noir nickte und ergriff den Teleporter am Arm. Der Afrikaner schloß die Augen, und im nächsten Augenblick waren beide, Ras Tschubai und André Noir, verschwunden, als hätten sie sich in Nichts aufgelöst.

Julian Tifflor hoffte, daß die beiden ihr Ziel ohne Zwischenfälle erreichten. Er wandte seine Aufmerksamkeit aufs neue den Robotern zu. Das hatte er kaum getan, als eines der Maschinenwesen sich zu ihm umdrehte und mit blecherner Stimme erklärte: „Es ist soweit. Der Kampf kann beginnen."

Im selben Augenblick leuchtete auf den Bildschirmen das dunkelrote Firmament des Druufuniversums wieder auf. Zwischen den hellleuchtenden Sternen standen in mattem Schimmer die Lichtpunkte der arkonidischen Schiffe.

Sie waren wie ein Heuschreckenschwarm – atemberaubend viele.

„Feuer aus allen Rohren!" schrie Julian Tifflor. „Und geradewegs hindurch!"

Julian Tifflor hielt seinen Blick auf den Bildschirm gerichtet und wartete auf die ersten Lichtblitze. Und sie kamen.

In geringer Entfernung von dem Druufschiff begann eine grelle Sonne zu leuchten. Ein blauweißer Glutball wuchs in wenigen Sekunden bis zur Größe der Vollmondscheibe und zerfloß in Nichts. Ein zweiter Ball erschien dicht daneben. Als der erste erloschen war, erreichte er seine höchste Strahlkraft.

Plötzlich war das dunkelrote Universum voll grellen Lichts. Ein Furioso der Vernichtung um sich her verbreitend, pflügte die Druufflotte durch die Reihen der arkonidischen Eindringlinge. Unsichtbar griffen die Strahlfinger der Energiegeschütze nach den Gegnern, faßten sie und verwandelten sie in nukleare Fackeln. In wenigen Minuten verloren die Arkoniden mehr als achttausend Robotschiffe.

Dann jedoch hatten sie sich auf die neue Lage eingestellt. Sie kannten die Positionen des Gegners, und die zentralen Positroniken hatten erkannt, daß nur ein sofortiger Gegenschlag die Flotte vor dem völligen Untergang bewahren konnte.

Sie schossen zurück. Glutbälle leuchteten auf, die nicht mehr von arkonidischen Schiffen herrührten, sondern von Robotschiffen der Druuf, die einen Volltreffer erhalten hatten.

Julian Tifflor befahl den Rückzug in den übergeordneten Raum. Die Druufschiffe beschleunigten von neuem und schlugen einen anderen Kurs ein, der sie in spitzem Winkel zu ihrer bisherigen Bahn über die Front der arkonidischen Flotte hinausführte. Etwa zwölf Minuten, nachdem sie aufgetaucht waren, verschwanden sie wieder. In diesen zwölf Minuten hatten sie selbst etwa zweitausend Schiffe verloren.

Julian Tifflor atmete auf. Der erste Schlag war geglückt. Er wußte, daß der Rest der Druufflotte nun einen ähnlichen Coup führen würde. Sie kannten das Rezept: Auftauchen, schießen, wegtauchen.

Trotzdem war schwer zu sagen, zu wessen Gunsten das Treffen ausgehen würde. Beim zweiten Angriff würden die Arkonroboter keine drei Minuten mehr brauchen, um sich auf die neue Lage einzustellen. Und man wußte, daß sie wesentlich schneller und konzentrierter zu schießen vermochten als die Druufroboter.

Julian Tifflor ließ den Schiffen, die der Kampf weit auseinandergerissen hatte, Zeit, sich zu sammeln. Auf den Bildschirmen, vor dem neblig schwarzen Hintergrund des Überraums, verglühten die letzten Spuren der vernichteten Schiffe.

Julian Tifflor faßte den Entschluß, einen zweiten Angriff zu wagen. An der Bewegung der roten Punkte auf dem Orterschirm war klar ersichtlich, daß die Arkoniden ihre Absicht, in das Druufuniversum vorzudringen, noch längst nicht aufgegeben hatten. Geradlinig bewegten sich die Schiffe von der Überlappungszone her weiter auf das Zentrum des Druufsystems zu. Die Geschwindigkeit war gestiegen. Die Arkoniden bewegten sich jetzt mit etwa achtzigtausend Kilometern pro Sekunde.

Von seiten der Druuf gab es keinen Einwand gegen einen erneuten Angriff. Julian Tifflor hielt den ihm unterstellten Flottenteil in Warteposition, bis auf dem Panoramaschirm neu aufleuchtende Punkte anzeigten, daß nun auch der Rest der Druufflotte mit dem Angriff begonnen hatte.

Erst dann ließ er seine Schiffe zustoßen. Hart und unerbittlich, wie er es beim erstenmal getan hatte.

Er wäre um ein Haar zu spät gekommen. Als seine Flotte in scharfem Bremsmanöver aus dem Überraum auftauchte und in den Kampf einzugreifen begann, glühte das dunkelrote Universum unter der grellen Pracht Tausender von künstlichen Sonnen. Die Zahl der grünen Punkte auf dem Orterschirm hatte abgenommen. Die Arkoniden hatten sich kein zweites Mal mehr überraschen lassen. Mehr als drei Viertel der Glutbälle stammten von Druufschiffen, denen ihre Langsamkeit zum Verderben geworden war.

Aber Tifflors Flankenangriff schaffte Luft. Die arkonidische Flotte, von zwei Seiten gleichzeitig und mit Übermacht angegriffen, riß auseinander und spaltete sich in kleine Verbände auf. Es gelang den Arkoniden nicht mehr, das Feuer von zehn oder mehr Schiffen auf ein einziges Ziel zu konzentrieren und dessen Schutzschirme gleich mit der ersten Salve zum Zusammenbruch zu bringen. Die Druuf bekamen Luft.

Julian Tifflors Schiff arbeitete sich mit etwa fünfzig anderen Druufeinheiten zusammen an einen abgesprengten arkonidischen Verband heran, der aus vierzig Schiffen bestand. Julian Tifflor wußte, daß er damit ein Risiko einging. Wenn es den Arkoniden gelang, das Feuer von nur zehn Schiffen auf ein einziges Druufschiff zu konzentrieren, dann war der Druuf verloren.

Und wenn das erste Ziel gerade sein Schiff war, dann würde die Erde in absehbarer Zukunft nicht erfahren, was es mit dem Überlichtantrieb der Druuf auf sich hatte.

Worauf er sich in diesen Augenblicken verließ, war die überraschend wirksame Koordination der kämpfenden Druufeinheiten, die, wenn sie sich erst einmal eingespielt hatten, so hervorragend funktionierte, als bildeten alle beteiligten Schiffe eine Einheit. Mehr dieser Fähigkeit als Tifflors vorzüglichem Reaktionsvermögen war es zu danken, daß die Arkoniden so hohe Verluste erlitten hatten.

Tifflor ließ das Feuer eröffnen, als der arkonidische Verband noch vierzigtausend Kilometer entfernt war. Die Druufschiffe hatten ihre Geschwindigkeit der der Arkoniden angepaßt. Es war, als stünden alle neunzig Schiffe bewegungslos im Raum.

Vorab flammten neue Glutbälle auf. Ihr greller Glanz überstrahlte alles, was weit hinten im Zentrum der arkonidischen Flotte aufleuchtete. Julian Tifflors Befürchtungen wichen. Die Arkoniden waren durcheinandergeraten. Von Gegenwehr war keine Spur.

Das glaubte er so lange, bis er plötzlich den Boden unter den Füßen verlor und in die Höhe geschleudert wurde. Er prallte mit dem Kopf hart gegen die Decke. Langsamer, als die Katastrophe geschah, richtete sich sein Antigravabsorber nach den neuen Gegebenheiten ein und brachte ihn wieder auf den Boden zurück. Der Schädel dröhnte ihm, und er fühlte sich jämmerlich elend. Er hörte schreiende Stimmen und erkannte die Lubkovs darunter, aber er verstand nicht, was sie sagten.

Das Beiboot fiel ihm ein. Er warf einen Blick auf den Bildschirm und sah das wabernde Leuchten der zusammenbrechenden Schutzschirme. Das Schiff hatte einen Treffer erhalten. Keinen Volltreffer, aber genug, um ausgeschaltet zu sein. Von irgendwoher kam das knirschende Reißen von Metall. Julian Tifflor spürte eine neue Erschütterung und hielt sich im letzten Augenblick an einem Hebel fest.

Plötzlich stand jemand neben ihm. Durch einen wirbelnden Schleier des Schmerzes hindurch erkannte er Leutnant Lubkovs besorgtes Gesicht. Er sah Lubkovs Lippen sich bewegen, aber er brauchte eine Weile, um zu begreifen, daß das, was er hörte, die Worte waren, die zu den bewegten Lippen gehörten.

„Wir müssen 'raus! Das Schiff bricht auseinander!"

Er nickte und hoffte, daß Lubkov die Geste erkennen konnte. Lubkov ließ ihn los und rannte davon. Er sah aus, als liefe er an der Wand entlang. Julian Tifflor raffte sich auf. Er schüttelte den Kopf, um den Schmerz zu verscheuchen, und ging auf das Schott zu. Niemand außer den Geräten und den Robotern war mehr im Raum.

Irgend etwas schien mit dem Boden geschehen zu sein. Tifflor hatte den Eindruck, er liefe über einen steilen Geröllhang. Vielleicht hatte sein Antigrav bei dem Aufprall Schaden erlitten.

Mit vorsichtigen Schritten kletterte Tifflor auf das Schott zu. Er sah sich nicht mehr um. Sein einziger Gedanke war: Du *mußt* das Beiboot erreichen, bevor das Schiff auseinanderbricht.

Er sah nicht mehr, wie einer der Roboter sich erhob. Der Ruck hatte ihn zu Boden geschleudert und einige seiner Funktionen zerstört. Aber er wußte noch, was seine Pflicht war, wenn der Fremde versuchen sollte, etwas Verbotenes zu tun.

Er stellte sich so, daß eine seiner Waffen auf das Schott zielte. Und als Julian Tifflor sich durch die Öffnung zu hangeln versuchte, schoß er.

Julian Tifflor spürte einen harten Schlag und brennenden Schmerz, der sich, vom Leib ausgehend, rasch über den ganzen Körper verbreitete. Er schrie auf und versuchte voller Verzweiflung, sich am Rand des Schottes festzuhalten.

Aber die Arme versagten ihm den Dienst. Sie schienen ihm nicht mehr zu gehören. Der Griff der Hände löste sich, und Julian Tifflor rollte über den schrägen Boden bis zur nächsten Wand.

Er war schon bewußtlos, als er dort anschlug.

Für Perry Rhodan stand fest, was er zu tun hatte: Wenn Tifflor in Gefahr war, mußte er ihm helfen. Beide Schiffe, die DRUSUS und die KUBLAI KHAN, mußten in das Druufuniversum vorstoßen und Tifflor zu finden versuchen.

Er gab den entsprechenden Befehl.

Er wußte nicht, daß die arkonidische Restflotte jede Bewegung der beiden terranischen Schiffe sorgfältig registrierte und sofort aufmerksam wurde, als sie ihren Kurs änderten und auf die Überlappungszone zustießen.

Der Robotregent wurde informiert. Er hielt den Augenblick für günstig und gab Befehl zum Angriff. Als die DRUSUS und die KUBLAI KHAN sich der Überlappungsfront bis auf ein Zehntel Lichtjahr genähert hatten, tauchte ein Geschwader schwerer arkonidischer Einheiten vor ihnen aus dem Hyperraum auf und eröffnete das Feuer ohne vorherige Warnung.

Perry Rhodan erkannte seine Unterlegenheit. Er befahl die sofortige Transition, und er konnte sich dabei nicht einmal darum kümmern, in welche Richtung sie führte. Die Hauptsache war vorerst: Fort aus dem Bereich der arkonidischen Geschütze.

Die Schutzschirme der DRUSUS glühten unter der ersten Salve auf, als das gewaltige Schiff den Sprung in die fünfte Dimension unternahm und im Hyperraum verschwand.

Es war kaum mehr als ein glücklicher Zufall, daß die DRUSUS und die KUBLAI KHAN in der gleichen Richtung und mit der gleichen Sprungweite transitierten. Sie standen nur in geringer Entfernung, als sie wieder in den Einsteinraum zurücktauchten. Rasche Messungen ergaben, daß sie die Überlappungszone, von ihrem früheren Kurs aus betrachtet, um mehr als fünfzehn Lichtjahre schräg hinter sich gelassen hatten.

Sie waren also fürs erste in Sicherheit. Aber sie konnten nicht dableiben. Julian Tifflor war in Gefahr und brauchte ihre Hilfe. Sie mußten zurück.

Perry Rhodan verlor keine Zeit mit nutzlosen Überlegungen. Es war müßig, über seine Verantwortung gegenüber Julian Tifflor nachzudenken. Er konnte sie nicht abschütteln. Auch nicht mit dem Argument, er riskiere zwei der größten irdischen Schiffe bei dem Versuch, zu Tifflor vorzustoßen.

Es gab auch keinen Schlachtplan, den er entwerfen konnte. Es gab nur ein einziges Rezept: Zustoßen und versuchen, eine Lücke in der arkonidischen Front zu finden.

Perry Rhodan wies die KUBLAI KHAN an, ihre Bewegungen mit der DRUSUS zu koordinieren. Zwei terranische Schlachtschiffe besaßen eine gewaltige Feuerkraft. Sie brauchten sich keine Sorgen zu machen, solange die Zahl der ihnen gegenüberstehenden arkonidischen Einheiten nicht mehr als fünfzehn betrug.

Der Fehler war nur, daß auch die Arkoniden das wußten und größere Verbände zur Jagd nach den beiden Terranern aussenden würden.

Trotzdem befahl Perry Rhodan den Rückflug. Die beiden Schiffe nahmen Fahrt auf und gingen wenige Minuten später in die Transition.

Das Beiboot bockte wie ein wild gewordenes Pferd.

Vor dem riesigen Schaltpult stand der Druuf, den Blick starr voraus auf den dunklen Bildschirm gerichtet, als gehe das Durcheinander ihn nichts an, das hinter ihm den kleinen Raum erfüllte.

Neben ihm kauerte André Noir, der Suggestor. Sein Gesicht war blaß. Er hatte die Augen geschlossen, und dicke Schweißtropfen standen auf seiner Stirn. Leutnant Lubkov versuchte, sich trotz des Schaukelns ständig in seiner Nähe zu halten. Er war besorgt, ob André Noir die furchtbare Belastung aushalten würde. Sein Zusammenbruch hätte die Katastrophe bedeutet, denn niemand außer dem Druuf war in der Lage, das Beiboot von dem auseinanderbrechenden Schiff zu lösen und auf sicheren Kurs zu bringen. Sie konnten ihn paralysieren, wenn André Noir zusammenbrach und der Druuf aus der Hypnose erwachte, aber sie konnten sich dadurch nicht retten.

John Marshall, der Telepath, war der letzte, der hereinkam. Behende kletterte er die Leiter herauf, die durch den Leib des Beiboots zum Kommandostand führte, und das erste, was er sagte, war: „Höchste Gefahr! Tifflor ist etwas zugestoßen."

Lubkov wirbelte herum. Lubkov wußte, daß der Telepath in der Lage war, aus beträchtlicher Entfernung zu erkennen, ob jemand wach war oder schlief, ob er gesund war oder krank oder verwundet. Die ausgestrahlten Gedanken verrieten es ihm.

„Wo steckt er?" schrie Lubkov.

„Schwer zu sagen", antwortete Marshall rasch. „Ich empfange nur noch undeutliche Zeichen. Anscheinend ist er bewußtlos. In der Nähe des Kommandostands, würde ich sagen."

Ein neuer Stoß durchfuhr das gewaltige Schiff. Lubkov fühlte sich hochgehoben und schnell danach unsanft wieder abgesetzt. Er stürzte und schlug schwer auf.

„Tschubai!" rief er, auf den Schmerz nicht achtend. „Das Schiff fällt gleich auseinander! Wollen Sie nach Tifflor sehen? Wir müssen ihn mitnehmen!"

Ras Tschubai nahm sich nicht einmal Zeit zur Antwort. Er gab sich Mühe, das Bild des großen Kommandostands vor sein geistiges Auge zu rufen, und als er es hatte, sprang er.

Von Julian Tifflor war nichts zu sehen. Der Kommandostand lag schräg, und die Roboter waren irgendwo weit vorne damit beschäftigt, ein beschädigtes Aggregat zu reparieren. Der Panoramaschirm war vollständig ausgefallen. Die Beleuchtung flackerte, schwand und kam wieder. Selbst ein Narr konnte sehen, daß das Druufschiff nur noch ein Wrack war.

Wenigstens schien es keine Treffer mehr zu bekommen. Ras Tschubai hätte gerne gewußt, was draußen vor sich ging. Ob die Arkoniden schon geschlagen waren, oder ob sie gerade in diesem Augenblick zu einem neuen Angriff ansetzten und dem schwer angeschlagenen Raumschiff den Todesstoß versetzen wollten.

Aber es gab keine Möglichkeit, das zu erfahren. Die Geräte waren ausgefallen, und von Julian Tifflor war nirgendwo eine Spur.

Die Roboter kümmerten sich nicht um den Afrikaner. Sie waren mit ihrer Reparatur beschäftigt. Das war wahrscheinlich Julian Tifflors Glück. Denn sonst wäre der Afrikaner nicht sorglos in den Kommandostand hineingeklettert und hätte sich umgesehen. Sonst hätte er Julian Tifflor nicht entdeckt, der bewußtlos dort zwischen Boden und Wand lag, wo die Abschüssigkeit des Bodens ihn hatte hinrollen lassen.

Ras Tschubai ließ sich hinunterrollen und untersuchte Tifflor rasch. Es kam ihm vor, als sähe er seine Brust sich langsam heben und senken. Er war also nicht tot. Irgend etwas hatte ihn offenbar getroffen, und das Merkwürdige daran war, daß man nirgendwo ein Zeichen der Verletzung sehen konnte.

Das Schiff schüttelte sich wie im Fieber. Es war, als sei es jetzt in den letzten Augenblicken seines Daseins zum lebenden Menschen geworden und wehre sich gegen den Tod.

Ras Tschubai faßte Tifflor um die Schultern. Er wußte, daß er keine Sekunde mehr verlieren durfte.

Er sah sich ein letztes Mal um. Von vorne kam ein Druufrobot mit vorsichtigen Schritten über den schräghängenden Boden. Ras Tschubai wußte nicht warum, aber plötzlich hatte er Angst, von dem Robot gesehen zu werden. Er schloß die Augen, hielt Tifflors reglosen Körper fest an sich gepreßt und dachte an den kleinen Kommandoraum des Beiboots. Als das Bild deutlich vor seinem inneren Auge stand, schloß er den Kontakt, der den Extrateil seines Gehirns in Tätigkeit setzte, und verschwand unter den Augen des Druufrobots.

Der Schuß, mit dem das Maschinenwesen ihn und den Bewußtlosen hatte vernichten wollen, riß ein mannsgroßes Loch in die Metallwand des Kommandostands.

Als Tschubai an Bord des Beiboots zurückkehrte, lag André Noir schon am Boden. Die Kräfte hatten ihn verlassen, wenigstens die Körperkräfte. Der Druuf stand immer noch starr vor seinem Pult und bemerkte nichts von dem, was sich um ihn herum abspielte. Noirs hypnotische Beeinflussung war also noch wirksam.

Das Schlimme war: Niemand konnte sagen, wie lange sie noch wirksam sein würde.

Für Leutnant Lubkov, der das Kommando übernommen hatte, war Ras Tschubais Rückkehr das Zeichen zum Aufbruch. Er beugte sich zu André Noir hinunter und schrie ihn an: „Start! Jetzt sofort!"

Noir blinzelte eine Sekunde lang. Das war das einzige Zeichen dafür, daß er verstanden hatte.

Augenblicke später fing der Druuf an, sich zu bewegen. Mit kräftigen Armen zog er reckstangengroße Hebel herunter. Die feingliedrigen Finger drückten mächtige Schalter. Der Boden begann zu vibrieren. Der Bildschirm flammte auf und zeigte das Innere des großen Beiboothangars.

Die Schleuse glitt auf das Boot zu. Leutnant Lubkov hatte noch niemals eine Druufschleuse in Tätigkeit gesehen. Die, durch die er an Bord des Druufschiffs gekommen war, hatte weit offen gestanden. Es faszinierte ihn, wie rasch die gewaltigen Flügel des Innenschotts beiseite glitten, und er glaubte nicht so recht daran, daß der Schleusenraum schon leergepumpt sein könnte, als das Außenschott zur Seite glitt und den Weg in den Raum freigab.

Er sah, wie der rechte obere Rand des Schotts plötzlich zur Seite kippte. Der Druuf am Steuer des Beiboots reagierte nicht darauf. Mit hoher Fahrt schoß das Boot durch das offene Schott hindurch und ließ das große Druufschiff hinter sich.

Lubkov warf einen Blick zurück. Er sah, daß er sich nicht getäuscht hatte. Das Wegkippen des Schottrands war keine Halluzination gewesen: Das Druufschiff war im selben Augenblick auseinandergebrochen, in dem das Boot die Hangarschleuse verließ. Die Flucht war ihnen buchstäblich im letzten Augenblick gelungen. Eine Sekunde später, und das Beiboot wäre von den Trümmern des Riesenschiffs zerdrückt und mit ihnen in die Weite des Raumes hinausgewirbelt worden.

Leutnant Lubkov machte eine Handbewegung, als wollte er sich den Schweiß von der Stirn wischen. Aber der Helm seines Schutzanzugs war fest verschlossen, und die Hand wischte nutzlos über den oberen Rand der Sichtscheibe.

Als Lubkov seinen Schreck überwunden hatte, begann er nach den Arkoniden Ausschau zu halten. Zu seinem Erstaunen stellte er fest, daß es in der Umgebung des Beiboots wesentlich weniger von den mattglänzenden Punkten gab, die sich durch die Art ihres Leuchtens von den Sternen unterschieden, als er eigentlich erwartet hatte. Weit im Hintergrund leuchteten immer noch die Glutbälle der vernichteten Schiffe, und in jeder Sekunde kamen ein paar neue dazu. Aber der Sektor, in dem das Beiboot sich bewegte, war erstaunlich ruhig.

Lubkov kannte sich mit den Druufgeräten nicht aus. Er suchte vergebens nach einem ähnlichen Orterschirm, wie ihn das große Schiff an Bord gehabt hatte. Er hätte André Noir den Auftrag geben können, von dem Druuf in Erfahrung zu bringen, was er wissen wollte, aber für den Suggestor bedeutete jede Frage eine zusätzliche Belastung. Daher verzichtete Lubkov darauf.

Er verließ sich darauf, daß Noir dem Druuf das Ziel des Fluges bereits genannt hatte. Anders war es nicht zu verstehen, daß der Druuf zielbewußt die Geschwindigkeit des Bootes auf einen ganz bestimmten Punkt im Raum hin ständig vergrößerte.

Die schwachen Lichtpunkte der Schiffe – arkonidische oder Druuf, feindliche auf jeden Fall – blieben allmählich zurück. Das Beiboot verließ das Gebiet der größten Raumschlacht, an der jemals ein Terraner teilgenommen hatte. Lubkov hatte keine Möglichkeit zu erfahren, wie die Schlacht ausgegangen war und welche Verluste an Material die beiden Seiten verzeichneten.

Fürs erste war er damit zufrieden, daß das Beiboot sich außer Gefahr befand.

Zehn Minuten nach dem Start verlor André Noir die Kontrolle über sich. Mit einem schwachen, kaum hörbaren Seufzer entspannte er sich und verlor das Bewußtsein.

Im selben Augenblick begann der Druuf sich zu regen. Er schien sich zu erinnern, daß es ursprünglich keineswegs seine Aufgabe gewesen sei, einer Gruppe von Terranern bedingungslos zu gehorchen.

Er drehte sich um und sah Lubkov an. Lubkov glaubte zu sehen, daß der Druuf entschlossen war, Widerstand zu leisten.

Sie hatten drei Versuche unternommen, um die Front zu durchbrechen, und dreimal waren sie zurückgeschlagen worden. Die DRUSUS hatte einen unbedeutenden Treffer erhalten, der einen ihrer Schirmfeldgeneratoren zum Ausfall brachte. Für die DRUSUS hieß es von nun an, noch vorsichtiger zu sein als bisher. Der Generator konnte auf der Erde innerhalb eines Tages repariert werden, aber hier im Raum fehlten die Mittel dazu.

Den vierten Anflug benutzten sie dazu, um den Mausbiber Gucky per Transmitter ein zweites Mal nach Hades zu verfrachten. Ein Zeitpunkt wurde ausgemacht, zu dem die DRUSUS oder die KUBLAI KHAN in der Nähe der Überlappungsfront bereitstehen würde, um Gucky wieder aufzunehmen.

Die Zwischenzeit verbrachten sie mit Warten. Gucky sollte auskundschaften, was mit Julian Tifflor inzwischen geschehen war. Es gab drei Möglichkeiten: Tifflors Körpersender arbeitete wieder in gewohnter Stärke, er arbeitete immer noch schwach und mit Störungen, oder er arbeitete überhaupt nicht mehr. Der erste und der letzte Fall bedeuteten, daß ein Eingreifen der beiden Superschlachtschiffe nicht mehr nötig war. Der zweite Fall besagte, daß sie es ein fünftes, ein sechstes und nötigenfalls auch ein hundertstes Mal versuchen mußten, die Front zu durchbrechen und in das Druufuniversum vorzustoßen.

Die Arkoniden beschränkten sich keineswegs darauf, die beiden Terraner in der Nähe der Überlappungszone zu erwarten. Mindestens die Hälfte der Blockadeflotte, also rund zehntausend Einheiten, war ständig unterwegs, um den benachbarten Raumsektor zu durchforschen und die beiden Schlachtschiffe zu stellen, wenn sie gefunden wurden.

Perry Rhodan achtete daher darauf, daß jede Transition die DRUSUS und die KUBLAI KHAN wenigstens zehn Lichtjahre von der Front der Entladungstrichter fortbrachten. Es war nicht damit zu rechnen, daß die Arkoniden so weit in den Raum hinaus vorstoßen würden.

Die Minuten bis zu Guckys Rückkehr verrannen in fiebernder Spannung. Die Nervosität an Bord der beiden Schlachtschiffe wuchs.

Denn nichts macht den Menschen unglücklicher, als in einer Situation, die voller Entscheidungen steckt, nichts tun zu können.

Der Druuf besaß keinen Übersetzer, und ebensowenig besaß einer der Terraner einen.

Leutnant Lubkov tat, was er für angebracht hielt. Er postierte vier Männer mit gezogenen Waffen vor dem Druuf und verließ sich darauf, daß der Druuf verstand, was das zu bedeuten hatte.

Dann trat er neben ihn, packte ihn so hoch, wie er eben konnte, an seinem würfelförmigen Körper und versuchte, ihn so zu drehen, wie er vorhin, als André Noir noch bei Bewußtsein war, gestanden hatte: vor dem Schaltpult, mit dem Bewegen von Hebeln und Schaltern beschäftigt. Das war eindeutig. Es hieß: Mach weiter! Es war ausgeschlossen, daß der Druuf es nicht verstehen würde.

Der Druuf machte nur eine kleine Bewegung mit seinem Körper und ließ die Arme folgen. Leutnant Lubkov bekam einen mörderischen Schlag und wurde quer durch den ganzen Raum geschleudert. Er prallte irgendwo mit der Schulter auf und schrie vor Schmerz. Aber er war schnell wieder auf den Beinen und sah, wie der Druuf sich umdrehte und die Hände nach den Hebeln ausstreckte.

Nachdem er ihn geschlagen hatte, konnte das nur eines bedeuten: Er wollte den Kurs des Bootes ändern.

Lubkov riß den Schockstrahler hervor und schoß.

Als der Druuf mit dröhnendem Gepolter zu Boden gestürzt war, war es totenstill in dem kleinen Kommandostand. Alle schien der gleiche Gedanke zu beherrschen: Wie sollen wir jetzt jemals ans Ziel kommen?

Plötzlich gellte Marshalls Stimme auf: „Vorsicht! Laßt ihn in Ruhe! Er denkt – und ich kann es verstehen.“

Als Gucky auf Hades landete, überfiel ihn das laute Zirpen von Julian Tifflors telepathischem Sender wie ein Schock. Gucky war voller Befürchtungen nach Hades gekommen. An die Möglichkeit, daß es Julian Tifflor inzwischen wieder gutgehen könnte, hatte er nicht im entferntesten gedacht.

Hastig unterrichtete er Captain Rous von dem Zweck seines zweiten Besuchs. Er erklärte ihm, daß mit Julian Tifflor inzwischen offenbar alles wieder in Ordnung war und daß er das Gefühl habe, als nähere sich Tifflor dem Stützpunkt Hades. Er konnte allerdings keine Erklärung dafür geben, wie das möglich war.

Captain Rous wies daraufhin seine Orterstationen an, auf den Raumsektor in Richtung Überlappungszone besonderes Augenmerk zu richten, und die Orter, solcherart auf ein bestimmtes Ziel hingewiesen, brauchten nur eine Viertelstunde, um ein unbekanntes Objekt auszumachen, das sich Hades mit beachtlicher Geschwindigkeit näherte. Durch Vergleich der Beobachtungen, die die Orter gemacht hatten, mit dem, was Gucky wahrnahm, konnte mit hoher Wahrscheinlichkeit ermittelt werden, daß Julian Tifflor sich an Bord des Flugobjekts befand. Wie er dorthin gekommen war, was er dort wollte, warum er auf dem geradesten Weg nach Hades kam – das alles wußte niemand.

Von Hades aus war die Raumschlacht an den Grenzen des Druufon-Systems beobachtet worden. Hades selbst hatte sich ruhig verhalten und nicht in den Kampf eingegriffen. Die einzelnen Lichtblitze der Explosionen waren gefilmt worden. Man würde den Film später auswerten und Erkenntnisse über Verlauf und Ausgang der Schlacht daraus gewinnen können. Vorerst allerdings wußte noch niemand, was dort draußen geschehen war und welche Folgen es nach sich ziehen würde.

Das allgemeine Interesse richtete sich auf Oberst Tifflor, der offenbar in einem Druufraumschiff nach Hades unterwegs war.

Es war nicht einfach gewesen, aber sie hatten es geschafft. Lubkov hatte so getan, als wollte er an den Hebeln des Schaltpults hantieren, und der verwundete Druuf hatte höhnisch gedacht: So wird er das Schiff nur in die Luft jagen.

Marshall hatte seinen Gedanken erkennen können. Der Schmerz, den der Druuf empfand, und der Zorn, der in ihm aufgestiegen war, hatten die Schranken zerbrochen, die bisher der telepathischen Verständigung zwischen Druuf und Terraner entgegengestanden hatten. Marshall war ein geschickter Telepath. Er ließ den Druuf nicht merken, daß er ihn abhorchte. Jedesmal, wenn er einen Gedanken verstand, gab er Lubkov einen halblauten Hinweis.

Lubkov ließ also die Hände von den Hebeln, von denen der Druuf meinte, daß sie das Schiff in die Luft jagen würden, und griff nach anderen.

Der Druuf dachte: Verdammt! Woher weiß er, daß es die richtigen sind? Allerdings fehlt noch etwas. Er muß den einen Schalter dazunehmen.

Marshall verstand den Fachausdruck nicht. Aber er sagte Lubkov, was er gehört hatte, und Lubkov begann unter den Schaltern zu suchen. Das tat er so lange, bis der Druuf voller Wut dachte: Teufel! Jetzt hat er ihn auch noch gefunden!

So lernten sie Schritt für Schritt, wie das Druufschiff zu bedienen war. Als sie es begriffen hatten, überschritten sie die Grenze der Lichtgeschwindigkeit und näherten sich Hades im überlichtschnellen Flug durch den Überraum.

Das Abbremsmanöver ging fehlerfrei vonstatten. Der zornige Druuf, der vor Schmerz und Wut nicht auf die Idee kam, daß er selbst die Ratschläge erteilte, war eine unerschöpfliche Informationsquelle.

Nach dem Auftauchen aus dem Überraum kam auch Julian Tifflor wieder zu sich. Er brauchte ein paar Minuten, um sich in die neue Lage zu finden. Dann übernahm er das Kommando von Leutnant Lubkov, und Lubkov machte kein Hehl daraus, daß er froh darüber war, nun auf niemand außer seinen Hebeln und Schaltknöpfen mehr aufpassen zu müssen.

Hades tauchte schließlich auf dem Bugteil des Panoramaschirms auf. Das Beiboot hatte in weniger als zwei Stunden eine Entfernung von nahezu zwölf Milliarden Kilometern überwunden – wobei zu beachten war, daß es von Terranern gesteuert wurde, die von der Druufastronautik bis vor zwei Stunden noch nicht einmal eine Ahnung gehabt hatten.

Allerdings schien ihnen ein schwieriger Teil ihrer Aufgabe noch bevorzustehen: die Landung auf Hades. Captain Rous würde das Boot als ein Druufschiff erkennen und womöglich darauf feuern lassen. Er durfte nicht dulden, daß ein Druuf sich dem Eingang des Höhlenstützpunkts allzusehr näherte. Julian Tifflor hatte eine Reihe von Ideen, wie man einen solchen Irrtum verhindern konnte, leider waren die meisten davon recht zeitraubend. Tifflor glaubte zum Beispiel, man könnte das Beiboot solange einen Kurs fliegen lassen, der wie ein S oder ein R oder sonst ein Buchstabe der terranischen Schrift geformt war, bis Rous sich einen Reim darauf zu machen beginnen würde. Man konnte auch auf dieselbe Weise, wie man von dem Druuf das Geheimnis der Steuerung des Bootes erlernt hatte, etwas über Wirkungs- und Bedienungsweise des Bordsenders zu erfahren suchen.

Man konnte hundert verschiedene Dinge tun. Aber während Tifflor und Lubkov noch darüber berieten, welches das erfolgversprechendste von ihnen war, meldete sich John Marshall plötzlich zu Wort.

Er brachte eine Sensation. Über ein paar hunderttausend Kilometer hinweg hatte er Guckys telepathischen Ruf empfangen. Gucky war auf Hades und hatte das Näherkommen des Beiboots beobachtet. Die Schleusentore des Stützpunkts standen offen, um das Boot aufzunehmen.

Das Unternehmen war geglückt.

Zum verabredeten Zeitpunkt standen die DRUSUS und die KUBLAI KHAN bereit, um mit ihren Transmittern Gucky von Hades zu übernehmen. Genau zur vereinbarten Sekunde forderte Hades Grünzeichen und bekam es. Einen Augenblick später befand sich Gucky wieder an Bord der DRUSUS. Das war rund acht Stunden, nachdem er sich zum letztenmal verabschiedet hatte.

Die Nachrichten, die er brachte, waren bedeutungsvoll und aufregend. Julian Tifflor war nicht nur außer Gefahr, er hatte außerdem einen Druuf gefangengenommen und ein Raumfahrzeug erbeutet, das mit dem geheimnisvollen Überlichttriebwerk der Druuf ausgerüstet war.

Captain Rous auf Hades hatte die Bedeutung des Augenblicks erkannt und seine Männer angewiesen, das Triebwerk so schnell wie möglich auszubauen und in leicht transportierbare Einzelteile zu zerlegen. Dazu hatten sie knapp sechs Stunden gebraucht. Zu dem

Zeitpunkt, da Gucky wieder in der DRUSUS erschien, wartete das fünfzehn Tonnen schwere Gerät, in Stücke zu jeweils zweihundert Kilogramm zerlegt, darauf, auf dem gleichen Weg wie Gucky an Bord der Superschlachtschiffe gebracht und zur Erde geflogen zu werden.

Als Gucky seinen Bericht eifrig und voller Hast abgegeben hatte, meldete die zentrale Ortung, daß sich ein Kampfverband von etwa hundert arkonidischen Einheiten im Anflug auf den augenblicklichen Standort der beiden Schlachtschiffe befand und daß er innerhalb von zwölf Minuten auf sichere Schußweite herangekommen sein würde.

Trotzdem wagte es Perry Rhodan. Der Besitz des neuen Triebwerks war für die Erde zu wichtig, als daß sie darum nicht ein Risiko hätten eingehen dürfen.

Hades bekam Grünzeichen. Marcel Rous hatte alle Transmitter der Station beladen lassen, so daß von seiner Seite aus kein Zeitverlust auftreten konnte.

Die KUBLAI KHAN wurde verständigt, und dann begann der Transport. Stück auf Stück übersprangen die Einzelteile des Triebwerks die gewaltige Entfernung von Hades bis zu den wartenden Schiffen. In fieberhafter Arbeit räumten Männer und Roboter die empfangenen Teile aus den Transmittern und machten sie zu neuem Empfang bereit. Marcel Rous auf Hades wußte nichts davon, unter welchem Zeitdruck die Raumfahrer der DRUSUS und der KUBLAI KHAN arbeiteten, aber auch so tat er sein möglichstes, um die Sache zu beschleunigen.

Die Männer von der INFANT kamen mit den Triebwerksteilen zusammen, und als letzter erschien der gefangene Druuf.

Nach zehn Minuten war alles vorüber. Der arkonidische Verband formierte sich zum Angriff. Aber noch bevor es zur Eröffnung des Feuers kam, nahmen die beiden Superschlachtschiffe Fahrt auf. Die Arkoniden versuchten, ihnen zu folgen, aber bevor sie noch ganz begriffen hatten, worum es ging, befahl Perry Rhodan die Transition, und die beiden Terraner verschwanden vor den überraschten Augen der arkonidischen Robotkommandanten.

Perry Rhodan hatte dem Robotregenten eine Nase gedreht, eine ziemlich lange sogar.

Sie waren auf andere Dinge aus gewesen, aber schließlich mußten sie mit dem zufrieden sein, was sie erreicht hatten. Sie hatten bewirken wollen, daß die Robotflotten der Druuf und Arkoniden sich ineinander verbissen und nicht eher aufhörten zu kämpfen, als ihre Kräfte vollständig oder doch wenigstens nahezu erschöpft waren. Sie hatten gehofft, sie könnten so mit einem einzigen Unternehmen eine Lage schaffen, in der die arkonidische Macht keine Bedrohung mehr für Terra bedeutete.

Das war ihnen nicht gelungen.

Nach vorsichtigen Schätzungen hatten die Arkoniden achtzehntausend Schiffe verloren. Das war eine Menge, nach irdischen Maßstäben betrachtet, aber es reichte nicht aus, um Arkon aus dem Gleichgewicht zu bringen.

Die Verluste der Druuf waren ebenfalls hoch, aber das war von zweitrangiger Bedeutung. Nach den Aussagen der Positronik auf Venus würde sich die Überlappungsfront ohnehin bald geschlossen haben, und von da an bildeten die Druuf keine Gefahr mehr.

Es blieb also Terras Aufgabe, die großen Ereignisse der galaktischen Politik weiter aus dem Hintergrund zu betrachten. Noch war der Augenblick nicht gekommen, in dem die terranische Flotte auf den Plan treten und den Robotregenten absetzen konnte. Diese Erkenntnis gehörte zu den wichtigsten, die aus Julian Tifflors Unternehmung gezogen werden konnten.

Auf der anderen Seite waren zwei Erfolge zu verzeichnen: die Erbeutung eines Druuf-Überlichttriebwerks und die Gefangennahme eines Druuf, der über die Entwicklung der Technik seines Volkes ausgefragt werden konnte.

Die irdischen Wissenschaftler und Techniker stürzten sich mit atemberaubendem Eifer auf das Triebwerk, das die DRUSUS und die KUBLAI KHAN ihnen anlieferten. Ihre Aufgabe war eine doppelte: Sie hatten sich in eine fremde Technologie hineinzudenken und die Wirkungsweise eines Geräts zu ermitteln, von dem sie bisher nicht einmal das Prinzip kannten.

Aber nach vier Wochen kannten sie schon das Prinzip, und bis sie soweit waren, daß sie das Triebwerk nachbauen konnten, schien nicht mehr allzu lange hin zu sein. Zu diesem Zeitpunkt ahnte noch niemand, daß man genaue Konstruktionspläne brauchte, um den Antrieb nachzubauen.

Das Verhör des gefangenen Druuf brachte nur wenige Erkenntnisse über die Wirkungsweise des neuen Tarngeräts, mit dem das Druufschiff ausgerüstet gewesen war, das die INFANT durch den Entladungstrichter gezogen hatte.

Der Druuf wußte, daß das Gerät noch in der Entwicklung stand – ein einleuchtender Grund dafür, warum die Terraner mit der Ortung von Druufschiffen bisher nie Schwierigkeiten gehabt hatten. Erst ein paar Schiffe waren mit den neuen Geräten ausgerüstet worden – vielleicht auch das Schiff, das die Gefangenen von Gray Beast seinerzeit den Arkoniden wieder abgejagt hatten.

Der Druuf wußte außerdem, daß die Wirkungsweise des Geräts darauf beruhte, daß es zwei ganz bestimmte, sehr schmale Frequenzbereiche des elektromagnetischen Wellenbands absorbierte. Diese Bereiche waren der sichtbare Teil des Spektrums, also Wellen der Länge 4000 bis 7500 Angström-Einheiten, und ein schmales Band, in dem die üblichen Frequenzen der terranischen Ortergeräte lagen. Benutzte man eine andere Orterfrequenz, dann wurde das Druufschiff auf dem Orterschirm wieder deutlich sichtbar.

Für Terra bedeutete diese Erfindung also keine große Errungenschaft. Was man über das Prinzip erfahren konnte, wurde den Hochfrequenztechnikern zugeleitet mit der Anweisung, sie sollten sich darüber Gedanken machen. Niemand glaubte vorerst, daß dabei etwas Verwendbares herauskommen würde.

Der Druuf wurde nach Hades zurückgebracht, um bei der in nicht mehr allzu weiter Ferne liegenden Aufgabe des Stützpunkts freigelassen zu werden.

Terra war einen kleinen Schritt weitergekommen. Man besaß ein Überlichttriebwerk der Druuf. Und Terras Wissenschaftler schickten sich an, einen weiteren Schritt auf dem Weg zur Überwindung des arkonidischen Übergewichts zu tun.

Die Zuversicht der Terraner geriet jedoch bald wieder ins Wanken, als eines der wertvollsten Schiffe der Menschheit, die KUBLAI

KHAN, im Wega-System von 1500 Robotschiffen des Regenten entdeckt und angegriffen wurde. Das Schiff und der an Bord befindliche Fiktivtransmitter gingen verloren, die Besatzung konnte sich mit den Beibooten retten.

5.

„Es sieht verdammt schlecht für uns aus."

Perry Rhodan sah auf und begegnete dem ernsten Blick des Sprechers, der ihm gegenübersaß. Er stellte fest, daß die roten Haarborsten diesmal unnatürlich glatt anlagen und fast wie normale Haare aussahen. Das rundliche Gesicht wies eine rötliche Färbung auf, und in den blaßblauen Augen flackerte ein unruhiges Feuer.

Rhodan nickte. „Du hast es absolut treffend ausgedrückt, Bully. Es besteht sogar die Gefahr, daß der Fall Kolumbus eintritt, wenn nicht bald etwas geschieht."

Der alte Mann mit den weißen Haaren, der links neben Rhodan am Tisch saß, nickte langsam. In seinen rötlichen Augen glomm ein nie verlöschendes Feuer heimlicher Zuversicht. Zwar schien die hagere Gestalt gebeugt, aber das Feuer in den Augen blieb kraftvoll und jugendlich. Rhodan neigte sich ihm zu. „Crest?"

Der alte Arkonide, Abkömmling eines längst erloschenen Herrschergeschlechtes der Arkoniden, nickte abermals. „Ich muß Reginald Bull leider zustimmen. Schiffe des Regenten operieren nur siebenundzwanzig Lichtjahre vom Solsystem entfernt, und die KUBLAI KHAN ging verloren. Außerdem haben sich unsere Hoffnungen in bezug auf das Überlichttriebwerk der Druuf bisher nicht erfüllt."

„Das allein meinte Bully nicht", warf Rhodan ruhig ein. „Ich fürchte, er meint mehr die Gesamtsituation, die von drei Machtfaktoren gekennzeichnet ist. Da sind zuerst die Druuf. Sie werden noch so lange eine Gefahr bilden, wie die Überlappungsfront zwischen den beiden Zeitebenen existiert. Dann ist das gigantische Robotgehirn des arkonidischen Imperiums in Betracht zu ziehen, das zwar im Augenblick mit den Druuf zu tun hat, sich aber eines Tages seiner vermeintlichen Hauptaufgabe zuwenden wird – nämlich uns zu finden und zu vernichten. Der dritte Faktor sind wir.“

Rechts von Rhodan saß ein zweiter Arkonide. Er war jünger als Crest, wenigstens äußerlich. In Wirklichkeit war Atlan mehr als zehntausend Jahre alt und unsterblich durch seinen Zellaktivator, den er in grauer Vergangenheit von einem Unbekannten erhalten hatte. Seit dem Untergang von Atlantis lebte er auf der Erde und war zu Rhodans bestem Verbündeten geworden. Solange wenigstens, wie seine ehemalige Heimat – Arkon – von einem Robotgehirn regiert wurde.

Atlan sagte: „Ich fürchte, es gibt nur einen einzigen Ausweg aus der Situation: Wir müssen das Robotgehirn ausschalten.“

Sie hielten alle den Atem an.

Diese Forderung aus dem Mund eines Arkoniden schien ungeheuerlich. Doch ganz davon abgesehen, war sie praktisch undurchführbar. Der Regent von Arkon war gegen jeden Angriff von außen durch die unvorstellbarsten Sicherheitsvorkehrungen geschützt.

Rhodan griff Atlans Worte auf. „Wir besitzen nur noch sieben Superschlachtschiffe vom Typ der TITAN und DRUSUS. Von unseren zwei Fiktivtransmittern verloren wir einen. Wir können ihn nicht ersetzen. Unsere Raumflotte ist groß, aber gegen die Arkons ist sie winzig. Wie also sollten wir Arkon angreifen, wenn nicht von innen her?“

„Von innen her?“ dehnte Atlan. In seinen rötlichen Augen leuchtete es auf. „Vielleicht ist das die Antwort.“

Links von Bully saß ein Mann, der ebenfalls rote Haare hatte. Sonst konnte man Captain Hubert Gorlat als einen unauffälligen Alltagstyp bezeichnen. Wenigstens äußerlich. In Wirklichkeit war Hubert Gorlat Abwehrspezialist des Solaren Sicherheitsdiensts und dessen Chef, Allan D. Mercant, direkt unterstellt. Seine Fähigkeiten waren größer, als man es bei seinem Anblick hätte vermuten können.

„Das wäre vielleicht eine Aufgabe für mich", sagte er leichthin, aber seine Stimme zitterte vor Erregung.

Rhodan lächelte leicht. „Ich habe diese Versammlung einberufen, und Sie können sich alle darauf verlassen, daß niemand zufällig an diesem Tisch sitzt." Er sah die Anwesenden einen nach dem anderen an. „Auch Sie, Gorlat, werden eine Aufgabe erhalten."

„Du hast einen Plan?" vergewisserte sich Bully, und sein Gesicht rötete sich noch mehr. Die ersten Haarborsten begannen sich aufzustellen.

„Er wird in dieser Besprechung entstehen", gab Rhodan zurück und deutete damit an, daß jeder seinen Teil beizutragen hatte. „Halten wir zuerst einmal die Fakten fest. Der Regent wird uns eines Tages finden, wenn er in den Druuf keine Gefahr mehr sieht und sich auf uns konzentrieren kann. Nichts wird die Entdeckung dann verhindern, denn das arkonidische Imperium ist fast wieder völlig geeint und stark. Eines Tages wird ein Schiff die Erde finden und die Koordinaten nach Arkon funken. Was dann?"

Crest nickte mehrmals.

„Wir werden den dann erfolgenden Angriff nicht mehr überleben", sagte er ernst. „Daran ist nicht zu zweifeln. Arkon würde Terra vernichten, obwohl beide Reiche gemeinsam bestehen könnten. Der Irrsinn früherer irdischer Politiker wird sich in kosmischem Rahmen wiederholen."

„Ihr Vorschlag, Crest?"

Rhodan sprach die Forderung sachlich und ruhig aus, obwohl in seinem Innern ein Sturm tobte.

Crest seufzte. „Vielleicht kann ich einen Hinweis geben, aus dem sich ein Vorschlag konstruieren läßt. Wer ist unser Gegner? Die Arkoniden? Nein, sie nicht. Unser Gegner ist nur das Gehirn, der Regent von Arkon. Ihn also müssen wir beseitigen, wenn wir den Frieden mit Arkon wollen. Nun wurde das Robotgehirn von Arkoniden erdacht und erbaut und schließlich zum Regenten gemacht, als die Aktivität der Arkoniden nachließ. Aber als sie es erbauten, waren sie noch die alten und tapferen Arkoniden. Das ist ein Punkt, den ich als Schlüssel zum Erfolg bezeichnen möchte. Denn ich halte es für völlig ausgeschlossen, daß jene Wissenschaftler, die den Regenten konstruierten, keine Sicherheitsmaßnahme einplanten. Denken wir doch logisch, meine Herren. Die Arkoniden erbauten das Robotgehirn, damit es die Herrschaft über das Imperium übernahm, wenn sie selbst zur Führung nicht mehr taugten. Sie waren damals noch klug genug, eigene Schwächen zu erkennen. Wir sollten daher ruhig annehmen, daß sie auch klug genug waren, sich nicht rettungslos einem Positronengehirn auszuliefern. Einmal würde es wieder fähige Arkoniden geben – so mußten sie hoffen. Und derartig befähigte Arkoniden sollten die Regierung über das Reich wieder übernehmen. Daraus folgert eindeutig, daß es eine Sicherheitsschaltung geben muß, die es zu finden gilt. Ich habe mich doch klar genug ausgedrückt?"

Er sah sich forschend um und begegnete den leuchtenden Augen der Männer.

Rhodan nickte ihm zu. „Absolut, Crest. Wir verstehen, was Sie meinen. Damit würde sich uns also lediglich das Problem stellen, wie diese Sicherheitsschaltung aussieht und wie man sie betätigt. Halten Sie es für leicht, das herauszufinden?"

Crest wurde ein wenig unsicher. „Nicht gerade für leicht, aber für durchführbar."

Gorlat blieb der nüchterne Tatsachenmensch. „Ehe wir uns Gedanken darüber machen, sollten wir erst einmal feststellen, ob es überhaupt möglich ist, an den Regenten heranzukommen."

Atlan beteiligte sich plötzlich wieder an der Debatte. „Ich bin geneigt, Crest beizupflichten. Die Hauptsache ist, wir sind fest davon überzeugt, daß es eine Sicherheitsschaltung gibt. Und diese Möglichkeit möchte ich hier eindeutig bejahen. Es *gibt* eine solche Sicherung. Es ist somit möglich, das Robotgehirn ohne jeden Kampf nur mit Hilfe der List auszuschalten und das arkonidische Imperium aus der Gewalt seines maschinellen Diktators zu befreien."

„Die Frage ist nur", gab Bully zu bedenken, „wie wir nach Arkon gelangen, ohne vorher in Atome zerlegt zu werden."

„Darum sitzen wir ja hier", sagte Rhodan und wandte sich mit sichtlichem Interesse Atlan zu. „Du bist also fest davon überzeugt – so wie auch Crest –, daß es eine Sicherheitseinrichtung gibt?"

„Vollkommen, Barbar", entgegnete Atlan und blieb bei seiner beliebten Anrede, die aber mehr Tradition als Spott war. „War ich nicht damals vor zehntausend Jahren Admiral des ehemaligen arkonidischen Imperiums? Zwar dachten wir damals noch nicht daran, einen Roboter zu konstruieren, mit dem sich das Reich mühelos regieren ließ, aber in der Theorie bestanden zumindest derartige Pläne. Und darin war von einer Sicherheitsmaßnahme die Rede, mit der sich ein solches Gehirn von dem richtigen Mann wieder umprogrammieren ließ."

Rhodan nickte nachdenklich. „Das ist es: von dem *richtigen* Mann. Wer ist der Richtige?"

Wieder einmal, wie sooft, war Schweigen die Antwort.

Rhodan begann zu lächeln. „Wir müssen Crest und Atlan für ihre Ansichten dankbar sein, denn sie decken sich völlig mit meinen eigenen Vermutungen. Ich muß Ihnen daher etwas mitteilen, das ich bisher für mich behielt. Seit einigen Monaten habe ich mich eingehend mit dem Schicksal unseres Agenten Jeremy Toffner befaßt. Ich denke, er wird eine der Schlüsselfiguren sein, die uns den Weg in die uneinnehmbare Festung Arkon ebnen."

Arkon war 34 000 Lichtjahre von der Erde entfernt und lag nahe beim Zentrum der Milchstraße.

„Jeremy Toffner?" fragte Bully und schien sich nicht entsinnen zu können. Kein Wunder, denn die kosmischen Agenten des Solaren Imperiums waren in der ganzen Galaxis verstreut. „Wer ist das?"

„Ein Mann, der auf der Venus geboren wurde. Captain Gorlat wird alle notwendigen Daten aus der Kartei entnehmen können. Aber das ist hier unwichtig. Uns interessiert lediglich, *wo* Toffner sitzt."

Rhodan machte eine Pause.

Bully konnte es nicht mehr aushalten. „Wo sitzt er denn?"

„Auf Zalit, dem vierten Planeten der Sonne Voga."

Die Männer starrten Rhodan fassungslos an.

Zalit war nur gut drei Lichtjahre von Arkon entfernt.

In knappen Worten begann Rhodan über die Aufgabe Toffners zu berichten...

Die Zaliter waren gute Untertanen des Regenten von Arkon.

Das hatte Jeremy Toffner schon damals festgestellt, als man ihn heimlich auf dem fremden Planeten absetzte und sich selbst überließ. Vom Solaren Sicherheitsdienst mit ausgezeichneten Ausweispapieren versehen, die auf den Namen Garak lauteten, konnte er eventuellen Kontrollen mit ruhigem Gewissen entgegensehen. Sein Äußeres war durch die Spezialisten der medizinischen Forschungsabteilung derart verändert worden, daß ihn selbst seine eigene Großmutter nicht wiedererkannt hätte. Jeder mußte ihn für einen waschechten Zaliter halten, die als Abkömmlinge der Arkoniden diesen wiederum ähnlich sahen.

Sie waren rein äußerlich menschengleich, besaßen einen schlanken, hohen Körperbau und eine rotbraune Hautfarbe. Besonders fiel an ihnen das kupferfarbene Kopfhaar auf, das bei günstigem Lichteinfall einen grünlichen Oxydationsschimmer annahm.

Die Zaliter galten als das intelligenteste Kolonialvolk der Arkoniden und als deren zuverlässigste Verbündete.

Es war Jeremy Toffner ohne besondere Schwierigkeiten gelungen, in der dreißig Millionen Seelen zählenden Bevölkerung von Tagnor unterzutauchen. Tagnor war die Hauptstadt des Planeten Zalit und bedeckte eine Fläche, auf der ein irdischer Staat leicht Platz gehabt hätte. Da die Gesamtbevölkerung die Zahl von acht Milliarden weit überschritten hatte, war eine Ansammlung von dreißig Millionen nicht weiter verwunderlich.

Wie auch auf den Planeten Arkons dominierten in Tagnor die Trichterbauten. Unten am „Auslauf“ war der Eingang, der jeden Besucher in eine völlig in sich abgeschlossene Welt führte. Die Wohnungen bestanden aus „Rängen“ in der schräg geneigten Wand des inneren Trichters.

Die Form der Trichterbauten entsprach dem Wunsch der Arkoniden, allein und individuell zu wohnen. Die Zaliter hatten diese Sitte ihrer Vorfahren übernommen und erhalten.

Der größte Trichterbau gehörte der Regierung, der ein Zarlt vorstand. Dieser Zarlt war dem Robotgehirn auf Arkon hörig und erfüllte seine Wünsche.

Wenn es Toffner auch gelang, der Aufmerksamkeit der zahlreichen Wachen zu entgehen, so wurde er ein unbehagliches Gefühl nie los. Arkon war viel zu nahe. Wenn man ihn entdeckte, geschah es vielleicht so schnell, daß er keine Gelegenheit mehr erhielt, seine geheimen Unterlagen zu vernichten. Vielleicht blieb ihm nicht einmal mehr die Zeit, sich selbst zu töten, um ein Verhör mit schlimmsten Konsequenzen für die Erde zu verhindern.

Die Überzivilisation der Zaliter äußerte sich in der Rückkehr zur Barbarei. Sie waren nicht so apathisch wie die Arkoniden, litten aber unter der gleichen Langeweile, die alle Perfektion mit sich bringt. Gegen diese Langeweile wurde etwas unternommen, und da Technik im Überfluß vorhanden war, mißbrauchte man sie zur illusorischen Herstellung längst im Schoß der Geschichte versunkener Zustände.

Darauf spekulierte Jeremy Toffner, als er sich in Tagnor niederließ. Er konnte keine offiziellen Geschäfte tätigen, ohne zumindest die Aufmerksamkeit der ewig mißtrauischen Behörden zu erwecken. Wandte er sich aber einem nur teilweise legalen Geschäft zu, lernte er automatisch Zaliter und auch Regierungsorgane kennen, die es mit dem Gesetz nicht so genau nahmen.

Die Unterhaltung von Kampfarenen war gestattet und wurde sogar vom Staat gefördert. Trotzdem umgab sie ein Hauch anrüchiger Illegalität. Ein etwas merkwürdiger Zustand, für den auch Toffner keine Erklärung fand.

In einem Trichterhaus fand er eine Wohnung, aber meist hielt er sich unter der Oberfläche auf, in den geräumigen Hallen und Kammern unter der Hauptarena. Hier kannte er jeden Winkel, jedes Versteck, jeden Gang. Hier war es auch, wo er seine geheime Ausrüstung verborgen hatte, über die jeder kosmische Agent des Solaren Imperiums verfügte.

Der nicht gerade kleine Metallkasten enthielt die Hyperfunkanlage. Mit ihr meldete Toffner in regelmäßigen Abständen der irgendwo im Raum befindlichen Relaisstation, daß er noch lebte. Durch sie empfing er Anordnungen. Sie war sein einziges Verbindungsglied zur Welt der Menschen. Denn er war auf Zalit der einzige Terraner.

Seine Aufgabe war es, das Solare Imperium von allen Vorkommnissen, die nicht in das Alltagsleben der Zaliter paßten, zu informieren. Insbesondere, so lautete ein Befehl, den er vor einigen Tagen erhalten hatte, sollte er darauf achten, ob Arkonschiffe auf Zalit auftauchten, um Rekruten an Bord zu nehmen.

Rhodan hatte seinen Bericht über Toffners Aktivitäten und Auftrag beendet.

Niemand wußte, *wann* sich Toffner melden würde, aber man wußte, *daß* er sich melden würde.

Seit einigen Tagen trafen immer wieder Nachrichten von Terras kosmischen Agenten ein, die besagten, daß der Regent dazu übergegangen war, einen Teil seiner Schiffe mit intelligenten Wesen zu bemannen. Auf Terra kam man zu dem Schluß, daß der Regent eingesehen haben mußte, daß ein ausschließlich mit Robotern bemanntes Schiff nicht immer ein Vorteil war. Man war auf der Erde zu der Überzeugung gekommen – und die Agentenmeldungen bestätigten dies –, daß der Regent die Besatzungen für seine Schiffe aus tatkräftigen Völkern aussuchen würde. Und die Zaliter waren tatkräftig. Also würden eines Tages Arkons Rekrutierungskommandos auf Zalit auftauchen und Zaliter zum Flottendienst anheuern. Dies war die Chance, auf die Rhodan wartete.

Nachdem man noch einige wichtige Dinge besprochen hatte, verließen Atlan, Crest und Gorlat den Raum, um die entsprechenden Vorbereitungen zu treffen. Rhodan, der von den Fenstern seines Arbeitsraums einen kurzen Blick auf das Treiben in den Straßen Terranias geworfen hatte, wandte sich wieder um und blickte Bully ernst an.

„Die Besprechung hat meinen Entschluß bestärkt, Arkon direkt anzugreifen. Das Robotgehirn besitzt eine verwundbare Stelle: den Sicherheitsfaktor. Wenn wir ihn finden, ist der Regent erledigt."

„Es wird nicht einfach sein", gab Bully zu bedenken.

„Einfach?" Rhodan lächelte für eine Sekunde, wurde aber schnell wieder ernst. „Ich würde sagen: fast unmöglich. Wenigstens im ersten Teil. Unsere Agentenberichte besagen, daß es völlig unmöglich ist, den Festungsring um Arkon zu durchbrechen. Wenigstens mit Gewalt.

Nicht einmal der Fiktivtransmitter wird in der Lage sein, die Strahlfelder zu durchbrechen. Wenn wir jemals nach Arkon gelangen, so kann das nur auf legalem Weg geschehen. Du weißt ja, daß eine Spezialeinheit von zweihundert Menschen schon seit einigen Wochen für einen solchen Einsatz geschult wird. Zwar wissen wir erst seit wenigen Tagen, daß der Regent Rekruten anheuert, aber dies kommt unseren Plänen nur entgegen. Als wir die Spezialeinheit aufstellten, wußten wir noch nicht, ob es überhaupt sinnvoll sein würde. Jetzt können wir uns nachträglich zu unserem Entschluß, die Spezialisten für den Einsatz auf Zalit geschult zu haben, beglückwünschen. Wir wissen, daß ein eventueller Einsatz nur auf Zalit erfolgen kann, da die Zaliter unserer Körperstruktur am nähesten kommen, wenn es auch im Knochenbau erhebliche Unterschiede gibt. Doch die Masken und das Auftreten dieser Menschen werden perfekt sein. Man wird sie für Zaliter halten, genau wie Toffner."

Ein schrilles Klingeln unterbrach ihr Gespräch.

Rhodan war mit einem Satz an der Schaltanlage, die eine ganze Wand einnahm. Mit einem Ruck legte er einen kleinen Hebel nach unten.

Der Bildschirm wurde hell. Das Gesicht eines Mannes erschien darauf. „Funkverbindung mit der Venus. Marschall Mercant hält sich zur Zeit dort auf."

„Ich weiß. Verbinden Sie mich."

Es dauerte keine zehn Sekunden, bis Mercant auf dem Bildschirm sichtbar wurde. Der Chef des Solaren Sicherheitsdiensts war jung geblieben, denn genau wie Rhodan und Bully hatte er die lebensverlängernde Zelldusche erhalten.

„Gut, daß die Verbindung klappt", sagte er befriedigt. „Ich wollte zwar zuerst warten, bis die BURMA bei Ihnen ist, aber ich dachte, es wäre vielleicht besser, wenn Sie Bescheid wüßten."

„Die BURMA?" dehnte Rhodan und versuchte sich daran zu erinnern.

Mercant half ihm. „Die BURMA ist in der Nähe der Überlappungsfront zwischen unserem Universum und dem der Druuf stationiert und arbeitet als Relaisschiff für kosmische Agenten. Mein Vertrauensmann teilte mir mit, daß er Ihnen eine persönliche Nachricht zu überbringen habe. Die BURMA landet in wenigen Minuten in Terrania. Das wollte ich Ihnen sagen. Wie geht es sonst?"

„Danke", gab Rhodan zurück. Er schien nicht aufgelegt, Mercants Frage ausführlich zu beantworten. „Wir sehen uns ja in wenigen Tagen."

Mercant begriff – und schaltete ab.

Der Bildschirm erlosch.

Perry und Bully waren mit ihren Sorgen allein.

6.

Nach einigen Hypersprüngen kreuz und quer durch die Milchstraße landete der Leichte Kreuzer BURMA endlich auf dem Raumfeld von Terrania. Der Kommandant befolgte damit die allgemeine Regel, daß man sich nicht allein auf die serienmäßig eingebauten Eigenfrequenzdämpfer verließ, wenn diese auch alle bei Hypersprüngen entstehenden Erschütterungen neutralisierten und ein Anpeilen unmöglich machten. Aber die Erfahrung hatte nur zu schmerzlich bewiesen, daß solche Geräte auch versagen konnten – und dann war es mit der Tarnung vorbei. Eine Entdeckung der Erdposition aber bedeutete das Ende.

Der Kommandant der BURMA erließ ein allgemeines Ausgehverbot und begründete es mit der Tatsache, daß sie in spätestens einer halben Stunde wieder starten würden.

Dann ließ er Leutnant Behrends kommen, der die Relaisstation der Agentensender bediente. Er sollte Rhodan Bericht erstatten.

Bereits fünf Minunten später betraten Rhodan und Bully das Deck der BURMA und folgten Leutnant Behrends in die Funkzentrale, nachdem sie den Kommandanten begrüßt hatten.

Behrends war ein noch junger, aber sehr erfahrener und zuverlässiger Offizier. Seit Jahren schon war er einer jener Männer, die Kontakt zu den überall verstreuten Agenten des Solaren Sicherheitsdiensts hielten. Rhodan kannte ihn persönlich und wußte, daß er sich auf ihn verlassen konnte. Als Beweis konnten die von Behrends eingehaltenen Sicherheitsvorkehrungen gelten. Schließlich hätte man die so wichtige Botschaft auch einfach abstrahlen können. Es bestand zu 99 Prozent die Gewißheit, daß kein Unbefugter sie abhören konnte. Aber Behrends war das restliche Prozent eben noch zuviel gewesen.

„Sie nahmen die Meldung auf?" vergewisserte sich Rhodan, als sie endlich allein in dem Raum waren, der mit technischem Nachrichtenmaterial und Geräten aller Art vollgestopft war. „Von wem stammt sie? Vielleicht von dem Agenten Jeremy Toffner auf Zalit?"

Leutnant Behrends unterbrach seine Tätigkeit und fuhr herum. Mit weit aufgerissenen Augen starrte er Rhodan an. Stammelnd sagte er: „Ja, von Toffner! Woher wissen Sie das?"

Rhodan lächelte. „Also doch! Ich dachte es mir."

Behrends erholte sich von seiner Überraschung. Mit geschickten Händen schaltete er den Tonprojektor ein und legte den Zeigefinger auf die Lippen. Die Sendung war ein wenig unklar und von Störgeräuschen unterbrochen. Einige Worte fehlten, aber der Sinn kam deutlich durch. Es war leicht, die Bruchstücke zu ersetzen.

Atemlos lauschten Rhodan und Bull der fernen Stimme eines Mannes, der einsam und nur auf sich gestellt seinen Dienst für Terra tat. Er lebte unter einer fremden Sonne und wußte nie, ob er den nächsten Tag noch erleben würde.

„Seit wenigen Stunden preßt Arkon die Zaliter zum Wehrdienst in der Flotte. Ein Admiral mit Namen Calus leitet die gewaltsame Aktion. Er ist relativ jung und erstaunlich aktiv für einen Arkoniden. Der Zarlt hat sich ihm widerstandslos untergeordnet. Kosoka ist ein alter, schwacher Mann, der alles tut, was Arkon von ihm verlangt. Ich erwarte weitere Anweisungen."

Rhodan lauschte, aber die Stimme Toffners war verstummt.

„Woher wußten Sie, daß diese Meldung so wichtig war?" fragte er und wandte sich an Behrends. „Ihr Wortlaut klingt nicht gerade sehr geheimnisvoll."

„Mag sein“, erwiderte der Leutnant. „Aber Zalit ist der äußerste Vorposten – und der wichtigste. Er darf nie verlorengehen, das ist der erste Grund, warum ich so vorsichtig war. Dann bestätigt die Meldung, daß Arkon Truppen zusammenzieht – übrigens erhielten wir auch von anderen Kolonialwelten ähnliche Berichte. Mir ging es darum, ganz sicherzugehen, daß niemand erfuhr, daß auf Zalit ein Terraner sitzt – und auf die Vermutung müßte Arkon doch eigentlich kommen, wenn der Regent etwas von unseren Gegenmaßnahmen spürt.“

„Sehr richtig.“ Rhodan nickte und betrachtete den jungen Leutnant mit Wohlwollen. „Sie haben umsichtig gehandelt und damit ein Lob verdient. Allerdings werden wir etwas unternehmen, aber wenn Arkon es bemerkt, wird es schon zu spät sein. Wenn alles planmäßig verläuft, heißt das. Und das hoffen wir sehnlichst.“

Leutnant Behrends richtete sich auf. „Wollen Sie die Meldung noch einmal hören, oder kann ich sie löschen?“

„Löschen Sie, Behrends. Und kehren Sie an Ihren Standort zurück. Ich werde Ihnen in den nächsten Tagen eine Nachricht für Toffner zusenden. Sorgen Sie für sofortige Abstrahlung. Doppelt gerafft und chiffriert. Es ist von äußerster Wichtigkeit.“

„Ich kann es mir denken“, erwiderte Behrends und nickte, als Rhodan zusammen mit Bull die Zentrale verließ. Draußen begegneten sie dem Kommandanten.

„Sie starten in fünf Minuten“, verabschiedete sich Rhodan von ihm und atmete auf, als er wieder den festen Boden des Landefelds unter den Füßen spürte. Schweigend kletterte er neben Bully auf den Sitz des Gleiters.

Hinter ihnen blieb der Raumhafen zurück.

„Und nun?“ fragte Bully. „Werden unsere Pläne beschleunigt?“

Rhodan lächelte sanft. „Unsere Pläne weniger, alter Freund. Aber die Durchführung. Es war gut, daß ich alles schon in die Wege geleitet habe. Wir werden noch heute mit der ‚Aktion Infiltration‘ beginnen.“

„Hoffentlich gelingt sie“, meinte Bully und starrte nach vorn, wo die Dächer von Terrania sich schnell näherten.

Das Einsatzkommando stand bereit.

Es waren zweihundert Mann, bestens ausgebildet und auf ihre Aufgabe vorbereitet. Niemand wußte genau, worum es ging, aber jeder ahnte, daß die bevorstehende Aktion von äußerster Wichtigkeit sein würde. Seit Wochen schon wurden die Spezialisten eingehenden Hypnoschulungen unterworfen, die ihnen alles vermittelten, was ein Zaliter wissen und können mußte. Sie sprachen einwandfrei die Sprache des Planeten Zalit, verstanden arkonidisch und waren mit der Technik von Arkon vertraut. Unter den zweihundert Mann befanden sich erfahrene Raumpiloten, Funker, Wissenschaftler, Mutanten und Agenten des Sicherheitsdiensts.

Einer der leitenden Offiziere war Major Art Rosberg, ein Spezialist auf dem Gebiet der Materietransmission. Er wußte alles über die Konstruktion der Transmitter, die in der bevorstehenden Aktion eine besondere Rolle spielen sollten. Der etwas brummige Major, untersetzt und grauhaarig, war ein Könner auf seinem Fachgebiet, wenn es ihm auch weniger gefiel, so unversehens zum Chef von zweihundert ausgesuchten Männern ernannt worden zu sein. Zusammen mit seinem Freund Captain Hubert Gorlat beaufsichtigte er die Ausbildung der Spezialtruppe.

An diesem Abend saßen die beiden wieder einmal zusammen und gaben sich ihren Spekulationen hin. Gorlat wußte mehr, als er zugab. Er war es gewesen, der regelmäßig an den Besprechungen mit den führenden Männern des Imperiums teilgenommen hatte. Aber seine Schweigepflicht galt auch Rosberg gegenüber.

„Hoffentlich ist es bald soweit", knurrte der Major mißmutig. „Das ewige Warten macht mich nervös."

„Ich fürchte, Sie werden Ihre Nerven noch brauchen", gab Gorlat grimmig zurück. „Wenn mich nicht alles täuscht, werden wir nicht mehr lange warten müssen. Heute nachmittag landete die BURMA. Sie kennen sie ja: Kreuzer der Staatenklasse und Relaisschiff."

„Na und? Was hat das mit uns zu tun?"

Gorlat wollte nicht zuviel sagen, aber er nutzte jede Gelegenheit, den Major munter zu machen.

„Genau weiß ich es natürlich auch nicht, aber Rhodan und Bull begaben sich an Bord des Kreuzers und blieben dort eine knappe halbe Stunde. Dann verschwand die BURMA wieder."

„Von mir aus", brummte Major Rosberg und drückte den Tabak in seine Pfeife. „Die Leute auf den Schiffen sind zu beneiden. Ich würde mir auch mal wieder gern Marswind um die Ohren wehen lassen."

„Vielleicht geschieht das bald", orakelte Gorlat erneut und ahnte nicht, wie schnell seine Prophezeiung in Erfüllung gehen sollte. „Die eigentliche Ausbildung ist in allen Punkten beendet. Wir warten ja nur noch auf den Einsatzbefehl."

Noch ehe Rosberg antworten konnte, summte das Tischgerät. Es war das übliche Visiphon mit dem kleinen Bildschirm.

Etwas lässig griff Rosberg nach dem Kasten und drückte auf den Knopf. Wer rief ihn denn abends schon noch an? Höchstens jemand, der Ausgang haben wollte, oder vielleicht...

Er zuckte zusammen, als er Rhodans Gesicht erkannte.

„Major Rosberg? Ist Captain Gorlat bei Ihnen? Ah, ich sehe ihn schon. Hören Sie, Gorlat! Order X tritt ab sofort in Kraft. Veranlassen Sie alles Weitere. Der Start findet in drei Tagen mit der DRUSUS statt."

Gorlat war aufgesprungen.

„Verstanden", entgegnete er. „Ich werde alles Notwendige veranlassen." Er warf dem verblüfften Rosberg einen schnellen Blick zu und fügte hinzu: „Kann ich den Major nun einweihen?"

Rhodan lächelte flüchtig. „Ja, tun Sie das, Gorlat. Sonst platzt er uns noch vor Neugierde – und wir brauchen ihn noch."

Der Schirm erlosch.

Rosberg starrte auf die milchige Fläche, drehte sich dann langsam seitwärts und sah Gorlat an, der seinem Blick grinsend begegnete. „Was meinte der Chef eben?"

Gorlat machte eine vage Handbewegung. „Er meinte, ich könne Ihnen jetzt die Wahrheit sagen. Lange genug haben Sie daran herumgerätselt. Doch warten Sie, zuerst muß ich meine Befehle ausgeben, damit keine Verzögerung im Zeitplan eintritt."

Er bediente sich Rosbergs Visiphon und gebrauchte nun keine Decknamen mehr.

Und der Major wurde von Minute zu Minute blasser, aber in seinen Augen funkelte die Erregung.

Das untätige Warten war endlich vorbei.

Tag und Nacht wurde gearbeitet.

Besonders in den chemobiologischen Speziallabors ging es hoch her.

Hier waren die Bio-Mediziner damit beschäftigt, die Männer des Spezialkommandos zu verwandeln. Mit einem besonderen Mittel verfärbten sie ihre Augen und die Haut. Die Haare wurden nicht vergessen. In jeder Stunde verließen acht völlig verwandelte Terraner das Laboratorium und versuchten, sich an ihr neues Aussehen zu gewöhnen. Es war ein Glück, daß Rhodan Ausgangssperre verhängt hatte, sonst wäre es in den Bars von Terrania sicherlich zu einigen Zwischenfällen gekommen.

Vom biochemischen Labor ging es zur Kleiderkammer. Jeder Teilnehmer des bevorstehenden Unternehmens empfing hier die nach genauen Unterlagen hergestellte Zaliter-Bekleidung. Sie war unterschiedlich, wie es sich für Zivilisten gehört. Die weiten Hosen schlackerten ein wenig um die Waden, aber man gewöhnte sich daran. Insbesondere Bully, der von der Prozedur ebensowenig verschont wurde wie Rhodan, mußte sich einiges an gut gemeinten Ratschlägen gefallen lassen. Dabei schlackerten bei ihm die Hosen am wenigsten.

Es gab nur eine einzige Ausnahme, und die sah jeder ein.

Der Mausbiber Gucky blieb, wie er war. Es gab keine Möglichkeit, ihn in einen Zaliter zu verwandeln. Er war eben eine Riesenmaus mit einem platten Biberschwanz. Sich der Ausnahme vollauf bewußt, spazierte Gucky stolz zwischen den Männern umher und verteilte kostenlos witzige Bemerkungen über die Maskerade. Rhodan ließ ihn gewähren, denn er wußte, daß die Männer eine Aufmunterung nötig hatten.

Zwei Tage danach fand die letzte Einsatzbesprechung statt. Morgen bereits würde man unterwegs sein.

„Es werden also starten – die DRUSUS mit dem Fiktivtransmitter und die CALIFORNIA mit den fünf üblichen Materietransmittern. Je weniger Schiffe zum Kugelsternhaufen M-13 fliegen, desto geringer ist die Gefahr einer Entdeckung. Es muß uns gelingen, mit einem geringen Aufwand das Bestmögliche herauszuholen. Es darf keine Panne passieren, sonst landen wir in der Hölle. Unser Leben wird von dem Können unseres Agenten Toffner abhängen. Er hat Anweisungen erhalten, einen tragbaren Peilsender an einer Stelle von Zalit abzusetzen, die für unsere Zwecke geeignet ist. Sobald wir von Toffner das Signal erhalten, daß alles vorbereitet ist, brechen wir auf."

Nach einer kurzen Pause fuhr er fort: „Wir werden in wenigen Transitionen das System Voga erreichen, und die DRUSUS wird in einer Blitzaktion mit Hilfe des Fiktivtransmitters eine ganz normale Materieempfangsstation auf Zalit errichten – und zwar genau an der Stelle, an der zuvor Toffner seinen Peilsender stationierte. Die DRUSUS muß danach so schnell wie möglich verschwinden. Der Rest ist dann einfach. Auf der CALIFORNIA befinden sich fünf Sendestationen für Materietransmission. Wir, meine Herren, sind auch auf der CALIFORNIA, und zwar mit unserer gesamten Ausrüstung. Es muß schnell gehen. Innerhalb von zehn Minuten müssen wir auf Zalit in Sicherheit sein, denn es ist zu erwarten, daß unser Anflug nicht unbeobachtet bleibt. Während man also die CALIFORNIA verfolgt, müssen wir bereits in Sicherheit sein. Ich glaube, Sie haben nun alle verstanden, worum es geht. Uns bleibt nur noch, uns gegenseitig Glück zu wünschen. Wir werden es bitter nötig haben. Noch Fragen zum Thema?"

Die zweihundert Männer – und ein Mausbiber – sahen Rhodan an. Niemand schien eine Frage zu haben. Nur Major Rosbergs brummige Stimme unterbrach das erwartungsvolle Schweigen. „Und was sollen wir auf Zalit? Wir sehen aus wie Zaliter, gut und schön. Aber was ist das Ziel der Aktion? Sicher sollen wir nicht nach Zalit, um dort die Bürger zu erschrecken."

„Allerdings nicht, Major", gab Rhodan etwas spöttisch zurück. „Wir werden uns dem Rekrutierungskommando stellen und in die Dienste des Robotregenten treten. Zalit ist für uns das Tor nach Arkon."

„Oder das Tor zur Hölle", meinte Rosberg.

Inzwischen war Jeremy Toffner nicht untätig gewesen. Nach genauer Prüfung der planetarischen Verhältnisse entschloß er sich schließlich, den Peilsender in der Wüste, die zwischen den Städten Larg und Tagnor lag, zu installieren. In den vergangenen Tagen hatte er dieser Wüste mehrfach einen Besuch abgestattet und dabei festgestellt, daß das Gebirge, das sich mitten durch das Land zog, hervorragende Unterschlupfmöglichkeiten bot.

Toffner wußte, daß hier die Chance, nicht entdeckt zu werden, am größten war. Im Umkreis von mehr als 400 Meilen gab es keine einzige Siedlung, und kaum einmal verirrte sich ein Zaliter hierher.

An dem Tag, da er den Peilsender aktivieren wollte, verließ er früh am Morgen seine Unterkunft und begab sich zu dem alten Gleiter, den er gekauft hatte.

Als er dem Robotpiloten sein Ziel einprogrammiert hatte, erhob sich das Fluggerät sanft und stieg schnell in die Höhe. Die Stadt versank unter Toffner.

Die Wüste glitt dahin, eintönig und unfruchtbar. Selten nur wurde sie von felsigen Plateaus und ausgetrockneten Flußtälern unterbrochen. Einmal tauchte sogar ein spärlicher Wald auf. Toffner konnte eine Tierherde beobachten, die in wilder Flucht davonstob, als er sich ihr näherte. Es gab also Fleisch dort unten – falls das einmal von Wichtigkeit sein sollte.

Und dann tauchte vor ihm am Horizont der langgezogene Rücken des Gebirges auf.

Es war nicht ganz so flach, wie es aus größerer Höhe immer den Anschein hatte. Toffner schätzte, daß die Gipfel durchschnittlich bis zu zweitausend Meter hoch aufragten. Die klare Luft ließ die Entfernungen zusammenschrumpfen.

Die Geschwindigkeit wurde geringer, als der Gleiter tiefer ging. Er strich dicht über die Gipfel dahin und folgte dann den sanften Hängen auf der anderen Seite. Irgendwo hinter dem Horizont lag Tagnor.

In einem versteckten Talkessel landete der Gleiter. Vorher hatte Toffner sich durch einen Rundflug überzeugt, daß ein schmaler Einschnitt in die Wüste hinausführte. Von der Wüste aus wiederum war dieser Einschnitt kaum zu bemerken.

Das Tal war kreisförmig und hatte einen Durchmesser von gut fünfhundert Metern. Schwarze Höhlen unterbrachen die Eintönigkeit der glatten Felswände.

Er war am Ziel.

Nach zwei Stunden Suchens hatte er den geeigneten Platz gefunden. Es war sicher nicht die größte der vorhandenen Höhlen, aber sie war für den geplanten Zweck geräumig genug. Auch bot der Eingang keine Schwierigkeiten und konnte leicht ohne Hilfsmittel passiert werden. Unbeobachtet konnte sich hier im Talkessel eine ganze Armee aufhalten, ohne Gefahr zu laufen, jemals entdeckt zu werden.

Vorsichtig nahm Toffner den kleinen Peilsender aus der Tasche, aktivierte ihn und stellte ihn in der Höhle ab. Genau in der Mitte, so daß rechts und links genug Platz blieb. Das war wichtig, hatte Rhodan in seinen Anweisungen ausdrücklich betont.

Toffner betrachtete den Metallkasten nachdenklich, der nun seine Zeichen ausstrahlte. Mit einfacher Lichtgeschwindigkeit allerdings, aber das hatte diesmal nichts zu sagen. Denn wenn Rhodan die Signale hören mußte, um die Höhle zu finden, befand er sich bereits in unmittelbarer Nähe des Planeten Zalit.

Toffner begann plötzlich vor Erregung zu zittern.

Er begriff, daß er nicht mehr lange allein sein würde.

Die Geduld des speziellen Einsatzkommandos wurde auf eine harte Probe gestellt.

Fast zwei Tage umkreisten die beiden Schiffe DRUSUS und CALIFORNIA das Sonnensystem und warteten auf das Signal des Agenten Jeremy Toffner.

Das gesamte Kommando war bereits in der CALIFORNIA, dem Leichten Kreuzer mit dem hochgezüchteten Antrieb, der ungeheure Beschleunigungen erlaubte. Innerhalb von fünf Minuten konnte das Schiff einfache Lichtgeschwindigkeit erreichen.

Nur Rhodan weilte noch auf der DRUSUS, um den Funkspruch Toffners abzuwarten. Gucky war bei ihm, denn er wollte – wenn es soweit war – blitzschnell mit einem Teleportersprung zur CALIFORNIA überwechseln.

Oberstleutnant Baldur Sikermann, der Kommandant des Superschlachtschiffs, hatte das Amt des Piloten gerade einem jüngeren Offizier übergeben, um sich von Rhodan die letzten Anweisungen für den Einsatz geben zu lassen.

Die beiden Männer saßen in einem Nebenraum der Funkzentrale, wo David Stern vor dem Hyperempfänger wartete. Es bestand keine Gefahr, daß der geraffte Impuls der BURMA von falscher Stelle aufgefangen wurde. Er würde höchstens eine Zehntelsekunde dauern. Ehe jemand den Peiler darauf einrichten konnte, verstummte die Sendung.

Sikermann wiederholte noch einmal: „Ich werde also mit einem Vorsprung von zehn Minuten, eine Lichtminute von Zalit entfernt, aus dem Hyperraum kommen und während des Anflugs zugleich bremsen und den Peilsender orten. Unser Materietransmitter befindet sich im Abstrahlfeld des Fiktivtransmitters, der genau auf den Peilsender Toffners eingerichtet wird. Dann, nach einer knappen Minute, wird der Fiktivtransmitter aktiviert und die Materieempfangsstation auf Zalit abgesetzt. Danach bringe ich die DRUSUS in Sicherheit."

Rhodan nickte. „Mehr haben Sie nicht zu tun. Sie unternehmen eine Kurztransition und warten die Ankunft der CALIFORNIA ab, die etwa zehn Minuten später ihre Aufgabe beendet haben dürfte. Gemeinsam mit dem Leichten Kreuzer gehen Sie dann auf die errechnete Warteposition. Toffner wird sich melden, wenn es notwendig sein sollte und wenn wir Sie brauchen. Ich glaube, damit wäre alles klar."

Sikermann machte ein etwas unglückliches Gesicht. „Alles klar – das ist gut."

Rhodan lächelte flüchtig. „Alles klar, Sikermann, was den Plan angeht. Ich werde mich hüten, Prophezeiungen über den Ausgang der Aktion auszusprechen."

Die Tür ging auf. Gucky steckte den Kopf in die Kabine. „Die Nachricht ist da, Perry. Stern nimmt gerade die Entschlüsselung vor."

Langsam stand Rhodan auf. Er nickte Sikermann zu und folgte Gucky auf den Gang. Da schnellte auch der Kommandant aus seinem Sitz hoch und eilte hinter den beiden her.

Stern sah kurz auf, als Rhodan eintrat. „Noch zwei oder drei Minuten, dann haben wir ihn. Die BURMA ist besonders vorsichtig gewesen und hat doppelt gerafft." Er hantierte mit dem Entschlüsseler und suchte die richtigen Einstellungen. Dann begann es in der komplizierten Apparatur zu summen, Relais klickten und rasteten ein.

Geduldig wartete Rhodan, während Sikermann nervös von einem Fuß auf den anderen trat.

Endlich quoll ein Streifen Papier aus der Maschine. Stern nahm ihn und reichte ihn, ohne einen Blick darauf zu werfen, Rhodan.

Peilsender in Betrieb. Zeit: 14.00.

Das war alles.

Sikermann nahm den Zettel und starrte darauf. Dann nickte er Rhodan zu. „Dann ist es nun wohl soweit?"

„Ich kehre mit Gucky jetzt an Bord der CALIFORNIA zurück. Sie beginnen in genau drei Minuten mit der Beschleunigung und legen die Strecke nach Zalit in den vier befohlenen Transitionen zurück. Sie werden Zalit in zwei Stunden erreichen." Er sah auf die Uhr. „Ich rechne fest damit, daß der Empfänger um genau siebzehn Uhr Erdzeit auf Zalit stationiert und empfangsbereit ist. Viel Glück, Sikermann! Wir werden es gebrauchen."

Sikermann gab Rhodan die Hand. Dann drehte er sich abrupt um und verschwand in Richtung Kommandozentrale.

David Stern gab Rhodans Kopfnicken zurück und sah zu, wie der Mausbiber neben den Administrator trat und dessen Hand ergriff. Dann begann die Luft zwischen ihm und den beiden plötzlich zu flimmern, und als er erneut hinsah, waren Rhodan und Gucky verschwunden.

Fast gleichzeitig begannen die Triebwerke der DRUSUS aufzuheulen.

Den irrsinnigen Andruck völlig kompensierend, scherte sie aus der Sonnenkreisbahn und nahm Kurs auf den ersten Transitionspunkt.

Rhodan und Gucky waren längst auf der CALIFORNIA materialisiert.

Genau drei Minuten später raste auch der Leichte Kreuzer in den interstellaren Raum hinaus.

Als Toffner seinen Hypersender abschaltete und wieder im Felsenversteck verschwinden ließ, wußte er, daß niemand mehr die Ereignisse aufzuhalten vermochte.

Wohlbehalten hatte er mit seinem Gleiter wieder Tagnor erreicht und sofort den vereinbarten Spruch abgestrahlt. Wann Rhodan mit dem Kommando eintraf, wußte er allerdings nicht. Er hatte auch keine Ahnung, wie viele Männer es waren und was sie planten. Er hatte nur seine Anordnungen ausgeführt und wartete.

Seit achtzig Minuten arbeitete nun der Peilsender.

Toffner verließ sein Versteck unter der Arena und begab sich nach oben. Er atmete auf, als er durch den offiziellen Ausgang die Oberfläche erreichte und wieder frische Luft in die Lungen bekam. Unten in den Katakomben gab es einige noch funktionierende Lufterneuerungsanlagen, aber sie konnten bei weitem nicht alle Räume versorgen. Die stickige Atmosphäre legte sich auf die Lungen und erschwerte die Atmung. Man mußte sich daran gewöhnen.

Er hatte alles vorbereitet. In der Nähe seines eigenen Verstecks gab es einige größere Räume, die sich gut als Unterkünfte und Werkstätten eigneten. Er ahnte nichts von Rhodans Plänen, aber er besaß genügend Phantasie, sich die kommende Entwicklung vorzustellen.

Vielleicht war es gut, jetzt in die Wüste zurückzukehren und Rhodans Ankunft abzuwarten.

Sein Gleiter stand auf einem Parkplatz in der Nähe der Arena. Toffner schritt rüstig aus, um ihn so schnell wie möglich zu erreichen. Ihm war plötzlich, als müsse er sich beeilen, um nicht zu spät zu kommen.

Schon bog er um die letzte Straßenecke und sah bereits den Platz vor sich, als er stutzte.

Einzeln patrouillierende Posten der Zarltwache waren üblich und erregten auch kein Aufsehen. Ebensowenig gaben sie Grund zur Besorgnis. Was aber jetzt den Parkplatz umgab, war ein regelrechter Kordon schwerbewaffneter arkonidischer Kampfroboter. Dazwischen bewegten sich einige Offiziere in der Uniform des Imperiums. Sie kontrollierten jeden, der an die abgestellten Zivilfahrzeuge heran wollte.

Toffner sah, daß einige der Zaliter zurückgeschickt wurden. Andere wiederum wurden festgenommen und von einem Roboter weggebracht. Vielleicht Zaliter, die so unvorsichtig gewesen waren, ohne Identitätskarte auf Geschäftsreise zu gehen.

Toffner lächelte beruhigt und griff nach seiner Karte, die in der Rocktasche steckte. Sie war in Ordnung. Er war registrierter Einwohner von Tagnor, auf Zalit geboren und übte einen erlaubten Beruf aus. Bei den Soldaten des Zarlt besaß er viele Freunde und Gönner, denn jeder liebte die Kampfspiele in der Arena.

Er schritt weiter auf die parkenden Gleiter zu und entdeckte den seinen am alten Platz.

Ein Offizier mit hochmütigem Gesicht vertrat ihm den Weg.

„Sehen Sie nicht, daß das Betreten des Platzes verboten ist?“ sagte er herrisch. „Niemand darf ohne unsere Erlaubnis Tagnor verlassen.“

Toffner erschrak. Das sah nach mehr aus als nur nach einer normalen Paßkontrolle.

„Meine Geschäfte verlangen, daß ich nach Larg fliege“, gab Toffner ruhig zurück und zog seinen Ausweis aus der Tasche. „Meine Papiere sind in Ordnung, Offizier.“

Der Arkonide nahm den Ausweis, studierte ihn aufmerksam und betrachtete dann lauernd das Gesicht des vor ihm Stehenden. „Sie unterhalten die Kampfarena von Tagnor?“

„Jeder hier kennt mich, oder zweifeln Sie an der Echtheit des Dokuments?“ Toffner deutete auf den Paß. „Fragen Sie drüben die Soldaten.“

„Warum sollte ich das?“ gab der Offizier zurück. Er sah Toffner zwei Sekunden lang forschend an, dann fügte er hinzu: „Wann werden Sie Ihre Geschäfte abschließen und mit uns nach Arkon kommen? Wissen Sie bereits Ihr Rekrutierungsdatum?“

Mit einem Schlag wurde Toffner klar, daß er mitten hinein in eine Falle gerannt war. Dies hier war keine normale Paßkontrolle, sondern eine Anwerbestelle für die arkonidische Armee.

So gelassen wie möglich nickte er und sagte kaltblütig: „Natürlich kenne ich den Termin – ich habe noch sieben Tage Zeit. Warum fragen Sie?“

Toffners Ruhe beeindruckte den Arkoniden sichtlich. „So – sieben Tage? Und warum wollen Sie nach Larg?“

„Ich sagte schon, daß ich dort einige Geschäfte zu erledigen habe. Während ich nach Arkon zur Ausbildung muß, wird ein Vertreter weiter für die Arena sorgen. Ich muß ihn einführen und noch Kampftiere besorgen. Sie werden verstehen, daß auch während des Krieges – falls überhaupt ein solcher im Gange ist – das Volk nicht auf sein Vergnügen verzichten kann.“

„Und Sie nicht auf Geschäfte – nein, das geht natürlich nicht. Aber wer garantiert mir, daß Sie nicht irgendwo verschwinden und wir in sieben Tagen vergeblich auf Sie warten?“

„Verschwinden?“ Toffners Gesichtsausdruck war derart verblüfft, daß der Offizier ein breites Grinsen nicht unterdrücken konnte. „Wohin sollte ich denn verschwinden?“

„Glauben Sie nicht, Sie wären der erste. Schon viele sind nicht zur Musterung erschienen, obwohl sie aufgerufen waren. Wir werden sie alle finden und bestrafen. Hier, Ihr Paß. Melden Sie sich in Larg beim Kommandanten der Musterungsstelle. Wenn Sie das versäumen, werden Sie Schwierigkeiten haben. Auch vor Ablauf der sieben Tage.“

Toffner verbarg seine Erleichterung und nahm seine Identitätskarte entgegen, die der Offizier ihm reichte. Selbstbewußt und ganz verkörpertes gutes Gewissen passierte er dann die Roboterposten und schritt auf seinen Gleiter zu. Er spürte die Blicke der Offiziere in seinem Nacken, aber er drehte sich nicht mehr um. Langsam und fast gleichmütig öffnete er die Tür zur Kabine. Dann stieg er rasch ein und startete.

Roboter, Flugzeuge, Zaliter und der Offizier – das alles blieb schnell unter ihm zurück, als er eine Schleife zog und Kurs auf Larg im Osten nahm. Er stieg höher und hielt Ausschau nach Polizeiflugzeugen, konnte aber keine bemerken. Tief unter sich erblickte er eine marschierende Kolonne – Roboter. Rund um die Stadt waren Posten – Roboter.

Tagnor glich einem bewaffneten Heerlager. Toffner begann in dieser Sekunde zu ahnen, daß er nie mehr offiziell in die Hauptstadt zurückkehren durfte, wenn er nicht Gefahr laufen wollte, in den Dienst der Arkoniden gepreßt zu werden.

Er schaltete auf Höchstgeschwindigkeit und erreichte bereits fünfzehn Minuten später das Gebirge.

Nachdem er sich überzeugt hatte, daß kein anderer Gleiter in der Nähe war, ließ er sich blitzschnell in die Tiefe stürzen, fing erst im letzten Moment ab und landete sanft in dem Talkessel.

Noch war alles ruhig und nichts zu sehen.

Oben war ein kreisförmiges Stück Himmel, wolkenlos und klar. Nur von dort aus drohte Gefahr.

Toffner stutzte plötzlich.

War da oben nicht ein metallisches Aufblitzen gewesen? Hoch, sehr hoch wahrscheinlich. Da – wieder. Dann ein grelles Leuchten, das schnell wieder verging.

Er rieb sich über die Augen. Kopfschüttelnd ging er auf die Höhle zu, in der er den Peilsender abgestellt hatte.

Gerade als er eintreten wollte, kam aus dem Halbdunkel eine Gestalt auf ihn zu.

Ein Zaliter.

Wie erstarrt blieb Toffner stehen und griff nach seiner unter dem Gewand verborgenen Waffe.

Sie hatten sein Versteck gefunden. Alles war verloren.

Mit einem gewaltigen Satz sprang er hinter einen Felsen und hob die Waffe.

Als die DRUSUS das vierte Mal aus der Transition kam, war Zalit eine große Kugel, keine zwanzig Millionen Kilometer entfernt. Natürlich nur auf dem Bildschirm, denn in Wirklichkeit und mit bloßem Auge war der Planet erst ein helleuchtender Stern. Eine Lichtminute ist immerhin eine beträchtliche Strecke.

Sikermann war die Ruhe selbst. Er wußte, daß er nur drei Minuten Vorsprung hatte. Die DRUSUS begann sofort mit der Verzögerung. Der Materietransmitter im Verladefeld des Fiktivtransmitters wurde eingeschaltet. Er mußte empfangsbereit sein, wenn er auf Zalit ankam.

Rhodan besaß nur noch einen einzigen Fiktivtransmitter. Er hatte ihn auf dem Kunstplaneten Wanderer von dem Unsterblichen erhalten.

Bisher hatte man vergeblich versucht, ihn nachzubauen. Das Gerät arbeitete auf fünfdimensionaler Basis und vermochte Gegenstände an jeden beliebigen Ort ohne Zeitverlust zu befördern.

Anders die normalen Materietransmitter. Sie wurden bereits auf der Erde hergestellt, hatten aber nur eine begrenzte Reichweite und arbeiten nur dann, wenn es Sender und Empfänger gab. Ein solcher Empfänger sollte nun von der DRUSUS aus mit Hilfe des Fiktivtransmitters nach Zalit befördert werden. Rhodan wünschte, daß auf dem Planeten der Sonne Voga ein empfangsbereiter Materietransmitter stand.

Sikermann lächelte grimmig. Er würde es schon schaffen.

Der Alarm gellte durch die Zentrale. „Zwei Spindelschiffe im lichtschnellen Anflug! Sie funken arkonidischen Kode und verlangen Identifikation.“

Sikermanns Ruhe veränderte sich nicht, er sah lediglich auf seine Uhr.

„Abwehren“, knurrte er lakonisch. Er hatte noch vierzig Sekunden Zeit.

Die DRUSUS war den beiden Aufklärern weit überlegen. Ehe die Arkoniden – es konnte sich auch um koloniale Hilfsvölker handeln – ihren Angriff starteten, trieb sie eine unsichtbare Energiefaust Millionen von Kilometern in den Raum zurück. Ihre Aggregate fielen aus, und sie wurden manövrierunfähig. Nur mit Mühe konnten sich die beiden Schiffe mit gespeicherter Notenergie auf Kurs halten, aber sie begnügten sich damit, Admiral Calus zu warnen, daß ein fremdes Schiff arkonidischer Bauart in das System eingedrungen sei und keine Identifikation gegeben hatte.

Genau dreißig Sekunden nach dem Auftauchen der DRUSUS raste der Alarm durch das Sonnensystem Voga.

Sikermann tauchte mit stark herabgesetzter Geschwindigkeit in die Atmosphäre von Zalit ein und umrundete den Planeten, bis er von Stern die Nachricht erhielt, daß der Funkempfänger das Peilzeichen empfange. Automatisch richtete sich die Zieleinrichtung des Fiktivtransmitters darauf ein, ehe er aktiviert wurde.

Eine Sekunde darauf war das Verladefeld des Transmitters leer. Die Materieempfangsstation befand sich irgendwo auf Zalit. Wenn alles programmgemäß verlaufen war, genau zehn Meter neben dem immer noch funkenden Peilsender.

Die DRUSUS schwenkte herum und jagte wieder in den Raum hinaus. Sie war der Oberfläche Zalits bis auf einhundert Kilometer nahe gekommen.

Aber die Arkoniden schliefen nicht mehr. Ihr Warnsystem klappte vorzüglich. Mehr als zweihundert Roboteinheiten reagierten auf den Alarm der beiden angegriffenen Spindelkreuzer, und der Regent auf Arkon begann zu ahnen, wer der unbekannte Gegner war. Wenn irgendwo ein Superschlachtschiff der Imperiumsklasse auftauchte, konnte es sich nur um Arkoniden – oder um die Terraner handeln.

Natürlich konnte das Robotgehirn nicht fluchen, aber wenn es menschliche Eigenschaften besessen hätte, wäre ihm sicherlich ein Fluch entfahren. So begnügte es sich mit kalten Berechnungen und Kalkulationen.

An Calus erging der nüchterne Befehl, auf jedes Arkonschiff zu schießen, das keine Identifikation gab.

Der Befehl erreichte Zalit, als die DRUSUS bereits im Hyperraum verschwunden war, ohne die geringste Spur zu hinterlassen. Aber in fast derselben Sekunde tauchte die CALIFORNIA auf und raste direkt hinein in den Sperrgürtel der alarmierten Roboteinheiten.

Als Rhodan auf dem Bildschirm Zalit erblickte, schaute er gleichzeitig – bildlich gesprochen – in die Mündungen von mehr als dreißig Leichten Kreuzern und anderen Kampfschiffen.

Die Aufforderung zur Abgabe des Kennworts blieb unbeantwortet.

Die Roboter hielten sich an ihre Befehle und eröffneten ein mörderisches Feuer auf das unbekannte Kugelschiff, das vor ihnen aus dem Hyperraum aufgetaucht war und nun versuchte, ihre Front zu durchstoßen.

Es war, als stoße die CALIFORNIA gegen eine unsichtbare Mauer aus purer Energie.

7.

Zarlt Kosoka saß auf seinem Thron. Es war ein Thron, der nur noch symbolische Bedeutung besaß und im Grunde genommen keinen Pfifferling mehr wert war. Mit seinen nur schwach rötlich gefärbten Augen sah er auf den jungen Offizier hinab, der eben mit herrischer und befehlsgewohnter Stimme sagte: „Mir scheint, Zarlt, du verkennst den Ernst der Lage. Es ist nicht damit getan, widerwillig meine Anordnungen weiterzugeben, sondern es wäre deine Pflicht, dich auch um die Ausführung zu kümmern. Deine Soldaten praktizieren eine Art passiven Widerstand. Erst gestern haben sie einen Deserteur fliehen lassen."

„Ja, einen Mann, dem man nicht einmal Gelegenheit gab, sich von seiner Familie zu verabschieden, ehe er nach Arkon abtransportiert wurde. Ich füge mich den Befehlen Arkons, weil mir keine andere Wahl bleibt, Admiral Calus, aber ich billige nicht die Methode, mit denen man Zalit entvölkert."

„Du hast zu gehorchen, wenn du im Amt bleiben willst", gab Calus kalt zurück. „Und vor allen Dingen hast du dir keine Gedanken zu machen. Das Denken besorgt der Regent – und zwar für alle."

Der Zarlt nickte. „Ich weiß, Admiral. Aber wie es scheint, will das Robotgehirn nicht auf unsere Mithilfe verzichten. Warum auf einmal der Wunsch nach Offizieren und Soldaten? Bisher kamen die Roboter auch ohne uns aus."

„Der Regent ist nicht Selbstzweck, Zarlt. Er regiert nicht für sich, sondern tut es für uns. Jetzt, da uns allen eine große Gefahr droht, sollen wir helfen, sie zu beseitigen."

Calus sagte es, ohne mit der Wimper zu zucken. Er verschwieg wohlweislich, daß es auch andere Gründe für das Robotgehirn gab, Arkoniden und Zaliter in seine Planungen einzubeziehen. Es hatte einfach eingesehen, daß es ohne die Hilfe organischer Lebewesen nicht mehr auskam. Nur mit Robotarmeen allein ließ sich kein Sternenreich auf die Dauer halten. Die Infiltration der elektronischen Streitmacht Arkons mit lebenden Wesen war eine Notwendigkeit.

Sie war gleichzeitig das erste Anzeichen einer Niederlage für das Robotgehirn.

„Warum begnügt sich Arkon nicht mit den Freiwilligen?"

„Weil es zu wenige sind, die freiwillig bereit sind, für das gemeinsame Reich zu kämpfen. Die Zaliter sind weich geworden, und wir werden auf Arkon dafür sorgen, daß sie wieder hart werden. Die Ausbildung ist nur kurz, aber sie umfaßt alle wichtigen Gebiete der Waffenkunde."

Der Zarlt sah Calus aufmerksam an, als er fragte: „Was waren das für Schiffe, die heute Zalit angriffen – oder angreifen wollten? Sie gehörten nicht zum Imperium."

Calus machte eine wegwerfende Handbewegung, die seine Verachtung ausdrücken sollte. „Piraten oder Terraner, was weiß ich? Vielleicht wollten sie Agenten absetzen, vielleicht aber auch nur unsere Abwehrbereitschaft prüfen. Wer immer es auch war, sie werden nicht wiederkommen."

Der Zarlt wollte antworten, wurde aber durch den Eintritt eines arkonidischen Offiziers unterbrochen. Calus nahm die Ehrenbezeigung seines Untergebenen mit lässiger Selbstverständlichkeit entgegen und fragte: „Was ist? Warum werde ich gestört?"

„Die Musterung, Admiral. Heute fehlten wieder mehr als zweihundert Rekruten. Man hat ihre Wohnungen aufgesucht, aber sie sind verschwunden. Die Angehörigen haben keine Ahnung, wo sie geblieben sind."

„Das behaupten sie", tobte Calus und schritt aufgeregt hin und her. „Man sollte jede Rücksicht fallenlassen und die Familien für den Ungehorsam der Männer verantwortlich machen. Wo könnten sie sich nur verbergen?" Er wandte sich an den Zarlt. „Weißt du eine Antwort?"

Der Zarlt verneinte.

Calus sann eine Weile vor sich hin, dann sagte er zu dem Offizier:

„Ich werde in den nächsten Tagen zu der Bevölkerung von Zalit sprechen. Man soll dafür sorgen, daß alle Telestationen für eine Planetensendung bereitgehalten werden. Ich denke, danach werden wir weniger Schwierigkeiten haben.“

Der Offizier ging.

Calus sah verkniffen grinsend hinter ihm her und sagte dann zu dem Zarlt: „Im übrigen – wozu benötigt man hier auf Zalit eigentlich noch eine Armee? Es droht keine Revolution, der Planet steht unter dem Schutz des Imperiums – warum also Soldaten? Ich denke, wir werden die zalitische Armee, so wie sie ist, in die Flotte übernehmen. Irgendwelche Bedenken, Zarlt?“

Es entstand eine kurze Pause, in der sich die Blicke der beiden ungleichen Männer begegneten. Dann schüttelte der Zarlt den Kopf. „Nein, keine Bedenken. Natürlich nicht.“

Calus lächelte befriedigt.

Die Schutzschirme der CALIFORNIA wurden derart beansprucht, daß kaum noch Energie für die Abwehrwaffen verblieb. Aus den Speichern floß der Rest in die Antriebsaggregate, um die Manövrierfähigkeit zu erhalten.

General Deringhouse saß vor den Kontrollen und versuchte, den Blockadeschiffen auszuweichen. Normalerweise wäre das kaum möglich gewesen, aber die CALIFORNIA war schneller als die Schiffe der Arkoniden. Und wendiger.

Rhodan wußte, daß die Mitglieder des Einsatzkommandos bei den Transmittern standen und auf sein Kommando warteten. Jede Sekunde, die sie jetzt verloren, konnte nicht mehr eingeholt werden.

„Durch!“

Mehr sagte er nicht zu Deringhouse, nur dieses einzige Wort.

Und Deringhouse handelte.

Mit irrsinniger Beschleunigung raste das Schiff mit einem scharfen Haken den Angreifern davon. Es war so, als ginge es in Transition. Aus den Angreifern wurden Verfolger, die zurückblieben. Die nachgesandten Strahlschüsse verfehlten ihr Ziel oder flossen kraftlos am Schutzschirm ab.

Zalit wurde schnell größer. Es spielte keine Rolle, wo der Empfänger für die Materietransmission stand, ebensowenig wie es eine Rolle für einen Rundfunksender spielt, wo der Radioempfänger steht.

Rhodan sagte in ein bereitstehendes Mikrophon des Interkoms: „Erstes Kommando – Absprung!"

Fast hundert Mann standen in den fünf Energiekäfigen der Materietransmitter. Als Rhodans Kommando ertönte, wurde der Sendeimpuls ausgelöst. Es dauerte nur eine Sekunde – und die Käfige waren leer.

Irgendwo dort unten auf der Oberfläche des Planeten würden die hundert Mann wieder materialisieren. Genau dort, wo Toffner den Peilsender stationiert hatte und wo jetzt auch die Empfangsstation stand.

Rhodan wartete zehn Sekunden. „Zweites Kommando – Absprung!"

Er stand auf und sagte zu Deringhouse: „Sie warten genau fünf Minuten, dann verschwinden Sie von hier und gehen auf Warteposition. Sie werden die DRUSUS dort vorfinden. Machen Sie's gut."

„Sie auch", antwortete der General und sah Rhodan an. „Ich wünsche Ihnen viel Glück."

„Danke. Bis bald."

Rhodan wandte sich schnell um und verließ die Zentrale. Er mußte sich beeilen, damit keine Verzögerungen eintraten. Als er in den Hangar kam, wurden gerade die letzten Ausrüstungspakete von der CALIFORNIA-Besatzung in die Transmitter geschoben. Rhodan war der letzte, der den Sprung wagte. Er brachte die Waffen und Spezialgeräte mit.

Er betrat den fünften Energiekäfig und sah auf die Uhr. Inzwischen mußten die anderen Männer bereits den Käfig des Empfängers verlassen haben. Vielleicht noch zwanzig Sekunden ...

Der Offizier, der das Verladekommando befehligte, grüßte.

„Alles Gute!"

„Danke", gab Rhodan zurück.

Noch zehn Sekunden.

Der Alarm schrillte durch das Schiff. Über Lautsprecher gab Deringhouse bekannt: „Achtung, Achtung! Wir werden erneut von starken Einheiten angegriffen. Transition in zwanzig Sekunden! Transition in zwanzig Sekunden!“

Rhodan hatte noch fünf Sekunden. Zeit genug.

Er legte den Transporthebel nach unten – und stand noch in derselben Sekunde im Empfänger auf Zalit. Er spürte so gut wie nichts von der Entmaterialisation, nur veränderte sich vor seinen Augen die Umgebung. Wo eben noch die glatten Schiffswände der CALIFORNIA gewesen waren, schimmerten nun die rauhen Felsüberhänge einer riesigen Höhle.

Männer liefen geschäftig hin und her. Einige eilten herbei und kümmerten sich um die Ausrüstung. Mit einem schnellen Blick erkannte Rhodan, daß alles nach Plan verlaufen war. Der Empfänger ruhte tatsächlich im besten Versteck, das er sich vorstellen konnte. Die Höhle war groß genug, sie alle aufzunehmen, und sicherlich war sie so gelegen, daß man sie nicht entdeckte.

Er verließ das Energiegatter und traf Atlan, der zusammen mit Bully das Ausladen beaufsichtigte.

„Bis jetzt alles wie geplant“, murmelte Bully und sprang zur Seite, als jemand mit einem schweren Paket vorbeikam. „Möchte nur wissen, wo wir sind. Toffner hat keine Einzelheiten berichtet.“

„Er wird sich schon melden, das war so vereinbart“, beruhigte ihn Rhodan. Innerlich war er nicht ganz so ruhig. Wenn Toffner etwas passiert war, saßen sie hier fest. „Jedenfalls sind wir auf Zalit, und niemand hat Verdacht geschöpft. Damit können wir zufrieden sein.“

Bully grinste und wandte sich an Atlan: „Wie fühlt man sich als Admiral, der wie ein Zaliter aussieht und Soldat in der Armee eines Robotgehirns werden soll?“

Atlan grinste freimütig zurück. „Sicher nicht sehr viel schlechter als mein dicker Freund, der bald als Rekrut über den Kasernenhof gescheucht wird.“

„Es ist wieder einmal ein Glück, daß ich kein Mensch bin“, piepste Gucky, der herbeigewatschelt kam. „Mich können die Arkoniden nicht einziehen. Ich werde kein Rekrut.“

„Die wollen den Krieg ja auch nicht verlieren“, stellte Bully fest und sah sich aufmerksam um. „Wo sind wir eigentlich?“

Seine Frage ließ die Gegenwart aktuell werden. Rhodan gab Befehl, zuerst die Waffen auszupacken und zu verteilen. Im Falle eines Angriffs wollte man nicht unvorbereitet sein.

Und mitten in die ganze Aufregung hinein sagte Gucky plötzlich: „Draußen – vor der Höhle – kommt jemand.“

Rhodan orientierte sich blitzschnell und erkannte, daß die Höhle nur einen Ausgang besaß. Er schob einen kleinen Handstrahler in die weite Tasche seines Anzugs, der ihn als typischen Zaliter kennzeichnete, strich sich über die kupferfarbenen Haare und schritt auf den Höhlenausgang zu.

„Ich werde nachsehen, wer es ist“, sagte er und fügte hinzu: „Gucky, halte dich in Sichtweite. Du wirst wissen, wann du eingreifen mußt.“

Natürlich würde der Mausbiber das wissen, denn er war ja schließlich Telepath. Ein Gedanke von Rhodan würde genügen.

Rhodan aber, ein waschechter Zaliter im wahrsten Sinne des Wortes, verließ den Schutz der Höhle, als er den einzelnen Mann auf sich zukommen sah. Es war – augenscheinlich – ein Eingeborener von Zalit. Rhodan vermutete, es mit Toffner zu tun zu haben.

Aber Toffner trug eine Waffe, die er nun auf Rhodan richtete. Das war ein gutes Zeichen, denn es bewies Rhodan, daß seine Maskerade echt war. Wenn Toffner getäuscht wurde, der nun seit drei Jahren auf Zalit lebte ...

„Guten Tag, Jeremy Toffner“, sagte er auf englisch. „Sie können Ihre Munition sparen.“

Toffner fühlte die Erleichterung, als er die Worte in der heimatlichen Sprache hörte. Er ließ die Waffe sinken und schob sie in die Tasche.

„Gott sei Dank“, seufzte er und ging auf Rhodan zu. „Darf ich fragen, wer Sie sind? Sie sehen aus wie ein Zaliter.“

„Rhodan“, deutete Rhodan eine Verbeugung an und reichte dem Agenten die Hand. „Ich glaube, wir sind uns schon begegnet.“

Erfreut nahm Toffner die entgegengestreckte Hand. „Ja, damals in

Terrania, als ich den Auftrag erhielt, nach Zalit zu gehen. Sie sagten, ich würde sehr lange einsam sein müssen. Nun – die Zeit ist vorbei, scheint mir." Er sah hinüber zum Höhleneingang, wo einige Männer standen und sich unterhielten. Mitten unter ihnen hielt sich auch Gucky auf, der längst wußte, daß sein Auftrag hinfällig geworden war. „Hat alles geklappt?"

„Bis jetzt schon", gab Rhodan zurück und lächelte. „Wie gelangen wir nach Tagnor? Haben Sie sich darüber auch schon Gedanken gemacht?"

„Ich wußte nicht, aus wieviel Mann das Kommando bestehen würde", entschuldigte Toffner die Tatsache, daß er es nicht getan hatte. „In Tagnor selbst ist für Unterkunft gesorgt, aber es wird sehr schwierig sein, unbemerkt in die Stadt zu gelangen. Überall stehen Posten, die jeden kontrollieren."

„Ausweise sind kein Problem."

„Ausweise allein genügen nicht. Auch ich besitze einen gültigen Ausweis. Aber die Arkoniden sind dazu übergegangen, Leute im richtigen Alter einfach festzusetzen, damit sie dem Wehrdienst nicht entrinnen können."

Rhodan dachte nach. Inzwischen waren Major Rosberg und Captain Gorlat ebenfalls ins Freie gekommen. Mit sichtlichem Interesse inspizierten sie ihre Umgebung. Der Talkessel mit den hohen Felswänden schien ihnen zu behagen. Drinnen in der Höhle wurden die Ausrüstungsgegenstände geordnet und an den Wänden gelagert.

„Das Problem ist also: Wie gelangen wir in die Stadt und damit in das von Ihnen vorbereitete Versteck?" sagte Rhodan. „Der Materietransmitter kann uns nicht helfen, denn wir haben nur diesen einen. Sie glauben nicht, daß wir vielleicht im Schutz der Nacht die Sperren unbemerkt passieren können?"

„Das wäre vielleicht möglich, aber Tagnor ist nahezu fünfhundert Kilometer entfernt. Der Marsch durch die Wüste bliebe nicht unbeobachtet."

„Natürlich, Sie haben recht." Rhodan sah hinauf in den klaren Himmel. Die Strahlen der Sonne beschienen den oberen Rand der steil ansteigenden Felsen, die das Tal umschlossen. „Hier sind wir aber sicher?“

„Ja, ziemlich. Niemand geht freiwillig in die Wüste. Flugzeuge überfliegen zwar oft Wüste und Gebirge, aber dieses Tal werden sie kaum beachten.“

Rhodan gab keine Antwort. Nachdenklich sah er zu, wie Gucky an Rosberg und Gorlat vorbeiwatschelte, um einige Worte mit dem afrikanischen Teleporter Ras Tschubai zu wechseln. John Marshall, der Einsatzleiter der mitgekommenen Mutanten, unterhielt sich gerade mit Bully. Immer mehr Männer erschienen am Höhleneingang. Die Hauptarbeit des Verstauens schien beendet. Man wartete.

„Gucky! Ras!“ rief Rhodan und ging auf die Genannten zu. „Ich hätte einige Fragen an euch.“

„Nur zu“, munterte der Mausbiber ihn auf. „Wenn du mich fragst, wir sitzen hier in einer regelrechten Mausefalle.“

„Gucky hat recht“, stimmte der Afrikaner zu. „Ein Talkessel verbirgt uns zwar vor den Augen Neugieriger, aber wenn man uns erst einmal entdeckt, gibt es keinen Ausweg mehr.“

Rhodan nickte. „Deshalb müssen wir von hier verschwinden. Wenn die Arkoniden die entflohenen Zaliter suchen, die sich vor dem Wehrdienst drücken, werden sie ganz bestimmt auch dieses Gebirge systematisch durchkämmen. Bis dahin müssen wir in Sicherheit sein. Nun berichtet mir aber Toffner, daß es sehr schwierig ist, die Stadt unbemerkt zu betreten. Ich muß also fragen: Wie lange würdet ihr benötigen, alle zweihundert Männer und die gesamte Ausrüstung nach Tagnor zu schaffen?“

Das war eine berechtigte Frage, denn wenn Gucky und Ras auch Teleporter waren, so hatte die Natur auch ihnen Grenzen gesetzt. Es war durchaus für einen Teleporter möglich, zugleich zwei Männer auf einen Sprung mit sich zu nehmen, aber die psychische Anstrengung war nicht gering. Der Vorgang ließ sich nicht beliebig oft hintereinander wiederholen. Verschnaufpausen waren unbedingt notwendig und mußten eingehalten werden.

Gucky strich sich das Fell glatt. Es war wohl mehr eine Geste der Verlegenheit.

„Das ist recht anstrengend", stellte er fest. „Aber wenn auch noch Tako Kakuta eingeschaltet wird, könnten wir es in ein oder zwei Tagen schaffen. Ist das Ziel bekannt?"

„Toffner wird es uns zeigen."

„Dann ist es kein Problem. Bei der Ausrüstung befinden sich keine überschweren Gegenstände. Die größeren Sachen nehmen Ras und ich gemeinsam. Wann soll es losgehen?"

Rhodan zeigte Erleichterung darüber, wie gefaßt die beiden Teleporter ihre Aufgabe nahmen.

Er winkte Toffner, der sich im Hintergrund gehalten hatte. „Gucky und Ras Tschubai werden uns nach Tagnor bringen. Wir gehen zuerst allein, damit wir die Örtlichkeit kennenlernen. Später folgen die anderen. Erklären Sie den beiden, wie es in Tagnor aussieht, ich werde meinen Leuten die zwischenzeitlich gültigen Befehle übermitteln."

Er ließ Toffner mit den beiden Mutanten allein und ging zu Rosberg, Gorlat und Bully. Die drei Männer standen am Eingang der Höhle, von wo aus sie sowohl das Tal wie auch den größten Teil der Felsenkammer sehen konnten.

„Bully, du wirst mich für einige Stunden vertreten. Ich gehe mit Toffner, Gucky und Ras Tschubai nach Tagnor, um unsere Quartiere zu besichtigen."

„Warum gehen wir nicht alle?" fragte Rosberg.

Rhodan schüttelte den Kopf. „Weil das unmöglich ist. Toffner berichtete, daß die Kontrollen schärfer und besser sind, als wir angenommen haben. Unsere Pläne ändern sich dadurch allerdings nur geringfügig. Ich werde die Lage auskundschaften und dann zurückkehren. In zwei oder drei Tagen, hoffe ich, sind wir alle wohlbehalten in den Katakomben von Tagnor."

Der Abschied war kurz.

Sie rematerialisierten mitten in den weiten Felsenkammern unter der Arena von Tagnor.

Rhodan ließ Guckys Hand los und vergewisserte sich mit einem Blick auf Toffner, daß sie am rechten Ort gelandet waren. Dann sah er sich um.

Der Raum war rechteckig und durch niedrige Mauern in einzelne Nischen unterteilt. Die Decke schien nur roh bearbeitet, aber sehr massiv zu sein. Sie war ein wenig gewölbt. Die Wände selbst, glatt und mit einer durchsichtigen Glasur überzogen, zeigten keine Türen.

„Hier ließe sich das Hauptquartier einrichten", sagte Rhodan langsam und lauschte dem Ton seiner Stimme nach. „Wie tief sind wir unter der Oberfläche?"

„Nicht mehr als zwanzig Meter", gab Toffner zurück. „Es gibt verschiedene Ausgänge. Die Türen sind so in die Wand eingefügt, daß man sie kaum bemerkt. Teils elektronische, teils Körperwellenschlösser. Wir sind hier mitten unter der Arena und damit im Stadtzentrum. Der Regierungspalast ist in fünf Minuten zu erreichen."

Rhodan nickte. „Ausgezeichnet. Von hier aus läßt sich operieren. In den Kammern werden wir die Laboratorien unterbringen." Er sah Toffner scharf an. „Wer kennt die Gewölbe außer Ihnen? Warum sind die Arkoniden noch nicht auf den Gedanken gekommen, hier nach Flüchtlingen zu suchen?"

„Ich nehme an, man weiß nichts von den Katakomben. Nur die äußeren sind bekannt und wurden bereits durchsucht. Der innere Teil ist durch Türen abgesichert, die unentdeckt blieben. Wir sind hier sicher. Mein Versteck befindet sich bereits seit drei Jahren hier."

„Es war kein Mißtrauen, wenn ich fragte, Toffner, aber wir müssen vorsichtig sein und alles einkalkulieren. Gut, dann werden wir die anderen und die Ausrüstung holen. Ihr springt allein zurück, Gucky und Ras. Ich bleibe mit Toffner hier."

Der Mausbiber nickte zustimmend und nahm Ras bei der Hand. Sie teleportierten gemeinsam.

Die große Umgruppierung hatte begonnen.

Sie nahm zwei volle Tage in Anspruch, dann hatten sie sich in den Katakomben soweit eingerichtet, daß sie mit der eigentlichen Arbeit beginnen konnten, nach Arkon zu gelangen.

Und zwar ganz offiziell und legitim.

8.

Admiral Calus ließ den Turbowagen vor dem Gebäude anhalten und stieg aus. Zwei höhere Offiziere mit Strahlwaffen in den Händen begleiteten ihn, als er die beiden Stufen hinaufging und durch das Portal trat. Ehrerbietig salutierten die beiden zalitischen Posten, die das Gebäude bewachten.

Oben auf dem Dach ragte eine Kugelantenne weit in den klaren Himmel hinein. Die Sendestation von Tagnor war die größte und stärkste des Planeten. Relaisstationen sorgten dafür, daß hier ausgestrahlte Sendungen überall fehlerlos und deutlich empfangen werden konnten.

In letzter Zeit waren die Unterhaltungssendungen weniger, die militärischen Aufrufe hingegen mehr geworden.

Fast jeden Tag kam Calus ins Sendehaus und hielt eine seiner drohenden Ansprachen. Zwei Offiziere waren stets bei ihm, um einen eventuellen Anschlag auf das Leben des Admirals zu vereiteln, aber im Grunde genommen fürchtete Calus einen solchen Anschlag nicht. Hinter ihm stand die Macht von Arkon. Niemand würde es wagen, die Armee des Robotgehirns herauszufordern.

Zehn Minuten später erschien das Gesicht des Arkoniden auf Millionen von Bildschirmen. Jeder verstand seine Sprache – die Sprache des arkonidischen Imperiums. Es war eine klare, deutliche – und harte Sprache.

Tief unten in der Felsenkammer der Arena saßen Rhodan und seine engsten Mitarbeiter ebenfalls vor dem Bildschirm. Heute sahen und hörten sie Calus zum zweitenmal. Gestern hatten sie sein Gesicht studiert und jemand gefunden, der ihm ein wenig ähnlich sah. Jetzt saß Sergeant Roger Osega direkt neben Rhodan und beobachtete jede Bewegung Calus'. Einige geringfügige anatomische Veränderungen seines Gesichts waren bereits von den Biochemikern vorgenommen worden. Sergeant Osega sah Calus verblüffend ähnlich.

„Admiral Calus stammt aus der bekannten Familie der Monizér", erklärte Toffner, als Calus eine kurze Pause machte. „Sie dienen dem Robotgehirn schon lange und genießen volles Vertrauen."

„Wird sich bald ändern", knurrte Bully grimmig. Dann war er still.

Calus sagte gerade: „... werden wir mit allen zur Verfügung stehenden Mitteln vorgehen, wenn die Musterungsbefehle nicht ausgeführt werden und sich die Aufgerufenen nicht melden. Auf Verweigerung des Dienstes in der ruhmreichen Armee unseres Regenten steht der Tod. Ich habe bisher darauf verzichtet, von meinem Recht als oberster Richter Gebrauch zu machen, aber ich werde künftig nicht zögern, jeden Flüchtling und Deserteur erschießen zu lassen. Ich gebe allen wehrfähigen Zalitern noch zehn Tage Zeit, sich in Tagnor der Anwerbezentrale zu stellen. Wer danach noch gefunden wird und keine befriedigende Auskunft geben kann, endet vor dem Exekutionskommando. Ich denke, ich habe mich klar genug ausgedrückt."

Der Bildschirm erlosch.

Sergeant Roger Osega seufzte. „Und dieses Scheusal soll ich künftig sein? Viel Spaß macht es wirklich nicht."

„Spaß oder nicht", sagte Rhodan, „der Erfolg unserer Aktion wird von Ihrer Schauspielkunst abhängen. Die Spezialisten werden Sie noch einmal vornehmen, und ich kann Ihnen garantieren, daß Sie danach nicht mehr von dem echten Calus zu unterscheiden sind."

Osega nickte. „Natürlich sehe ich ein, daß es keine andere Möglichkeit gibt, Sir, ich wollte auch nur sagen, daß es mir schwerfällt, unschuldige Zaliter im Namen Arkons in den Wehrdienst zu pressen."

Rhodan lachte. „Sie werden auch Freiwillige zu verschicken haben – darunter uns. Ich denke schon, daß der neue Calus uns wesentlich besser gefallen wird als der alte. Den nehmen wir uns dann hier unten vor."

Damit war der Plan bereits umrissen. Man mußte nur noch auf die beste Gelegenheit warten, ihn zu verwirklichen.

Und diese Gelegenheit bot sich vier Tage später.

Vorher erlebte Sergeant Osega ungemütliche Stunden im Labor.

Doc Tschai Toung, der beste Maskenbildner des Solaren Sicherheitsdienstes, nahm sich seiner an. Der Chinese galt als pedantisch, wenn es darum ging, einen Menschen in einen anderen zu verwandeln.

Die vom Fernsehschirm aufgenommenen Filme liefen unaufhörlich, und Osega hatte Gelegenheit, seinen Doppelgänger eingehend zu studieren. Allerdings auch Dr. Toung. Er schüttelte seinen mit glatten schwarzen Haaren bedeckten Kopf.

„Die Nase gefällt mir noch nicht, Sergeant. Zwar besitzen Sie bereits den gültigen Ausweis Arkons und sind somit offiziell dieser Calus, aber Ihre Nase ist nicht die seine. Ich werde noch einen Bioplastikhöcker aufsetzen."

Osega stöhnte gequält auf.

„Ihr verpfuscht mich noch völlig", beschwerte er sich, ohne es sehr ernst zu meinen. „Meine eigene Mutter würde mich nicht mehr erkennen."

„Genau das ist der Sinn der Sache", erklärte Toffner ernst.

Professor Eric Manoli assistierte bei der völlig schmerzlosen Operation, und als sie beendet war, konnte Tschai Toung stolz auf sein gelungenes Werk blicken.

„Jetzt bin ich zufrieden", gab er bekannt. „Die beiden Admirale sind nun nicht mehr voneinander zu unterscheiden." Er rieb sich die Hände und betrachtete die herumstehenden Mutanten und Spezialisten des Einsatzkommandos. „Und nun zeigt, was *ihr* könnt. Tauscht mir meinen Zögling gegen den echten Calus um. Wenn es geschickt angefangen wird, bemerkt es niemand."

„Das soll auch niemand." Rhodan trat vor, als er es sagte. „Sie werden Calus auch bei seinen Rundfunkreden vertreten müssen, Osega. Trauen Sie sich das zu?"

„Ich habe genügend Gelegenheit gehabt, mir seine Drohungen und Phrasen anzuhören", versicherte der Sergeant und verzog den Mund. „Gern tue ich es nicht, aber ich *kann* es."

„Das allein ist entscheidend. Im übrigen ist Toffner trotz der bestehenden Gefahr unterwegs, die Lage zu erkunden. Calus wohnt im Palast des Zarlt, er hat eine ständige Wache in seiner Nähe, weilt aber oft allein in seinem Arbeitszimmer. Hier – sehen Sie selbst."

Harno, das Kugelwesen aus dem System Tatlira, sank von der Decke herab, ein weißlich schimmernder Ball mit glattpolierter Oberfläche. Auf ihr war ein Bild zu erkennen – wie auf einem Schirm. Harno besaß die erstaunliche Fähigkeit, ferne Plätze ohne dort vorhandene Fernsehkamera auf seiner Oberfläche sichtbar zu machen. Er war der Televisor des Mutantenkorps geworden.

Sie erblickten ein Zimmer mit schweren Möbeln, einigen technischen Apparaturen, einem Tisch und im Hintergrund das Kopfende eines Bettes. Ein kurzer Schwenk *durch* die Tür ließ erkennen, daß zwei bewaffnete Posten draußen auf dem Korridor standen.

„Der Umtausch muß in diesem Zimmer erfolgen", sagte Rhodan. „Da wir nicht an den Posten vorbei müssen, dürfte es nicht schwer sein. Die beiden Soldaten werden jederzeit beschwören können, daß niemand in das Zimmer gelangen konnte – aber es wird nicht notwendig sein, daß sie derartiges aussagen. Keiner wird sie danach fragen, denn der echte Calus wird genauso verschwunden sein, wie der falsche vorhanden ist. Gucky wird Sie, Osega, in den Palast bringen. Zur Sicherheit gebe ich Ihnen Ras Tschubai mit, falls Calus sich wehren sollte. Es muß schnell gehen."

Sergeant Osega nahm den Blick nicht von Harno. „Wann?"

Rhodan sah auf die Uhr. „Calus wird gleich seine übliche Rundfunkrede halten. Soll er. Morgen halten *Sie* die Rede. Also morgen um vierzehn Uhr Erdzeit."

Gegen Abend kehrte Toffner wohlbehalten zurück. Er hatte einige inzwischen eingezogene Freunde getroffen, dazu zwei Soldaten des Zarlt, die er von der Arena her gut kannte. Wie es schien, sollte in drei Tagen ein neuer Truppentransport nach Arkon abgehen. Das Kontingent an Soldaten für diesen Transport war bereits vollständig. Auch neue Transportschiffe sollten bereits angekündigt sein. Die Ausbildung der Soldaten fand auf einem Planeten Arkons statt, hieß es.

Die Nacht verging, und dann begann ein neuer Tag.

Alle hofften, daß er auch eine neue Epoche einleiten würde.

Kurz nach dem höchsten Sonnenstand empfing Admiral Calus eine Botschaft des Regenten. Sie wurde ihm durch einen Offizier übermittelt, der direkt aus dem Flaggschiff des Arkoniden kam und die Aufsicht über die dortige Funkanlage hatte. Er schien aufgeregt.

„Der Spruch traf vor dreißig Minuten ein, Admiral", sagte er und überreichte Calus den Zettel. Natürlich benutzte er die arkonidische Zeitangabe, die etwa einer halben Stunde entsprach. „Der Regent wird ungeduldig."

Calus winkte herrisch ab und las die Botschaft. Dann runzelte er die Stirn. Ein ärgerlicher Schatten huschte über sein Gesicht. „Zu wenig Truppen! Die Ausbildung dauert zu lange! Der Regent will mehr Offiziere!"

Er versank in Nachdenken. Der Offizier stand abwartend und in respektvoller Entfernung vor dem Schreibtisch. Scheu betrachtete er seinen Vorgesetzten.

Calus sah auf. „Der nächste Transport geht übermorgen, nicht wahr?"

„Ja, Admiral."

„Gut. Ich werde heute in meiner Rede die Notwendigkeit betonen, daß auch ältere Jahrgänge eingezogen werden müssen. Der Regent benötigt erfahrene Raumfahrer und Offiziere. Vielleicht ist endlich dieser Planet Terra entdeckt worden, dessen Bewohner uns bisher soviel Ärger verursachten. Nun, was immer es auch ist, wir haben nur unsere Pflicht zu erfüllen, mehr nicht. Senden Sie dem Regenten folgenden Funkspruch ..." Admiral Calus überlegte einige Minuten, dann diktierte er: „Calus an Regent. Spezialtransport Offiziersanwärter wird zusammengestellt. Es wird auf Raumerfahrung Wert gelegt. Keine Schwierigkeiten auf Zalit. Alles normal. Admiral Calus." Er sah auf. „So, sorgen Sie für sofortige Übermittlung an Arkon und geben Sie mir Bescheid, wenn neue Nachrichten von dort eintreffen. Danke."

Der Offizier ging. Calus blieb allein zurück.

Er saß hinter seinem Tisch und ahnte nicht, daß jedes seiner Worte gehört worden war. Genausowenig ahnte er, daß man ihn sehen konnte, jede einzelne Geste, jede Bewegung. Es war genauso, als stünde er direkt vor einer Kamera, die jede Phase seines Daseins aufnahm.

Er hatte noch zwei Stunden bis zu seiner heutigen Rede. Und er wollte die Zeit nutzen. So rosig war die Lage durchaus nicht, wie er sie dem Regenten geschildert hatte. Aber es wäre sein eigener Nachteil gewesen, wenn er die Wahrheit berichtet hätte. Vielleicht wäre das Robotgehirn auf die Idee gekommen, ihn durch einen anderen Offizier ablösen zu lassen. Es gab noch genug ehrgeizige Abkömmlinge ehemals mächtiger Familien, die sich gegenseitig den Rang abzulaufen versuchten. Sie taten dies im Hinblick auf eine eventuelle „Abdankung" des Robotgehirns. *Einer* mußte dann ja Imperator von Arkon werden.

Er seufzte.

In den letzten Jahren war es wieder aufwärtsgegangen mit den Arkoniden – wenigstens mit einigen. Es schien, als übe die Herrschaft des Roboters eine positive Wirkung auf die Entwicklung des Geistes aus. Innerlich war der Widerstand größer geworden. Viele Arkoniden besannen sich auf ihre große Vergangenheit und schämten sich der erniedrigenden Gegenwart. Die neue Generation erkannte zwar das Robotgehirn an, aber tief in ihrer Seele war bereits der Plan geboren, es eines Tages abzulösen.

Calus wußte, daß er durchaus das Zeug in sich hatte, Imperator zu werden.

Er ahnte natürlich nicht, was *wirklich* dazu gehörte.

Er seufzte abermals und machte sich einige Notizen. Die jüngeren Jahrgänge von Zalit waren alle erfaßt worden – soweit sie sich gemeldet hatten. Mehr als hunderttausend Zaliter mußten verschwunden sein. Es schien unmöglich, ihrer habhaft zu werden. Vielleicht war es gut, diese Tatsache als Grund dafür anzusehen, daß nun auch ältere Männer eingezogen werden mußten. Es war sehr gut möglich, daß man eine Gruppe gegen die andere ausspielte.

Erfahrene Raumfahrer wurden gesucht. Merkwürdig. Genügten plötzlich die positronisch gesteuerten Navigationsroboter nicht mehr, die Schiffe gegen den Feind zu fliegen? Warum auf einmal lebende Wesen?

Calus hörte ein Geräusch und blickte auf.

Er sah in sein eigenes Gesicht.

Für lange Sekunden starrte er auf den Arkoniden, der zwei Schritte entfernt zwischen Tisch und Tür stand. Wie er dort hingekommen war, blieb Calus ein Rätsel. Es gab nur diese eine Tür in sein Zimmer.

Aber der Arkonide war nicht allein. Bei ihm war ein etwas dunkelhäutiger Zaliter und ein merkwürdiges kleines Wesen, das ihn mit unverschämten Blicken musterte.

Calus blieb stumm und steif sitzen, als traue er seinen Augen noch nicht. Vergeblich versuchte sein Gehirn, eine vernünftige Erklärung für das Unbegreifliche zu finden.

„Was, da staunst du?"

Das war doch das Tier gewesen, das ihn da auf arkonidisch angesprochen hatte. Schon wieder ein Wunder. Zuerst das unerklärliche Erscheinen, und nun auch das noch.

Aber es sollte noch viel schlimmer kommen.

„Nein, edler Admiral, ich bin kein sprechendes Haustier, und dressieren lasse ich mich schon lange nicht. Sie sollten nicht so einen Unsinn denken, das verdirbt gute Beziehungen."

Konnte das Vieh Gedanken lesen?

Calus fand keine Antwort, denn man ließ ihm keine Gelegenheit dazu. Seine rechte Hand hatte sich unauffällig einem kleinen, dunkelfarbenen Kasten genähert, der auf dem Tisch stand. Gerade wollte er den Knopf mit dem gespreizten Finger eindrücken, als sich der Kasten mühelos in die Luft erhob, als habe er sein Gewicht verloren. Er schwebte ein wenig seitwärts, wie von Geisterhänden gehalten, und fiel dann haltlos zu Boden. Etwas klirrte verdächtig. Glas- und Plastiksplitter verstreuten sich. Das Sprechgerät war unbrauchbar geworden.

„Tut uns leid, Admiral, aber Ihre Dienstzeit ist abgelaufen. Sie sehen Ihren Nachfolger vor sich." Osega sagte es mit einem spöttischen Unterton und trat einen Schritt auf Calus zu. „Darf ich Sie bitten, mir Ihren Platz zu überlassen? Sie werden dann mit meinen beiden Freunden gehen. Keine Sorge, wenn Sie vernünftig sind, passiert Ihnen nichts."

Calus hatte zwar seine Überraschung noch nicht überwunden, aber für Erklärungen war später noch Zeit. Im Augenblick galt es, der drohenden Gefahr zu begegnen.

„Wer sind Sie?“ stieß er hervor. „Und wer sind Ihre Begleiter? Was wollen Sie von mir? Nachfolger? Sie sind verrückt!“

Um den Tisch herum kam das kleine Tier spaziert. Es watschelte wie eine Ente und stützte sich mit dem breiten Schwanz vom Boden ab. Unter den munter funkelnden Augen zeigte sich ein einzelner Nagezahn, der vergnügt zu blinken schien. Calus wußte nicht, daß Gucky diesen Zahn immer dann sehen ließ, wenn er guter Laune war und einen Streich plante.

„Du hast Admiral Calus vor dir, Elender“, zirpte Gucky mit hoher Stimme. „Willst du dich nicht erheben und dein Männchen bauen?“

Calus schluckte. *Er* war Calus. Der andere war nur ein Doppelgänger.

„Denkst du!“ fuhr der Mausbiber fort, und Calus wußte nun mit ziemlicher Sicherheit, daß seine Gedanken gelesen wurden. „Wenn hier ein Calus falsch ist, bist du es. Oder kannst du das Gegenteil beweisen?“

Der Admiral begann zu ahnen, daß die Lage nicht so einfach zu klären war, ganz davon abgesehen, daß die unheimlichen Besucher über einige Fähigkeiten zu verfügen schienen, die er nicht kannte.

Seine Hand mit der winzigen Nadelpistole kam blitzschnell aus der Tasche, aber noch ehe er abdrücken konnte, entglitt sie seinen Fingern und landete wie durch Zufall in den Pfoten des Tieres, dessen Nagezahn noch deutlicher zutage trat.

„Aber, Admiral, was sind das für Methoden? Nun aber los, mach' dem echten Calus Platz. Er muß seine Rede vorbereiten. Wie ich sehe, hast du ja schon einige Notizen dazu gemacht – sehr gut.“

Calus wäre wahrscheinlich sitzen gelieben, aber ihm war plötzlich, als bewege sich etwas unter seinem verlängerten Rückgrat. Der Stuhl kam ein wenig hoch – wie es schien. Erschrocken sprang er auf und machte ein oder zwei Schritte. Der Stuhl beruhigte sich wieder.

Der Doppelgänger – Sergeant Osega – schritt würdevoll an Calus vorbei und nahm Platz. Dann sah er auf.

„Es wird besser sein, ihr verschwindet so schnell wie möglich", sagte er zu Gucky und Ras Tschubai. „Wenn jetzt plötzlich jemand kommt, wird er Verdacht schöpfen. Zwei Calus' sind zuviel."

„Es ist nur *einer* zuviel", stellte Gucky sachlich fest und zeigte auf den arkonidischen Admiral – den echten. „Nämlich dieser hier. Wir nehmen ihn gleich mit." Er trat auf Calus zu und nahm dessen herabhängende Hand. „Er ist von dem Schreck halb gelähmt. In dem Zustand kann man ihn leicht transportieren. Los, Ras, hilf mir!"

Der Afrikaner ließ sich das nicht zweimal sagen. „Viel Glück, Osega! Wir lassen Sie nicht aus den Augen."

Mit diesen Worten ergriff er Calus' andere Hand. Die beiden Teleporter entmaterialisierten mit Calus, ehe der Arkonide Gelegenheit erhielt, sich zu besinnen.

Osega – nun der falsche Calus – blieb allein zurück und vertiefte sich in das Manuskript der Rede, die er bald halten mußte. Als sich die Tür öffnete, sah er kaum auf.

„Eine erfreuliche Nachricht, Admiral", begann der Offizier. „Ein Transport zwangsweise eingezogener Rekruten traf aus den westlichen Städten ein. Sie wurden von Robotern begleitet. Es werden etwa fünftausend Männer sein."

Osega verzog keine Miene. Auf der einen Seite war die Nachricht sehr bedauerlich, denn sie bedeutete, daß wieder fünftausend unschuldige Zaliter nach Arkon verschleppt werden sollten, aber auf der anderen Seite konnte es auch bedeuten, daß sie – Rhodan und das Kommando – nicht allzu lange auf ihren Abtransport nach Arkon warten mußten.

„Ausgezeichnet", erwiderte er daher. „Sorgen Sie dafür, daß die Meldung sofort an den Regenten weitergeleitet wird. Und nun möchte ich allein sein, da ich noch an meiner Rede arbeiten muß."

Der Offizier atmete auf und ging.

Osega atmete ebenfalls auf. Es hatte geklappt. Er würde auch vor der Fernsehkamera bestehen können. Ganz besonders, wenn er neue, drastische Maßnahmen betreffs der älteren Jahrgänge ankündigte.

Die Zaliter würden sich wundern. Hauptsache aber war und blieb, daß sich die Arkoniden und der Regent *nicht* wunderten.

Der echte Calus allerdings hatte Grund genug, sich über viele Dinge zu wundern. Ganz davon abgesehen, daß er mit Hilfe der Teleportation an einen ihm völlig unbekannten Ort gebracht wurde, der unter der Planetenoberfläche zu liegen schien, sah er in fremde und unfreundliche Gesichter.

In einer Ecke des Raumes stand eine Druckmaschine, aus der alle paar Minuten ein echter Zaliterpaß kam. Eine Gruppe von Männern in weißen Kitteln befestigte Fotos und Gehirnwellenmusterkarten an den Ausweisen, füllten sie mit schriftlichen Angaben aus und stapelten sie.

Im Hintergrund saßen Zaliter an primitiv gearbeiteten Tischen und unterhielten sich. Einige lasen. Links, so erkannte Calus, hatte man eine Nische durch gespannte Tücher abgeteilt. Was dahinter war, konnte er nicht erkennen. Einmal nur kam ein Mann unter den Tüchern hervor und sagte zu einem Zaliter: „Die Geräte sind einsatzbereit. Wenn Sie meinen, können wir beginnen."

„Gut."

Der angesprochene Zaliter betrachtete Calus mit einem undefinierbaren Blick. Dann redete er ihn an: „Sie werden begriffen haben, was geschehen ist, Calus. Wir haben einen Doppelgänger an Ihren Platz gesetzt. Sie sind in unserer Gewalt und werden erst dann wieder frei sein, wenn wir unser Ziel erreicht haben. Es wird sehr viel von Ihnen abhängen, wann das sein wird. Geben Sie uns freiwillig alle gewünschten Informationen, oder werden wir es mit sanftem Druck versuchen müssen?"

Calus war der festen Überzeugung, Rebellen in die Hand gefallen zu sein. Vielleicht wurden sie von Wesen unterstützt, die von anderen Welten stammten und über parapsychische Eigenschaften verfügten. Auf die Idee, es mit den gefürchteten Terranern zu tun zu haben, kam er vorerst noch nicht.

„Fragen Sie", sagte er gelassen. „Was ich sagen darf, werden Sie erfahren. Den Rest..."

„Um den Rest machen Sie sich keine Sorgen", versicherte ihm der Zaliter, der kein anderer als Rhodan selbst war. „Wir werden Ihre Gesundheit nicht schädigen, denn unsere Methoden der Hypnoseverhöre sind absolut ungefährlich. Erste Frage: Wieviel Bürger wurden bisher rekrutiert und wohin hat man sie gebracht?"

Calus schloß die Augen zu Schlitzen. „Das ist eine Frage, deren Beantwortung ich verweigere. Im übrigen darf ich Sie darauf aufmerksam machen, daß Sie einen Admiral Arkons entführten und mit schlimmster Bestrafung rechnen müssen. Wenn Sie mich freilassen, will ich gern versuchen, meinen Einfluß geltend zu machen."

Rhodan schüttelte den Kopf und sah zu den Männern in der Ecke hinüber. Er lächelte nun nicht mehr. „Marshall, nehmen Sie sich dieses Admirals an."

Während der Telepath sich auf Calus konzentrierte, schritt durch die Straßen Tagnors ein Mann, der die Aufgabe hatte, die ersten Befehle des falschen Calus zu testen.

Es war der japanische Mutant Tako Kakuta, ein Teleporter. Niemand hätte in der etwas kleinen und schlanken Gestalt einen Terraner vermuten können, denn Tako war dank der Spezialbehandlung zu einem echten Zaliter geworden. Seine ehemals schwarzen und straffen Haare waren verschwunden. Statt dessen schmückte eine Mähne kupferfarbener Haare sein Haupt. Der grünliche Oxydationseffekt ließ sich auch erzielen. Tako brauchte nur den Kopf schief zu halten, und schon brachen sich die Strahlen der Riesensonne Vogas in seltener Pracht in den beigefügten Mikrokristallen des künstlichen Haares.

Tako schlenderte durch die Straßen wie jemand, der nichts zu tun hatte. Er sah nur wenige Zaliter in seinem Alter. Entweder waren sie bereits unterwegs nach Arkon, oder sie hatten sich versteckt. Mehr als einmal gelang es ihm, Suchkommandos aus dem Weg zu gehen. Diese Kommandos wurden meist von arkonidischen Offizieren angeführt und setzten sich aus Robotern oder zalitischen Soldaten zusammen.

Viel Erfolg hatten diese Kontrollen nicht mehr. Ein Zaliter mußte schon verrückt sein, wenn er sich so offen auf die Straße wagte – vorausgesetzt, er stand im richtigen Alter. Ältere Männer gab es noch genügend, aber die hatten noch nichts zu befürchten.

Als die öffentlichen Lautsprecher die tägliche Rede des Admirals ankündigten, begab sich Tako in ein Restaurant. Er setzte sich an einen freien Tisch und bestellte den üblichen Wein, der unter der Riesensonne besonders gut gedieh.

Vom Bildschirm herab blickte ihm bald darauf das bekannte Gesicht Calus' entgegen.

Er vernahm einige unterdrückte Flüche, aber dann übertönte die Stimme des Arkoniden alles Geflüster.

Tako betrachtete Calus und mußte sich eingestehen, daß selten eine Täuschung so gut gelungen war wie diese. Calus war Calus, daran gab es nichts zu rütteln. Selbst die Stimme war die gleiche, ebenso die Ausdrucksweise und Betonung. Auch die Handbewegungen, die wichtige Stellen der Rede unterstrichen, hatte Osega so gut studiert, daß die Täuschung vollkommen wurde.

„...ergeht hiermit der Befehl, daß sich alle – ich wiederhole: *alle* Männer Zalits der Musterung zu stellen haben. Dort erst wird entschieden, wer für den Dienst in der Flotte nicht geeignet ist. Innerhalb einer Woche muß jeder Zaliter ordnungsgemäß registriert sein. Wer ohne die abgestempelte Bescheinigung angetroffen wird, kann festgenommen werden."

Tako dachte belustigt darüber nach, wie merkwürdig die ganze Situation eigentlich war. Die von Calus erwähnten Bescheinigungen wurden in der Felsenkammer unter der Arena hergestellt und sollten an die Musterungskommission ausgegeben werden. So weit also war Rhodan bereits in das Reich Arkon vorgedrungen.

„...soll es Zaliter geben, die sich bisher geweigert haben, den freiwilligen Dienst für das Imperium zu absolvieren. Jene Jahrgänge stehen ab sofort unter Kriegsrecht. Wenn ein Angehöriger des normal wehrfähigen Jahrgangs heute noch angetroffen wird, kann er zum Tode verurteilt werden."

Tako bemerkte, daß einige ältere Zaliter ihn ansahen. Er mußte in die erwähnte Kategorie fallen. Sollten sie es ruhig denken, von ihnen drohte keine Gefahr.

Calus sprach weiter und betonte, daß die Geduld des Regenten von Arkon nun endgültig erschöpft sei. Das Imperium werde von einer Macht bedroht, zu deren Abwehr es aller Kräfte bedürfe, außerdem sei das Robotgehirn großzügig genug, Arkoniden und Zalitern wichtige und entscheidende Posten in der Flotte anzubieten. Es grenze daher an Undankbarkeit, wenn man ... und so fort.

Als Calus endete, war für Sekunden Schweigen in dem Restaurant. Dann erhob sich ein älterer Zaliter, warf dem Wirt ein Geldstück hin und ging zur Tür. Dort drehte er sich noch einmal um, musterte die Anwesenden kritisch und sagte dann: „Wer zu den Arkoniden geht, ist ein Verräter und ein Diener des Roboters."

Dann war er verschwunden.

Die Zurückbleibenden schienen wie von einem Bann befreit. Aufgeregt begannen sie zu diskutieren und aufeinander einzureden. Tako benutzte die allgemeine Verwirrung, das Lokal zu verlassen. Er mußte sich eingestehen, daß Osega seine Sache gut gemacht hatte. Fast noch besser als der echte Calus. Er war davon überzeugt, daß selbst der Regent von Arkon getäuscht worden wäre, hätte er Gelegenheit gehabt, die Rede anzuhören.

Keine der üblichen Streifen begegnete Tako, und er wurde ein wenig unternehmungslustiger. Fast ohne Absicht geriet er mehr in die Nähe des Raumhafens und sah sich plötzlich einer Postenkette gegenüber.

Es waren ausnahmslos Roboter. Ihre kalten, ausdruckslosen Augen richteten sich auf ihn, als sei er ein Stück Wild, auf das sie schon lange gewartet hatten. Einer bewegte sich und kam auf ihn zu. Es wäre sinnlos gewesen, einfach davonzulaufen. Roboter können unheimlich schnell laufen.

„Ausweis!" schnarrte die Maschine.

Tako hatte natürlich einen Ausweis. Er war erst gestern in dem Labor unter der Arena hergestellt worden. Toffner hatte die notwendigen Unterlagen geliefert. Aber was nützte schon der Ausweis? Tako hatte das „richtige" Alter.

Ohne mit der Wimper zu zucken, sagte der Japaner, indem er dem Roboter das Papier übergab: „Ich wollte mich zur Musterung melden. Wo ist das?"

Der Roboter sah den Ausweis durch. Seine Programmierung, die zuerst auf „Verhaften" drängte, schaltete um. Der Mann vor ihm wollte sich melden. Dafür galten andere Befehle.

„Durch die Sperre, beim Verwaltungsgebäude. Ein Offizier wartet dort.“

Ohne daß Tako es gewollt hatte, war er zum Versuchskaninchen geworden. Während er weiterging, versuchte er, telepathischen Kontakt mit John Marshall oder einem anderen Mutanten zu erhalten. Erst als er dicht bei dem bezeichneten Gebäude war, antwortete jemand in seinem Gehirn: *Du mußt so tun, als wolltest du angemustert werden. Wenn sie fragen, warum erst heute, mit Krankheit ausreden. Wir wachen über dich, Harno hat dich im Bild. Keine Sorge, wir kommen bald nach.*

Tako schritt weiter. Er war beruhigt. Nichts konnte ihm geschehen. Sollte sein Leben in Gefahr geraten, konnte er jederzeit mit einer Teleportation verschwinden.

Er kam gerade zurecht, um die Ankunft des arkonidischen Admirals zu erleben, der eine überraschende Inspektion des Rekrutenlagers durchführte.

9.

Am folgenden Tag meldeten sich zehn weitere Mitglieder des terranischen Geheimkommandos zum Dienst in der Flotte Arkons. Sie besaßen gültige Papiere und konnten nachweisen, daß sie in den Tagen zuvor aus verschiedenen Gründen verhindert waren, dem Musterungsbefehl rechtzeitig Folge zu leisten. Sie wurden ohne weitere Formalitäten in die Unterkünfte eingewiesen und untersucht. Der Befund lautete einheitlich: zum Dienst bei der Flotte geeignet.

Wieder zwei Tage später begannen diese zehn Männer, unter denen sich auch der Hypno André Noir befand, die Offiziere der zusammengestellten Truppeneinheiten zu „bearbeiten“. Es war nicht besonders schwer, sie einzeln in das Zimmer zu locken, in das man die Terraner eingewiesen hatte. Dort wurden sie dann einer posthypnotischen

Behandlung unterzogen und kehrten mit neuer Erinnerung und recht eigenartigen Befehlen zu ihren Truppen zurück.

So kam es, daß die zehn Terraner und auch später Tako eine schnelle Karriere machten und bald Unterführer wurden, die den Offizieren Arkons direkt unterstellt waren. Sogar die Roboter hatten ihnen zu gehorchen. Insbesondere, nachdem man sie unbemerkt umprogrammiert hatte.

Osega spielte inzwischen seine Rolle als Calus weiter. Nach seiner Meldung an den Regenten, ein neuer Transport sei zusammengestellt, wurde ein großes Kugelschiff geschickt, das kurz darauf wieder startete und mehr als fünfzigtausend Rekruten von Zalit mit sich nahm.

Die Terraner waren noch nicht dabei. Selbst Calus besaß nicht die Vollmachten, eigenhändig über den Abtransport zu entscheiden. Außerdem war es ja noch nicht soweit.

Unter der Arena saßen in der Felsenkammer Rhodan und seine Freunde bei einer Beratung. Harno glühte in halber Höhe. Seit Tagen war er nicht mehr zur Ruhe gekommen. Ständig war jemand bei ihm und beobachtete, was sich auf seiner Oberfläche abspielte. Gucky hockte trübsinnig in einer Ecke und kaute auf einem einheimischen Gewächs herum, das ihm Bully als Mohrrübenersatz angeboten hatte. Aber das war es nicht, was ihn so ärgerte. Dafür gab es einen anderen Grund.

Perry Rhodan hatte die Namen der fünfzig Personen bekanntgegeben, die nicht mit nach Arkon durften. Und er, Gucky, war nun endgültig dabei. Es gab eben kein Mittel, ihn in einen Zaliter zu verwandeln.

„Wir werden noch heute an die Oberfläche gehen und uns zum Abtransport melden. Insgesamt wären wir dann einhundertfünfzig Mann. Das sollte reichen.“ Rhodan sah sich um. „Toffner bleibt hier. Major Rosberg wird das Kommando hier übernehmen. Falls etwas Unvorhergesehenes eintreten sollte, wird Major Rosberg durch Toffners Gerät die DRUSUS alarmieren und sich mit den restlichen Männern abholen lassen. Ansonsten verhalten Sie sich ruhig, bis Sie Nachricht von uns erhalten. Ich hoffe, das ist klar.“

Weitere Einzelheiten wurden durchgesprochen. Kein Punkt war unberücksichtigt geblieben. Harno würde auf Zalit bleiben.

Die ersten Terraner verließen das Hauptquartier unter der Arena, um sich auf dem Raumhafen zu stellen. Die Gefahr war nicht mehr allzu groß, denn die inzwischen Angeworbenen hatten alles vorbereitet. Die meisten Offiziere waren mit einem Hypnoblock versehen und die Roboter fast alle umprogrammiert worden. Die beiden Telepathinnen Betty Toufry und Ishy Matsu, die auf Zalit zurückblieben, stellten die Verbindung zwischen Calus und Major Rosberg her. Ebenso der Mausbiber Gucky.

Zwei Tage später brachen die letzten „Freiwilligen" auf. Zu ihnen gehörten außer Rhodan und Bully auch Atlan, Captain Gorlat und Fron Wroma. Wie alle anderen trugen sie einen falschen Paß in der Tasche, der auf einen zalitischen Namen lautete. Es konnte nichts schiefgehen.

Der Raumhafen, ein riesiges Gebiet am Rand Tagnors, war völlig von Robotwachen umstellt. Die bereits in verschiedenen Schlüsselstellungen sitzenden Terraner hatten darauf verzichtet, diese Wachen abzuziehen, um keinen Verdacht zu erregen. Man mußte weiterhin damit rechnen, daß noch „unbehandelte" Offiziere zugegen waren und daß täglich Kontrollen des Robotgehirns durchgeführt wurden.

Sie passierten die ersten Kontrollen und erreichten das Haupttor, wo sie von einem hochnäsigen Arkoniden empfangen wurden. Kampfroboter mit schußfertigen Waffenkränzen patrouillierten außerhalb des provisorisch errichteten Zaunes. Im Lager drinnen wimmelte es förmlich von Zalitern, die ihre ersten Übungen innerhalb des Lagers absolviert hatten und nun auf ihren Abtransport nach Arkon warteten. Dort erfolgte die endgültige Ausbildung und Einreihung in die Flotte des Imperiums.

Der arkonidische Offizier betrachtete die Neuankömmlinge mit einer Mischung freudiger Überraschung und unerträglicher Arroganz. Er bemühte sich trotzdem, einen annehmbaren Mittelweg zu finden.

„Ihr habt euch also entschlossen, in der glorreichen Flotte des Imperiums zu dienen?" empfing er sie und gab den Wachrobotern einen Wink, die daraufhin wieder eine etwas nachlässigere Haltung einnahmen. „Ihr werdet so schnell wie möglich untersucht, registriert und abtransportiert. Fähigen Männern steht eine schnelle Beförderung bevor. Technisches Personal wird ebenfalls gesucht.“ Er streckte die Hand aus. „Die Ausweise, bitte.“

Mit reinem Gewissen reichten sie ihm die angefertigten Pässe, die jeder Kontrolle standhielten. Der Offizier prüfte sie eingehend, wenn auch völlig sinnlos. Ihm konnte es gleich sein, wie die Zaliter hießen, die sich zum Flottendienst meldeten. Und auf den Gedanken, es nicht mit Zalitern zu tun zu haben, kam er wohl im Traum nicht.

Schließlich reichte er die Papiere zurück. „Dort drüben im ersten Gebäude ist die Registratur. Meldet euch bei dem diensthabenden Sergeanten. Von dort aus werdet ihr weitergeleitet. Ich wünsche euch eine siegreiche Zukunft.“

Rhodan murmelte einen Dank, schob den Paß wieder ein und ging an den Robotern vorbei, von denen er nicht wissen konnte, ob sie zu den umprogrammierten gehörten oder nicht. Eine große Rolle spielte es jetzt allerdings noch nicht. Sie waren Rekruten, und jede auffällige Handlung würde Verdacht erregen. Vorerst hatten sie sich alle den bestehenden Gesetzen zu beugen.

Zum Glück war der Sergeant der Registratur von dem Hypno Noir schon beeinflußt worden. Einer der Terraner, die bereits seit Tagen hier im Lager weilten, half ihm bei der Neuaufnahme.

Sie legten ihre Pässe vor und hüteten sich, auch nur ein einziges verdächtiges Wort zu sprechen. Überall konnten Abhörgeräte verborgen sein, und die Arkoniden, die am anderen Ende saßen, waren bestimmt nicht konditioniert.

Der Sergeant sah auf und blinzelte unauffällig. „Ah – Sie dienten schon in der Flotte von Zalit, wie ich sehe. Major – eh – Sesete?“ Das war der Deckname Rhodans. „Ausgezeichnet! Wir benötigen Männer mit Erfahrung. Ich denke, Sie werden Ihren alten Dienstgrad wieder erhalten.“ Er betrachtete die anderen Pässe. „Captain Ighur, Handelsflotte.“ Das war Atlan, der nun bestätigend nickte. „Sie waren alle Offiziere? Major Roake ...“ Er warf Bully einen schnellen Blick zu. „Captain Norvt, Leutnant Likro – ausgezeichnet.“ Er schob die Pässe seinem Assistenten zu. „Sorgen Sie für geeignete Unterkünfte. Es kommt nicht alle Tage vor, daß sich eine ganze Gruppe von ehemaligen Offizieren bei uns meldet. Sie haben wohl ein wenig gewartet, ehe Sie sich entschließen konnten, zu uns zu kommen? Na, lassen wir das. Hauptsache ist, Sie folgten unserem Aufruf. Die ärztliche Untersuchung findet morgen statt."

Der Assistent gab ihnen die Pässe zurück. Außerdem einen Zettel, auf dem ein Plan des Lagers war, nach dem man sich richten konnte. Die einzelnen Zahlen bedeuteten in der Reihenfolge die Stellen, bei denen man sich anschließend zu melden hatte.

Es stellte sich heraus, daß man in der Tat für anständige Quartiere gesorgt hatte, wie sie ehemaligen und wahrscheinlich auch künftigen Offizieren zustanden. Es schien Zufall, daß die anderen Männer des terranischen Einsatzkommandos ganz in der Nähe untergebracht waren.

Alles schien glatt zu verlaufen, aber Rhodan wußte, daß die schwerste Zeit noch kommen würde.

Zwei Tage später landete eine Frachtflotte auf dem Raumhafen von Tagnor. Ihr Kommandant hatte den Auftrag, alle noch auf Zalit befindlichen „Freiwilligen" nach Arkon zu transportieren.

Die Stunde der Entscheidung war für Rhodan gekommen.

Es war ihm und den anderen inzwischen gelungen, weitere Schlüsselpositionen zu besetzen. Die Mutanten hatten bei der geheimen Aktion eine besondere Rolle gespielt. Die meisten der arkonidischen Offiziere hatten einen Hypnoblock erhalten und bedeuteten keine Gefahr mehr. Außerdem war dafür gesorgt worden, daß dieser Block von selbst verschwand, wenn man auf einem Planeten der Sonne Arkon landete.

Allerdings hatte man nicht voraussehen können, daß mit der Frachtflotte neue Offiziere mit neuen Befehlen eintrafen. Es blieb keine Zeit mehr, auch diese Arkoniden noch zu beeinflussen. Sie kamen im Auftrag des Regenten und brachten dessen Anordnungen mit. Es gab kein Mittel, sich diesen Anordnungen zu widersetzen, ohne Verdacht zu erregen. Sogar Sergeant Osega in der Rolle von Admiral Calus war machtlos.

Aus den sofort anlaufenden Vorbereitungen war zu ersehen, daß der Abtransport der Zaliter noch heute beginnen sollte. Die eingetroffenen Offiziere, durchweg äußerst aktive Arkoniden, begannen sofort mit der entsprechenden Einteilung und ließen sich durch nichts in ihren Entscheidungen beeinflussen. Immerhin gelang es Rhodan, geschickt dafür zu sorgen, daß seine hundertfünfzig Leute zusammenblieben und einem Kugelfrachter zugeteilt wurden. Allerdings konnte er nicht verhindern, daß weitere dreitausend echte Zaliter auf dem Schiff reisen würden. Die Gefahr der Entdeckung blieb auch weiterhin bestehen.

Bis zur Verladung blieben noch einige Stunden. Sie hatten ihre Ausrüstung vervollkommnet und warteten nun in ihren Quartieren auf den Befehl, den Frachter zu betreten.

Die Stimmung war nicht besonders gut. Vor ihnen lag die große Ungewißheit. Niemand konnte ahnen, ob das Robotgehirn ihren Trick nicht bereits durchschaut hatte und sie in eine Falle laufen ließ, aus der es kein Entrinnen mehr gab. Sicher, die Masken waren echt. Die Biochemiker hatten Rhodan und seine Männer in waschechte Zaliter verwandelt, ihre Papiere waren in Ordnung und ihre Aussprache perfekt. Aber irgendein Umstand konnte sie doch verraten haben.

Die Zeit verstrich quälend langsam, bis endlich der Befehl zum Aufbruch kam.

Arkonidische Offiziere und Roboter – von terranischen Spezialisten noch nicht heimlich umprogrammiert – trieben die Zaliter in die Schiffe, die sie nach Arkon bringen sollten. Die Männer des Einsatzkommandos fühlten sich nicht besonders wohl in ihrer Haut, wenn sie auch im Augenblick keine Entdeckung zu befürchten hatten.

Bevor das Schiff betreten wurde, mußten die Pässe noch einmal vorgewiesen werden. Die Namen wurden mit einer vorliegenden Liste verglichen. Das war eine Maßnahme, die Rhodan kaum beunruhigen konnte. Die Pässe waren terranische Wertarbeit.

Weit schwieriger war es, jetzt zusammenzubleiben. Die einzelnen Quartierräume faßten nicht mehr als einhundert Mann. Rhodan gehörte zu jenen fünfzig, die ihr vorübergehendes Heim mit fünfzig echten Zalitern zu teilen hatten. Es würde für die nächsten Stunden unmöglich sein, offen miteinander zu reden. Vielleicht hielt sich unter den Zalitern auch ein Verräter oder Spitzel auf, der jedes verdächtige Wort den Arkoniden berichten würde, um sein eigenes Los zu erleichtern.

Atlan, der mit seinen neunundneunzig Gefährten im Nachbarraum untergebracht worden war, hatte es besser. Er konnte sich wenigstens leise mit ihnen unterhalten, ohne befürchten zu müssen, belauscht zu werden. Da auch John Marshall zu seiner Gruppe gehörte, wußte er stets, was bei Rhodan vor sich ging.

Nach zwei Stunden verrieten vermehrte Fußtritte draußen auf den Korridoren, daß die Startvorbereitungen begannen. John Marshall erfuhr telepathisch, daß ihr arkonidischer Kommandant eine letzte Unterredung mit Admiral Calus gehabt hatte, in der diesem der Befehl des Regenten überbracht wurde, in den kommenden Wochen weitere Zaliter einzuziehen, notfalls mit Gewalt. Entsprechende Anordnungen sollte er noch in seiner heutigen Rede bekanntmachen.

Nach weiteren zehn Minuten erfolgte der Start.

Der Andruck wurde so weit kompensiert, daß sie nichts von den ungeheuren Beschleunigungen bemerkten. Die Zaliter, so erkannte Rhodan, schienen sich in ihr unvermeidliches Schicksal ergeben zu haben. Sie saßen einzeln oder in Gruppen an der Wand und blickten stumpf vor sich hin. Im Geist sahen sie sich wohl alle schon auf einem Kriegsschiff einem unbekannten Ziel entgegenfliegen, wo sie sicherlich von einem übermächtigen Gegner angegriffen und getötet wurden. Wie gern hätte Rhodan sie getröstet, aber es war zu gefährlich. Niemand durfte erfahren, daß er Terraner war.

Die Transition dauerte nur Sekunden, dann setzte die Verzögerung wieder ein. Jetzt mußte von der Kommandozentrale aus bereits das System Arkon zu sehen sein – Mittelpunkt eines gewaltigen Sternenreichs. Die drei Hauptplaneten umkreisten ihre Sonne auf der gleichen Bahn in Form eines gleichschenkligen Dreiecks. Rhodan rechnete fest damit, daß ihr Schiff auf einem dieser Planeten landen würde, wenn auch nicht gerade auf dem wichtigsten. Dort nämlich stand das Robotgehirn, der Regent von Arkon. Ihm galt der gefährliche Einsatz.

Drei Stunden nach dem Start von Zalit verriet neue Bewegung im Schiff, daß man sich dem Ziel näherte. Sie mußten bereits innerhalb des Festungsrings aus der Transition gekommen sein, anders war die kurze Zeit nicht zu erklären, die sie nur mit Lichtgeschwindigkeit geflogen waren.

Die Tür zum Laderaum wurde aufgerissen. Ein Roboter verkündete mit kalter, metallischer Stimme: „Sie verlassen in dreißig Minuten das Schiff. Packen Sie Ihre Sachen zusammen und warten Sie auf das Kommando des Lautsprechers."

Dann wurde die Tür wieder geschlossen.

Rhodan saß in einer Ecke mitten unter den Männern. Innerlich war er längst nicht so ruhig, wie er äußerlich zu sein vorgab. Die Spannung erreichte nun ihren Höhepunkt. Sicherlich würden sie vor dem Betreten Arkons erneut kontrolliert werden. Rhodan hatte nicht die geringste Ahnung, mit welchen Methoden eine solche Kontrolle durchgeführt werden sollte. Sie konnte rein persönlicher, aber auch technischer Natur sein. Oder gar medizinischer. Dann allerdings bestand größte Gefahr.

Das Frachtschiff setzte mit einem sanften Ruck auf. Fast gleichzeitig dröhnte im Lautsprecher eine Stimme. Sie forderte die Zaliter auf, so lange in ihren Kabinen zu bleiben, bis sie abgeholt würden. Den Anordnungen der Roboter sei unbedingt Folge zu leisten.

Rhodan schreckte aus seinen Gedanken hoch, als ein Roboter die Tür aufriß und befahl: „Herauskommen! Der Reihe nach!"

Rhodan ließ sich Zeit. Zuerst verließen die echten Zaliter den Laderaum und stellten sich im Korridor in Fünferreihen auf. Der Robot begann zu zählen. Als Rhodan die große Kabine verließ, konnte er gerade die anderen hundert Mann des Kommandos abmarschieren sehen. Die Gruppe, zu der er gehörte, folgte unmittelbar darauf.

Es ging durch lange Korridore bis in einen großen Frachtraum. Die einzelnen Gruppen wurden sich überlassen, und es gelang Rhodan, seine Gruppe wieder zusammenzubekommen. Sie standen nun in einem geschlossenen Block und waren fest entschlossen, sich nicht mehr trennen zu lassen.

Langsam schwang die Ladeluke auf. Kühle Luft strömte in den Raum. Im Hintergrund waren einige flachgestreckte Gebäude zu erkennen, darüber ein dunkelblauer Himmel, der fast violett schien.

Jemand hustete.

Neben Rhodan flüsterte Gorlat auf zalitisch: „Verdammt trockene Luft – und sauerstoffarm. Stimmt das mit den Angaben über die drei Hauptplaneten Arkons überein?“

Rhodan gab keine Antwort. Seine Augen waren eng zusammengekniffen. Die Atmosphäre der drei Planeten Arkons war erdgleich. Was er jedoch jetzt einatmete, war vielleicht eine verbesserte Ausgabe der Marsatmosphäre.

Sollte ...

Sein Gedankengang wurde jäh unterbrochen. Von der Luke her ertönte die Stimme eines Roboters: „In Fünferreihen – marsch!“

Es bestand für Rhodan keine Veranlassung, länger zu zögern. Er gab den anderen einen Wink. Sie setzten sich in Bewegung.

Eine breite Rampe führte zur Oberfläche des Planeten hinab. Rechts und links der Luke standen je ein Robot und zählten die Reihen.

Rhodan erblickte am Himmel eine Sonne. Das mußte Arkon sein, daran konnte kein Zweifel bestehen. Aber Arkon war kleiner, als er den Stern in Erinnerung hatte. Seine letzten Zweifel schwanden, als er etwas links hinter den Gebäuden eine mächtige, matt leuchtende Kugel erkannte – einen Planeten.

Wie eine eisige Hand tastete sich die Enttäuschung nach seinem Herzen vor.

Sie waren nicht auf einem der drei Hauptplaneten gelandet.

Sie waren überhaupt nicht auf einem Planeten gelandet, sondern auf einem Mond mit gerade noch atembarer Atmosphäre.

Das Robotgehirn, so mußte Rhodan zu seiner Bestürzung erkennen, ging nicht das geringste Risiko ein.

Bevor es jemand nach Arkon ließ, wurde er auf Herz und Nieren geprüft. Und ob die Terraner dieser neuerlichen Überprüfung standhielten, wußte niemand.

Die Luft war schneidend kalt.

Sie standen vor den gelandeten Schiffen und warteten auf die Kommandos der Wachroboter. Die Arkoniden hatten nun jede Rücksicht fallengelassen und gaben den Zalitern zu verstehen, daß sie sich als Gefangene zu betrachten hatten. Von den arkonidischen Offizieren, die auf Zalit geweilt hatten, war keiner mitgekommen. Rhodan und seine Begleiter hatten es also nicht nur mit einer neuen Umgebung, sondern auch mit völlig neuen Gegnern zu tun.

Rhodan stand zwischen Atlan und Bully. Der linke Flügelmann der Fünferreihe war Gorlat, der rechte John Marshall.

„Wo sind wir?" flüsterte Rhodan, der seine Ahnung bestätigt haben wollte. „Bully, du kennst das System genauso wie ich. Die Größe Arkons..."

„Ich würde sagen – fünfter Planet", gab Bully ebenso leise zurück. „Auf einem Mond des fünften Planeten. Unseren Informationen nach heißt der Planet..."

„Ich kenne ihn ja", erinnerte Rhodan ihn. „Und wir sitzen auf seinem Mond. Nummer fünf ist eine Riesenwelt. Der Mond hier heißt Naator, fast erdgroß, dünne Atmosphäre, Wüstencharakter, Gebirge – alles in allem ein wenig erfreulicher Ort. Aber sicher. Von hier kommt ohne Schiff und Wissen des Regenten niemand weg. Eine hübsche Falle."

„Würde ich nicht sagen, Perry. Sprungbrett nach Arkon klingt viel besser. Wenn es nur nicht so kalt wäre."

Atlan murmelte kaum hörbar: „Drüben liegen die Unterkünfte. Wenn mich nicht alles täuscht, ist Naator eine Art Truppenübungsplatz. Arkon besitzt eine kosmische Kampfschule für seine Kolonialvölker. Hier erfolgt die Ausbildung der Truppen. Ich denke, wir sind genau richtig auf Naator."

„Ist der fünfte Planet nicht bewohnt?" versuchte Bully sich zu erinnern.

Rhodan nickte unmerklich. „Die Naats sind dreiäugige Zyklopen. An sich völlig harmlos und Arkon völlig ergeben. Von ihnen haben wir kaum etwas zu befürchten. Sie werden wahrscheinlich nur als Arbeitskräfte eingesetzt."

Auf dem riesigen Raumfeld hatten nun mehr als fünfzigtausend Zaliter Aufstellung genommen, von patrouillierenden Robotern bewacht. Die kleine und ferne Sonne Arkon gab kaum Licht, geschweige denn Wärme. Von der Wüste her wehte ein eisiger, scharfer und trockener Wind. Rhodan war dem Umstand dankbar, mitten in der Menge eingekeilt stehen zu müssen. Die Zaliter am Rand des Raumfelds mußten bereits halb erfroren sein.

Plötzlich ging ein Raunen durch die Fünferreihen. Drüben an der Breitseite des größeren Gebäudes flammte ein riesiger Bildschirm auf. Ein Gesicht erschien darauf – das Gesicht eines Arkoniden in Admiralsuniform. Gleichzeitig wurden überall Lautsprecher eingeschaltet, die die Stimme des Arkoniden überstark wiedergaben, so daß jeder auf dem Raumfeld sie verstehen konnte.

„Zaliter!"

Rhodan dachte einen Augenblick über die Tatsache nach, wie bequem es sich die Arkoniden doch machten. Der Admiral hockte irgendwo in der Wärme und hielt eine Ansprache an die neu eingetroffenen Rekruten. Vielleicht hatte er das täglich zu machen, und es war reine Gewohnheit. Aber wenigstens fror er nicht dabei. Er saß an einem Tisch, vor sich das Mikrophon und die Aufnahmekamera.

„Zaliter! Ich begrüße euch im Namen des Regenten auf Naator, dem Auffanglager der imperialen Streitkräfte. Ihr werdet hier ausgebildet und dann der Flotte zugeteilt. Ihr seid Soldaten Arkons, Zaliter! Ihr seid auf den Regenten vereidigt und damit verpflichtet, für ihn zu kämpfen und – wenn es sein muß – auch zu sterben. Ihr kämpft für Arkon, aber damit auch für Zalit, eure Heimat. Ein mächtiger Gegner bedroht unsere Existenz. Wenn wir ihn geschlagen haben, werdet ihr nach Zalit zurückgebracht. Bis dahin aber dürft ihr nur eure Pflicht kennen. Gehorcht den Befehlen der Offiziere und der Roboter, bis ihr selbst ein Kommando erhaltet. Das war alles, was ich euch heute zu sagen hatte. Ich bin Admiral Senekho, der Befehlshaber von Naator. Und nun wird man euch die Quartiere zuweisen."

Ein anderes Gesicht erschien auf dem Bildschirm. „Die Quartiere befinden sich westlich vom Landefeld. In jedem Trichterbau haben tausend Mann Platz. Je ein Roboter wird tausend Mann übernehmen und anführen. Merkt euch die Seriennummer, denn von jetzt an sind alle Fragen an diesen Robot zu stellen. Er ist für den Kampfblock seiner tausend Soldaten zuständig."

Das war einfach, aber wirkungsvoll organisiert. Immerhin dauerte es noch zwei Stunden, ehe Rhodan und seine Begleiter mit achthundertfünfzig Zalitern abmarschieren konnten. Der ihnen zugeteilte Roboter mit der Seriennummer 574 führte sie an.

Rechts und links der breiten Straße bemerkte Rhodan in regelmäßigen Abständen Kontrollen. Es war somit unmöglich, daß jemand die Kolonne verließ und verschwand. Er war sogar davon überzeugt, daß der ganze Truppenübungsplatz von wirkungsvollen Kontrollgeräten umgeben war. Eigentlich völlig überflüssig, denn in der unfruchtbaren Wüste Naators mußte jeder Flüchtling früher oder später zugrunde gehen.

Die Trichterbauten kamen in Sicht. Sie hoben sich kaum von dem ewig dämmerigen Hintergrund ab.

Die Sonne verschwand hinter dem Horizont, aber es wurde nicht viel dunkler. Der Himmel blieb dunkelviolett. Millionen von Sternen gaben genügend Licht, einen schwachen Schatten zu werfen. Sie erreichten das ihnen zugewiesene Gebäude.

Der Bau hatte sieben Etagen. Je hundertfünfzig Zaliter kamen in eine Etage, wo es kleinere Wohnquartiere mit je fünfundzwanzig Mann Besatzung gab. Nur in der untersten Etage fanden hundert Mann Platz. Sie waren das Wachkommando und sollten alle drei Tage abgelöst werden.

Der Roboter teilte sie ein und kündigte Lebensmittelausgabe an. Von jeder Etage sollten zehn Zaliter diese Aufgabe übernehmen.

Rhodan sah sich in dem schmucklosen Raum um. An der Wand standen die einfachen Betten, daneben schmale Schränke. Die Fenster nach außen waren groß und nicht vergittert – es gab bessere Hindernisse als primitive Gitter. Sie waren in der dritten Etage und hatten einen umfassenden Blick auf die Anlagen des Raumhafens. Daneben standen die flachen Gebäude der Akademien.

Trotz der relativen Sicherheit blieb Rhodan vorsichtig, wenn er mit jemand sprach. Es war anzunehmen, daß keiner der auf Naator stationierten Arkoniden je in seinem Leben ein englisches Wort vernommen hatte, aber es gab gute Entschlüsselungsapparate. Immerhin hielt Rhodan es für besser, wichtige Dinge in Englisch zu sagen als in Zalitisch.

„Leutnant Wroma, Sie nehmen neun Männer und melden sich als Verpflegungsempfänger. Achten Sie auf die Gespräche der anderen Zaliter. Wir müssen wissen, welche Einstellung sie haben."

Der Afrikaner salutierte und verschwand.

Bully hatte sich auf ein Bett gesetzt. „Wie in meiner Rekrutenzeit", seufzte er und klopfte mit der flachen Hand auf die Matratze. „Soll ich das alles denn noch einmal mitmachen? Und dazu noch mit einem Spieß, der ein Roboter ist?"

Atlan ging zu ihm und legte ihm die Rechte auf die Schulter. „Warum die ganze Aufregung, Dicker? Ich bin Admiral und muß den Rekruten spielen. Ehrlich gesagt, es beginnt mir sogar Spaß zu machen."

Bully knurrte etwas Unverständliches und untersuchte die Decken. Kalt war es nicht in dem Raum, und man würde kaum frieren. Das schien aber auch im Augenblick der einzige Komfort zu sein, der ihnen gegönnt wurde.

„Wir werden ja auch nicht ewig hierbleiben", tröstete Gorlat sich und die anderen. „Betrachten wir Naator als eine Ruhepause."

Bully wimmerte komisch auf. „Erholung nennt er das. Ich werde mich erst dann erholen können, wenn wir dem Robotgehirn den Hahn abgedreht haben. Dazu aber müssen wir zu den Hauptplaneten."

Rhodan befahl durch eine Handbewegung Schweigen. „Wir müssen vorsichtiger sein. Sprecht nur das Notwendigste, und das nur leise. Nach dem Essen werden wir schlafen. Ich fürchte, wir haben einen anstrengenden Tag vor uns. Und vergeßt niemals unser einziges Ziel: Arkon. Dort liegt unsere Aufgabe. Dies hier ...", und er deutete auf die Betten, die Schränke und die Fenster, „... dies hier ist nichts als eine Episode, die vorbeigehen wird. Früher oder später."

In die Stille hinein sagte Marshall plötzlich: „Endlich habe ich Kontakt."

Sie sahen ihn erwartungsvoll an.

„Ja, telepathischen Kontakt zu Admiral Senekho. Bald werden wir wissen, was uns bevorsteht.“

„Und ich“, flüsterte der japanische Peiler-Mutant, „werde mich ein wenig um ihre Funksendungen kümmern.“

„Tun Sie das, Tanaka Seiko. Jede Information kann wertvoll für uns sein.“ Rhodan setzte sich auf sein Bett. „Im Augenblick bin ich nur gespannt darauf, was sie uns zum Abendessen geben werden. Hungrige Soldaten sind keine guten Soldaten.“

„Ich tauge auch satt nicht viel“, knurrte Bully im Hintergrund.

Das Dasein als Rekrut schien ihm nicht gefallen zu wollen.

Rhodan aber war zufrieden. Der Anfang war gemacht. Jetzt kam es nur darauf an, den nächsten Schritt zu tun. Den Schritt in Richtung Arkon.

Der erste Tag auf Naator brachte keine Neuigkeiten. Zwar konnte Rhodan vom Fenster aus sehen, wie mehrere Kolonnen Zaliter zu den nahen Verwaltungsgebäuden geführt und später wieder zurückgebracht wurden, aber seiner Schätzung nach wurden an diesem Tag nicht mehr als dreitausend Rekruten abgefertigt.

Gegen Abend kam Robot 574 und gab bekannt, daß ihre Gruppe am folgenden Tag registriert würde.

John Marshall, der Telepath, hatte in den vergangenen Stunden ausschließlich auf seinem Bett gesessen, den Rücken an die Wand gelehnt und die Augen geschlossen. Niemand störte ihn, denn jeder wußte, daß der Australier versuchte, Kontakt mit den wichtigen Bürgern von Naator aufzunehmen, um Informationen zu sammeln.

Jetzt sah er auf. Sein Blick begegnete dem Rhodans. Die stumme Aufforderung war unmißverständlich. Auch Gorlat und Bull kamen herbei. Atlan weilte gerade in einem anderen Raum.

„Was ist, Marshall? Etwas erfahren?“

Der Telepath nickte langsam. „Die ersten drei Gruppen von je tausend Zalitern werden heute ärztlich untersucht. Nein, nicht wie Sie denken. Auf Zalit war es nichts als eine Farce, um die Rekruten tauglich zu schreiben. Hier auf Naator handelt es sich um eine

Untersuchung auf Herz und Nieren. Ich habe die leitenden Ärzte aufspüren und ihre Gedanken lesen können.“

„Auf Herz und Nieren?“ flüsterte Bully erschrocken. Er sah den plötzlichen Ernst in Rhodans Augen. Selbst die Kunst der Maskenbildner würde nun eine Entdeckung nicht mehr verhindern können.

Marshall fuhr fort: „Das ist noch nicht alles. Ich habe in Erfahrung bringen können, daß die Untersuchung nicht aus gesundheitlichen Gründen stattfindet, sondern einzig und allein dem Zweck dient, das Vordringen getarnter Spione nach Arkon zu unterbinden. Man rechnet damit, daß irdische Agenten durch Plasti-Operationen in Angehörige fremder Völker verwandelt wurden und sich vielleicht unter den angeworbenen Zalitern aufhalten.“

Rhodan ließ die angehaltene Luft aus den Lungen. „Sie vermuten also genau das, was geschehen ist – erstaunlich. Und was nun?“

„Leider ist das immer noch nicht alles“, setzte Marshall seinen entmutigenden Bericht fort. „Die untersuchenden Ärzte sind ausschließlich Aras.“

Diesmal blieben alle stumm.

Ausgerechnet die Aras mußten mal wieder ihre Hand im Spiel haben. Sie kannten die Terraner und haßten sie wie die Pest. Rhodan war es gewesen, der ihnen ihre Geschäfte mit der Krankheit verdorben hatte. Sie kannten die Skelettform der Terraner. Die erste Durchleuchtung würde ihnen die Maskerade verraten.

Rhodan fragte noch einmal: „Was nun, Freunde? Sieht jemand einen Ausweg? Ich glaube kaum, daß wir die Untersuchung vermeiden können – das würde sofort Verdacht erregen. Wir müssen uns also den Aras stellen – und müssen durchkommen. Ehrlich gesagt – im Augenblick bin ich ratlos.“

„Das beste wird sein, wir sprechen alle Möglichkeiten durch“, lautete Gorlats Vorschlag. „Wenn jeder seine Ideen äußert, werden wir einen gemeinsamen Plan erarbeiten können. Unsere Absicht ist es also, die Ara-Ärzte zu täuschen. Was liegt näher, als Noir einzusetzen?“

„Noir ist ein ausgezeichneter Hypno, aber er kann in so kurzer Zeit nicht ein Dutzend oder gar mehr Aras beeinflussen und ihnen einen

Hypnoblock geben.“ Bully schüttelte den Kopf. „Ras Tschubai könnte hinspringen und sie einfach außer Gefecht setzen.“

„Eine größere Dummheit könnten wir kaum noch begehen“, lehnte Rhodan ab. „Immerhin hast du mich auf einen Gedanken gebracht, Bully. Ras kann mit Noir zu den Aras gehen. Unter solchen Umständen ist ein Block schnell geschaffen.“

Gorlat lächelte. „Wie wäre es, wenn wir diesen Admiral Senekho ein wenig von seiner eigentlichen Aufgabe ablenken würden? Wenn er genug zu tun hat, bleibt ihm wenig Zeit, sich um die Zaliter zu kümmern – und damit um uns.“

„Und wie dachten Sie sich das?“

Gorlat lächelte Rhodan an. „Son Okura kann nachts genauso gut sehen wie am Tag. Wenn er mit Ras Tschubai unterwegs ist, sind sie wie die Schatten – schnell, unsichtbar und gefährlich. Sie könnten einige Sabotageakte ausführen, die man sicherlich den Naats in die Schuhe schieben wird.“

„Augenblick.“ Rhodan schüttelte den Kopf. „Ich fürchte, wir schießen über das Ziel hinaus. Es ist nicht unsere Aufgabe, auf Naator Unruhe zu stiften, sondern nach Arkon zu gelangen. Immerhin muß ich zugeben, daß Umwege manchmal schneller zum Ziel führen. Unsere vordringliche Aufgabe ist es, die Aras unter Druck zu setzen – und zwar derart, daß sie selbst nichts davon bemerken. Und andere natürlich auch nicht.“

„In einer Nacht ist das unmöglich, weil ich sie nicht alle gleichzeitig orten kann“, warf Marshall wieder alle Spekulationen über den Haufen. „Es wäre also gut, wenn wir Zeit gewinnen würden. Vielleicht hat Gorlat nicht unrecht, wenn er Senekho beschäftigen will.“

Als Atlan zwei Stunden später zurückkehrte, war der Plan durchgesprochen, koordiniert und endgültig gefaßt.

Atlan brauchte nur noch eingeweiht zu werden.

Son Okura war von schmächtiger Gestalt und leicht gehbehindert. Als man ihn in einen Zaliter verwandelte, hatte man darauf Rücksicht nehmen müssen, aber die Verwandlung war so gut gelungen, daß niemand ihn von einem echten Bewohner Zalits unterscheiden konnte. Er war ein sogenannter Frequenzseher und konnte jeden Gegenstand auch bei absoluter Finsternis erkennen. Selbst infrarote Strahlen waren für seine Augen sichtbar. Den Wärmeabdruck eines längst verschwundenen Gegenstands konnte er noch Stunden später feststellen.

Der Teleporter Ras Tschubai war, körperlich gesehen, das genaue Gegenteil von Okura.

Diese beiden Mutanten bildeten das erste Einsatzkommando der angebrochenen Nacht.

Ras wußte, daß es ein großes Risiko war, ins Unbekannte zu springen. Wäre er allein gewesen, hätte er sich weniger Sorgen gemacht, aber er hatte den Japaner bei sich. Natürlich konnte er auch mit dieser Belastung innerhalb weniger Sekunden wieder entmaterialisieren, falls er wegen einer drohenden Gefahr schnell verschwinden mußte. Aber Rhodan hatte ihm eingeschärft, keinen Verdacht zu erregen. Niemand durfte auf die Idee kommen, daß es auf dem Mond Naator Teleporter gab.

„Fertig", sagte Son Okura und nahm die Hand des Afrikaners.

Ras Tschubai konzentrierte sich auf einen kurzen Sprung, der sie in Richtung der Verwaltungsgebäude und Magazine bringen sollte. Er kannte sein Ziel nicht, aber das war kein Hindernis. Er „stellte es sich vor".

Als sie materialisierten, sah Ras Tschubai zuerst überhaupt nichts. Die Sterne leuchteten hell wie immer, aber gegen das Licht im Quartier erschienen sie dunkel.

„Gut gezielt", murmelte Okura, dessen Augen sich sofort umgestellt hatten. „Wir sind ganz nahe bei den ersten Häusern. Rechts patrouilliert ein Posten – ein Zaliter. Sie haben sie also schon zur Streife eingeteilt. Willst du ihn umgehen?"

„Wir springen direkt in das vor uns liegende Gebäude. Du weißt, was wir suchen?"

Okura nickte, aber Ras sah es nicht. Er sprang.

Diesmal war es wirklich finster, und keine Sterne schienen.

„Wo sind wir?" fragte der Teleporter.

„In einem Lagerraum mit militärischer Ausrüstung. Uniformen, soweit ich erkennen kann. Dort hinten leichte Raumanzüge. Alles fein säuberlich auf Regale gestapelt."

„Wenn es uns zu kalt ist, wissen wir Bescheid. Aber wir suchen heute etwas anderes, Okura. Gehen wir."

Der Japaner führte Ras durch die Finsternis. Es war unheimlich, mit welcher Sicherheit das geschah. Aber der Afrikaner vertraute dem Frequenzseher. Er brauchte keine Angst zu haben, über einen Gegenstand zu stolpern oder gegen die Wand zu stoßen.

„Eine Tür – ah, sie ist nicht verschlossen." Sie gingen weiter. „Ein Korridor. Überall Türen. Welche nehmen wir?"

Ras gab keine Antwort. Weiter vorn hatte er ein Geräusch gehört. Schritte. Jemand kam auf sie zu. Aber der Gang verriet, daß sein Besitzer müde war. Die Füße schlurften über den Boden.

„Ein Posten", zischelte Ras. „Ein Robot ist es nicht, vielleicht ein Zaliter. Los, in die nächste Tür."

Es war Zufall, das versuchten sie später immer wieder zu erklären, aber man hielt ihre Versicherungen für Bescheidenheit. Denn als sie in den hinter der Tür liegenden Raum kamen und Okura einen erstaunten Ruf ausstieß, wußte Ras, daß sie keine Kleiderkammer betreten hatten.

„Waffen", flüsterte der Japaner. „Handgranaten, Handstrahler, kleine Zeitbomben – das reine Paradies für Rebellen."

„Und die soll es ja auf Naator geben", flüsterte Ras erfreut zurück. „Warum war diese Tür nicht abgeschlossen?"

„Der Haupteingang ist unpassierbar, Ras. Ein Energiefeld. Niemand kann dieses Gebäude verlassen. Sogar der Posten ist eingeschlossen."

Das allerdings erklärte alles.

Sie vernahmen draußen die Schritte der Wache.

Sie gingen vorüber.

„Zum Teufel", fluchte Ras. „Warum kann ich nichts sehen?"

„Weil es finster ist", lautete Okuras lakonische Erklärung. Dann lachte er leise. „Dein Herz würde vor Freude lachen, Ras, wenn deine Augen sähen, was ich sehen kann. Genau das richtige für unser Vorhaben. Wir haben unverschämtes Glück gehabt."

„Gut. Dann beeilen wir uns. Wir bringen einen größeren Vorrat in unser Quartier, damit wir von dort aus operieren können. Mit drei oder vier Sprüngen schaffen wir es."

Sie begannen mit ihrer Arbeit.

Eine Stunde später teleportierte Ras mit Okura und dem Hypno André Noir ins Hospital und versprach, sie beide in genau zwei Stunden wieder abzuholen. Dann verschwand er vor ihren Augen, beladen mit einer stattlichen Anzahl von kleinen Zeitbomben, einigen Handgranaten und einem Energiestrahler. Sie konnten sich nun alle Waffen und Sabotagemittel, die in ihren Uniformen oder in ihrem kleinen Gepäck unauffällig eingebaut waren, für ihren Einsatz auf Arkon selbst aufsparen.

Noir war nicht sehr groß und sah als Terraner recht gemütlich aus. Als Zaliter wirkte er drohend und wenig vertrauenerweckend. Seine Spezialität, fremde Intelligenzen unter seinen Willen zu zwingen, hatte jedoch unter der Maskerade nicht gelitten.

„Die Aras wohnen weiter vorn", flüsterte er und deutete in das dämmerige Dunkel des Korridors. „Ich kann ihre Gedanken spüren. Sie schlafen."

„Könntest du den Chefarzt herausfinden, André?"

„Kaum, Son. Sie schlafen – und im Traum kann jeder der Chef sein."

Der Japaner grinste und setzte sich in Bewegung. „Dann nehmen wir sie uns einzeln vor. Gleich haben wir die erste Tür."

Da auch das Hospital – wenn man es so bezeichnen wollte – durch einen Energievorhang hermetisch von der Außenwelt abgeschlossen war, blieben die Türen im Innern unverschlossen. Als die beiden Männer das erste Zimmer betraten, konnte nur der Japaner sehen, was in ihm war.

In der Ecke unter dem Fenster stand ein Bett, in dem ein Mann lag. Seitlich war ein Schrank. Über dem Stuhl vor dem Tisch hingen Kleidungsstücke, darüber ein weißer Mantel.

Allmählich gewöhnten sich Noirs Augen an das Dämmerlicht. Das Fenster hatte keine Vorhänge, und der Schein der Sterne konnte ungehindert eindringen. Der Mann im Bett war ungewöhnlich groß und erschreckend hager. Sein Gesicht wirkte eingefallen und krank. Aber Noir wußte, daß der Anblick täuschte. Der Ara vor ihm war kerngesund.

Noir setzte seine Kräfte ein. Behutsam drang er in das schlummernde Bewußtsein des Aras vor und ergriff von ihm Besitz. Da keine Gegenwehr vorhanden war, gelang ihm das sehr schnell und leicht. Dann weckte er ihn.

„Wie heißt du?“

Der Hypno fragte es leise und eindringlich. Die aufgerissenen Augen des Arztes starrten ihn an.

„Renol.“

„Du gehörst zu den Medizinern, die Rekruten untersuchen? Wer ist der Chefarzt?“

„Wir untersuchen die Rekruten. Chefarzt ist Boris. Er wohnt einige Zimmer neben dem meinen.“

Noir frohlockte. Das ging besser, als er erwartet hatte. „Du wirst jetzt aufstehen und mit uns gehen. Wenn uns jemand begegnet, wirst du eine Ausrede finden. Du hast allen meinen Befehlen Folge zu leisten. Weitere Anordnungen erhältst du je nach Bedarf und Lage. Zeige uns die Untersuchungsräume.“

Der Ara stand mechanisch auf und zog sich an. Seine Bewegungen waren nicht schnell, aber gleichmäßig und völlig normal. Er ahnte nichts von der Gefahr, in der er schwebte. Morgen würde er alles wieder vergessen haben.

Sie verließen das Zimmer und ließen Renol vorangehen. Durch einen Operationssaal kamen sie schließlich in eine weite Halle, die durch dünne Wände in Nischen unterteilt war. In diesen Nischen standen fremdartige Geräte, deren Sinn Noir zuerst nicht klar wurde. Dann aber, als er den Ara dazu aufforderte, begann dieser zu erklären.

Noir erschrak, als er erkannte, in welche Falle sie alle gegangen wären. Mit Hilfe der in diesem Saal befindlichen Instrumente und Maschinen wäre es keinem Terraner gelungen, unentdeckt die Kontrolle zu passieren. Überhaupt würde jedes Individuum entlarvt werden, das kein Zaliter war.

Besonderes Interesse zeigte der Hypno für den IQ-Tester. Das Gerät bestand – äußerlich gesehen – aus einem Sessel mit Kopfhaube, einigen Leitungen und der positronischen Auswertung. Der Prüfling hatte sich einfach hinzusetzen, alles übrige besorgte die Automatik. Das Ergebnis wurde in einer Kartei gespeichert.

Noir wußte, daß alle Terraner einen höheren Intelligenzquotienten als die Zaliter besaßen. Wenn die Untersuchung auch völlig normal verliefe, würde allein dieser Umstand für das Spezialkommando verhängnisvoll sein. Die hohen Werte würden sie verraten.

„Wer bedient diesen IQ-Computer, Renol?"

„Boris selbst", lautete die Antwort.

Der Rundgang nahm viel Zeit in Anspruch, und als sie zwei Stunden später Renol wieder in sein Zimmer gebracht hatten, war Ras immer noch nicht zurück.

Sie warteten eine weitere halbe Stunde.

Als Ras nicht erschien, wurden sie unruhig. Ohne den Teleporter waren sie im Hospital eingeschlossen, es sei denn, Renol besaß einen Schlüssel, mit dem sich der Energievorhang ausschalten ließ. Aber das war so gut wie ausgeschlossen. Noir hatte in Erfahrung gebracht, daß die Energiesperren von einer Zentrale aus gesteuert wurden. Sie durften nur auf Befehl Senekhos ausgeschaltet werden.

Weitere zehn Minuten vergingen.

„Warte du hier, Son. Ich werde mir diesen Boris inzwischen vornehmen. Wenn wir den Chefarzt auf unserer Seite haben, läßt sich einiges mehr erreichen. Die Lage seines Zimmers ist mir bekannt."

Noir konnte gut genug sehen, um seinen Weg ohne die Hilfe des Japaners zu finden. Die Tür war unverschlossen, und er trat in den halbdunklen Raum. Im Hintergrund erkannte er die Umrisse des Bettes. Das Fenster war weit geöffnet. Der Vorhang wehte leicht im Wind.

Irgend etwas warnte Noir.

Ehe er feststellen konnte, daß es die Gedanken des Aras waren, sagte dieser mit drohender Stimme: „Was immer du auch willst, wer immer du auch bist – bewege dich nicht. Ich habe die Mündung einer Energiepistole auf dich gerichtet. Dreh dich vorsichtig um und mache

Licht. Der Schalter befindet sich in Schulterhöhe rechts neben der Tür."

Noir sah im Augenblick keinen Ausweg und gehorchte. Der Ara war jetzt gedanklich viel zu aktiv, um so ohne weiteres beeinflußt werden zu können. Vielleicht später...

Das Licht flammte auf. Noir erkannte, daß der Ara nicht geblufft hatte. Zwar lag er immer noch im Bett und unter der Decke, aber deutlich waren die Umrisse eines schweren Strahlers zu erkennen. Die Mündung zeigte, genau wie angedroht, auf den Hypno.

„Antworte", sagte Boris sanft, aber in seiner ruhigen Stimme war selbstbewußte Sicherheit. „Was verschafft mir die Ehre deines nächtlichen Besuches?"

„Darf ich zuerst eine Frage stellen?" versuchte Noir Zeit zu gewinnen. „Wie konnten Sie wissen, daß ich hierherkam?"

Der Ara verzog das Gesicht und lachte lautlos.

„Ich bin Chefarzt auf Naator", erwiderte er bereitwillig. „Ich genieße das volle Vertrauen Admiral Senekhos – und die Arkoniden sind mißtrauisch. Sie trauen niemand. Nicht einmal ihren Freunden, den Aras. Also erhielt ich den Auftrag, meine Ärzte zu bewachen. Zwischen meinem Zimmer und denen der Ärzte bestehen direkte Abhörleitungen. Als du Renol aufsuchtest, wurde ich geweckt. So erfuhr ich, daß Renol ein Verräter ist. Er gab dir meinen Namen, also mußte ich damit rechnen, noch heute nacht deinen Besuch zu erhalten." Seine Stimme veränderte sich plötzlich. Sie wurde scharf und fordernd. „Aber nun keine Ausflüchte mehr. Wer bist du, was willst du hier?"

„Wer ich bin?"

„Ein Zaliter. Ja, das sehe ich. Wie kommst du hier herein? Die Energievorhänge..."

Noir tastete sich vor und versuchte, in das wache Bewußtsein seines Gegners einzudringen. Es war schwer, fast unmöglich. Der andere war auf der Hut. Die geringste Fehlreaktion konnte ihn dazu veranlassen, den Abzug seiner Waffe durchzureißen.

„Ich konnte mich während der heutigen Untersuchungen verstekken und die Nacht abwarten, Boris. Um ehrlich zu sein, ich habe nicht die Absicht, in der Flotte des Regenten zu dienen. Ich wollte das Untersuchungsergebnis fälschen, um nach Zalit zurückgeschickt zu werden."

Vielleicht bewirkte der Schock, daß der Ara unvorsichtig wurde. Noir spürte ein Kitzeln in der Magengegend. Das war etwa die Stelle, auf die der Strahler zeigte, den Boris noch unter der Decke hielt.

Vielleicht war es gar kein Strahler?

„Du hast das Unmögliche versucht", sagte der Chefarzt ironisch. „Die Automaten lassen sich nicht betrügen. Ich werde die Wache rufen und dich den Robotern übergeben lassen." Er warf die Decke zurück und stand auf. Noir sah, daß seine Vermutung falsch gewesen war. In Boris' Hand lag tatsächlich eine schwere Pistole. Der Ara hatte nicht geblufft. „Wenn du mir noch was sagen willst, tue es jetzt. Später ist keine Gelegenheit mehr dazu."

Noir begann zu begreifen, daß seine Lage alles andere als rosig war. Draußen auf dem Gang stand Son Okura und wartete auf Ras. Der Teleporter aber kam nicht. Vielleicht war er ebenfalls in eine Falle geraten. Wenn man sie verhörte und die Psychotracer zu Hilfe nahm, war Rhodans Plan gescheitert. Willenlos würden sie alles verraten.

„Sie werden die Wachen nicht alarmieren", sagte Noir bestimmt. „Ich werde Sie daran hindern." Er versuchte erneut, Gewalt über das Gehirn des Aras zu erhalten, aber der andere wehrte sich unbewußt und mit allen ihm zur Verfügung stehenden Kräften. Noir wußte, daß nur eine Blitzaktion Erfolg haben konnte. Eine Überraschung, die den Ara so erschreckte, daß er für eine Sekunde unachtsam wurde. „Oder denken Sie, ich bin ohne Waffe zu Ihnen gekommen?"

„Ich sehe keine Waffe", entgegnete Boris.

„Es gibt unsichtbare Waffen. Wenn Sie jetzt in dieser Sekunde im großen Untersuchungssaal sein könnten, würden Sie wissen, was ich meine. Dort sind doch die Ergebnisse Ihrer Analysen gespeichert – oder etwa nicht?"

Der Chefarzt warf seinen Mantel über. Er ließ sich nicht im geringsten durch Noirs Bluff beeindrucken oder gar erschrecken.

„Sehen wir einfach einmal nach", schlug er vor und zwang den Hypno, sich umzudrehen. Gleichzeitig drückte er ihm die Mündung seiner Waffe in den Rücken. „Und wehe, wenn da etwas verändert wurde. Du wärest dann froh, wenn ich dich den Wachen übergäbe – aber das werde ich nicht tun. Du wirst sterben – und dabei bedauern, jemals geboren worden zu sein.“

Noir zögerte.

„Geh schon, Zaliter!“

Und Noir schritt auf den Korridor hinaus.

Die Last nahm Ras Tschubai die Bewegungsfreiheit, die er gern gehabt hätte.

Er materialisierte und rührte sich nicht, bis seine Augen sich an die Dunkelheit gewöhnt hatten. Unter seinen Füßen war ein Vibrieren. Seine Ohren vernahmen ein gleichmäßiges Summen und leises Stampfen.

Er stand in einer weiten Halle, die seiner Berechnung nach unter der Oberfläche liegen mußte. Aber weiter unten waren weitere Anlagen, wie das Brummen der Generatoren verriet. Hier befand sich die Energiezentrale des Lagers. Gegen außen absolut sicher abgeschirmt, war es eigentlich völlig unmöglich, daß ein Unbefugter bis hierher vordrang. Aber Ras war entschlossen, den Arkoniden Rätsel aufzugeben. Sollten sie sich den Kopf zerbrechen, ob ihre Sicherheitsanlagen noch intakt waren oder nicht mehr genügten.

Die in den Wänden eingelassenen Lampen spendeten nur wenig Licht. Ras konnte die mächtigen Metallblöcke kaum erkennen, zwischen denen sich schmale Gänge hindurchwanden. Blitzende Isolatoren nahmen Leitungen auf und verteilten sie. Irgendwo in der Dämmerung verloren sie sich.

Ras bewegte sich vorsichtig weiter in das Chaos der Maschinen hinein und suchte sich eine aus, die ihm wichtig erschien. Seitlich fand er eine kleine Einbuchtung, die für seine Zwecke geeignet war. Er griff in die Tasche und zog einen eiförmigen Gegenstand hervor. Vorsichtig tastete er ihn mit den Fingern ab, bis er die Zeitraste fand. Er drückte sie dreimal ein. Die Detonation würde somit etwa in drei Stunden erfolgen.

Er legte die Bombe in die Einbuchtung der Maschine und hoffte, die

Explosion würde genug Schaden anrichten, um sie ausfallen zu lassen. Gleichzeitig aber hoffte er auch, daß der Schaden nicht so groß sein würde, daß die Arkoniden oder Roboter Verdacht schöpften. Den Naats war nicht viel zuzutrauen. Zwei Sabotageakte in dieser einen Anlage würden genügen. Wenn aber zugleich in größerer Entfernung ebenfalls eine Detonation erfolgte, würde man die Täter nicht gleich hier im Lager suchen.

Ras deponierte eine zweite Bombe und teleportierte dann hinaus ins Freie.

Er materialisierte direkt vor den starren Linsenaugen eines schweren Kampfroboters, dessen Energiewaffen sofort automatisch hochzuckten und sich gegen den Afrikaner richteten.

Son Okura stand dicht an der Wand, als er sah, wie sich die Tür öffnete, hinter der Noir verschwunden war. Schon wollte er mit einem Wort der Erleichterung dem Freund entgegeneilen, der eben auf den Gang hinaustrat, als er die nachfolgende Mündung der Energiewaffe erblickte, die sich gegen den Rücken des Hypnos preßte.

Der Japaner drückte sich in eine kleine Nische, die von einer Tür gebildet wurde. Es war höchste Zeit, denn fast in derselben Sekunde flammte Licht auf. Nun war auch der Ara, der Noir bedrohte, sichtbar geworden. Wie es ihm gelungen war, dem suggestiven Einfluß des Hypnos zu entkommen, blieb Okura ein Rätsel. Jedenfalls durfte er die beiden von nun an nicht mehr aus den Augen verlieren.

Und Ras Tschubai? Was war, wenn er zurückkehrte, um sie abzuholen?

Okura blieb nicht viel Zeit, darüber nachzudenken. Wenn er Noir nicht im Stich lassen wollte, mußte er sich beeilen. Er verließ sein Versteck und schlich hinter dem Hypno und dem Ara her. Er kannte den Weg.

Der große Ordinationssaal.

Aber die Vorzeichen waren diesmal umgekehrt. Die Trümpfe waren in der falschen Hand. Es mußte vorsichtig gespielt werden, wollte man sie zurückerhalten.

Okuras Hand glitt in die Tasche. Ein Glück, daß Ras ihm einen der

Miniaturschocker und einen Paralysator überlassen hatte. Sie würden notfalls genügen, ein Dutzend Gegner außer Gefecht zu setzen.

Bis jetzt aber handelte es sich nur um einen.

Der allerdings machte Noir das Leben ziemlich schwer. Immer wieder versuchte er, im Bewußtsein des Aras einen schwachen Punkt zu finden, aber Boris war ungewöhnlich widerstandsfähig, als hätte er eine spezielle Mentalstabilisierung erhalten. Bei einem Leiter des medizinischen Instituts auf Naator war das nicht ausgeschlossen.

Sie durchschritten den Operationssaal und betraten endlich den Raum mit den vielen Nischen und Maschinen. Wie eine moderne Folterkammer, dachte Noir flüchtig.

Der Arzt blieb stehen und befahl Noir, endlich die Maske fallen zu lassen. Er schien plötzlich nicht mehr zu glauben, es mit einem gewöhnlichen Simulanten zu tun zu haben. Hatte ihn etwas gewarnt?

„Rede schon, Gauner! Was hast du wirklich vor? Wolltest du mich ermorden? Und wenn ja, warum? Was hättest du davon?"

Noir versuchte einen letzten Vorstoß. Er setzte seine ganzen Kräfte ein, um den Block zu durchbrechen, der Boris' Gehirn umgab.

Vergeblich.

Der Ara besaß bereits einen Hypnoblock. Einen arkonidischen allerdings. Nur ein Schock konnte ihn zusammenbrechen lassen.

„Vorsicht – Noir! Hinlegen!"

Die Stimme schien aus dem Nichts zu kommen. Boris zuckte zusammen, denn er kannte die Sprache nicht. Aber das war es wohl weniger, was ihn erschreckte. Vielmehr war es die Tatsache, es vielleicht gar mit zwei Attentätern zu tun zu haben. Er fuhr herum und vergaß Noir für eine Sekunde.

Noir erkannte Okuras Stimme und befolgte den Rat sofort. Er warf sich seitlich zu Boden und rollte in die nächste Nische hinein. Geblendet schloß er die Augen, als der schmale Energiefinger von der Tür her durch den Saal schoß und die Lampe traf. Boris hatte nur diese eine eingeschaltet – und nun wurde es mit einem Schlag stockfinster.

„Wirf die Waffe fort!" rief Okura und wechselte sofort den Standort. Boris' Strahlschuß verfehlte ihn um mindestens drei Meter.

„Es ist sinnlos, Boris! Ich sehe dich! Doch! Kein Bluff! Warum hast du jetzt die Augen geschlossen? Um mich besser hören zu können?"

Noir hörte den Ara aufstöhnen.

„Wie ist das möglich? Es ist völlig finster hier. Du lügst..."

„Meinst du? Jetzt richtest du deine Waffe zum Beispiel genau in die verkehrte Richtung – der Schrank neben der Tür verursacht eine akustische Täuschung und ändert den Verlauf der Schallwellen. Ja – jetzt gehst du mit der Mündung nach links – auch falsch. Aber vielleicht glaubst du mir jetzt wenigstens. Ich sehe dich."

„Wer bist du?" fragte Boris und schien Noir vergessen zu haben.

Das war sein Fehler.

Noir spürte ein Nachlassen des Widerstands und drang weiter vor. Das Gehirn des Aras lag buchstäblich offen vor ihm, und er brauchte nur zuzugreifen. Okura beschäftigte Boris mit einem Problem, das dieser nicht zu lösen vermochte. Selbst der arkonidische Hypnoblock nutzte nichts mehr, als Noir schließlich mit aller Gewalt zuschlug und den Ara unter seine mentale Kontrolle brachte.

Ras Tschubai reagierte in derselben Sekunde und teleportierte auf Sicht ein Stück in die Dunkelheit hinein. Als er wieder sehen konnte, stand der Robot keine dreißig Meter entfernt und starrte auf die leere Stelle, an der er eben noch einen Zaliter gesehen hatte.

Wenn ich hier mitten im Lager einen Kampfroboter unschädlich mache, dachte Ras hastig, so wird ihnen das einiges Kopfzerbrechen bereiten. Außerdem muß die Maschine zerstört werden. Wenn sie berichtet, was sie gesehen hat...

Ras griff in eine der weiten Taschen seines zalitischen Umhangs und zog eine kleine Granate hervor. Er wußte, daß sie innerhalb von zwei Sekunden zur Explosion gebracht werden konnte. Man mußte nur auf den Knopf drücken und sich dann schnell in Sicherheit bringen.

Der Roboter drehte sich schwerfällig um. Vielleicht hatte er ein verdächtiges Geräusch gehört. Ras duckte sich, als der blendende Strahl eines Scheinwerfers die Nacht erhellte. Das Licht drang aus der Stirn des Kolosses. Gleichzeitig begannen die Waffenkränze langsam zu rotieren.

Es wurde höchste Zeit.

Ras nahm die Granate in die rechte Hand, drückte den Knopf und warf.

Zwei Sekunden können unter Umständen eine sehr lange Zeit sein. Ras kamen sie wie eine Ewigkeit vor. Er hatte darauf verzichtet, in Sicherheit zu teleportieren, weil er nicht genau wußte, ob ihm das in dieser Situation gelang. Noch während er warf, sprang er mit einem Riesensatz seitwärts in eine Vertiefung, die Deckung bot.

Während er fiel, entluden sich zischend die Energiewaffen des Roboters. Die grellen Todesfinger rasten so dicht über ihn hinweg, daß er die Hitze zu spüren glaubte, die von ihnen ausging. Aber der Roboter hatte zu hoch gehalten. Seine Energiesalve verlor sich weit jenseits des Raumhafens in der dünnen Luft.

Die Granate fiel dem Roboter genau vor die Füße. Ras konnte es deutlich sehen. Er duckte sich, so gut er konnte, in die Vertiefung.

Die Stichflamme der Detonation fiel mit dem zerberstenden Krach des explodierenden Sprengstoffs zusammen. Die Druckwelle fegte über Ras' gebeugten Rücken hinweg. Dann folgte ein wuchtiger Aufschlag, der die Planetenoberfläche erzittern ließ.

Und dann schließlich war Totenstille.

Vorsichtig richtete der Teleporter sich auf. Nach diesem Lärm würde es nur mehr Sekunden dauern, bis hier die Hölle los war. Außerdem standen die Kampfroboter durch Funk miteinander in Verbindung.

An der Stelle, an der das Ungetüm gestanden hatte, war ein Krater. Metallteile lagen verstreut umher, und es sah so aus, als sei ein Flugzeug abgestürzt. Von dem Roboter selbst war nicht viel übriggeblieben.

Irgendwo begann eine Sirene klagend zu heulen. Das Trampeln schwerer Robotfüße ließ den Beton vibrieren. Ein Lautsprecher brüllte scharfe Kommandos. Scheinwerfer flammten auf und tauchten das Gelände in blendende Helligkeit.

Ras Tschubai sah ein, daß er verschwinden mußte. Niemand durfte ihn teleportieren sehen, ohne daß sie alle in größte Gefahr gerieten. Wenn der Regent auch nur das geringste von parapsychologischen

Tricks vernahm, würde sein Verdacht sich sofort gegen Rhodan und das Mutantenkorps richten.

Die erste Welle der Kampfroboter schwärmte aus und drang in Richtung des Kraters vor, als Ras entmaterialisierte und in das Hospital zurücksprang.

Er sah, wie Son Okura mit allen Anzeichen äußerster Vorsicht durch den Korridor glitt, in dem jetzt Licht brannte.

Gleich darauf tauchte Noir auf, den Ausdruck von Zufriedenheit auf dem maskierten Gesicht.

Tschubai winkte den beiden zu. Es wurde Zeit, daß sie in ihre offizielle Unterkunft zurückkehrten.

Eine Sirene weckte die Insassen des Trichterbaus. Bald darauf gab Robot 574 seine Befehle für den heutigen Tag bekannt. In dem Zimmer Rhodans herrschte Totenstille, denn jeder war gespannt, ob die Aktion der Mutanten in der vergangenen Nacht bereits ihren Niederschlag gefunden hatte.

Es folgten zuerst die üblichen Anordnungen, die sicherlich jeden Tag einleiteten. Dann aber sagte die metallische Stimme: „Die für heute vorgesehene ärztliche Untersuchung wird auf morgen verschoben. Niemand darf das Gebäude verlassen. Gegen Mittag findet der erste theoretische Waffenunterricht statt. Abendessen wie gewöhnlich."

Ras Tschubai sah sehr zufrieden aus. Als die Lautsprecheranlage verstummte, warf er Rhodan einen triumphierenden Blick zu und meinte: „Sie sehen, ich hatte recht. Die Zerstörung des Kampfroboters und die beiden Detonationen in der Kraftzentrale machen ihnen zu schaffen."

„Aber ein Tag Aufschub ist zuwenig", gab Rhodan zurück. „Es sind erst zwei Aras unter Noirs Kontrolle. Ehe sie es nicht alle sind, müssen wir mit einer Entdeckung rechnen."

„Ich kenne die Örtlichkeiten jetzt", warf der Hypno ein. „Wenn ich in der kommenden Nacht mit Ras allein ins Hospital springe, werden wir es sicherlich schaffen."

„Ich hoffe es", sagte Rhodan, dessen Sorgenfalten nicht verschwinden wollten. „Es wäre gut, wenn wir über den Lauf der Dinge unterrichtet wären." Er wandte sich an Atlan, der ruhig auf seinem Bett saß und gegen die Wand starrte. „Würdest du mir den Gefallen tun und Tanaka Seiko holen?"

Seiko war der Peiler des Mutantenkorps. Sein Gehirn war in der Lage, Funkwellen nicht nur anzupeilen und die Sender festzustellen, sondern er konnte sie auch „hören". Mit anderen Worten: Der Mutant benötigte keinen Empfänger, um Radiosendungen aufzufangen.

Atlan erhob sich und ging aus dem Raum.

Bully schob sich näher an Rhodan heran. „Meinst du etwa, ihre Sendungen wären unverschlüsselt?"

Rhodan nickte. „Genau das meine ich. Die Robots unter sich senden auf jeden Fall ohne Kode. Und wenn sie wirklich einen verwenden sollten, so sollte es uns nicht schwerfallen, ihn zu entschlüsseln. Jedenfalls müssen wir von ihren Maßnahmen unterrichtet sein, um entsprechend handeln zu können. Wenn die Arkoniden uns erwischen, sind nicht nur wir, sondern auch die Erde verloren. Die Gefahr der Druuf aus der anderen Zeitebene ist ein wenig abgeklungen, und der Regent hat Zeit, sich Terra zu widmen. Und wie wir sehen, tut er es mit der ganzen Konsequenz eines positronischen Gehirns. Denken wir genauso. Nur dann haben wir eine Chance."

Atlan kam mit dem Japaner. Tanaka Seiko war schlank, fast feingliedrig. Eine rote Narbe verunzierte seine linke Wange – auch jetzt, da er nicht mehr Japaner, sondern Zaliter war. Die Schlitzaugen waren verschwunden, und die rote Hautfarbe gab ihm das Aussehen eines Indianers.

Rhodan lächelte kurz und sagte dann zu Seiko: „Es würde uns interessieren, was die Arkoniden zu tun gedenken. Vor allen Dingen aber wollen wir erfahren, wen sie für die Explosion in der Energiezentrale verantwortlich machen. Danach richten sich unsere weiteren Maßnahmen."

„Gern", entgegnete Seiko und sah sich um.

Bully zeigte auf das Bett direkt unter dem Fenster. „Du kannst meine Koje nehmen, Tanaka. Da bist du ungestört. Wenn du was hörst, unterrichte uns."

„Oh, ich höre immer etwas", versicherte ihm der Peiler und lächelte sanft. „Im Augenblick hat Admiral Senekho für alle Wach- und Kampfroboter Alarm gegeben. Jeder Naat, der innerhalb der Sperrzone angetroffen wird, ist festzunehmen."

„Genau das wollten wir wissen", unterbrach ihn Rhodan schnell. Er sah Ras Tschubai an. „Sie scheinen mit Ihrer Vermutung recht zu haben. Senekho glaubt, es wären die Naats gewesen. Weiter, Seiko. Was gedenkt der Admiral zu unternehmen?"

Der Japaner lächelte wieder. „So schnell geht es nicht. Ich benötige Zeit, die einfallenden Sendungen zu sortieren und zu verarbeiten. In einer Stunde etwa, denke ich, werde ich Ihnen mehr sagen können."

Sie ließen ihm bis Mittag Zeit. Dann hatte sich das Bild abgerundet.

So etwa war die Situation: Admiral Senekho war fest davon überzeugt, daß die Naats hinter den Anschlägen steckten. Erst vor einem Jahr war eine Revolte auf dem fünften Planeten niedergeschlagen worden. Die Zyklopen hatten sich dagegen gewehrt, daß Mitglieder ihres Volkes den Aras für wissenschaftliche Zwecke zur Verfügung gestellt wurden.

Auf dem Mond Naator lebten auch Naats. Sie wurden als billige Arbeitskräfte eingesetzt und teils auch als persönliche Diener der auf Naator ansässigen arkonidischen Schulungsoffiziere.

Senekho ordnete an, daß sofort sämtliche Zyklopen aus der Sperrzone entfernt werden sollten. Er ging von dem Standpunkt aus, daß keine Sabotage mehr verübt werden könne, wenn kein Naat in die Nähe der wichtigen Anlagen kam. Daraus ging eindeutig hervor, daß er die Eingeborenen für die Täter hielt.

Der heutige Tag, so erfuhr Rhodan weiter, galt der Ausführung der neu erlassenen Bestimmungen. Ab morgen sollte der normale Betrieb weiterlaufen.

Das bedeutete: Rhodan hatte ganze zwanzig Stunden Zeit, neue Situationen zu schaffen – oder sämtliche Aras unter hypnotische Kontrolle zu bringen. Denn nur sie bildeten die einzige akute Gefahr.

Nach dem Mittagessen versammelten sich alle tausend Rekruten im großen Saal des ersten Stockwerks. Der Robot hielt den Unterricht ab. Sie erfuhren Dinge, die sie alle schon längst kannten – wenigstens was

Rhodans Kommando anging. Der Robot berichtete von den Anfängen des Imperiums, seinem Aufstieg und seiner heutigen Macht. Von den Schwierigkeiten berichtete er kein Wort. Und schließlich betonte er, daß Arkon seine jetzige Macht nur deshalb besaß, weil es über ausgezeichnete Waffen und Streitkräfte verfügte. Diese weiter zu verbessern, sei die Hauptaufgabe der Militärakademie auf Naator, in der die „Freiwilligen" im Namen des Regenten herzlich willkommen seien.

Bully stand neben Rhodan. Sitzplätze waren keine vorhanden.

„Am liebsten würde ich dem Kerl das Maul stopfen", murmelte er verbittert. „Soviel Lügen auf einmal habe ich auch noch nicht gehört. Sogar nicht von Gucky."

„Lügen gehören zur Propaganda", gab Rhodan ebenso leise zurück. „Aber sei still jetzt. Einige der Zaliter schauen schon herüber."

Die Stunden verrannen. Das lange Stehen wurde allmählich unbequem, aber der Roboter verspürte davon ja nichts. Er absolvierte seine Litanei und gab schließlich das Signal zur Beendigung des Unterrichts.

Die Rekruten begaben sich in ihre Unterkünfte, und das Abendessen wurde ausgegeben.

Als es draußen dunkel wurde, rief Rhodan die beiden Teleporter Ras Tschubai und Tako Kakuta zu sich. Der Japaner war bisher noch nicht zum Einsatz gekommen, aber die Umstände erforderten es jetzt, daß auch er seinen Teil zum Gelingen des Planes beitragen sollte.

Rhodan sah Ras an, als er sagte: „Ihr habt eine anstrengende Nacht vor euch. Da Admiral Senekho allen Naats das Betreten der Sperrzone untersagt hat, die Sabotageakte jedoch auf das Konto der Zyklopen gehen sollen, müßt ihr eure Tätigkeit auf die außerhalb der Akademie gelegenen Objekte ausdehnen. Überall auf dem ganzen Mond müssen in dieser Nacht Bomben hochgehen und Zerstörungen anrichten. Das gesamte Überwachungssystem der Arkoniden muß sich auf die Festnahme der Saboteure konzentrieren. Ich glaube, dadurch erhalten wir Zeit für Noir, der sämtliche Aras unter seine Kontrolle bekommen muß, wenn wir nicht auffallen wollen. Die plötzliche Unruhe der Naats wird den Arkoniden zu schaffen machen.

Sie sollen ihre Wachsamkeit uns gegenüber vermindern und den Gegner woanders suchen. Ich glaube, ihr habt verstanden, was ich meine."

„Wir schaffen es", versicherte Ras und strich behutsam über seine Bettdecke, unter der ein mittleres Waffenarsenal verborgen lag. „Mit dem Zeug hier sprengen wir den halben Mond in die Luft."

Rhodan winkte ab und sagte ernst: „Nur nicht übertreiben, Ras. Natürlich ist es möglich, daß die Naats sich Bomben und Handgranaten besorgten, aber ihre Anwendung muß primitiv aussehen. Die Naats sind nicht besonders intelligent, auch wenn der Regent sie vor der Rebellion sogar mit Funktionen in der Raumflotte betraut hatte. Achtet also darauf, daß einige der Bomben völlig sinnlos zur Detonation gebracht werden, also an unwichtigen Stellen, wo sie kaum Schaden anrichten. Der Verdacht Senekhos muß sich nur gegen die Naats richten, gegen niemanden sonst. Aber das geschieht automatisch, wenn in dieser Nacht auf der anderen Seite des Mondes – also bei hellem Tageslicht – Sabotageakte verübt werden. Kein Mensch kann an zwei Stellen zugleich sein."

„Außer einem Teleporter", warf Ras ein.

„Und der auch nur *fast* zugleich", gab Rhodan zurück.

Auch André Noir erhielt seine letzten Anweisungen und Ratschläge. Er würde von Ras, zusammen mit Son Okura, ins Hospital gebracht und vor Morgengrauen wieder abgeholt werden. In der Zwischenzeit waren der Hypno und der Frequenzseher auf sich allein angewiesen. Das war nun nicht mehr so gefährlich, weil Chefarzt Boris und Arzt Renol bereits einer erfolgreichen Hypnobehandlung unterzogen worden waren und nun auf ihrer Seite standen.

Eine halbe Stunde später sprang Ras mit Noir und Okura, kehrte nach einer halben Minute wieder zurück und nahm seinen Kollegen Tako Kakuta bei der Hand. Den ersten Sprung unternahmen sie gemeinsam.

Jeder führte in einem Beutel zwei Dutzend Granaten und Zeitbomben mit sich. Sie würden alle eine Stunde vor Morgengrauen detoniert sein.

Irgendwo auf dem Mond Naator...

Es war in der Hauptsache Tanaka Seiko zu verdanken, daß Rhodan über den Erfolg der Aktion und die Gegenmaßnahmen der Arkoniden unterrichtet wurde. Der Peiler hörte die Radiosendungen der ganzen Nacht ab. Er ergänzte damit die Aussagen des Telepathen John Marshall.

Admiral Senekho wurde noch in der Nacht geweckt. Der Alarm gellte durch die Akademie, als in zwanzig Kilometer Entfernung mitten in einem Ersatzteillager eine Zeitbombe explodierte. Das Gebiet wurde sofort abgesperrt und die wenigen Naats verhaftet, die innerhalb der dortigen Sperrzone wohnten. Als zehn Minuten später die zweite Explosion erfolgte, wurden die Naats wieder entlassen.

Senekhos Vermutung, daß der passive Widerstand der Eingeborenen sich allmählich verstärkte, erhielt neue Nahrung. Er ließ die Naats deshalb wieder frei, um durch sie die Spur zu den Rädelsführern zu finden.

Gleichzeitig fast erreichten ihn alarmierende Meldungen von der anderen Seite des Mondes. Zwei schwere Kampfroboter waren aus dem Hinterhalt abgeschossen worden. So etwas hatte es auf Naator selbst noch nie gegeben. Das war offene Rebellion. Senekho setzte sich sofort mit dem Regenten in Verbindung und forderte größere Vollmachten gegenüber den Eingeborenen. Der Regent befahl, jeden verdächtigen Naat festzunehmen.

Noch in derselben Nacht drangen die Roboter in die Wohnungen der ahnungslosen Zyklopen ein und brachten sie in Sammellager. Die Aktion kam derart überraschend, daß nur wenige Naats entkamen und sich in die unzugängliche Wildnis des Mondes zurückzogen, wo sie genügend Verstecke fanden.

Trotz der Verhaftungen ging die Sabotagewelle weiter. Überall detonierten mehr oder weniger geschickt plazierte Zeitbomben und richteten empfindliche Schäden an. Mehrere Relaisstationen für drahtlose Kraftübertragung fielen aus. Insgesamt wurden zwei Robotpanzer und sieben weitere Kampfroboter zerstört. Niemals wurde ein Arkonide Zeuge der stattgefundenen Gefechte.

Admiral Senekho verlor seine Ruhe und tobte. Er stand mit der Funkstation der Akademie in ständiger Verbindung, erhielt die

Hiobsbotschaften und gab seine Befehle. Zwischendurch berichtete er nach Arkon und bat um Anweisungen. Für ihn stand es fest, daß er zwar die Mehrzahl der Naats verhaftet hatte, die eigentlichen Rebellen aber seinem Zugriff entgangen waren. Es blieb ihm schließlich nichts übrig, als alle Gefangenen wieder freizulassen.

Wenn nur die neuen Rekruten, die eingezogenen Zaliter also, nichts von den Vorkommnissen erfuhren.

Dieser Gedanke führte zu dem am frühen Morgen ausgegebenen Befehl, der ursprünglich vom Regenten stammte: Untersuchung und Schulung der Streitkräfte ruhen für drei Tage.

Als Tanaka Seiko gegen Morgen diese Anordnung Admiral Senekhos auffing und Rhodan mitteilte, ging ein Aufatmen durch die Reihen der Lauschenden.

Sie hatten ihr Ziel erreicht.

Kurz darauf brachte Ras den Hypno Noir und Son Okura zurück. Es war den beiden Mutanten gelungen, weitere fünf Aras unter hypnotische Kontrolle zu bringen. Die restlichen Ärzte würden in der kommenden Nacht behandelt werden können. Die dritte Nacht war den medizinischen Kontrollinstrumenten vorbehalten. Insbesondere plante Rhodan, den IQ-Tester durch einen seiner Techniker „frisieren" zu lassen. Es würde nicht genügen, den mit einem Hypnoblock versehenen Boris an den Kontrollen zu wissen.

Drei Tage und drei Nächte vergingen. Die Sabotageakte hörten auf.

Als am dritten Tag Roboter 574 den Befehl gab, vor dem Trichterbau in Fünferreihe Aufstellung zu nehmen und in der Akademie der übliche Schulungsbetrieb wieder aufgenommen wurde, waren die Terraner bereit.

Sie hatten alles getan, um eine Entdeckung durch die Aras zu verhindern. Ruhig und gelassen marschierten sie mit der ersten Gruppe zum Hospital. Ein arkonidischer Offizier übernahm am Portal das Kommando und schickte Roboter 574 zurück. Aber wenn dieser Arkonide auch unvorhergesehen ins Programm kam, so bedeutete er jetzt keine Gefahr mehr. John Marshall sondierte sein Gehirn und konnte feststellen, daß er ahnungslos war.

In Gruppen zu je zehn Mann und im Abstand von einer Minute wurden sie dann eingelassen. Die technische Perfektion erlaubte die kurze Frist; die Untersuchung ging wie am laufenden Band. Aras geringerer Bedeutung führten die Gruppen jeweils von einem Untersuchungsraum in den anderen.

Noir konnte mit seinen Vorbereitungen zufrieden sein. Immer wenn er einen Raum betrat, brauchte er dem leitenden Arzt nur das Stichwort zu geben. Er konnte sicher sein, daß der Ara den posthypnotischen Befehl dann ausführte – zumindest bei den folgenden 150 getarnten Zalitern. Der letzte – es war Bully – würde das zweite Losungswort sagen. Dann würde der Ara wieder normal handeln.

Rhodan war bei der ersten Gruppe. Bei ihm waren Noir, Atlan, Marshall und Gorlat. Wenn bei ihnen alles gut klappte, hatten sie die Garantie, daß es auch bei den übrigen vierzehn Gruppen klappte.

„Sieg dem Regenten!" sagte André Noir, als sie nach etwa zwei Stunden in die große Halle kamen, in der Boris die Untersuchungen leitete. Der Chefarzt sah auf und begegnete dem Blick des Hypnos. In seine Augen trat ein merkwürdiges Schimmern, dann wurden sie starr. Aber nur für Sekunden.

„Sieg dem Regenten!" erwiderte er und gab seinen Assistenten einen Wink. Das war völlig unnötig. Noir hatte auch die Assistenten unter seine Kontrolle gebracht. Das, was jetzt im medizinischen Zentrum auf Naator geschah, war nichts als eine Farce, bestimmt für eventuell vorhandene Aufnahmekameras oder Mikrophone.

Der IQ-Tester funktionierte einwandfrei. Lediglich die Intelligenzquote von Atlan – jetzt Kapitän Ighur – war etwas höher als die von Rhodan und den anderen Terranern. Sie lag damit erheblich über dem Durchschnitt der Zaliter, aber das würde kaum Verdacht erregen. Und wenn, so hatte Atlan eine erneute Untersuchung nicht zu befürchten. Er war Arkonide und hatte somit alle Merkmale der Zaliter an sich, auch bezüglich des Knochenbaus.

Die Kartei stapelte die Ergebnisse. Sie würden von den Arkoniden ausgewertet und entsprechend verwendet werden.

Es war bereits später Vormittag, als die erste Gruppe das Hospital verlassen und in die Quartiere zurückmarschieren konnte. Eine Minute danach folgten die nächsten zehn Mann.

„Sieg dem Regenten!" sagte auch Reginald Bull, als für seine Gruppe die Untersuchung bei Boris beendet war. Noch während er mit seinen neun Begleitern den Raum verließ und von einem Ara durch den Korridor zum Ausgang geleitet wurde, wirkte das Schlüsselwort. In Boris' Gehirn neutralisierte sich der von Noir gelegte Hypnoblock. Das normale Denken kehrte mit der eingepflanzten falschen Erinnerung zurück.

Nicht nur Boris, sondern allen anderen Ärzten erging es genauso.

Es war Mittagspause. Sie hatten eintausend Rekruten untersucht. Auf Befehl des Admirals langsamer und sorgfältiger als bisher üblich. Statt anderthalbtausend nur eintausend an einem Vormittag.

Keine besonderen Vorkommnisse.

Ara Boris zuckte mit den Schultern, als er den Raum verließ, um in sein Zimmer zu gehen. Nach der kurzen Mittagspause würde die Arbeit wieder beginnen. Eintönig und ohne Abwechslung, wie immer.

Was sollte auch schon Besonderes geschehen?

Das fragte sich Rhodan auch, als er schließlich von Bully erfuhr, daß die letzte Gruppe den Test erfolgreich passiert hatte. Der schwierigste Teil der „schleichenden Invasion" lag nun hinter ihnen. Eine Entdeckung war kaum noch zu befürchten.

Gegen Mittag des folgenden Tages war es soweit.

Admiral Senekho hatte nach den Ergebnissen der Untersuchungen und anhand der Kartei der Aras die Einteilung vorgenommen. Er war dabei so vorgegangen, daß er die Zaliter mit höchster Intelligenzquote als Offiziere nahm, ihnen die Posten der Kommandanten und Funktionsleiter gab und ihnen eine Mannschaft zuteilte. Immerhin hatte Senekho sich bemüht, die bisherigen Schulgruppen beisammen zu lassen. Nur diesem Umstand war es zu verdanken, daß Rhodan und seine Begleiter nicht getrennt wurden.

„Also KON-VELETE heißt der Dampfer", murmelte Bully erschöpft, als sie nach der langwierigen Einteilungszeremonie in die Unterkunft zurückkehrten. „Und der Kommandant ist ein gewisser

Ighur, der mit bürgerlichem Namen Atlan getauft wurde. Auf die alten Dienstgrade hat Senekho keine Rücksicht genommen. Major Sesete und Major Roake sind nur Erster und Zweiter Offizier geworden. Ich muß mich also den Befehlen eines Captains fügen – allerhand."

Rhodan grinste leicht. „Was bleibt uns anderes übrig? Wenigstens stehen wir ganz richtig unter dem Kommando eines Arkoniden – der zumal ein echter Admiral ist. Was wollen wir denn noch mehr?"

„Die ganze Angelegenheit ist komplizierter, als wir jetzt ahnen", warf Atlan ein. „Die KON-VELETE ist ein funkelnagelneues Schlachtschiff unserer Stardust-Klasse und hat einen Durchmesser von achthundert Metern. Zwar können wir von Glück reden, daß Admiral Senekho ihm nur eine Besatzung von zweihundert Mann zuteilte, aber immerhin bedeutet das ein enges Zusammenleben mit fünfzig unbekannten Zalitern."

Rhodan schüttelte den Kopf. „Wir müßten die gleiche Vorsicht üben, wenn wir allein auf dem Schiff wären. Ich bin davon überzeugt, daß verborgene Kameras den Regenten und seine Offiziere stets davon unterrichten, wie sich die neuen Soldaten des Imperiums im Einsatz verhalten. Mit anderen Worten: Wir werden als Zaliter ständig so tun müssen, als fühlten wir uns unbeobachtet, als Terraner hingegen müssen wir so tun, als beobachte man uns pausenlos. Somit wird jede Sekunde auf der KON-VELETE zum Theater. Sogar im Schlaf. Hoffentlich hat niemand die Angewohnheit, im Schlaf zu sprechen."

Ehe jemand antworten konnte, knackte es im Lautsprecher. Die Stimme von Robot 574 sagte: „Die Besatzungen der bereits eingeteilten Schiffe gehen in zwei Stunden an Bord. Probeflug unter kriegsmäßigen Bedingungen. Weitere Befehle werden später ausgegeben."

Der Lautsprecher verstummte. Atlan zog die Augenbrauen hoch. „Sie haben es aber sehr eilig damit", bemerkte er sarkastisch.

Die KON-VELETE war in gewisser Hinsicht eine Enttäuschung. Zwar handelte es sich um ein neues Schiff, das erst gestern aus der Werft von Arkon kam, aber man hatte es ursprünglich für eine

Roboterbesatzung geplant. Nur behelfsmäßige sanitäre Anlagen verrieten, daß nun eine lebendige Besatzung auf ihm dienen sollte. Die Quartiere waren unbequem und ließen so ziemlich alle Wünsche offen.

Ein wenig ratlos stand Atlan in der Zentrale. John Marshall, Gorlat, Bully und Rhodan leisteten ihm Gesellschaft, nachdem sie sich davon überzeugt hatten, daß alle Mann – Terraner wie auch Zaliter – eingeteilt waren. Das Schiff war startbereit.

Es hatte sich nicht vermeiden lassen, den beiden zalitischen Offizieren Leutnant Kecc und Leutnant Hopro wichtige Positionen zu geben, denn es sollte kein Verdacht erregt werden. Der Intelligenzquotient der beiden Zaliter lag hoch genug, einen verantwortlichen Posten zu rechtfertigen. Leutnant Kecc war auf Anraten Admiral Senekhos sogar Cheffunker der KON-VELETE geworden, während Hopro dem technischen Personal zugeteilt wurde, wo er mitten unter Zalitern und Terranern Dienst tat.

„Auf den Betten können Robots schlafen, aber kein Mensch mit zerbrechlichen Knochen", sagte Bully auf zalitisch. Ein bißchen Kritik war höchst unverdächtig, dachte er sich. „Sie haben auf Arkon die Produktion noch nicht umstellen können. Wann geht es denn endlich los?"

„Vergiß nicht", sagte Rhodan und ging auf das für die Ohren des Regenten bestimmte Gespräch ein, „daß Arkons Schiffe bisher fast ausschließlich von Robotern bemannt wurden. Wir müssen es uns zur Ehre anrechnen, wenn wir Zaliter die unfehlbaren Roboter ersetzen, Major Roake. Immerhin haben wir noch Spezialroboter an Bord, die uns unterstützen, auch wenn sie dem Kommando unseres Kapitäns Ighur unterstehen."

Gorlat stand abseits und betrachtete gedankenverloren die Kontrollen an der Stirnseite der Zentrale. Der Bildschirm war eingeschaltet und zeigte das Raumfeld von Naator. Soviel wußten sie bereits: Es gab mehr als nur einen Raumhafen auf dem Mond des fünften Planeten.

Schiff stand neben Schiff. Eine ganze Flotte war bereit, den ersten Einsatz zu fliegen. Wenn alles programmgemäß verlief, war der Tag nicht mehr fern, an dem der Admiral den entscheidenden Befehl erhielt, die gesamte Flotte nach Arkon zu überführen.

„Die KON-VELETE unterscheidet sich gewaltig von unseren zalitischen Kreuzern", stellte Rhodan scheinheilig fest, ohne eine Miene zu verziehen. „Mit diesen Schiffen wird Arkon den Krieg gewinnen."

„Sehr richtig, Major Sesete", pflichtete Bully ihm genauso scheinheilig bei und grinste dabei nicht einmal. „Ich bin sehr stolz, unter Kapitän Ighur dem Regenten dienen zu dürfen."

Atlan wollte ebenfalls eine Bemerkung vom Stapel lassen, als sich die Tür der Zentrale öffnete und ein Roboter eintrat. Er wandte sich an Atlan und sagte mit seiner schnarrenden und unpersönlichen Stimme: „Admiral Senekho hat mich beauftragt, Sie bei Ihrer Aufgabe zu unterstützen. Ich war Kommandant der KON-VELETE und brachte sie von Arkon hierher. Verfügen Sie über mich, Kapitän."

„Ich werde versuchen, meine Pflichten ohne Ihre Unterstützung zu erfüllen", gab Atlan respektvoll zurück. Es war sicherlich das erstemal in seinem Leben, daß er einen Roboter nicht duzte, aber er hoffte, damit dem Regenten – wenn er heimlich lauschte – seinen Respekt vor Robotern zu beweisen. „Aber ich bin Ihnen natürlich dankbar, wenn Sie darauf achten, daß ich keinen Fehler begehe. Sollte das jedoch der Fall sein, so hoffe ich, daß Sie mich darauf aufmerksam machen."

„Das wiederum", entgegnete der Roboter, „ist meine Pflicht."

Ein anderer Bildschirm leuchtete auf. Das Gesicht Senekhos erschien. Der Befehlshaber von Naator sagte: „Die Flotte startet in wenigen Minuten zu einem Übungsflug. Jeder Kommandant steht mit mir in direkter Verbindung und erhält auch von mir seine Kursanweisungen. Ich will heute lediglich feststellen, ob die einzelnen Kommandanten gut mit der Mannschaft zusammenarbeiten. Sollte das nicht der Fall sein, werden wir einen Austausch vornehmen. Alles klar zum Start? Ich bitte um Bestätigung durch die Kommandanten, und zwar sofort."

Cheffunker Kecc hob den Kopf. Er war ein typischer Zaliter, hochgewachsen und anscheinend sehr diensteifrig. „Die Verbindung ist hergestellt, Kapitän Ighur. Sie können mit Admiral Senekho sprechen. Ich werde dafür sorgen, daß die Funkanlage in Betrieb bleibt."

„Danke, Leutnant Kecc", erwiderte Atlan und wandte sich wieder dem Bildschirm zu, auf dem Senekho zu sehen war. „Die KONVELETE ist startbereit, Admiral. Wir erwarten Ihre Befehle."

10. Zwischenbericht Atlan

Die folgenden Wochen waren ausgefüllt mit einer Unzahl von Übungsflügen. Wir hatten alle möglichen Arten des Verbandsflugs geübt und waren dabei in den arkonidischen Flottenbetrieb integriert worden. Nachdem wir alle uns gestellten Aufgaben zufriedenstellend gelöst hatten und die zweihundert Männer an Bord der KONVELETE jeden Handgriff exakt beherrschten, kam endlich, nach mehr als vier Wochen, der nächste, alles entscheidende Einsatzbefehl. Wir sollten zusammen mit 67 anderen Einheiten nach Arkon III starten. Wahrscheinlich sollten wir dort die letzten Tests für den anschließenden Einsatz an der Druuffront bestehen.

Ich saß im hochlehnigen Kommandantensessel der KONVELETE. Vor mir waren die Hauptkontrollen angebracht. Wenn es nötig war, konnte ich mit einem Schalterdruck die wichtigsten Anlagen des Schlachtschiffs lahmlegen.

Rhodan saß rechts von mir, Bully links. Sie hatten die Aufgabe, die stählerne Riesenkugel zu fliegen, soweit es nicht von den automatischen Geräten übernommen wurde.

Ein Nachrichtenschirm leuchtete auf. Das faltige Gesicht von Admiral Senekho wurde erkennbar.

„Starterlaubnis", gab er durch. „In Sektor drei sammeln und im Verbandsflug auf Kurs gehen. Richten Sie sich nach den Anweisungen des Flaggschiffs. Viel Glück, Ende."

Rhodan sah mich an. Ich nickte ihm zu. Der befohlene Verbandsflug war unangenehm. Jedoch wäre es illusorisch gewesen, auf eine andere Möglichkeit zu hoffen. Allein würden wir niemals nach Arkon kommen.

Zehn Sekunden später begannen unsere Triebwerke zu donnern. Mit einem Antigrav-Ausgleichswert von hundert Prozent Naator-Schwere hoben wir ab.

Wir stießen mit nur geringer Beschleunigung in den Raum vor und schlossen uns dem wartenden Verband an. Unsere KON-VELETE galt als Führungsschiff der vierten Schlachtkreuzergruppe. Damit war mir bereits klar, daß man uns spätestens nach der Ankunft auf Arkon einen Kommodore an Bord schicken würde. Es war unwahrscheinlich, darauf zu hoffen, daß man mich zum Verbandsführer ernennen würde.

Bittere Gefühle und finstere Gedanken wallten in mir auf. Vor zehntausend Jahren war ich aus diesem Sonnensystem abgeflogen, um dem Befehl des Großen Rates nachzukommen. Ich hatte auf der fernen Erde nur nachsehen sollen, was die dortigen Kolonisten zu den ständigen Hilferufen veranlaßte.

Aus dem Routineflug war eine Verbannung in die Ewigkeit geworden. Nun kehrte ich endlich heim, doch das alte Arkon gab es nicht mehr. Meine ehrwürdigen Vorfahren waren längst vergangen, und ich fühlte mich als unnützes Überbleibsel, dessen Hoffnung und Sehnsucht unerfüllbar geworden waren.

Ein Roboter beherrschte das Sternenreich. Es würde mir bei dieser Situation wenig nützen, stolz und hochfahrend darauf hinzuweisen, daß ich Atlan, aus dem Herrschergeschlecht der Gonozal, war. Meine Familie war wahrscheinlich längst vergessen worden. Niemand würde sich mehr daran erinnern, daß wir einmal die Imperatoren gestellt hatten. Mein hoher Rang als Kristallprinz des Reiches konnte auch nicht mehr beeindruckend sein, desgleichen nicht der eines Admirals der Imperiumsflotte. So blieb mir keine andere Wahl, als darauf zu hoffen, daß man mir nicht einen dummen Offizier mit überzüchteter Erziehung als Vorgesetzten zuteilen würde. Da diese Gefahr jedoch bestand, versuchte ich jetzt schon, mich auf das Unausbleibliche vorzubereiten.

Instinktiv griff ich an meine Brust, wo unter der dünnen Kunststoffhaut der zalitischen Uniform mein Zellschwingungsaktivator pulsierte. Ihm hatte ich meine relative Unsterblichkeit zu verdanken, aber ich wußte noch immer nicht, wie das Gerät funktionierte. Als es mir vor langer Zeit übergeben worden war, hatte ich nur erfahren können, daß sich ein hochstehendes Kollektivwesen von jenen Intelligenzen bedroht fühlte, die auch meine Feinde waren. Indem es durch ein geheimnisvolles Mikroaggregat meinen natürlichen Alterungsprozeß aufhob, hatte es mich zum Vertreter seiner Belange ernannt.

Ich riß mich zusammen, um nicht schon wieder gedanklich abzuschweifen. Rhodans prüfende Blicke beschämten mich. Er schien genau zu wissen, wie es in mir aussah.

„Bald“, sagte er leise.

In dem Wort lag so viel Sinn, daß ich erschauerte. Gab es tatsächlich eine überlagernde Sicherheitsschaltung im rätselhaften Innern des größten Robotgehirns der bekannten Milchstraße? Wenn ja, wann sprach der Sektor an, und was mußte man tun, um ihn auszulösen?

Es waren viele Fragen, auf die wir keine Antwort wußten. Ganz sicher war nur eines: Wenn wir erst einmal auf Arkon waren, gab es keinen Rückzug mehr.

Als die 68 Einheiten des Verbandes vollzählig beisammen waren, erhielten wir den endgültigen Abflugbefehl.

Rhodan schaltete die Kontrollen auf Automatsteuerung. Er lehnte sich bequem in seinem Sessel zurück, überblickte die leuchtenden Bildschirme der Rundumgalerie und wendete mir dann sein Gesicht zu.

„Eine unwahrscheinliche Pracht, nicht wahr?“ meinte er. Seine Augen waren ausdruckslos. Mir war, als sähe er durch mich hindurch.

Ja, der Kugelsternhaufen M-13 war prächtig. Hier standen die Sterne viel dichter beisammen als in anderen Sektoren der Galaxis. Für arkonidische Begriffe war M-13 ohnehin der Nabel des Universums. Hier war die Keimzelle des Großen Imperiums, hier hatte die Eroberung, Kolonisierung und auch Unterwerfung ihren Anfang genommen. Es war meine Heimat. Jetzt fragte es sich nur noch, wie man mich empfangen würde. Ich war hilfloser als ein verlorener Sohn, denn hier gab es niemand mehr, der sich noch an mich erinnern konnte.

Wir wurden behandelt wie hergelaufene Strolche, die froh sein müssen, nicht sofort in Haft genommen zu werden.

All die schönen Erinnerungen, die mich noch mit Arkon verbunden hatten, waren mehr und mehr erloschen, um einem dumpfen Zorn Platz zu machen.

Der Logiksektor meines Extrahirns meldete sich überhaupt nicht mehr. Dafür sprach der fotografische Erinnerungsteil immer häufiger und dringender an. Hochstehende Arkoniden, deren Gehirn mit Erlaubnis des medizinischen Rates aktiviert worden war, konnten kaum etwas vergessen. So geschah es, daß mir die trostlose Stahlwüste von Arkon III seltsam vertraut erschien.

Es hatte sich nichts verändert auf dieser Welt, die meine Vorfahren nur deshalb mittels gewaltiger Gravofelder herangeholt hatten, um aus ihr einen Planeten der militärischen Rüstung zu machen.

Es war der größte Himmelskörper unter den drei Planeten, die in der Anordnung eines gleichschenkeligen Dreiecks die große, grellweiße Sonne umliefen.

Nr. 1, die Kristallwelt, diente nach wie vor Wohnzwecken. Nr. 2 fungierte als Handelswelt des Imperiums. Dort landeten die Raumschiffe aller bekannten Völker. Es war uns jedoch verwehrt worden, die planetenumspannenden Geschäfts- und Ladenstraßen zu besichtigen. Wehmütig, von einem bohrenden Schmerz erfüllt, erinnerte ich mich an die gefüllten Silos und Lagerhallen, in denen sich die Güter der erforschten Galaxis stapelten.

Jetzt schien alles vorbei zu sein. Der Robotregent beschränkte sich auf den notwendigsten Handelsverkehr, der in erster Linie zur Beschaffung der erforderlichen Rohstoffe diente.

Arkon Nr. 3, die Welt der Flotte und der Werften, benötigte ungeheure Materialmengen zur Sättigung der ewig gefräßigen Bandstraßen.

Die Heimat der Arkoniden war und blieb ein galaktisches Wunder.

Kein anderes bekanntes Volk hatte es geschafft, zwei natürlich entstandene Himmelskörper eines Sonnensystems aus ihren Umlaufbahnen zu zwingen, um sie genau nach Plan in die gewünschte Position einzugliedern. Seitdem meine Ahnen dieses wissenschaftliche Kunststück zuwege gebracht hatten, war unsere damalige Platznot beendet gewesen.

Dann war die Zeit der großen Auswanderung gekommen. Das Sternenreich entstand.

Die unferne Sonne Voga war unser erstes Ziel gewesen, doch schon knapp fünfhundert Jahre nach der erfolgten Erstbesiedlung hatten die Nachkommen der Kolonisten nicht mehr als reine Arkoniden gegolten. So, wie sich dort die Umwelteinflüsse auf Körper und Geist ausgewirkt hatten, war es praktisch überall geschehen.

Die genaue Anzahl arkonidischer Nachkommen war unbekannt, jedoch schätzten wir die verstreut lebenden Intelligenzen auf etwa fünfzigtausendmal eine Milliarde Bewohner.

Sie waren Arkonfremde geworden. Die meisten wußten überhaupt nicht mehr, woher sie einmal gekommen waren. Die Folge davon waren erbitterte Kolonialkriege gewesen, bei denen es immer wieder um Besitzansprüche und stürmisch verlangte Autarkie gegangen war.

Das bekamen wir jetzt zu spüren. Ich erlebte zum erstenmal am eigenen Leib, wie es ist, als Unterentwickelter behandelt zu werden.

Der von mir erwartete Kommodore der vierten Einsatzgruppe war zwei Stunden nach unserer Landung auf Arkon III an Bord der KONVELETE eingetroffen. Der noch junge Mann mit den leeren, gelegentlich verträumt wirkenden Augen und dem inhaltslosen Gesicht schien sich für einen Halbgott zu halten.

Wenn er jemals etwas von der modernen Raumschiffahrt verstanden hatte, so schien er es nunmehr vergessen zu haben. Zuerst hatte ich ihn gehaßt. Mittlerweile bemitleidete ich ihn. Seine erste Maßnahme hatte darin bestanden, ein tragbares Simulatorgerät an Bord bringen zu lassen. Ich hatte energisch auftrumpfen müssen, um ihn daran zu hindern, den Apparat zur Wiedergabe närrischer Lichtreflex-Kompositionen mitten in der Zentrale aufzustellen. Nie würde ich den vernichtenden Blick vergessen, und immer würde ich mich an Rhodans leichenblasses Gesicht und seine geballten Hände erinnern.

Dieser Handlanger eines gewaltigen Automaten kommandierte nun die vierte Gruppe, die immerhin aus 17 kampfstarken Schiffen bestand.

Er nannte sich Gailos, aber von seiner Familie hatte ich nie etwas gehört. Offenbar schien Gailos zu den aktivsten Arkoniden zu gehören, sonst wäre er vom Regenten nicht zum Kommodore ernannt worden.

Vierzehn Tage Standardzeit hatten wir unter seinem Befehl Manöverflüge unter gefechtsmäßigen Bedingungen ausgeführt. Zum erstenmal hatten wir auf die Waffenknöpfe drücken und Scheinangriffe auf robotgesteuerte Flottenzielschiffe fliegen müssen. Was dabei herausgekommen war, hatte die Terraner unvorsichtigerweise dazu verführt, hier und da in unterdrücktes Gelächter auszubrechen.

Nun sollten wir zum elftenmal auf Arkon III landen. Der vierzehnte Tag war vergangen, und wir hatten noch immer keine Möglichkeiten gefunden, unserem eigentlichen Vorhaben nachzugehen. Das kam einfach daher, weil wir keinen Urlaub erhielten.

Unsere Quartiere lagen tief unter dem stählernen Belag des Raumflughafens A-R-145. Wenn wir landeten, mußten wir sofort das Schiff verlassen, um in den Eingeweiden des Kriegsplaneten zu verschwinden.

Da die Oberfläche von Arkon III mit der Zeit auch zu klein geworden war, hatten bereits meine frühen Vorfahren damit begonnen, die Welt auszuhöhlen. So kam es, daß die wichtigsten Schalt-, Energie- und Kommandostationen teilweise bis zu sechstausend Meter unter dem Boden lagen. Genau betrachtet, war Arkon III ein millionenfach durchlöcherter und ausgebrannter Himmelskörper, auf dem alles der reinen Zweckmäßigkeit diente.

Für die Terraner war der Aufenthalt in den Untergrundstädten zuerst schrecklich gewesen. Schließlich hatten sie sich aber in das Unvermeidliche gefügt und versucht, dem gefängnisartigen Aufenthaltsort einige Reize abzugewinnen.

Als Gailos nach einer Ansprache an die Kommandanten der

einzelnen Schiffe den Abbruch der Gefechtsübung befahl und sich zur Landung entschloß, atmeten wir innerlich auf.

Die vierte Schlachtkreuzergruppe nahm Kurs auf Arkon III. Dicht vor der Landung schaltete Rhodan die Vergrößerungsautomatik der optischen Außenbordaufnahme ein.

Auf den Sektorbildschirmen erschienen Ausschnitte der Planetenoberfläche. Wir sahen riesenhafte Raumhäfen und unübersehbare Gebäudekomplexe, zwischen denen es kaum Lücken gab. Die Kriegswelt war wie eine einzige, fugenlose Großstadt, in der keine Pflanze wuchs und kein klarer Bach den Blick erfreute.

Arkon III war eine technifizierte Stahlwüste ohne jede Vergleichsmöglichkeit. Die vielen Raumhäfen wimmelten von Kampfschiffen aller Art. Arkons Produktion lief auf Hochtouren.

Da sich Kommodore Gailos nicht mehr meldete, wollte ich den Befehl über den kleinen Verband übernehmen. Ich schaltete die Interkomanlage ein, kontrollierte die automatische Feinabstimmung unserer Gruppenfrequenz nach und griff zum Mikrophon, als sich die Relaisstation A-R-145 meldete.

Es handelte sich dabei um einen Nebenschaltblock des großen Gehirns. Jeder Hafen auf Arkon III besaß eine solche Kommandoeinheit, die die weniger wichtigen Befehle und Beschlüsse an die auf dem jeweiligen Platz stationierten Kommandanten weitergab.

Auf dem Bildschirm erschien das tiefrote Dreieckmuster. Ich sprang auf. Jetzt sprach der wirkliche Herr des Großen Imperiums.

„Kapitän Ighur, Regent“, meldete ich mich lautstark.

Die Unterabteilung des Gehirns verzichtete darauf, nach dem Kommodore zu fragen.

„Gruppenbefehl 123-45“, klang es unmoduliert aus dem großen Lautsprecher des Spezialempfängers. Auf dem Bildschirm blieb das rote Dreieckmuster, das Symbol für die Schalteinheit A-R-145.

Rhodan drückte auf den Schalter der automatischen Aufzeichner. Gruppenbefehle mußten in der Bordkartei festgehalten werden.

„Band läuft, Regent“, gab ich bekannt.

„Die Manövereinsätze nach Schulungsplan sind abgeschlossen. Die vierte Schlachtkreuzergruppe verlegt nach Raumhafen A-3. Klarmachen für eine Werftliegezeit von sechzig Stunden. Die Besatzung geht von Bord. Es wird ein Urlaub von fünfzig Stunden bewilligt. Die für Zaliter freigegebenen Einrichtungen können betreten und besichtigt werden. Den Anweisungen der Robotoffiziere ist Folge zu leisten. Gegenfragen?"

Ich bemühte mich, die in mir aufwallende Hoffnung nicht zu zeigen. „Kommodore Gailos meldet sich nicht, Regent. Soll ich die Gruppe vorläufig übernehmen?"

„Genehmigt. Der Erhabene ruht, Ende."

Das Erkennungsmuster verblaßte. Die Relaisstation A-R-145 hatte abgeschaltet.

Ich verzichtete darauf, mich triumphierend umzusehen. Wahrscheinlich war meine Freude auch verfrüht, obwohl man uns den ersten Urlaub zubilligte, seitdem wir auf der KON-VELETE eingestiegen waren. Es konnte alles und nichts bedeuten.

Die Kommandanten der 16 anderen Einheiten hatten den Gruppenbefehl mitgehört. Willig unterwarfen sie sich meinem Kommando.

Wir stießen in Arkons dichte Lufthülle vor, passierten die atmosphärischen Abwehrstationen und wurden in einer Höhe von 80 Kilometern vom Kommandoautomaten A-3 in Pulkfernsteuerung genommen. Kein Kommandant durfte jemals nach eigenem Ermessen landen; eine weitere Sicherheitsmaßnahme des Gehirns.

Als ich damit von der Verantwortung entbunden wurde, bemerkte ich den gespannten Ausdruck in Rhodans Gesicht.

Während von der Außenbordaufnahme das Dröhnen und Pfeifen der gewaltsam abgestoßenen Luftmoleküle in die Zentrale übertragen wurde, wendete er den Kopf.

Ich hob fragend die Brauen, aber er sagte nichts. Bully war ebenfalls unruhig geworden. Der Telepath Marshall sah aufmerksam zu uns herüber. Er schien zu spüren, daß Rhodans Überlegungen hektisch geworden waren.

Ich deutete kaum merklich auf den leuchtenden Bildschirm des Spezialempfängers. Es wäre unvernünftig gewesen, während der Fernsteuerlandung ein verfängliches Wort zu sprechen. Sicherlich hörte Schaltautomat A-3 mit.

Ungeduldig wartete ich auf das Geräusch der aufsetzenden Landebeine.

Nach knapp fünf Minuten leuchteten die roten Lampen auf. Die Automatik hatte die Teleskopstützen ausgefahren. Mit einem letzten Aufdröhnen der Ringwulsttriebwerke setzte die KON-VELETE auf.

Rhodans Haltung hatte sich nicht verändert, nur umspielte jetzt ein rätselhaftes Lächeln seine Lippen. Von da an ahnte ich, daß er etwas bemerkt hatte, was mir offenbar entgangen war. Was aber konnte es sein?

Anschließend hatten wir etwa fünfzehn Minuten damit zu tun, die vorgeschriebenen Kontrollen vorzunehmen. Station auf Station meldete sich außer Betrieb. Zuletzt verstummte auch noch das mit Nulleistung laufende Notstromaggregat zur Katastrophen-Energieversorgung der Zentrale. Es wurde still in dem mächtigen Stahlball.

Ich erhob mich aus meinem Sitz und trat vor den Bildschirm. Der Kommandoautomat A-3 verwendete als Erkennungszeichen hellgrüne Wellenlinien.

„Kapitän Ighur, Regent", meldete ich mich. „Schiff klar zur Werfteinschleusung."

Die Station gab augenblicklich bekannt: „Die zalitische Besatzung geht von Bord. Dienstwaffen dürfen nicht mitgenommen werden."

Das war alles, was mir in der üblichen Kurzfassung mitgeteilt wurde. Natürlich wartete draußen schon ein Robotkommando, das uns wahrscheinlich unter die Oberfläche lotsen sollte.

Die Mannschaft auszuschleusen, war eine Angelegenheit des Ersten Offiziers. Rhodan wurde auch sofort aktiv, obwohl ich das Gefühl hatte, als könne er sich nur schwer von seinen Grübeleien losreißen.

Ich lauschte einen Augenblick auf seine übermäßig laut gegebenen Befehle und rief dann Kommodore Gailos über Visiphon an. Auf dem Bildschirm der Direktverbindung leuchtete das Besetztzeichen auf. Gailos legte anscheinend keinen Wert darauf, die Anweisungen des Regenten tatkräftig zu unterstützen.

Außerdem, so überlegte ich, ging ihn das als Verbandschef auch nichts mehr an. Es war die Sache des Kommandanten, in seinem Schiff für Ordnung zu sorgen.

Bull schrie heiser ein Kommando. Nur flüchtig grüßend, durchschritt ich die hintere Panzerschleuse, wo bereits mein persönlicher Bedienungsrobot wartete. Ich erteilte die Anweisung, meine wenigen Habseligkeiten zu packen, um sie später in das noch unbekannte Landquartier zu bringen.

Am Eingang zum zentralen Achsenlift wartete ein Wachkommando unter Leutnant David Stern. Das Gesicht des jungen Offiziers war von wächserner Blässe.

Ich ging dicht an ihm vorbei, und da flüsterte er rasch: „Gailos ist schon weg. Ich mache mir Sorgen wegen der Spezialausrüstung. Wenn wir keine Dienstwaffen mitnehmen dürfen – könnte es da möglich sein, daß man uns nochmals untersucht? Vielleicht will man nachsehen, ob der Befehl auch befolgt wird."

Ich blickte rasch zur nächsten Visiphonaufnahme hinüber. Die glitzernde Normaloptik konnte unter Umständen in Betrieb sein. Wenn ein Schiff auf Arkon III landete, dann bekamen die Wände Augen und Ohren, wie man sagte.

Ich begann mit einer gewissenhaften Kontrolle der Antigravschaltungen des Liftes. Laut und nörgelnd erteilte ich eine Rüge, da meiner Meinung nach die Abdeckplatte der Druckknopfschaltung nicht richtig verschraubt war.

Während dieses Ablenkungsmanövers raunte ich Stern einige Worte zu. Mehr zu sprechen, wäre an Bord des Schlachtschiffs lebensgefährlich gewesen. „Haben Ihre Leute die Gegenstände wieder aus den Verstecken genommen?"

„Sofort nach der Landeanweisung. Wir tragen alles am Körper. Wenn wir untersucht werden ..."

Er schwieg, und sein Gesicht wurde noch blasser. Die drei anderen Männer des Wachkommandos sahen mich aus brennenden Augen an. Ich dagegen fühlte, daß die Entscheidung nahte.

„Warten Sie hier auf Rhodan", sagte ich leise. „Teilen Sie ihm Ihre Befürchtungen ebenfalls mit. Ich werde sehen, was ich bei einer eventuellen Kontrolle machen kann. Die Mutanten sollen sich unter den Raumfahrern verteilen, um notfalls überall eingreifen zu können."

Ich sprang in das flimmernde Antigravfeld und stieß mich ab. Unten angekommen, stellte ich fest, daß die fünfzig echten Zaliter bereits von Bord gingen. Damit hatte Rhodan die Möglichkeit geschaffen, den Sitz der Spezialausrüstung nochmals überprüfen zu können.

Meine Unruhe steigerte sich noch mehr, wenn ich an das dachte, was die hundertfünfzig Männer des Einsatzkommandos alles am Leib trugen. Ich war dabei gewesen, als die Hochleistungslabors der Erde mit der „Maßarbeit“ begannen. Dabei hatten die fähigsten Mikrotechniker der Galaxis, die Wissenschaftler von Swoon, eine nicht unerhebliche Rolle gespielt.

In unseren Spezialuniformen gab es viele Verstecke. Ich begann zu frösteln, als ich mir vorstellte, was bei einer Entdeckung dieser Ausrüstung geschehen mußte.

Ich wartete vor der großen Bodenschleuse, bis die Besatzung des Schlachtschiffs angetreten war. Rhodan erstattete die Meldung. Sein Gesicht war beherrscht und maskenhaft. Kommodore Gailos ließ sich nicht mehr blicken. Anscheinend war er bereits in seiner Unterkunft verschwunden.

Nach knapp zwei Minuten kamen die offenen Transportwagen an. Sie besaßen große Ladepritschen mit Kunststoffsitzen und waren ferngesteuert. Über meinen Helmsender erhielt ich die nächsten Befehle der Schaltstation.

Wir sollten einfach einsteigen und auf das Kommende warten. Für die Offiziere der KON-VELETE stünde ein besonderer Wagen bereit.

Rhodan schickte die Männer auf die großen Transporter. Einige bedeutsame Blicke genügten, um in mir jene Gefühlsstarre aufkommen zu lassen, die in Momenten höchster Gefahr immer von mir Besitz ergriff. Nun war es also soweit.

Bull bestieg nach mir den flachen, auf einem energetischen Prallfeld gleitenden Wagen, der im Gegensatz zu den Lastfahrzeugen einen Roboter als Fahrer besaß. Es war ein Risiko, jetzt noch über die Lage zu sprechen.

Ich sah hinüber zu der bläulich fluoreszierenden Energiekuppel, die jenseits der Platzgrenzen in den Himmel von Arkon III ragte.

Es war der größte Schutzschirm, den ich in meinem Leben gesehen hatte, und unter ihm verbarg sich der Robotregent von Arkon. Rhodans aus früheren Zeiten stammende Messungen bewiesen, daß die Hülle eine Bodenfläche von etwa zehntausend Quadratkilometern überdeckte.

Wenn das Gehirn trotz der arkonidischen Mikroschalttechnik ein solches Gelände beanspruchte, dann war es fraglich, ob es überhaupt zerstörbar war. Wir konnten niemals genau wissen, wo nun die verwundbaren Stellen lagen und was man tun mußte, um mit einem Feuerschlag das Wesentliche zu erreichen.

Ganz davon abgesehen waren alle Überlegungen dieser Art fruchtlos, solange wir nicht wußten, wie man eine wirkungsvolle Vernichtungswaffe in die Energiekuppel hineinbringen konnte. Ich war davon überzeugt, daß die Zündung einer Bombe außerhalb des Schirmes nutzlos war.

Meine ganze Hoffnung setzte sich auf die beiden Teleporter unter unseren Mutanten. Wenn es ihnen nicht gelang, schnell und unauffällig einzudringen, mußten wir nach anderen Wegen suchen. Meinem wissenschaftlichen Fachgebiet entsprechend, beschäftigte ich mich seit Wochen mit dem Problem der Energieversorgung.

Es war völlig klar, daß ein Robotgehirn von solchen Ausmaßen mehr als einer Kraftstation bedurfte, um seinen enorm hohen Strombedarf zu decken. Wenn ich meine Vorfahren richtig einschätzte, hatten sie außerdem bestimmt für Notstromaggregate gesorgt, die im Fall einer Gefahr automatisch einspringen würden. Die „Lebensfähigkeit“ des Regenten hing einzig und allein von einer einwandfrei funktionierenden Energieversorgung ab. Wie das geschah, konnte niemand unter uns wissen.

Unser Wagen ruckte an. Dicht hinter uns folgten die vier Lastfahrzeuge mit je fünfzig Mann. Rhodan hatte dafür gesorgt, daß die echten Zaliter einen eigenen Transporter erhielten. So bestand für unsere Männer die Möglichkeit zu einem raschen Meinungsaustausch.

Lautlos glitten wir an den ebenfalls gelandeten Superschlachtschiffen eines neu aufgestellten Flottenverbands vorbei. Die 1500-Meter-Giganten waren ebenfalls mit Kolonialbesatzungen bemannt worden.

Wie sich das im Gefecht mit einem geschulten Gegner auswirken würde, war mir etwas unklar.

Ich versuchte, trotz der verfahrenen Situation klar und logisch zu überlegen. Vor allem durfte ich mich nicht von meinen widerstreitenden Gefühlen ablenken lassen.

Was würde geschehen, wenn es uns tatsächlich gelang, das Gehirn handlungsunfähig zu machen? Wie würden sich die zahlreichen Kolonialvölker und bisher unterdrückten Fremdvölker dazu stellen, die nun im Interesse des Imperiums mit mehr oder weniger guten Raumschiffen an der Front kämpften? Was mußte zwangsläufig eintreten, wenn die von dem Riesenrobot gelenkten Nachrichtenverbindungen plötzlich ausfielen? Wenn die Nachschublinien, die alle ferngesteuert wurden, auf einmal nicht mehr funktionierten?

Letztlich: würden die Milliarden Fremdintelligenzen den Befehlen eines Arkoniden gehorchen, der eigentlich längst hätte tot sein müssen? Mit welchen Mitteln konnte es mir in einem solchen Fall gelingen, die Ordnung zu erhalten? Mit dem militärischen System, das der Regent aufgebaut hatte, bestimmt nicht.

Somit sagte mir mein Verstand, daß die Vernichtung des Regenten eine Art von Selbstmord war. Wenn wir ihn aber unbehelligt ließen, waren die Erde und das gesamte Solsystem in spätestens neun Monaten der Vernichtung preisgegeben.

Ich sah Rhodan von der Seite her an. Er schien nur an eine eventuelle Fluchtmöglichkeit zu denken und sich den Kopf zu zerbrechen, welche Schiffe hyperflugklar waren.

Ich versuchte, die inhaltsschweren Gedanken über Sinn oder Unsinn unseres Unternehmens beiseite zu schieben. Ich klammerte mich an der ursprünglichen Idee fest, daß es meine ehrwürdigen Vorfahren niemals unterlassen hätten, ein so großes Robotgehirn mit einer Sicherheitsschaltung auszustatten. Wir mußten einfach herausfinden, wann und unter welchen Umständen sie einsprang, um den Regenten abzuschalten. Dann lösten sich viele Probleme von selbst.

„Vorsicht“, sagte Rhodan leise.

Ich fuhr zusammen. Einige hundert Meter vor uns wurde eine gewölbte Stahlkugel sichtbar, die sich übergangslos aus dem Metallplastikbelag des Raumhafens erhob. Wenn eine Kontrolle stattfand, dann nur in den strahlungs- und drucksicheren Schleusen dieser Pforte, die den Zutritt zu den subplanetarischen Wohnbezirken gestattete.

Ich tastete verstohlen an meinen rechten Oberschenkel, wo man in einer den Körperformen angepaßten Innentasche meine Waffe eingebaut hatte. Die terranischen Wissenschaftler hatten geschickt genug gearbeitet, um eine Entdeckung der Ausrüstungsstücke durch einfache Tasterstrahlen weitgehend zu verhindern. Dennoch blieb ein geringer, aber nicht zu unterschätzender Unsicherheitsfaktor bestehen. Wir konnten nur darauf hoffen, daß die sorgfältig präparierten Auskleidungen der in die Anzüge eingebauten Verstecke noch immer funktionierten und nicht durch die Strapazen, die die Anzüge hinter sich hatten, beschädigt worden waren.

Rhodans Stirn war von Schweiß bedeckt, was meine bisher schwankende Selbstbeherrschung seltsamerweise sofort stabilisierte. Ruhig und gefaßt sah ich zu den aufgleitenden Panzertoren aus meterstarkem Arkonstahl hinüber.

Diese Oberflächenpforte war eine von vielen. Wenn sie eine Tasterschleuse besaß, dann war es immer noch fraglich, ob die eingebauten Geräte in Betrieb waren.

Dicht vor der nur wenige Meter in den Himmel ragenden Wölbung hielt der Robotfahrer an. Ich stieg aus, um die Mannschaften in Empfang zu nehmen.

Rhodan und Bull, außer mir die höchsten Offiziere des Schlachtschiffs, stellten sich hinter mir auf. Prüfend schaute ich zu den zahlreichen Objektiven der optischen Fernbeobachtung hinüber. Die schillernden Linsenöffnungen waren rechts und links der offenstehenden Tore im Material eingelassen.

Ich runzelte unwillig die Stirn, sah blinzelnd zur erbarmungslos strahlenden Arkonsonne hinauf und drückte dann heftig den Schalter meines Helmsenders nach unten.

„Kapitän Ighur an Regent", sagte ich mit deutlicher Schärfe. „Der von mir mit Admiral Calus abgeschlossene Vertrag über eine Hilfeleistung enthält keinen Punkt, der mich verpflichtet, stundenlang in der glühenden Sonnenstrahlung zu stehen. Ich verlange eine sofortige Einschleusung und Unterbringung in klimatisch einwandfreien Räumen, andernfalls ich mich von meinen Pflichten entbunden fühle. Man scheint zu übersehen, daß wir an solche Temperaturen nicht gewöhnt sind. Meine Leute zeigen Spuren von Erschöpfung. Ende."

Bull sah mich aus weit aufgerissenen Augen an. Rhodan hüstelte überrascht, dann hatte er die Lage erfaßt. Wir mußten einen Grund finden, um schnellstens die Schleusen passieren zu können.

Die Männer des Einsatzkommandos hatten mitgehört. Sie schienen den Atem anzuhalten. Die fünfzig echten Zaliter warfen mir ehrfürchtige Blicke zu. Für ihre Begriffe hatte ich viel riskiert, aber sie litten wirklich unter der Hitze.

Es dauerte einige Sekunden, bis die Antwort des Gehirns einlief. „Beginnen Sie mit der Einschleusung. Ihre Bemerkung bezüglich einer Befehlsverweigerung ist registriert worden."

„Das ist mir gleichgültig", sagte ich noch heftiger. „Ich appelliere an die Logik des Regenten. Will man ausgeruhte, kampfkräftige Besatzungen haben oder fiebernde, erschöpfte Soldaten?"

„Einschleusen", antwortete der Teilschaltungsautomat A-3. Von einer Befehlsverweigerung wurde nicht mehr gesprochen.

„Absitzen, in loser Marschordnung antreten, Dauerlauf in die Schleuse!" brüllte Rhodan mit einem Stimmaufwand, der mich hastig zur Seite treten ließ. „Besatzung des vordersten Wagens zuerst! Tempo, Dauerlauf habe ich gesagt!"

Die fünfzig echten Zaliter rannten schon, als säße ihnen der Teufel im Nacken. Hinter ihnen kamen unsere Männer. Sekunden später drängten und quirlten sie in die etwa drei Meter breiten Außentore hinein, daß an eine fachgerechte Durchleuchtung überhaupt nicht mehr zu denken war.

Mein Herz pochte dumpf. Mir war, als rinne das Blut viel schwerer durch meine Adern. Ich stand dicht neben dem Eingang, hielt meinen Kommandantenumhang über dem Stahlplastikhelm und drehte der Sonne den Rücken zu.

Wenn die Terraner auch hier und da leichtsinnig waren: Theater spielen konnten sie. Rhodans und Bulls Gebrüll tat ein übriges, um die Soldaten noch wilder nach vorn drängen zu lassen.

Ich bemerkte befriedigt, daß einige bärenstarke Männer acht bis zehn echte Zaliter aus dem Gewimmel herausgefischt hatten, um die tatsächlich Unbewaffneten sozusagen als „Echodeckung“ zu verwenden.

Wenig später war der Einschleusungsvorgang abgeschlossen.

In der weiten Halle hinter dem Eingang standen unsere Männer schon in Reih und Glied. Hier und da schwankte einer. Ein riesenhaft gebauter Sergeant fiel planmäßig um, und vier weitere Raumfahrer rissen sich stöhnend und augenverdrehend die Helme von den Köpfen.

„Wasser, wo ist kühles Wasser?“ schrie ich. „Diese verdammte Sonne hat uns noch gefehlt. Major Sesete, kümmern Sie sich um die Kranken. Oder simulieren sie nur?“

Rhodans Habtachtstellung war großartig. Der Schweiß lief ihm in hellen Strömen unter dem wulstigen Helmrand hervor.

„Diese Männer stammen aus den kühlen Gebirgsgegenden von Zalit, Kapitän“, gab er laut bekannt. „Sie werden sich in wenigen Augenblicken erholt haben.“

Ich sah rasch zu den Fernaufnahmen des Regenten hinüber. Die Szene war eindrucksvoll, und außerdem wirkte sie echt. Ein mechanisches Gehirn, das menschliche Gefühle durch reine Logik ersetzte, war in dieser Form leicht zu täuschen. Der von mir erwartete Anruf kam auch sofort, nur erfolgte er diesmal über die großen Lautsprecher einer Rundrufanlage. Die blecherne Stimme schien aus der nackten Stahlwand zu kommen.

„Ist eine Behandlung der Hitzegeschädigten erforderlich, Kapitän Ighur?“

„Wenn der Regent noch eine Minute länger gewartet hätte, dann ja“, grollte ich wütend. „Jetzt dürfte es nicht nötig sein. Ich werde nach der Ankunft in den Quartieren einen Gesundheitsbericht abgeben. Wohin sollen wir gehen?“

„Sohle 14, Block C 436-8. Benutzen Sie den Lift“, dröhnte es aus den Lautsprechern.

Anschließend schaltete die Verbindungsstation A-3 ab. Ich atmete tief auf. Mit einer Untersuchung war jetzt nicht mehr zu rechnen.

Weiter hinten glitten die breiten Türen eines großen Liftes auf. Pfortenstationen dieser Art besaßen keine Antigravschächte.

„Gruppenweise einfahren!“ befahl ich. „Sesete, kümmern Sie sich darum. Roake, Sie bleiben oben, bis der letzte Mann im Aufzug ist.“

Rhodan und Bull wurden wieder aktiv. Die anderen Offiziere des Schiffes folgten mir in den großen Korb, der rechts und links des Eingangs von automatgesteuerten Strahlwaffen flankiert wurde. Wer in Arkons Tiefen gelangen wollte, hatte sich erst einmal mit der zuständigen Schaltstation in Verbindung zu setzen.

Sonst war niemand zu sehen. Noch nicht einmal einen Roboter hatte man nach oben geschickt. Hinter uns waren die Panzertore der Schleuse längst wieder zugeglitten. Damit waren wir vom offenen Gelände des Raumhafens praktisch so weit entfernt, als hätten wir uns auf einer anderen Welt befunden.

Die leuchtenden Nummernschilder der einzelnen Sohlen huschten vorbei. Beim Vorweiser der vierzehnten Etage verlangsamte sich die Fahrt. Heftig ruckend blieb der in einem Magnetfeld hängende Korb stehen. Die Schiebetüren glitten auf.

Ich trat zuerst ins helle Licht hinaus. Geblendet schaute ich zur weißen Atomsonne hinauf, deren harte UV-Strahlung auf die Werte des natürlichen Gestirns abgestimmt war. So geschah es laufend, daß Fremdintelligenzen, die daran nicht gewöhnt waren, von Sonnenbränden überrascht wurden. Auch meine terranischen Freunde mußten sich erst mit dem Gedanken vertraut machen, tief unter der Oberfläche von Arkon III auf ihre Haut zu achten. Es war ungewöhnlich, aber was war auf den drei Zentralplaneten des Großen Imperiums schon normal?

Vor uns standen reglos ein Dutzend Kampfroboter. Als alle Männer den Lift verlassen und sich in der Ankunftshalle versammelt hatten, meldete sich wieder Schaltstation A-3 zu Wort.

„Folgen Sie mir!“ kam es aus dem Sprachschlitz der uns am nächsten stehenden Kampfmaschine. Der Robot drehte sich um und ging auf eine Schleuse im Hintergrund der Halle zu.

Eine zweite Kontrolle erfolgte nicht. Hinter der Schleuse öffnete sich die riesige Kuppelhalle einer Untergrundstadt. Hier hatte man darauf verzichtet, die Gebäude im arkonidischen Trichterstil zu erbauen. Die Architektur war völlig zweckgebunden.

Es gab breite Straßen mit angeschlossenen Transportbändern und so viele Hinweis-Leuchtschriften, daß man irre werden konnte. Die gewölbte Decke der Halle war dem natürlichen Himmel in Farbe und Gestaltung nachgebildet. Eine grellweiße Atomsonne spendete auch hier Licht, Wärme und die unvermeidliche UV-Strahlung in kräftiger Dosierung.

Ich bemerkte Intelligenzen aus allen Teilen der von Arkon kolonisierten Milchstraße. Trotzdem schien man in diesem Wohnbezirk nur sauerstoffatmende Lebewesen untergebracht zu haben. Demnach tat der Regent alles, um den auf Sohle 14 einquartierten Hilfsvölkern annähernd gewohnte Lebensbedingungen zu schaffen.

Ich wußte, daß jede Etage für die Belange der dort Wohnenden eingerichtet worden war. Wir „Zaliter" gehörten anscheinend zu den Intelligenzen, die unter die Gruppe „0,95 g" und „Sauerstoff-Helium-Gasgemisch" fielen.

Mir schwindelte, wenn ich daran dachte, diese vielfältigen Aufgaben ohne die Hilfe des Robotgehirns bewältigen zu müssen.

Es dauerte eine Weile, bis ich das gleichförmige Geräusch voll erfaßte. Es war ein dumpfes Brausen und Rumoren, das aus allen Winkeln dieser Untergrundstadt zu dringen und den riesenhaften Hohlraum fast körperlich spürbar auszufüllen schien.

Ich blieb einen Moment lauschend stehen. Auch Rhodan hatte den Kopf geneigt, und die Männer begannen unruhig zu werden.

Die Quelle des monotonen Geräusches war nicht erkennbar. Wenn man längere Zeit hinhörte, verschmolz es mit dem Lärm von Lautsprecherdurchsagen und dem chaotischen Sprachgewirr der vielen Nichtarkoniden, die anscheinend ebenfalls Urlaub hatten.

Ich bemühte mich nochmals, die Ursache des gleichförmigen Brausens ausfindig zu machen, als sich zum erstenmal seit langer Zeit der Logiksektor meines vor vielen tausend Jahren aktivierten Extrahirns meldete.

„Kraftstationen, typisches Geräusch von Thermal-Konvertern. Der Hafen A-3 gehört zu den sechs Plätzen, die die Energiekuppel des Gehirns strahlenförmig umgeben."

Ich fuhr unwillkürlich zusammen. Jetzt erst wurde mir bewußt, daß wir uns mit jedem Schritt den geheimnisvollen Bezirken des Regenten näherten. Wir waren auf Sohle 14 ungefähr 1800 Meter unter der Oberfläche. Wenn die Gerüchte stimmten, reichten die wichtigsten Schaltelemente des Robotgehirns noch tiefer hinab.

Somit kamen wir wahrscheinlich in das Gebiet der Energieanlagen. Rhodan schien auf die gleiche Idee gekommen zu sein. Er schloß mit einigen großen Schritten auf und trat an meine Seite. Hier bestand kaum eine Abhörgefahr. Somit hatten wir seit langer Zeit wieder einmal Gelegenheit, offen miteinander zu sprechen. Der Kampfroboter marschierte noch immer voran. Wir näherten uns einem blaßblau schimmernden, völlig durchsichtigen Energievorhang, hinter dem erneut andere Lebensbedingungen zu herrschen schienen wie in diesem Teil der unterarkonidischen Stadt.

„Du bist dir darüber klar, daß diese Untergrundsiedlungen den Sitz des Regenten ringförmig umschließen?"

Es war mehr eine Feststellung als eine Frage gewesen. Ich nickte. Sein schmales Gesicht blieb so ausdruckslos wie zuvor. Rhodan schien nur noch selten lachen zu können, seitdem seine Frau verstorben war.

„Gut, das wollte ich nur erwähnen. Wir reden später darüber. Ich schlage eine Einsatzbesprechung vor."

„Die Quartiere dürften überwacht werden."

„Die Spezialisten werden Mittel finden, um die Aufnahmegeräte lahmzulegen. Unauffällig, natürlich. Man hat uns fünfzig Stunden Urlaub zugebilligt. Zwei davon sind schon vergangen. Wir schlagen sofort zu."

Ich sah mich rasch um. Die Gesichter der Männer drückten Entschlossenheit aus. Bully winkte mir kurz zu. Seine fleischigen Wangen wirkten seit unserer Landung fester und gestraffter. Mir war, als wäre er zu jedem Risiko bereit.

„Terranische Überstürzung", sagte ich heftig. „Geduld gehört nicht zu euren Charaktereigenschaften."

„Nur fünfzig Stunden Urlaub“, beharrte Rhodan auf seiner Meinung. „Wenn wir es bis dahin nicht geschafft haben, werden wir eingeschifft und zur Druuffront geschickt. Wir sind nun dicht bei dem Regenten. Jetzt oder nie.“

Er hatte recht, was ich aber vor mir selbst noch nicht zugeben wollte. Mir graute vor dem Kommenden – nicht wegen der damit verbundenen Gefahr, sondern wegen der katastrophalen Konsequenzen, die eine Vernichtung des Gehirns mit sich bringen müßte.

Ich sagte nichts darüber. Rhodans Nerven waren schon genügend strapaziert worden.

In dem vorher gesichteten Energievorhang öffnete sich ein Sektorfeld. Wir marschierten hindurch, und von da an wurde es plötzlich kühler. Die ersten Zaliter tauchten auf. Wenig später erblickten wir mehr und mehr Uniformierte, die alle von Voga IV stammten. Dies schien der Bezirk der Zalitbesatzung zu sein.

Die am künstlichen Himmel kreisende Atomsonne brannte weniger grell als im vorderen Teil der Stadt. Wir durchschritten einen breiten Tunnel, hinter dem sich eine zweite Halle von ebenfalls riesenhaften Ausmaßen öffnete.

Mannschaften und Offiziere grüßten in respektvoller Art. Der Führungsrobot schien von seiner Schaltstation neue Befehle zu erhalten. Er blieb plötzlich stehen, nahm vor mir Haltung an und gab bekannt: „Block C-436 ist über Bandstraße Fünf erreichbar, Kommandant. Sie werden angewiesen, Ihr Quartier aufzusuchen und einen Gesundheitsbericht anzufertigen.“

Ich grüßte und sagte laut: „Major Sesete, veranlassen Sie das Nötige. Robot, wo finde ich die Offiziersmesse?“

„Sie ist dem Block C-436 angegliedert, Kommandant. Die Automatkontrollen der Unterkunft sind programmiert worden. Ihnen steht das Recht zu, Ihre Besatzungsmitglieder nach eigenem Ermessen zu beurlauben. Spezialausweise werden Ihnen zur Verfügung gestellt. Sie werden gebeten, jeden Urlauber mit einer Legitimation auszustatten, die Name, Schiffszugehörigkeit, Kodenummer des Betreffenden und Befristung des gewährten Urlaubs nach Arkon-Standardzeit enthalten muß.“

Mehr wollte ich nicht wissen. Die Kampfmaschine entfernte sich. Von drüben grüßte der zalitische Kommandant eines anderen Schiffes herüber. Ich neigte lächelnd den Kopf und erhob die Rechte zu einem Wink. Hoffentlich wurde ich nun nicht in gesellschaftliche Verpflichtungen hineingezwungen. Unter den Offizieren der zalitischen Flotte herrschte ein etwas eigentümliches Freundschaftsverhältnis, das letztlich aus einem überspitzten Klassenbewußtsein entstanden war. Nur deshalb hatte ich es auch wagen dürfen, den Schaltautomaten A-3 mit so groben Worten anzufahren. Zweifellos wußte der Regent sehr genau, daß zalitische Raumoffiziere echten Arkoniden am nächsten kamen.

Rhodan erteilte die notwendigen Befehle. Ich schlenderte mittlerweile die breite Straße hinunter, die an dieser Stelle von automatischen Geschäften flankiert war. Hier konnte man alles kaufen, was das Herz begehrte.

Wenn es uns gelingen sollte, den Robotregenten zu zerstören, so war ich wohl oder übel auf die Hilfe der Terraner angewiesen. Ich nahm mir fest vor, ihnen ein guter und anständiger Freund zu sein, denn sie waren noch immer hilfsbedürftig.

„Er wird argwöhnisch werden“, meldete sich unvermittelt mein Logiksektor.

Ich fühlte, daß meine Augen vor Erregung feucht wurden. Natürlich, mein Extrahirn hatte die Sachlage in zwar unschön klingender, dafür aber zwingend logischer Form erfaßt.

Wenn ich an die Stelle des Regenten trat – was würde dann Rhodan denken? Ich kannte die Position der Erde, ja, ich kannte die vielen Schwächen und Stärken der Menschen besser als jeder Arkonide.

Mußte er nicht auf die Idee kommen, ich könnte bestrebt sein, ihn und damit das Solare Imperium zu unterjochen?

Mit seltsamer Klarsichtigkeit stellte ich fest, daß es zwischen Rhodan und mir eines Tages zu einer Krise kommen müsse. Ich schob das Problem als zweitrangig zurück. Wenn der Robotregent nicht beseitigt wurde, waren solche Grübeleien ohnehin fruchtlos.

Unsere Quartiere waren zweckgebunden und daher unschön. Man merkte deutlich, daß Sohle 14 nur als Durchgangsstation für Besatzungen diente.

Nur ich hatte ein Einzelzimmer erhalten. Die Mannschaften wohnten in großen, schmucklosen Sälen, und die anderen Offiziere mußten sich zu viert einen Raum teilen.

Uns konnte es nur recht sein. Die echten Zaliter hatte ich überraschend gut von unserem Einsatzkommando trennen können. Sie waren auch die ersten Männer gewesen, die ich schon eine Stunde nach unserer Ankunft mit Urlaubsscheinen ausgerüstet und fortgeschickt hatte. Jubelnd waren sie verschwunden, und wir hatten endlich einmal unsere Ruhe.

Saal 18-B enthielt sechzig aufgestockte Pneumobetten.

Von Geräten zur heimlichen Fernbeobachtung hatten wir nirgends etwas entdecken können. Trotzdem waren wir nach wie vor argwöhnisch. Wenn wir vertrauliche Gespräche führten, erhielt das schnell aufgestellte „Krachkommando" einen Wink. Sergeant Huster, ein stimmgewaltiger, rothaariger Riese von der Grünen Insel, begann mit einem zalitischen Kampfgesang, daß mir die Ohren dröhnten.

Die Erleichterung darüber, daß wir nun dicht vor unserem Ziel angekommen waren, stand Rhodan im Gesicht geschrieben. Die Mutanten hatten ihre Einsatzbereitschaft gemeldet.

Tanaka Seiko hatte alle gängigen Frequenzen abgehört. Danach stand es fest, daß die in der Vorhalle von Block C-436 postierten Wachroboter keine besonderen Anweisungen erhalten hatten. Wir wurden nicht verdächtigt.

Ich hatte lediglich den rasch angefertigten Gesundheitsbericht abgegeben, worauf sich die Schaltstation noch einmal gemeldet hatte. Ich war in lakonischer Kürze angewiesen worden, den Hitzegeschädigten keinen Ausgang zu bewilligen.

Sergeant Huster, der in dem oberen Schleusenraum so malerisch „ohnmächtig" geworden war, hatte geflucht wie ein alter Türke. Er war der Führer des dritten Zuges und außerdem Spezialist für den Zusammenbau der versteckten Wirkungsbomben. Er mußte also mitkommen.

Vor zehn Minuten waren die beiden Teleporter Ras Tschubai und Tako Kakuta von ihrem ersten Sondereinsatz auf Arkon III zurückgekehrt.

Wir befanden uns in Saal 18-B. In meinem Zimmer saß ein Mann, den wir längst als Double ausgewählt hatten. Er trug meine Uniform, und ich hatte die seine übergestreift. Auch Rhodan, Reginald Bull und einige andere Offiziere des Kommandos hatten die Maske gewechselt. Wir waren nun einfache Besatzungsmitglieder, deren Anwesenheit im Mannschaftswohnraum 18-B auch bei einer eventuellen Bildbeobachtung nicht auffallen konnte.

So hatten wir alles getan, um getreu nach Plan vorgehen zu können. Wir saßen an einem der sechseckigen Tische und spielten die Verärgerten, die infolge der Sturheit des Kommandanten noch keinen Urlaub erhalten hatten. Seit Tagen bot sich die erste Gelegenheit zu einer ernsthaften Einsatzbesprechung.

Rhodan war auffallend nachdenklich. Ich vermißte jene Nervosität, die so dicht vor einem wichtigen Ereignis eigentlich hätte aufkommen müssen.

Mein Extrahirn erinnerte mich an das seltsame Lächeln, das er an Bord der KON-VELETE dicht vor der Landung gezeigt hatte. Ich fragte nach der Ursache.

Weiter hinten sangen die Männer des Krachkommandos ein Lied, dessen Text von der Weite des Raumes und der Bruchlandung auf einer fremden Welt berichtete. Husters enorme Stimme überlagerte unser kurzes, aber inhaltsvolles Gespräch.

Rhodan sah sich vorsichtig um, ehe er berichtete: „Deine Theorie stimmt, Atlan."

Ich wurde noch aufmerksamer. Was hatte Rhodan entdeckt? „Welche?"

„Die Sache mit der Sicherheitsschaltung. Als wir vom Automaten A-R-145 den Landebefehl erhielten, ging er auf das schlafmützige Verhalten des Kommodore Gailos nur mit den Worten ein: ‚Der Erhabene ruht.' Anschließend wurde dir die Befehlsgewalt über die Kreuzergruppe gegeben. Das beweist, daß sich die Einstellung des Robotregenten gegenüber den echten Arkoniden geändert hat."

„Geändert?“ wiederholte ich verblüfft. „Wieso?“

„Du warst nicht dabei, als ich vor etwa siebzig Jahren zum erstenmal auf Arkon landete. Damals wurden auch hochstehende Arkoniden äußerst schroff behandelt. Sogar der Imperator auf der Kristallwelt wurde herumkommandiert. Außerdem hatte zu jener Zeit kein einziger Arkonbewohner eine Schlüsselposition inne, wie es nunmehr bei Gailos der Fall ist. Eine so milde und zurückhaltende Erklärung über das schiffsgefährdende Verhalten eines Offiziers wäre unmöglich gewesen. Niemals hätte der Regent so einfach mitteilen lassen, ‚der Erhabene ruhe‘. Ist der Unterschied klar?“

Ich blickte rasch zu Bull hinüber. Er fuhr sich mit dem Handrücken über die Stirn und sagte gepreßt: „Ich erinnere mich. Er hat recht. Der Robot knechtete jeden Arkoniden, Thora und Crest wurden behandelt wie Landstreicher.“

Rhodan zuckte kaum merklich zusammen, als der Name seiner verstorbenen Frau fiel. Bully senkte schuldbewußt den Blick. Huster stimmte ein neues Lied an. Ich überlegte schnell.

„Du folgerst aus den Tatsachen, daß der Regent neue Anweisungen bezüglich der Behandlung von gebildeten Arkoniden erhalten hat?“

„Ja, genau das.“

„Von wem?“

Er musterte mich ironisch. Sein Blick auf die Uhr blieb mir nicht verborgen.

„Von deiner vielgerühmten Sicherheitsschaltung im Herzen des Gehirns. Es muß eine Sonderprogrammierung angelaufen sein, die den Robot zwingt, höflich und zurückhaltend zu sein.“

Ich kannte Rhodans klare Logik. Ich war auch durchaus nicht abgeneigt, seine Theorie zu der meinen zu machen, schon allein zu meiner eigenen Beruhigung. Trotzdem war da etwas, was er zu übersehen schien.

„Wir haben noch eine Viertelstunde Zeit“, stellte ich fest. „Ich tippe weniger auf eine wirksam gewordene Überlagerungsschaltung, als vielmehr auf die maschinelle Logik des Regenten. Er hat festgestellt, daß es mit brutaler Willkür allein nicht geht. Außerdem existiert jetzt die Druufgefahr, und zahlreiche Hilfsvölker sind auf

Imperiumsschiffen eingestiegen. Sie fügen sich nur unwillig den üblichen Kommandorobotern. Also sah das Gehirn ein, daß es auf echte Arkoniden zurückgreifen mußte."

„Obwohl es deren weitgehende Unfähigkeit kennt?"

„Ja. Der Regent greift nach dem Strohhalm. Daher seine Zurückhaltung im Falle Gailos."

„Eine Streitfrage", warf John Marshall sinnend ein. „Es kann so oder so sein. Ich habe mich bemüht, im Bewußtseinsinhalt der hier anwesenden Arkoniden nachzuforschen. Sie wissen auch nicht, weshalb sie plötzlich wieder mit wichtigen Posten betraut werden. Außerdem sind sie davon nicht begeistert."

Leutnant David Stern, zur Zeit Offizier vom Dienst, betrat den Wohnsaal. Wir erhoben uns ruckartig und grüßten.

Ich beobachtete den jungen Leutnant, der, prüfende Blicke werfend, durch die Gänge schlenderte. Zwei Männer der eingeteilten Wache folgten ihm.

Er machte seine Sache gut. Hier und da blieb er stehen und rügte Raumfahrer. Langsam kam er auf unsere Gruppe zu. Dicht bei uns angekommen, sagte er leise: „Wir sind fertig."

„Urlaubsscheine ausgeben", antwortete Rhodan, ohne den Kopf zu drehen. „Haben Sie mit Ras Tschubai gesprochen?"

„Jawohl, alles klar. Wir sind informiert."

„Abmarsch in fünf Minuten. Halten Sie in der Halle eine kurze Ansprache. Sie übernehmen hier den Befehl. Richten Sie sich aber nach Marshall, der mich telepathisch belauschen wird. Wenn etwas schiefgeht, handeln Sie nach Plan."

Stern ging weiter, bis er durch den zweiten Zugang verschwand. Ich wußte, daß es nun kein Zurück mehr gab. Die beiden Teleporter hatten festgestellt, woher das ständige Grollen und Rumoren stammte.

Einige Kilometer nördlich unseres Wohnblocks endeten die aus dem Fels gebrannten Hallen vor nackten Steinwänden. Nur zwei verschlossene Panzertore erlaubten den Durchgang in Räumlichkeiten, die wahrscheinlich seit Jahrtausenden nur noch von Spezialrobotern betreten wurden.

In diesen Hallen, die nach unseren Berechnungen direkt unter dem Rand der Oberflächen-Energieglocke liegen mußten, liefen mächtige Stromreaktoren.

Die Tatsache allein hätte mich noch nicht davon überzeugen können, daß es sich um die Kraftstationen des Gehirns handelte, wenn die verbotenen Hohlräume nicht noch zusätzlich durch Abwehrschirme gesichert gewesen wären. Ich wußte genau, daß dies sonst nicht üblich war. Die Stromversorgung der vielen Raumschiffswerften und Bandstraßen erfolgte jeweils zentral von einem Werk aus. Dort hatte es noch niemals verschlossene Panzertore oder gar Schutzschirme gegeben. Demnach mußte es mit den von Tschubai und Kakuta entdeckten Werken eine ganz besondere Bewandtnis haben.

Nachdem wir keine andere Möglichkeit gefunden hatten, den Robotregenten zu beseitigen, waren wir entschlossen, ihn am Lebensnerv direkt zu packen.

Drei Minuten später betrat Leutnant Stern erneut den Saal. Ein Soldat der Wache schrie um Ruhe. Wir standen auf und nahmen Haltung an. Stern erklärte laut: „Urlaub für einen Teil der Besatzung. Die von mir Aufgerufenen vortreten und Urlaubsscheine in Empfang nehmen!“

Rhodan, Bull und ich wurden zuerst genannt. Wir marschierten nach vorn, nahmen die von mir vorher unterzeichneten Leuchtschilder an uns und hängten sie befehlsgemäß an den dünnen Schnüren um den Hals. Die zahlreichen Robotwächter in den weiten Wohnhallen tasteten die Impulse der Plaketten ab. Wer eine trug, wurde niemals belästigt, vorausgesetzt, die mit einem Kodeschlüssel einprogrammierten Daten stimmten. Ich hatte das kleine Gerät von einem Robot erhalten, als wir das Quartier betreten hatten. In der Hinsicht schien alles in Ordnung zu sein.

Schließlich standen zehn Mann vor dem Leutnant. Die Mutanten Tschubai, Kakuta, Seiko und Okura gehörten dazu. Sergeant Husters Kommando schloß sich an.

Es wäre sinnlos gewesen, mit mehr als zehn Männern das Unternehmen ausführen zu wollen. Schließlich mußten wir in die Kraftwerke hineinkommen.

Stern ging um uns herum und musterte uns kritisch. Drohend sagte er: „Ich bitte mir aus, daß Sie sich draußen anständig benehmen. Keine Schlägerei, verstanden! In acht Stunden sind Sie wieder hier! Folgen Sie mir!“ Er drehte sich abrupt um und ging hinaus.

„Wieso kriegen die Urlaub und wir nicht?“ grollte ein Mann der Besatzung. „Eh, bringt uns etwas mit.“

Ich verzichtete auf eine Antwort. Bull und Huster erledigten das bereits. Wir gelangten in die große Vorhalle und fuhren mit dem Lift nach unten, wo wir die Robotwachstation zu passieren hatten. Stern wartete bereits.

Er ließ uns antreten und klärte uns nochmals darüber auf, wie wir uns zu verhalten hätten.

„Ich möchte keine Klagen hören“, endete er. „Los, nun verschwinden Sie.“

Wir passierten die Robotschleuse, ohne daß wir angehalten wurden. Ich bemerkte lediglich, daß sich die Identifizierungstaster der Maschinen auf unsere weithin sichtbaren Plaketten richteten.

Draußen wurden wir vom Lärm der unterarkonidischen Stadt empfangen. Andere Zaliterbesatzungen strömten aus den umliegenden Blocks. Erste Gespräche klangen auf. Man versuchte, sich zu orientieren.

Wir reihten uns unauffällig in das Gewimmel ein. Ich wußte, daß Marshall uns mit seinen telepathischen Sinnen „verfolgte“.

„Fangen wir an“, sagte Rhodan. „Ras, gehen Sie voran.“

Der hochgewachsene Afrikaner, nun ebenso rothäutig wie wir, sah sich flüchtig um. Wagen oder sonstige Fahrzeuge gab es hier unten kaum. Lediglich Arkoniden war die Benutzung eines Gleiters gestattet. Wir waren auf die zahlreichen Transportbänder angewiesen, die aber auch ihren Dienst erfüllten. Mir waren sie sogar noch lieber als Fahrzeuge, da wir uns somit noch unauffälliger bewegen konnten.

Ras gab uns einen Wink. Der Marsch ins Ungewisse begann.

Die großen Hinweisschilder waren eindeutig. Man hatte sie nicht beschriftet, aber jedes einigermaßen intelligente Lebewesen mußte sofort wissen, was die aufgemalten Symbole zu bedeuten hatten. Es waren grellrote Blitze, wie sie auch auf der fernen Erde als Warnung verwendet wurden.

Hier endete die unterarkonidische Stadt. Hundert Meter hinter uns erhob sich das letzte Gebäude. Unser Standort war jetzt schon gefährlich. Wenn jemand auf die Idee kam, zu fragen, was wir so dicht vor der fugenlos bis zur gewölbten Decke ansteigenden Felswand suchten, wären wir bereits in Verlegenheit gekommen.

Rhodan und Bull waren zusammen mit den beiden Mutanten per Teleportation verschwunden.

Wir schmiegten uns noch dichter in die enge Nische, die von einer im rechten Winkel abbiegenden Rohrleitung der Klimaanlage gebildet wurde.

Huster hatte seinen Strahler gezogen. Zusammen mit den beiden Waffenspezialisten stand er an dem Stützpfeiler und beobachtete den hinter uns liegenden Abschnitt.

„Alles ruhig", meldete er leise. „Eigentlich zu ruhig. Das gefällt mir nicht."

Ich konnte ein nervöses Auflachen kaum unterdrücken. Huster hatte mit seiner Bemerkung den Nagel auf den Kopf getroffen. Weshalb wurde die Felswand mit den beiden deutlich erkennbaren Durchgangsschleusen nicht bewacht? Weshalb begnügte man sich nur mit den Hinweisschildern, die allerdings eindeutig genug waren?

Ich fand keine zufriedenstellende Lösung, doch dafür wurde das Gefühl einer drohenden Gefahr immer stärker.

Dicht vor mir begann die Luft zu flimmern. Kakutas schlanker Körper schälte sich aus dem Leuchten heraus, bis er greifbar vor mir stand. Ich konnte mir noch immer keine rechten Vorstellungen von den erstaunlichen Fähigkeiten dieser Menschen machen, die es allein durch die Kraft ihres Geistes verstanden, als organische Materietransmitter zu fungieren.

Sekunden später kam Ras Tschubai an.

Ich schob meine Waffe in den Gürtel zurück und fragte hastig: „Wie sieht es drüben aus? Alles in Ordnung?"

„Wie bei unserem Erkundungssprung. Kein Arkonide ist zu sehen, und Roboter sind auch nicht da."

Ich trat hinter Tschubai und umklammerte fest seine Schultern. Ehe ich mich noch vorbereiten konnte, fühlte ich einen erträglichen Entmaterialisierungsschmerz. Es war ein fünfdimensionales Auflösungsfeld, das dieser Mann gleich einem Strukturkonverter errichten konnte.

Mir blieb keine Zeit, dem kurzen Ziehen in meinen Gliedern Beachtung zu schenken. Vor meinen Augen wurde es schon wieder hell, und mir war, als wäre überhaupt nichts geschehen.

„Sofort zurück", sagte jemand.

Ich fuhr mir verwirrt über die Augen und sah mich um. Dann vernahm ich das dumpfe Tosen, das hier, jenseits der Barriere, viel stärker hörbar war.

Bull stand hinter dem mächtigen Panzerplastsockel eines Hochspannungsumformers. Dicht hinter uns heulte die Turbine eines Kühlgebläses. Weiter vorn waren die ersten in Reih und Glied aufgestellten Fusionsreaktoren zu sehen. Es handelte sich um sehr moderne Ausführungen mit direkt angeschlossenen Thermalkonvertern, in denen die freiwerdende Hitzeenergie in Strom verwandelt wurde.

Das blauweiße, in den Augen schmerzende Leuchten zahlreicher Energieleiter war mir ebenso vertraut wie das tiefe Dröhnen der Konverter.

Weit über uns hing eine leuchtende Kunstsonne an der Decke, die in dieser Halle von mehr als 20 turmstarken Säulen aus Arkonstahl abgestützt wurde.

„Phantastisch, was?" rief mir Rhodan zu. „Das vollkommenste Kraftwerk, das ich je gesehen habe. Gut installiert, übersichtlich, hervorragend abgesichert. Wohin geht die ganze Energie?"

Bull ging zum ersten Meiler vor. Seine Impulswaffe drohte in den weiten Gang hinein. Es war aber kein Fremder zu sehen.

Ich schaute wieder zur Decke empor, wo anscheinend auch die Projektoren für das Energiefeld angebracht waren. Der rötlich flimmernde Schirm zog sich an den Wänden entlang und endete an den unsichtbaren Polen des Fußbodens. Hinter dem Schirm waren die geschlossenen Panzerpforten der beiden Eingänge zu sehen. Die

Felswand, die uns von der Wohnhalle trennte, mochte etwa hundert Meter stark sein. Ohne die Hilfe der beiden Teleporter wären wir hier niemals hineingekommen.

Ehe ich Rhodan Auskunft geben konnte, tauchten die Mutanten schon wieder auf. Diesmal brachten sie Sergeant Huster und Tanaka Seiko mit.

„Höchste Zeit", sagte Huster. „Draußen wird es gefährlich. Ein Robotkommando nähert sich. Anscheinend eine Routinestreife."

Wir schwiegen, bis die beiden restlichen Männer unseres kleinen Trupps auch noch da waren. Sie waren nicht entdeckt worden.

„Worauf warten Sie noch?"

Ich fuhr zusammen. Rhodans Stimme hatte eisig geklungen. Huster nickte. Die zur Vernichtung der Energiezentrale vorgesehene Mikrobombe war in sechs Einzelteile zerlegt, die nun von den Männern aus den Taschen der Uniformen ans Licht befördert wurden.

Huster kümmerte sich nicht mehr um uns. Mit unglaublicher Ruhe begann er mit dem Zusammenbau der Ultrathermbombe, deren Energiefreigabe nur in der Form von Wärme erfolgen würde. Es handelte sich um einen Kohlenstoffkatalyse-Kreislaufprozeß, der in den Maschinenhallen eine künstliche Sonne entfachen würde.

Ich mußte wieder daran denken, welches Chaos nach der Vernichtung des Robotregenten entstehen konnte. Ich stand vor der Frage, ob wir die Bombenzündung riskieren sollten oder nicht.

Rhodan sah mich starr an. Fast ohne die Lippen zu bewegen, sagte er: „Es muß sein, Freund. Oder willst du die Herrschaft des Regenten noch länger dulden?"

Ich lächelte gequält. Natürlich dachte er in erster Linie an die Erde. Leise entgegnete ich: „Wir werden eine Hölle entfesseln, nicht nur in diesen Hallen, sondern in der gesamten Milchstraße. Wenn der Regent ausscheidet, möchte ich nicht den Friedensstifter spielen."

Ich erkannte, daß er meine Befürchtungen längst durchschaut hatte. Es wäre ja auch verwunderlich gewesen, wenn dieser kluge Mann nicht die notwendigen Konsequenzen gezogen hätte.

„Einmal wird es so oder so geschehen müssen. Dein Verstand sollte dir sagen, daß die zwangsläufig hereinbrechenden Unruhen besser jetzt als einige Jahre später in Kauf genommen werden sollten. Im Vergleich zu den Unterdrückungskriegen, die der Regent geführt hat und noch führen wird, wenn wir ihn nicht ausschalten, sind solche Unruhen auch ein Kinderspiel."

Ich antwortete nicht, sondern starrte verbissen vor mich hin.

„Ich bin in fünfzehn Minuten fertig", warf Sergeant Huster sachlich ein. Für ihn war der Fall bereits abgeschlossen. „Würden Sie mir sagen, an welcher Stelle ich die Bombe zünden soll?"

Er musterte mich abschätzend. Auf seinen Lippen lag ein kleines Lächeln. Bull winkte mir zu.

„Also?" fragte Rhodan.

Ich erschrak vor seiner Entschlußkraft. Nach einem langen Blick in seine Augen drehte ich mich um. Langsam ergriff ich meinen Thermostrahler und ging auf Bull zu. Rhodan folgte.

In dem Augenblick sagte Tanaka Seiko: „Ich empfange seltsame Schwingungen. Ich kann nichts damit anfangen."

Ich blieb stehen. Rhodan drehte sich hastig um. Dicht vor mir rumorte die Umformerbank des ersten Meilers. Huster ließ sich nicht stören. Die Mikrobombe, auf der Erde konstruiert und auf einem menschenleeren Asteroiden erfolgreich erprobt, nahm langsam Gestalt an.

„Welche Schwingungen, Tanaka?" fragte Rhodan gedehnt.

Der Mutant, dessen Fähigkeit darin bestand, Energiestrahlungen, gleich welcher Art, wie ein mechanischer Spezialempfänger ausmachen zu können, bewegte unsicher die feingliedrigen Hände.

„Sehr kurzwellig und kaum erfaßbar. Es handelt sich um einen konstant bleibenden Effekt. Funkzeichen sind es nicht, obwohl die Frequenz der eines Hypersenders gleicht."

Er blickte sich hilfesuchend nach Son Okura, unserem Frequenzseher um. Okura zuckte aber nur mit den Schultern. Rhodans Haltung zeugte von seiner plötzlich erwachenden Nervosität.

Bull kam näher. Die Strahlwaffe hing locker in seiner Hand. „Was ist los? Worauf wartet ihr noch? Die Halle ist sehr lang, und dahinter dürfte es noch andere geben. Meiner Ansicht nach sind wir hier so gut wie ungefährdet. Sehen wir uns um?"

Das war die Frage eines praktisch denkenden Mannes. Als er Rhodans Gesicht sah, verengten sich seine Augen.

„Schwierigkeiten?“

„Tanaka meldet eine unbekannte Energiestrahlung.“

„Na und? Direkt über uns liegen die vordersten Schaltstationen des Gehirns. Wer weiß, mit welchen Kräften da gearbeitet wird.“

„So einfach dürfte es nicht sein“, fiel ich ihm in die Rede. „Dieser Einsatz, der uns so schwierig erschien, entpuppt sich als Spaziergang. Haltet meine Vorfahren nicht für dumm. Die Männer, die das Robotgehirn gebaut haben, dürften auch etwas für seine Sicherheit getan haben. Etwas ist hier durch und durch unlogisch.“

„Haben wir nicht einen Schutzschirm hinter einer mächtigen Felswand durchdringen müssen?“ erkundigte sich Bull.

„Ja, das haben wir. Für meine Begriffe sind das aber keine ausreichenden Schutzvorrichtungen. Der Schirm ist relativ schwach. Ich würde ihn mit einem mittelschweren Strahlgeschütz neutralisieren können.“

„Wenn du hier unten eins hättest“, überlegte Rhodan laut. „Ich erinnere mich, daß wir noch nicht einmal offiziell die relativ harmlosen Dienstwaffen mitnehmen durften.“

„Das war früher nicht so, aber damals gab es das Gehirn auch schon, wenigstens einen Teil der Anlage. Sergeant Huster, warten Sie noch einen Moment. Wir sehen uns erst einmal um. Kommen Sie!“

Ich winkte den Mutanten zu und zog wieder meine Waffe. Ich ahnte, daß Rhodan die Frage auf der Zunge lag, wer hier eigentlich die Befehle zu geben hätte. Huster schaute zu Rhodan hinüber. Als er schweigend nickte, legte der Sergeant mit ausdruckslosem Gesicht die Ultrabombe zur Seite. Dennoch konnte er sich nicht verkneifen zu sagen: „Klar zur Zeitzündung. Ich brauche nur noch das Laufwerk aufzuschrauben.“

Sekunden später entwickelten wir eine hektische Aktivität, die zu unserem bisherigen Tun in krassem Widerspruch stand. Etwas war entdeckt worden, was wir uns nicht erklären konnten.

Wir drangen rasch zwischen den Reihen der rumorenden Großreaktoren vor. Weit über uns zuckten immer wieder die üblichen

Entlastungsentladungen in die energetischen Kugelspeicher, die ihre gehortete Energie bei Spitzenbelastung des Kraftwerks in die Leitungen abfließen ließen.

Das Werk war vollautomatisch gesteuert. Einige stillstehende Reaktoren bewiesen, daß der Bedarf des Verbrauchers augenblicklich nicht sehr hoch war.

Wir rannten durch die Gänge. Die Halle besaß eine leicht elliptische Form und war wenigstens zweitausend Meter lang. Damit waren auch die gewaltigen Stützsäulen erklärbar. Alles in allem besaß diese Station eine Kapazität, die wohl ausgereicht hätte, einen Industrieplaneten von der Größe der Erde mit Kraftstrom zu versorgen. Meiler reihte sich an Meiler. Weiter hinten bemerkte ich Ungetüme, wie ich sie noch nicht einmal in den Großstationen der neuen Superschlachtschiffe gesehen hatte. Die angeschlossenen Konverter waren bucklige Riesengebilde, und die von ihren Fernleitungspolen ausgehenden Stromleiter flammten in grellstem Violett.

Zum Aufbau der abschirmenden Isolationsröhrenfelder waren etwa fünf Prozent der Gesamtleistung erforderlich. Es handelte sich dabei um einen Erfahrungswert und gleichzeitig um einen Kompromiß der Hochenergie-Ingenieure.

Wir hatten schon zu meiner Zeit höhere Energieverluste in Kauf genommen, nur um auf die veralteten Kabelleitungen verzichten zu können.

Je weiter wir kamen, um so heftiger wurde das Dröhnen. Wir näherten uns einer Umformerstation, deren dicht beisammen stehende Trafos durch schmale Isolationsenergiegitter voneinander abgeschirmt wurden.

Keuchend von dem langen Lauf blieben wir stehen. Nur Sergeant Huster und die beiden anderen Waffenexperten waren zurückgeblieben. Hinter dem Sektor mit den Trafoungetümen verengte sich die Halle zu einem haushohen Tunnel, der anscheinend zum nächsten Felsdom hinüberführte. Der Durchgang war weder durch stählerne Tore noch von einem Energieschirm verschlossen.

Wir mußten schreien, wenn wir uns gegenseitig verständlich machen wollten. Zur Zeit gaben fast alle Konverter ihre überschüssige Energie an die riesigen Speicherzellen ab. Ein Zeichen dafür, daß der Verbraucher mehr und mehr zurückschaltete. War das ein Zufall?

Ich begann krampfhaft zu überlegen. Bull war nun auch nervös geworden. Hätte er bei der Erfüllung unserer selbstgestellten Aufgabe heftigen Widerstand durch Robottruppen angetroffen, hätte er sich wahrscheinlich keine besonderen Gedanken gemacht. So aber ließ sich weder ein organisch lebender Wächter noch ein einziger Robot blicken. Dabei konnte ich mich nicht des unangenehmen Gefühls erwehren, daß wir längst entdeckt worden waren. Wieso schaltete das riesige Kraftwerk mehr und mehr zurück?

„Eine Frage!" schrie ich Rhodan zu und deutete dabei mit dem Kopf auf einen auslaufenden Reaktor. „Wenn das die Hauptkraftstation des Gehirns ist, wenn es ohne sie nicht funktionieren kann: wieso kann es sich der Robot dann leisten, einen Meiler nach dem anderen abzustellen und die verbleibende Restenergie auf die Speicher zu leiten?"

Rhodans Gesicht war erblaßt. Gehetzt schaute er sich um. Er hatte sich wahrscheinlich schon die gleiche Frage gestellt. Die stillstehenden Reaktoren sprachen einfach nicht dafür, daß der Robot ohne diese Station nicht auskommen konnte. Weshalb also sollten wir sie eigentlich zerstören?

Schritte klangen auf. Bull fuhr auf dem Absatz herum und sprang in Deckung. Die drei in raschem Lauf näher kommenden Gestalten waren aber nur Sergeant Huster und die beiden Spezialisten seines Trupps.

Schwer atmend blieben sie bei uns stehen, und Huster schrie: „Der Schutzschirm längs der Felswand nimmt eine intensiv blaue Färbung an. Ich befürchte, daß uns jemand auf einem Überwachungsbildschirm hat."

Bull rannte wortlos zum Eingang des nahen Stollens hinüber. Wir folgten ihm, da es für unsere Teleporter keine Rolle spielte, von welchem Punkt der Kraftwerkshalle aus sie uns in Sicherheit brachten. Es war ohnehin vorgesehen, bei der Rückkehr zu einem belebten Ort zu springen, der von einem Kommando unter Leutnant Stepan Potkin inzwischen zum unauffälligen Empfang vorbereitet worden war.

So rannten wir die wenigen hundert Meter hinter Bull her, bis wir ebenfalls in den Tunnel hineinsehen konnten. Er war höher und breiter als gedacht. Außerdem waren seine Wände mit Metallplastik verkleidet, und in seiner Mitte flimmerte eine gitterähnliche Energieerscheinung, deren Struktur und Farbtönung mir unbekannt war.

Dieser Schutzschirm sah aus, als bestände er aus einem System von silbrig schimmernden, zwölfeckigen Waben, die man nur bei einem besonderen Lichteinfall bemerken konnte.

Der Eingang des Stollens war gewölbt, etwa 30 Meter hoch und ebenso breit. Was hinter dem eigenartigen Schutzschirm lag, konnten wir nicht sehen, da der Gang eine Biegung mitten im Berg machte.

„Das ist es", sagte der Peiler Tanaka Seiko. Sein Gesicht war verzerrt und schweißüberströmt. „Von da kommen die rätselhaften Schwingungen, die ich schon bemerkt hatte. Das ist etwas Ungeheuerliches. Ich fühle bohrende Schmerzen im Kopf. Ich kann das nicht lange aushalten."

In dem Moment meldete sich endlich mein Logiksektor. *„Übergeordneter Energieschirm, Neuentwicklung, dir unbekannt. Dahinter beginnt der Sektor mit dem Robot."*

„Bull, hierbleiben!" schrie ich dem davonschreitenden Mann nach. „Bull, da kommt niemand durch! Wir haben uns täuschen lassen! Das Kraftwerk hinter uns ist eine Tarnstation. Meine Vorfahren haben doch daran gedacht, den Regenten wirklich zu schützen. Zurück, oder wir sitzen in der Falle. Eben laufen die letzten Reaktoren aus. Wenn das geschehen ist, dürfte das Werk tot sein. Dann wird es ernst. Bully, zurückkommen!"

Rhodan stand mit geballten Händen mitten im Stolleneingang. Er hatte verstanden, daß ich recht hatte. Der leichte Schutzschirm hinter der vorderen Felswand war ein Ablenkungsmanöver. Das Werk an sich mochte für das Gehirn bedeutungslos sein. Niemand konnte wissen, wo der Kraftstrom normalerweise verbraucht wurde. Wahrscheinlich in irgendeiner Riesenfabrik für die Großserienfertigung von Raumschiffen oder sonstigen Aggregaten.

Das letzte Grollen verstummte. Es wurde unheimlich still in dem vorher lärmerfüllten Felsdom. Rhodans Worte klangen schmerzhaft laut: „Sergeant, schalten Sie den Zünder ein. Laufwerk auf fünf Minuten stellen. Tako, Sie bringen die Bombe durch den Wabenvorhang. Legen Sie den Sprengkörper irgendwo in den dahinterliegenden Räumen ab und kehren Sie sofort zurück. Los, beeilen Sie sich!"

Ich starrte den großgewachsenen Mann entsetzt an. Wußte er noch, was er tat? Huster verlor keine Sekunde lang seine erstaunliche Ruhe. Mit einer Umdrehung seines Spezialschlüssels justierte er den Zeitzünder.

„Fünf Minuten laufen", sagte er gelassen.

Der Teleporter Tako Kakuta sprach kein Wort. Er wußte, daß wir keine Zeit zu verlieren hatten. Etwas mußte jetzt geschehen. Wahrscheinlich hatte die Überwachungsautomatik nur so lange mit dem Angriff gewartet, bis auch der letzte Reaktor abgestellt und die Einspritzleitungen für die katalysierte Reaktionsmasse leergesaugt waren. Sonst hätte sich bei einem Gefecht ein fürchterliches atomares Feuerwerk entfalten können, da die zündfreudige Masse bei knapp viertausend Grad Celsius in den Fusionsprozeß trat.

Es war geschickt, teuflisch geschickt gemacht worden. Nun verstand ich auch, warum der bisher so schwächliche Energieschirm entlang der vorderen Felswand plötzlich intensiv zu leuchten begann. Jemand, der nicht wissen konnte, daß für unsere Teleporter die Intensität einer energetischen Barriere keine Rolle spielte, wollte uns den Rückweg versperren. Das war noch unsere einzige Chance, aber Rhodan war dabei, sie bis zur letzten Gefahrenstufe auszunutzen.

Tako preßte den etwa 50 Zentimeter langen Hohlkörper an sich. Man sah ihm äußerlich nicht an, welche kolossale Zerstörungskraft er entwickeln konnte.

Die Blicke des Mutanten waren auf den deutlich erkennbaren Wabenschirm gerichtet. Geheimnisvoll, silbrig schimmernd und hier und da leicht bläulich aufleuchtend, versperrte er uns den Weg. Ich bemühte mich verzweifelt, mein Gedächtnis anzuspornen, bis ich schlagartig einsetzende Kopfschmerzen bekam.

Es nützte nichts. Ein solches Energiegebilde hatte ich noch nie gesehen. Wahrscheinlich war der Schirm von den letzten, noch geistig aktiven Spitzenwissenschaftlern meines Volkes entwickelt worden, als ich schon seit Jahrtausenden als tot und verschollen galt. Ich konnte nicht ahnen, was man da geschaffen hatte.

Takos Körper verschwand so plötzlich, als hätte er niemals nur zwei Meter von mir entfernt gestanden. Rhodan sah auf die Uhr.

Unmenschliche Schmerzensschreie ließen uns zusammenfahren. Verstört blickten wir uns um, doch es war niemand zu sehen, der die Rufe unsäglicher Qual ausstieß. Trotzdem mußte es ein lebendes Wesen sein.

Die Schreie steigerten sich zu einem schrillen, langgezogenen Kreischen, bis an der Stelle, wo der Teleporter entmaterialisiert hatte, eine irrlichternde Leuchtspirale entstand.

Sie schien sich in schnellster Rotation zu befinden, und – aus ihr ertönten die fürchterlichen Geräusche.

„Tako!“ schrie Rhodan. Er wollte auf die Energieballung zustürzen, doch ich riß ihn gewaltsam an den Schultern zurück. Er taumelte und kam vor meinen Füßen zu Fall.

Gebannt sahen wir auf das Unbegreifliche, bis sich allmählich Takos Körper aus dem hellen Wirbel herausschälte. Je deutlicher er erkennbar wurde, um so schwächer wurden die Schmerzenslaute.

Dann lag der Teleporter dumpf stöhnend vor uns. Sein schmales Gesicht war verzerrt, und die Furcht vor rätselhaften Dingen stand in seinen Augen geschrieben.

Als wir ihn aufrichteten, schrie er wieder, nur schien er sich jetzt Mühe zu geben, seine Not nicht allzu deutlich bekanntzugeben. Wimmernd, am ganzen Körper bebend, lehnte er an der Felswand. Seine Hände flatterten. Die gefährliche Bombe war auch noch da. An ihr schien sich nichts verändert zu haben.

Tako schwieg plötzlich. Nur seine verstörten Augen schienen noch zu leben.

„Was war los?“ fragte Rhodan knapp.

Sergeant Huster sprang mit einem halsbrecherischen Satz nach vorn. Er fiel schwer auf den Boden, doch seine Hände faßten die Bombe. Mit zwei Griffen hatten er den laufenden Zeitzünder abgeschaltet. Seine Stirn war schweißbedeckt. Anscheinend hatte er in letzter Sekunde gehandelt. Er sprach aber kein Wort.

Der Teleporter rang nach Atem, dann sagte er: „Es war schrecklich. Etwas fing mich ab, spielte mit mir, brachte mich in Rotation und stieß mich zurück. Ich fühlte alles – alles fühlte ich. Das mache ich nicht wieder."

Stöhnend krümmte er sich auf dem Boden und versuchte, die Finger in den Panzerplastbelag zu krallen.

Rhodans Gesicht war grau. Aus aufgerissenen Augen starrte er mich an. Er wollte eine Erklärung. Ich hatte eine.

„Ein stabiles Strukturfeld auf wahrscheinlich hypergravitorischer Basis. Eine artverwandte Energieform, die den übergeordneten Impulsstrom eines entmaterialisierten Körpers abstößt, wie ein normales Magnetfeld eine ionisierte Gaswolke. Perry, da kommen wir niemals durch! Nun weiß ich, *wie* meine Vorfahren das Gehirn abgesichert haben. Dieser Schirm ist wahrscheinlich die letzte Entwicklung meines Volkes. Da komme ich auch nicht mehr mit. Der Regent kann nicht angegriffen werden."

Tako beruhigte sich langsam. Erschöpft ruhte er in Husters Armen. Ras Tschubai stand schweigend vor seinem Kameraden. Als er den so harmlos aussehenden Wabenschirm betrachtete, glomm ein Funken der Furcht in seinen Augen auf.

Drei Sekunden später begann es in der weiten Reaktorhalle zu dröhnen. Der stampfende Tritt aufmarschierender Roboter unterbrach die eingetretene Stille.

„Sie kommen", stellte Bully in aller Ruhe fest. „Wahrscheinlich gleiten sie aus allen möglichen Löchern und versteckten Schächten hervor. Ich gebe uns noch fünf Minuten."

Rhodan erwachte aus seiner Starre. Während Bull noch unnütze Worte sprach, hatte der grauäugige Terraner längst gehandelt.

„Marshall hat sich mit Sicherheit telepathisch über unsere Lage informiert. Das Auffangkommando wartet. Ras, Sie bringen zuerst Huster mit seinen beiden Männern hinaus. Wir halten hier die Stellung. Los, fangen Sie an und – um Himmels willen – beeilen Sie sich, wie Sie es noch nie getan haben!"

Huster richtete sich auf und sprang dem Mutanten auf den Rücken. Im selben Moment verschwand er.

„Bull, Atlan, Okura und Seiko, wir gehen hinter den Trafos in Deckung. Sie bleiben bei Tako zurück. Können Sie schon springen?"

Der Teleporter verneinte verzweifelt. Wir stellten keine Fragen mehr. Als wir losrannten, erschien schon wieder Ras Tschubai. Er arbeitete unerhört schnell.

„Ich nehmen zwei Mann auf einmal!" rief er uns nach.

Rhodan winkte nur. Als ich hinter dem mächtigen Panzerplastsokkel eines Umformers in Deckung ging, erschienen weiter vorn die ersten Kampfroboter.

Infolge der trichterartigen Verengung der riesigen Halle besaßen wir die bessere Position. Direkt hinter uns begann der relativ schmale Stollen, und vor uns lagen nur zwei breite Gänge, die sich dicht vor der letzten Traforeihe zu einem vereinten.

Ich wartete, bis ich die ersten Kampfmaschinen klar sehen konnte. Die Intensitätsmarke meines Impulsblasters stand auf Stellung drei. Ich sah Rhodan den Arm in die Luft stoßen. Fast gleichzeitig drückten wir auf die Feuerknöpfe.

Ich hatte die Augen zu schmalen Schlitzen verkniffen. Trotzdem wurde ich von der grellen Atomglut in schmerzhafter Weise geblendet. Ein tosender, fingerstarker Energiestrahl zuckte nach vorn, wo er auf dem breiten Bruststück eines heranstürmenden Robots landete.

Eine Zehntelsekunde später war die Hölle los. Wir eröffneten das Feuer aus fünf wirkungsvollen Thermowaffen, was zur Folge hatte, daß die Temperaturen sofort steil anstiegen. In dem Krachen und Dröhnen der Waffen und dem peitschenden Knallen der in die Vakuum-Schußbahnen einfallenden Luftmassen war eine Verständigung nicht mehr möglich. Wir schossen auf jedes erkennbare Ziel, bis sich knapp hundert Meter entfernt glutflüssig zerlaufenes Metall zu einem teils vergasenden Strom vereinte.

Helle Blitze zuckten immer wieder auf, wenn die anscheinend sinnlos anlaufenden Robots explodierten. Es kam, wie es kommen mußte.

Nach wenigen Salven wurde die entstehende Hitze unerträglich. Ein haushoher Großumformer neigte sich langsam und gravitätisch zur Seite, bis er sprühend und zischend in dem brodelnden Stahl landete.

Weitere Trafos explodierten unter dröhnenden Donnerschlägen. Als Rhodan schließlich die über den Umformern hängenden Stromspeicher unter Wirkungsfeuer nahm, war das Chaos vollendet.

Ich schrie ihm zu, diesen Unsinn zu unterlassen, aber er hörte mich nicht. Speicher auf Speicher detonierte, und die Entladungen waren so fürchterlich, daß mein Körper zu prickeln begann.

Meine beiden letzten Schüsse galten dem Kreuzungspunkt der Gänge. Die breitfächernden Energiebahnen trafen auf und verwandelten die Metallplastik in einen weichen, zerlaufenden Materialkuchen, von dem giftige Dämpfe aufstiegen.

Eine letzte Druckwelle heulte auf uns zu. Ich wurde aus meiner Deckung gewirbelt und bemerkte die glühende Luft, die meinen praktisch ungeschützten Körper angriff.

Verzweifelt wälzte ich mich in die Deckung des Sockels zurück.

Dann wurde es plötzlich still. Von angreifenden Robots war nichts mehr zu sehen, und der hintere Teil der Umformerstation glich einem Trümmerhaufen. Ich erfaßte, daß das zuständige Positronengehirn einige Zeit benötigte, um die Tatsache eines derart heftigen Widerstands zu verarbeiten. Es konnte aber nur noch wenige Minuten dauern, bis die Kampfmaschinen neue Anweisungen erhalten hatten.

Ich sah durch den ätzenden Qualm zu Rhodan hinüber. Soeben stieß er den Mutanten Son Okura mit dem Fuß in die Seite und deutete nach hinten. Ich sah hinüber.

Ras Tschubai war schon wieder da. Husters Waffenexperten waren verschwunden, und auf Tschubais Rücken hing die verkrümmte Gestalt unseres verunglückten Telporters Tako Kakuta.

Als Okura bei Ras ankam, klammerte er sich an ihn, und schon waren die drei Körper in einer Leuchterscheinung verschwunden. Jetzt waren wir also noch zu viert. Noch zweimal mußte Ras springen, um uns in Sicherheit bringen zu können.

Rhodan winkte mir zu. Ich lehnte mit einer heftigen Handbewegung ab und deutete auf Bull und den Peiler Tanaka Seiko. Sie sollten mit dem nächsten Transport die Gefahrenzone verlassen.

Es dauerte einige Augenblicke, bis Ras wieder erschien. Wahrscheinlich hatte er noch nie in seinem Leben so rasch gearbeitet. Ich sah, daß sich Bullys Lippen bewegten. Sicherlich war er nicht damit einverstanden, daß wir ihn zuerst in Sicherheit bringen ließen.

Wieder bemerkte ich das irisierende Leuchten. Vor uns brodelte der Boden. Ein von der Hitze angegriffener Trafo gab dem Zug der Schwerkraft nach und stürzte ebenfalls in die nur langsam erstarrende Masse.

Von da an war ich mit Rhodan allein. Er drehte den Kopf und zeigte mir sein schweißüberströmtes Gesicht. Wir konnten es augenblicklich nicht riskieren, bei dem stetig emporquellenden Qualm unsere Positionen zu verlassen. Die giftigen Gase, herrührend von verdampfenden Kunststoffen, hätten uns nach wenigen Atemzügen bewußtlos werden lassen.

Die Sekunden wurden zu Ewigkeiten. Unsere Waffenmündungen drohten nach vorn. Aus dem dichten Dunst zwischen den noch erhaltenen Trafos sah ich einen grellen Blitz aufzucken. Krachend schlug er in den Panzerplastsockel ein, und ich wurde von der freiwerdenden Energie vom Boden angelüftet. Schwer fiel ich zurück. Ich wußte, daß man mit einer Schockwaffe geschossen hatte. Das war noch unsere einzige Chance. Wenn das steuernde Gehirn Wert darauf legte, sein kostbares Kraftwerk zu behalten, konnte es die Roboter nicht auch noch Thermowaffen verwenden lassen.

Rhodan feuerte wieder. Sein Energieschuß verschwand in dem dichten Qualm und ließ weit hinten eine funkensprühende Glutsäule gegen die Decke steigen.

Ich sah mich um. Von Tschubai war noch nichts zu sehen. Ein Blick auf die Uhr belehrte mich aber, daß seit seinem letzten Auftauschen erst zwanzig Sekunden vergangen waren. Dreißig brauchte er wenigstens. Dabei war es aber schon fraglich, ob er durchhalten würde. Wenn Tschubai auch diese letzte Anstrengung noch schaffte, dann konnten wir ihn für einige Zeit abschreiben.

Rhodan rief mir etwas zu. Ich verstand die Worte nicht, doch dafür erfaßten meine Augen die Sachlage. Ein von einem bläulichen Schutzschirm umlohtes Maschinenungeheuer stapfte langsam und gleichmäßig durch den feuerflüssigen Metallbach. Andere Robots dieses Modells folgten. Das war also das Ende.

Ich gab drei schnelle Feuerstöße auf den vordersten Angreifer ab. Der Erfolg bestand jedoch nur in einer Steigerung der Hitze, die nun unerträglich wurde. Meine Uniform begann zu sengen. Widerlicher Brandgeruch stieg mir in Nase und Mund. Ein Hustenanfall schüttelte mich, ließ meine Augen tränen und die Waffenhand unsicher werden.

Ich schoß nochmals, dann sah ich Rhodan springen. Er warf sich fast über den Boden, um mit dem Kopf nicht in die dichten Gasschwaden zu kommen. Ich folgte ihm sofort. Hinten im Stollen, dicht vor dem rätselhaften Schutzschirm, war Ras Tschubai erschienen.

Wir kamen bei dem Teleporter an, als die ersten von Energieschirmen abgesicherten Kampfmaschinen unsere ehemalige Deckung erreichten und dort stehenblieben. Rhodan hatte seine Arme um Tschubais Hals geklammert. Ich umfaßte ihn von hinten.

Dabei bemerkte ich das verzerrte, von höchster Anstrengung zeugende Gesicht des Mutanten, der anscheinend an der Grenze seiner Leistungsfähigkeit angekommen war.

Als das kurze Ziehen der Entmaterialisierung und gleich darauf ein wundervoll kühler Luftstrom bemerkbar wurden, wußte ich, daß wir vorübergehend gerettet waren.

Ich lag keuchend auf dem Boden und kämpfte mit einem Erstikkungsanfall. Jemand rief mich an. Es war Leutnant Stepan Potkin, der mit Hilfe des Hypnos André Noir den kleinen Nebenraum eines der zahlreichen Lokale von unerwünschten Gästen geräumt hatte, um uns somit eine Auffangstation zu schaffen.

„Es ist alles in Ordnung. Sie sind alle hier. Wie fühlen Sie sich?"

Ich hörte Rhodans krächzende Stimme. Er hatte auch Giftstoffe in die Lungen gesogen.

„Neue Uniformen, schnell. Unsere sind halb geröstet. Was ist hier los? Hat man Alarm gegeben?"

„Nein, niemand scheint zu wissen, was drüben geschehen ist. Ich bin aber der Meinung, daß ..."

Potkins Ansichten über diese Situation sollten wir nie erfahren. Arkonidische Lärmpfeifen, hoch und schrill, jedes andere Geräusch durchdringend, ließen ihn verstummen. In der weiten Wohnhalle fuhren mehr als vierzigtausend beurlaubte Zaliter zusammen. Köpfe ruckten in die Nacken, weit aufgerissene Augen starrten zu den Decken und Wänden empor, wo die Alarmgeräte eingebaut waren.

Wir sahen uns bezeichnend an, und Bull sagte laut: „Aha, soeben hat man bemerkt, daß wir nicht mehr da sind. Interessant, was?“

Stirnrunzelnd sah er sich um. Die Lärmpfeifen schrillten immer noch. Es war ein Geräusch, das jedem Mann, der es bisher gehört hatte, durch Mark und Bein gegangen war. Ich richtete mich langsam auf. Mein Hustenreiz legte sich.

In dem heillosen Wirrwarr kurz nach dem Alarm hatten wir unser Gemeinschaftsquartier in Block C-436-8 gut erreicht. Die Lautsprecher hatten jeden beurlaubten Zaliter angewiesen, sofort die breiten Straßen, Geschäfte und Lokale zu verlassen, um sich beim Robot-Pfortenkommando der jeweiligen Unterkunft zu melden. Den vierzigtausend Voga-IV-Bewohnern war eine Frist von 15 Minuten zugebilligt worden. Wer sich danach nicht in seinem Quartier befand, sollte von Robotern paralysiert und gefangengesetzt werden.

Natürlich war es für die vielen Raumfahrer nicht möglich gewesen, in diesem so knapp bemessenen Zeitraum heimzukehren. Rhodan und ich waren einige Sekunden vor Ablauf der Frist in unseren Bau gestürmt, wo wir infolge unserer ordnungsgemäßen Urlaubsplaketten anstandslos durchgelassen wurden. Jedoch hatten wir bemerkt, daß eine Registrierung erfolgt war.

Ich hatte noch den Fuß jenseits der schweren Tür gehabt, als die draußen aufmarschierenden Kampfroboter zu schießen begannen. Ich hatte jetzt noch das Dröhnen der schweren Schockwaffen im Ohr, unter deren Feuer mehr als hundert Zaliter bewußtlos zusammenbrachen. Hätten wir es nicht in letzter Sekunde geschafft, wäre uns fraglos das gleiche Schicksal beschieden gewesen.

Der Regent nahm keine Rücksicht mehr. Wer nach der bewilligten Frist noch nicht die Straßen verlassen hatte, wurde paralysiert und abtransportiert.

In mir schien jedes Gefühl erstorben zu sein, als ich hastig meine Mannschaftsuniform ablegte, um die von meinem Double getragene Kommandantenkleidung wieder über den Körper zu streifen.

Rhodan und Bull waren ebenfalls dabei, ihre Kombis zu wechseln. Wir nahmen wieder die uns zustehenden Plätze ein.

Die Männer von Potkins Empfangstrupp hatten mittlerweile Bericht erstattet. Flüsternd gingen die besorgniserregenden Nachrichten von Mund zu Mund. Tako Kakuta, der immer noch so geschwächt ,ar, daß er nicht auf den Beinen stehen konnte, hatte von unseren Medizinern die ersten Injektionen erhalten. Es sah böse aus.

Ich verließ mein Einzelzimmer, um den Raum der Offiziere aufzusuchen. Im ganzen Block herrschte ein so erregtes Stimmengewirr, daß wir eine kurze Besprechung wagen konnten.

Sergeant Huster war verbissenen Gesichtes dabei, seine Ultrathermbombe zu demontieren. Mehrere Männer hatten um ihn einen Kreis gebildet, in dem lebhaft diskutiert wurde. So saß Huster gut gedeckt auf dem glatten Boden und zerlegte die gefährliche Waffe in ihre Bestandteile.

Ich blickte nur flüchtig in Saal 18-B hinein, wo sich hundertfünfzig Männer befehlsmäßig zusammendrängten.

Von den fünfzig echten Zalitern meiner Besatzung waren nur achtzehn zurückgekehrt. Leutnant Kecc, der Ortungsfunker, war dem Vernehmen nach zusammen mit den restlichen Männern verhaftet worden.

Ich wies die zitternden Zalitbewohner in ihren Wohnsaal zurück und ordnete strengste Ruhe an. Minuten später traf ich mich mit den Offizieren.

Perry Rhodan stand breitbeinig an der schmucklosen Kunststoffwand des Viermannzimmers. Als ich eintrat, grüßte er nur flüchtig. Bully sah mich aus glänzenden Augen an. John Marshall bemühte sich verzweifelt, irgendwelche Gedankenimpulse aufzufangen.

„Bemühen Sie sich nicht, John“, sagte Rhodan. „Hier gibt es nur Roboter, und die denken nicht. Die wenigen Arkoniden in der anderen Wohnhalle wissen von nichts. Die Anweisung zur Verhaftungswelle kam direkt vom Regenten.“

Marshall gab es auf. Ein Mann meldete die vollzogene Demontage der Bombe. Rhodan nickte geistesabwesend. Als er uns der Reihe nach anblickte, erschien er mir sehr gefaßt.

„Sie wissen, was das zu bedeuten hat? Wir sind auf rätselhafte Weise aus dem Kraftwerk verschwunden, jedoch hat sich der Regent ausgerechnet, daß wir nur aus dieser Kasernensiedlung gekommen sein konnten. Also läßt er die Straßen räumen, um in kürzester Frist mit einer für uns peinlichen Untersuchung zu beginnen. Um die verhafteten Zaliter brauchen wir uns keine Sorgen zu machen. Der Regent wird bei Verhören ihre Unschuld erkennen und sie freilassen. Aber er weiß nun, daß es hier unten gefährliche Waffen gibt, und nach denen wird er fahnden lassen."

„Wir werden uns davon trennen müssen", fiel Marshall erregt ein. „Ras Tschubai kann sie mit wenigen Sprüngen an einer versteckten Stelle ablegen. Soll der Regent raten, von wem sie ehemals getragen wurden."

Der Gedanke war durchaus logisch, nur hatte er einen Fehler. Ich wußte, daß Rhodan darauf ansprechen würde.

„Irrtum, John. Der Regent vergißt niemals etwas. Also wird er sich auch in Sekundenschnelle an die Einsätze unserer Mutanten vor etwa siebzig Jahren erinnern und daraus die notwendigen Schlußfolgerungen ziehen. Er dürfte jetzt schon in unwiderlegbarer Beweiskraft ermittelt haben, daß das plötzliche Verschwinden der ins Werk Eingedrungenen nicht normal ist. Er besitzt zudem genügend Unterlagen über unsere Agenteneinsätze im Gebiet des Imperiums. Er weiß, daß er es mit Terranern zu tun hat. Demnach wird jedermann genau untersucht werden, der sich in diesem Sektor der Stadt aufhält. Mit einem Verstecken der Waffen wäre uns nicht geholfen."

„Eine gewagte Theorie", warnte Bull.

„Überhaupt nicht gewagt. Ich kenne diese Maschine. Sie wird genau die Schlüsse ziehen, die ich soeben erwähnt habe. Atlan, wie ist deine Meinung?"

Ich nickte. Dabei war mir, als wollten meine Nackenmuskeln erstarren. „Es ist so. Selbst wenn der Regent nicht auf Terra käme, würde er die Untersuchung veranlassen. Leider können wir unsere menschlichen beziehungsweise arkonidischen Gehirnfrequenzen nicht ändern. Genausowenig, wie ihr euer Knochengerüst ändern könnt. Wenn man uns unter die Lupe nimmt, sind wir verraten."

Rhodan fuhr sich mit der flachen Hand über die langen Haare. Sein Lächeln wirkte unecht. „Somit dürfte es besser sein, die Waffen zu behalten. Ich möchte nicht ganz wehrlos sein, wenn sie uns fassen. Oder sieht jemand eine Möglichkeit, gewaltsam nach oben durchzubrechen?"

Potkin lachte kurz auf und schüttelte den Kopf.

„Aussichtslos", warf ich in dem Bemühen ein, meine Stimme ebenfalls ruhig und gefaßt klingen zu lassen. „Es gibt in diesem Sektor nur den einen uns bekannten Eingang. Die Werften können wir nicht mehr erreichen. Außerdem wäre der Versuch auch dort sinnlos. Die Schiffe werden durch riesige Antigravschächte nach unten gebracht. Dort kommen wir niemals hinauf."

Es wurden noch mehrere Vorschläge gemacht, die aber alle wenig erfolgversprechend waren. Sie enthielten noch nicht einmal die Spur einer Chance.

Rhodan setzte sich auf das einfache Pneumolager. Er wußte, daß wir verspielt hatten. Wenn unser so sorgfältig vorbereiteter Anschlag gelungen wäre, hätte nun alles anders ausgesehen. Zweifellos hätten wir in dem entstandenen Chaos eine Möglichkeit gefunden, die Oberfläche zu erreichen, denn dann hätte der Regent nicht mehr existiert.

Nun aber schlug er mit aller Härte zurück. Noch war nicht alles verloren, da es noch eine ganz bestimmte Möglichkeit gab. Ich gab sie nur zögernd bekannt.

„Sie sollten sich darüber klar sein, daß wir entdeckt werden. Ein bewaffneter Widerstand bis zum letzten Mann wäre nicht nur dumm, sondern auch falsch. Wenn wir uns sofort melden, werden wir bei dem Robot in Gefangenschaft gehen. Er wird sich Informationen erhoffen. Es ist wahrscheinlich, daß wir einigermaßen ungeschoren davonkommen. Das ist aber nur eine Idee. Wir werden sehen, wie sich die Lage entwickelt."

Rhodans Augen glitzerten im schräg einfallenden Licht. „Das ist deine Meinung, Arkonide. Daran glaubst du doch selbst nicht. Der Regent wird uns in Empfang nehmen und anschließend sehr peinlich befragen. Er wird die galaktische Position der Erde erfahren und sofort angreifen. Mehr will er ja seit Jahren nicht erreichen. Schlage dir das aus dem Kopf, Freund."

Bully sah mich aus halb geschlossenen Augen an. Seine Haltung war zu lässig, um auf mich beruhigend wirken zu können. Heißer Zorn wallte in mir auf. Zusätzlich zu der verzweifelten Lage kam nun auch noch das Mißtrauen der Terraner.

„Dann macht was ihr wollt, ihr großartigen Helden", sagte ich knirschend. „Geht meinetwegen mit fliegenden Fahnen und Hurragebrüll unter. Ihr Narren lernt es nie. Von echter Politik habt ihr keine Ahnung. Es gäbe eventuell Mittel, das Gehirn zu übertölpeln."

„Nein."

Das Wort stand in dem kleinen Raum, als wäre es zu einem festen Gegenstand geworden.

Rhodan hatte sich entschlossen. Ich warf ihm einen wilden Blick zu und ballte die Hände, daß die Knöchel weiß hervortraten. Niemand sprach ein Wort. Dafür wurde ich von seinen Augen förmlich seziert.

Ich zwang ein spöttisches Lächeln auf meine Lippen und drehte mich um. Es erfolgte der scharfe Anruf, den ich bereits erwartet hatte. Sie würden sich nie ändern, diese etwas zu rasch emporgekommenen Barbaren.

„Wohin, Arkonide?"

Ich wandte den Kopf. Rhodans sprungbereiter Körper überzeugte mich davon, daß er mir nicht mehr traute.

„Zur Messe", antwortete ich ironisch. „Warum so nervös? Hast du keinen Hunger?"

Bull grinste, und Rhodans Haltung lockerte sich.

„Du bist ziemlich kaltschnäuzig, was?" fragte er sinnend.

„Nur äußerlich. Ich befürchte, daß mir mein schöner Zellaktivator in naher Zukunft nicht mehr viel nützen wird. Der Unfalltod ist ein von außen auf den Körper einwirkendes, nicht freiwillig herbeigeführtes Ereignis mit dem Resultat, daß man sich kaum gegen die damit verbundenen Folgen wehren kann. Wenn man einen Strahlschußtreffer als Unfall ansieht, so ist damit deutlich genug gesagt, was uns bevorsteht. Du solltest dir die Sache mit der Kapitulation nochmals überlegen. Wie ich das Gehirn kenne, wird es sehr bald etwas unternehmen. Vorerst sind sämtliche Zaliter einmal in den Wohnblocks eingeschlossen worden. Damit scheidet eine für den Regenten gefährlich werdende Aktivität aus. Das ist die erste Maßnahme. Was jetzt noch kommt, dürfte wesentlich unangenehmer werden."

Ich tippte mit den Fingerspitzen grüßend an den Rand meines Funkhelms. Ehe ich jedoch die Tür erreichen konnte, begannen draußen die Großlautsprecher der Rundrufanlage zu brüllen. Diesmal meldete sich der Regent „persönlich".

Ich blieb lauschend stehen. Rhodan sprang an meine Seite und stieß mit dem Fuß die Tür auf. Die Durchsage war unüberhörbar lautstark.

„Regent an alle zalitischen Kommandanten", hallte es durch die weiten Gänge und Hallen. „Sie werden angewiesen, Ihre Besatzungen marschfertig antreten zu lassen. Sie werden schiffsweise abberufen und zur Oberfläche transportiert. Der Urlaub ist ab sofort aufgehoben. Niemand hat die Wohngebäude ohne ausdrücklichen Befehl zu verlassen. Die Mannschaften werden von Kampfrobotern eskortiert. Rückfragen an mich sind nicht zulässig."

Wir sahen uns verblüfft an. Was sollte das nun wieder bedeuten? Gehörte die Anweisung auch zur maschinellen Logistik? Wenn ja, was wollte der Robot mit dem Abtransport erreichen? Warum nahm er die Überprüfungen der einzelnen Personen nicht hier unten vor?

Die Antwort kam von meinem Extrahirn. Als ich sie bewußt erfaßt und verarbeitet hatte, tat ich etwas, was ich Sekunden später bitter bereute. Ich wandte mich an Rhodan und erklärte hastig, was ich soeben ermittelt hatte: „Der Regent zieht die Konsequenzen. Er riskiert es nicht mehr, die Raumfahrer in der Stadt untersuchen zu lassen, da er wahrscheinlich herausgefunden hat, daß wir mit einer Vernichtungswaffe in das Kraftwerk eingedrungen sind. Andernfalls wäre es ja sinnlos gewesen, denn mit unseren Handstrahlern allein hätten wir ihn, den Regenten, niemals ernsthaft gefährden können, selbst wenn wir direkt in seinen mechanischen Eingeweiden gestanden hätten."

„Plausibel. Weiter!" fiel mir Rhodan ins Wort.

„Er ist nun bestrebt, jedermann schnellstens von dem Ort zu entfernen, wo man mit geeigneten Mitteln wesentlich mehr Unheil anrichten kann als oben auf den Raumhäfen. Daher wird hier unten keine Untersuchung mehr erfolgen. Sie kostet Zeit, und Zeit will der Robot niemandem mehr geben. Auf dem Hafen selbst wird es dann heiß hergehen."

Rhodans Gesichtsausdruck ließ mich verstummen. Er brauchte nur Sekunden, um seinen Entschluß zu fassen. Der war es dann, der mich erblassen ließ.

„Sergeant Huster!"

Der Waffenexperte hatte draußen auf dem Gang gestanden. Er führte das sogenannte Rückzugskommando. Schweigend nahm er Haltung an.

„Perry", sagte ich erregt. Meine Kehle war wie zugeschnürt. „Perry..."

Er achtete nicht auf mich. Seine Stimme war klanglos. „Huster, Sie erhalten hiermit den Befehl, die mitgebrachten Einzelteile der Arkonbombe schnellstmöglich zu montieren, sie betriebsbereit zu machen und den Zeitzünder einzusetzen. Melden Sie mir die Ausführung."

Huster salutierte. Ehe ich noch etwas sagen konnte, war er bereits verschwunden. Hundertfünfzig Männer drängten sich unauffällig zusammen. Die Arkonbombe, gefährlichste Vernichtungswaffe meines Volkes gegen feste Ziele wie Planeten oder andere Himmelskörper, war Rhodans Notlösung. Da die Bombe trotz der hervorragenden Mikroausführung in fertigem Zustand groß und schwer war, hatten wir 62 Männer benötigt, um die Einzelteile verstecken und transportieren zu können. Unter einer Stunde konnte Huster nicht fertig sein.

Ich rannte auf den Gang hinaus und sah flüchtig in Saal 18-B hinein. Huster war bereits im Gedränge der Männer verschwunden. Wahrscheinlich nahm er jetzt die hastig ans Licht gezerrten Bauteile in Empfang.

Ich fühlte Übelkeit in mir aufsteigen. Ich wußte, daß die Bombe einen unlöschbaren Atombrand erzeugte, der alle Elemente ab der Ordnungszahl 10 erfaßte. Damit wurden die Hauptbestandteile der Luft nicht angegriffen, doch das war auch gar nicht nötig. Wir hatten erst kürzlich die Vernichtung einer ganzen Welt durch Arkonbomben erlebt. Der Planet Gray Beast, ehemaliger Flottenstützpunkt des Solaren Imperiums, war innerhalb weniger Tage in eine verglühende Sonne verwandelt worden.

Hatte Rhodan wirklich das gleiche mit Arkon III vor, mit jenem uralten Himmelskörper, der die Macht des Arkonidenreichs begründet hatte und der sie noch immer aufrechterhielt? Ich konnte es nicht glauben. Ohne Nr. III war das Große Imperium wie ein Baum ohne Wurzeln. Es durfte nicht geschehen.

Als ich in das kleine Offizierszimmer zurückkam, gab der Regent schon die ersten Transportanweisungen durch. Ich hörte, daß die Kommandanten von zehn Schiffen angewiesen wurden, ihre Besatzungen aus den Blocks zu führen und in Marschordnung auf die von Robotern angegebenen Ziele zuzugehen.

Damit wurde es klar, daß der Regent sehr schnell handelte. Wir konnten jeden Augenblick an die Reihe kommen. Niemand wußte, welche Besatzung als nächste den Marschbefehl erhalten würde. Ich hoffte nur, daß der Regent diesem Sergeanten Huster keine Zeit mehr lassen würde, die Arkonbombe fertig zu montieren.

Halb von Sinnen stürmte ich in das Zimmer, doch was mich dort erwartete, hatte ich nun doch nicht vermutet. Wahrscheinlich wäre ich sofort auf den richtigen Gedanken gekommen, wenn ich nicht so maßlos erregt gewesen wäre.

Rhodans Strahlermündung war genau auf meine Brust gerichtet. Drei weitere Waffen bedrohten mich ebenfalls. Ich blieb stehen und sah verstört auf die rötlich fluoreszierenden Gleichrichtungsläufe nieder. Dann erhob ich den Kopf.

„Es tut mir leid“, sagte Rhodan in einem bedauernden Tonfall. „Wir nehmen an, mein letzter Befehl könnte dich zu Dummheiten veranlassen. Wir werden dich im Auge behalten, bis wir den Marschbefehl bekommen. Du hast doch nichts dagegen?“

Die kalte Ironie seiner Worte schockierte mich. Ich dämpfte meinen sinnlosen Zorn und bemühte mich mit aller Willenskraft, die Ruhe zu bewahren.

„Keine Tricks, bitte“, warf Bull freundlich ein. „Wir kennen uns ja, nicht wahr?“

Ich lachte bitter auf. Ja, wir kannten uns. Es dauerte eine Weile, bis ich sprechen konnte. „So willst du also den Kriegsplaneten vernichten, nicht wahr? Bist du dir auch darüber klar, was das bedeutet?"

„Das ist mir bekannt", sagte Rhodan. „Du solltest einsehen, daß bei der jetzigen Situation die Vernichtung dieser Mammut-Kriegswelt der einzige Ausweg ist. Dem beginnenden Atombrand wird der Regent als erster zum Opfer fallen. Seine Schutzschirme fallen zusammen, und der Planet beginnt zu kochen. Vorher werden wir reichlich Gelegenheit finden, mit einem startklaren Raumschiff zu fliehen. Es gibt hier einige hunderttausend Einheiten, die sich dafür eignen dürften. Kein lebendes Wesen würde ums Leben kommen. Die Bombe ist nur klein, und der Brand benötigt Tage zu seiner Ausdehnung. Somit dürfte sich jedermann in den freien Raum retten können. Auf den anderen Arkon-Welten wird man sich rechtzeitig auf eventuelle Gefahren einstellen können. Was zurückbleiben muß, ist lediglich der fest im Fels verankerte Regent, der keine Gelegenheit mehr haben wird, die Bewohner dieser Welt an einer Flucht zu hindern. Damit ist das Ziel erreicht."

„Du vernichtest das Imperium", sagte ich stockend. „Du zerstörst alles, was wir in zwanzigtausend Jahren geschaffen und aufgebaut haben. Ich werde es nicht dulden. Was weißt du von den zahllosen Völkern, die nur auf diesen Augenblick warten? Sie werden über uns herfallen wie die Wölfe."

„Wir müssen es in Kauf nehmen. Du aber, Atlan, wirst nichts daran ändern. Wir werden diese Hürde auf der Bahn unserer Freundschaft auch überwinden. Beruhige dich jetzt und bemühe dich, die Tatsachen folgerichtig zu begreifen. Der Regent *muß* unschädlich gemacht werden."

„Aber nicht unter solchen Bedingungen!" schrie ich außer mir.

Marshall wollte mir den Mund zuhalten. Ich schlug ihn mit einem Hieb nieder. Stöhnend ging er in die Knie und lehnte sich mit dem Rücken gegen die Wand.

„Das haben schon andere versucht", sagte ich gepreßt. „Machen Sie das nicht wieder, John."

Von da an schwiegen wir. Ich hielt es für sinnlos, weiterhin in

Rhodan zu dringen, zumal mir seine Beweggründe vollkommen klar waren.

Blaß, erschöpft und geistig ausgelaugt, setzte ich mich auf ein Pneumolager.

Ich musterte Rhodan eingehend. Er spürte den jählings in mir aufkommenden Haß. Mit spröden, austrocknenden Lippen flüsterte ich: „Ich hätte dir im Venusmuseum das Schwert in den Hals stoßen sollen, du Narr!“

Seine grauen Augen waren ausdruckslos.

„Wir sind in dreißig Minuten fertig“, meldete ein rasch hereinschauender Mann der Besatzung.

Ich begann innerlich zu verzweifeln. Warum tauchten keine Wachroboter auf? Sonst erschienen sie doch alle Augenblicke auf den Gängen. Bully blockierte die Tür. Ich wußte, daß er bei einem Fluchtversuch schießen würde.

„Schneller, schneller!“ befahl der drei Meter hohe Kampfroboter mit höchster Lautstärke seiner biomechanischen Sprechorgane.

Wir waren die letzten, die sich noch hier unten aufhielten, alle anderen befanden sich bereits an der Oberfläche.

Seit zehn Minuten rannten wir nur noch. Wir hatten sogar auf dem breiten Band der Schnellverbindung ausschreiten müssen, obwohl dieses Massentransportmittel mit 40 Kilometern pro Stunde über die unsichtbaren Walzenrollen glitt.

Nun liefen wir auf den irrlichternden Eingang eines riesigen Antigravschachtes zu. Ich hatte schon angenommen, daß man uns nicht auf dem bekannten Weg zur Oberfläche bringen würde, aber daß sich der Regent dazu entschließen könnte, die vielen Besatzungen sogar durch die großen Raumschiffsaufzüge der nahe liegenden Werften hinaufzuschaffen, hatte ich nun doch nicht erwartet.

Immerhin war der Robot vorsichtig genug, die breiten Gänge zwischen den vollautomatischen Bandstraßen von Kampfmaschinen abriegeln zu lassen. So rannten wir durch ein Spalier von drohend erhobenen Waffenarmen, aus denen alle Augenblicke Entladungen zucken konnten.

Rhodan, Bull und Marshall waren immer hinter mir geblieben. Sie hatten mir keine Chance gegeben, die erfolgte Zündung der Arkonbombe zu verraten. Wahrscheinlich hätte ich es in meiner jetzigen Gemütsverfassung auch nicht getan, obwohl ich zwei Stunden zuvor alles versucht hätte, Arkons Untergang zu verhindern.

Nun war ich schon zu schwach dazu. Ich wollte nichts mehr riskieren. In meinem tiefsten Innern kam sogar schon der Gedanke auf, daß Rhodans Maßnahmen nur richtig sein könnten.

Ich sprang als fünfter Mann in das Antigravfeld des Schachtes. Hinter mir drängten die zu allem entschlossenen Terraner herein. Ich bemerkte, daß Rhodan schnell auf die Uhr sah. Dann warf er einen Blick zu Sergeant Huster hinüber, der aber nur unruhig die Hände bewegte.

Da wußte ich, daß der Zeitpunkt der automatischen Zündung der Bombe bereits überschritten war.

Ich hielt mich an der Wand fest und bemühte mich, trotz des schwerelosen Zustands nicht davongewirbelt zu werden. Unsere Männer waren noch nicht alle beisammen. Wir hatten den Befehl erhalten, nur gemeinsam nach oben zu schweben.

„Huster, was ist los?“ rief Rhodan dem riesenhaft gebauten Mann zu. Sein Gesicht war angespannt.

„Es hätte schon passieren müssen“, stöhnte der Waffenexperte.

Jemand fluchte. Ich konnte nicht feststellen, wer es war.

Hinter uns kamen einige Kampfmaschinen in den mehr als zweihundert Meter durchmessenden Schacht geglitten. Wir bekamen den Preßluft-Abstoßimpuls, der uns hart nach oben riß. Der gewaltige Schacht führte senkrecht durch das Gestein.

Ich stieß mich an den breiten Schultern eines Soldaten ab und schwebte zu Rhodan hinüber. Seine Waffe war längst verschwunden. Verzweifelt sah er mir entgegen. Ich umklammerte seine Schultern, was zur Folge hatte, daß wir uns im Kreis drehten.

„Wohin hast du die Bombe durch den Teleporter bringen lassen?“ fragte ich hastig. „Nun rede schon. Wohin?“

„Dicht vor der Felswand zum Kraftwerk hat er sie abgelegt. Unter der Krümmung der großen Rohrleitung.“

„Also ausgerechnet dort, wo die Überwachungsanlagen am stärksten ausgebaut sind. Ihr Narren, warum habt ihr sie nicht einfach im Quartier gelassen? Eine Arkonbombe beruht auf einer hochenergetischen Zündungsbasis. Ganz klar, daß sie sofort nach Einschalten der Zeitzündung angepeilt und unschädlich gemacht worden ist."

„Unmöglich, sie war gegen eine Energieortung abgesichert", antwortete er.

„Was weißt du über die Möglichkeiten des großen Gehirns? Als der Anregungsprozeß im Deflektorfeld der Bombe begann, glich sie einem strahlenden Energieball. Damit hat sie die natürlichen Umwelteinflüsse bei weitem überlagert und ist sofort angemessen worden. Ein Robotkommando wird sie längst unschädlich gemacht haben."

Er lächelte nur, und plötzlich ahnte ich, daß er alles vorausgesehen hatte. Es war ihm nur darauf angekommen, unsere Entschlossenheit zu demonstrieren und Zeit zu gewinnen.

Die folgenden Ereignisse kamen so schnell auf uns zu, daß wir kaum noch folgen konnten. Wir wurden mit erheblicher Geschwindigkeit nach oben getragen. Plötzlich öffnete sich der gepanzerte Schachtmund, und grelles Sonnenlicht blendete unsere Augen.

Im Prallfeld der Auffangstation wurde der Fall angehalten, und die Schwerkraft kehrte zurück. Über uns wölbte sich eine riesige Kuppel aus Arkonstahl. Keiner der vor uns Heraufgekommenen war zu sehen. Ich überlegte, wo man sie untergebracht haben konnte. Dann entdeckte ich fünf echte Zaliter. Sie waren dabei, in Reih und Glied eine Hochspannungssperre zu durchschreiten, hinter der ein fahrbarer Energietaster aufgestellt worden war.

Damit war es unmöglich geworden, unsere auf energetischer Basis beruhenden Waffen noch weiterhin am Körper zu tragen. Wahrscheinlich sprach der feine Ortungstaster schon an, wenn wir uns ihm auf 30 bis 40 Schritte genähert hatten. Es war genau das, was ich mir vorgestellt hatte.

Rhodan sagte etwas, was ich nicht genau verstehen konnte. Die ebenfalls gelandeten Männer des Einsatzkommandos bildeten sofort einen Kreis um ihn, und da griff Perry Rhodan in die Tasche.

Er hatte die Mikrobombe einfach eingesteckt, ohne auf die damit verbundenen Gefahren zu achten. Sie hatte die flache, wenig auftragende Form eines Etuis. Ihre Energieentwicklung belief sich auf fünfhundert Tonnen TNT. Huster schob mit einem Handgriff das winzige, stabförmige Feststofftriebwerk auf den Anschlußflansch der Spezialbombe und klappte den dünnen Alu-Handgriff herunter. Damit wurde das flache Gebilde zu einer flugstabilisierten Mikrorakete, die man mit der Führungsschiene des Haltegriffs zielgerecht abfeuern konnte.

Rhodan beugte sich über die Öffnung, ließ sich von zwei Männern an den Füßen festhalten und streckte die Rechte steil nach unten. Das helle Zischen der chemischen Treibladung ging in unserem Stimmengewirr unter. Ich bemerkte nur den blendenden Gasstrahl, der dicht an Rhodans abgewendetem Gesicht vorbeizuckte. Als er sich ruckartig aufrichtete und nach hinten sprang, raste das seltsame Geschoß bereits in dem großen Antigravschacht nach unten in Richtung der vollständig geräumten Sohle 14. Wenn es etwa 1800 Meter tiefer aufschlug, mußte es zu einer verheerenden Detonation kommen.

Die wenigen Kampfroboter befanden sich noch im Schacht. Sie hatten gewartet, bis wir oben angekommen waren. Ich sah unsere hundertfünfzig Männer springen. Sie rannten wie die Wahnsinnigen auf den entferntesten Punkt der Kuppel zu, warfen sich flach auf den Boden und rissen gleichzeitig die Waffen aus den Innentaschen der Uniformen.

Ich folgte, warf mich ebenfalls hin, aber da wurde ich schon von einem Atomgewitter umwabert.

Die Bombe mußte längst aufgeschlagen sein, doch offenbar besaß sie einen Verzögerungszünder. Die Terraner nahmen die soeben auftauchenden Kampfroboter unter Feuer und schossen sie so schnell ab, daß sie sich nicht mehr wehren konnten.

Unser nächstes Ziel war die Hochspannungssperre mit dem fahrbaren Ortungsgerät.

Es explodierte in hellem Feuerschein, und die dabeistehenden Robots wurden von der entstehenden Druckwelle aus dem Gleichgewicht gebracht. Ehe sie es wiedergefunden hatten, glichen sie bereits verglühenden Schrotthaufen.

Plötzlich schien es überhaupt keine Bedrohung mehr zu geben. Der Eingang lag offen vor uns.

„Liegen bleiben!" brüllte Rhodan. „Sie geht gleich hoch!"

Ich umklammerte eine Stützstrebe der den Schacht überdeckenden Kuppel und preßte das Gesicht gegen den Boden. Dann erbebte der Boden unter einer fürchterlichen Explosion.

Aus dem weiten Lift brach aber eine nur überraschend schwache Feuersäule hervor. Dafür waren die Bodenerschütterungen so stark, daß ich aus meiner Deckung gerissen und über das glatte Material des Belags gewirbelt wurde.

Die aus dem Aufzug fauchende Druckwelle sprengte das Kuppeldach ab und überschüttete uns mit glühheißen Trümmerstücken, die aus der Tiefe emporgewirbelt worden waren.

Das fürchterliche Donnern schien kein Ende zu nehmen. Wieder wurden wir von einer Druckwelle erfaßt, und eine zweite, diesmal wesentlich stärkere Glutsäule schoß aus dem Schacht heraus, der damit wie ein riesenhaftes Kanonenrohr wirkte.

Das war unser Glück, und Rhodan schien damit gerechnet zu haben. Außerdem wirkte sich die in großer Tiefe erfolgte Detonation hier oben kaum noch aus, da sich die freiwerdenden Kräfte natürlich in den großen Hohlräumen von Sohle 14 weit unter uns ausgetobt hatten. Wir bekamen nur noch einige Schauer ab, die mir aber in ihrer fürchterlichen Gewalt vollauf genügten.

Der Schachtrand brach in sich zusammen. Letzte Trümmerstücke wurden aus der grollenden Tiefe geschleudert. Die Abdeckkuppel war ein Trümmerhaufen. In den Wandungen hatten sich weite Öffnungen gebildet. Rhodan kam zuerst auf die Beine. Er sprang zu einem der entstandenen Risse und spähte hinaus. Von nun an spielten wir also mit offenen Karten.

„Schiffe, viele Schiffe!" schrie er. „Wir versuchen, das vorderste zu erreichen!"

Wir wußten alle, daß wir trotz des Augenblickserfolgs keine Chancen mehr hatten. Selbst wenn wir mit dem Schiff starten konnten, würde uns das Schicksal beim Abheben ereilen. Es war alles so sinnlos, und trotzdem rannten wir.

Ich sprang hinaus ins helle Licht von Arkons Sonne, und da glaubte ich, mein Blut müsse erstarren. Knapp einen Kilometer entfernt wölbte sich die riesige Energieglocke des Robotregenten in den wolkenlosen Himmel. Die von uns zerstörte Werftschleuse führte etwas zu nahe am Schutzschirm nach oben.

Die hundertfünfzig Besessenen rannten wie nie zuvor in ihrem Leben. Ich folgte Rhodan, da mir wohl ober übel keine andere Wahl blieb. Als wir noch knapp hundert Meter von dem so begehrten Schiff – einem Leichten Kreuzer der Flotte – entfernt waren, erwachten dessen Triebwerke. Tosend und glühheiße Impulswellen aus den Düsen stoßend, hob es vom Boden ab.

Rhodans Beine schienen plötzlich nachzugeben. Sie knickten langsam ein, und dann sank der Terraner auf den Boden, wo er wie erstarrt liegenblieb. Aus stumpfen Augen sah er dem davonrasenden Kreuzer nach. Auch die anderen Einheiten begannen zu starten. Das dumpfe Aufbrüllen der Triebwerke war für uns wie ein Todesgesang.

Rhodan lag noch immer auf der gleichen Stelle. Sein Mund war weit geöffnet. Schwer sog er die Luft ein. Die flimmernde Mauer der gigantischen Energieglocke war noch knapp fünfhundert Meter entfernt. Die startenden Robotschiffe gaben uns mehr und mehr den Blick frei, bis wir schließlich ganz allein vor dem horizontausfüllenden Wall standen.

Auch die Männer des Einsatzkommandos hatten ihren raschen Lauf beendet. Keuchend sahen sie sich um, und da bemerkten sie, was ich längst entdeckt hatte.

Weit hinten, vielleicht noch drei Kilometer entfernt, quollen dunkle Gestalten aus der Panzerpforte, die wir erst vor wenigen Stunden als Eingang in die unterarkonidischen Städte benutzt hatten. Aus der Ferne betrachtet wirkte es, als speie ein Ameisenhaufen seine wütend gewordenen Bewohner in rascher Folge aus.

Der dichte Strom teilte sich schließlich, und wenig später wußten wir, daß die aufmarschierenden Roboter eine Schützenkette gebildet hatten.

Es war still, bedrückend still. Das Donnern der Triebwerke war verstummt, und der große Raumhafen schien plötzlich ausgestorben zu sein. Den stampfenden Tritt der Robots konnten wir noch nicht hören, aber wenn wir ihn vernehmen sollten, dann war es für uns auf alle Fälle zu spät.

Bull sah sich um. Schließlich deutete er zu dem Schutzschirm hinüber. „Da ist eine Art Wall. Wahrscheinlich bildet er die erste Gefahrenlinie, hinter der es dann unangenehm wird. Verschaffen wir uns etwas Deckung.“

Er ging auf Rhodan zu, faßte ihn unter den Achseln und riß ihn auf die Beine. Der hochgewachsene Terraner schüttelte heftig den Kopf, als müsse er eine unsichtbare Last abstreifen.

„Warum, um alles in der Welt, haben die Robotschiffe nicht geschossen? Warum? Mit einer einzigen Salve hätten sie uns unschädlich machen können.“

„Man will uns lebend, Freund“, antwortete ich. „Mache dich mit dem Gedanken vertraut. Wahrscheinlich werden die Kampfroboter nur Schockwaffen einsetzen.“

Er sah mich wild an. Schließlich lächelte er gequält. „Sollen sie kommen. Siehst du noch einen Weg zur Flucht?“

„Wir sollten uns ergeben.“

Rhodan tat, als hätte er meine letzten Worte überhört.

Wir rannten noch etwa 150 Meter weiter, übersprangen den mannshohen Panzerplastwall und gingen dahinter in Deckung.

Knapp 50 Meter entfernt begann die direkte Gefahrenzone. Bei diesem fraglos hochgespannten Riesenenergieschirm war es nicht ratsam, näher als auf 300 Meter heranzugehen.

So lagen wir eine Weile da, bis Ras Tschubai auf uns zukam. Er erklärte schlicht: „Ich möchte probieren, mit einigen Handbomben durch den Schirm zu springen. Vielleicht gelingt es.“

Rhodan musterte ihn schweigend. Ebenso wortlos überreichte er dem Teleporter fünf flache Sprengkörper, die er vorher mit einem Klebestreifen zusammenband.

Wir warteten, bis sich Ras konzentriert hatte. Als er sprang, erfolgte die übliche Leuchterscheinung, doch sofort darauf vernahmen wir wieder das gräßliche Schreien, das wir wenige Stunden zuvor schon einmal gehört hatten.

Es dauerte lange, bis sich die rotierende Energiespirale auflöste und Tschubais nur langsam rematerialisierenden Körper freigab. Er schrie noch, als er von unseren beiden Medizinern die ersten schmerzstillenden Injektionen erhielt.

„Ein Wabenschutzschirm", erklärte John Marshall tonlos. „Ist der immer da, oder wird er nur gelegentlich und bei besonderer Bedrohung des Gehirns eingeschaltet?"

Rhodan antwortete nicht. Ich sah ihn von der Seite her an und schrak zusammen, als er einige Befehle erteilte.

Aus den so unauffällig angebrachten Innentaschen tauchten die flachen Mikrobomben auf. Griffstücke mit kurzen Werferschienen und stabförmige Feststofftreibsätze mit aufklappenden Stabilisierungsflossen wurden aufgesetzt. Wir besaßen pro Mann eine derartige Bombe, ausgenommen jene Raumfahrer, die den vorhandenen Platz für den Transport der 62 Einzelteile benötigt hatten.

Bull und Rhodan stellten die primitiv wirkenden Diopterschrauben auf den Entfernungswert ein und zogen ab.

Fauchend jagten die kleinen Körper in einer weiten Parabel davon. Sie schlugen genau vor der dichten Roboterlinie ein, wo sie in sonnenhellen Kernreaktionen zerbarsten.

Es war ein strahlungsfreier Fusionsprozeß, weshalb wir nur die freiwerdenden thermischen Energien und die Druckwellen zu fürchten hatten. Der glühheiße Orkan heulte über uns hinweg, und über dem Gelände stiegen die dunklen Atompilze in die Luft. Trümmerstücke regneten herab, und dann wurde es langsam still.

Wir richteten uns hinter dem für solche Fälle idealen Wall auf und spähten nach vorn. Zwei flache, glutflüssige Krater klafften im Panzerplastbelag des Platzes. Wahrscheinlich waren viele Kampfmaschinen zerfetzt worden, aber rechts und links der Explosionstrichter marschierten die anderen Robots mit mechanischer Gelassenheit weiter. Sie hatten keine Angst vor dem Untergang.

Von da an schossen wir Bombe auf Bombe ab, bis der Raumhafen einer kochenden Hölle glich. Die Druckwellen orgelten über den weiten Platz, und die herabkommenden Trümmer wurden für uns so gefährlich, daß wir schließlich das Bombardement einstellen mußten.

Zu diesem Zeitpunkt waren die Robots noch etwa einen Kilometer entfernt. Es tauchten immer neue auf. Sie umgingen die Einschlagstellen der nur fünfhundert Tonnen TNT starken Ladungen und setzten ihren Angriff fort.

Von da an durften wir überhaupt nicht mehr mit schweren Waffen arbeiten. Das Ziel war schon zu nahe.

Ich lauschte einige Zeit auf das ununterbrochene Krachen der Energiewaffen, bis ich sah, daß die zuckenden Strahlschüsse von den Körperschirmen der Kampfroboter abgelenkt wurden. Dann bekamen wir ebenfalls Feuer. Man schoß mit relativ harmlosen Schockern, wie ich es schon vermutet hatte. Das Gehirn wollte uns lebend, und es würde uns lebend bekommen.

Ich sah die verbissen kämpfenden Männer der Reihe nach an. Hier und da wurde einer von den Schockschüssen getroffen. Ich sah sie fallen und mit verkrampften, hart gewordenen Gliedern liegenbleiben. Nach etwa zwei Stunden würden sie wieder munter werden, aber dann war es für sie auf alle Fälle zu spät.

Da handelte ich. Ich war müde, entsetzlich müde. Die Last der Jahrtausende erschien mir plötzlich unerträglich schwer.

Ich klopfte Rhodan auf die Schulter und erhob mich. Der Wall war hoch genug, um mich vor den Schüssen zu decken. Nur wenn man hinaufstieg, um zu kämpfen, konnte man getroffen werden.

Ich nahm eine Mikrobombe in die linke Hand und ging in Richtung Schutzschirm davon.

„Atlan! Atlan, Freund, Atlan!“

Er rief nur dreimal meinen Namen. Dann ließ er mich gehen. Ich blickte nicht mehr zurück, aber ich wußte, daß sie alle mir nachblickten.

Es war plötzlich sehr still geworden. Sie hatten ihr Feuer für einen Augenblick eingestellt.

„Atlan! Der Schirm ist tödlich!“

Diesmal hatte Bull geschrien. Ich achtete nicht darauf. Langsam ging ich weiter. Wenig später begannen sie wieder zu schießen.

Ich hatte den Schalter meines Helmsenders nach links gedrückt und die Frequenz eingestellt, auf der ich mich kurz nach der Landung mit dem Regenten verständigt hatte. In diesem Augenblick handelte ich mehr oder weniger instinktiv, einer unklaren inneren Eingebung folgend.

In mir war jedes Gefühl erstorben. Ich empfand auch keine Furcht, sondern nur eine Starre, die kein klares Überlegen mehr zuließ. Ich kam dem roten Ring der Gefahrenzone immer näher.

Seltsamerweise kam die Abgeklärtheit meines Alters in einer Form zum Ausdruck, mit der ich nie gerechnet hätte. Ich wollte beweisen, wer ich war, woher ich kam und wie grenzenlos überlegen ich jenem Gebilde war, das Männer von meiner Art gebaut hatten.

Ich begann zu sprechen, als hätte ich ein lebendes, denkendes Wesen vor mir. Es war verrückt, aber das fühlte ich nur noch schwach im Hintergrund meines Wachbewußtseins.

„Regent, hier spricht der Kommandant des Schlachtschiffs KONVELETE. Du kennst mich unter dem Namen Ighur, der jedoch ebenso falsch ist wie die durch dich erfolgte Beurteilung der Lage. Ich habe durch mein Wissen und meine Erfahrung einen Trupp Terraner nach Arkon III gebracht, da ich nicht mehr gewillt war, das tyrannische Regime eines meiner Diener zu dulden."

Ich blieb für einen Moment stehen und ergötzte mich an dem Ausdruck „eines meiner Diener". Es machte mir Spaß, den Sprachschatz meiner hochstehenden Vorfahren zu gebrauchen. Ich mußte irrsinnig geworden sein.

In bestem Arkonidisch fuhr ich fort: „Ich bin Atlan, Kristallprinz des Reiches, Angehöriger des Herrschergeschlechtes aus dem Hause der Gonozal, Neffe und Nachfolger Seiner Erhabenheit, Imperator Gonozal VII, Admiral der Imperiumsflotte, Chef des 18. Einsatzgeschwaders unter dem Oberbefehl von Admiral Sakal, Mitglied des Großen Rates von Arkon, Empfänger der Gehirnaktivierung nach Beschluß des Hohen Gremiums, Entdecker und Übermittler einer Waffe, mit welcher der Methankrieg entschieden wurde. Ich fordere Unterwerfung und Gehorsam, wie es einer von meinen Nachkommen erbauten Maschine zusteht."

Ich blieb wieder stehen. Mein Körper schüttelte sich in einem wahnwitzigen Lachanfall. Ich beugte mich nach vorn, legte die Hände auf die Knie und sann auf weitere Argumente. Mit dem letzten Rest meines logisch arbeitenden Verstands ahnte ich, daß ich die Kontrolle über meinen Geist verloren hatte.

Hart, in kaltem Befehlston, verlangte ich weiterhin: „Ich sagte ‚erbaut von meinen Nachkommen', denn ich, Admiral Atlan, wurde durch widrige Umstände im Sonnensystem der Terraner festgehalten. Ein Gerät sicherte mir die Unsterblichkeit. Ich bin nun heimgekehrt, um Gehorsam zu fordern. Du hast sofort alle gegen mich und die Terraner eingeleiteten Feindseligkeiten einzustellen, für mich den Schutzschirm zu öffnen und deine Programmierungszentrale in meine Kontrolle zu geben. Ich erkläre dich für unfähig, die Geschicke des Imperiums zu leiten. Du hast augenblicklich jeden dienstlichen Vorgang zu stoppen, den Kommandanten der Raumschiffe an der Druuffront Abwartebefehl zu erteilen und ein Einflugverbot für Schiffe aller Art in das Arkonsystem zu erlassen. Hast du verstanden, fehlgeschalteter Diener meines Volkes?"

Ich war bei den letzten Worten noch zwei Meter von der roten Linie entfernt. In dem Augenblick wich die Geistesumnachtung, und ich erkannte in voller Schärfe, welchen Unsinn ich geredet hatte. Ich hatte mich in einen sinnlosen Rausch hineingesteigert, in einen Rausch der Worte und lächerlicher Phrasen.

Ich wartete auf den zuckenden Überschlagsblitz. Ich war schon zu nahe an den Energieschirm herangekommen. Ich schämte mich vor meinen Freunden, die wahrscheinlich mein Gestammel über Sprechfunk mitgehört hatten. Sie würden mich bemitleiden, und das tat mir weh. Ich wollte kein Mitleid.

Langsam ging ich weiter, immer weiter auf die tödliche Riesenglocke zu. Als ich dicht davorstand, ertönte in meinen Helmlautsprechern ein lautes Knacken.

Eine tiefe, volltönende Stimme klang auf. „Sicherheitsschaltung A-1 spricht, Euer Erhabenheit. Eure Angaben sind mit Hilfe der Altspeicher überprüft und für richtig befunden worden. Eure angemessenen Gehirnfrequenzen stimmen mit den eingelagerten Daten überein. Ich erkenne Euch als Kristallprinz des Reiches und künftigen Herrscher über das Große Imperium an. Der Robotautomat, den Ihr Regent nennt, ist von mir abgeschaltet worden. Die Sektionen für die Sicherheit des Reiches laufen weiter. Die Angriffe gegen Eure Untergebenen sind eingestellt worden. Diese Maßnahmen erfolgen durch mich auf Grund der Sicherheitsschaltung ‚Senekha', die mir gebietet, einem echten Arkoniden die absolute Befehlsgewalt zu übergeben, falls er erscheint mit Macht in Blick und Geist und fähig ist wie die Alten und rein ist wie die Alten und beseelt mit dem besten Willen für den Fortbestand des Großen Imperiums. Diese Bedingungen sind erfüllt worden. Die Dienstleistung des Robotgehirns ist beendet. Ich erwarte Eure Anweisungen, Euer Erhabenheit."

Ich taumelte noch einige Schritte weiter. Vor mir öffnete sich der Energieschirm. Hinter ihm blieb ich benommen stehen. Mir war nicht ganz klar, was diese Stimme gesagt hatte.

Euer Erhabenheit? War das nicht der Titel für den Imperator? Sicherheitsschaltung A-1, mächtig genug, um das gesamte Riesengehirn durch einen einzigen Schaltvorgang lahmzulegen? Ich mußte träumen, ich mußte noch immer irre sein und mein vorangegangenes, hochtrabendes Geschwätz als seltsames Echo hören.

Ich starrte verwundert dem nahenden Fahrzeug entgegen. Zwei Roboter stiegen aus und nahmen Haltung an.

„Ihr seid erschöpft, Euer Erhabenheit", sagte der eine Robot unterwürfig. „Dürfen wir Euch berühren?"

Ich stammelte ein Ja. Sie nahmen mich auf die stählernen Arme, trugen mich in den Prallfeldgleiter und rasten mit mir los. Eine Stahlkuppel öffnete sich. Fünf Spezialmaschinen des medizinischen Sektors von Arkon nahmen mich in Empfang. Es waren hervorragende Konstruktionen mit devot lächelnden Kunststoffgesichtern. So hatten die Roboter zu meiner Zeit immer ausgesehen. Nie hatte ich sie anders kennengelernt. Auch der sogenannte Regent war nur ein Roboter, trotz seiner enormen Größe.

„Warten", sagte ich mühevoll.

Sie traten sofort zurück. Ich wußte, daß ich *im* Robotgehirn war. Es konnte kein Traum sein.

Laute Rufe erreichten mich. Sie kamen aus meinem Helmgerät. Rhodan rief in höchster Erregung: „Atlan! Atlan, hörst du mich? Atlan, was ist los? Der Angriff ist eingestellt worden, und ich werde über Funk gebeten, die Zone hinter dem Schutzschirm zu betreten. Du hättest dazu den Befehl erteilt. Atlan, was wird da gespielt? Ist das ein Trick? Kannst du mich hören? Atlan, so antworte doch. Atlan..."

Da wurde mir klar, daß ich nicht irrsinnig geworden war. Mein Geist war rege, die Sinne arbeiteten, und vor mir standen einige Spezialroboter in respektvoller Haltung. Langsam richtete ich mich auf. Sie hatten mich auf eine Bahre gelegt, die ich nun gekräftigt verließ.

„Sicherheitsschaltung A-1, ich wünsche, daß die schwachen Funkimpulse meines Helmsenders aufgenommen, verstärkt und an meine Freunde abgestrahlt werden."

Ich wartete atemlos auf die Antwort. Sie kam sofort. „Ausgeführt, Euer Erhabenheit. Verstärker läuft."

Ich ging an den Robots vorbei und sprach dabei in mein herumgeschwenktes Helmmikrophon: „Atlan an Perry Rhodan. Das ist kein Trick. Ich wiederhole: Das ist kein Trick. Bringe deine Leute in die Zone und warte weitere Nachrichten ab. Ich habe die Anweisung erlassen, jede Kampfhandlung sofort einzustellen. Bleiben die Robots ruhig?"

Jemand atmete laut und hastig. Dann vernahm ich ein kurzes Aufstöhnen.

„Bist – bist du verrückt geworden?" fragte Rhodan. „Man hat dich gefaßt und gezwungen, uns ebenfalls..."

„Man hat nichts anderes getan, als dem Kristallprinzen des Reiches den gebotenen Gehorsam zu bezeigen", unterbrach ich ihn. Ich fühlte mich jetzt innerlich beruhigt und völlig ausgeglichen. Es war mir plötzlich alles klargeworden.

„Atlan, du träumst. Etwas stimmt doch nicht."

„Es ist alles richtig, nur unser Vorgehen stimmte nicht mit den Gegebenheiten überein. *Die Sicherheitsschaltung existiert wie angenommen.* Arkonidische Spitzenwissenschaftler hätten niemals darauf verzichtet. Der Automat A-1 hat eingegriffen. Der Regent existiert nicht mehr in der bekannten Form. Er ist jetzt ein einfaches

Robotgehirn, das meinen Befehlen ebenso zu gehorchen hat wie die kleinste Maschine. Ich werde die längst überholten Programmierungen löschen und die zweifellos überwältigenden Fähigkeiten des Gehirns zeitgemäß einsetzen. Hinter allem wird aber von nun an ein Arkonide stehen."

„Ich werde verrückt!" sagte Reginald Bull.

„Das hatte ich von mir auch angenommen", entgegnete ich mit einem befreienden Lächeln. Auf meiner Brust pochte der Zellaktivator. Ich fühlte den Strom erfrischender Reizimpulse in jeder Nervenfaser.

„Was war falsch, Atlan?" fragte Rhodan.

„Unser Vorgehen überhaupt. Alles war umsonst, all die Anstrengungen, Gefahren und Mühen. Ich hätte nichts weiter zu tun brauchen, als nach der Landung aus dem Schiff zu steigen und vor den Energieschirm zu treten. Die seit fünftausend Jahren laufende Sicherheitsschaltung hätte durch die Fernabtastung meiner Gehirnfrequenzen sofort erkannt, daß ich kein Neuarkonide bin, sondern einer von jenen, die das Reich gegründet und das Robotgehirn gebaut haben. So einfach wäre alles gewesen, Terraner. Ich hätte sogar mit einem kleinen Schiff ungeschoren einfliegen können, wenn ich vorher über Funk den Regenten angerufen und meine Identität bekanntgegeben hätte. Da die Sicherheitsschaltung jeden eingehenden Funkspruch überwachte, wäre ich auch auf diesem gefahrlosen Weg anerkannt worden."

Er schwieg eine lange Zeit. Ich fragte währenddessen bei A-1 an, ob meine soeben geäußerten Vermutungen richtig seien. Ein klares „Ja, Euer Erhabenheit" war die Antwort.

„Kommt herein und wartet hinter dem Schirm", sagte ich, plötzlich wieder etwas müde werdend. „Ruht euch aus. Ich werde für Nahrung und Getränke sorgen. Sobald ich das Notwendige veranlaßt habe, melde ich mich wieder."

„Was ist das, *das Notwendige,* Atlan?"

„Werde nicht schon wieder argwöhnisch, Barbar. Du lernst es nie. Oder nimmst du gar an, ich wollte dir nun schleunigst dein Lebenslicht ausblasen lassen?"

Er lachte etwas unsicher. Augenblicke später erfuhr ich von der prompt arbeitenden Automatik, daß die Terraner einmarschiert waren. Ich ließ den Schirm wieder schließen, was sofort einen erregten Anruf zur Folge hatte.

„Beruhige dich, Perry", seufzte ich. „Dieses Robotgehirn ist mir zu wertvoll, um es ungeschützt zu lassen. Nimm dich zusammen und bemühe dich bitte, deine Erregung etwas zu dämpfen. Wir haben gewonnen, verstehst du? Gewonnen!"

Ich schaltete ab und wies einen Robot an, mich in die Zentrale der Sicherheitsschaltung zu führen.

Als ich die weiten Säle mit den unermeßlich komplizierten Einrichtungen durchschritt, erfüllten mich Stolz und Freude. Dieses Wunderwerk, das nur infolge einer längst veralteten Programmierung versagen konnte, war von Männern und Frauen meines Volkes geschaffen worden. Es stand mir demnach zu, es in Besitz zu nehmen.

Für mich gab es keinen „Regenten" mehr, aber für andere Intelligenzen sollte er vorläufig dem Anschein nach weiterhin existieren. Man brauchte vorerst nicht zu wissen, daß seine Maßnahmen von nun an sinnvoll gesteuert wurden. Ich wollte ein Chaos verhindern. Dabei war ich entschlossen, die vom Regenten unterdrückten Völker so bald wie möglich in die Freiheit zu entlassen.

Viele Probleme hatten sich von selbst gelöst. Nun brauchte ich mich bei den Gedanken an die Versorgung der Flotte mit Gütern aller Art, an die Steuerung all der Werften und Industrieanlagen sowie an die zahllosen Dinge der Verwaltung nicht mehr zu ängstigen. Das würde das Gehirn erledigen.

Große Pläne reiften in meinem Hirn, noch ehe ich die Sicherheitsautomatik erreichte. Ich betrat einen Programmierungsraum mit großen Bildschirmen an den Wänden.

„Willkommen, Euer Erhabenheit", sagte die gleiche volltönende Stimme. Auf einem Schirm erschien das Gesicht eines arkonidischen Wissenschaftlers. „Dies ist eine Bild-Ton-Synchronisierung nach der Ermittlungsbasis ‚Senekha'. Wenn du mich hörst, werde ich wahrscheinlich schon lange tot sein. Meine Stimmfrequenzen stehen jedoch der Schaltung A-1 zur Verfügung. Ich bin Epetran, Erster Wissenschaftler des Rates. Unser Befehl an A-1 lautet dahin gehend, einem aktiv gebliebenen Arkoniden mit der Intelligenzstufe von wenigstens fünfzig Lerc die Macht zu übergeben. Wir hoffen, daß der beginnende Zerfall eines Tages aufgehalten wird. Sollte der geistige Tiefstand die Gefahrengrenze überschreiten, wird das große Robotgehirn die Geschicke des Imperiums so lange leiten, bis einer kommt, der uns Alten gleicht. Ich kann nicht wissen, wann dies geschehen wird, doch einmal dürfte sich jemand finden. In diesem Falle wird A-1 meine Stimme übernehmen und im Sinne seiner Programmierung sprechen. Dies geschieht hiermit. Nochmals willkommen, Euer Erhabenheit."

Das Bild verblaßte. Ich wußte, daß die Schaltung zu mir gesprochen hatte, doch war es von den Alten des Großen Rates klug beschlossen worden, während der Erklärung den Film einzublenden.

Ich nahm erschöpft in einem Gliedersessel Platz. Vor mir summten die Hauptsteuergeräte, mit denen dieses gigantische Robotgehirn beherrscht werden konnte.

Meine Vorfahren hatten an alles gedacht – oder nein, eigentlich waren es ja meine Nachkommen. Es ist schwierig für einen Unsterblichen, so feine Unterschiede zu beachten.

11.

„Sind Sie betrunken?"

Solarmarschall Allan D. Mercant, Chef der Solaren Abwehr, lächelte mild. Bedächtig legte er einen wundervoll gearbeiteten Brieföffner aus Luursmetall auf die Schreibunterlage seines Arbeitstisches zurück.

Durch die hohen Thermalfenster fiel ein schmaler Streifen hellen Sonnenlichts, der Mercants strohblonden Haarkranz golden aufschimmern ließ.

Er lächelte weiter, als Major Abucot ihn gequält ansah.

„Ich bitte Sie! Ich bin auf dem schnellsten Wege zu Ihnen geeilt, um Ihnen den Funkspruch persönlich zu überbringen."

Abucot ging nach vorn, legte den beschrifteten Bogen auf den Tisch und trat sofort wieder zurück.

Mercants glattes Gesicht verriet nichts von der in ihm herrschenden Spannung. Gleichmütig griff er nach der Folie und begann zu lesen.

Schließlich sah er auf. Wenn Abucot erwartet hatte, näher über den Sinn der Nachricht informiert zu werden, so sah er sich grenzenlos enttäuscht.

Mercant fragte knapp: „Wie ich sehe, haben Sie die Stärke des fremden Senders anhand der Meßergebnisse berechnen lassen. Sind Sie sicher, daß Ihren Mathematikern kein Fehler unterlaufen ist?"

„Ausgeschlossen", beteuerte der Major. „Die Station arbeitet mit einer Sendeenergie von wenigstens fünfzig Millionen Kilowatt auf Hyperfunkbasis. Ich kenne nur einen Planeten, auf dem ein solches Riesengebilde stehen könnte."

„Und wie heißt der?"

„Arkon III."

Mercant nickte mechanisch. Seine feingliedrigen Finger hielten den Bogen mit dem Klartext. „Vielen Dank, Major. Sie können gehen."

Fassungslos schritt Abucot an den beiden Wachrobotern vorbei, betrat die Sicherheitsvorschleuse und verschwand.

Erst als eine rote Lampe den erfolgten Verschluß des äußeren Tores anzeigte, wurde der Abwehrchef aktiv. Sein rechter Zeigefinger kippte einen Schalter mit der Aufschrift „Flotten-Oberkommando" nach unten.

Auf dem großen Bildschirm der drahtgebundenen Geheimschaltung erschien das stereotyp lächelnde Plastikgesicht eines Roboters.

„Marschall Freyt, schnell", sagte Mercant laut und hastig. „Dringlichkeitsstufe eins."

„Der Marschall wird benachrichtigt. Bitte gedulden Sie sich einen Augenblick."

Mercant mußte zwei Minuten waren, bis Freyts schmales, ausdrucksvolles Gesicht auf dem Schirm erschien. Er atmete heftig. Anscheinend war er die letzten Meter gerannt.

Der Abwehrchef gönnte ihm keine Verschnaufpause. Sie kannten sich schon zu lange, um in solchen Augenblicken kostbare Zeit für Höflichkeitsbezeigungen zu vergeuden.

„Hyperspruch von Perry Rhodan, Freyt", erklärte Mercant übergangslos. „Sind Sie allein?"

Freyts Augenfältchen verdichteten sich. Er nickte schweigend.

„Gut, dann bereiten Sie sich auf die phänomenalste Neuigkeit der letzten fünfzig Jahre vor. Perry hat die Funksperre durchbrochen und von Arkon aus direkt die Erde angestrahlt. Die Meßdaten sind einwandfrei. Eine Station mit etwa fünfzig Millionen Kilowatt gibt es nur auf dem Kriegsplaneten des Großen Imperiums."

Marschall Freyt, stellvertretender Oberbefehlshaber der Solaren Raumflotte, atmete noch heftiger. „Er hat uns direkt angefunkt, ohne vorher einen Außenkreuzer als Relaisstation zu benutzen? Wenn der Spruch angepeilt worden ist, kommen wir in Teufels Küche."

„Die Möglichkeit besteht, jedoch hat er es in Kauf genommen. Die Verhältnisse haben sich über Nacht geändert. Freyt...", Mercants Stimme klang plötzlich feierlich, „... Freyt, das regierende Robotgehirn von Arkon ist besiegt worden. Unser so mühevoll vorbereiteter Einsatz hatte Erfolg. Atlan ist von der tatsächlich vorhandenen Kontroll- und Sicherheitsschaltung des Automaten als aktiv gebliebener Arkonide und direkter Nachkomme eines berühmten Imperators anerkannt worden. Daraus ergibt sich eine Situation, die für uns als folgenschwer anzusehen ist. Von heute an wird sich in unserer galaktischen Politik einiges ändern."

„Teilt das Rhodan mit?" fiel Freyt erregt ein.

„Ja, ganz einwandfrei. Ich schicke Ihnen den Klartext per Kurier in Ihr Hauptquartier. Perry Rhodan befindet sich mit dem Einsatzkommendo auf Arkon III. Atlan hat die Macht übernommen, jedoch sieht es nach außen hin so aus, als regiere nach wie vor der Riesenroboter. Atlan versteckt sich damit hinter der als gnadenlos bekannten Maschine, deren Autorität er sehr geschickt ausnutzt. Ich halte das ebenfalls für richtig. Wenn zu schnell bekannt wird, daß nunmehr ein lebender Arkonide an die Stelle des Regenten getreten ist, dürfte es im Kolonialreich des Großen Imperiums zu schweren Unruhen kommen.

Rhodan teilt mit, die Situation sei klar. Das Gehirn arbeite nur noch selbständig hinsichtlich der vielen Verwaltungs- und Nachschubfragen. Wichtige Entschlüsse werden von Atlan getroffen, den wir nunmehr als Imperator anzusehen haben."

Marschall Freyt schwieg für einen Augenblick. Er überlegte. Schließlich meinte er zögernd: „Eine überraschende Situation. Sind Sie sich darüber klar, daß Atlan die Position der Erde besser kennt als Sie und ich?"

Allan D. Mercant zeigte wieder sein berühmtes Lächeln. „Zu klar. Wenn er will, genügt ein Befehl, und die Erde wird von einer Riesenflotte angegriffen. Sie werden mit dem Funkspruch angewiesen, das Flottenflaggschiff DRUSUS sofort nach Arkon zu schicken. Oberst Sikermann soll die DRUSUS führen. Ihm wird befohlen, den Planeten Zalit anzufliegen, die dort zurückgelassenen Wissenschaftler, Techniker und Mutanten an Bord zu nehmen und anschließend auf Arkon III zu landen. Das ist alles, was die Nachricht beinhaltet."

„Reichlich wenig im Verhältnis zu einer derart revolutionierenden Sachlage", beschwerte sich der Flottenchef.

„Mir genügt es vollauf. Ich sehe schwere Zeiten kommen, Freyt. Die Zukunft der Menschheit hängt nun stark von dem Wohlwollen eines Arkoniden namens Atlan ab. Nachdem er das Robotgehirn übernommen hat, stehen ihm alle Türen offen. Grundsätzlich zweifle ich nicht an seiner Freundschaft zu uns. Da ich aber kein Psychologe bin, kann ich nicht voraussagen, wie ihm die plötzliche Machtfülle bekommen wird. Bereiten Sie sich auf alles vor, und halten Sie die Flotte in Alarmbereitschaft. Schicken Sie Oberst Sikermann vor dem Start zu mir. Oder nein, warten Sie bitte. Ich komme selbst zu Ihnen. Halten Sie Sikermann zurück. Bis gleich."

Mercant schaltete ab. Für einen Moment saß er unbeweglich hinter seinem großen Arbeitstisch. Das Licht der untergehenden Sonne spiegelte sich in den gläsernen Armaturen der Schaltanlagen.

Als sich der Abwehrchef erhob, fühlte er unbewußt, wie alt er war. Die auf dem Planeten Wanderer erhaltene Zelldusche mußte in Kürze wiederholt werden, wenn der Zerfall des künstlich aktivierten Körpers nicht überraschend einsetzen sollte.

Langsam ging Mercant an den Wachrobotern vorbei. Seine Rechte umklammerte den Plastikbogen mit der überwältigenden Nachricht.

Der Robotregent von Arkon war abgeschaltet und umprogrammiert worden. Mercant wußte, daß damit eine neue Ära anbrach.

Oberst Baldur Sikermann erhob sich. Die Lagebesprechung im Hauptquartier der Flotte war beendet. Es gab keine Fragen mehr.

„Ich wünsche Ihnen eine gute Reise", sagte Marschall Freyt. „Halten Sie die Augen auf, und vermeiden Sie trotz der Ereignisse alles, was zu einer Entdeckung der Erde führen könnte. Im Raum gibt es viele Intelligenzen mit guten Ortungsgeräten. Transitieren Sie im Schutz Ihrer Absorbergeräte, und passen Sie auch auf Zalit auf, daß keine unbedachtsamen Worte fallen. Voraussichtlich wird man sie freundlich empfangen. Nehmen Sie unsere Gruppe an Bord, und fliegen Sie die drei Lichtjahre weiter nach Arkon. Wenn Sie entgegen unseren Erwartungen angegriffen werden sollten, ziehen Sie sich sofort zurück. Perry Rhodan muß in diesem Fall einen anderen Weg finden. Teilen Sie ihm mit, daß bei uns alles in Ordnung ist."

Freyt sah auf die Uhr. „Es wird Zeit. Riskieren Sie bei den Sprüngen nicht zuviel. Wir legen Wert darauf, daß Sie gesund und munter im Kugelsternhaufen M-13 ankommen."

Das Superschlachtschiff DRUSUS, letzter Neubau der Solaren Flotte, startete am 12. Mai 2044, 5.13 Uhr.

Der Raumhafen von Terrania wurde vom grellen Licht der anlaufenden Impulstriebwerke überflutet. Ehe das tiefe Donnern in der unfernen Hauptstadt des Solaren Imperiums ein paar Schläfer hochfahren ließ, hatte der Kugelgigant bereits den freien Raum erreicht, wo Sikermann mit 500 km/sec^2 Fahrtbeschleunigung auf Sprungkurs ging. Er hatte die Erlaubnis erhalten, noch innerhalb des Sonnensystems die erste Hypertransition ausführen zu dürfen.

12.

„Ich möchte umziehen, wenn du gestattest. Diese weit unter der Oberfläche liegenden Wohnstädte mögen bei eventuellen Angriffen ja sehr praktisch sein, aber für meinen Geschmack sind sie zu dumpf und düster. Die DRUSUS ist vor dreißig Minuten gelandet. Worauf warten wir noch?"

Perry Rhodan, Erster Administrator des Solaren Imperiums, legte den Kopf in den Nacken und bemühte sich, den übergroßen Bildschirm zu überblicken.

Die dreidimensionale Abbildung des auf dem Schirm sichtbaren Mannes war erstklassig. Rhodan hatte das Gefühl, als säße Atlan direkt vor ihm. Auch die Stimme des Arkoniden wurde von versteckt angebrachten Klangkörpereinheiten wirklichkeitsgetreu übertragen.

Für einen Moment trafen sich die Augen der beiden Männer. Der ferne Sprecher war breit und muskulös gebaut, wesentlich kräftiger als Rhodan, dessen hohe, hagere Gestalt kaum etwas von seiner physischen Stärke verriet.

Atlan lächelte spöttisch.

Rhodans Stirn runzelte sich. Unwillig musterte er den lächelnden Arkoniden, dessen leicht rötlich gefärbte Augäpfel klar zu erkennen waren. „Ich hatte dich etwas gefragt."

„Ja, ich weiß", klang es aus den Lautsprechern. Der Tonfall ließ keinen Zweifel daran, daß Atlan sehr wohl begriffen hatte, wie entscheidend sich sein Verhältnis zu Rhodan in diesen Augenblicken zugespitzt hatte.

„Und?"

„Du scheinst mich für ein bissiges Ungeheuer zu halten, Barbar. Warum fragst du? Wenn du in dein Flaggschiff umzuziehen wünschst, dann tue es. Du bist nicht mein Gefangener."

Rhodan überhörte die Zurechtweisung. Prüfend musterte er das Fernbild des Arkoniden, der nach dem Fall des bisher allmächtig wirkenden Robotregenten zu *der* Schlüsselfigur in der bekannten Galaxis geworden war. Niemand außer den wenigen Eingeweihten ahnte, daß die in rascher Folge aus den riesigen Antennen des Kriegsplaneten strahlenden Funkbefehle nicht mehr von einer seelenlosen Mammutmaschine, sondern von einem relativ unsterblichen Arkoniden hoher Herkunft stammten.

Atlan war geschickt genug, um die Eroberung des Maschinenregenten nicht sofort preiszugeben. Er, der nach einem gewagten, lebensgefährlichen Einsatz und in höchster Not von der Sicherheitsschaltung als geistig aktiv anerkannt worden war, hatte vor wenigen Tagen erst die absolute Macht übernommen.

Sie stützte sich auf das gespeicherte Wissen eines Roboters, dessen zahllose Schaltungseinheiten eine Grundfläche von etwa zehntausend Quadratkilometern bedeckten. Die Geschichte des Arkonidenreichs war alt, uralt sogar. Demnach gab es in dieser Geschichte nichts, was den gigantischen Datenspeichern der Maschine unbekannt gewesen wäre.

Diese Tatsache nützte Atlan, ehemaliger Admiral des Großen Imperiums und Neffe des vor zehntausend Jahren regierenden Imperators Gonozal VII., aus, um seine Position zu stärken. Er traf seine Beschlüsse aus dem Hintergrund der Anonymität. Einer seiner ersten Beschlüsse war es gewesen, das Rekrutierungsprogramm zu stoppen und alle Raumschiffe mit lebenden Besatzungen von der Druuffront abziehen zu lassen.

„Hast du die Sprache verloren, Freund?"

Rhodan fuhr zusammen. Unsicher sah er sich in dem kleinen, streng abgesicherten Raum um. Er lag bereits innerhalb des geheimnisvollen Energieschirms, dessen Qualitäten man so sehr unterschätzt hatte. Hinter den geschlossenen, von stationären Wachrobotern bewachten Panzertoren warteten die Gefährten. Nur Rhodan war der Eintritt erlaubt worden.

Der sechseckige Saal hatte in früheren Zeiten dazu gedient, Wissenschaftlern aus dem Großen Rat von Arkon eine ungestörte

Unterhaltung und Befragung des von ihnen geschaffenen Regenten zu ermöglichen.

Atlans schmales, ausdrucksvolles Gesicht füllte den großen Schirm aus.

„Atlan, ich habe vor zwei Tagen um die Unterzeichnung eines Bündnis- und Beistandspakts gebeten", erinnerte Rhodan. „Seit wann unterschätzt du die Menschen?"

„Ich unterschätze sie nicht mehr, seitdem sie es verstanden haben, das technisch-wissenschaftliche Können meines ehrwürdigen Volkes zu erfassen und für ihre eigenen Zwecke dienstbar zu machen. Du solltest dich daran erinnern, daß ich deine Vorfahren schon kannte, als ..."

„... sie noch in Höhlen hausten und mit Steinen aufeinander einschlugen", vollendete Rhodan den Satz. Es war keine Bitterkeit in seiner Stimme.

Atlan lächelte erneut. „Oh, habe ich es schon einmal erwähnt?"

„Tausendmal."

„Dann bitte ich um Verzeihung."

„Was ist mit dem Bündnisvertrag zwischen dem Arkonidenreich und dem Solaren Imperium?"

„Mit der hochtrabenden Bezeichnung meinst du wohl das winzige Sternchen, dessen neun Planeten zusammen nicht genügend Volumen aufbringen würden, um aus ihnen einen einzigen, wirklich großen Himmelskörper zu bilden?"

„Stimmt genau", bestätigte Rhodan ungerührt.

Atlan lachte leise. Die Spannung wich von beiden Männern. Vor einigen Minuten hatte ein ernsthaftes Zerwürfnis in der Luft gelegen.

„Freund, du solltest meine Situation bedenken. Ich sitze derzeit in den wahrhaft riesigen Schalträumen einer Konstruktion, deren technische Wunder ich noch nicht recht begreife. Als der Robot erbaut wurde, galt ich bereits seit einigen tausend Jahren Terrazeit als tot. Ich pflege keine Verträge zu unterzeichnen, wenn ich nicht weiß, ob ich sie auch einhalten kann. Du mutest mir zu, ein Abkommen zu billigen, dessen Wortlaut typisch für euch Menschen ist. Du forderst mit wohltönenden Worten eine Garantie für die Sicherheit der Erde."

„Ist das zuviel verlangt? Bishalt galt Terras Position als geheim. Nur du bist darüber informiert."

„Na und? Ist das ein Grund, mir plötzlich zu mißtrauen? Oder denkst du gar, mein Sinnen und Trachten richtet sich nunmehr danach, euch kleine Barbaren zu vernichten? Perry, verliere nicht die Nerven. Wenn ich euch hätte verraten wollen, hätten mir während der letzten Jahre genügend Mittel zur Verfügung gestanden, um euch durch einen kurzen Funkspruch die arkonidische Robotflotte ins Sonnensystem zu schicken. Kannst du nicht mehr klar denken? Ich *kann* dieses Abkommen nicht unterzeichnen. Meine Position ist noch unsicher. Ich schiebe den Regenten vor, um meinen Befehlen den erforderlichen Nachdruck zu verleihen. Wenn ich als Imperator Atlan an die Öffentlichkeit träte, hätten wir innerhalb weniger Tage mit Unruhen zu rechnen. Was denkst du wohl, wie groß das arkonidische Imperium ist? Wieviel Fremdintelligenzen und Nachkommen ehemaliger Arkonkolonisten darin leben? Wie kann ich in deren Namen ein Abkommen unterzeichnen, wenn sie nichts von mir wissen? Oder mutest du mir zu, so kurz nach meinem Eintreffen auf meiner Heimatwelt zum Betrüger zu werden?"

„Du könntest das Bündnis im Namen des Robotregenten unterzeichnen."

„Gerissener Barbar!" sagte Atlan kalt. Zorn funkelte in seinen Augen. „So wart ihr immer, und du bist nicht besser, wenn es ums Wohl deines Volkes geht."

„Ich halte das nicht für unanständig", entgegnete Rhodan sanft.

Atlan lachte ärgerlich auf. Ein Teil seines Oberkörpers erschien auf dem Bildschirm. Er trug die Uniform mit den Rangabzeichen eines arkonidischen Flottenadmirals.

„Was soll man dazu sagen? Für dich ist es nicht unanständig, wohl aber für meine Begriffe. Es genügt bereits, wenn ich den großen Betrug weiterhin fortführe. Wollte ich meinem Gewissen folgen, so würde ich mich heute noch als rechtmäßiger Herrscher durch den Automaten proklamieren lassen. Ich sehe davon ab, weil ich an das Wohl sehr vieler Völker denke. Ich muß äußerst behutsam vorgehen. Begnüge dich deshalb mit meinem Versprechen, daß ich die Erde weder verraten noch angreifen werde. Ist es so schwer, mir zu glauben, zum Teufel?“

Rhodan hüstelte.

„Das hat aber sehr unarkonidisch geklungen“, meinte er trocken.

„Wenn ein Mann ein paar tausend Jahre lang versucht, barbarischen Wilden Manieren und etwas Wissen beizubringen, kann es schon geschehen, daß er einige ihrer Ausdrücke übernimmt“, entgegnete er betont freundlich.

Rhodan schloß die Augen. Atlan konnte sehr spitz werden. Das leise Lachen des Arkoniden riß ihn aus seinen Gedanken.

„Akzeptiert“, sagte er. „Du willst also nicht. Wer gibt mir die Garantie, daß dir deine neue Macht nicht zu Kopf steigt?“

Atlan sagte unwillig: „Wenn ich eines Tages ans Licht der Öffentlichkeit trete, wirst du dein Bündnis bekommen. Gibt es sonst noch etwas?“

Rhodan fühlte, daß es an der Zeit war, die Verhandlung abzubrechen.

„Nichts mehr? Schön, dann ziehe in die DRUSUS um. Willst du Arkon verlassen?“

„So schnell wie möglich“, Rhodan nickte. „Die neue Lage macht einige grundlegende Änderungen in unserer Strategie nötig.“

Atlan zuckte mit den Schultern.

„Noch etwas“, sagte er. „Richte diesem Gucky aus, er soll künftig seine dummen Späße unterlassen.“

„Wie?“ staunte Rhodan. „Gucky ist doch erst zusammen mit der auf Zalit zurückgelassenen Besatzung vor dreißig Minuten gelandet. Was ist mit ihm?“

„Der Schelm versuchte, kaum daß er hier angekommen war, mittels seiner Teleportergaben den Energieschirm des Robotgehirns zu durchdringen. Offenbar ist dieser Gernegroß der Meinung, seine Fähigkeiten wären denen der menschlichen Mutanten grenzenlos überlegen. Natürlich wurde er beim Sprung von dem überdimensionalen Wabenfeld des Gehirns eingefangen und in äußerst schmerzhafter Weise zurückgeschleudert. Ich erhielt die Meldung von der Warnautomatik. Sorge bitte dafür, daß solche Scherze unterbleiben. Ich habe dir klar genug dargelegt, daß die von meinen Vorfahren erbaute Sicherheitsautomatik das Eindringen fremder Lebewesen in die Bezirke des Robots nicht duldet. Die Programmierung liegt fest, und ich kann daran auch nichts ändern. Haben wir uns verstanden, Barbar?“

Die letzten Worte hatten hart und kalt geklungen. Rhodan ahnte, daß er an den Grenzen von Atlans Rücksichtnahme angekommen war. Er nickte wortlos, um nach einigen Augenblicken hinzuzufügen: „Das ist auch eine Sache, die mir nicht recht gefällt. Wenigstens hätte man uns gestatten können, dieses technische Wunderwerk einmal zu besichtigen.“

Atlans schnelle Kopfbewegung ließ das weißblonde Haar hell aufleuchten. Es war, als stünde in seinen rotgoldenen Augen eine Warnung. „Perry, du bist intelligent genug, um meine Worte richtig einzuschätzen. Ich sage dir nochmals, daß ich an der Sicherheitsschaltung nichts verändern kann. Meine Vorfahren wußten schon, warum sie das unersetzliche Robotgehirn so gut absicherten. Nach der Abschaltung des Regenten ist es zu einem harmlosen Automaten geworden.“

Atlan hob grüßend die Hand. Der leuchtende Bildschirm verblaßte. Hinter Rhodan glitten die dicken Panzertüren auf. Helles Licht flutete in den sechseckigen Saal.

Rhodan ging hinaus. Es war nicht mehr zu leugnen, daß der arkonidische Admiral trotz seines langen Aufenthalts auf der Erde wieder zu einem galaktischen Politiker geworden war.

Vernünftig und tolerant verhalten, und es wird nie etwas passieren, überlegte Rhodan nüchtern.

Mit diesem Vorsatz betrat er den Vorraum.

Reginald Bull saß auf der Kante eines hochgeschwenkten Gliedersessels. Gespannt sah er Perry entgegen.

Rhodan blieb dicht vor ihm stehen und blickte auf die Uhr. Er sagte nichts. Als das Schweigen unangenehm wurde, bequemte Bully sich zu einem einzigen, undeutlich gemurmelten Satz: „Nach deinem Gesicht zu urteilen, haben sich Seine Erhabenheit nicht überzeugen lassen, wie?“

Rhodan hob flüchtig die Schultern. Sinnend blickte er zu den geschlossenen Panzerschleusen hinüber. „Es war zu erwarten. Die Argumente hätten mich an seiner Stelle auch nicht überzeugt. Der Vertrag ist – rein strategisch betrachtet – ohnehin sinnlos. Wer wollte ihn trotz dieses Wisches daran hindern, zur gegebenen Zeit loszuschlagen? Er nannte mich einen gerissenen Barbaren, hm..."

Bully lachte unterdrückt. „Er kennt uns zu gut, was?"

„Eben. Das ist auch meine einzige Hoffnung. Er dürfte sehr gut wissen, daß wir auf seiner Seite stehen. In etwa sechzig Jahren könnte er es schaffen, das Arkonidenreich wieder auf sichere Beine zu stellen. Bis dahin wird sich aber bei uns auch einiges geändert haben."

Bull erhob sich. Er und Rhodan waren die beiden letzten Terraner in der riesigen Untergrundwohnstadt nahe des Robotgehirns. In den weiten, domartigen Hallen wimmelte es von fremden Lebewesen. Es waren besonders die auf dem Kolonialplaneten Zalit angeworbenen Truppen, die hier unten auf den Rücktransport zu ihrer Heimatwelt warteten.

Die beiden Menschen wurden von niemand belästigt, als sie schnellen Schrittes auf den nächsten Antigravlift zugingen. Die zahlreichen Wachroboter ließen sie unangefochten passieren.

„Wie sich die Zeiten geändert haben", meinte Bully ironisch. „Noch vor wenigen Tagen hätten sie uns in Asche verwandelt, wenn wir nur unsere Nasenspitzen hätten sehen lassen. Atlans Regierungsepoche läuft ganz gut an, denke ich."

Bully sah blinzelnd nach oben, wo weit über ihnen die künstliche Atomsonne ihre fiktive Bahn zog, und fuhr sich mit dem Handrücken über die schweißbedeckte Stirn.

„Wieder viel zu warm in der Höhle", sagte er.

Den Ausgang erreichten sie nahe jener Oberflächenkuppel, die sie wenige Tage zuvor bei dem verzweifelten Rückzugsgefecht aus Arkons Tiefen zur Hälfte zerstört hatten. Robotkommandos waren dabei, den großen Werftlift zu reparieren.

Das grelle weiße Licht der Arkonsonne empfing sie. Rhodan sprang in den wartenden Prallfeldgleiter und rief dem Robotfahrer hastig einige Anweisungen zu.

Drei Kilometer entfernt, jedoch nahe dem unübersehbaren Schutzschirm, war das Flaggschiff der Solaren Flotte gelandet. Die DRUSUS war ein Gigant, doch in dieser Umgebung, zwischen mehr als fünfzig gleichgroßen Superschlachtschiffen der arkonidischen Heimatflotte, fiel sie kaum auf.

Rhodan erreichte die untere Mannschleuse des 1500-Meter-Kugelriesen, als nur wenige Kilometer entfernt ein schnelles Schlachtkreuzergeschwader in den wolkenlosen Himmel dröhnte. Die entstehenden Druckwellen wurden von den vollautomatisch errichteten Abwehrfeldern aufgefangen und absorbiert. Auf Arkon III geschah nichts ohne das planvolle Eingreifen des Robotgehirns.

Sorgenschwer blickte Rhodan den rasch kleiner werdenden Schiffen nach. Sie waren erst vor wenigen Tagen von den niemals stillstehenden Bandstraßen ausgespien worden. Jetzt starteten sie zu ihrem ersten Probeflug.

„Wenn wir eine solche Produktionskapazität besäßen, wäre mir wesentlich wohler“, meinte Perry Rhodan. „Wo steckt denn Sikermann?“

Die hohe, breitschultrige Gestalt des Kommandanten tauchte in der Schleuse auf. Er grüßte zurückhaltend.

Noch in der Schleuse bemerkte Rhodan: „Wie war die Reise?“

„Ausgezeichnet. Ich flog in voller Gefechtsbereitschaft ins Volatsystem ein, aber es kam nicht zu Schwierigkeiten. Unsere auf Zalit wartenden Männer konnten anstandslos einsteigen. Ich bin nach einem Aufenthalt von nur zwei Stunden erneut gestartet. Vom äußeren Festungsring des Arkonsystems bin ich auch nicht belästigt worden. Noch nicht einmal die üblichen Begleitschiffe tauchten auf. Anschließend sind wir vom Regenten fernsteuertechnisch auf diesem Raumhafen gelandet worden.“

„Atlan hat Wort gehalten“, warf Bull nachdenklich ein. „Ob wir ihm nicht zu Unrecht mißtrauen?“

„Das wird sich wahrscheinlich bald herausstellen“, orakelte Rhodan. „Sikermann, machen Sie die DRUSUS klar zum Start.“

Die DRUSUS startete wenige Minuten später im Geleit von zehn schnellen Kreuzern der Imperiumsflotte. Dicht vor den Grenzen des

Arkonsystems schwenkten die Schiffe ab, und der irdische Raumer setzte zur ersten Transition an. Atlan meldete sich nicht mehr.

An Bord herrschte eine gedrückte Stimmung. Man wußte plötzlich, daß man einen Freund zurückgelassen hatte.

13.

Es war Major Untcher, dem Chef der vierten Sicherungsgruppe im Raumjagdverband 16, beschieden, die Energieerscheinung zuerst zu orten.

Seine Gruppe setzte sich aus dem Leichten Kreuzer AUSTRIA und 27 linsenförmigen Kleinraumschiffen vom ultraschnellen Typ Space-Jet zusammen. Die AUSTRIA galt gleichzeitig als Führungsschiff der 4. SGJV-16.

Zu dieser Zeit stand die Sicherungsgruppe mit allen Einheiten 102 Lichtstunden jenseits der Plutobahn im interstellaren Raum. Der Abstand zwischen den einzelnen Booten betrug weisungsgemäß nur fünf Millionen Kilometer. Die AUSTRIA stand dabei in der Mitte der langen Überwachungslinie.

Im Ortungsraum dicht neben der Funkzentrale schien ein Vulkan ausgebrochen zu sein, so laut rumorte es in den beiden Strukturtastern zur Sofortanmessung einer vierdimensionalen Kontinuumsverschiebung. Es war jedoch klar, daß es sich nicht um die Erfassung einer Hyperschockwelle handeln konnte. Die von transitierenden Raumschiffen erzeugten Energiestöße machten sich anders bemerkbar.

Untcher lauschte etwas fassungslos auf das unablässige Dröhnen. Die automatische Auswertung hatte bereits die Quelle dieser Geräusche festgestellt. Nahe der Riesensonne Kapella, etwa 42 Lichtjahre entfernt, hatte sich etwas gebildet, womit weder Untcher noch die Ortungsfunker etwas anzufangen wußten, bis Oberleutnant Fynkus auf *die* Idee kam.

„Das klingt, als wären wir dicht vor der Entladungszone nahe des Myrtha-Systems", sagte er bedächtig. Er drehte den Kopf.

Untchers faltige Lider zuckten. „Ach! Was Sie nicht sagen! Die Zone ist fast sechseinhalbtausend Lichtjahre entfernt."

„Das ändert nichts daran, daß ich dieses Rumoren kenne. Ich war lange genug da draußen. Im Fuhrmannsektor stimmt etwas nicht. Sehen Sie sich die flachen Zacken an. Das ist ganz typisch für eine Überlappungszone. Das Ding scheint sogar stabil zu bleiben. Erinnern Sie sich an die Ortungsergebnisse während der vergangenen Druufangriffe?"

Untcher war gewissenhaft genug, um die Meinung des erfahrenen Offiziers zu würdigen. Das Donnern in den Strukturtastern hielt an. Fynkus ging zum Materiepeiler hinüber. Der dort stationierte Sergeant schüttelte stumm den Kopf. Fynkus nickte.

„Fremdkörper sind noch nicht aufgetaucht", stellte er sachlich fest. „Die Energieerscheinung verändert sich aber nicht."

Untcher dachte angestrengt nach. Nach den ihm bekannten Aussagen der Wissenschaftler sollte sich die Überlappungszone nahe des Myrtha-Systems bald schließen. Es gab jedoch auch Experten, die in diesem Zusammenhang vor letzten spontanen Überlappungen in verschiedenen Sektoren der Milchstraße warnten.

Untcher starrte auf die Geräte.

Hatten sie einen solchen spontanen Einbruch zwischen zwei Universen entdeckt?

Untcher entschied sich.

„Funkspruch an alle Jets", ordnete er an. „Wachlinie auflösen, einzeln den Rückflug antreten und bei Verbandsführer nahe Pluto sammeln. Meldung an Oberst Poskanow an Bord der OSEGA über unsere Beobachtung."

Die OSEGA, das Basisschiff des Verbandes, mußte das Phänomen überprüfen.

Untcher biß sich auf die Lippen. Er hatte plötzlich Angst.

Oberst Poskanow richtete sich auf. Vor einigen Augenblicken hatte es noch so ausgesehen, als wolle er sein Gesicht in den großen

Reliefschirm hineinbohren. Mit einer flüchtigen Handbewegung wischte er sich die Schweißperlen von der Stirn. Dann lauschte er wieder auf die Strukturtaste des Schlachtkreuzers OSEGA.

Was Major Untcher nicht sehen konnte, wurde durch die voluminösen Spezialgeräte des Riesenschiffs klar erkennbar.

Die typische Strukturfrequenz eines ebenso typischen Entladungstrichters zeichnete klare Umrisse auf den Ortungsschirm. Es sah aus, als hätte ein unsichtbarer Riese mitten im interstellaren Raum eine längliche Blüte mit breitem, weitgeschwungenem Kelch verloren.

Wie die Konturen aber auch sein mochten, es war sicher, daß es sich um einen plötzlich entstandenen Überlappungsriß handelte, durch den ein heftiger Energieaustausch zwischen den Feldlinien des Einsteinuniversums und denen der Druufebene erfolgte.

Poskanow beobachtete atemlos, wie sich die obere Aufwölbung mehr und mehr verdichtete. Er hatte mehrere Monate Gelegenheit gehabt, die große Entladungszone nahe des Myrtha-Systems kennenzulernen.

Das wissenschaftliche Team der OSEGA arbeitete bereits. Die ersten Auswertungen wurden dem Verbandschef vorgelegt. Als Poskanow erkannte, daß man es vorerst lediglich mit dem Trichter, nicht aber mit fremden Raumschiffen zu tun hatte, entschloß er sich zu einem erklärenden Hyperfunkspruch an das Oberkommando der Flotte.

Noch hatte man Zeit, einige Maßnahmen einzuleiten. Wenn sich erst die von Poskanow erwarteten Fremdraumer aus der Entladungszone hervorschoben, war es zu spät für offene Funksprüche an die vielen Raumschiffe, die nun in den Tiefen der Milchstraße unterwegs sein mußten.

Drei Minuten nach Abgang seiner langen Meldung registrierten die Feintaster der OSEGA eine schwache Strukturerschütterung. Die Automatauswertung zeigte an, daß es sich bei dem soeben gesprungenen Schiff um eine terranische Konstruktion handelte. Die nur mit Spezialgeräten anmeßbare Transition gab einwandfrei darüber Auskunft, daß der andere Raumer im Schutz eines Eigenfrequenzabsorbers den Hyperraum überwunden hatte. Die zwangsläufig entstehenden Schockwellen wurden von den Strukturkompensatoren aufgefangen. Die Eigenstrahlung dieser Geräte wurde wiederum von den Dämpfern absorbiert. Es gab praktisch keine Möglichkeit, ein mit diesen Hilfsmitteln fliegendes Raumschiff auszumachen oder seinen Standort genau zu berechnen. Lediglich die Kreuzer der solaren Raumjagdverbände besaßen jene Feintaster, mit deren Hilfe wenigstens festgestellt werden konnte, ob ein Freund oder ein Feind ankam.

Oberst Poskanow lächelte zufrieden, als er das Flottenflaggschiff erkannte. Die DRUSUS kam mit Wahnsinnsfahrt in das System geschossen, an dessen äußersten Grenzen sie rematerialisiert hatte.

Sekunden später geschah das, was Poskanow als selbstverständlich vorausgesetzt hatte. Raumschiffe von der Art der DRUSUS besaßen ein Ortungssystem, dem kaum etwas entgehen konnte. Noch ehe der Chef des Raumjagdverbands 16 Gelegenheit hatte, das Superschlachtschiff anzurufen, sprachen bereits die Empfänger der OSEGA an.

Rhodans Gesicht erschien auf dem großen Schirm. Die groben, unscharf machenden Bildzeilen wiesen darauf hin, daß die Sender der DRUSUS mit dem geringstmöglichen Energieaufwand arbeiteten.

„Rhodan an Schlachtkreuzer – wer sind Sie?"

„Schlachtkreuzer OSEGA, Raumjagdverband Sechzehn, Oberst Poskanow spricht."

„Ah, Poskanow, freut mich." Rhodan nickte. „Ich nehme an, Sie sind von Marschall Freyt zum äußeren Abwehrsektor verlegt worden."

„Jawohl, kurz nach dem Start der DRUSUS. Sind Sie darüber informiert, daß sich im Kapellasektor ein Entladungstrichter gebildet hat?"

„Genau. Wir haben ihn vor Beginn der letzten Transition geortet. Es ist zu befürchten, daß Verbände der Druuf auftauchen. Und das nur zweiundvierzig Lichtjahre von Terra entfernt. Die Gefahr, daß unser Sonnensystem von den Druuf entdeckt und angegriffen wird, ist gegeben. Ist das Hauptquartier benachrichtigt worden?"

„Vor zehn Minuten. Meine vorgeschobene Jet-Gruppe unter Major Untcher kommt im Normalflug zurück. Da ist alles in Ordnung."

„Sehr gut. Sie werden ab sofort General Deringhouse unterstellt. Ihr Stützpunkt ist Pluto. Wenn die dortigen Werften und Nachschubdepots angegriffen oder gar vernichtet werden, ziehen Sie sich nach Katastrophenplan ‚Kolumbus' zur Saturnbahn zurück, wo Sie die Mittelsektorflotte unter meinem Befehl antreffen werden. Warten Sie auf weitere Anweisungen, und geben Sie einen Kurzimpuls, wenn aus dem Trichter Fremdschiffe auftauchen sollten."

Die Bildqualität wurde schlechter, je weiter sich die fast lichtschnelle DRUSUS entfernte.

Oberst Poskanow war bestürzt. Katastrophenplan ‚Kolumbus'? Das bedeutete die Entdeckung der Erde. Hastig rief er in die Mikrophone: „Wir haben einen arkonidischen Angriff erwartet!"

„Unsinn. Atlan hat den Regenten übernommen und ist auf unserer Seite. Bereiten Sie sich darauf vor, von zahllosen Kampfschiffen aller Art im Sinne des Wortes überschwemmt zu werden. Unsere einzige Chance liegt darin, der Aufmerksamkeit dieser Wesen zu entgehen. Die Trichtererscheinung nahe Kapella beweist, daß die Druufgefahr noch einmal sehr akut wird. Ab sofort darf nicht mehr offen gefunkt werden. Wenn Sie Sprüche aussenden müssen, dann nur mit geringster Sendeleistung und mit schärfster Bündelung."

„Wie erklären Sie sich diesen spontan entstandenen Trichter?" fragte Poskanow.

„Erklären kommt später", antwortete Rhodan abschließend. „Jetzt müssen wir handeln."

Die entscheidende Lagebesprechung erfolgte Mitte Mai 2044 im Tiefbunker-Hauptquartier des Oberkommandos.

Die riesigen unterirdischen Anlagen waren ausschließlich dazu erbaut worden, um im Fall „Kolumbus" ausreichende Sicherheitsmaßnahmen treffen zu können.

Die in jahrzehntelanger Arbeit erschaffenen Befehlszentren mit all ihren großen und kostspieligen Automatgeräten bildeten das Nervenzentrum des Solaren Imperiums, von dem Admiral Atlan ironisch behauptet hatte, es wäre – gemessen an arkonidischen Maßstäben – nicht mehr als ein Hinterwäldlernest.

Perry Rhodan und die führenden Männer der Erde waren da allerdings ganz anderer Meinung.

Längst vorbereitete Planungen, von den besten Wissenschaftlern und Strategen der Erde schon vor Jahren ausgetüftelt, immer wieder ergänzt und auf den neuesten Stand von Wissenschaft und Technik gebracht, wurden in dem erstaunlich kurzen Zeitraum von nur zwei Stunden aktuell.

Hätte man nicht vorgesorgt, wäre der Fall „Kolumbus“ nicht immer wieder durchdacht und bis hinab zu den kleinsten Details ausgefeilt worden, hätte man vor einer unlösbaren Aufgabe gestanden.

Positronische Spezialgehirne gaben die seit Jahren programmierten Impulse an die vollautomatischen Alarmanlagen der irdischen Industrie weiter.

Die für diesen Fall vorbereiteten Werke des Planeten Erde schalteten schlagartig um. Eingelagerte Rohstoffe wurden aus den Silos in die Werkhallen gebracht.

Niemand in Amerika, Europa, Asien, Australien und den besiedelten Polgebieten benötigte in dieser bedeutungsvollen Stunde eine Planzeichnung oder besondere Anweisungen. Es stand fest, was jeder herzustellen hatte.

Die ungeheure Arbeit der letzten Jahrzehnte begann sich zu lohnen. Das Planungsminsterium in Terrania wurde nur vereinzelt durch Rückrufe belästigt.

Die Einberufung der Flottenreservisten erfolgte im selben Zeitraum. Startklare Großtransporter der irdischen Luftlinien brachten die Mannschaften zu den bekannten Raumhäfen.

Niemals zuvor hatte es auf der Erde eine so tadellos funktionierende Organisation gegeben. Die neue Mondbasis lief mit Hochtouren an. Besonders die kleinen, schnellen Raumschiffe der Jäger-, Zerstörer-, Gazellen- und Space-Jet-Klassen passierten die Kontrollräume hinter den Bandstraßen in rascher Folge.

Der Bau eines 500-Meter-Schlachtkreuzers dauerte dagegen immer Jahre. Die Fertigstellung eines Superschlachtschiffs aus der Imperiumsklasse wurde trotz aller Rationalisierungsmaßnahmen nach wie vor mit wenigstens zwölf Jahren veranschlagt.

Mit den arkonidischen Mammuthilfsmitteln hätte man es in etwa fünf Monaten bewerkstelligen können.

Rhodan, der über die terranische Produktion genau informiert war, wußte deshalb, wo die Grenzen terranischer Macht lagen. Die zahllosen Kleinschiffe konnten einem Gegner harte Schläge versetzen, aber wirklich schmerzhaft und entscheidend konnten sie niemals sein.

Es mangelte an modernen Trägerschiffen, mit denen die Zerstörer und Jäger schnell genug zu den Brennpunkten gebracht und dort ausgeschleust werden konnten.

Die neuen 100-Meter-Kreuzer der Staatenklasse besaßen keinen hohen Offensivwert. Die Erde war niemals daran interessiert gewesen, andere Völker anzugreifen und zu unterjochen. Daher waren Schiffe erbaut worden, deren Bewaffnung in der jetzigen Situation unzureichend war. Staatenkreuzer waren Defensivschiffe, bestimmt für höchste Beschleunigung und rasch ablaufende Aufklärungsaufgaben.

Das waren die Dinge, die während der Einsatzbesprechung in klarer, nüchterner Konsequenz zur Sprache kamen. Niemand überschätzte die eigene Stärke, niemand hielt die Menschheit für allmächtig.

Unter diesen Voraussetzungen kam es zu einer sehr gewissenhaften und verantwortungsbewußten Verteidigungsplanung. Die vorhandenen Flotteneinheiten wurden aufgeteilt, Kommandanten bestimmt und Funksprüche an alle Schiffe außerhalb des Sonnensystems ausgeschickt.

Es war klar, daß das Auftauchen eines Entladungstrichters so nahe am Solsystem Terra jählings in eine Zwangslage gedrängt hatte. Rhodan maßte sich nicht an, die Lage durch Handstreiche oder Mutanteneinsätze ändern zu wollen. Unüberlegte Schritte hätten nur zu einer Katastrophe geführt.

Die Bevölkerung der besiedelten Planeten wurde über Terra-Television informiert. Die Panzertore der Atombunker öffneten sich, und die unterirdischen Versorgungsbänder begannen zu laufen.

Eingelagerte Lebensmittel und Bedarfsgüter aller Art wurden in die

Bunker gebracht. Der Verkehr in den irdischen Großstädten stockte mehr und mehr. Fünf Stunden nach Rhodans Landung auf dem Raumhafen von Terrania glich die Erde einer von Menschen entblößten Festung. Von nun an spielte sich das Leben unter der Oberfläche ab. Nur jene Männer, auf die man nicht verzichten konnte, blieben im Licht der Sonne.

Tausende von Jägern, Zerstörern und kleinen Diskusraumschiffen rasten in den Himmel. Die schweren Verbände der Solaren Flotte nahmen die in mühevoller Arbeit errechneten Gefechtspositionen ein.

All das geschah, noch ehe aus dem leuchtenden Schlund des Entladungstrichters das erste Raumschiff der Druuf aufgetaucht war.

Die elektrischen Uhren im Oberkommando der Flotte zeigten die elfte Abendstunde an. Die Besprechung war noch immer nicht beendet. Die ersten wissenschaftlichen Auswertungen über die Natur der Entladungszone lagen vor.

Die Resultate gaben in erschreckend nüchterner Form darüber Auskunft, was die Menschheit zu erwarten hatte. Crest, der alte, müde gewordene Arkonide, hatte sich bei Rhodan anmelden lassen.

Zusätzlich zu den Fragen der Verteidigung war ein Problem aufgetaucht, das der Wissenschaftler Crest mit kurzen Worten umriß: „Die Erfahrung beweist, daß diese Entladungstrichter eine sehr unterschiedliche Lebensdauer haben. Da die von uns geortete Zone bereits seit acht Stunden die beiden Zeitebenen verbindet, obwohl sie sehr klein ist, kann angenommen werden, daß es den Druuf gelungen ist, diesen Übergang zu stabilisieren und zu kontrollieren. Strategisch gesehen, wäre das nur logisch, denn den Druuf muß daran gelegen sein, im Rücken der Arkonflotte vor der großen Überlappungsfront nahe des Myrtha-Sektors operieren zu können. Deshalb *werden* sie kommen.“

Bully trat zwischen Crest und Rhodan. „Da es unsinnig wäre, auf einen gütigen Zufall zu hoffen, fordere ich die sofortige Absendung des vorbereiteten Katastrophenfunkspruchs an Atlan.“

Marschall Freyt hielt den Atem an. Allan D. Mercant verzog keine Miene. Rhodan verschränkte die Arme.

„Funkspruch an Atlan? Sehr schön, aber das wäre die allerletzte Möglichkeit. Wenn Atlan helfen soll, muß er Schiffe schicken. Das bedeutet, daß er die galaktische Position der Erde bekanntgeben muß, oder die besagten Schiffe kommen hier niemals an. Von dieser Stunde an wäre bekannt, wo man Terra finden kann. Unser langes Versteckspiel wäre zu Ende."

„Eines Tages werden wir ohnehin mit offenen Karten spielen müssen", warf Mercant ein.

„Stimmt, eines Tages. Es ist aber meine Absicht, so lange wie möglich unentdeckt zu bleiben. Wir sind noch zu schwach, um im großen Spiel der galaktischen Völker mithalten zu können. Mercant...", Rhodan unterbrach sich überlegend, „...Mercant, wir sollten versuchen, die vermuteten Pläne der Druuf mit Hilfe der uns zur Verfügung stehenden Mittel zu durchkreuzen. Schicken Sie John Marshall zu mir."

Der Abwehrchef runzelte die Stirn. Er gab den Mutanten in diesem Fall keine Chance.

Als er sich erhob, geschah das, worauf man im Hauptquartier seit Stunden gewartet hatte. Ein Bildschirm leuchtete auf. Major Abucot wurde erkennbar.

„Funkzentrale der Abwehr", identifizierte er sich. „Wir haben soeben einen Kurzimpuls der vorgeschobenen Geschwader entschlüsselt. Aus dem georteten Entladungstrichter tauchen die ersten Raumschiffe auf. Oberst Poskanow hat bis jetzt etwa fünfhundert Fremdkörper ausgemacht. Es werden immer mehr. Nach den Daten der Umrißortung zu urteilen, ist keiner der fremden Raumer kürzer als zweihundert Meter. Damit dürfte es sich um Druufrobotschiffe handeln."

Marschall Freyt fuhr sich mit dem Zeigefinger zwischen Hals und Kragen. Reginald Bull zeigte ein gefroren wirkendes Lächeln.

„Danke", unterbrach Rhodans Stimme die lastende Stille. „Rufen Sie mich an, sobald weitere Nachrichten einlaufen. Aber nicht wegen eines jeden Schiffes. Fassen Sie die erkennbar werdenden Raumer in – sagen wir – hundert Stück zusammen."

Abucot schaltete ab. Er hatte verstanden.

„Von hundert Stück an aufwärts, wie?“ meinte Bull. „Mit wieviel Druufraumern rechnest du überhaupt?“

„Nach den Erfahrungen an der Blockadefront werden sie mit wenigstens fünftausend Schiffen auftauchen.“

Marschall Freyt suchte sich einen Sitzplatz. Rhodan begann mit einer Wanderung entlang der Wandschirme.

Dabei meinte er kaum hörbar: „Alles kommt darauf an, ob sie uns finden oder nicht. Mercant, rufen Sie John Marshall an, und bereiten Sie einen Mutanten-Sondereinsatz vor. Ich habe eine bestimmte Idee.“ Der Abwehrchef ging. Rhodan rief ihm nach: „Hat sich unser Stützpunkt auf Hades noch nicht gemeldet?“

Mercant schüttelte den Kopf. „Nein. Der schnelle Kreuzer NIPPON steht aber vor der arkonidischen Blockadefront. Die Transmitterverbindung zu Hades gelingt einwandfrei. Ich warte stündlich auf nähere Informationen.“

„Sie dürfen nicht über Funk gegeben werden. Haben Sie das dem Kommandanten klargemacht?“

„Selbstverständlich. Major Matsuro wird persönlich zur Erde kommen und alle Nachrichten überbringen. Sollten wir aber bis dahin schon entdeckt sein, werde ich Matsuro anrufen. Dann spielt es ja keine Rolle mehr, ob ein Spruch angepeilt wird oder nicht.“

Rhodan sah dem Abwehrchef sorgenschwer nach. Er wollte nicht über seine Hoffnung sprechen, daß Terra unentdeckt blieb – dazu war sie zu gering.

14.

Die STAR OF TERRA, ein älterer, für den Fracht- und Passagierdienst umgebauter Kreuzer der Normklasse, war am 16. Mai, 14.32 Uhr Standardzeit, planmäßig vom interkosmischen Raumhafen des Wega-Hauptplaneten gestartet.

Die STAR OF TERRA flog seit einigen Jahren im Liniendienst zwischen den planetarischen Systemen der Riesensonne Wega und Sol, da der Passagierverkehr infolge der regen Handelsbeziehungen zwischen Menschen und Ferronen ständig zugenommen hatte.

Kommandant war Kapitän Carl Lister, ein ehemaliger Galaktonaut der Flotte. Lister galt als tüchtig, entschlußfreudig und angenehm in seinen Umfangsformen. Da er außerdem über eine stattliche Körperfülle verfügte und in behäbiger Jovialität mit Passagieren und Mannschaften zu sprechen pflegte, war er der ideale Kommandant für ein Raumschiff der Handelsflotte.

Listers militärische Laufbahn hatte unter einem Unstern gestanden. Es war ihm nie gelungen, das Wohlwollen seiner Vorgesetzten zu erlangen. Unter seinen Kameraden hatte er als chronischer Pechvogel gegolten, dem in entscheidenden Augenblicken alles mißlang, was er normalerweise im Halbschlaf grandios beherrschte. So hatte es Lister vorgezogen, aus der Raumflotte auszuscheiden. Seitdem fungierte er als Kommandant der STAR OF TERRA.

Seit sechs Jahren hatten sich weder ein Mißgeschick noch ein ernsthafter Unfall ereignet. Lister hatte demnach allen Grund, anzunehmen, seine alte Pechsträhne wäre von ihm gewichen.

Es war sein Schicksal, daß die bereits vergessene Unglücksserie ausgerechnet in jenem Augenblick erneut begann, als es darauf ankam, genau nach den Vorschriften zu handeln.

Lister hatte im Speisesaal mit den Passagieren gegessen, einige seiner altväterlichen, galanten Bemerkungen gemacht und einem jungen Mann gestattet, die Triebwerksräume zu besichtigen.

Eine Viertelstunde später waren die Sprungberechnungen beendet gewesen, und die STAR OF TERRA hatte zur Transition angesetzt. Lister überwand die 27 Lichtjahre mit nur einem Hypersprung. Er hielt es für sinnlos, die Fahrgäste zweimal einer gleichartigen Belastung auszusetzen.

Insofern wäre alles in bester Ordnung gewesen, wenn Carl Lister nicht genau zu *dem* Zeitpunkt in die übergeordnete Dimension eingetaucht wäre, als die Großfunkstation von Terrania die für ihn bestimmte Warnmeldung in den kosmischen Raum schickte.

So kam es, daß Kapitän Lister die entscheidenden Befehle nicht hörte. Als sein Schiff sieben Lichtstunden vor der Plutobahn rematerialisierte, hatte Terrania die Warnsendungen bereits eingestellt. So flog die STAR OF TERRA mit achtzig Prozent einfacher LG auf die Grenzen des Solsystems zu.

Pluto stand jenseits der Sonne. Getreu nach Sicherheitsvorschriften drosselte Lister die Fahrt noch weiter. Mit nur siebzig Prozent der Lichtgeschwindigkeit schwenkte der Fahrgast- und Frachtraumer auf Zielkurs ein.

Kurz darauf wurde das Unglück des alten Kapitäns vollständig. Ausgerechnet als die ersten Druufraumschiffe aus dem Entladungstrichter hervorkamen, entschloß sich Lister, seine baldige Ankunft über Hyperfunk mitzuteilen.

Er setzte einen langen, wenig gebündelten Text ab, in dem er nebenbei berichtete, der ferronische Herrscher läge auf dem Sterbebett. Lister hielt diese Neuigkeit für wichtig genug, um sie lang und breit auszuwalzen.

Er sendete im Klartext mit gestochen scharfen Morsezeichen auf der vorgeschriebenen Hyperhandelsfrequenz.

Auch das wäre noch vertretbar gewesen, wenn die STAR OF TERRA nicht entgegengesetzt zu dem Entladungstrichter aus dem Hyperraum gekommen wäre. So geschah es, daß der breite Richtstrahl die Erde zwar gut erreichte, von dort aus aber in gerader Linie das Kapellasystem schnitt.

Nachdem er bereits zwanzig Sekunden lang gefunkt hatte, krachte es in dem Hyperfunkempfänger des Fahrgastschiffs. Das verzerrte Gesicht eines Majors wurde auf dem Bildschirm sichtbar.

„Sind Sie wahnsinnig geworden!" dröhnte es in höchster Lautstärke aus den Lautsprechern. „Sofort aufhören mit Ihrer Funkerei! Abschalten, Sie Narr! Fall ‚Kolumbus' droht! Lassen Sie keinen Ton mehr hören! Sie strahlen ja zur Kapella hinüber!"

Damit wurde die Verbindung schon wieder unterbrochen.

Kapitän Lister war blaß geworden. Er umklammerte die Hand des Funkers. Der Mann sah ihn entsetzt an. Natürlich wußte man, was der Fall „Kolumbus" zu bedeuten hatte.

„Um Gottes willen", ächzte der Funker. „Terrania muß vorher einen Warnruf losgelassen haben."

„Da waren wir im Hyperraum", sagte Lister tonlos. Er hatte verstanden, was er angerichtet hatte. Er wußte nun auch, daß die Gefahr aus dem Kapellasystem kam.

Ohne ein weiteres Wort zu verlieren, drehte er sich um. Langsam stapfte er auf den Ausgang zu. Dahinter lag die Kommandozentrale.

Die Neuigkeiten hatten sich schon herumgesprochen. Betroffen sahen die Männer ihrem Kapitän nach, der blaß und starren Blickes den großen Raum durchquerte.

Lister glaubte, jede Empfindung verloren zu haben. In ihm bohrte und nagte nur der Gedanke an das gnadenlose Schicksal, das ihn immer wieder zum Versager werden ließ.

15.

Nur wenige Menschen hätten die Funktion des fremden Geräts begreifen können. Anstelle der bei irdischen Positronengehirnen üblichen Auswertungskurven und elektromagnetisch gesteuerten Bandaufzeichner spie diese Maschine verworren wirkende geometrische Symbole aus.

In ihrem inneren Aufbau unterschied sie sich kaum von jenen Aggregaten, die von humanoiden Lebewesen konstruiert wurden. Die Gesetze der Mathematik galten auch für fremde, nichtmenschliche Intelligenzen. Sie besaßen unter Berücksichtigung dieser Gegebenheiten lediglich die Möglichkeit, die vielen Stromkreise ihrer Auffassung entsprechend zu schalten und die Endstufensammler so einzurichten, daß die errechneten Daten in anderer Form erkennbar wurden.

Das waren aber nur Äußerlichkeiten. Wichtig war die Tatsache der einwandfreien Betriebssicherheit, die in diesem Fall gegeben war.

Das rote, düstere Licht des Raumes spiegelte sich in den großen Augen des außerirdischen Lebewesens. Es stand reglos vor der summenden Maschine, bis die letzten Zeichen erkennbar wurden.

Ein ultrahoher Pfeifton im Frequenzbereich von etwa zweihunderttausend Hertz wurde von den körpereigenen Organantennen des Druuf aufgenommen. Mit einer langsam wirkenden Bewegung schaltete er den P-Rechner ab.

Stampfend schritt der drei Meter hohe Gigant auf die offene, unverkleidete Tür zu.

Riesige Ovalbildschirme und eine Fülle von abstrakt gestalteten Geräten wurden erkennbar. Dunkle Kugelköpfe mit lippenlosen Dreiecksmündern und fluoreszierenden Augen wendeten sich dem Eintretenden zu.

Ein Mensch hätte kein Wort gehört, und doch wurde gesprochen. Ultrahohe Impulse ersetzten die Lautsprache, natürliche Körperantennen nahmen die Schwingungen auf, um sie dem Gehirn zur Verarbeitung zuzuleiten.

Das Zwiegespräch zwischen den Offizieren und dem Chefmathematiker des langen, stabförmigen Großkampfschiffs, das als Flaggschiff dieses Verbandes nicht nur mit Robotern bemannt war, erfolgte zirka sechzehn Minuten nach dem Eingang der fremdartigen Hyperfunksendung. Länger hatten die Druuf nicht gebraucht, um die Peilung vorzunehmen.

Weitere Rechenmaschinen liefen an. Auf einem kugelförmigen Betrachter erschienen die Sterne jenes Raumsektors, der den Entladungstrichter umgab.

Der Finger eines Druuf deutete auf den Punkt, wo sich die vier Peillinien schnitten. An dieser Stelle war ein kleiner gelber Stern erkennbar.

Das tiefe Donnern des Triebwerks wurde lauter. Das Schiff nahm Fahrt auf. Zugleich wurden die ersten Informationen abgesetzt. Ein soeben aus dem Entladungsspalt hervorbrechender Verband von fünfhundert Roboteinheiten schwenkte ab. Auf den Bildschirmen des Führungsschiffs glänzte der Kopf eines Druuf.

Er gab sinngemäß bekannt: „Peilergebnis. Sehen Sie nach und

erstatten Sie Bericht. Ich folge, sobald die Untersuchung positiv ausfallen sollte."

Fünfhundert Großkampfschiffe verschwanden. Damit geschah etwas, was menschliche Wissenschaftler als ein „Hineinmogeln in die fünfte Dimension" bezeichneten.

Die Druufsche Hyperflugtechnik basierte entgegengesetzt zur arkonidischen Grundmethode auf einem linearen Bewegungsablauf unter Einfluß fünfdimensionaler Gesetze. Es war ein glattes „Fliegen", kein ruckartiges Springen. In der Hinsicht waren die Druuf allen Lebewesen überlegen, deren Hypertriebwerke nach arkonidischen Erfahrungen konstruiert worden waren.

Das Geschwader verschwand mit einer kurzen und nur sehr flachen Strukturschockwelle und nahm im übergeordneten Raum Fahrt auf.

Es erfolgte weder eine echte Entmaterialisierung wie bei irdischen Schiffen, noch kam es zu schmerzhaften Auflösungsvorgängen und dem Verlust des Bewußtseins.

Sie flogen mit vieltausendfacher Lichtgeschwindigkeit auf jenen Punkt zu, von dem aus man eine Hyperfunksendung erhalten hatte. Die Peilung war genau, das stand fest. Worüber man sich nicht sicher war, das war die Frage, ob die rhythmischen Zeichen nun von den schon lange gesuchten Terranern stammten oder von einem zufällig vorbeigeflogenen Raumschiff eines unbekannten Volkes. In diesem Fall wäre die Güte der eigenen Peiltechnik zwar glänzend bewiesen gewesen, aber einen praktischen Erfolg hätte sie nicht gebracht.

Also sah man erst einmal nach, was nahe dieses unbedeutenden Sternchens vorging. Nach der druufschen Auffassung, die getreu ihrer Mentalität mit großen und größten Maßstäben rechneten, erschien es fast ausgeschlossen, daß die Terraner unter dem Licht einer so schwachen Sonne herangewachsen sein könnten.

Das Flaggschiff der Druufflotte flog die mächtige Kapella an, aber auf deren Planeten konnte kein intelligentes Leben gefunden werden.

So wurde der Befehl zum Sammeln gegeben. Zweitausend Einheiten, die genau nach Plan stündlich um fünfhundert Schiffe verstärkt wurden, fanden sich an den äußeren Grenzen des Kapellasystems ein. Der kommandierende Druuf befaßte sich währenddessen mit dem

Gedanken, die umliegenden Sterne in einem Halbmesser von wenigstens fünfzig Lichtjahren sorgfältig absuchen zu lassen. Um einen höheren Wert konnten sich die fähigen Mathematiker nicht verrechnet haben.

Schließlich entschied sich der Oberbefehlshaber, das Untersuchungsergebnis abzuwarten. Man hatte Zeit, sehr viel Zeit. Außerdem konnte man während der Warteperiode genaue Sternkarten anfertigen und dabei versuchen, die große Blockadefront von diesem fremden Bezugssystem aus zu entdecken – das eigentliche Ziel dieses Unternehmens.

Der Druufbefehlshaber ahnte nicht, daß seine Schiffe längst geortet worden waren. Wenn er es aber gewußt hätte, wäre es ihm relativ gleichgültig gewesen. Entscheidend war letzten Endes doch das Aufgebot an kampfkräftigen Raumschiffen. Eine frühzeitige Entdekkung konnte bestenfalls die eigene Situation erschweren.

Man wappnete sich mit Geduld. Aus dem künstlich stabilisierten Entladungstrichter quoll ein Geschwader nach dem anderen hervor. Man ging keine Risiken ein. Schließlich stieß man in ein fremdes Universum vor, dessen Eigenzeit doppelt so schnell ablief wie die der eigenen Ebene. Demnach war sich der Kommandierende darüber klar, daß er mit seinen Schiffen immer um die Hälfte langsamer sein würde als jeder Gegner. Die Druuf beabsichtigten, die Tatsache ihrer schlechten Manövrierfähigkeit durch ein Großaufgebot von schweren Schiffen und stärksten Waffen wettzumachen.

Diese Taktik hatte sich an der Blockadefront bestens bewährt. Zum Gelingen des Gesamtplans kam es nur darauf an, die arkonidische Flotte durch sehr starke Kräfte zu binden, Terra zu besiegen und eine zweite Front im Rücken der Arkoniden zu bilden. Gelang dies, würde sich die Strategie der Druuf über Nacht ändern.

Der Oberkommandierende sah nicht ein, warum es *nicht* gelingen sollte.

16.

Leutnant Aluf Tehéte, Kapitän der 586. Jägerstaffel im Raumjagdverband RJV-64, gehörte zu den ersten terranischen Offizieren, die mit ihren lichtschnellen Einmannjägern in rasender Fahrt die dichte Aufklärungsphalanx der Druufschiffe angriffen.

Tehétes Jäger war – genau betrachtet – nicht mehr als ein 15 Meter langes und 1,5 Meter durchmessendes Geschoß, dessen Innenraum zu 90 Prozent von dem Hochleistungs-Kompakttriebwerk eingenommen wurde.

Dazu gehörte noch eine starr eingebaute, schwere Impulskanone. Wenn ein solches Geschütz feuerte, war den Jägerpiloten zumute, als müßten sich die schwachen Außenzellen ihrer Maschinen in Staub auflösen.

Die Abwehrschirme waren kläglich, aber noch bescheidener war der Platz, den die Konstrukteure dieser gefährlichen Raumhornissen den Piloten gelassen hatten.

Tehéte kauerte in einer schmalen Rundsichtkanzel kurz hinter der scharfen Bugspitze, die gleichzeitig mit der Kanonenmündung identisch war.

Tehéte führte seine Staffel in die Angriffsfront hinein, kaum daß die in den Normalraum zurückkehrenden Druufschiffe von den schnellen Kreuzern des RJV-64 geortet worden waren.

Vor sich hatte er den Impuls-Steuerknüppel, der eine artistische Beherrschung der energetischen Düsenquerschnittsverstellungen erlaubte. Die Folge davon war eine sagenhafte Manövrierfähigkeit, die die völlig überraschten Druufroboter Minuten später zu spüren bekamen.

Das erste Gefecht in der Schlacht um Terra wickelte sich ausschließlich zwischen den irdischen Jägerverbänden und den druufschen

Erkundungseinheiten ab. Kein einziges schweres Schiff der Solaren Flotte griff ein. Es ging alles viel zu schnell, um die Verlegung der großen Einheiten noch zu ermöglichen.

Die flinken Hornissen der verschiedenen Kreuzergeschwader errangen ihren ersten Überraschungserfolg. Ausgerüstet mit Geschützen, die eigentlich an Bord eines 500-Meter-Schlachtkreuzers gehörten, verursachten sie einen Atomorkan, der den Verband von Robotschiffen im Zeitraum von 17 Minuten zu 85 Prozent vernichtete.

Dabei geschah es, daß ein unverhofft aus dem Hyperraum auftauchender Kreuzer der terranischen Staatenklasse von dem starken Energiestrahl eines Jägers so ernsthaft getroffen wurde, daß drei Triebwerke ausfielen und im Maschinenleitstand Feuer ausbrach.

Kommandant dieses Kreuzers war Major Matsuro, der soeben mit wichtigen Nachrichten von der Blockadefront zurückkam.

Matsuro hatte es auf Grund der Wichtigkeit seiner Meldung gewagt, die große Entfernung zwischen dem Myrtha-System und Terra mit nur einer Transition zu bewältigen. Bei so weiträumigen Sprüngen blieben winzige Fehler aber nur selten aus.

Im Verhältnis zur zurückgelegten Strecke konnte das um etwa acht Milliarden Kilometer zu früh erfolgte Eintauchmanöver sogar noch als ausgezeichnete kosmonautische Leistung gelten.

Welcher Jägerpilot den verhängnisvollen Schuß abgegeben hatte, war später nicht mehr feststellbar. Die NIPPON schleppte sich mit qualmenden Triebwerken aus der Linie. Noch wagte es Matsuro nicht, einen Funkspruch abzusetzen. Da kam ihm der Entschluß des Ersten Administrators zu Hilfe.

Auf allen Raumschiffen der Solaren Flotte, angefangen vom gewaltigen Superschlachtschiff bis hinab zum kleinsten Jäger, leuchteten die Bildschirme auf. Rhodan funkte auf der Sammelfrequenz. Er wurde überall gesehen und gehört.

„Perry Rhodan spricht. Achtung, an alle: Die befohlene Funkstille wird ab sofort aufgehoben. Jeder kann sprechen. Halten Sie Ihre vorgeschriebenen Verbandsfrequenzen genau ein, damit Sie sich nicht gegenseitig überlagern. Wir sind entdeckt worden. Damit ist der Fall

‚Kolumbus‘ endgültig eingetreten. Machen Sie sich mit dem Gedanken vertraut, von nun an mit offenem Visier kämpfen zu müssen. Unser langes Versteckspiel ist beendet.“

Anschließend folgten ausgedehnte Positionsanweisungen. Die vielen Kreuzergeschwader gelangten mit kurzen Hypersprüngen zur äußeren Abwehrfront. Nahe der Saturnbahn wurde der zweite Gürtel mit dem Gros der schweren Schiffe verstärkt. Hier hatte Rhodan den Befehl übernommen. Die erste Verteidigungszone stand unter dem Kommando von General Deringhouse.

Major Matsuro wartete, bis die wichtigen Durchsagen beendet waren. Erst dann rief er mit Dringlichkeitsstufe eins die DRUSUS an.

Matsuros Gesicht erschien auf dem riesigen Telekomschirm des Superschlachtschiffs, dessen Zentrale seit wenigen Stunden als fliegendes Hauptquartier diente.

„Kreuzer NIPPON, Kommandant Major Matsuro“, meldete sich der Offizier. „Ich komme soeben von der Blockadefront zurück, aber irgendein verrückt gewordener Jägerpilot hat mich mit einem Druufschiff verwechselt. Mein Kreuzer ist nur noch beschränkt raumtüchtig. Das Feuer im Maschinenleitstand konnte durch Sauerstoffentzug eingedämmt werden, jedoch ist die Zentrale nicht mehr brauchbar. Haben Sie für mich bestimmte Anweisungen?“

Rhodan verstand sofort. Die NIPPON brachte anscheinend Nachrichten vom Stützpunkt Hades.

„Sprechverbot“, entschied er kurz. „Schleusen Sie eine Gazelle aus und kommen Sie damit an Bord der DRUSUS. Wir holen Sie ferngesteuert herein. Ihr Erster Offizier übernimmt die NIPPON. Er soll in langsamer Fahrt den Plutostützpunkt anfliegen, wo der Kreuzer in eine Wartekreisbahn zu gehen hat. Ist das noch möglich?“

Matsuro sah sich nach seinem Chefingenieur um. Der Techniker nickte.

„Ja, das werden die Triebwerke noch schaffen. Ob wir allerdings landen können, kann jetzt noch nicht gesagt werden.“

„Gut, die Plutobasis wird von hier aus informiert. Ich erwarte Sie. Fertigen Sie einen Zustandsbericht an. Ich möchte wissen, wie sich der Jägertreffer ausgewirkt hat. Wo ist die NIPPON getroffen worden?“

„Mittschiffs, dicht über dem Ringwulst. Der Impulsstrahl durchschlug beide Abwehrschirme, brannte die Panzerung heraus und gab seine restliche Thermoenergie in der Hauptschaltzentrale ab."

Rhodan nickte. „Verlieren Sie nun keine Zeit und schleusen Sie sich aus. Sie haben doch wichtige Nachrichten, oder?"

„Und ob. Sonst wäre ich nicht zurückgekommen."

Major Nako Matsuro fühlte sich im Kreise der hohen Offiziere befangen. Sogar Solarmarschall Allan D. Mercant befand sich in der Zentrale des Superschlachtschiffs. Es schien etwas geplant zu sein, worüber nur wenige Männer informiert waren.

Matsuros Bericht war bereits ausgewertet. Es war ihm gelungen, mit den Agenten im Stützpunkt Hades Verbindung aufzunehmen. Nochmals befragt, erklärte der Kommandant des Beobachtungskreuzers NIPPON in knapper Form: „Die Mitteilungen kamen unverstümmelt an. Captain Rous gibt bekannt, es sei den Druuf gelungen, einen spontan entstandenen kleinen Entladungstrichter zu stabilisieren. Unser kosmischer Agent Ernst Ellert scheint sich in Schwierigkeiten zu befinden. Er teilte Rous mit, er verlöre allmählich die Macht über den Geist des Druufwissenschaftlers Onot. Onot wird vom regierenden Rat der Druuf beschuldigt, an der Vernichtung der großen Rechenzentrale nicht ganz unbeteiligt gewesen zu sein."

„Womit sie recht haben", warf Rhodan trocken ein. „Weiter, Matsuro."

„Das ist eigentlich alles. Ernst Ellert versteckt sich nach wie vor in diesem Onot. Die Funkverbindung mit dem dreizehnten Planeten des Riesensystems scheint Ellert nicht leichtzufallen. Captain Rous befürchtete Komplikationen."

„Und wie war das mit dieser Raumstation nahe dem Doppelstern Siamed?" erkundigte sich Mercant.

Matsuro fühlte, daß der so unscheinbar wirkende Mann damit den Kern der Sache berührte.

„Diese Mitteilung kam an, als ich bereits zur Transition ansetzte. Ellert teilte über Rous mit, die Druuf hätten ein Riesengebilde erbaut. Die Raumstation sei nur zum Zweck der Stabilisierung eines

Ausfalltrichters konstruiert worden. Die Druufwissenschaftler wissen offenbar um die Gesetzmäßigkeiten solcher Phänomene. Rous konnte durch Messungen ebenfalls feststellen, daß die neue Verbindungszone dicht über dieser Raumstation beginnt."

Mehr konnte Matsuro mit dem besten Willen nicht mitteilen. Er wurde entlassen. Die geschulte Besatzung seines schwerbeschädigten Kreuzers wurde von einem Flottentender abgeholt und zur Mondbasis gebracht. Als Matsuro dort ankam, wurde ihm sofort das Kommando über ein werftneues Schiff übertragen.

Als Matsuro zum Probeflug startete, Oberst Tifflor an Bord des Flaggschiffs kam, der Mutantenchef John Marshall seine Spezialisten um sich versammelte und fünftausend Einmannjäger im Schutz der vorstoßenden Kreuzerverbände den neu zugewiesenen Abwehrsektoren entgegenflogen, glitten die ersten größeren Roboteinheiten der Druuf aus dem Hyperraum.

Diesmal kam es nicht mehr zu einem Vorpostengefecht mit allen Überraschungsmomenten auf terranischer Seite.

Zwei Stunden nach dem ersten Großangriff wurde die Lage klar. Etwa fünftausend Druufeinheiten waren zum ersten Stoß angesetzt worden, aber aus dem Entladungstrichter quollen in rascher Folge neue Flottenverbände hervor.

Nach drei Stunden wußte Perry Rhodan, daß er mit seinen beschränkten Mitteln Terra nicht vor dem Untergang bewahren konnte. Erste Druufschiffe griffen bereits die Plutobasis an, deren fürchterliches Bodenfeuer vorerst noch genügte, die Angreifer abzuwehren. Lange konnte der Planet aber nicht mehr gehalten werden.

Oberst Poskanow meldete den Verlust von elf Kreuzern seines Raumjagdverbands. Die von den größeren Schiffen ausgeschleusten Jäger und Dreimannzerstörer konnten während des Rückzugsgefechts nicht mehr aufgenommen werden.

So erhielten die Piloten die Anweisung, auf eigene Faust die dichter werdende Linie der Druufschiffe zu durchbrechen, um zu versuchen, die wartende Innenringflotte unter Rhodans Führung zu erreichen.

Nach der Aufgabe der äußersten Abwehrzone wurde das zu

verteidigende Gebiet kleiner. Je näher man zur zentral gelegenen Sonne abschwenkte, um so geringer wurde der Radius der Kampfebene.

Rhodan sah darin eine bessere Abwehrmöglichkeit. Seine wenigen Großkampfschiffe konnten wirksamer konzentriert und auch schneller an die Brennpunkte geschickt werden.

Fünf Stunden nach Beginn der Druufinvasion rief General Deringhouse das Flaggschiff an. Sein schmales, von Erschöpfung zeugendes Gesicht erschien auf dem großen Telekomschirm. Rhodan stellte sich vor die Aufnahme.

„Nach meiner Schätzung wird Pluto in dreißig Minuten fallen. Ich kann es nicht länger riskieren, die großen Raumer in der Front zu lassen. Die Robotkommandos des Gegners gehen dazu über, jedes erkannte Schiff vom Kreuzer an aufwärts mit wenigstens fünfzig starken Einheiten anzugreifen. Unsere Manövrierüberlegenheit hat uns bisher vor dem Schlimmsten bewahrt. Was wollen Sie tun?“

Rhodan gab endgültig den Rückzugsbefehl. Pluto wurde evakuiert und die Verteidigungsanlage den Robotern überlassen. Die Außenringgeschwader zogen sich bis zur Saturnbahn zurück, wo sie sich sammelten und neue Formationen bildeten.

Rhodan wartete, bis die Verlustmeldungen ermittelt worden waren. Als die Zahlen bekannt wurden, sah er sich im Kreise der Stabsoffiziere um.

„Meine Herren, der kritische Punkt ist erreicht. Wenn wir noch länger warten, brauchen wir Atlan nicht mehr um Hilfe zu bitten. Haben Sie berechtigte Einwände gegen einen Notruf vorzubringen?“

„Ich hätte es schon vor vierundzwanzig Stunden getan“, sagte Reginald Bull ruhig. „Unsere Verluste sind fürchterlich. Die Tatsache, daß wir mehr als zweitausend Druufrobotschiffe abgeschossen haben, hilft uns auf die Dauer nicht weiter. Niemand hat Einwände vorzubringen.“

Rhodan ging wortlos zur Funkanlage. Die längst vorbereitete Telekomverbindung kam nach vier Minuten zustande. Atlans Gesicht wurde klar erkennbar.

„Ist es soweit?“ fragte der Arkonide ernst. „Ich beobachte den

Angriff seit Stunden. Fünf Robotkreuzer stehen nahe der Kapella. Willst du meine Hilfe?"

„Ich bitte um die Unterstützung des Großen Imperiums", entgegnete Rhodan mit schwankender Stimme. „Atlan, wir werden von etwa achttausend Druufschiffen angegriffen. Ich kann die Front vielleicht noch vierundzwanzig Stunden mit eigenen Mitteln halten. Dann werden sie über Mars, Terra und Venus herfallen."

„Die Schaltungen sind vorbereitet. Mir scheint, als setzten die Druuf alles daran, die arkonidischen Kräfte an der großen Entladungszone zu binden. Ich schicke dir alles, was ich hier entbehren kann. In etwa zehn bis zwölf Stunden kommt die Flotte an. Gelten die vereinbarten Erkennungssignale noch?"

„Ausnahmslos. Ich werde die terranischen Kommandanten verständigen. Die Impulsgeber erhalten sofort die abgesprochenen Programmierungen."

Nachdem der Arkonide abgeschaltet hatte, saß Rhodan noch lange vor dem großen Bildschirm. Er glaubte, die Blicke der Freunde in seinem Nacken zu spüren.

„Wenn du uns jetzt fragst, ob wir dich für einen Verräter halten, werde ich ernsthaft böse", sagte jemand.

Rhodan drehte sich um. Reginald Bull stand breitbeinig hinter ihm.

Die Blicke der Männer trafen sich, bis Rhodan leise entgegnete: „Nein – nein, ich werde nicht danach fragen. Großer Gott, wie einfach war das alles. Mit einem einzigen Funkspruch mache ich alles zunichte, was wir in siebzig Jahren aufgebaut haben. Von nun an wird Terra offen sein, offen für Freund und Feind. Es wird eine neue Epoche beginnen."

„Ich bin froh darüber", erklärte Marschall Freyt. „Lange hätten wir uns ohnehin nicht mehr verstecken können."

Allan D. Mercant, Chef der Solaren Abwehr, hatte die Besprechung um 13.30 Standardzeit in der großen Mannschaftsmesse des Leichten Kreuzers CALIFORNIA eröffnet.

Anwesend waren alle Besatzungsmitglieder des Schiffes und die Spezialisten des Mutantenkorps. Perry Rhodan war noch nicht erschienen. Er hatte nun andere Aufgaben zu bewältigen. Die Vorbereitungen zum Einsatz der Mutanten war eine Angelegenheit der dafür prädestinierten Abwehr.

Im solaren Raum tobte die Schlacht um Terra. Die Menschheit war gezwungen worden, zu den Waffen zu greifen. Es war still in dem großen Raum.

Mercant faßte zusammen: „Die Geschehnisse beweisen, daß Sie, meine Damen und Herren, trotz Ihrer übersinnlichen Fähigkeiten nicht die Macht besitzen, die Angreifer zu gefährden. Dies ist eine offene Schlacht, die mit Ihrer bisherigen Agententätigkeit nicht das geringste zu tun hat. Einzig die drei Teleporter unter Ihnen hätten eine allerdings sehr beschränkte Möglichkeit, gegnerische Schiffe durch den Transport atomarer Sprengkörper zu vernichten. Bis Sie von Fall zu Fall in die Nähe eines Druufschiffs gebracht worden wären, könnte an anderer Stelle größtes Unheil entstanden sein. Gucky versuchte bereits, in diesem Sinn einzugreifen. Es gelang in zwei Fällen. Bei seinem dritten Teleportersprung verfehlte er das bewegliche Ziel und wäre beinahe getötet worden."

„Der Druuf nahm Fahrt auf, als ich mich schon konzentriert hatte", klang aus dem Hintergrund des Raumes eine dünne Stimme auf. Die kleine Gestalt des Mausbibers wurde sichtbar. „Ich sprang einfach daneben. Das ist mir noch nie passiert."

„Es wird immer wieder geschehen. Bei einem solchen Aufgebot von Raumfahrzeugen aller Art sind Mutanteneinsätze in dieser Form sinnlos geworden. Bleiben Sie deshalb auf der für Sie bestimmten Ebene und überlassen Sie die eigentliche Schlacht den dazu gebauten Raumschiffen."

Mercant unterbrach sich und begrüßte den soeben eingetretenen Administrator. Über Rhodans Kopf schwebte Harno, das seltsame Kugelwesen.

„Sind Sie fertig? Marshall, trauen Sie sich die Sache zu?"

„Wir probieren es. Ich sehe ein, daß wir in einem offenen Gefecht kaum etwas ausrichten können."

„Das hat ein kluger Mann schon vor Jahren behauptet", sagte Rhodan gepreßt. „Sein Name ist Atlan. Zu Ihrer Information: Ich habe ihn um Hilfe gebeten. Er wird uns alle entbehrlichen Raumschiffe schicken. Trotzdem möchte ich nichts unversucht lassen. Die DRUSUS schert in fünfzehn Minuten aus der Front aus. Oberst Tifflor folgt mit der CALIFORNIA. Ich werde für Sie an dem errechneten Punkt ein Linsenfeld aufbauen, durch das Sie in altbekannter Weise in das Druufuniversum vordringen können. Nutzen Sie die hohen Beschleunigungswerte des Kreuzers aus. Nehmen Sie Kontakt mit Stützpunkt Hades auf. Gucky kann versuchen, Ernst Ellert zu erreichen. Er scheint in Schwierigkeiten zu sein. Stoßen Sie ins Siamedsystem vor und sehen Sie nach, ob die von Rous gemeldete Raumstation existiert. Ist dieses Gebilde tatsächlich identisch mit einem fliegenden Kraftwerk zur Stabilisierung des Entladungstrichters, dann tun Sie, was nötig ist. Tifflor und Sie, Marshall, arbeiten Hand in Hand. Tifflor fliegt die CALIFORNIA, und Marshall setzt die Mutanten der Lage entsprechend ein. Auf alle Fälle müssen Sie versuchen, die Raumstation funktionsunfähig zu machen. Seien Sie sich darüber klar, daß Sie ganz allein sein werden. Ich kann Ihnen auch keine Transmitterunterstützung gewähren. Alle vorhandenen Schiffsgeräte werden dringend zur Bergung der Verwundeten benötigt. Die Besatzungen lahmgeschossener Schiffe steigen mit Hilfe der Transmitter in unbeschädigte Einheiten um. Sie sehen also, wie schwierig unsere Lage ist. Den Ausdruck ‚verzweifelt' möchte ich noch nicht gebrauchen, aber es kann sein, daß er in nächster Zukunft akut wird."

Rhodan unterbrach sich. Sinnend ging er auf und ab. „Sie sollten wissen, daß Sie in einen schweren Einsatz gehen. Wenn er wunschgemäß verläuft, werden Sie die Nachschubbasis der Druuf von der kämpfenden Flotte abschneiden. Damit hätten wir halb gewonnen. Natürlich bliebe nach wie vor das Problem, mit den bereits in unserem Universum anwesenden Feindschiffen fertig zu werden. Das aber soll Ihre Sorge nicht sein. Sehen Sie zu, daß Sie diese geheimnisvolle Raumstation ausschalten können. Das wäre alles, was ich zu sagen habe."

Rhodan sah auf die Uhr. Marshall erkundigte sich noch nach dem Aufgabenbereich des Fernsehwesens Harno.

„Harno bleibt hier", entschied Rhodan. „Ich brauche seine Gabe dringend, um den Fiktivtransmitter der DRUSUS richtig einsetzen zu können."

Anschließend ging Rhodan in das Flaggschiff zurück, an dessen Flanken die nur 100 Meter große CALIFORNIA wie ein kaum bemerkbarer Auswuchs klebte.

Fünf Minuten später löste sich der Kreuzer aus den magnetischen Fesseln. Die DRUSUS scherte aus der Flotte aus, nahm Fahrt auf und ging in die Transition. Sie war das einzige Schiff der Solaren Flotte, das noch eine Spezialstation zur Errichtung eines Linsenfelds an Bord hatte.

Hinter ihr verschwand die CALIFORNIA im Hyperraum. Beide Schiffe rematerialisierten nach einem langen Sprung nahe der Blockadefront. Sie war etwa 6300 Lichtjahre von der Erde entfernt.

Knapp zwei Lichtstunden entfernt kämpfte die vereinte Arkonidenflotte mit den durch den Entladungsspalt eindringenden Druuf.

Es war klar, daß die Fremden alles versuchten, die arkonidischen Einheiten zu binden. Ferner wurde ersichtlich, daß arkonidische Geschwader aus der Front gezogen wurden. Damit gewann Rhodan die Gewißheit, daß Atlan bereits die entsprechenden Befehle erlassen hatte.

Noch ahnte niemand, daß er hinter dem Robotgehirn stand. Seine Anweisungen erfolgten auf der bekannten Frequenz des Gehirns, weshalb sie anstandslos befolgt wurden.

Die CALIFORNIA stand nur hundert Kilometer hinter der mit Höchstwerten stoppenden DRUSUS. Tifflor flog das Bremsmanöver mit. Als das Flaggschiff zum Stillstand gekommen war, ging er vorsichtig längsseits. Rhodan erschien auf den Interkomschirmen.

„Gut gemacht. Wir sind genau richtig. Wenn Sie von dieser Stelle aus ins Druufuniversum eindringen, müssen Sie nahe dem Siamedsystem herauskommen. Bedenken Sie bei Ihren Aktionen, daß fünfdimensionale Bezugspunkte mit denen der vierten Ebene nicht identisch sind. Wundern Sie sich deshalb nicht, wenn Sie die gemeldete Raumstation nahe dem Planeten Druufon entdecken, obwohl der von ihr vermutlich aufrechterhaltene Entladungstrichter runde sechstausenddreihundert Lichtjahre entfernt und dicht vor der Erde entstanden ist. Es handelt sich um übergeordnete Schaltvorgänge, für die räumliche Trennungen unwesentlich sind. Hier die letzten Informationen: Sollten Sie Erfolg haben, werden wir es durch das plötzliche Verschwinden des Trichters feststellen können. In diesem Fall komme ich mit der DRUSUS in diesen Raumsektor, baue ein Spiegelfeld auf und hole Sie ab. Wenn Ihr Angriff mißlingt, oder wenn die angenommene Existenz dieser fliegenden Kraftstation auf einem Irrtum beruht, landen Sie mit Ihrem Kreuzer auf dem Stützpunktplaneten Hades und warten dort weitere Nachrichten ab. Ich werde versuchen, Sie in diesem Fall durch ein Transmitterschiff der Flotte herausholen zu lassen. Wenn es diese stabilisierend wirkende Station nicht gibt, können wir hoffen, daß der spontan entstandene Trichter von allein bald zusammenbricht. Ich wünsche Ihnen viel Glück."

Oberst Julian Tifflor fühlte ein schmerzhaftes Ziehen in der Nierengegend, als sich dicht vor seinem Schnellen Kreuzer die Leuchterscheinung abzeichnete.

Er stand vor den Bildschirmen und beobachtete.

Im Augenblick erinnerte er sich an seinen ersten Einsatz, den er in Rhodans Auftrag geflogen hatte. Seinerzeit war es darum gegangen, die Galaktischen Händler zu täuschen.

Julian Tifflor lächelte still vor sich hin. Damals war er ein junger Mann gewesen, den man zum Entsetzen seiner Mitschüler mitten aus den akademischen Abschlußprüfungen herausgerissen hatte. Ein terranischer Chirurg hatte ihm ein Mikrogerät in den Körper gepflanzt. Es handelte sich um einen organischen Peilsender, den er jetzt noch in seinem Nierenbecken sitzen hatte.

Dicht vor der CALIFORNIA bildete sich ein Übergangsfeld, von dem die differierenden Energieeinflüsse beider Raumzonen koordiniert wurden. Ein nur dreihundert Meter durchmessender Leuchtkreis erschien mitten im finsteren Raum. Was dahinter lag, konnte mit wenigen Worten nicht erklärt werden.

Tifflors schmales, erstaunlich jung gebliebenes Gesicht spannte sich. Die Erinnerungen erloschen. Er wußte, daß es jetzt um die Erde ging.

John Marshall, einer der ersten Mitarbeiter im Mutantenkorps, stand hinter ihm. Tifflor sah in Augen, deren Ausdruck keine Rückschlüsse auf Marshalls Gefühle zuließ. Fast gegen seinen Willen meinte der Kommandant: „John, wir sollten uns gegenseitig alles Gute wünschen. Ich dachte eben an vergangene Zeiten zurück."

„Ich auch, Tiff", entgegnete Marshall leise. „Wissen Sie, daß wir eigentlich längst tot zu sein hätten? Wir haben auf Wanderer eine Zelldusche erhalten, und unser natürlicher Alterungsprozeß wurde vorübergehend aufgehoben. Tiff – unter Umständen wird das unser letzter Einsatz sein."

„Starterlaubnis", klang Rhodans Stimme aus einem Lautsprecher.

Julian Tifflor gab die entsprechenden Befehle. Mit leise summenden Triebwerken glitt der modernste Kreuzer der Erde auf den Leuchtkreis zu. Winzige Korrekturen brachten ihn genau in die Mitte des Feldes. Dreißig Meter davor schaltete Tifflor auf höhere Beschleunigung.

Das Irrlichtern wurde deutlicher, dann verschwand es. Ein kurzer, ziehender Schmerz überfiel die Männer, doch das ging rasch vorbei.

Die Funkverbindung mit der DRUSUS erlosch jäh. Rhodans letzte Worte konnten nicht mehr gehört werden.

„Manöver beendet", klang die Stimme des II. Offiziers auf. „Wir sind durch."

Tifflor wendete sich den Schirmen zu. Was sie mit Hilfe der optischen Außenbordkameras zeigten, war identisch mit dem düsteren Druufuniversum, in dem alle Farbtöne von einem tiefen Rot überlagert zu werden schienen. Es war das gewohnte Bild.

Die Ortungsgeräte der CALIFORNIA begannen zu spielen. In einer Entfernung von knapp zwei Lichtjahren wurde starker Flugverkehr festgestellt. Desgleichen wurde in kürzester Frist ermittelt, daß der von der Materieortung erfaßte Doppelstern identisch war mit dem Siamedsystem.

Die dunkelrote Riesensonne besaß einen grün leuchtenden Begleiter. Da es nicht ungewöhnlich war, Doppelsterne mit einer planetarischen Familie zu finden, hatte man sich bei der ersten Entdeckung der beiden Sonnen keine besonderen Gedanken gemacht.

Das hatte sich jedoch geändert, als man festgestellt hatte, wie extrem die Umlaufbahnen der 62 Planeten waren. Einige umkreisten nur das rote Hauptgestirn, andere umliefen beide Sonnen, und eine dritte Gruppe schlängelte sich auf widersinnig erscheinenden Bahnen zwischen den starken Gravitationsfeldern der Sterne hindurch.

Für Julian Tifflor war Siamed schon immer ein Alptraum gewesen. Hier schien nichts normal und berechenbar zu sein. Dazu kam noch die schwankende Eigenzeit des gesamten Universums, über dessen wahre Ausdehnung man so gut wie nichts wußte. Die terranische Kosmonautik hatte sich darauf beschränkt, das Heimatsystem der Druuf näher zu erkunden. Was auf den Planeten all der vielen anderen Sterne vorging, entzog sich Tifflors Kenntnis. Ihm genügte es auch schon vollauf, daß er wenigstens über den Eingang zu dieser Dimension informiert war.

Die CALIFORNIA stand ohne Fahrt im Raum.

„Das Spiegelfeld ist weg“, gab der Peiler Tanaka Seiko durch.

Tifflor fuhr sich mit der Hand über die Haare. Er räusperte sich und blickte sich um. „Es war damit zu rechnen. Die DRUSUS wird an der Front gebraucht. John, was schlagen Sie vor?“

Marshall trat näher an die leuchtenden Bildschirme heran. Die große Rundumgalerie, sonst von dem klaren Leuchten vertrauter Sterne erfüllt, vermittelte nun einen bedrückenden Eindruck.

Die Strukturtaster des Kreuzers rumorten ununterbrochen. In einer Entfernung von nur zwei Lichtjahren waren große Flottenaufgebote dabei, entweder den großen Entladungsspalt zu durchdringen oder in den schmalen Trichterhals einzutauchen.

Man stand nahe vor dem Heimatsystem der Druuf, in dem sich diese rätselhafte Raumstation befinden sollte.

Vorerst aber konnte sie nicht ausgemacht werden. Die Distanz war zu groß, die gewaltige Masse der vielen Planeten störte, und die mit Vollast laufenden Triebwerke zahlloser Kampfschiffe sorgten überdies dafür, daß die noch durchkommenden Restspuren nachhaltig verwischt wurden.

John Marshall ertappte sich bei einer geharnischten Verwünschung, die die Mutantin Betty Toufry zusammenfahren ließ.

„John!“ mahnte sie vorwurfsvoll.

Der Mausbiber Gucky lachte schrill. Er schien das einzige völlig unbekümmerte Lebewesen an Bord zu sein.

Gähnend trippelte der Kleine in die Mitte der Zentrale, stemmte die zierlichen Hände in die Seiten und stützte sich mit dem breiten, löffelartigen Biberschwanz ab.

„Ja, wenn ich nicht wäre“, erklärte er großartig.

„Großmaul“, sagte der doppelköpfige Mutant Iwan Goratschin mit seinem rechten Schädel. Iwan der Ältere lachte vergnügt.

Guckys schmales Mausgesicht verzog sich verächtlich. Die großen Ohren drehten sich dem 2,50 Meter hohen Riesen mit dem klobigen, grünschuppigen Körper zu. „Ihr seid nicht gefragt worden. Dagegen habe ich festzustellen, daß ...“

„Was?“ unterbrach Marshall.

„... daß uns gar keine andere Wahl bleibt, als in das System hineinzuspringen“, beendete Gucky ungerührt den Satz. „Was wollt ihr sonst tun? Von hier aus kriegen wir keine Verbindung. Auf Hades gibt es keinen Telepathen, und zu einem Hyperspruch rate ich nicht. Ernst Ellert ist ein guter Telepath, aber er scheint zu sehr mit diesem Druufwissenschaftler beschäftigt zu sein. Ich hatte schon letztens bemerkt, wie sehr sich Onot gegen Ellerts geistige Beeinflussung wehrt. Also bleibt gar keine andere Wahl, als ...“

„Was?“ fiel Marshall erneut ein.

„Ich möchte nicht dauernd unterbrochen werden“, piepste der Mausbiber wütend. „Unverschämtheit. Kann ich jetzt endlich reden?“

Marshall winkte lethargisch ab. Tifflor setzte sich ergeben in den nächsten Sessel.

„Na also“, beruhigte sich Gucky. „Ich schlage vor, bis auf wenigstens zehn Lichtstunden heranzugehen. Von da aus werde ich Ellert wahrscheinlich anrufen können. Notfalls müssen John, Betty, Ishy Matsu und ich einen telepathischen Sendeblock bilden, damit wir Ellert auch wirklich erreichen. Er dürfte wissen, wo die Station zu suchen ist. Vielleicht können wir ganz und gar darauf verzichten, den gefährlichen Funkkontakt mit Captain Rous auf dem dreizehnten

Planeten aufzunehmen. Wenn das fliegende Kraftwerk ausfällt, wird er schon merken, daß wir etwas unternommen haben. Nun, was haltet ihr davon?“

„Ich sehe keinen besseren Weg“, antwortete Tifflor. „Es gäbe noch andere Möglichkeiten, aber die sind umständlicher und ebenso gefährlich. Ich muß den Anfang des Entladungstrichters finden. Dabei hoffe ich nur, daß sich unsere Agenten nicht geirrt haben. Wenn der Übergangskelch eine natürliche Stabilität besitzen sollte, können wir getrost umkehren.“

Marshalls Gesicht verschloß sich. Tiff wurde unruhig, als er die dunklen Augen sah.

„Auch dann nicht“, betonte der Chef des Mutantenkorps. „Aus Atlans Erzählung über den Untergang von Atlantis ist bekannt, daß es ihm damals gelang, ähnliche Energiegebilde durch das Feuer von umgebauten Impulstriebwerken zum Einsturz zu bringen. Wir werden uns gegebenenfalls danach richten und versuchen, das nachzuvollziehen, was arkonidische Raumfahrer schon vor zehntausend Jahren wirkungsvoll demonstriert haben.“

Julian Tifflor erhob sich. Er hatte verstanden. John Marshall war felsenfest entschlossen, der unheimlichen Erscheinung so oder so ein Ende zu machen.

Die Mutanten zogen sich in die Messe zurück. Mit der Schiffsführung hatten sie nichts zu tun.

Eine halbe Stunde später waren die Sprungberechnungen beendet. Tifflor hatte sie dreimal wiederholen und die sich abzeichnenden Unsicherheitswerte miteinander auf einen größtmöglichen Genauigkeitsfaktor abstimmen lassen.

Nach menschlichem Ermessen mußte die CALIFORNIA „auf dem Punkt“ aus dem Hyperraum kommen, der für die Druufebene ebensolche Gültigkeit hatte wie für das Einsteinuniversum. Schon diese Tatsache hatte bei dem ersten Eindringen in die zweite Zeitzone bewiesen, daß sie in sich stabil war.

„Transition etwa sechs Minuten nach Fahrtaufnahme“, gab Tifflor über die Rundsprechanlage durch. „Raumanzüge anlegen, die Einsatzmutanten arkonidische Kampfmonturen. Es kann sein, daß die

Teleporter schneller springen müssen, als wir glauben. Ich möchte eine sich abzeichnende Chance auf keinen Fall durch Nachlässigkeiten versäumen. Marshall, nehmen Sie vom Waffenoffizier die vorbereiteten Mikrobomben in Empfang und verteilen Sie sie. Es muß notfalls wie am Schnürchen gehen."

Der Leichte Kreuzer erwachte zum Leben. Mit auf Vollschub laufenden Triebwerken nahm er Fahrt auf. Die hundertfünfzig Männer der Besatzung kannten das Stadium der beginnenden Nervenbelastung.

Die Andruckabsorber nahmen die wahnwitzigen Beharrungskräfte der hohen Beschleunigung auf. Niemand an Bord spürte, daß die CALIFORNIA mit etwa 1000 km/sec^2 Beschleunigung durch das fremde Universum schoß.

Für Julian Tifflor waren die Flugeigenschaften des Spezialschiffs hochwillkommen. Wenn man den Druuf waffentechnisch auch unterlegen war, so besaß man doch einen Raumer, den kein anderes Schiff im gesamten Druufbereich an Beschleunigungs- und Höchstfahrtwerten überbieten konnte. Zudem erreichten die Druufeinheiten infolge der verschiedenartigen Eigenzeiten ohnehin nur die halbe Lichtgeschwindigkeit im Normalflugbereich.

Anders sah es aus, sobald sie in die lineare Transition gingen. Da waren sie wiederum den terranischen Konstruktionen überlegen. Tifflor dachte flüchtig an die terranischen Ingenieure, die seit Wochen versuchten, die Linearflugtechnik der Druuf zu ergründen.

Nach knapp sechs Minuten begann die Kugelzelle des Leichten Kreuzers heftig zu vibrieren. Die Triebwerke liefen längst mit zusätzlicher Stützmasseneinspritzung, damit die Fahrtbeschleunigung auf den erforderlichen Werten gehalten werden konnte.

Zehn Sekunden vor der Transition schaltete Tifflor nochmals die Bildschirme der Interkomanlage ein.

„Wir springen. Ist bei Ihnen alles klar, John?"

„Wir sind fertig. Viel Glück!"

Dann kam der Schmerz der gewaltsamen Entmaterialisierung. Man war daran gewöhnt, und doch bedeutete jeder Hypersprung eine Tortur für den gesamten Organismus.

Die CALIFORNIA verschwand aus der druufschen Normalebene. Eine Schockwelle wurde infolge der eingeschalteten Strukturabsorber nicht verursacht. So bestand die Aussicht, überraschend vor dem Siamedsystem auftauchen zu können.

Der Aufenthalt in einer Entfernung von zehn Lichtstunden außerhalb des Siamedsystems war nur kurz gewesen. Oberst Julian Tifflor hatte sofort die nächste Transition vorbereitet, nachdem es sich herausgestellt hatte, daß man von den Druuf nicht geortet worden war.

Dabei war der CALIFORNIA der rege Flugbetrieb zu Hilfe gekommen, der im Raum der 62 Planeten herrschte. Für bodengebundene Stationen mußte es unmöglich sein, den relativ kleinen Kreuzer aus der Masse der eigenen Fahrzeuge herauszusieben.

Der Trichter war noch nicht erkennbar gewesen. Anläßlich der fieberhaften Suche war ein Wissenschaftler des Teams endlich auf den richtigen Gedanken gekommen.

Eine Energieortung war infolge der vielen Überlagerungseffekte vorerst ausgeschlossen, das war klar. Eine optische Erkennung hätte aber hinsichtlich der gewaltigen Größe eines solchen Trichters längst fällig sein müssen. Als man sich noch fragte, ob man überhaupt an der richtigen Stelle angekommen sei, meinte der betreffende Physiker: „Wie lange existiert der Trichter? Seit einigen Tagen, was? Und wie schnell ist der Lichtstrahl im Druufraum? Knapp einhundertfünfzigtausend Kilometer pro Sekunde. Demnach brauchen wir uns nicht zu wundern, daß wir die Erscheinung nicht sehen können. Das Licht ist noch nicht da, meine Herren. Fliegen Sie weiter, und es wird sich zeigen, woran wir zu spät gedacht haben.“

Das war der eigentliche Grund, der Tifflor zur zweiten Transition veranlaßt hatte.

Jetzt, nach dem zweiten Eintauchmanöver, war alles klar. Die großen Bildschirme der Panoramagalerie konnten die Leuchterscheinungen nicht in ihrer vollen Größe erfassen. Tifflor schätzte die Höhe auf wenigstens zehn Milliarden Kilometer. Der Trichtermund mochte dort, wo er sichtbar wurde, etwa zwanzig Millionen Kilometer durchmessen.

Das waren gewaltige Ausmaße, jedoch waren sie nach astronomischen Begriffen unbedeutend. Auf alle Fälle reichte die Weite der Zone aus, um ganzen Flotten ein ungehindertes und fast gefahrloses Eindringen in den Einsteinraum zu ermöglichen.

Die Ortungsgeräte der CALIFORNIA sprachen ununterbrochen an. Man war nahe dem fünfzehnten Planeten aus der übergeordneten Ebene gekommen. Planet Nr. 16, die Heimatwelt der Druuf, war noch knapp 250 Millionen Kilometer entfernt. Auf den Vergrößerungsschirmen der überlichtschnellen Massenortung schimmerte Nr. 16, genannt Druufon, schon als faustgroßer Ball.

Ganz in seiner Nähe begann das schlauchartige Ende des künstlich erzeugten Ausfalltrichters.

Tifflor hoffte, daß die Erscheinung künstlich stabilisiert wurde. Von der gemeldeten Raumstation war noch nichts zu entdecken. Tifflor dachte daran, den Stützpunkt Hades anzurufen und um nähere Informationen zu bitten.

Schließlich unterließ er es. Ein Funkspruch konnte verräterischer sein als das Auftauchen des Kreuzers.

Das Donnern der überstarken Kompakttriebwerke erschütterte die Zelle in allen Verbänden. Noch war man dabei, die lichtschnelle Eintauchfahrt aufzuheben, um während des Stillstands zu versuchen, genauere Ortungsergebnisse zu erhalten.

Außerdem war es eine alte Tatsache, daß ein bewegungsloser Körper wesentlich schwieriger auszumachen war als ein rasch fliegendes Schiff. Tifflor setzte alles auf eine Karte. Er ahnte, daß ihm ein zweiter Anflug nicht mehr gelingen würde.

Drei Minuten später kam die CALIFORNIA zur Ruhe. Fahrtlos im Raum schwebend, begannen die Ortungsspezialisten erneut, nach der Raumstation zu suchen. Die eingehenden Echos stammten aber immer wieder von startenden oder landenden Druufschiffen. Der sechzehnte Planet schien ein Flottenstützpunkt zu sein. Je näher man der Störquelle kam, um so ungenauer wurden die Meßergebnisse.

„Versuchen Sie es weiter!“ befahl Tifflor. „Solange wir unentdeckt bleiben, spielt der Zeitverlust für uns keine Rolle. Daran, wie es zu Hause aussieht, möchte ich lieber nicht denken.“

Der Kommandant wollte anschließend John Marshall anrufen. Er unterließ es, als ihm Iwan Goratschin mitteilte, Marshall wäre beschäftigt. So begnügte sich der Oberst damit, die seltsame Szene mit Hilfe der Bildverbindung zu beobachten.

Die telepathisch veranlagten Mitglieder des Mutantenkorps standen beisammen und hielten gegenseitig ihre Hände umklammert.

Es waren Gucky, John Marshall, Betty Toufry und Ishy Matsu. Ihre Gesichter wirkten leer und die weit geöffneten Augen ausdruckslos.

Außer ihnen war niemand anwesend. Ein Willensblock, erzeugt von mehreren fähigen Telepathen, durfte auf keinen Fall gestört werden.

Nur die Fernkameras der optischen Aufnahme liefen.

Marshall fungierte als Sprecher der Willensgruppe. Die drei anderen Mutanten stellten ihm durch Kontaktüberleitung ihre Kräfte zur Verfügung, die Marshall sowohl für seine eigene Sendung als auch für die notwendige Verstärkung der in seinem Hirn einlaufenden Impulse verwenden konnte.

Der Kontakt kam nach zehn Minuten intensivster Gedankenausstrahlung zustande.

Die Entfernung war an sich geringfügig geworden. Indem Ellert, dessen Persönlichkeit durch ein seltsames Geschick von der des Druufwissenschaftlers Onot Besitz ergriffen hatte, so spät auf die dringenden Anrufe antwortete, wurde es klar, daß er sich tatsächlich in Schwierigkeiten befand.

Immer wieder schickte Marshall den vereinbarten Impuls aus, was schließlich zum Erfolg führte.

In Johns Unterbewußtsein wurde eine leise Stimme vernehmbar.

„Wer ruft? John...?“

„Du bist in Not, wir fühlen es. Wir haben einen Block gebildet. Können wir dich unterstützen?“

„Nein, macht schnell. Ich konnte nur mit Mühe den rebellisch werdenden Geist des Onot niederringen. Ihr kommt wegen des Trichters?“

Marshall bestätigte. Er und die anderen Mutanten mußten alle Kräfte aufbieten, um die schwachen, von Erschöpfung zeugenden Telepathieimpulse zu verstärken.

„Wir suchen die gemeldete Raumstation, Ellert."

„Sie umläuft Druufon in einer Entfernung von drei Millionen Kilometern. Vernichtet sie. Es handelt sich um eine Robotstation ohne lebende Besatzungsmitglieder, die von den führenden Wissenschaftlern der Druuf gebaut wurde. Die entsprechenden Pläne für diese Station wurden – ohne daß ich es verhindern konnte – von Onot geliefert. Diese Station existiert nur in einmaliger Ausführung, und ich werde dafür sorgen, daß die Unterlagen, die sich noch im Besitz Onots befinden, vernichtet werden. Meine Zeit im Körper des Druuf ist ohnehin bald beendet. Es wird für mich immer schwieriger, mich zu halten. Das Mißtrauen, das man Onot entgegenbringt, nimmt ebenfalls ständig zu. Ich befinde mich derzeit unter Polizeiaufsicht in Onots Labor auf Druufon, manchmal auch in einer Zelle. Greift die Station an und vernichtet sie, ehe es zu spät ist."

Damit brach die Verbindung abrupt ab. So sehr Marshall rief – Ellert meldete sich nicht mehr.

Tifflor befand sich in höchster Erregung. Als die unbegreifliche Starre von den Mutanten wich, rief der Oberst hastig in die Mikrofone: „Was hat er gesagt? Nun reden Sie doch schon. Wir können jeden Augenblick entdeckt werden."

„Die Station steht in einer Umlaufbahn über Druufon. Entfernung drei Millionen Kilometer. Deshalb kann sie auch nicht geortet werden. Der Riesenplanet überlagert alles. Ellert verstummte plötzlich. Ich befürchte, daß es ihm nicht gutgeht. Wir sollten versuchen, um Hilfe zu . . ."

„Nein!"

Marshall zuckte beim Klang von Tifflors Stimme zusammen. Als er aufblickte und prüfend den Bildschirm betrachtete, hatte sich das offene, jungenhafte Gesicht des Kommandanten verändert.

„Ellerts Rettung wird die Aufgabe einer anderen Expedition sein. Wir sind dazu weder ausgerüstet, noch haben wir die nötige Zeit. John, ich werde springen. Fertigmachen zum Einsatz. Ich habe das Gefühl, als hätten wir keine Minute mehr zu verlieren. Kommen Sie mit den drei Teleportern in die Zentrale."

Julian Tifflor schaltete ab.

Während die Kurztransition berechnet wurde, erschienen Marshall, der Mausbiber Gucky, Tako Kakuta und der dunkelhäutige Ras Tschubai. Außer Marshall waren sie alle Teleporter.

Sie trugen arkonidische Kampfanzüge, deren Individualschutzschirme normale Raumpanzer überflüssig machten. An den breiten Schultergurten hing je eine ballgroße, schwarzglänzende Bombe.

Drei Minuten vor der beabsichtigten Transition wurde die CALIFORNIA trotz der aufgebauten Schutzschirme geortet.

„Wir registrieren auftreffende Hyperpeilimpulse, Lautstärke sieben. Jetzt sind es drei verschiedene Reflexe, nun fünf. Sie haben uns", meldete der Funker.

„Schockwellenecho, flache Amplituden", gab die Ortungszentrale bekannt.

„Einige Schiffe gehen in den Hyperraum. Kontakt geht verloren. Wellenecho deutete auf Lineartriebwerk hin, Ende."

Tifflor war die Ruhe selbst. Er verzichtete darauf, die Sprungdaten nochmals nachkontrollieren zu lassen. Während die letzten Daten aus den P-Rechnern kamen, brüllten die Triebwerke der CALIFORNIA auf. Der Kreuzer nahm Fahrt auf.

Die hohe Beschleunigung schleuderte ihn geschoßartig vom bisherigen Wartepunkt hinweg. Als die Ortung fünf eintauchende Druufschiffe meldete, war die CALIFORNIA schon einige Millionen Kilometer entfernt.

Die Sprungwerte lagen noch nicht genau fest. Die Programmation der Strukturfeldautomatik erforderte seine Zeit.

Auf den Bildschirmen der optischen Außenbordbeobachtung begannen die bisher klaren Sternaufnahmen zu verwischen. Man näherte sich der einfachen Lichtgeschwindigkeit. Als das Tosen im Triebwerkssektor darauf hinwies, daß die Stützmasseneinspritzung automatisch eingesetzt hatte, wußte Tifflor, daß er im Normalflugbereich nicht mehr eingeholt werden konnte. Die Druufraumer erzielten weder die hohe Beschleunigung noch die von terranischen Schiffen erreichte Endgeschwindigkeit.

Tifflor rechnete sich aus, daß er noch knapp fünf Minuten Zeit hatte. Er wandte sich an die drei Teleporter des Korps. „Hier ist meine

Planung, die Sie sich genau merken sollten. Für die CALIFORNIA ist es unmöglich, die Raumstation mit Geschützfeuer anzugreifen. Man würde uns vorher abschießen. Ich rematerialisiere in einer Entfernung von drei Millionen Kilometern vor dem Hauptplaneten des Systems. Danach habe ich eine Minute Zeit, um den Stützpunkt ausfindig zu machen und ihn mit Vollschub anzufliegen. Sobald er auf dem Bildschirm erscheint und Sie sich somit orientieren können, springen Sie mitsamt den Bomben. Sofort nach Ihrem Verschwinden gehe ich in eine planlose Kurztransition. Somit verschwinde ich aus dem Geschehen. Ich brauche nach dem Wiedereintauchmanöver fünf Minuten Zeit, um die Restfahrt aufzuheben. Anschließend nochmals fünf Minuten, um die Rückkehrtransition zu berechnen. Ich werde darauf verzichten, vor dem erneuten Eindringen in den Hyperraum auf Sprungfahrt zu gehen. Dagegen werde ich eine gefährliche Standtransition wagen und genau vor der Raumstation herauskommen. Ist das geschehen, erhalten Sie von mir einen Kurzimpuls über Hyperwelle. Sie konzentrieren sich und springen zurück an Bord. Alles in allem haben Sie sich zehn bis zwölf Minuten im Innern der Raumstation aufzuhalten. Eher kann ich bei aller Beeilung nicht zurück sein. Wenn Sie aber meinen Kurzimpuls empfangen, haben Sie nur dreißig Sekunden Zeit, das Schiff zu erreichen. Ist das klar? Noch Fragen?"

Gucky meldete sich. „Warum wartest du nicht die paar Augenblicke, bis wir die Bombe abgelegt haben? Das ist in einer knappen Minute erledigt."

„Ich muß mich schon eine Minute lang sehen lassen, um die Station überhaupt zu finden. Weitere sechzig Sekunden wären die Zeitspanne, die die Feuerleitoffiziere der Druuf brauchen, um die CALIFORNIA in einen explodierenden Glutball zu verwandeln. Es bleibt bei meinem Plan. Sie springen, ich verschwinde im Hyperraum, stoppe meine Eintauchfahrt, komme zurück und sende Ihnen den Kurzimpuls. Achten Sie auf die dreißig Sekunden, die Ihnen von da an noch verbleiben. Ich warte keinen Augenblick länger mit der Fahrtaufnahme. Schaffen Sie das?"

Tako Kakuta lächelte. „Das nenne ich eine klar durchdachte Sofortplanung. Wir schaffen es."

„Klar", meinte Gucky etwas kläglich. „Wir werden die zwölf Minuten überstehen."

Gleich darauf wurden neue Druufschiffe geortet. Man verfolgte die im Normalraum verbleibende CALIFORNIA mit Hilfe der wesentlich schnelleren Lineartriebwerke.

„Jetzt wird die ganze Wachflotte benachrichtigt", sagte Tifflor ruhig. „Achtung, Transition. Ich wollte, wir hätten das Feuerwerk über Druufon schon hinter uns."

Als die Verfolger plötzlich materialisierten und damit erkennbar wurden, verschwand die schon einfach lichtschnelle CALIFORNIA in der übergeordneten Dimension. Die ihr nachgeschickten Strahlschüsse verpufften wirkungslos.

Es war leicht gewesen, die Raumstation zu finden, viel leichter, als gedacht. Man hatte sich nur an dem dünnen Schlauchende des Trichters zu orientieren brauchen.

Überdeutlich sichtbar stand das leuchtende Gebilde im Raum. Dort, wo es seinen Anfang nahm, mußte das fliegende Kraftwerk stehen. Eine andere Möglichkeit gab es nicht.

Tifflor raste weiter. Die Triebwerke der CALIFORNIA heulten unter Höchstbelastung. Vor zwei Sekunden waren die vorderen Prallfeldschirme automatisch eingefallen. Infolge der überraschend dichten Mikro-Materieballung im Zentrum des Systems waren unliebsame Reibungseffekte bemerkbar geworden.

Die der Flugrichtung zugewendete Halbkugel des Kreuzers leuchtete bereits in gefahrdrohender Glut, als die Projektoren endlich ansprangen. Sie ionisierten die winzigen Partikel und stießen sie dann auf magnetischer Basis aus der Flugbahn.

Von der einen Minute, die sich Tifflor als Zeitspanne für den Anflug gesetzt hatte, waren bereits vierzig Sekunden verstrichen. Auf den Frontbildschirmen leuchtete hell und klar ein scheibenförmiges Gebilde, das wenigstens acht Kilometer durchmaß und etwa eineinhalb Kilometer stark war.

Kurz vor Ablauf der festgelegten Minute sah es so aus, als hätten sich die automatischen Feuerleitstationen der Wachflotte eingeschossen. Es wurden sehr genaue Vorhaltewinkel errechnet, und dann traf der erste Schuß gegen die Schutzschirme.

Es geschah eine Sekunde vor der geplanten Aktion.

Als die eine Minute vorüber war, wußte Tifflor, daß es höchste Zeit geworden war. Ein zweiter Treffer streifte die Schutzschirme, und der Kreuzer dröhnte wie eine angeschlagene Glocke. Die Raumstation war noch knapp fünfzigtausend Kilometer entfernt.

„Springen Sie!" schrie der Kommandant. Er hatte es um den Bruchteil einer Sekunde zu spät ausgerufen. Die drei Teleporter wußten, daß sie die Restentfernung trotz der schweren Bomben bewältigen konnten.

Dort, wo sie eben noch gestanden hatten, bildeten sich rasch vergehende Leuchterscheinungen.

Im selben Augenblick hieb Tifflor auf den Transitionsauslöser. Die CALIFORNIA verschwand im Hyperraum, als vierzehn mächtige Thermostrahler die Stelle kreuzten, wo sich das Schiff bei einem Weiterflug in dem Moment hätte befinden müssen.

Ras Tschubai hatte das Pech, ausgerechnet in einem Hochspannungsraum mit freistehenden Transformatoren zu landen.

Geblendet von unaufhörlich überschlagenden Entladungsblitzen und den konstant leuchtenden Stromleitern, taumelte er aufstöhnend zurück.

Noch wurde sein Körper von heftigen Rematerialisierungsschmerzen gepeinigt. Tschubai kauerte sich in einer geschützten Ecke nieder und achtete sorgfältig darauf, den offen liegenden Stromleitern nicht zu nahe zu kommen.

Jenseits der festen Metallwand dröhnten Maschinen. Dem Lärm nach zu urteilen, mußte es sich um riesenhafte Hochleistungsmeiler mit angeschlossenen Umformerbänken handeln. In dieser Hinsicht arbeiteten die Druuf nicht anders als die Menschen auch, nur verwendeten sie zur Stabilisierung ihrer nuklearen Energieentwicklung einen anderen Katalyseprozeß.

Ras wagte sich nicht zu rühren. Vorsichtig nestelte er die schwere Bombe von den Schultergurten, sah auf die Uhr und stellte den

Zünder unter Berücksichtigung der bereits vergangenen Sekunden genau auf eine Laufzeit von fünfzehn Minuten ein.

Der Einsatz war deshalb von drei Teleportern gleichzeitig ausgeführt worden, um einen höchstmöglichen Sicherheitsfaktor erreichen zu können. Selbst wenn zwei Bomben rechtzeitig entdeckt und unschädlich gemacht wurden, reichte eine noch immer aus, um das Schwebekraftwerk trotz dessen Größe zu vernichten.

Von da an wartete Tschubai auf das ausgemachte Funksignal. Sein Armbandempfänger lief. Die bewußten dreißig Sekunden mußten ausgenutzt werden, oder die Rückkehr war nicht mehr möglich.

Gucky und Tako Kakuta hatten das Glück, in riesigen Hallen zu landen, wo es genügend Winkel als Verstecke gab. Nachdem sie einmal in der Station gelandet waren, wurde die Aufgabe spielerisch einfach.

Nach genau 12,3 Minuten sprachen plötzlich die Mikrokome an. Gleichzeitig vernahmen die Mutanten die grollenden Abschüsse von Energiekanonen, mit denen die Raumstation anscheinend bestückt war.

Sie sprangen gleichzeitig. Als sie wieder stofflich wurden, befanden sie sich an Bord des terranischen Kreuzers, dessen Kommandant soeben versuchte, mit wilden Manövern dem Kreuzfeuer zu entgehen.

Die Druufschiffe arbeiteten im Salventakt. Als die CALIFORNIA zwei Treffer erhielt und die Schutzschirme infolge aufflammender Projektoren ausfielen, entschloß Tifflor sich zu einem Hypersprung, obwohl die vorgeschriebene Transitionsgeschwindigkeit noch nicht erreicht war.

Der Entmaterialisierungsschmerz war grauenhaft, ein Zeichen dafür, daß man den Übergang nicht so glatt gefunden hatte wie bei einem normalen Sprung.

Die CALIFORNIA verschwand in der fünften Dimension. Als sie zurückkehrte, war der riesige Ausfalltrichter erloschen. Man stand an den Grenzen des Siamedsystems, doch dort, wo die Peilung vorher noch den Trichter ausgewiesen hatte, zeigte die Überlichtortung nun einen äußerst heftigen Energieausbruch an.

Trotzdem war der Trichter noch in seiner ursprünglichen Form zu sehen. Der optische Eindruck täuschte, da der im Druufraum um die Hälfte langsamere Lichtstrahl noch ein irreführendes Bild vermittelte.

Gleichermaßen konnte die gigantische Glutkugel nicht mit den Sinnen erfaßt werden. Ihr Licht war noch nicht bis zum 62. Planeten vorgedrungen. Nur die Spontanortung, arbeitend auf überlichtschneller Basis, zeigte an, daß die entstandene Kunstsonne nicht identisch war mit dem Ausfalltrichter.

Ras Tschubai und Tako Kakuta kämpften mit einem Gefühl der Übelkeit. Gucky war besinnungslos. Der überhastete Sprung hatte eine totale Erschöpfung der Kräfte bewirkt.

Tifflor zeigte ein strahlendes Gesicht. Der Auftrag war erfüllt. Jetzt kam es nur noch darauf an, heil aus der anderen Zeitebene zu entkommen.

Die CALIFORNIA nahm erneut Fahrt auf, um anschließend in die Transition zu gehen. Genau an der Stelle, wo Rhodan mit der DRUSUS erscheinen und das Linsenfeld aufbauen wollte, hielt Tifflor den Kreuzer an.

Alle Maschinen wurden abgestellt. Jedes Gerät, dessen Eigenstrahlung zum Verräter hätte werden können, lief aus. Der terranische Kreuzer wurde zu einem toten Schiff. Es arbeitete nur noch ein sorgsam abgeschirmter Notstromreaktor, der die Energie für die Feinpeiler lieferte. Mit ihnen konnte festgestellt werden, ob man selbst von Echoimpulsen getroffen und demnach geortet wurde.

17.

Drei Stunden nach Erscheinen der fünften Angriffswelle detonierten auf den Jupitermonden die ersten Fernlenkwaffen.

Im Mittelsektor tobte die Schlacht mit unverminderter Härte.

Neun Stunden nach der Rückkehr des Flaggschiffs geschahen gleichzeitig zwei Dinge. Ein Ortungsfunker meldete mit sich überschlagender Stimme, der Entladungstrichter nahe des Kapellasystems wäre plötzlich in sich zusammengebrochen.

Damit stand fest, daß dieser Trichter tatsächlich künstlich stabilisiert worden war. Der CALIFORNIA mußte der entscheidende Schlag gegen die Raumstation gelungen sein.

Der Jubel an Bord der irdischen Schiffe wurde von Perry Rhodan nicht gehört, wohl aber bemerkte er, daß seine Streitkräfte mit neuem Elan angriffen.

Das Druufgeschwader über Mars wurde in wenigen Augenblicken vernichtet, aber noch blieben zu viele Schiffe übrig, um einen terranischen Sieg garantieren zu können.

Rhodan ordnete über Hyperfunk den Rückzug auf die dritte und letzte Abwehrlinie der Solaren Flotte an. Versprengte Einheiten aller Größenklassen waren dort gesammelt worden.

Da kam es zum zweiten, entscheidenden Ereignis dieses Krieges.

Ehe man die Sachlage richtig erfaßte, glitten zahllose Raumschiffe aus dem Hyperraum. Atlan hatte schneller handeln können als gedacht. Nur neun Stunden nach dem Hilferuf kamen zehntausend schwere und schwerste Einheiten der arkonidischen Robotflotte an.

Sie stand unter dem Befehl des Arkonidenadmirals Senekho, der nach Austausch der ausgemachten Kodefunksprüche unverzüglich mit seinen Einheiten in die Schlacht um Terra eingriff.

Fünf Minuten später kamen nochmals tausend Raumschiffe an, deren äußere Form auswies, daß es sich um Springereinheiten handelte. Die kosmischen Händler flogen damit ungehindert in das Solsystem ein, in jenes System, das sie so lange und vergeblich gesucht hatten.

„Ich komme auf Befehl des Regenten, Administrator", dröhnte die Stimme eines alten, bärtigen Patriarchen aus den Lautsprechern. „Cokaze ist mein Name, und ich fungiere als Oberhaupt meiner Sippe. Wo brennt es bei dir?"

Rhodan stand wie gelähmt vor den Bildschirmen. Das Gesicht des finsteren Alten rief in ihm, Rhodan, all den Widerstand wach, den er den Springern jahrzehntelang entgegengesetzt hatte, weil er ihre Absichten kannte.

Reserviert gab er Auskunft. Gleichzeitig zog er seine leichten Einheiten aus der Front ab. Nur die Superschlachtschiffe, Schlachtschiffe und noch unbeschädigte Schlachtkreuzer blieben in der Linie.

Die erschöpften Piloten der Jäger und Dreimannzerstörer flogen mit Höchstfahrt zu den einzelnen Basen zurück.

Von da an hatten die Stabsoffiziere an Bord der DRUSUS nichts mehr zu tun, als die systematische Vernichtung der restlichen achttausend Druufrobotschiffe zu beobachten.

Nach fünfzehn Minuten hatte der Oberbefehlshaber der Druuf die Sachlage erkannt. Als ein Schiff nach dem anderen explodierte und der so dringend benötigte Nachschub infolge des verschwundenen Ausfalltrichters plötzlich ausblieb, gab er den Sammelbefehl. Mit nur knappen dreitausend Schiffen, den kläglichen Überresten einer ehemals gigantischen Invasionsflotte, entfloh er in den Hyperraum.

Von einer Minute zur anderen war das Solare System vom Feind befreit, doch nun waren andere hier, die man ebensowenig wünschte.

Rhodan ließ sich mit Admiral Senekho verbinden.

Als das müde, faltige Gesicht auf dem großen Bildschirm der DRUSUS sichtbar wurde, mußte Rhodan ein Lächeln unterdrücken.

Senekho war der gleiche Offizier, der auf dem großen Mond des Zyklopenplaneten Naat die zalitischen Ersatzraumfahrer überprüft und auf die Schiffe des Imperiums eingewiesen hatte.

Es war erst wenige Wochen her, und doch schien es Rhodan, als seien mittlerweile Jahre vergangen.

„Es war ein weiter Weg, Terraner", begann Senekho. „Mir scheint, du verträgst dich mit dem Regenten sehr gut. Deine Feinde sind geflohen. Es war nicht anders zu erwarten. Ich bin angewiesen worden, deine Befehle zu befolgen. Was ist noch zu tun?"

Das war kurz und klar gefragt. „Nichts, vielen Dank. Wenn Sie Frischwasser, Proviant oder sonstige Dinge benötigen, steht es Ihnen frei, auf den Stützpunkten des Solaren Imperiums zu landen."

„Imperium? Meinst du dein kümmerliches Sternchen mit den neun Zwergplaneten?"

Reginald Bull ballte die Fäuste. Wütend starrte er auf die Bildschirme. Rhodan ließ sich nicht aus der Ruhe bringen.

Gelassen entgegnete er: „Allerdings, Imperium, Admiral. Sie sollten genug von uns gehört haben, um zu wissen, daß die Größe eines Sonnensystems nicht entscheidend ist für die Qualitäten seiner Bewohner. Darauf wollte ich aber nicht zu sprechen kommen."

„Sondern?" Senekho beugte sich interessiert vor.

„Als ich mit dem Regenten von Arkon den Vertrag schloß, wurde mir der Schutz des Imperiums zugesichert. Wieso kommt es also, daß plötzlich tausend Springerschiffe in unserem System erscheinen?"

Senekho lächelte. „Von dem Vertrag ist mir zwar nichts bekannt, aber es wird seine Richtigkeit haben. Andernfalls wäre ich nicht von der Blockadefront abgezogen worden. Der Regent schickte die Springerschiffe deshalb aus, weil er befürchtete, meine zehntausend Einheiten allein würden nicht genügen. Es war uns nicht bekannt, daß die Druuf bereits so schwere Verluste erlitten hatten. Hast du besondere Wünsche, Terraner?"

Rhodans Stirn runzelte sich. Er wußte, daß der Springerpatriarch Cokaze das Gespräch mithörte. „Ich möchte Sie bitten, Cokaze darüber aufzuklären, daß Terra nicht wünscht, in die Springerherrschaft eingegliedert zu werden. Wir sind ein selbständiges System, und wir bleiben es."

„Ich habe verstanden." Der Admiral nickte. „Völlig verstanden."

Damit unterbrach er die Verbindung. Während sich die arkonidische Flotte nahe der Marsbahn sammelte, um dort auf Warteposition zu gehen, flogen die tausend Springereinheiten die Erde an.

Rhodan rief den Sippenchef an und teilte ihm eisig mit: „In drei Minuten werden Sie Ihren Kurs ändern, Cokaze! Ich habe nicht um Ihre Hilfe gebeten, also fordern Sie keinen Lohn."

„Wir sind Händler, und wir tun nichts umsonst."

„Ich habe Sie nicht gerufen. Drehen Sie sofort ab!"

Was Cokaze darüber dachte, konnte Rhodan vorerst nicht feststellen. Die Schiffe gingen jedenfalls in die Bremsbeschleunigung und gliederten sich wenig später der Robotflotte an.

Nur die im Kampf beschädigten Einheiten erhielten von Rhodan Landeerlaubnis auf Terra, Venus und Mars. So geschah es, daß die Galaktischen Händler zum ersten Mal auf irdischem Boden landeten, wo sie von einer schweigenden, feindselig blickenden Menschenmenge in Empfang genommen wurden.

Rhodan stieg auf das Superschlachtschiff WELLINGTON um, um die unwillkommenen Helfer weiterhin zu beobachten. Die Kommandanten der terranischen Flotte erhielten Geheimbefehle.

Rhodan sagte abschließend in einer Besprechung: „Es ist klar, daß weder Admiral Senekho noch die Springer über die Wachablösung auf Arkon III informiert sind. Sprechen Sie um Himmels willen kein unbedachtes Wort, oder Atlans Stellung ist gefährdet. Für uns geht es jetzt vorerst darum, die Springer zum Abzug zu zwingen. Die Robotflotte wird in wenigen Tagen zurückfliegen, dafür garantiert Atlan. Nur diese Händler können uns gefährlich werden. Das Versteckspiel ist vorbei. Also gilt es, eine andere galaktische Politik zu machen. Ich bin der Auffassung, daß uns das gelingen wird."

Während die DRUSUS durch den Hyperraum eilte, um den im Druufuniversum wartenden Kreuzer CALIFORNIA abzuholen, zog sich Rhodan in seine Kabine an Bord der WELLINGTON zurück.

Ein seltsames Gefühl beschlich ihn. Sie hatten die Druuf abgewehrt, aber das Geheimnis Terras preisgeben müssen. Unter diesen Umständen war schwer zu entscheiden, ob er sich als Sieger oder Verlierer betrachten sollte.

18.

Nach der erfolgreich abgewehrten Druufinvasion fand am 5. Juni 2044 eine Sondersitzung des terranischen Parlaments statt. Einige Abgeordnete kritisierten, daß Perry Rhodan mit der Preisgabe der Koordinaten des Solsystems einen zu hohen Preis für die Hilfe Arkons gezahlt hatte. Rhodan räumte ein, von zwei Übeln schließlich das kleinere gewählt zu haben. Er hoffte, die ungebetenen Helfer, die Galaktischen Händler, so schnell wie möglich wieder loszuwerden.

Trotz seiner klaren Aussagen wurde über einen Mißtrauensantrag abgestimmt. Dabei wurden Perry Rhodan und die Regierungsmannschaft mit knapper Mehrheit in ihren Funktionen bestätigt. Rhodan war sich darüber im klaren, daß das Mißtrauen seiner politischen Gegner damit nicht ausgeräumt war.

Niemand im Parlamentsgebäude ahnte, daß Rhodan während der Debatte unter schwerer seelischer Belastung stand. Durch einen vertraulichen Funkspruch hatte er erfahren, daß sein Sohn, Thomas Cardif, von einem Stützpunkt des Solaren Imperiums auf Pluto geflohen war. Es gab Anzeichen, die darauf hindeuteten, daß Cardif versuchen würde, Kontakt zu den Springern aufzunehmen. Rhodan hatte nicht vergessen, wie Thomas und er sich an Thoras Grab gegenübergestanden hatten. Der junge Mann hatte den Groll gegen seinen Vater offenbar noch immer nicht aufgegeben.

Die Debatte des Parlaments, die über alle TV-Stationen ausgestrahlt wurde, fand nicht nur das Interesse der Terraner. Auch an Bord der auf der Erde gelandeten Springerschiffe wurde sie mitverfolgt.

Einer der Zuschauer, die keinen Blick vom Bildschirm wandten, war Cokaze. Der alte Patriarch, der einzige Galaktische Händler, der den Aufstieg der Dritten Macht zum Solaren Imperium miterlebt hatte, nickte zufrieden, als die Sitzung des terranischen Parlaments beendet war. Der Bildschirm an Bord des Walzenraumers wurde grau.

Cokaze griff nach einem Glas, um einen tiefen Zug daraus zu tun.

„Auf uns!“ sagte er und sah sich in der Runde um.

Mehr als zwanzig Sippenangehörige saßen, gemäß der Rangordnung, hinter ihm und nickten ihm beifällig zu.

Sie glichen sich alle, nicht allein durch die einheitliche Kleidung, nicht allein durch den gestutzten Bart, der zum ungeschnittenen, herunterhängenden Kopfhaar im krassen Gegensatz stand, sondern vor allem durch ihre Körpergröße, die um die Zweimetergrenze lag.

Die Cokazesippe kannte nur ein Oberhaupt: den Patriarchen Cokaze. Seine Befehle waren Gesetz, seine Ansichten wogen schwer. Er war nicht nur der älteste, er war auch der Springer mit den meisten Erfahrungen, was Perry Rhodan anging.

Seitdem Topthor, der Überschwere, als vermißt galt, gab es nur noch ihn, der Perry Rhodan als Mann ohne nennenswerte Machtmittel in den Anfangstagen seines Aufstiegs erlebt hatte.

Die Springer griffen zum Glas und tranken ihrem Patriarchen wortlos zu. Cokaze wischte sich die Tropfen aus dem Bart, nickte bedächtig und wandte sich an seinen ältesten Sohn Olsge, der den Walzenraumer COK III mit seiner Familie bewohnte. „Du wirst morgen zu diesem Planeten Venus fliegen, Olsge, und die Kapitäne zusammenrufen." Damit drehte er sich nach Oktag, seinem Lieblingssohn, um. „Du landest morgen in Mars-City und rufst dort unsere Männer zusammen. Es gibt nicht viel zu bereden, aber es liegt eine Menge Arbeit vor uns. Wir bleiben hier! Und wir bleiben so lange im Solsystem, bis Rhodan uns das Handelsmonopol vertraglich zugesichert hat. Es wird gut möglich sein, daß wir das Solsystem räumen. Wenn Rhodan mich darum bittet – na, wir Springer sind schließlich keine Unmenschen und lassen mit uns reden, wenn man uns vernünftige Angebote unterbreitet." Er lachte dröhnend auf, und seine Augen begannen zu dunkeln.

Cokaze war noch nie ein schlechter Geschäftsmann gewesen, und sein Ruf innerhalb des Volkes der Springer war der beste. Das bewies auch schon die Größe seiner Raumflotte, die etwa tausend Einheiten stark war und nur aus modernen Schiffen bestand. Ein kleiner Teil davon lag beschädigt auf den Reparaturwerften von Mars und Venus. Die Walzenraumer, die sich die Häfen der Erde ausgesucht hatten, waren inzwischen wieder ausnahmslos einsatzbereit.

Cokaze war auch Taktiker, nicht nur Kaufmann, der nur dann Geschäfte machte, wenn es sich wenigstens um Hundertmillionen-Objekte handelte, denn tausend Walzenraumer zu unterhalten, verschlang jeden Tag ein kleines Vermögen.

Doch da kam ein Einwurf, höflich, zurückhaltend, wie es die gestrengen Sitten der Galaktischen Händler verlangten. „Wird uns der Große Koordinator keine Schwierigkeiten bereiten?"

Der Alte lachte dröhnend und mitleidig zugleich auf. „Krako, du scheinst geschlafen zu haben, während die terranischen Abgeordneten Rhodan mit ihren Fragen das Leben sauer machten. Ich glaube, Rhodan gäbe sehr viel darum, wenn der Große Koordinator sich bereit zeigen würde, seine Robotraumer wieder nach Arkon abzurufen. Wenn wir..."

Der Hyperkom schaltete sich dazwischen. Aus der Zentrale der COK I hatte der Funker das einlaufende Gespräch zur Kabine des Patriarchen umgelegt.

Der Schirm flackerte. Cokaze drehte sich etwas seitwärts, um genau davor zu sitzen. Als das Bild auf dem Schirm stabil wurde, blickte Rhodans Kopf in Lebensgröße den Springerchef gelassen an.

„Cokaze, ich darf wohl als sicher annehmen, daß Sie mit Ihren Kapitänen die Debatte im terranischen Parlament miterlebt haben", begann Rhodan nach kurzer Begrüßung. „Das enthebt mich langwieriger Erklärungen. Soeben habe ich mit dem Großen Koordinator auf Arkon gesprochen. Die im Solaren System noch kreuzende Robotflotte verläßt innerhalb der nächsten beiden Stunden unseren Sektor, um nach Arkon oder zur Druuffront zurückzukehren. Der Robotregent hat sich meiner Bitte, die Flotte zurückzurufen, nicht verschlossen. Dieselbe Bitte möchte ich auch an Sie richten. Darf ich mich erkundigen, wann Sie mit Ihren Raumern die Erde, den Mars und die Venus verlassen?"

„Rhodan", erwiderte der Patriarch mit sehr viel Wohlwollen in der Stimme, und er bemühte sich, dasselbe gute Arkonidisch zu sprechen, das Perry Rhodan benutzt hatte. „Ich muß betrübt feststellen, daß Dankbarkeit nicht zu den guten Charaktereigenschaften der Terraner gehört. Ich..."

In diesem Augenblick war der Funkoffizier der COK I, der, auf den Zehenspitzen gehend, sich durch die Reihen der gespannt lauschenden Kapitäne geschlichen hatte, beim Patriarchen angekommen. Er beugte sich zu ihm hinunter und flüsterte ihm ins Ohr, indem er zur Vorsicht auch noch die Hand vor den Mund hielt: „Perry Rhodans Sohn erwartet Sie auf der COK CCCXXII, die auf der Venus liegt."

Der mit allen Wassern gewaschene Cokaze ließ sich seine Überraschung nicht anmerken. Er nickte nur kurz, entschuldigte sich dann bei Rhodan über die unerwartete Störung und wies gleichzeitig mit einer Handbewegung hinter sich auf die nächsten Sippenangehörigen. „Rhodan, Sie sehen, daß wir beratend zusammensitzen. Ich bitte Sie, uns drei Erdenstunden Zeit zu lassen. Wir werden Ihnen dann unseren Entschluß mitteilen."

„Cokaze, Sie melden sich selbst, oder soll ich rückfragen lassen?" fragte Rhodan mit gleichbleibender Höflichkeit.

„Ich melde mich, Rhodan."

„Danke, Springer. Darf ich an dieser Stelle noch einmal betonen, daß wir Terraner unseren Freunden gegenüber es noch nie an Dankbarkeit haben fehlen lassen."

„Wenn sie sich in hübschen Zahlen bei uns zu Buch schlägt, Terraner", erwiderte Cokaze glatt, „dann sind wir Galaktischen Händler die letzten, die Dankbarkeit nicht zu schätzen wissen. Wir könnten einen Vertrag abschließen, in dem meiner Sippe das Handelsmonopol übertragen wird. Denn schließlich hat das Solare Imperium es auch meiner Hilfe zu verdanken, daß es noch existiert. Aber darüber können wir immer noch sprechen. Ich schalte ab."

„Dieser unverschämte Bursche!" rief Bully zornig, als Cokazes Gesicht vom Bildschirm verschwand. Er saß abseits und war der Unterredung zwischen Rhodan und dem Springerpatriarchen sehr aufmerksam gefolgt. „Ich glaube, dir wird nichts anderes übrigbleiben, als noch einmal Atlan anzurufen, damit dieser auch Cokaze klarmacht, daß wir nicht gewillt sind, uns erpressen zu lassen. Die Anspielung auf das Handelsmonopol war eine bodenlose Unverschämtheit."

„Die Leute heißen nicht umsonst Galaktische Händler", erwiderte Rhodan. „Doch dieser Punkt macht mir im Moment weniger Sorgen. Ich frage mich nur, welche Nachricht dem Patriarchen zugeflüstert wurde, als er mir antwortete. Ich habe selten einen Springer gesehen, dessen Augen so freudig aufleuchteten wie die von Cokaze."

Intuitiv erfaßte Bully Perry Rhodans Gedanken. Der nickte seinem Freund zu.

„Perry, du bist verrückt!" platzte Bully heraus.

Perry Rhodan sah Bull vielsagend an.

„Ich will es gern sein, Bully", meinte er. „Du hast ja immer die Hand über Thomas gehalten."

Immer wenn zwischen den beiden Männern von Rhodans Sohn die Rede war, prallten ihre Meinungen hart aufeinander. Bully glaubte felsenfest an das Gute in Thomas Cardif, und er konnte Perry Rhodan einfach nicht verstehen, daß dieser in diesem Punkt so skeptisch war.

Bully drängte Rhodan vom Hyperkom fort. „Wenn du es nicht tust, dann rufe ich Pluto an. Aus irgendeiner Laune heraus ist Thomas doch nie und nimmer mit einem Zerstörer abgerauscht."

Die Taste sprang mit knackendem Geräusch in die Arretierung. Terranias Hyperfunkzentrale meldete sich. Bully verlangte eine Verbindung mit dem Garnisonschef des Planeten Pluto.

Es dauerte drei Minuten, bis der Offizier auf dem Schirm in Rhodans Arbeitszimmer zu sehen war.

Bully kam sofort zur Sache. „Major, was ist Ihnen über Thomas Cardifs Flucht gemeldet worden? Sind irgendwelche Gründe bekannt?"

Man konnte deutlich sehen, wie gern der Major sich gerade um die Beantwortung dieser Frage gedrückt hätte.

„Da kursiert ein Gerücht – Sie wissen doch, welche Parolen unter Soldaten..."

Bull war heute nicht in der Verfassung, geduldig zu sein. „Major, ich habe eine klare Frage gestellt, und ich verlange von Ihnen eine ebenso klare Antwort. Also..."

„Ich bin nur in der Lage, Gerüchte weiterzugeben..."

„Verdammt noch mal, dann tun Sie's doch!" brüllte Bully.

Auf dem Eisplaneten Pluto, einige hundert Millionen Kilometer von der Erde entfernt, zuckte der Garnisonschef zusammen.

„Sir", erwiderte er jetzt, „in meiner Garnison kursiert das Gerücht, daß der Administrator seinerzeit seine Gattin entgegen dem Rat der Ärzte beauftragt habe, nach Arkon III zu fliegen, zwecks Ankauf von hundert Kugelraumern..."

„Was?" brüllte Bully mit hochrotem Kopf ins Rillenmikrophon. „Was soll Rhodan getan haben?"

„Sie haben Gerüchte zu hören verlangt, jetzt haben Sie das Gerücht gehört", erwiderte der Major.

Bull blickte zur Seite. Drei Schritte weiter, vor dem Fenster, stand

Rhodan. Er zeigte keine Reaktion. Er schien erstarrt zu sein. Er reagierte auch nicht auf Bullys fragenden Blick.

„Danke, Major. Ende." Damit brach Bully die Verbindung ab.

„Perry..." Rhodan rührte sich nicht.

„Verdammt!" fluchte der untersetzte Mann. „Ist denn das ganze Solsystem heute des Teufels? *Entgegen dem Rat der Ärzte*... Wenn ich die Person erwische, die dieses gemeine Gerücht in die Welt gesetzt hat..." Und der Rest waren wenig schöne Worte eines in ohnmächtiger Wut tobenden Reginald Bull.

Zur selben Minute hörte Thomas Cardif auf dem Walzenraumer COK CCCXXII mit, wie der Patriarch Cokaze für morgen 3.30 Venusortszeit seine Ankunft meldete.

Tsathor, weitläufig verwandt mit dem Sippenchef, ihm im Aussehen aber stark ähnelnd, musterte Thomas Cardif interessiert.

Er wurde aus dem jungen Mann, der noch die Uniform eines Leutnants der Solaren Raumflotte trug, nicht klug. Er saß nicht zum erstenmal einem Verräter gegenüber, aber er hatte noch nie eine Begegnung mit einem Verräter gehabt, der sich ihm so zeigte wie dieser Thomas Cardif.

Der Zerstörer lag im Hangar 8 der COK CCCXXII. Er war vor einer Stunde im Schutz der Dunkelheit von der COK DV auf sein Schiff hinübergeschafft worden.

„Behalten Sie den Raumer, wenn Sie wollen", hatte Thomas Cardif gelangweilt erklärt. „Ich benötige das Boot nicht mehr."

Tsathor hatte zustimmend genickt und seine Freude darüber geschickt verborgen. „Cardif, Sie haben es nicht nötig, sich zu legitimieren. Sie sehen aus wie Perry Rhodan..."

„Ich bin Arkonide, Tsathor", fiel ihm der Leutnant scharf ins Wort. „Ich bin kein Terraner." Eiskalt klang seine Stimme, aber die rötlich leuchtenden Arkonidenaugen, ein Erbteil seiner Mutter, verrieten viel von seiner innerlichen Erregung.

„Als Arkonide werden Sie aber nicht im Namen der Terraner sprechen können", gab Tsathor zu bedenken. „Oder habe ich Sie vorhin falsch verstanden?"

Thomas Cardif lächelte. „Wer sind denn schon die Terraner, Tsathor? Es gibt in dieser Galaxis nur ein bedeutendes Volk, und dem gehören Sie sowie auch ich an. Mich wird der Große Koordinator anerkennen, und mit ihm und der Sippe der Cokazes werden wir das Solsystem dorthin bringen, wohin es gehört. Wir werden es zur Kolonie Arkons machen, und der Handel wird allein durch die Cokaze-Sippe geregelt werden."

„Schön, wenn es Tatsache wird, Cardif", ging Tsathor scheinbar begeistert auf die Visionen des jungen Mannes ein, „aber was versprechen Sie sich davon?"

„Rhodans Vernichtung. Das genügt mir."

Da zuckte der Springer zusammen. Die Antwort, die er gerade gehört hatte, waren die furchtbarsten Worte gewesen, die er je in seinem langen Leben vernommen hatte. Leidenschaftslos, ohne die geringste Spur von Erregung, hatte der junge Mensch sie ausgesprochen.

Tsathor bemerkte erschrocken: „Ist denn Perry Rhodan nicht Ihr Vater, Terraner?"

„Springer, ich bin so wenig ein Terraner, wie Rhodan mein Vater ist. Ich kann ihn nur nicht als meinen Erzeuger verleugnen. Beenden wir dieses Thema, bis Cokaze, der Patriarch, eingetroffen ist."

Tsathors Kopfschütteln ließ Cardifs Augen aufblitzen. „Was gibt es noch zu fragen?" Mit dieser hochmütig gestellten Frage zeigte er sich wieder als echter Arkonide.

Unwillkürlich wurde Tsathor davon beeindruckt, und weit weniger nachdrücklich, als er es beabsichtigt hatte, fragte er zurück: „Welchen Grund gibt es, daß Sie Perry Rhodan so hassen, Cardif?"

Thomas Cardif legte seine gepflegten Hände auf den Tisch. „Rhodan hat meine Mutter, die Arkonidin Thora, entgegen dem Rat aller Ärzte, als Todkranke mit einem gefährlichen Auftrag nach Arkon III geschickt. Er wollte sie loswerden, weil meine Mutter plötzlich alterte. Er wollte Witwer werden, um eine junge Frau heiraten zu können. Er schickte meine ahnungslose Mutter nach Arkon, und daß sie ahnungslos war – sowohl was ihren Gesundheitszustand anbelangte als auch den gefährlichen Auftrag –, beweist die

Tatsache, daß sie sich vor Antritt des Fluges von mir nicht verabschiedete. Als Tote sah ich sie wieder, den einzigen Menschen, der mich immer geliebt hat. Und als Toten werde ich Rhodan wiedersehen – den einzigen Menschen, den ich von dem Tag an immer gehaßt habe, an dem ich erfuhr, daß er mein Erzeuger ist."

Rhodan hatte in der Zwischenzeit mit Atlan ein langes Hyperfunkgespräch geführt. Atlan bot dem Freund jede nur mögliche Hilfe an.

„Admiral, ich danke dir für dein Angebot, aber ich benötige im Augenblick weniger Machtdemonstrationen als Zeit", erklärte Rhodan.

„Gut, Perry, dann werde ich durch das Gehirn der gesamten Galaxis verkünden lassen, daß das Solare Imperium unter Arkons Schirmherrschaft steht. Bist du mit dieser Formulierung einverstanden?"

Einen Augenblick hatte Rhodan überlegt, dabei zu Bully, Mercant und Freyt hinübergesehen und nach deren bejahendem Nicken erwidert: „Einverstanden, Admiral. Ich glaube, daß die Formulierung ‚unter Arkons Schirmherrschaft' mir die Atempause verschafft, die wir im Augenblick unbedingt benötigen."

Nachdem die Verbindung getrennt wurde, blickte Rhodan nachdenklich seine Freunde an. „Wenn ich nur wüßte, welche Teufelei Cokaze im Schilde führt."

Jeder wußte, was Rhodan meinte. In den letzten Stunden hatte Cokaze sämtliche auf der Erde stationierten Schiffe gestartet und seine Flotte bei Pluto gesammelt. Lediglich auf Venus und Mars befanden sich noch einige Raumer, an denen noch Reparaturen vorgenommen wurden. Cokaze selbst war vor kurzem mit seiner COK I auf der Venus gelandet. Über den Verbleib Cardifs war noch immer nichts in Erfahrung gebracht worden.

Thomas Cardif saß Cokaze gegenüber.

Der alte Springer und der junge desertierte Leutnant der Solaren Raumflotte behandelten sich gegenseitig wie gleichwertige Partner.

Cokaze musterte den jungen Mann immer wieder mit Erstaunen und leichtem Unbehagen.

Ihn faszinierte die eiskalte Logik des Leutnants, aber dessen wilder Haß gegen Rhodan erschreckte ihn.

„Cokaze, Sie werden von Rhodan nie das Handelsmonopol erhalten, solange er Administrator ist", erklärte Cardif. „Und Sie werden es auch nicht von seinem Nachfolger erhalten, wenn Sie selbst nichts tun, um Rhodan zu stürzen. Jeder neue Administrator wird Sie und Ihre Sippe als Fremdlinge betrachten, aber Sie werden mit Ihrer Sippe als Arkoniden angesehen, wenn der neue Administrator ebenfalls Arkonide ist."

Cokaze strich sich durch seinen gepflegten, gestutzten Bart. „Was ist zu tun, um Rhodans Position noch stärker zu erschüttern?"

„Was sind Sie bereit zu tun, um ihn zu Fall zu bringen, Springer?" fragte Cardif zurück. „Sie erwarten einen Vertrag, wonach nur Ihre Sippe berechtigt ist, Handelsgüter ins Solsystem zu bringen und die Erzeugnisse der Erde zu exportieren. Sie haben längst erkannt, Cokaze, daß mit diesem Vertrag Ihre Sippe zur reichsten der Milchstraße würde. So etwas hat seinen Preis. Was wollen Sie einsetzen?"

Zum erstenmal zeigte der Springer Überraschung. „Cardif, Sie sind so kaltschnäuzig wie Rhodan, so arrogant wie ein Arkonide. Und wenn ich daran denke, wie jung Sie noch sind, dann könnte mich ein Grauen ankommen, wenn nicht dieses Geschäft in Aussicht stünde..."

Der Lautsprecher des Hyperfunks summte. Der Bildschirm darüber flackerte, und dann zuckten Cokaze und Thomas Cardif zusammen, als sie das Wellenmuster des Großen Koordinators erkannten.

Das Robotgehirn auf Arkon verkündete einen Entschluß.

Das Liniengewirr, das in seinem typischen Ausdruck in der gesamten Galaxis bekannt war, machte jetzt einem Ausschnitt der Riesenkuppel auf Arkon III Platz.

Zur selben Zeit war die metallisch klingende Stimme der seelenlosen Positronik zu vernehmen.

Cokaze und Cardif blickten sich triumphierend an.

Soeben hatte die Mammutpositronik auf Arkon III verkündet, daß das Solsystem unter der Schirmherrschaft von Arkon stünde.

Beide legten diese Botschaft in ihrem Sinn aus. Sie sahen darin eine Annexion des Solaren Imperiums durch die Positronik auf Arkon III.

„Cardif, ich bin bereit, etwas einzusetzen, wie Sie vorhin zu sagen beliebten. Meine Schiffe werden weder Mars noch Venus räumen. Die Gefechtsbereitschaft bleibt bestehen. Rhodan kann es sich nicht leisten, mit seiner Flotte gegen mich vorzugehen, und zwei Planeten seines Imperiums in der Hand zu haben, ist für mich eine gute Ausgangsbasis, über das zu vergebende Handelsmonopol zu verhandeln. Aber Sie, Cardif, haben auch etwas zu tun. Sie als Arkonide und Perry Rhodans Sohn sind doch der logische Nachfolger des Administrators, und nach dieser Durchsage des Robotregenten von Arkon III bin ich überzeugt, daß die Positronik Sie zum neuen Administrator dieses kleinen Sternenreichs bestellen wird."

„Springer, es steht Ihnen nicht an, mich in eine Rolle zu drängen, für die ich mich noch nicht entschieden habe."

Der ganze Hochmut Cardifs kam in diesem Satz zum Ausdruck. Thomas Cardif sah den Patriarchen eisig an, und Cokaze, der Patriarch, der über tausend moderne Walzenraumer verfügte und eine der reichsten Privatpersonen der bekannten Galaxis war, schreckte vor diesem Hochmut des jungen Mannes zusammen.

Unwillkürlich machte Cokaze unter der Zurechtweisung einen Rückzieher. „Ich glaube aber, daß es für Sie keine andere Möglichkeit gibt."

„Ich denke nicht daran, dem Großen Koordinator die Entscheidung darüber aus der Hand zu nehmen, wer der neue Administrator des Solaren Imperiums wird", entgegnete Thomas Cardif mit Schärfe. „Bevor ich diesem Gedanken Zeit widme, werde ich mich mit dem Positronengehirn auf Arkon III erst in Verbindung setzen, Springer."

„Wann?" fragte Cokaze.

„Sofort, Cokaze. Lassen Sie auf der Hyperfrequenz des Regenten eine Verbindung herstellen."

Atlan zuckte zusammen, als der Telekomlautsprecher Thomas Cardifs Namen wiedergab.

Der gewaltige Funkraum der Riesenautomatik nahm zur selben

Zeit ein halbes Tausend anderer Anrufe auf. Jeder wurde gespeichert, auf seine Wichtigkeit von der Positronik überprüft und dann je nach Dringlichkeit Atlan übermittelt. Aber diesen Telekomanruf von der Venus hörte sich Atlan direkt an.

Perrys Sohn, dachte er nur. Ihr Götter Arkons, ist der Junge wahnsinnig geworden?

Mit angehaltenem Atem lauschte er.

Da sprach ein Arkonide, aber kein Mensch der Erde. So hochmütig und fordernd konnte doch nur ein Arkonide sein.

Atlan dachte an Thora, die Arkonidin aus fürstlichem Geschlecht, und er erinnerte sich, was Perry ihm über seinen Sohn erzählt hatte.

Thomas Cardif wollte seinen Vater vernichten und aus dem Solaren Imperium eine Arkonkolonie machen.

Er wollte den Menschen das wirtschaftliche Rückgrat brechen und einer Springersippe das Handelsmonopol geben.

Jetzt mußte die Positronik antworten, aber sie war nur noch ausführendes Organ. Atlan schaltete den juristischen Speichersektor ein. Thomas Cardifs Botschaft wurde diesem Abschnitt übermittelt. Gleichzeitig erhielt die Automatik den Auftrag, Thomas Cardif anzuweisen, zu warten.

Atlan war klug genug, seine persönlichen Gefühle auszuschalten. Nach wie vor sollte die Milchstraße des Glaubens sein, das Kugelsternsystem M-13 würde von der Riesenpositronik beherrscht, und aus diesem Zwang heraus, seine Lage nicht noch mehr zu komplizieren, überließ Atlan jetzt die Beurteilung dem juristischen Speichersektor.

Die Metallstimme des Riesenhirns gab Thomas Cardif noch den Befehl zu warten, als die Auswertung schon bei Atlan ankam.

Die arkonidische Gesetzgebung untersagte Arkon jede Einmischung. Gleichzeitig wurde erklärt, daß Cardifs Vorgehen im Widerspruch zu den Arkongesetzen stünde.

„Hm", sagte Atlan unzufrieden. „Bully würde diese Auslegungen bestimmt mit Kaugummi vergleichen. Aber wenn ich sie jetzt schärfer formuliert durchgebe, dann kommt bald ein Jurist dahinter, daß die Positronik eine Fehlentscheidung getroffen hat. Darauf darf ich es nicht ankommen lassen. Ich kann nur Rhodan unterrichten."

Cokaze legte die Antwort der Robotpositronik dem besten Juristen seiner Sippe vor. In seinen Augen fieberte die Spannung.

Zutre, der Jurist, Spezialist gerade auf diesem Gebiet, war in der Lage, sofort dazu seinen Kommentar zu geben.

„Herr", sagte er und schmunzelte dabei, „die Götter mögen all die Paragraphen noch recht lange rechtswirksam sein lassen, die dem Gehirn untersagen, sich in innenpolitische Angelegenheiten einzumischen. Aber das Interessanteste an dieser Antwort liegt in dem Hinweis, daß Thomas Cardifs Vorgehen im Widerspruch zu den Arkongesetzen stehe. Dieser Satz ist nur eine Phrase und besagt in Wirklichkeit, daß die Schirmherrschaft Arkons über dieses System eine unverbindliche Zweckerklärung darstellt."

Cokaze entließ den Juristen. Als er wieder mit Cardif allein war, blickte er ihn auffordernd an.

„Springer", sagte Thomas Cardif, und seine Stimme klang unverändert, „ich benötige einen Raum, in dem ich ungestört meine Proklamation an das Solare Imperium ausarbeiten kann. Sind Ihre Hyperkomsender stark genug, die wichtigsten Stationen der Erde zu übertönen?"

„Junger Mann", erwiderte Cokaze und strich über seinen gestutzten Bart. „Die Erde wird Ihre Proklamation sehr gut hören."

Als Thomas Cardifs Erklärung durchkam, glaubte die Hyperfunkstation Terranias zunächst an einen schlechten Scherz, aber der alarmierte Leiter der Station sah die Sache mit anderen Augen an und stellte über die Alarmverbindung zu Perry Rhodan Kontakt her.

„Sir", sagte er erregt, als der Bildschirm ihm Rhodans Gesicht zeigte, „gerade gibt Thomas Cardif eine Erklärung durch, in der er sich zum neuen Administrator des Solaren Imperiums ernennt..."

Rhodan blieb unbeeindruckt. „Warum sind Sie so aufgeregt?" fragte er. „Bitte geben Sie die Erklärung durch, wenn Thomas Cardif sie vollständig bekanntgegeben hat. Ich warte."

Rhodan griff zum Separatschalter und schaltete die Fernsehanlage ab. Bully, Freyt und Mercant sahen ihn fragend an. „Die Fronten beginnen sich endlich deutlich abzuzeichnen."

Das Sonnensystem hatte seine doppelte Sensation.

Einmal hatte Cardifs Proklamation wie eine Bombe eingeschlagen, und Stunden später, als die erste Erregung sich etwas gelegt hatte, bahnte sich die zweite Sensation an: Der Administrator reagierte nicht.

Die Regierung des Solaren Imperiums nahm offiziell von den veränderten Verhältnissen auf Venus und Mars keine Notiz.

Acht Stunden und fünf Minuten, nachdem sich Cardif selbst zum neuen Administrator ausgerufen hatte, brannten auf dem Mond zwei fast fertiggestellte Bandstraßen ab.

Von da an ging es Schlag auf Schlag. Erde, Mond, sogar die Eiswelt Pluto und die Monde der großen Planeten schienen zum Schauplatz von Katastrophen geworden zu sein.

Einrichtungen der Solaren Flotte wurden überall vernichtet.

Die Stimmung gegen die Regierung verschärfte sich. Man warf ihr Unfähigkeit vor und verlangte immer lauter Rhodans Rücktritt.

Perry Rhodan verhielt sich der Öffentlichkeit gegenüber schweigend.

Er war von der Sabotagewelle überrascht worden. Sie hatte ihn völlig unerwartet getroffen, und als er endlich in der Lage war, Gegenmaßnahmen zu ergreifen, hatte sie schlagartig aufgehört.

Für 14.30 Uhr hatte sich der Springerpatriarch Cokaze bei ihm angesagt und Landeerlaubnis verlangt.

Rhodan saß an seinem Schreibtisch und wartete auf die Springerdelegation. Cokaze wollte zusammen mit seinen drei ältesten Söhnen kommen.

John Marshall, Chef des Mutantenkorps und fähigster Telepath der Truppe, führte die vier Galaktischen Händler herein.

Perry Rhodan forderte sie mit einer Handbewegung auf, in den Sesseln um den Tisch Platz zu nehmen. Zögernd ließen sich die Springer darin nieder. Sie ließen Rhodan nicht aus den Augen. Ihren Informationen nach war er der wichtigste Mann. Bully beobachteten sie kaum, weniger noch John Marshall, der ihre Gedanken wie ein aufgeschlagenes Buch las.

Er unterrichtete Rhodan in englischer Sprache und mit knappen

Worten, mit welchen Absichten Cokaze von der Venus nach Terrania gekommen war. Erst durch diesen Besuch erfuhr der Administrator, daß sein Sohn Thomas sich an Bord der COK I aufhielt.

„Ja, Terraner", begann Cokaze die Besprechung, „unser Leben unterscheidet sich kaum von dem euren. Einmal haben wir Glück, dann wieder Pech. Besonders gut sieht es für das Solsystem nicht aus, noch weniger gut für die Regierung, aber meine Sippe würde sich gerne bereit erklären, alles zu tun, was zur Stützung der Regierung erforderlich wäre, wenn wir uns über das Handelsmonopol einigen könnten. Rund tausend moderne Walzenraumer befinden sich im Solsystem. Es sind gut bewaffnete Schiffe. Mit uns als Freunden könnte die jetzige Regierung davor bewahrt bleiben, gestürzt zu werden."

Das war eine der unverschämtesten Reden, die Perry Rhodan und Bully sich jemals hatten anhören müssen. Der Springer Cokaze lockte ohne Skrupel mit Zuckerbrot und Peitsche. Er wagte sogar zu drohen, indem er auf die gute Bewaffnung seiner Walzenschiffe hinwies.

Die Cokaze-Söhne hatten zu den Worten ihres Vaters beifällig Zustimmung genickt. Noch war es ihnen nicht erlaubt, sich in die Verhandlung einzumischen. Erst mußte ihnen der Sippenchef dazu seine Einwilligung geben. Nirgendwo wurde strenger auf die Einhaltung alter Sitten und Gebräuche geachtet als bei den Galaktischen Händlern.

„Springer", erwiderte Perry Rhodan unbewegt, während Bully mit den Fingern der rechten Hand auf der Lehne seines Sessels trommelte, „ich habe es in meinem ganzen Leben immer so gehalten, überall Freunde zu haben, und ich freue mich, in der Sippe der Cokaze Freunde zu sehen. Wie sehr ihr mich hochschätzt, Cokaze, habe ich an der Zusicherung herausgehört, mich als Administrator des Solaren Imperiums vor einem Sturz durch das Parlament zu bewahren. Gerne würde ich euch den Dank so, wie ihr ihn erwartet, aussprechen, aber haben Sie nicht selbst mich darauf aufmerksam gemacht, wie schwach meine Position ist? Und allein aus diesem Grund bin ich im Moment nicht in der Lage, über die Vergabe des Handelsmonopols überhaupt eine Unterhaltung zu führen. Außerdem hat diese unverständliche

Serie von Sabotagefällen meine Position als Administrator noch stärker erschüttert, weil es der Regierung einfach nicht gelungen ist, auch nur einen Attentäter dingfest zu machen. Springer, ich bedaure, Ihnen nichts anderes sagen zu können."

Marshall sagte auf englisch: „Der Springer kocht vor Wut. Er denkt nicht daran, diesen Raum zu verlassen, bis er den Vertrag in der Tasche hat."

Cokaze sah Marshall mißtrauisch an und unterbrach ihn: „Rhodan, ich will Ihre mangelnde Bereitschaft zu einer Verhandlung mit uns Galaktischen Händlern einmal überhören. Nur mit unserer Hilfe sind Sie in der Lage, Administrator zu bleiben. Achten Sie die Gefahr nicht zu gering, die in der Person von Thomas Cardif gegen Sie aufgestanden ist."

Rhodan erhob sich. „Springer, es ist jetzt 14.48 Uhr. Roboter werden Sie und Ihre Söhne zu Ihrem Raumschiff zurückbringen. Um 15.10 Uhr erhalten Sie Starterlaubnis. Sie bleibt bis 15.15 Uhr wirksam. Alles Gute, Cokaze."

Die Arme vor der Brust gekreuzt, blickte er ihnen nach, wie sie sein Zimmer verließen. Schwiegend gingen sie. Fast lautlos fiel hinter ihnen die Tür ins Schloß.

Cokaze, nach seiner Abfuhr durch Perry Rhodan dessen Feind, kannte nur noch ein Ziel: das Solare Imperium dem Völkerverband Arkons einzuverleiben und mit seiner Sippe alleinberechtigt zu sein für Export und Import.

Thomas Cardif war ihm nur Mittel zum Zweck. Solange ihm dieser junge Mann nützlich war, behandelte er ihn zuvorkommend und tat auch so, als hörte er auf dessen Vorschläge. In Wirklichkeit war sein gesamtes Handeln nur auf den eigenen Vorteil abgestellt.

Nach seiner kurzen Unterredung mit Rhodan war Cokaze zur Venus zurückgekehrt.

Eine neue Sabotageserie sollte Terra schädigen.

Thomas Cardif warnte.

„Das muß ich besser wissen, Terraner!" fuhr Cokaze ihm heftig über den Mund. Er konnte sich nicht daran gewöhnen, daß dieser junge Mann ihm immer wieder ungefragt mit seinen Bedenken kam.

„Gut", sagte Thomas Cardif gelassen und nahm dem Patriarchen gegenüber seinen Platz ein, „dann bin ich eben ein Dummkopf. Aber ich würde anstelle von Sabotageserien den Versuch unternehmen, die Parlamentsabgeordneten und die Öffentlichkeit zu beeinflussen, um..."

„Sie heißen doch nicht alle Thomas Cardif." Diese Bemerkung, im unbeherrschten Zorn gemacht, war nicht mehr zurückzunehmen.

„Sie meinen, es wären nicht alle Verräter wie ich, Springer? Das habe ich nie behauptet, aber die Öffentlichkeit und viele Abgeordnete sind in diesen Tagen alles andere als gut auf Rhodan zu sprechen. Mit einer geschickten Steuerung, mit einer gut dosierten Flüsterpropaganda, ist mehr zu erreichen als mit brutaler Gewalt. Sie haben mich nie gefragt, warum ich zum Deserteur geworden bin. Ich sage es Ihnen ungefragt. Perry Rhodan hat meine Mutter entgegen dem Rat der Ärzte nach Arkon geschickt, um mit dem Robotregenten über den Ankauf von hundert Kampfschiffen zu verhandeln. An dieser Aufgabe ist meine Mutter, die schon vom Tode gezeichnet war, zerbrochen. Das als Flüsterpropaganda auf der Erde verbreitet, Cokaze – das bricht Perry Rhodan den Hals. Das fegt ihn hinweg. So etwas spricht nämlich die Menschen an. Nur mit diesen Mitteln kann man Perry Rhodan bekämpfen. Man muß ihn dort angreifen, wo er wehrlos ist."

„Aber Ihre Behauptung, Cardif, daß Rhodan seine Frau bewußt in den Tod geschickt hat, ist doch unwahr."

„Unwahr? Deshalb habe ich meinen Eid gebrochen, den ich auf das Solare Imperium geschworen habe. Deshalb bin ich aufgestanden, um den Mörder meiner Mutter zu vernichten. Mehr will ich nicht. Wenn ich das erreicht habe, dann hat mein Leben einen Sinn gehabt.

Der Springer wischte die Papiere fort, die vor ihm lagen. Er sah den jungen Deserteur aufmerksam an. Wieder jagte ihm dessen eiskalter Haß Schauer über den Rücken. Ein Mensch, der nur aus Haß bestand, war ihm bis jetzt noch nie begegnet. Und dieser junge Mann hatte gerade eine der furchtbarsten Anklagen gegen seinen Vater erhoben – ihn des Mordes an der Mutter bezichtigt.

„Nein, Cardif, das kann ich nicht glauben, aber...", und ein Grinsen zog über sein Gesicht, „... die Idee ist gut. Ja, sie wird ihm den Hals brechen. Einverstanden, Cardif. Vierundzwanzig Stunden vor der Parlamentssitzung werden wir dieses Gerücht auf der ganzen Erde verbreiten."

„Und noch eins, Springer: Denken Sie an die Mutanten, an diese Menschen mit unwahrscheinlichen Fähigkeiten."

„Weiter nichts?" sagte Cokaze spöttisch und winkte ab. „Ich habe davon gehört, aber das meiste ist doch Übertreibung."

„Es ist keine Übertreibung, Cokaze. Ich gebe Ihnen den Rat: Bleiben Sie mit Ihrer COK I nicht auf der Venus. Gehen Sie mit dem Schiff in den freien Raum. Dort sind Sie auch nicht hundertprozentig sicher, aber viel sicherer vor der Mutantentruppe als anderswo."

Wieder einmal wurde Cokaze von Thomas Cardifs Worten beeindruckt. Dieser junge Mann, den er nur als Mittel zum Zweck benutzen wollte, entpuppte sich mehr und mehr als eiskalter, kluger Taktiker, der die eigenen Vorteile ebensowenig übersah wie die schwachen Stellen seiner Gegner.

Thomas Cardif beachtete die Reaktion des Springers nicht.

„Ich werde zu Rhodans Sturz meinen Teil beitragen", sagte er gelassen. „Zwei Stunden, bevor in Terrania das Parlament zusammentritt, werde ich über Hyperkom zur Erde sprechen. Stehen mir Ihre Hyperfunkgeräte dafür zur Verfügung?"

„Natürlich, aber ich verlange, daß ich vorher über den Inhalt der Ansprache unterrichtet werde."

Da blitzte es in Cardifs rötlichen Augen auf. Unbeherrscht fuhr er den Patriarchen an: „Ich dürfte wohl inzwischen bewiesen haben, daß ich Ihren Interessen nicht entgegenarbeite, während ich von dem Verdacht nicht loskomme, daß mich die Cokaze-Sippe nur als Mittel zum Zweck benutzt. Springer, lassen Sie diesen Verdacht nicht zur Tatsache werden. Ich bin Arkonide. Ich bin sicher, daß das Robotgehirn mich anerkennt. Rechnen Sie jetzt schon mit dieser Tatsache, und stellen Sie Ihr gesamtes Handeln darauf ein. Dann bleiben wir Freunde."

Er drehte sich abrupt um und verließ Cokazes große Kabine, bevor der überraschte Springerchef in der Lage war, auf Cardifs Worte eine Erwiderung zu geben.

Ihr Götter, dachte er besorgt, kann dieser Bursche meine Gedanken lesen?

Mitten in die pausenlos andauernden Krisensitzungen im Hauptquartier des Solaren Imperiums platzte eine neue Hiobsbotschaft in Form einer Funknachricht von Allan D. Mercant.

Das sorgenvolle Gesicht des Abwehrchefs blickte Rhodan vom Bildschirm herab an.

„Gleichlautende Agentenmeldungen aus Berlin, Oslo, New York, Tokio, Shanghai, Sidney, Kalkutta und Kapstadt über schlagartig einsetzende Flüsterpropaganda, der zufolge Sie Ihre Frau gegen den Rat aller Ärzte nach Arkon geschickt haben."

Rhodans Gesicht wurde grau. Sekundenlang schloß er die Augen. „Danke, Mercant. Es ist gut."

Langsam trat Bully neben den Freund und legte ihm die Hand auf die Schulter.

„Hör mal", sagte er betont langsam, „noch sind wir in der Lage, uns zu wehren. Und wir werden uns wehren, Perry. Überlaß die Antwort auf diese Niedertracht mir. Du brauchst mich doch im Moment nicht? Über die Zentrale bin ich immer zu erreichen."

Rhodan hob den Kopf. „Ich werde auch gegen das, was er als Flüsterpropaganda in die Welt gesetzt hat, nicht Stellung nehmen."

„Aber ich", widersprach Bully. „Und in diesem Punkt nehme ich von dir keinen einzigen Befehl an, Perry. Ich habe bis heute über Cardif meine Hand gehalten und immer wieder gehofft und gehofft. Dieselbe Hand, die ihn zu beschützen versuchte, zieht sich nun zurück."

Rhodan gab keine Antwort. Er war verzweifelt.

Bull wandte sich wortlos ab und ging hinaus.

Reginald Bull hatte die der Regierung zur Verfügung stehende Sendezeit bei Terra-Television genutzt.

Als Erwiderung auf das niederträchtige Gerücht, Perry Rhodan habe seine Frau Thora gegen den Rat aller Ärzte mit einem gefährlichen Auftrag nach Arkon geschickt, um sie schneller loszuwerden, hatte Reginald Bull einen Film von Thoras Beisetzung im Mausoleum auf dem Mond senden lassen.

Wer sich jener ergreifenden Stunden wieder erinnerte, mußte erkennen, daß dieses Gerücht nur den Zweck verfolgte, an Rhodan Rufmord zu begehen.

Für Thomas Cardif war die Sendung ein Schlag ins Gesicht. Denn sie zeigte in einer packenden Szene, wie Perry Rhodan, der von Schmerz über den Tod seiner Frau aufgewühlte Mann, dem neben ihm stehenden Sohn plötzlich die Hand reichte.

Die Männer hinter den Aufnahmegeräten hatten instinktiv gefühlt, welche Bedeutung in dieser Geste Rhodans lag, und sie waren mit ihrer Optik so nah wie möglich herangegangen.

Sie hatten Millionen Menschen damals übermittelt, wie Thomas Cardif, im Äußeren das Ebenbild seines Vaters, diese angebotene Hand verweigerte, aber die Kameramänner hatten ebenso auch übermittelt, wie der temperamentvolle Reginald Bull plötzlich Thomas Cardif von der Seite Perry Rhodans zerrte, um sich selbst neben den verzweifelten Freund zu stellen, während Cardif mit trotzigem Gesicht eine Reihe tiefer stehen mußte.

Diese Sendung war Bulls Antwort und ließ viele Menschen begreifen, warum Rhodan schwieg.

19.

Wenige Stunden vor Beginn einer neuen Parlamentsdebatte wurde Rhodan aktiv. Das Mutantenkorps wurde beauftragt, unter den Springern auf Mars und Venus Verwirrung zu stiften, und zwar nach einem genauen Plan.

Die Solare Flotte, die sich seit Beginn der Auseinandersetzungen mit Cokaze mit ihren noch einsatzbereiten Einheiten im Orbit um Venus und Mars befand, wurde in Alarmzustand versetzt. Gleichzeitig wurde ihr der Befehl erteilt, kein Springerschiff auf diesen Welten mehr landen zu lassen sowie unter allen Umständen zu verhindern, daß ein Springer Kurs auf die Erde nahm. Die wenigen Händlerschiffe, die sich noch auf dem zweiten und vierten Planeten befanden, waren vom Gros ihrer Flotte praktisch abgeschnitten. Sie konnten, wie Rhodan ihnen mitteilte, die Planeten jedoch jederzeit verlassen und zum Sammelpunkt ihrer Flotte zurückkehren.

Zahlenmäßig war Cokazes Flotte nicht größer als die der Erde, aber er konnte jederzeit Hilfe von anderen Springersippen anfordern, und dann hätten die Terraner nur geringe Chancen gehabt, sich durchzusetzen. Doch Cokaze war zu egoistisch, als daß er den erwarteten Erfolg mit anderen Sippen teilen wollte. Dies und die Tatsache, daß es Rhodan mit seiner Flotte möglich gewesen wäre – wenn auch mit großen Verlusten –, ihn vernichtend zu schlagen, hinderten ihn daran, in einer Blitzaktion mit allen seinen Schiffen die Erde zu besetzen. Dennoch würde er in jenem Augenblick zuschlagen, wo er sich die größten Chancen für ein Gelingen seiner Aktion ausrechnete. Deshalb befand sich auch die Springerflotte im Alarmzustand, um auf Cokazes Befehl sofort zuschlagen zu können. Die Springer an Bord der Walzenraumer waren es gewohnt, überall anderen ihren Willen aufzuzwingen. Daß ihnen dieses lächerlich kleine Sternenreich Widerstand entgegensetzte, war eine fast unglaubliche Tatsache. Die wenigsten Händler verstanden das zögernde Vorgehen ihres Patriarchen, aber kein einziger wagte es, laut gegen seine Taktik zu protestieren.

Cokaze, der den Rat Cardifs befolgt hatte und sich mit der COK I nahe der Venus aufhielt, hatte längst mit allen Schiffen seiner Sippe Kontakt aufgenommen. Knappe, aber deutliche Direktiven sagten jedem Kapitän, was er zu tun hatte und was er nicht tun durfte. Doch als es im Triebwerksteil der COK CXXX, die sich auf der Venus befand, zu brennen begann, ordnete Springerkapitän Solam an, das Schiff brennen zu lassen, es aber zu räumen.

Keiner der dreihundertfünfzig Springer an Bord wunderte sich über

Solams Befehl. Mit unheimlicher Gelassenheit packte jeder seine wichtigste Habe zusammen und verließ das Schiff.

Als sie ins Freie traten, sahen sie einen Kilometer weiter einen anderen Walzenraumer ebenfalls brennen.

Auf dem Notlandehafen K-f3 ereigneten sich noch weitere rätselhafte Dinge.

Cokaze in seiner COK I wurde alarmiert.

Zugan, Kapitän der COK DV, stotterte am Telekom seinen unzusammenhängenden Bericht herunter. „Die COK CXVI ist vor acht Minuten mit Kurs aus diesem System gestartet und antwortet auf keinen Funkanruf. Kapitän Gudin ist mit der gesamten Besatzung in die Notboote gestiegen und will den Venusdschungel durchforschen. Wir versuchten sie mit Gewalt zurückzuhalten, aber da machten die Männer von Gudins Schiff von ihren Hypnostrahlern Gebrauch. Im Augenblick ..."

Die Funkzentrale der COK I unterbrach diese Funkverbindung. Der Schiffsfunker meldete mit höchster Erregung in der Stimme seinem Patriarchen: „Ihr Enkel Kacozel verlangt Sie dringend vom Mars zu sprechen. Dort gehen unheimliche Dinge vor."

„Was? Dort auch? Hast du nicht mitgehört, was bereits auf der Venus los ist?"

Cokaze, sonst das Musterbeispiel an Beherrschung, fühlte immer deutlicher, wie seine Nerven zu streiken drohten. Diesen unheimlichen Ereignissen stand er hilflos gegenüber. Sie waren ihm, dem Realisten, der mit Paraerscheinungen noch nie etwas direkt zu tun gehabt hatte, etwas Ungeheuerliches.

Der Bildschirm des Hyperkoms flackerte und zeigte dann das Gesicht seines Enkels, der mit einigen Schiffen auf dem Raumhafen von Mars-City stationiert war.

„Patriarch", begann Kacozel mit bittender Stimme, „haltet mich nicht für verrückt, wenn ich ..."

Der Sippenchef besaß nicht mehr die Kraft, sich langatmige Einleitungen anzuhören. „Was ist bei dir los? Tatsachen will ich hören! Was gibt es?"

Während er es noch ins Mikrophon rief, betrat Thomas Cardif die

Zentrale. Der Deserteur hörte mit, was Kacozel an unheimlichen Ereignissen vom Raumhafen Mars-City zu berichten hatte.

Acht Schiffe waren dort entweder in Flammen aufgegangen oder auf noch rätselhaftere Art zerstört worden. „... Aggregate sind aus der Verankerung gerissen worden, Schotte wurden verbogen, und schwere Metallkonstruktionen sind wie Bomben gegen Konverter und Transformer geschleudert worden. Vier Besatzungen haben einfach ihre Schiffe verlassen und sind in die Stadt gefahren. Als ob die Sternenteufel unter uns wären und ..."

Da rief Thomas Cardif dazwischen: „Die Sternenteufel sind Mutanten, Springer!"

Auf dem Mars, vor dem Hyperfunkgerät, verstummte Kacozel.

„Ja", wiederholte Thomas Cardif gelassen, „das ist Rhodans Gegenschlag, Springer. Er hat die stärksten Hypnos und Telekineten gegen Ihre Flotte eingesetzt, und wenn es Ihnen nicht gelingt, diese gefährliche Einsatzgruppe unschädlich zu machen, dann erleben Sie, daß Ihre COK I bald ausgeschaltet wird."

„Mutanten – Mutanten!" rief Cokaze alarmiert. „Ich kann nicht glauben, daß sie uns wirklich in Schwierigkeiten bringen können."

Cardif lachte wütend. Bevor er etwas sagen konnte, passierte es. Mitten in dem großen Raum erschien plötzlich eine merkwürdige Gestalt, die wie eine überdimensionale Maus aussah.

Cardif wurde blaß, der Patriarch stieß eine Verwünschung hervor. Cokaze sah, wie Cardif von unsichtbaren Kräften gegen die Decke gehoben wurde. Während ihm vor Staunen die Augen hervortraten, erging es ihm ebenso.

Von unten herauf piepste Gucky, der Mausbiber: „Wie gefällt es euch da oben, Verräter und Sippenscheich? Weißt du jetzt, was ein Mutant ist? Aber du weißt noch nicht, daß deine COK I in fünf Minuten ein Haufen Schrott sein wird. Paß auf, was gleich auf deinem Schiff für ein Durcheinander herrscht."

Cokaze, der Patriarch der reichsten Händlersippe dieser Galaxis, war nicht einmal mehr in der Lage, zu seinen Sternengöttern zu beten. Er erlebte die unheimlichste Minute seines Lebens. Sein Verstand wollte aussetzen.

Von Furcht und Grauen erfaßt, sah er das Wesen unter sich an. Er sah, wie es hin und wieder mit der Zunge an seinem einzigen großen Nagezahn vorbeistrich. Die glänzenden Mausaugen blickten zu ihm und Thomas Cardif empor und schienen doch an ihnen vorbeizusehen. Cokaze wußte aus den Berichten Cardifs, daß sie es mit Gucky zu tun hatten.

Eine weitere entsetzliche Minute verging.

Nichts geschah, aber dann knackte es in der Bordverständigung, und währenddessen verschwand der Mausbiber, um hinter dem Fernsehauge des Interkoms wieder zu materialisieren.

„Patriarch!" wurde Cokaze über die Verständigung angerufen. „Die Kraftstationen elf bis vierzehn brechen aus ihren Verankerungen und..."

Der Rest ging in einem infernalischen Krachen unter.

Hinter dem Bordverständigungsgerät piepste Gucky, mit sich selbst zufrieden, seinen beiden Opfern zu: „Dies war der erste Streich, und der zweite...", um damit wieder zu verstummen.

Thomas Cardif hatte, seitdem er durch Guckys telekinetische Kräfte an der Decke festgehalten wurde, nicht einen Versuch unternommen, sich zu bewegen. Er wußte, daß jeder Widerstand zwecklos war. Nicht so der Patriarch. Er keuchte und stöhnte. Immer wieder versuchte er, an einen seiner beiden Strahler zu kommen, aber es war ihm nicht einmal möglich, einen Finger zu bewegen.

In dieser kurzen Zeitspanne ließ Gucky den größten Teil seiner telekinetischen Kräfte in den Kraft- und Transformstationen des Walzenraumers wüten.

Nichts blieb verschont. Alles fiel der Vernichtung anheim, und vor den Augen des letzten Springers, der in dieser Abteilung Dienst hatte und sich vor Angst nicht von der Stelle bewegen konnte, durchschlug der gewaltige Antischwerkraft-Felderzeuger die zwei Zoll starke Trennwand wie eine Bombe, um mit der Wirkung einer solchen den Hauptverteilerschacht zu den Impulstriebwerken restlos zu zerstören.

Eine gewaltige Stichflamme kurzgeschlossener Energieströme sprang mit unheimlichem Zischen zur Decke hoch und begann das Stahlmaterial, aus dem sie bestand, zu schmelzen.

Dieses Krachen und Donnern löste die Starre des Springers, der sich noch als einziger in dieser Abteilung aufhielt und der diese unheimlichen Vorgänge mit schreckgeweiteten Augen hatte ansehen müssen.

Jetzt stieß er einen gellenden Schrei aus und jagte, wie von tausend Hunden gehetzt, davon.

Sirenen heulten in der COK I. Sie heulten in einem Rhythmus auf und ab, den selbst die hartgesottenen Springer nie gern hörten.

Dieser Rhythmus befahl allen, in die Beiboote zu gehen. Er besagte, daß das Schiff verloren war.

Und auch Cokaze hörte das Sirenengeheul und sein Auf- und Abschwellen. Auch Thomas Cardif und auch Gucky.

Dessen Mausaugen funkelten vergnügt.

„Ich müßte euch dort oben schmoren lassen", sagte er voller Verachtung. „Doch ihr dürft beide ins letzte Beiboot."

Die COK I brach in dieser Sekunde aus dem Kurs und stürzte der Venus entgegen. Im letzten Beiboot flohen Cokaze und Cardif.

Von diesem Moment an kümmerte sich Gucky nicht mehr um das Schiff, das unrettbar mit steigender Beschleunigung dem Planeten zuraste. Er teleportierte und traf fünf Minuten nach der vereinbarten Zeit mit John Marshall zusammen, der schon ungeduldig am Rand eines Venusraumhafens auf ihn wartete, um weitere Springerschiffe zu bearbeiten.

20.

Hunderttausend Mann, jeder auf seinem Gebiet ein Spezialist im Raumflug, waren innerhalb von drei Stunden und im Schutz der Dunkelheit in das Superschlachtschiff TITAN und fünf gigantische Transporter verladen worden.

Nur Rhodans engste Mitarbeiter wußten, welche Aufgabe diesen Raumfahrern bevorstand, und als jetzt die sechs Kugelraumer unter stärkstem Ortungsschutz starteten und Kurs aus dem Solsystem nahmen, kannten nur die Kommandanten das Ziel dieses Fluges. Solarmarschall Freyt, der die Männer eine halbe Stunde vor dem Start in die Kabine seiner TITAN hatte kommen lassen, schärfte jedem noch einmal ein, erst durch die Landung erkennen zu lassen, wohin der Flug gegangen war.

Drei Stunden nach dem Start hatten auch die fünf Kugeltransporter die für eine Transition erforderliche Geschwindigkeit erreicht. Mit eingeschaltetem Eigenschwingungsdämpfer verschwand diese kleine Flotte großer Schiffe unbemerkt zwischen den Sternen, um mitten im Kugelsternhaufen M-13 wieder den Hyperraum zu verlassen.

Ein auf eine fünftausendstel Sekunde geraffter Hyperkomspruch, der drei wichtige Meldungen enthielt, informierte Rhodan darüber, daß Solarmarschall Freyt mit hunderttausend Raumfahrern kurz vor der Landung auf Arkon III stand.

Allan D. Mercant und John Marshall arbeiteten Hand in Hand.

Die Solare Abwehr und das Mutantenkorps ließen die Springer, die sich auf Mars und Venus häuslich eingerichtet hatten, nicht zur Ruhe kommen. Es waren keine großen Aktionen, die gegen die Flotte des Patriarchen Cokaze geführt wurden, aber sie reichten aus, um die Galaktischen Händler derart zu verunsichern, daß zum erstenmal in der Geschichte einer Sippe die Macht eines Patriarchen nicht mehr ausreichte, um die Ordnung aufrechtzuerhalten.

Hier und dort und da wurden immer wieder Walzenraumer auf geheimnisvolle Art vernichtet, ohne daß dabei die Händler mit ihren Familienangehörigen zu Schaden kamen. Immer wieder gerieten ganze Schiffsbesatzungen unter starken Suggestiveinfluß und handelten dabei oft wie Verrückte.

Cokaze war nach der Zerstörung seiner COK I als Schiffbrüchiger auf der Venus gelandet, während sein Flaggschiff in der dichten Atmosphäre des Planeten verglühte. Eine Stunde nach der Landung hatte er die COK II bezogen. Jetzt saß er den dritten Tag mit seinen nächsten Angehörigen in fast ununterbrochenen Beratungen zusammen, um einen Schlachtplan zur Eroberung der Erde auszuarbeiten.

Dieses Mal hatte er jeden Vorschlag Cardifs befolgt, und deshalb ruhte die COK II auch 3460 Meter tief auf dem Grund des Venusozeans und war dadurch vor einem Mutantenüberfall ziemlich geschützt.

Die neue Debatte des Solaren Parlaments hatte den Patriarchen wie Thomas Cardif enttäuscht. Beide waren überzeugt gewesen, Rhodan durch das ausgestreute Gerücht wenigstens soviel Schwierigkeiten zu machen, daß er bereit war, mit der Cokaze-Sippe einen Vertrag abzuschließen. Reginald Bulls Gegenzug, den Bildstreifen von Thoras Beisetzung auf dem Mond über alle Sender laufen zu lassen, hatten sie kaum Beachtung geschenkt. Um so mehr waren sie dann von der Unterstützung überrascht gewesen, die Rhodan im Parlament erhielt.

„Springer, Sie müssen die Erde besetzen!" Diese Forderung hatte Thomas Cardif immer wieder vorgebracht, und seine Stimme hatte dabei vor Haß gezittert.

Thomas Cardif war zum wichtigsten Berater des Patriarchen geworden.

Ihr gemeinsamer Plan ging dahin, überfallartig die Erde zu besetzen. So saßen sie jetzt zusammen, um ihrem Angriffsplan die letzten Feinheiten zu geben.

Zweihundert Walzenraumer sollten die Solare Flotte weitab von der Erde in hinhaltende Kampfhandlungen verstricken.

Der alte, erfahrene Galaktische Händler beglückwünschte sich im stillen, diesen desertierten Leutnant der Solaren Flotte als Ratgeber zu haben.

Perry Rhodan aber hatte bereits erfaßt, was der Patriarch im Schilde führte, und vor zehn Stunden war ein Befehl an die Raumflotte ergangen, sich weder durch einen Scheinangriff noch durch den Angriff einer kleinen Springerflotte ins Bockshorn jagen und dadurch die Erde ohne soliden Schutz der Schweren Raumer zu lassen.

Durch die Debatten im Parlament war aber noch eine neue Aufgabe und ihre Lösung dringend geworden: Wo waren die dreitausend Druufraumer geblieben, die sich nach der mißglückten Invasion aus dem Solsystem zurückgezogen hatten? Die Terraner wußten, daß sich unter diesen Einheiten das mit Druuf bemannte Flaggschiff befand.

Ohne Rücksicht auf eigene Interessen ordnete Rhodan an, mit größter Initiative die Lösung dieses äußerst schwierigen und komplizierten Problems zu finden. Er selbst vermutete die Druuf immer noch im Einsteinuniversum, und ein Teil der Experten stimmte mit seiner Auffassung überein.

Nach wie vor waren diese Druufschiffe eine latente Gefahr, nicht nur für das kleine Solsystem, sondern auch für Arkon, das sich mit einer Flotte immer noch an der Überlappungsfront mit den Druuf herumschlug.

Eine feindliche Kriegsflotte, aus dreitausend Einheiten bestehend, die eventuell hier und da blitzschnell und vernichtend zuschlug, um ebenso schnell wieder zu verschwinden, konnte auch das Große Imperium nicht dulden. Atlan hatte seine eigene Position trotz der bedingungslosen Unterstützung durch das Robotgehirn noch nicht im entferntesten gefestigt und regierte aus der Anonymität heraus.

Um Atlan in seiner schwierigen Aufgabe zu unterstützen und zu entlasten, war es für Rhodan allein von diesem Gesichtspunkt her eine dringliche Aufgabe, nach dem Verbleib der dreitausend Druufraumer zu forschen.

Aus diesem Grund hatte Rhodan schon vor einigen Tagen eine Gruppe von Wissenschaftlern damit beauftragt, ein Gerät zu entwikkeln, mit dem man den Druufschiffen auf die Spur kommen konnte. Man ging dabei von der Annahme aus, daß jeder Wechsel eines Raumschiffs in oder aus dem Linearraum ähnliche Strukturerschütterungen des Raum-Zeit-Gefüges auslösen mußte wie die bekannten Transitionstriebwerke. Es galt daher ein Gerät zu konstruieren, das in der Lage war, diese Strukturerschütterungen zu messen und aufgrund dieser den Standort der Druufschiffe zu bestimmen. Es war kein Zufall, daß gerade jene Wissenschaftler, die die Aufgabe hatten, das Lineartriebwerk der Druuf zu studieren und auszuwerten, auch mit der Lösung dieses Problems beauftragt wurden. Rhodan hoffte, daß sie diesmal mehr Erfolg haben würden, denn es war bisher nicht gelungen, ein brauchbares Ergebnis aus dem Studium des erbeuteten Lineartriebwerks zu erhalten.

Tanaka Seiko, der japanische Mutant, der mit seinen Parafähigkeiten in der Lage war, Funksprüche aufzufangen, war auf dem Mars eingesetzt, um den Hyperfunkverkehr der Galaktischen Händler zu überwachen.

Bevor die großen, noch intakten Peilstationen des Solaren Imperiums aufmerksam wurden, fiel ihm auf, daß seit 14.45 Uhr Marszeit der Hyperfunkverkehr zwischen den Springerschiffen sich schlagartig verzehnfachte, aber Tanaka Seiko war nicht in der Lage, auch nur einen einzigen Spruch zu entziffern. Die Galaktischen Händler arbeiteten plötzlich mit komplizierten Verschlüsselungen, rafften und zerhackten ihre Sendungen derart, daß nur ein umfangreicher Aufwand an Spezialgeräten in der Lage gewesen wäre, diesem Problem beizukommen.

Zehn Minuten lang hörte Tanaka Seiko sich die gerafften Hyperfunksprüche an, dann erfaßte ihn Unbehagen. Kurz entschlossen schaltete er seinen kleinen Hyperkom ein und informierte Terra.

Fast gleichzeitig erhielt John Marshall, der den Mutanteneinsatz auf der Venus leitete, ebenfalls alarmierende Nachrichten. Unter den Springern auf den Venusraumhäfen war eine schlecht getarnte Aktivität zu beobachten. Mehrfach hatten Mutanten festgestellt, daß sich plötzlich die Galaktischen Händler nicht mehr um die rätselhaften Geschehnisse auf den benachbarten Schiffen kümmerten. Es war offensichtlich, daß sie vom Patriarchen eine Order erhalten hatten, darauf nicht mehr zu achten, und das konnte nur bedeuten, daß etwas sehr Bedeutungsvolles sich entwickelte.

John Marshall, der am Rande des Dschungels mit zwei Männern der Solaren Abwehr sein Hauptquartier aufgeschlagen hatte, strahlte diese Beobachtungen durch gerafften Hyperkomspruch zur Erde. Seine Meldung traf wenige Sekunden nach Tanaka Seikos Bericht ein.

Aber auch die irdische Raumflotte hatte merkwürdige Beobachtungen gemacht.

Die Walzenraumer, die sich nahe Pluto versammelt hatten, nahmen Kurs auf die inneren Planeten.

Rhodan und Bully saßen im Hauptquartier zusammen. Sie studierten die Meldungen, die soeben hereingekommen waren.

„Das sind die letzten Anzeichen vor dem Angriff", sagte Bully.

Rhodan lachte. „Cokaze wird in der nächsten Stunde allen Grund haben, sich den Kopf zu zerbrechen."

Er wandte sich der Hyperfunkanlage zu, die bereits sendebereit war.

Seine Telekomsendung war an Cokaze auf der Venus gerichtet.

Perry Rhodan stellte dem Galaktischen Händler ein Fünf-Stunden-Ultimatum, Mars und Venus bedingungslos zu räumen und mit seiner Flotte im Raum zu verschwinden.

Im letzten Satz drohte Perry Rhodan mit dem Angriff auf die Cokazeschiffe. „Seit dieser Minute haben alle Schiffe des Solaren Imperiums den Befehl erhalten, bei Ortung eines Springerraumers das Feuer zu eröffnen."

Ein Schalter knackte. Die Verbindung von Perry Rhodans Büro zur Hyperfunkstation Terrania war wieder abgeschaltet.

Bully lachte übers ganze Gesicht, wurde aber unvermittelt ernst. „Thomas ist bei Cokaze, Perry. Thomas kennt deine Tricks."

„Um so schlimmer für Cokaze und seine Sippe", erwiderte Rhodan lakonisch, ohne auf Bullys Warnung einzugehen. „Wagt der Patriarch einen Angriff, oder ist er nach Ablauf der fünf Stunden..."

„Perry", unterbrach Bully den Freund erregt, „mir brauchst du doch deine Tricks und Kniffe nicht vorzuexerzieren. Wenn der Springer in der nächsten halben Stunde mit seiner gesamten Flotte zum Angriff startet? Was dann? Dann ist Cokaze mit dem Hauptteil seiner Raumer zwei Stunden später über der Erde."

Reginald Bull war ernsthaft böse. Mehrfach hatte er seine Worte durch temperamentvolle Faustschläge auf Rhodans Schreibtisch bekräftigt, aber auch das hatte auf den Administrator keinen Eindruck gemacht.

Er sah Bully nur nachdenklich an, machte mit der rechten Hand eine Bewegung und schob ihm einen Stanzstreifen zu.

Fast gierig griff Bully danach, las den Streifen.

Seine Augen begannen zu strahlen. Er fuhr sich erregt mit beiden Händen durch seine Haare, knallte dann beide Hände auf seine Schenkel und sagte schmunzelnd: „Cokaze, paß auf, daß dir die

Augen nicht überlaufen. Oh, was gäbe ich darum, dann sein dummes Gesicht zu sehen."

In diesem Augenblick kam die erste Alarmnachricht eines terranischen Raumschiffskommandanten über Hyperfunk. „Unsere Flotte hat an fünf Stellen über dem Mars und an drei über der Venus Kampfkontakt mit den Springern. Von den angreifenden Walzenraumern sind drei bewegungsunfähig geschossen worden, die übrigen haben sich auf Mars und Venus zurückgezogen."

„Danke", sagte Rhodan knapp.

Neben ihm saß Bully, der leise, aber falsch pfiff. Seine Hochstimmung war verschwunden. „Perry, dein Fahrplan stimmt nicht, und ich möchte wetten, daß hinter Cokazes Antwort auf dein Ultimatum Thomas..."

„Wette lieber nicht. Ich bin davon überzeugt, daß Thomas Cardif den Patriarchen beeinflußt hat, sofort zuzuschlagen."

Wieder wurden sie vom Hyperfunk mit einer Alarmmeldung unterbrochen.

John Marshall funkte von der Venus: „Die Impulstriebwerke aller noch intakten Walzenraumer beginnen zu laufen. Die Schleusen der Springerschiffe sind geschlossen. Mit dem Start der Raumer auf der Venus ist in spätestens dreißig Minuten zu rechnen. Ende. Marshall."

„Dieser Optimist", sagte Bully. „In zehn Minuten gehen die Schiffe in den Raum. Perry, du hast einen verteufelt klugen Sohn. Thomas scheint dich besser zu kennen als ich."

Rhodan schien nun doch ein wenig besorgt.

Der Interkom summte, und der Sprecher eines von Rhodan bestellten Gutachterausschusses meldete sich.

„Was will der jetzt?" brauste Bully auf, doch Rhodan brachte ihn mit einem Blick zum Schweigen.

Der Gutachter kam auf den Grund seines Anrufes zu sprechen.

Es ging um die Antwort auf die Frage, ob das nach außen hin immer noch als Regent fungierende P.-Gehirn auf Arkon aufgrund arkonidischer Gesetze befugt war, der Cokaze-Sippe unmißverständlich zu befehlen, das Solsystem unverzüglich zu räumen und es auch in Zukunft nicht mehr zu belästigen.

Der Gutachter verneinte. „... wenn Admiral Atlan in seiner Rolle als Imperator des Arkonidenreichs nicht vorzeitig entdeckt werden will, dann muß er dem Patriarchen Cokaze völlig freie Hand lassen. Die Gesetze zwingen die Positronik dazu und damit auch den Admiral, und die Logik verlangt es..."

Mit kurzem Kopfnicken unterbrach Rhodan die Verbindung. Er hatte genug gehört.

Da kam die Meldung: *Schiffe der Galaktischen Händler starten von Mars und Venus.*

„Wir sind zu spät dran", sagte Bully verbissen.

Überlaut krächzte der Empfang dazwischen: „Springerschiffe bleiben nach unentzifferbarem Kurzfunkspruch plötzlich zwischen dreitausend bis fünftausend Kilometer über Mars und Venus stehen."

Perry Rhodan und Reginald Bull blickten sich an.

„Was ist mit der Hauptflotte?" fragte Rhodan, nachdem Verbindung mit der CALIFORNIA, die die Bewegungen der Händlerflotte beobachtete, hergestellt war.

„Hat ihre Fahrt knapp vor Erreichen der Transitionsgeschwindigkeit ebenfalls gestoppt", antwortete der Funker des Spezialschiffs.

Rhodan bedankte sich und schaltete ab. Danach ließ er sich nochmals mit der Venus verbinden, um sich zu informieren, wie weit die Suche nach Cokaze fortgeschritten war. Doch Marshall mußte mitteilen, daß Cokaze noch nicht gefunden worden war.

Bully sagte nachdenklich: „Dein Junge und Cokaze werden mit einem Walzenraumer unter Wasser gegangen sein und sich in einigen tausend Metern Tiefe auf dem Grund des Venusozeans aufhalten. Denn wo sollten sie sonst vor unseren Mutanten einigermaßen sicher sein?"

„Das erklärt aber immer noch nicht, warum die Springerflotte plötzlich gestoppt hat."

„Den Grund dazu möchte ich auch gern wissen, Perry", erwiderte Bully unsicher.

21.

Thomas Cardif betrat den Raum, in dem man die beiden terranischen Gefangenen an Bord der COK II untergebracht hatte. Er hatte nur zufällig von der Anwesenheit zweier Terraner gehört und Cokaze gebeten, diese Männer sprechen zu dürfen. Er erhoffte sich Informationen von ihnen. Von Cokaze hatte er erfahren, daß einer der beiden Gefangenen, der jüngere, Val Douglas hieß. Cardif zog die Tür hinter sich zu.

„Sir ..." Ein junger Mann, der auf seinem Bett gesessen hatte, war mit diesem überraschten Ausruf aufgesprungen. Dann erst erkannte er, daß nicht Perry Rhodan eingetreten war, sondern dessen Sohn.

Der zweite Terraner, ebenfalls in der schmucklosen Uniform der Raumflotte, stand hinter dem einfachen Tisch und hatte für Cardif nur ein verächtliches Lächeln übrig.

„Meine Herren ...", begann Cardif und kam nicht weiter.

Der junge Mann, Val Douglas, der bei Cardifs Eintritt aufgesprungen war, fiel ihm scharf ins Wort: „Mit einem Deserteur reden wir nicht. Befreien Sie uns von Ihrer Anwesenheit, Sie Verräter!"

Thomas Cardif zuckte mit keiner Wimper.

„Verschwinden Sie, Sie Lump!" rief jetzt auch der andere voller Verachtung.

Unter dem Wort Lump duckte Thomas Cardif sich ungewollt. Seine rötlichen Augen begannen zu flackern. „Ihr beide werdet die ersten sein, die über den Robotregenten gezwungen werden, meine Befehle zu befolgen und ..."

„Der Robotregent", meinte Val Douglas lachend. „Das Ding ist froh, daß es noch existiert. Atlan wird Sie als Verräter ausliefern."

Die Tücke des Schicksals hatte es gewollt, daß dieser junge Mann zu jenen hundertfünfzig gehörte, die mit Rhodan, Atlan und Bull den

Einsatz auf Arkon III gegen den Großen Koordinator – das Mammutgehirn – mitgemacht hatten.

Thomas Cardif ließ sich seine Überraschung nicht anmerken.

„Atlan kann nicht gegen den Willen der Positronik handeln“, erklärte er.

Der junge Mann der terranischen Raumflotte bemerkte nicht, daß er durch diese Behauptung zum Widerspruch gereizt werden sollte. Jetzt lachte er höhnisch auf. „Was Atlan kann und was nicht, das zeigt er euch allen noch, aber ganz besonders Verrätern von Ihrem Format. Nichts hat die Riesenpositronik noch zu melden. Klicks hat es gemacht, als wir auf Arkon waren, und aus war's mit dem Großen Koordinator. Und daß Admiral Atlan Sie erwischt, Deserteur Cardif, das garantiere ich Ihnen.“

Hinter Thomas Cardifs Stirn rasten die Gedanken. Wortlos drehte er sich um und verließ die Kabine.

In der Zwischenzeit hatte Cokaze aus der tief im Venusozean liegenden COK II zwei Funksonden losgeschickt, die allen Walzenraumern das Aufbruchsignal übermittelten. Es war zugleich der Befehl, mit der Hauptflotte die Erde anzugreifen, während ein aus rund zweihundert Schiffen bestehender Verband die Solare Flotte im Raum bekämpfen und binden sollte.

Von plötzlicher Unruhe getrieben, wie er sie noch nie an sich erlebt hatte, stürmte Cardif zur Zentrale. War es seit vielen Stunden in der COK II still gewesen, so erfüllte jetzt der Lärm brummender Transformer und warmlaufender Aggregate das ganze Schiff.

Die COK II schickte sich an, das submarine Versteck zu verlassen.

Thomas Cardif riß die Tür zur Zentrale auf. Cokaze saß mit seinen nächsten Sippenangehörigen vor dem Hyperkomempfänger. Sie lauschten auf die einkommenden Meldungen.

„Was gibt's?“ rief Cokaze, drehte sich um und sah in das erregte Gesicht des desertierten Leutnants der Solaren Raumflotte.

Hinter Cokazes Rücken war noch ein Platz frei. Darauf ließ Cardif sich nieder.

„Was gibt es, Terraner?“ brüllte der Patriarch ihn nun an und ließ seiner Beunruhigung freien Lauf.

In trotziger Geste warf Thomas Cardif den Kopf in den Nacken. Schlagartig war seine Unruhe verflogen. „Springer, wir haben gewonnen! Der Robotregent auf Arkon ist durch Admiral Atlan abgelöst worden. Nur nach außen hin spielt die Riesenpositronik noch ihre alte Rolle weiter und…“

„Du bist verrückt, Terraner!“ herrschte ihn der alte Springerchef an. Er packte Cardif bei den Schultern und schüttelte ihn.

„Dann verhören Sie doch die Gefangenen. Der Korporal war dabei, als Atlan das Robotgehirn auf Arkon III ausschaltete.“

Cokaze fuhr herum. Er brüllte unbeherrscht ins Mikrophon: „An alle Schiffe! In Warteposition verbleiben, bis neue Befehle kommen!“

Eine halbe Stunde später sagte Korporal Val Douglas unter dem Zwang eines Ara-Wahrheitsserums all das aus, was er mit hundertfünfzig Terranern und Atlan auf Arkon III erlebt hatte.

Mehr als dreißig Springer lauschten atemlos dem stockenden, oft zusammenhanglosen Bericht von Val Douglas. Immer wieder griff Cokaze mit seinen Fragen nach. Immer deutlicher wurde ihnen durch Douglas' Beschreibung jene Stunde gemacht, in der Atlan die Riesenpositronik auf Arkon III ausschaltete.

Kein einziger Springer achtete darauf, wie die Zeit verrann. Douglas beendete seinen unfreiwilligen Bericht. Der Patriarch besaß soviel Menschlichkeit, daß er den Bordarzt beauftragte, sich um den Terraner zu kümmern und ihm Gegenmittel zu verabreichen.

Dann kehrte er in die Zentrale zurück.

Dort saß Thomas Cardif vor dem Hyperkom.

„Etwas Neues?“ herrschte Cokaze ihn an.

„Nichts von Bedeutung, Springer. Ihre Schiffe warten auf den Einsatzbefehl. Die COK II steht in zehn Kilometern Höhe über…“

„Schon gut“, sagte der Alte und drückte Cardif von seinem Platz. „Du blutjunger Narr!“ schrie er ihn dann scheinbar unmotiviert an. Schon wollte Cardif erregt eine Frage stellen, als Cokaze ihm zuvorkam. „Ihr seht auch alle nur das Heute, aber nie das Morgen. Der Robotregent ist ausgeschaltet, dafür glaubt dieser Atlan, sich zum Imperator machen zu können. Oh, ihr Götter, das ist die Sternstunde der Galaktischen Händler!”

Und der Alte hatte die Hände wie zum Gebet ineinandergelegt, reckte die Arme in Richtung Himmel und schien jetzt tatsächlich ein Dankgebet zu sprechen.

Thomas Cardif verstand nicht.

Cokaze sah ihm an, daß der Terraner nichts begriff.

„Du blutjunger Narr", sagte er noch einmal triumphierend, „das ist unsere Stunde, die Stunde der Galaktischen Händler. Was interessieren mich noch dieses lächerliche kleine System und Perry Rhodan. Ja, er soll seinen Frieden haben. Ich ziehe mich bedingungslos zurück, um – ja, um was wohl zu tun, Terraner? Glaubst du, ich ließe mir eines billigen Handelsvertrags wegen die Chance entgehen, zusammen mit meinen Brüdern und den Aras Arkon zu erobern? Wer ist denn schon dieser Atlan?"

„Patriarch!" gellte es da durch die Zentrale. „Wir messen unzählige Strukturerschütterungen an. Da kommt eine riesige Flotte aus dem Hyperraum. Wir zählen schon über zweitausend Schiffe."

„Halt den Mund!" übertönte der Patriarch das hemmungslose Schreien seines Funkers. „Gib an Rhodan durch, daß ich sein Ultimatum annehme und an unsere Schiffe anschließend den Befehl gebe, nach 45 GH 32 zu transitieren. Nimm dich zusammen und mache keine Fehler!"

Die COK II hatte ihr unterseeisches Versteck verlassen und stand in zehn Kilometern Höhe über der Venus.

Die Springer um den Strukturtaster wurden von ihrem Patriarchen zur Seite getrieben. Cardif blickte Cokaze über die Schulter auf den Schirm. Darauf wimmelte es von Diagrammen. Das Zählwerk am Rand, das auch sich überlagernde Strukturerschütterungen nicht übersah, sprang gerade von der Zahl 2185 auf 2318. Das hieß, daß in den letzten fünf Minuten, also von der ersten Ortung an gemessen, 2318 Schiffe aus dem Hyperraum ins Solsystem gesprungen waren.

„Das ist Atlans Hilfe für Rhodan!" rief Cardif hinter Cokazes Rücken außer sich vor Zorn.

Der Patriarch wischte sich den Schweiß von der Stirn.

„Ihr Götter", sagte er heiser, „dafür danke ich euch. Und dir auch, Cardif." Er hatte sich herumgerissen und klopfte dem jungen Mann auf die Schulter. „Wärst du nicht auf die Idee gekommen, die beiden Gefangenen zu verhören, dann hätten wir zu spät davon erfahren, daß es den Robotregenten in Wirklichkeit nicht mehr gibt. Wir hätten Terra besetzt und wären dabei von dieser neuen riesigen Flotte geschlagen worden. Danke, Terraner, und du wirst die Sippe der Cokaze niemals undankbar sehen."

Das Zählwerk am Strukturtaster war auf genau 2500 stehengeblieben.

Zweitausendfünfhundert Schiffe waren in wenigen Minuten aufgetaucht, um mit der Solaren Flotte den Schutz des kleinen Systems zu übernehmen.

„Setzt die beiden Gefangenen mit einem Beiboot aus!" Das war Cokazes letzter Befehl, bevor die COK II zu beschleunigen begann, um sich mit der gesamten Springerflotte aus dem Sonnensystem zu entfernen.

Eine Stunde und achtundvierzig Minuten vor Ablauf des Ultimatums wurde der Weltraum in der Nähe des Sonnensystems von gewaltigen Erschütterungen getroffen, in denen Cokazes Walzenschiffe in den Hyperraum hinein verschwanden.

Hunderttausend ausgebildete Männer, die mit der TITAN und fünf gigantischen Lastraumern heimlich die Erde verlassen hatten, waren mit tausend nagelneuen Arkonraumern aller Typen zurückgekommen und hatten gleichzeitig eine Flotte von tausendfünfhundert Robotschiffen mitgebracht.

Es war das Maximum der Hilfestellung, das Atlan der Erde geben konnte. Aber es war auch ein technisches Wunder gewesen, daß hunderttausend in der Raumfahrt ausgebildete Männer auf Arkon nichts anderes zu tun hatten, als in neue Raumer zu steigen und sofort damit zur Erde zurückzukehren. Und abgesehen von drei belanglosen Zwischenfällen war der Hypersprung nach Terra routinemäßig verlaufen.

Ihr Auftauchen mußte den Eindruck hervorrufen, daß Cokaze dadurch anderen Sinnes geworden war, aber Rhodan und Bully hatten nicht vergessen, daß der alte Springer lange vor dem Erscheinen des ersten neuen Kriegsschiffs seine Flotte gestoppt hatte.

Erst als Val Douglas und sein Kamerad mit ihrem Beiboot aufgefischt und über ihre Erlebnisse befragt wurden, begann man zu ahnen, was Cokazes Sinneswandel ausgelöst hatte und was auf Atlan zukommen konnte. Doch da war es für Gegenmaßnahmen schon zu spät. Denn nur wenige Stunden nach dem Abzug der Springer ging eine verhängnisvolle Funknachricht vom Planeten Archetz im Rusumasystem in die Galaxis. Cokaze und Thomas Cardif sorgten dafür, daß man im Großen Imperium von Atlans neuer Rolle erfuhr. Nur kurze Zeit später meldete sich Atlan über Hyperfunk bei Perry Rhodan.

„Du weißt, warum ich mit dir sprechen will?"

„Ja." Rhodan nickte. „Cokaze und Cardif haben ihr Wissen schon hinausposaunt."

„Die Krise ist da." Der Arkonide wirkte ratlos. „Bald weiß die gesamte bekannte Milchstraße, daß ich nun hinter dem Robotgehirn stehe."

„Ich fürchte", sagte Rhodan langsam, „viel läßt sich nicht mehr ändern."

Atlans Lippen wurden schmal. Mit offensichtlicher Anstrengung sagte er: „Ich setze jetzt auf deine Hilfe."

Unmittelbar nach seinem Gespräch mit Atlan wandte Rhodan sich an Reginald Bull, der mit ihm zusammen im Hauptquartier weilte.

Ohne jede Erregung sagte er: „Ich benötige sofort die neuesten Unterlagen über das Rusumasystem, speziell über Archetz, den fünften Planeten. Veranlasse bitte, daß ich in einer halben Stunde darüber verfüge. Außerdem müssen die Wissenschaftler, die das Lineartriebwerk der Druuf erforschen, von der neuesten Entwicklung erfahren, damit sie ihre Bemühungen intensivieren. Wir benötigen dringend ein Gerät, mit dem man die Linearflüge der 3000 Druufschiffe orten kann. Wir befinden uns in einer Situation, in der wir es uns nicht leisten können, eine latente Gefahr wie diese Schiffe zu vernachlässigen. Wir müssen uns bei allen unseren Aktionen den Rücken freihalten. Dies können wir aber nur, wenn wir über die Bewegungen der Druufschiffe informiert sind."

Bully hatte mehr erwartet, deshalb sah er Rhodan jetzt fragend an. Aber dieser gab keine weiteren Einzelheiten an. Irgendwie fand Bully den Freund unkonzentriert.

Er konnte nicht ahnen, daß Rhodan soeben die Idee gekommen war, das Problem der 3000 Druufschiffe auf friedliche Art zu lösen und gleichzeitig die Krise Arkons zu beseitigen. Man wußte, daß mit den 3000 Robotschiffen der Druuf auch das bemannte Flaggschiff entkommen war. Der Kommandant dieser Schiffe würde sicher daran interessiert sein, in sein Universum zurückzukehren. Vielleicht würde er, wenn er diese Chance erhielt, zu einer Gegenleistung bereit sein. Rhodans Gedanken überschlugen sich. Da es aber eine noch unausgegorene Idee war, verzichtete er darauf, Bull zu informieren, um sich nicht mit ihm in sinnlose Diskussionen einzulassen.

„Hör mal", begann Bully vorsichtig, „war es von unserer Seite wirklich kein Fehler, der Springerflotte keinen einzigen Agenten nachzuschicken?"

Perry Rhodans graue Augen weiteten sich etwas. „Warum sprichst du nicht klar und offen von Cardif, Bully? Aber wo soll unser Fehler liegen? In dem Augenblick, in dem der Patriarch Cokaze erfuhr, daß Atlan das Große Imperium regiert und nicht mehr das Gehirn, wußte es auch die gesamte Cokaze-Sippe, und damit war uns jede Möglichkeit genommen, diese Tatsache noch länger zu verheimlichen. Denn wenn wir uns jetzt nicht sofort auf die neue Lage einstellen – dasselbe trifft auch für Atlan zu –, dann brennt in spätestens einem Jahr die bekannte Galaxis, und wir erleben Zustände, die mit keinem Beispiel aus der Geschichte verglichen werden können. Doch wie wir der Situation entgegentreten sollen, das weiß ich im Augenblick auch noch nicht. Mein Vorhaben, mich über das Rusumasystem genau zu informieren, ist nur ein Herantasten."

„Ein Herantasten an was?"

Perry Rhodan war ratlos. „Ich weiß es nicht, Bully." Es klang verärgert, aber der Ärger traf nicht den fragenden Freund, sondern er war aus dem Gefühl geboren, mitten in einer Katastrophe zu stehen und nirgendwo einen Weg oder eine Möglichkeit zu entdecken, ihr zu entkommen.

22.

Cokaze war zum Politiker geworden. Nur erkannte er es nicht, er hielt sich immer noch für einen Kaufmann, dessen gesamtes Handeln darauf ausgerichtet war, den Reichtum und die wirtschaftliche Macht seiner Sippe zu vergrößern.

Cokaze war auf Archetz, dem fünften Planeten des Rusumasystems, gelandet, und seine tausend Walzenschiffe umfassende Flotte beanspruchte ein Drittel des Raumhafens von Titon, der Hauptstadt der Springerwelt.

Nur vierundvierzig Lichtjahre von Arkon entfernt, gehörte dieses System zum Zentrum des Kugelsternhaufens M-13, dem Ausgangspunkt des Arkonidenreichs.

Aber zwischen Arkoniden und Springern hatte sich schon seit Jahrtausenden eine gewaltige Kluft aufgetan. Sie kam darin zum Ausdruck, daß ein Galaktischer Händler auf einem Raumschiff geboren wurde und dort auch sein Leben beendete.

Sie waren Sternenwanderer, während die Arkoniden Planetenbewohner waren.

Der Planet Archetz war vor vielen tausend Jahren das Sprungbrett dieses dynamischen Volkes gewesen, und es hatte nie vergessen, daß es von dort aus ausgezogen war, um sich in der Galaxis ein unumschränktes Handelsmonopol zu schaffen.

Archetz, eine erdähnliche Sauerstoffwelt mit 1,19 Gravos Schwerkraft, im Durchmesser nicht ganz tausend Kilometer größer als die Erde, unter dem Licht der gelben Rusumasonne, konnte fast mit dem Kriegsplaneten Arkon III verglichen werden.

Auf Archetz gab es mit Ausnahme Titons keine Stadt an der Oberfläche mehr. Aber auch Titon, das Häusermeer, das zwölf Millionen Einwohner in sich barg, reichte bis in dreitausend Meter

Tiefe und war durch ein verwirrendes Netz modernster Verkehrsadern von allen Punkten des Planeten innerhalb einer halben Stunde zu erreichen.

Die Oberfläche dieser Welt stellte ein einziges Industriezentrum dar, aber auch dieser Eindruck war unvollständig, denn fast vier Fünftel der Schwerindustrie lagen ebenfalls unter dem Boden, und die neuesten Werke waren gerade in der Elftausend-Meter-Schicht fertiggestellt worden.

Archetz war eine Welt der Superlative und das Ziel der hunderttausend walzenförmigen Springerraumer, die, wenn es nur irgendwie möglich zu machen war, Archetz anflogen, um hier die notwendigen Reparaturen durchführen zu lassen.

Was Arkon in den letzten zehntausend Jahren an raumfahrttechnischen Dingen erfunden hatte, war wenig später immer wieder auch im Besitz der Springer. Sie hatten sich einen eigenen Moralkodex geschaffen, der stark auf ihre Interessen zugeschnitten war.

Archetz war ihr Ausgangspunkt, nach Archetz kamen sie immer wieder zurück, und Archetz bot ihnen alles, wonach hunderttausend Walzenraumer mit ihren Besatzungen verlangten.

Diese Welt, seltsamerweise von Schiffen anderer Imperiumsvölker nur sehr selten angeflogen, stellte ein machtvolles Industriepotential dar.

Die Springer sprachen, wenn von Geld und Konten die Rede war, von der *Bank*. Niemand fiel es ein zu sagen: *Bank der Galaktischen Händler in Titon auf Archetz*. Es gab nur dieses Institut, nicht einmal Arkon hatte Ähnliches aufzuweisen wie diesen Finanzgiganten.

Patriarch Cokaze, mit der COK II dicht vor dem wuchtigen Empfangsgebäude des Raumhafens gelandet, betrat mit seinen nächsten Familienangehörigen und Thomas Cardif die Bank der Galaktischen Händler.

Schweigend bahnte sich die Gruppe ihren Weg. Cokaze kannte sich hier aus. Er hielt auf den kleinen Antigravlift zu, der vom Publikum kaum benutzt wurde.

Acht Springer und ein desertierter Offizier der Solaren Raumflotte wurden abwärts getragen. In einem pompös eingerichteten Raum mußten sie warten. Der Bankangestellte, der nach den Wünschen des Patriarchen Cokaze gefragt hatte, war mit der Bemerkung gegangen, daß Atual und Ortece wohl kaum Zeit haben dürften, sie zu empfangen.

Die Springer warteten mit unheimlich wirkender Ruhe. Thomas Cardif bewunderte diese schweigenden Riesen.

Eine Tür in der Seitenwand öffnete sich lautlos, und ein in seinem Aussehen typischer Springer, in ein togaähnliches, gelbes Gewand gekleidet, trat auf Cokaze zu.

„Patriarch?" sagte der Springer fragend und beugte leicht den Kopf.

„Atual?" entgegnete Cokaze und machte dazu die gleiche Kopfbewegung.

„Ortece erwartet uns."

Cokaze nickte, als hätte er nichts anderes erwartet. Aber so konnte nur der reichste Sippenchef unter den Galaktischen Händlern denken. Er folgte Atual, drehte sich bei den ersten Schritten um, sah Thomas Cardif an und winkte ihn zu sich. „Bleib an meiner Seite, Arkonide."

Atual hatte es gehört. Überrascht wandte er sich um. Bei der Begrüßung hatte er sich nur an Cokaze gewandt, aber jetzt sah er neben dem Patriarchen – Perry Rhodan.

„Das ist ja Rhodan, Springer."

Der Patriarch lachte dröhnend und schob Thomas Cardif auf Atual zu. „Mit Rhodan hat er schon etwas zu tun, Atual. Hier, sehen Sie sich Rhodans Sohn an, dessen Mutter eine Fürstin von Arkon war."

Atual, noch einen Kopf größer als der Patriarch, glatzköpfig, was bei den Springern selten zu beobachten war, musterte den Terraner scharf.

„Rhodans Sohn?" sagte er und sah Cokaze abwägend an. „Ich glaube, Ortece und ich werden heute unseren Tagesplan nicht einhalten können."

„Das weiß man bei euch Bankleuten nie", entgegnete Cokaze.

Atual, seit einunddreißig Jahren mit Ortece gemeinsam Chef der Bank, erwiderte nichts auf diese Anspielung des Patriarchen.

Wenig später saßen Springer und Cardif diesen beiden mächtigen Männern gegenüber.

„Wir haben Ihre Meldung gehört, Patriarch, und uns nur gewundert, daß Sie sich auf dieses Spiel einlassen konnten", hielt Ortece, der im Gegensatz zu Atual zierlich gebaut war, dem Sippenchef vor.

„Deswegen bin ich zu Ihnen gekommen", fiel Cokaze ihm ins Wort. „Neben mir sitzt Rhodans Sohn. Das sollte Ihnen zu denken geben. Sie wissen auch, daß ich direkt aus dem Solsystem komme. Ich habe es bedingungslos geräumt, bevor mir Arkons Robotraumer Schwierigkeiten machen konnten, die plötzlich auftauchten."

„Cokaze, Sie verschwenden viele Worte. Dafür haben wir keine Zeit", machte ihn der unauffällig aussehende Ortece aufmerksam. „Wir werden uns bald verabschieden müssen, um mit dem Ausschuß über eine Anleihe der Gutha-Welt zu verhandeln..."

Cokaze beugte sich zu Ortece vor. „Sie werden absagen. Sie werden mit Atual hierbleiben. Wollen Sie wegen einiger lumpiger Milliarden die Gelegenheit verpassen, uns Springer an die Stelle der Arkoniden treten zu lassen? Der Große Koordinator hat nichts mehr zu sagen. Ein gewisser Atlan beherrscht das Imperium. Wer konnte diesem unbekannten Usurpator schon behilflich sein, den Großen Koordinator zu überlisten und auszuschalten? Bedarf es dieser Frage noch? Da sitzt der Sohn dieses Mannes – Perry Rhodans Sohn –, und mit einer Handvoll Männer brachte Rhodan es fertig, diesen Atlan zum Herrscher über uns alle einzusetzen." Cokaze stutzte und sah Ortece scharf an. „Bitte?" fragte er dann kurz.

Ortece spreizte gelangweilt die Hände. „Wir sind Finanzleute, Patriarch. Jedesmal, wenn wir in eine Verhandlung treten und Geld geben sollen, legt man uns Unterlagen vor, aber man speist uns nicht mit Worten ab. Ich glaube, daß wir uns nichts mehr zu sagen haben."

Eiskalt erwiderte der Sippenchef: „Ich glaube, es ist vor allen Dingen angebracht, daß Sie sich mit den letzten Meldungen vertraut machen, Ortece."

Das klang wie ein Ultimatum. Atual zuckte leicht zusammen und sah seinen Kollegen vielsagend an.

Ortece blieb sachlich. Ruhig entgegnete er: „Diese Nachrichten, auf die Sie anspielen, sind uns bekannt. Ist es Ihnen etwas Neues, daß der Geldmarkt auf jede politische Erschütterung sofort reagiert?"

„Ist Ihnen bekannt, daß mich die Aras aufgefordert haben, mich morgen auf Aralon mit dem *Rat der Zehn* zusammenzusetzen? Nun gut, wenn Sie nicht bereit sind, als Galaktische Händler für ein großes Händlerimperium etwas einzusetzen, dann muß ich mich mit den Aras liieren. Aber ich glaube, jetzt haben wir wirklich genug gesprochen."

Eine Stunde später befand sich die Springergruppe mit Cardif wieder auf der COK II. Zu der ergebnislosen Unterredung in der Bank hatte sich der Patriarch nicht geäußert. Die inzwischen eingelaufenen Meldungen las der Alte und schob sie Thomas Cardif zu. Er hatte inzwischen erkannt, daß er diesen jungen Terraner nicht als Mittel zum Zweck benutzen konnte. Dieser Deserteur der Solaren Raumflotte war auch nicht der Mann, der sich mißbrauchen ließ. Von ihm stammte der Vorschlag, per Hyperfunk die gesamte Galaxis von dem Regierungswechsel auf Arkon zu unterrichten, nachdem er begriffen hatte, welche Chancen der Patriarch für die Galaktischen Händler in diesem heimlichen Umsturz sah.

Cokaze begann sich plötzlich vor diesem Thomas Cardif zu fürchten.

Der Alte, der sich nie ein Gewissen daraus gemacht hatte, neu entdeckten Welten mit intelligenter Bevölkerung seinen Willen aufzuzwingen, damit sie mit seiner Sippe einen Handelsvertrag abschlossen – derselbe Mann erkannte jetzt erst, wer Thomas Cardif war, und er mußte dazu auch einsehen, daß es für die Galaktischen Händler jetzt kein Zurück mehr gab.

Thomas Cardif hatte sie alle vor seinen Wagen gespannt, um über eine Revolution im Arkonreich seinen Vater Perry Rhodan zu vernichten.

Im Verlauf der beiden nächsten Tage knüpfte Cokaze zahlreiche Kontakte. Es stellte sich schnell heraus, daß alle großen Springersippen, die von der neuen Situation im Großen Imperium erfuhren, Cokazes Pläne unterstützten. Auch die Überschweren sicherten ihm Hilfe zu. Von Aralon kamen ständig Anfragen, wann Cokaze zu seinem inzwischen angekündigten Besuch eintreffen würde.

Der Patriarch und Rhodans Sohn hielten sich fast nur in der

Zentrale der COK II auf und warteten auf die eintreffenden Nachrichten.

Deutlich zeichnete sich der aufkommende Sturm ab.

Immer näher rückte die Stunde, in der von Arkon III aus Admiral Atlan zum Großen Imperium sprechen mußte, wollte er nicht tatenlos dem Untergang des gewaltigen Sternenreichs zusehen.

Die *Bank der Galaktischen Händler in Titon auf Archetz* meldete sich nicht.

Doch Cokaze blinzelte Thomas Cardif vergnügt zu.

Die Minen waren gelegt, sie brauchten nur noch gezündet zu werden. Der Patriarch besaß den Zünder, und wiederum verdankte er es Cardif, jetzt im Besitz dieser Macht zu sein, die Ortece und Atual in die Knie zwingen mußte.

Neue Meldungen kamen. Weizen war schon von Spreu geschieden. Nur Cokaze und Cardif lasen sie. Die ältesten Söhne des Patriarchen waren nur Statisten. Wie sie über ihre Rollen dachten, ließen sie sich nicht anmerken, aber daß Thomas Cardif nicht ihr Freund war, war ein offenes Geheimnis in der Cokaze-Sippe.

Einer machte sich nichts daraus: Perry Rhodans Sohn. Er wußte, daß er noch der Stärkere war, aber er war klug genug, seine Stärke nicht auszuspielen. Immer wieder gab er vor, nur des Patriarchen Ratgeber zu sein.

Aber er war nicht umsonst Perry Rhodans Sohn. Besaß er auch nicht den untadeligen Charakter seines Vaters, so besaß er aber jenes intuitive Können, eine Entwicklung von ihrem ersten Atemzug an bis zum Finale zu übersehen und dabei nicht zu vergessen, auch Zwischenfälle mit einzukalkulieren.

Auch in der gerade stattfindenden Debatte ergriff er das Wort. „Springer, sollten wir nicht Atual und Ortece mit den neuen Tatsachen bekannt machen? Die Aras sind nach Springern die zweitgrößte Völkerfamilie im Arkonreich, und der *Rat der Zehn* fragt wieder an, wann Sie auf Aralon eintreffen."

„Ist es dafür nicht noch zu früh?" fragte Cokazes ältester Sohn. Unverzüglich wurde er zurechtgewiesen. Im nächsten Augenblick verlangte Cokaze eine Verbindung mit den beiden Leitern der Bank.

Minuten vergingen, bis Atuals Gesicht auf dem Bildschirm in Cokazes Kabine erschien. Der Sippenchef hielt sich mit keiner Vorrede auf. „Atual, ich spreche jetzt im Namen von achthundertsiebenundfünfzig Patriarchen, im Namen von einhundertsechsundzwanzig verschiedenen Werften, der Schwerindustrie und der Waffenfertigung. Ich spreche für alle Chefs der Überschweren. Ich sende nach dieser Durchsage einen Boten mit den erforderlichen Dokumenten ab, denen zufolge alle oben Genannten ihre gesamten Konten kündigen. Wohin die Mittel zu überweisen sind, ist aus den Dokumenten ..."

„Wie Sie wünschen, Patriarch", unterbrach Atual ihn ohne Erschütterung. „Wir erwarten die Dokumente." Er nickte leicht und schaltete ab.

Hinter Cokazes Rücken entstand unter seinen Söhnen Unruhe. Niemand hatte mit diesem Mißerfolg gerechnet. Springer-Bankiers schienen eben Naturen mit besonderen Eigenarten zu sein.

Der Patriarch war außer sich. Thomas Cardif lächelte amüsiert.

„Wollen Sie die Dokumente nicht zur Bank bringen lassen, Springer?" Fast im selben Atemzug meinte er: „Wir sollten dem *Rat der Zehn* auf Aralon von unserer Ankunft Mitteilung machen."

Vollständig im Fahrwasser des jungen Cardif schwamm der lebenserfahrene Sippenchef doch nicht. „Wir lassen Ortece und Atual bis zum Abend warten. Sie sollen an den Bluff glauben. Um so eher sind sie dann bereit, aus ihrer Reserve zu treten, und ich – ich könnte bis dahin noch einige Verbindungen aufnehmen."

Cokaze bewies sein Format. Mit Recht galt er als der reichste Patriarch des arkonidischen Imperiums. Verhandlungen verstand er zu führen, seinen Worten den Anstrich unbedingter Glaubwürdigkeit zu verleihen, mußte ihm wohl angeboren sein. Immer wieder hatte er früher schon seine Söhne darauf hingewiesen, daß man mit taktischen Lügen alles verspielen, aber nie Reichtum gewinnen könnte.

Cokaze schaffte es, vier Großindustrielle an einem vereinbarten Ort zu treffen. Er verhandelte mit ihnen. Als er drei Stunden später wieder auf der COK II eintraf, reichte er Thomas Cardif neun weitere Dokumente zur Einsichtnahme.

„Nun geht's nach Aralon", sagte der Patriarch.

„Cokaze, zum erstenmal in meinem Leben bewundere ich einen Galaktischen Händler", sagte Thomas Cardif impulsiv und streckte ihm die Hand entgegen.

Der Patriarch ergriff, ohne zu zögern, Cardifs Hand und erwiderte den festen Druck. Cokazes Gesicht strahlte. Er freute sich über Cardifs ehrliche Begeisterung.

Zur selben Zeit zuckten Telekom-Kurzimpulse zwischen Arkon und Terra hin und her. Diesen Funkverkehr zu belauschen und die Kurzimpulse auf ihre normale Zeitlänge zu strecken war fast unmöglich. Dazu strahlten die Antennen sie auch noch zerhackt und verschlüsselt ab. Aber ohne merkbaren Zeitverlust kamen sie bei Rhodan und Atlan im Klartext aus dem Hyperfunklautsprecher.

Über die Entfernung von 34 000 Lichtjahren blickte Atlan den Freund an.

„Perry", sagte Atlan in der großen Kuppelhalle der Mammutpositronik auf Arkon III, „ich ziehe alle Kampfraumer, die immer noch unter Robotbesatzungen fliegen, von der Druuffront ab und versuche etwas zu unternehmen."

„Admiral, ich an deiner Stelle würde diesmal nicht dem Rat des Gehirns folgen. Greifst du selbst ein, und sei es durch Robotschiffe, dann entfachst du den Brand in deinem Imperium, der dann nicht mehr zu löschen ist. Ich habe seit deinem ersten Anruf eine Idee, aber ich muß noch warten, bis meine Wissenschaftler mit einem Teilproblem des Linearantriebs fertig sind. Verstehst du mich jetzt?"

Rhodan hatte sich bewußt nicht klar ausgedrückt. Er verließ sich nicht allzusehr auf die Behauptung der Hyperfunkspezialisten, daß Sendungen dieser Art unmöglich abzuhören wären.

„Verstanden, Perry", erwiderte Atlan nach kurzem Nachdenken, „aber für mich wird keine brauchbare Idee daraus. Hat sie etwas mit mir und den Springern zu tun?"

Rhodan lächelte nur. „Ich hoffe, eine Fliegenpatsche zu besitzen."

Von Arkon kam ein Stöhnen. „Deine Fliegenpatsche sollen die ..."

Rhodan fiel ihm ins Wort. „Wir haben uns verstanden, Admiral."

„Nein, wir haben uns nicht verstanden, Barbar. Willst du den Teufel mit dem Beelzebub austreiben?“

Betont ruhig erwiderte Rhodan: „Ich habe von einer Fliegenpatsche gesprochen, nicht aber vom Teufel und vom Beelzebub. Mit einer Fliegenpatsche kann man unter Umständen auch *zwei* Fliegen zur selben Zeit erwischen. Ich versichere dir, daß ich die Fliegen nicht erschlagen will. Eine soll nach Hause schwirren, die andere erhält einen Schuß vor den Bug.“

„Das verstehe ich jetzt wieder nicht, Barbar. Verdammt noch mal.“

„Hast du über längere Zeit mit Bully Kontakt gehabt?“ fragte Rhodan.

Über den Bildschirm kam Atlans Lachen. „Deine Idee begreife ich immer noch nicht ganz. Aber welch ein Glück für uns, daß Thomas Cardif wenigstens nicht deine Erfahrungen besitzt.“

Das Gespäch zwischen Erde und Arkon ging zu Ende.

Für Perry Rhodan begann die Arbeit. Nur Allan D. Mercant, der Chef der Solaren Abwehr, kannte den waghalsigen Plan des Administrators.

Vierundzwanzig Stunden später schalteten sich die Großsender des Robotgehirns auf Arkon III in die wichtigsten Hyperfunk-Nachrichtenphasen ein. Im gesamten Bereich des Großen Imperiums erschien auf den Bildschirmen das typische Ankündigungszeichen der Mammutpositronik, machte dann jenem bekannten Bild des Kuppelgebäudes Platz, und danach klang die metallische Stimme auf.

Die Stimme drohte. Sie drohte nicht im Ton, nicht in ihrem Ausdruck, sie drohte mit ihrer seelenlosen Logik, in der sie sich nicht scheute, offen über die Pläne der Springer, Aras, Ekhoniden und weiterer fünfzig großer Völker innerhalb des arkonidischen Imperiums zu sprechen.

Das Gehirn warnte nicht vor dem Chaos, die Positronik deutete es nicht einmal an. Aber sie sprach von der Druuffront, das jedoch in ultimativer Form, ohne eine Zeitangabe zu setzen.

„... wir werden die Flotten zurückziehen. Wir werden nichts mehr tun, um den Druuf den Einflug in unser Universum zu verwehren. Wir werden unsere Flotten so auffällig langsam zurückziehen, daß die Druufschiffe den Weg ins Große Imperium finden müssen. Ein Imperium, das aus sich heraus nicht mehr bereit ist, sich zu erhalten, hat jede Existenzberechtigung verloren."

Als Abschluß war dann auf allen Bildschirmen wieder die große Kuppel der Mammutpositronik zu sehen und danach das Wellenmuster.

Für viele Intelligenzen im Arkonbereich war es ein Menetekel.

Auf dem Rückflug von Aralon, nach der erfolgreichen Besprechung mit dem *Rat der Zehn,* hatten Cokaze und Thomas Cardif diese Sendung gehört. Sie beeindruckte wohl den Patriarchen, aber sie hinterließ in Cardif nicht einmal den Anklang von Furcht.

„Bluff!" Das war seine Meinung. „Atlan schiebt immer noch das Gehirn vor, Cokaze. Ja, hätte das Gehirn aus eigenem Impuls gesprochen, dann würde ich euch Händlern keine Chance geben. Hat Atlan jetzt nicht den Beweis geliefert, daß ich Sie richtig beraten habe?" Eiskalt klang seine Stimme, die Rhodans Stimme zum Verwechseln ähnlich war. Aber so kalt, so unberührt von jedem Gefühl hatte der Vater dieses jungen Mannes noch nie gesprochen.

Instinktive Abwehr zwang den Patriarchen, sich zurückzulehnen. Cardif erkannte die Bedeutung dieser Bewegung.

„Ich – das Ungeheuer, nicht wahr, Springer? Das denken Sie jetzt wieder, aber haben Sie übersehen, daß in meinem Plan keine kriegerischen Verwicklungen enthalten sind? Ich will nicht zum Ungeheuer werden, das Blut und Tränen über das Große Imperium bringt, ich will Rhodans Namen auslöschen, daß in zehn Jahren kein Mensch mehr von ihm spricht. Ich werde danach untertauchen und auch vergessen werden."

„Cardif, ist Rhodan wie Sie?" Patriarch Cokaze mußte einfach diese Frage stellen.

„Rhodan soll sein wie ich? Nein, Springer. Nur das Gesicht, das ich von ihm mitbekommen habe, macht uns ähnlich. Er ist Terraner, ein Konglomerat an Gefühlen, die im ständigen Widerstreit zu seinen Erkenntnissen stehen. Ich aber fühle und bin wie ein Arkonide."

Der Kaufmann sprach nun aus Cokaze. „Wollen Sie denn gar keinen Vorteil aus Rhodans Untergang ziehen?“

Verständnislos blickte Cardif ihn an. „Vorteil? Für mich? Ich spiele nicht einmal mehr mit dem Gedanken, im Solsystem sein Nachfolger zu werden. Bestrafen will ich ihn für den Mord an meiner Mutter. Dann bin ich zufrieden, und das Wissen, daß er das erhalten hat, was er verdiente, ist mir genug. Warum zwingen Sie mich immer wieder, daß ich über Rhodan und mich spreche?“

„Weil Sie mir manchmal unheimlich vorkommen und weil ich Sie, ob ich will oder nicht, manchmal bewundern muß. Sie können nicht leugnen, Rhodans Sohn zu sein, und ich wäre stolz, einen Vater gehabt zu haben wie Rhodan.“

Thomas Cardif sagte sarkastisch: „Für einen Galaktischen Händler sind Sie auffallend gefühlsbetont.“

Als die COK II wieder auf Titons Raumhafen landete, warteten Atual und Ortece bereits darauf, daß die Schleuse des Walzenraumers sich öffnete und die Rampe ausgefahren wurde.

Atual und Ortece kamen zum Patriarchen Cokaze. Der Sippenchef hatte ihnen bewiesen, daß er der Stärkere war. Mit dem Dokument in der Tasche, nach dem die Galaktischen Mediziner bereit waren, alle Konten aufzuheben, hatte sich seine Position noch mehr verbessert.

Ortece und Atual betrachteten das Dokument. Orteces Hände zitterten leicht, als er es an den Patriarchen zurückgab. Schwer sagte er: „Wir haben alle Vorbereitungen getroffen, Cokaze, aber wir können nicht umhin, noch einmal zu warnen.“

„Warum?“ Cardif hatte diese Frage mit eisigem Unterton in der Stimme gestellt.

Ortece und Atual, selbst Patriarchen zweier Sippen, die seit Jahrtausenden die *Bank* besaßen, zuckten zusammen und blickten verblüfft und verärgert zu dem jungen Mann. Dann sahen sie Cokaze auffordernd an.

„Cardif redet und fragt für mich“, erklärte Cokaze kalt. Es war zugleich die Aufforderung, Cardifs Frage zu beantworten.

Achtzehn Springer und Cardif saßen den beiden Finanzexperten gegenüber. Achtzehn Springer wagten nicht, den Argumenten dieser erfahrenen Bankiers zu widersprechen, aber ein junger Mann, der wie Perry Rhodan aussah, zerpflückte ihnen ein Argument nach dem anderen und trieb sie zum Schluß derartig in die Enge, bis Atual kleinlaut zugeben mußte, daß Cardif mit seiner Auffassung genausogut recht haben könnte wie sie.

„Alles ist nur eine Frage des Risikos", trumpfte Cardif auf, doch seine Stimme blieb beherrscht. „Die *Bank* kann kein Geld verdienen, wenn Sie die Inflation im Arkonidenreich auslösen. Doch Arkon geht darüber bankrott. Wann lösen Sie die Inflation aus? Entscheiden Sie sich jetzt, oder wir machen von allen Dokumenten Gebrauch, und die *Bank der Galaktischen Händler in Titon auf Archetz* ist in einer Stunde pleite."

Seit Bestehen der *Bank* war noch nie in einem derartigen erpresserischen Ton mit den beiden Besitzern gesprochen worden. Seit vielen Generationen rühmten sich die Sippen der Atual und Ortece, daß ihnen nur Achtung entgegengebracht worden war.

Ein Mensch aber, der Perry Rhodans Sohn war und eine arkonidische Fürstin zur Mutter gehabt hatte, stellte sie vor die Alternative, entweder auf seinen Plan einzugehen und eine Inflation auszulösen, oder in einer Stunde den Bankrott zu erklären.

Ortece, der zierliche Springer, räusperte sich. „Morgen, Terraner. Morgen, nachdem von Arkon die neuen Kurse durchgekommen sind, Terraner."

Der Ausdruck Terraner klang wie ein Fluch. Orteces Stimme bebte in ohnmächtiger Wut.

„Danke", sagte Cardif und lächelte beide an. Er verstand die beiden Bankiers gut, als sie grußlos gingen.

Achtzehn Springer betrachteten ihn wie eine tödliche Gefahr. Mit brüchiger Stimme fragte ihn Cokaze: „Cardif, woher haben Sie diese Kenntnisse über finanztechnische Zusammenhänge?"

„Was soll ich haben?" fragte Cardif erstaunt zurück. „Ich soll Kenntnisse über Finanzdinge besitzen? Darauf kann ich keine Antwort geben, denn darüber habe ich mir bis zu den Verhandlungen mit Atual und Ortece noch nie Gedanken gemacht."

Vier Stunden, nachdem die terranischen Wissenschaftler das Ortungsgerät für Strukturerschütterungen bei Linearantrieb fertiggestellt hatten, funkte Bully von der CALIFORNIA, mit der er in den Raum vorgestoßen war, nur ein Wort: *Fliegenpatsche.*

Noch in derselben Minute startete von Terrania die DRUSUS mit Perry Rhodan, Mercant, Freyt und dem größten Teil des Mutantenkorps an Bord. Weitere zweihundert Spezialisten der verschiedensten Wissensgebiete gehörten auch zu diesem Sondereinsatz, der den befremdlichen Namen *Fliegenpatsche* trug.

Dreihunderttausend Kilometer von der CALIFORNIA entfernt kam die DRUSUS wieder aus dem Hyperraum in das normale Weltall zurück. Fünf Minuten später schwebte Reginald Bull mit einigen Begleitern und einem Arbeiterrobot zur DRUSUS herüber, die längsseits lag.

Der Arbeiterrobot trug das neue Spezialortungsgerät.

Von der Schleuse der DRUSUS bis zur Steuerzentrale benötigte Bully mit seiner Gruppe zehn Minuten. Im Augenblick lag kein Grund vor, besondere Eile an den Tag zu legen. Noch in der Schleuse des Kugelraumers hatte er über sein Mikrokom Perry benachrichtigt und gesagt: „16 25/F 13/S 27, arkonidischer Sternenkatalog."

Die Bordpositronik hatte mitgehört und eine Sekunde später schon den Stanzstreifen in den Auffangschlitz gestoßen.

Die dreifache Buchstaben-Zahlengruppe war die arkonidische Bezeichnung für eine winzige, dunkelrot leuchtende Sonne, 8136 Lichtjahre von der Erde entfernt, die zwei unbewohnte Planeten besaß. In diesem System, das in Richtung des sogenannten *Korkenziehers* lag, einem Arm der Galaxisspirale mit dem Aussehen eines Korkenziehers, hatte Reginald Bull mit Hilfe des neuentwickelten Spezialortungsgeräts für Strukturerschütterungen bei Anwendung des druufschen Linearantriebs jene dreitausend Druufraumer geortet, die nach ihrer Flucht aus dem Solsystem in den Tiefen der Milchstraße verschwunden waren.

Der Stanzstreifen, den Perry Rhodan nachdenklich in der Hand hielt, gab über alles Auskunft, was erforderlich war, um diese kleine Sonne, die nur ein Achtel der Größe von Sol besaß, anzufliegen.

Im Augenblick befanden sich die DRUSUS und die CALIFORNIA vier Lichtjahre von der Erde entfernt. Auch das war von der Bordpositronik schon bei ihren Angaben berücksichtigt worden.

Als Bully mit seiner Gruppe und dem Robot, der das Spezialgerät trug, die Zentrale erreichte, befand sich die CALIFORNIA schon wieder auf dem Rückflug zur Erde. Die DRUSUS jedoch bereitete sich auf die Transition vor, die sie über 8100 Lichtjahre hinweg in die Nähe des bedeutungslosen, aber für Rhodan jetzt wichtigen kleinen Sonnensystems bringen sollte.

Das Superschlachtschiff begann zu beschleunigen. Die Bordpositronik hatte den Sprung durch den Hyperraum in der einunddreißigsten Minute festgesetzt.

Perry Rhodan verließ mit Bull, Mercant und John Marshall die Zentrale. Er hatte Deringhouse mit der Leitung des Kugelriesen beauftragt.

Lagebesprechungen in Rhodans Kabine waren immer das Signal dafür gewesen, daß bedeutungsvolle Einsätze bevorstanden.

Nur Allan D. Mercant war bisher in den Plan *Fliegenpatsche* vollständig eingeweiht.

Lange Vorreden gab es bei Rhodan nie. „Um Mitternacht landet die CALIFORNIA wieder in Terrania. Zu diesem Zeitpunkt haben wir uns mit der DRUSUS bis auf zehn Lichtjahre dem System genähert, in das sich die Druufflotte zurückgezogen hat. In Terrania wartet ein Kurierboot auf unsere Nachricht, daß wir uns den beiden Planeten, auf denen die Druufschiffe gelandet sind, nähern. Mit Erhalt unserer Nachricht startet der Kurier nach Arkon III zu Atlan. Der Kurier weiß nicht, welche Meldungen er dem Admiral überbringt. Die Schiffspositronik enthält auch darüber nichts. Ich hoffe aber, daß Atlan sich erinnert, was ich einmal mit *Ring der Nibelungen* bezeichnet habe. Nur dieses Stichwort hat der Kurier zu überbringen." Rhodan sah Bully tief Luft holen. „Hast du Atemnot, Dicker?"

„Komplizierter ging es nicht, Perry?" fragte er genauso freundlich zurück und schüttelte den Kopf.

„Kompliziert?" wiederholte Rhodan verwundert. „Keineswegs, nur bin ich nicht gewillt, bei diesem Einsatz das kleinste Risiko einzugehen. Atlan wird sich den *Ring der Nibelungen* aus der Zentrale des Kurierbootes bringen lassen. Er wird dann sofort wissen, was ich ihm übersandt habe. Der Kurier fliegt danach nicht zur Erde zurück, sondern uns nach und wartet auf einem Koordinatenpunkt, der ihm noch angegeben wird. Wir haben unterdessen mit den Druuf Verbindung aufzunehmen. Wir werden mit dem Druufkommandanten zu einer Einigung kommen." Plötzlich hatte Rhodans Stimme einen anderen Klang erhalten. Seine Behauptung, die sich unglaubwürdig anhörte, verlor auf Grund seiner Zuversicht ihren unglaubwürdigen Charakter.

Bully erinnerte sich in dieser Sekunde der vielen Unannehmlichkeiten, die sie von den Druuf am eigenen Leibe erfahren hatten. Er hatte sie in keiner guten Erinnerung, und er war auch nicht der Mann, damit hinter dem Berg zu halten. „Perry, wir kommen nur dann mit den Druuf zu einer Einigung, wenn er keine Chance mehr sieht."

„Wie gut du die Situation der Druuf erkannt hast", sagte Rhodan mit mildem Spott, „denn die Druuf haben normalerweise keine Chance, jemals wieder ihr eigenes Universum zu erreichen. Die Entladungszone in der Nähe des Myrtha-Systems wird bald instabil werden und zusammenbrechen. Dann sind die beiden Universen wieder getrennt, und kein Überwechseln ist mehr möglich. Das wissen wir, und das weiß auch Atlan, aber sonst niemand im Arkon-Reich, also auch nicht Thomas. Und das wissen natürlich auch diese Druuf. Sie wissen aber nicht, *wo* sich die Entladungszone auf unserer Seite befindet, denn sie kamen aus dem spontan entstandenen Trichter. Dazu kommt die zweite, ebenfalls für sie ungünstige Tatsache, daß sie infolge ihrer mitgenommenen Eigenzeit nur halb so schnell sind wie wir und auch beim normalen Raumflug nur bis auf fünfzig Prozent der Lichtgeschwindigkeit kommen."

„Perry", fragte Bully in der für ihn typischen Art, „hast du nicht auch schon einmal von einem Verzweifelten gehört, der aus seiner panischen Not heraus wie ein Verrückter handelt und genau das Entgegengesetzte tut, was alle erwartet haben?"

Perry Rhodan nickte ihm zu. „Wenn wir es nicht mit Druuf zu tun hätten, dann müßte ich sagen: Du hast recht. Aber die Druuf mit ihrer

Mentalität werden keine Verrücktheiten begehen. Davon gehe ich aus, wenn ich an unsere Verhandlungen mit den Druuf denke."

Der aufflackernde Bildschirm des Hyperkoms zwang Rhodan, ihm seine Aufmerksamkeit zuzuwenden.

Atlans grimmiges Gesicht sah die Männer in Rhodans Kabine an. „Barbar, die größte Bank des Arkonidenreichs, die *Bank der Galaktischen Händler in Titon auf Archetz,* hat unter Druck von Thomas Cardif im Großen Imperium die Inflation ausgelöst. Die stürzenden Kurse habe ich mit den Mitteln der Arkonbank nicht halten können. Mein Robotgehirn hat mir den Rat gegeben, nichts weiter zu tun. Die Aras haben unter fadenscheinigen Gründen vorübergehend alle Medikamentenlieferungen eingestellt. Ich habe aber erfahren, daß Thomas Cardif und Cokaze mehrere Stunden lang auf Aralon, der Hauptwelt der Galaktischen Mediziner, mit dem *Rat der Zehn* verhandelt haben. Aus allen Sektoren des Imperiums treffen Meldungen ein, daß nirgendwo mehr ein Springerschiff landet und Waren bringt. Auf den Raumhäfen der einzelnen Welten liegen nur flugunfähige Walzenschiffe. Nach einwandfreien Nachrichten fliegen die Überschweren Sicherungsschutz um Archetz."

Unwillkürlich wartete Rhodan darauf, daß Atlan diese Aufzählung von Hiobsbotschaften fortsetzen würde. Als der Arkonide jedoch niedergeschlagen schwieg, sagte er: „Bitte unternimm vorläufig nichts. Du erhältst eine Nachricht von mir."

Atlan zögerte. „Gut, ich warte, vorausgesetzt, daß Cardif mir dazu Zeit läßt."

Er unterbrach die Verbindung, ohne eine Antwort abzuwarten.

Die dunkelrote kleine Sonne war nur als winziger Punkt auf dem Rundsichtschirm der DRUSUS zu erkennen. Rhodan hatte sich mit dem Superschlachtschiff bis auf zehn Lichtjahre dem System genähert.

Perry Rhodan tat den entscheidenden Schritt: Er war im Begriff, den Kommandanten der dreitausend Schiffe großen Druufflotte anzurufen. Der Hyperkom war entsprechend justiert.

Neben Perry schwebte Harno, das rätselhafte Kugelwesen mit den unglaublichen Eigenschaften.

Bevor Rhodan den Mund zum ersten Wort seiner Botschaft an die Druuf öffnete, machte Harno den klobigen Körper des über drei Meter großen Druufkommandanten sichtbar.

Braunschwarz leuchtete im Farbbild die lederartige Haut des Wesens, das ohne jeden Haarwuchs war. Vier Augen und der Dreiecksmund machten den nasen- und ohrlosen Kugelkopf nach menschlichen Gesichtspunkten nicht schöner.

Perry zögerte mit seinem Anruf. Er fröstelte. Mit Hilfe dieses Wesens und seiner dreitausend Kampfschiffe wollte er einen gewagten Plan durchführen. Aber was geschah, wenn dieser Druuf sich von einem bestimmten Punkt an nicht mehr an die Abmachungen hielt und auf eigene Faust handelte?

„Ortung! Auf Gelb achtzehn!" meldete der Leutnant, der am Raumtaster Dienst tat. „Achtzig bis hundert Schiffe im Anflug. Geschwindigkeit 0,4 Licht, Entfernung sieben Lichtminuten."

Rhodan drehte den Kopf nach rechts. Dort stand John Marshall, der mit einigen anderen Mutanten an Bord weilte.

Marshall gab Rhodan ein Zeichen. Die Teleporter machten sich zum Einsatz bereit.

Gucky schnallte sich den kleinen Satz wirkungsvoller Spezialbomben um. Eine Bombe, in einem Schiff gezündet, genügte, um daraus eine strahlende Atomsonne zu machen. Der Satz, den er sich umgeschnallt hatte, enthielt zwanzig Stück. Die menschlichen Teleporter nahmen die doppelte Menge auf ihren Rücken.

Sie warteten nur noch auf den Befehl, zu springen.

Aber dieser Befehl ließ auf sich warten. Obwohl Rhodan wußte, daß die drei Teleporter nur die Robotschiffe der Druuf angreifen würden, wollte er einen Kampf verhindern. Das war kein Risiko, denn im Normalraum bewegte sich die DRUSUS doppelt so schnell als die Druufeinheiten.

Die Spezialortung, die auf den Linearantrieb reagierte und ihn anmaß, kündigte eine bedrohliche Lage an.

Bully stand am Gerät und meldete: „Vierhundert Druufschiffe mit Überlichtgeschwindigkeit aus Gelb achtzehn."

„Dann wird es Zeit", sagte Perry Rhodan und beugte sich über den

Hyperkomanschluß. „Rhodan an Flottenchef der Druuf! Bitte melden..."

Zehnmal wiederholte er den Ruf, dann schwieg er. Außer dem Summen von Bildröhren, Spulen und Transformern war in der Zentrale kein Laut zu hören. Aber nun klang ein Rauschen auf, das immer lauter wurde.

Von der Funkzentrale aus wurde der Empfänger auf höchste Lautstärke geschaltet, doch nur das Rauschen der unstabilen Spannungsfelder zwischen den Sternen war zu hören.

Dann erklang Bullys Stimme: „Die Vierhunderter-Flotte fliegt jetzt mit dreißig LG."

„Sichtortung!" schrie ein Offizier und wies auf den großen Rundsichtschirm.

Rhodan warf den Teleportern einen Blick zu, zögerte dann aber. Abermals wandte er sich dem Hyperkomanschluß zu.

„Rhodan an Flottenchef der Druuf! Bitte melden! Rhodan an Flottenchef der..."

Über Harno hatte er das Verhalten des druufschen Oberkommandierenden beobachtet und gesehen, wie dieser nun auf seinen Säulenbeinen kehrtmachte und auf ein Funkgerät zuging.

„Rhodan, hier der Oberkommandierende. Was willst du?"

„Oberkommandierender", sprach Rhodan ruhig auf den Druuf ein. „Du kannst flüchten, wohin du willst. Die Spur deiner Flucht ist für uns nicht zu verlieren. Deine Aussichten, zu deinem Volk zurückzukommen, sind gleich Null, wenn wir dir nicht helfen."

Harno, der genau in Rhodans Blickfeld schwebte, zeigte ihm jetzt den klotzigen Druuf, der seine zum massigen Körper völlig unproportionierten feingliedrigen Finger zusammenlegte. Der Druuf schien nachzudenken.

„Rhodan, was hast du zu bieten?" Wie ein Blitz aus heiterem Himmel kam diese Frage. In der Zentrale unterdrückten einige Offiziere nur mühsam einen erstaunten Ausruf. „Welche Sicherheiten haben wir, daß du uns die Möglichkeit verschaffst, in unser Universum zurückzufinden?"

Das war die Frage, auf die Rhodan gewartet hatte.

„Ich stelle dir doppelte Sicherheiten zur Verfügung, Druuf", erklärte Rhodan unbewegt. „Gib einem Schiff deiner Flotte den Auftrag, bis auf hundert Kilometer an meinen Kugelraumer heranzukommen. Über deinen Raumer weise ich das Schiff auf seine Position ein. Dieses Schiff, aber nur dieses eine, wird in dein Universum einfliegen können. Es hat sich dort zu überzeugen, daß es sich tatsächlich im eigenen Weltraum befindet, und es hat von dir den Befehl mitbekommen, danach auf schnellstem Weg wieder in dieses Universum zurückzukehren. Ich mache es möglich, Druuf, und das ist meine erste Sicherheit."

Das hundertzwanzig Mann starke Team am Linsenfeldprojektor im größten Hangar der DRUSUS hörte mit. Hundertzwanzig Mann warteten auf den Einsatzbefehl, den Linsenfeldprojektor einzuschalten, der ein Tor zum Druufuniversum öffnen konnte.

Rhodan ahnte nur, was jetzt in diesem klugen Insektengehirn vor sich ging. Inzwischen wurde die DRUSUS allmählich von den Druufeinheiten eingekreist.

„Druuf, ein Angriff auf mein Schiff ist sinnlos. Beim ersten Strahlschuß vernichtet sich automatisch das Gerät, das euch die Rückkehr in euer Universum ermöglicht."

Der Kommodore der dreitausend Schiffe starken Flotte überhörte die Warnung. „Und was ist deine zweite Sicherheit, Rhodan?"

„Ich schicke fünf Menschen als Faustpfand auf dein Schiff."

Für druufsche Vorstellungen war dieses Angebot keine zusätzliche Sicherheit, aber die klugen Druuf hatten mittlerweile erkannt, daß in diesem Weltraum bei diesen kleinen Zweibeinern eine völlig anders ausgerichtete Ethik bestand, in der die Sicherheit und das Leben des Individuums hoch bewertet wurden.

„Und was habe ich zu tun, Rhodan? fragte der Druuf, ohne Zustimmung oder Ablehnung zu dem Vorschlag zu zeigen.

„Du hast nichts anderes zu tun, als mit deiner Flotte blitzartig über einem bestimmten Planeten zu erscheinen. Du erhältst das Recht, dich durch eigene Aufklärungsschiffe zu überzeugen, daß ich dich und deine Flotte nicht in eine Falle locken will. Zwei von den fünf Männern, die ich deinen Befehlen unterstelle, sollen deine Aufklärungsschiffe ohne Umweg und unter Vermeidung aller Gefahrenmomente zum Zielstern bringen."

„Und was soll das Ganze, Rhodan?"

„Es handelt sich um einen Einschüchterungsversuch, mit dem ich den Ausbruch eines Krieges auf unblutige Weise verhindern will..."

Der Druuf sprach dazwischen: „Rhodan, wir haben festgestellt, daß es keinen allzu großen Unterschied zwischen unserer und eurer Intelligenz gibt, aber nimmst du jetzt tatsächlich an, das könnte ich dir glauben?"

Jetzt war Rhodan gezwungen, einen gefährlichen Trumpf auszuspielen. „Druuf, man fürchtet euch in dieser Galaxis, denn noch zu frisch ist die Erinnerung an die entvölkerten Planeten. Die Bewohner jener Welt, die wir einschüchtern wollen, werden vor Angst kaum noch zu atmen wagen, wenn nach unserer Ankündigung tatsächlich eine riesige Flotte der Druuf erscheint. Druff, fliegt für uns eine Demonstration der Macht, und ich schwöre, daß ich deine Flotte danach durch das *Tor* in euer Universum zurückkehren lasse."

„Zeige mir das *Tor,* Rhodan. Lasse eines meiner Schiffe hindurchfliegen, und es wird von mir den Befehl erhalten, zurückzukehren, sobald es sich überzeugt hat, im eigenen Weltraum angekommen zu sein. Über das andere unterhalten wir uns nach der Rückkehr des Raumers."

„Einverstanden", erwiderte Rhodan. „Laß ein Schiff bis auf hundert Kilometer herankommen. Die genaue Position wird noch angegeben." Er legte die Hand auf das Mikrophon und sah zu Bully hinüber. „Ist der Kurier, den wir zu Atlan geschickt hatten, schon eingetroffen?"

„Hat sich mit Kurzimpuls gemeldet und wartet an der vorgeschriebenen Position, Perry. Traust du diesem Druuf über den Weg?"

„Darüber sprechen wir später. Marshall, die Teleporter können die Bomben wieder ablegen. Sie sollen sich aber weiter bereithalten."

Dann wandte Rhodan seine Aufmerksamkeit wieder dem Druufkommandanten zu.

„Rhodan, ich schicke ein bemanntes Beiboot."

Rhodan atmete unmerklich auf.

Der wirtschaftliche Zusammenbruch drohte das gigantische Sternenreich im Kugelhaufen M-13 auseinanderzureißen. Von Stunde zu Stunde nahm die Inflation erschreckendere Formen an. Auf Befehl Arkons waren auf allen Planeten die Börsen geschlossen worden, Kursnotierungen gab es nicht mehr. Sein Geld von der Bank zu holen, war sinnlos. Dort war es auch nichts mehr wert.

Die Galaktischen Mediziner hatten jetzt noch einen weiteren Grund, keine Medikamente mehr zu liefern. Sie waren dazu nicht mehr in der Lage, selbst wenn sie es gewollt hätten, denn die Springer mit ihren Milliarden Tonnen Frachtraum flogen keine Welten mehr an. In riesigen Pulks hatten sie sich zwischen den Sternen versammelt und warteten die weitere Entwicklung ab.

Auf Arkon III kam es in der Bandstraßenfertigung zu ersten Pannen, weil mehr als vierzig Spezialraumer, die wichtige Zubehörteile bringen sollten, leer zurückkamen.

Die Vorratspolitik des Riesengehirns hatte auch in der Zubehörfrage nicht versagt, aber durch die Tatsache, daß die Schiffe ohne Ladung zurückkamen, mußte erstmalig der Bestand angegriffen werden, der auf drei Monate zugeschnitten war. Wie bisher steuerte die Positronik die gesamte Fertigung. Atlan dachte nicht daran, ihr die Kontrollen zu entziehen, er hatte genug damit zu tun, längst überholte, gespeicherte Anweisungen durch neue zu ersetzen, die auch mit der inzwischen weitergegangenen Entwicklung harmonierten. Aber selbst die Arbeit, die keinen Aufschub duldete, konnte jetzt nicht mehr getan werden.

In jeder Minute machte ihn das Gehirn mit neuen gefährlichen Momenten im Bereich des Imperiums bekannt. Immer deutlicher zeichnete sich ab, daß Thomas Cardif mit Hilfe des Springers Cokaze eine Lawine ausgelöst hatte – einen Erdrutsch von galaktischem Format.

Nachdenklich sah er jetzt auf den *Ring der Nibelungen* herab, der vor ihm lag. Er erinnerte sich, Rhodans Kurier erstaunt angesehen zu haben, als dieser ihn begrüßte.

„Ring der Nibelungen?“ hatte er wiederholt und sich jener Zeiten erinnert, in der ein Gunther, Hagen und Siegfried lebten und

kämpften. Er hatte sie alle drei gekannt, und ausgerechnet der finstere Hagen war sein Freund gewesen. Aber damals hatte es noch keinen *Ring der Nibelungen* gegeben. Erst die Sage hatte ihn erfunden. Sein Extragehirn hatte ihm die Erklärung gegeben.

Er war an dem verblüfften Terraner vorbeigegangen, auf die kleine Bordpositronik zu und hatte sich den kleinen Ringgriff an deren Verkleidung angesehen, der normalerweise keinen anderen Zweck hatte, als bei einem Einklemmen der Verkleidung als Zuggriff zu dienen.

Einmal hatte Rhodan ihn auf einen ähnlichen Griff aufmerksam gemacht und im scherzenden Ton gesagt: „Ist das nicht der *Ring der Nibelungen?* Wenn die Verkleidung klemmt und es gäbe ihn nicht, wie sollte man an die Speicherschätze der Positronik kommen?“

Rhodans Kurierboot war inzwischen wieder gestartet und hatte Kurs auf jenes unbedeutende Sonnensystem genommen, wo die Druufflotte sich versteckt hielt.

Atlan nahm den Ring in die Hand. Es war eine Spezialanfertigung. Im Kurierboot hatte er ihn spielend leicht aus der Öse lösen können, aber trotzdem einige Minuten gebraucht, bis er den Öffnungsmechanismus gefunden hatte.

„Warum dieser Umstand?“ fragte er gereizt und unzufrieden. Ihm gefiel Rhodans Sicherheitskomplex nicht. Er drehte den Ring hin und her. Erstaunt über sich selbst, schüttelte Atlan den Kopf. Plötzlich wußte er, warum der Ring aus einer Leichtmetallegierung bestand und warum er zugleich auch der *Ring der Nibelungen* sein sollte. „Perry, ich muß dir Abbitte leisten. Du bist doch kein großer Romantiker, sondern ein Realist mit romantischen Ambitionen.“

Ein Schnellband trug ihn zur Laborabteilung der Mammutpositronik. Er betrat den für metallurgisch-photographische Untersuchungen eingerichteten Raum. Der Ring wurde vor den 3d-Entwickler gespannt, der mit gesteuerten Magnetfeldern arbeitete und das Metallstück schichtweise abtastete.

Atlan nahm im Sessel Platz und sah voller Erwartung auf den Bildschirm. Der Taster im Entwickler hatte die Schicht mit Rhodans Botschaft gefunden.

Atlan, durch den Zellaktivator vor der Brust seit zehntausend Jahren jung geblieben, konnte trotz all seiner Lebenserfahrung doch noch überrascht werden.

Rhodan teilte ihm mit, was das Unternehmen *Fliegenpatsche* zu bedeuten hatte.

Atlan saß kerzengerade im Sessel. Immer wieder überflog er die Botschaft.

„Wenn er das fertigbringt ...", sagte der Arkonide leise vor sich hin.

Er schaltete den 3d-Entwickler wieder ab, verließ den Raum, und das Schnellband brachte ihn zurück. Die Nachrichten, die in der Zwischenzeit eingelaufen waren, konnten ihn nicht mehr überraschen. Alles steuerte unaufhaltsam dem Zusammenbruch zu.

Atlan machte sich sofort an die Arbeit, denn er mußte für den Fall, daß Rhodans Plan fehlschlug, vorbereitet sein.

Zwischen dem Druufkommandanten und Perry Rhodan fand die zweite Unterredung statt. Wieder sorgte Harno dafür, daß Rhodan den Druuf beobachten konnte.

Das ins Druufuniversum ausgesandte Beiboot war durch das *Tor*, das vom Linsenfeldprojektor geschaffen worden war, inzwischen wieder zurückgekehrt und hatte Bericht erstattet.

„Rhodan", sagte soeben der Druuf, „du lockst uns mit dem Versprechen, daß wir in unser Universum zurückkehren können, wenn wir auf deinen Vorschlag eingehen. Tatsächlich wirst du versuchen, uns zu vernichten."

Rhodan fühlte, daß er mit Worten bei dem Druuf nicht weiterkam. Handfeste Beweise seiner Ehrlichkeit mußten beigebracht werden; aber welche sollte er vorbringen?

Mehr aus einem Gefühl heraus entgegnete er lauter als bisher: „Druuf, du solltest nicht vergessen, daß ich dich und deine Raumschiffflotte nicht zu suchen brauchte, sondern bereits auf meinem Heimatstern wußte, wo du dich versteckt hieltest. Ich hätte ebensogut mit all meinen Schiffen kommen können. Mehr habe ich nicht zu sagen. Ich schalte jetzt ab."

In der mächtigen Zentrale des riesigen Kugelraumers kam das

allgemeine Gespräch wieder auf, aber kein Mann verließ seinen Platz. Immer noch war das Flaggschiff von Druufraumern umzingelt. Das Warten zerrte an den Nerven.

„Rhodan!“ Die Stimme des Druuf klang vielen Männern in der Zentrale wie ein Losungswort, das sie von unerträglicher Spannung befreite. „Ich bin bereit, auf deinen Vorschlag einzugehen, aber ich bin nicht bereit, zwei Raumer einzusetzen. Nur einer wird mit zwei von deinen Astronauten und einigen Druuf an Bord den Zielstern anfliegen. Doch kommt das Schiff nicht zurück oder meldet es sich auf Funkanrufe nicht mehr, dann kannst du dein Schiff gefechtsbereit machen, Rhodan.“

Rhodan überhörte die Drohung. „Ich schicke ein Beiboot, das meine fünf Männer auf dein Schiff bringt, Druuf. Gib deiner Flotte Befehl, das Beiboot nicht anzugreifen.“

„Ist schon erfolgt. Schicke deine Männer herüber, Rhodan. Alles Weitere findet sich später.“

Nur ein paar Befehle liefen durch den Kugelriesen.

Vier Astronauten und der Teleporter Tako Kakuta stiegen in eine Kaulquappe, die sie zum Flaggschiff der Druuf hinüberbringen sollte.

General Deringhouse saß unterdessen in der Funkzentrale und vervollständigte die Nachrichten an Atlan, die ihm auch per Kurier überbracht werden sollten. Kurze Zeit später transitierte das Kurierboot in Richtung M-13.

23.

Über Titon, der Zwölfmillionenstadt auf Archetz, lag die Nacht. In Cokazes Walzenraumer COK II wachten die beiden ältesten Söhne des Patriarchen. Sie hatten Thomas Cardif bei Eingang wichtiger Meldungen sofort zu wecken. Der größte Teil der Nacht war ohne besondere Vorkommnisse verstrichen, als sich plötzlich auf der

Frequenz der Überschweren die Zentralleitstelle des starken Schlachtschiffverbands meldete.

„Wo ist Cokaze, Springer?“ dröhnte die Stimme des über zehn Zentner schweren Riesen aus dem Lautsprecher, und sein vor Zorn gezeichnetes Gesicht war bis unter dem Haaransatz gerötet. „Schläft er? Dann mache ihn wach, schnell, Freund.“

Cokazes ältester Sohn stürmte aus dem Funkraum der COK II. Der grobe Anruf des Überschweren hatte ihn verwirrt.

Der Jüngere schaltete den Interkom ein, gleichzeitig wurde die Kabine des Vaters und die des Terraners damit erreicht.

„Wer will mich sprechen?“ fragte der Patriarch verschlafen.

Sein Sohn erklärte es ihm.

„Ich komme!“ mischte sich Thomas Cardif, hellwach, ein.

Auf dem Hauptdeck trafen sie sich. Fragend und ratlos sahen sie sich an. Sie hatten keine Ahnung, was die Zentralleitstelle der Überschweren zu dieser Nachtzeit Wichtiges zu melden hatte.

Heftig ließ sich der Patriarch in den Sessel vor dem Bildschirm fallen.

„Onkto, was gibt es?“ fragte er, sich bewußt, daß er der reichste Patriarch aller Springersippen war und es im Augenblick im Arkonreich keinen wichtigeren Mann als ihn gab.

„Nicht viel“, sagte der Überschwere mit seiner tiefen Baßstimme. „Wir ziehen uns zurück, Patriarch.“

„Was wollt ihr?“ schrie Cokaze, aufs höchste erregt, ins Mikrophon. „Das ist gegen jede Vereinbarung, Onkto. Das ist Verrat!“

„Unsinn“, erwiderte der Überschwere grob. „Arkon hat uns unmißverständlich gedroht und verlangt ...“

„Arkon ...“ Brüllendes Gelächter schüttelte den sonst so beherrschten Patriarchen. „Ausgerechnet Arkon! Was ist denn Arkon noch?“

„Wer steht hinter dir, Cokaze? Das Gesicht erinnert mich gut an Rhodan. Wer ist es?“ übertönte der Überschwere Cokazes wütendes Gelächter.

Cokaze drehte sich um und gab Cardif einen Wink, näher heranzukommen.

Thomas Cardif schob sich vor. Er legte Cokaze eine Hand auf die Schulter und gab dem Patriarchen damit ein Zeichen, ihm diese Verhandlung zu überlassen.

„Ich bin Thomas Cardif, und meine Mutter war Thora, eine arkonidische Fürstin, Onkto. Das dürfte genügen. Was hat Arkon verlangt?"

Onkto, der Chef der Zentralstelle der Überschweren, 800 000 Kilometer hoch über dem Planeten Archetz in seinem Schlachtschiff, fühlte sich von diesen kalt leuchtenden Arkonidenaugen wie hypnotisiert.

„Sind Sie derjenige, der Cokaze berät?" fragte er offensichtlich verwirrt.

„Was hat Arkon verlangt? Wer hat Forderungen gestellt? Der Regent oder Admiral Atlan?" Der Arkonide sprach aus Thomas Cardif, in Geste, Ton und Auftreten. Er dachte nicht daran, Onktos Frage zu beantworten.

„Der Große Koordinator hat uns angerufen und unseren sofortigen Abzug verlangt, andernfalls würde die Robotflotte uns dazu zwingen. Diese Drohung kann der Regent nur realisieren, wenn er große Teile der Blockadefront von der Druufflotte abgezogen hat. Sie wissen, was das bedeutet."

„Über welche Beweise verfügen Sie, daß der Regent die Robotflotte schon von der Druuffront abgezogen hat, Onkto?" fragte Cardif drängend.

Der über zehn Zentner schwere Riese riß die Augen weit auf und fluchte. Dann sagte er: „Cardif, wenn Sie es schon wissen, warum fragen Sie mich dann noch danach? Mit den Druuf hat der Große Koordinator auch gedroht", fügte er noch hastig hinzu.

„Das genügt, um die tapferen Überschweren in die fernsten Winkel des Universums zu jagen!" spottete Cardif bitter.

Dieser Vorwurf behagte Onkto nicht. „Wir sind nicht dümmer und klüger als Patriarch Cokaze, der ja auch nur noch mit zehn Schiffen auf Titon liegt. Alle anderen hat er schön aus der Schußlinie gezogen."

„Dann versichern Sie mir, Onkto, daß Sie den Abzug Ihrer Flotte durch keinen einzigen Funkspruch bekanntmachen. Geben Sie mir diese Versicherung nicht, dann sorge ich dafür, daß die gesamte Galaxis erfährt, warum Sie den Sicherungsschutz für Archetz aufgegeben haben."

„Cardif!" erwiderte Onkto drohend, und seine Augen wurden zu Schlitzen. „Sie wissen so gut wie wir, was es heißt, wenn die Robotflotte nicht mehr an der Druuffront steht."

Kalt unterbrach ihn Cardiff: „Wenn die Überschweren einmal als Feiglinge gebrandmarkt sind, dann wird es um euer kriegerisches Geschäft schlecht bestellt sein. Sind Sie nicht auch meiner Ansicht, Onkto?"

Der Überschwere war offenbar nicht allein in der Zentralleitstelle, denn Cardif und Cokaze hörten ihn mit anderen flüstern, verstanden aber nicht, was gesagt wurde.

Jetzt kehrte sich das Gesicht des Überschweren wieder dem Bildschirm zu. „Wir gehen auf die Bedingungen ein, Cardif, und ziehen uns unauffällig zurück. Sie aber werden noch eines Tages von den Sternenteufeln geholt werden, Sie verdammter Terraner!"

Das waren Onktos Abschiedsworte. Danach wurde der Schirm im Funkraum der COK II grau.

Thomas Cardif zündete sich eine Zigarette an. Mit geschlossenen Augen rauchte er. Als er seinen Kopf Cokaze zukehrte, hörte er diesen fragen: „Die Überschweren haben nicht gelogen?"

„Kein Wort", bekräftigte Cardif. „Sie müssen durch Ortung festgestellt haben, daß Flottenteile der Robotschiffe nicht mehr an der Front stehen. Aber was hat das zu bedeuten, Springer? Und warum hat Arkon verlangt, daß die Überschweren keinen Sicherungsschutz mehr für Archetz fliegen? Dahinter steckt doch eine Absicht, aber welche?" Er trommelte mit den Fingern gegen die Bildscheibe des Schirmes. Er tat hastige, tiefe Züge aus seiner Zigarette.

Weder Cokaze noch seine beiden ältesten Söhne störten Cardif in den Überlegungen. Jetzt legte der Terraner die Zigarette aus der Hand und sagte: „Ich würde vorschlagen, mit der COK II noch auf Archetz zu bleiben, aber ich möchte gerne, daß die planetarischen Meßstationen von jetzt ab besonders scharf den Weltraum um das Rusumasystem beobachten, denn irgend etwas Gefährliches tut sich."

Von der DRUSUS aus wurde der Flug des Druufaufklärers verfolgt.

Das neu entwickelte Spezialortungsgerät blieb dem Schiff aus dem anderen Weltraum ununterbrochen auf der Spur. Sein Lineartriebwerk entwickelte den Charakter eines unendlich langen roten Fadens, an dem der Kurs des Raumers zu verfolgen war.

Tako Kakuta, der Teleporter, und Doktor Brigonne waren als Astronauten auf den Raumer der Druuf abkommandiert worden, mit der doppelten Aufgabe, einmal das Schiff zum Planeten Archetz zu bringen, und zum anderen, sich sofort abzusetzen, wenn die Besatzung plötzlich feindselig gegen sie vorgehen sollte. Die letztere Aufgabe gehörte zu Kakutas Bereich, und der kleine Japaner mit dem Kindergesicht nahm seinen Auftrag sehr genau. Er wich Doktor Brigonne nicht von der Seite.

Der aber dachte längst nicht mehr daran, daß ihm die Druuf gefährlich werden könnten. Er befand sich in seinem Element und erlebte zum erstenmal einen überlichtschnellen Flug, der wohl einen meßbaren, aber keinen körperlich spürbaren Transitionsschock auslöste.

Sehr schnell hatten sich Kakuta und Brigonne auch an den Unterschied gewöhnt, daß sie in ihren Bewegungen doppelt so schnell waren wie die Druuf, die auf Grund ihrer mitgenommenen Eigenzeit jedem Wesen dieses Weltalls gegenüber im Nachteil waren.

Das Druufschiff erreichte das Rusumasystem und nahm dort unter den Augen der überraschten Springer verschiedene Ortungen vor. Bevor die Springer eingreifen konnten, gelang es ihm, wieder abzufliegen und zur Flotte zurückzukehren. Kakuta und Brigonne sowie die drei anderen Terraner, die sich im Kommandoschiff der Druuf aufhielten, kehrten zur DRUSUS zurück. Nachdem der Druufkommandant die Auswertung der Unterlagen beendet hatte und feststellen mußte, daß Rhodan die Wahrheit sprach – es hielten sich tatsächlich nur etwa 1500 Raumschiffe im Rusumasystem auf –, kam seine endgültige Zustimmung. Die 3000 Druufschiffe brachen auf, um das Rusumasystem aufzusuchen. Dort sollten sie einige Manöver fliegen, deren Zweck es war, die Springer einzuschüchtern. Sobald Rhodan, der sich mit der DRUSUS im Hintergrund aufhalten wollte, das vereinbarte Zeichen gab, sollten sich die Druuf wieder zurückziehen und den jetzigen Standort aufsuchen. Hier würde dann der künstliche Übergang mit Hilfe des Linsenfeldgenerators entstehen, und die Druuf würden in ihr Universum zurückkehren.

Das fremde Schiff war längst wieder aus dem Rusumasystem verschwunden, und die Meßstationen hatten den Alarm zurückgenommen, als sich Patriarch Cokaze und Thomas Cardif immer noch ansahen.

Cokaze brach endlich das Schweigen. Langsam stand er auf, sprach dabei Thomas Cardifs Namen wie einen Fluch aus und sagte: „Plötzlich glaubst du alles. Sogar die Drohung dieses lächerlichen Admirals."

„So lächerlich ist dieser Admiral gar nicht, Cokaze. Er ist noch einer der alten Arkoniden."

„Willst du mir schon wieder erzählen, er wäre über zehntausend Jahre alt, Cardif?"

Der winkte ab, ging darauf gar nicht ein. „Unser Spiel ist aus. Ich wette, daß hier bald eine Druufflotte auftauchen wird."

Cokazes Gesicht drückte Entsetzen aus, als habe er Gespenster gesehen. Er wollte nicht begreifen, was Cardif ihm gerade gesagt hatte. Angst und Wut wurden in ihm wach. Sie hatten alles aufs Spiel gesetzt. Die Aras hatten sich ihrem Plan angeschlossen, und jetzt sagte dieser blutjunge Terraner, der die wahre Triebkraft zu dieser Umsturzbewegung gewesen war, daß sie aufgeben sollten. „Cardif, hat das dieser lächerliche Admiral mit seinem Aufruf fertiggebracht? Erinnere ich mich recht, einmal aus deinem Mund gehört zu haben, was man alles für Wunderdinge auf der Solaren Raumakademie lernt? Was ist denn jetzt noch davon vorhanden – ein innerlich vor Angst zitterndes Bündel?"

„Ach ja – Solare Raumakademie." Cardif lächelte, während er den wütenden Patriarchen gelassen anblickte. „Daher habe ich meine Fähigkeiten, jetzt zu erkennen, daß wir verloren haben. Rhodan und Atlan spielen im Augenblick ihren Haupttrumpf aus. Springer, willst du denn immer noch nicht begreifen, was das Auftauchen dieses einzelnen Druufschiffs zu bedeuten hat? Hast du Atlans Drohung vergessen, seine Robotflotte von der Front abzuziehen? Hast du vergessen, warum die Überschweren nicht mehr um Archetz Sicherung fliegen und was sie vorher festgestellt hatten? Willst du dich nicht mehr erinnern, was ich nach dem Gespräch mit Onkto, dem Überschweren, gefordert und gesagt habe? Ich habe gefordert, die planetarischen Meßstationen anzuweisen, besonders scharf den Weltraum zu beobachten, und ich habe dazu gesagt, daß sich irgendwo etwas Gefährliches tut."

„Und was willst du jetzt wissen, du superkluger Terraner?" rief Cokaze wütend.

„Nichts. Ich befürchte nur etwas. Ich befürchte, daß Atlan an der Front ein Loch hat entstehen lassen, um vielleicht zehn- oder zwanzigtausend Druufschiffen die Gelegenheit zu geben, einzufliegen."

„Und auf dich sind wir alle hereingefallen, du armseliger Abklatsch Perry Rhodans!"

Es traf Thomas Cardif nicht, denn kalt erwiderte er: „Ich weiß, wann ich eine Partie verloren habe, und ich habe dann auch den Mut, daraus die Konsequenzen zu ziehen. Cokaze, wenn du noch weiterleben willst, dann gebe ich dir einen Rat: Verlasse mit der COK II sofort Archetz. Melde deine Ankunft auf Aralon an. Das macht sich nach außen gut. Warte dort die nächsten Tage ab. Mehr habe ich dir nicht zu sagen."

„Und was hast du vor, Terraner? Willst du dich nach Terra absetzen?"

Fast gleichgültig entgegnete Cardif: „Ich ziehe auf eines deiner Walzenschiffe um, die du hier auf Titon beläßt, sonst könnte deine Abreise nach Aralon wie eine Flucht aussehen."

Eine Stunde später startete Cokaze mit seiner COK II nach Aralon.

Cardif war auf die COK CCXIV gestiegen, die mit drei weiteren Schiffen der mächtigen Springersippe am nördlichen Rand des Raumhafens von Titon lag.

So kam es, daß das Rusumasystem fast völlig von Raumschiffen entblößt war.

Planmäßig erreichten die Druuf das Rusumasystem. Gleichzeitig strahlte Arkon eine Warnung in die Galaxis aus, daß 3000 Druufschiffe, denen es gelungen war, die Blockadefront zu durchbrechen, einen Angriff gegen Archetz flogen. Der Durchbruch der Druuf war angeblich nur deshalb gelungen, weil Arkon aufgrund der Schwierigkeiten, in denen es sich befand, gezwungen war, einen Teil der Blockadeflotte abzuziehen. Gleichzeitig gab Arkon bekannt, daß eine Flotte Robotraumer in das Rusumasystem unterwegs war, um die Druuf zu vertreiben. Doch bevor die Arkonflotte das Springersystem erreichte, zogen sich die Druuf aus rätselhaften Gründen zurück. Rhodan wußte, daß dies der schwächste Punkt ihres Planes war, nämlich der Galaxis zu beweisen, daß nur das rechtzeitige Eingreifen Arkons einen Angriff der Druuf verhinderte, und gleichzeitig dafür zu sorgen, daß die Druuf nichts von dem „Rettungsversuch" der Arkonflotte mitbekamen, da sie ansonsten sofort Verrat gewittert hätten.

Tatsächlich hielt sich die Arkonflotte – gut getarnt – in unmittelbarer Nähe des Rusumasystems auf, um notfalls sofort einzugreifen, falls die Druuf die Abmachungen brechen sollten. Doch die Druuf hielten sich daran. Als sie schließlich Rhodans Zeichen erhielten, zogen sie sich zurück und wurden kurz darauf in ihr Universum gebracht. Danach brach die DRUSUS nach Arkon auf.

Atlan schickte die abgezogenen Schiffe wieder an die Blockadefront zurück. Schlagartig wurde die von den Springern ausgelöste Inflation gestoppt. Es würde jedoch Jahre dauern, bis sich Arkons Wirtschaft wieder erholte.

Milliarden Intelligenzen des Imperiums horchten auf, als die Großsender von Arkon III eine neue Botschaft meldeten. Von diesen Milliarden Intelligenzen zuckten einige Millionen zusammen, als sie ein terranisches Gesicht auf dem Bildschirm sahen.

Perry Rhodan sprach über Arkons Großsender zu den Bürgern des arkonidischen Imperiums.

„Ich grüße Atlan, jetzt Imperator Gonozal VIII., der Arkons Reich erneuern wird. Völker des Großen Imperiums, begreift, daß eure und unsere Aufgaben in den Weiten des Universums liegen und nicht in Haß und Zwietracht untereinander.“

Atlan lächelte bitter, als Perry Rhodan von der Kamera zurücktrat und auf ihn zuging.

„Freund“, sagte er erschüttert, „du hast mich Imperator genannt, aber was nützt dieser Titel, wenn die Völker des Großen Imperiums nicht bei Arkon bleiben wollen? Nein, ich resigniere nicht, Perry, aber ich will auch kein Träumer sein. Ich brauche deine Freundschaft und Zeit, Barbar. Zeit und noch einmal Zeit. Ich kann nicht von heute auf morgen ändern, was seit Generationen zerstört worden ist. Ich kann auch nicht alles allein tun – aber wird man mir die Zeit geben, überhaupt etwas tun zu können?“

Rhodan lächelte. „Du hast keine andere Wahl, als den Titel anzunehmen, wenn du kein Vakuum hinterlassen und dem Chaos keinen Vorschub leisten willst.“

„Gonozal VIII.!“ sagte Atlan sarkastisch. „Was für ein Name.“

„Er ist so gut wie jeder andere“, meinte Rhodan gelassen.

24.

Seit zwei Tagen wurde der Druufwissenschaftler Onot in einer Zelle festgehalten, ohne daß sich jemand um ihn kümmerte. Ein schweigsamer Wärter brachte ihm das Essen und beantwortete keine seiner Fragen.

Die Erinnerung kehrte langsam zurück.

Es war dem Wissenschaftler bisher noch nicht zu Bewußtsein gekommen, daß er an Amnesie litt. Sicher, dieses oder jenes mochte er vergessen haben, aber von einer regelrechten Gedächtnislücke konnte doch wohl nicht die Rede sein. Er hatte in der Vergangenheit, besonders damals, als das Rechenzentrum von den gegnerischen Robots vernichtet wurde, merkwürdig gehandelt. Zugegeben. Er vermochte sich auch nicht mehr zu erklären, warum er so gehandelt hatte, aber er wußte doch noch, daß er es getan hatte.

Es war ein wirres Durcheinander. Seine Gedanken versuchten, eine gerade Linie zwischen der Gegenwart und den Ereignissen der Vergangenheit herzustellen, aber es gelang ihnen nicht. Ihm war, als schöben sich undurchsichtige Schleier zwischen die Geschehnisse und hinderten ihn daran, nach rückwärts zu schauen. Dabei wurden die Kopfschmerzen wieder unerträglich.

Ihm wurde klar, daß er in einer Falle saß. Sie würden ihn für Dinge verantwortlich machen können, an die er sich nicht mehr erinnerte. War er es denn wirklich gewesen, der die Zerstörung der großen Rechenzentrale unter der Stadt veranlaßt hatte? Und wenn er es getan hatte, *warum* hatte er es getan? Warum hatte er die feindlichen Roboter in das Rechenzentrum gelassen, damit sie dort ihre Aufgabe erledigten?

Ihm war, als könne er die Vergangenheit plötzlich mit den Händen greifen. Aber dann war sie wieder hinter den Schleiern verschwunden.

Onot entsann sich plötzlich, daß jemand eine große Rolle gespielt hatte. Jemand, den er nicht sehen, wohl aber hören konnte. Jemand, der bei ihm war. Oder vielmehr: in ihm.

Ja, jetzt wußte er es wieder.

Am Morgen des dritten Tages begann Onot, sich zu erinnern.

Eine Stimme hatte damals zu ihm gesprochen. Sie schien aus dem Nichts gekommen zu sein, und doch sprach sie aus ihm – zu ihm. Eine lautlose, unheimliche Stimme in seinem Gehirn. Sie hatte behauptet, schon seit Jahren in ihm zu wohnen und seine Arbeit zu kontrollieren.

Onot stand auf und ging mit unruhigen Schritten in der Zelle auf und ab. Fünf Schritte hin, fünf Schritte her.

Die Stimme ...

Er müsse tun, was sie von ihm verlange, hatte sie weiter gesagt. Er müsse ihr gehorchen, was immer sie ihm auch auftrage. Und er entsann sich, daß sie ihm den Verrat befohlen hatte. Ja, er war es gewesen, der den Transmitterempfänger einschaltete, damit die fremden Roboter in die Zentrale eindringen konnten. Und das nur, weil die Stimme es von ihm verlangt hatte.

Onot setzte sich wieder.

Wenn er dem Obersten Richter von der Stimme erzählte, würde der ihm glauben? Oder würde der Richter es nicht für eine Ausrede halten, für ein Hirngespinst?

Onot hörte schon, wie der ganze Gerichtssaal vor Lachen dröhnte. Die Druuf waren nüchterne und berechnende Geschöpfe. Sie glaubten nicht an Gespenster oder Stimmen.

Aber dann suchte er weiter in seinen Erinnerungen.

Hatte die Stimme nicht auch behauptet, wenn sie ihn verließe, müsse er sterben? Sie hatte ihn verlassen, aber er lebte immer noch. Nun kehrte langsam die Erinnerung zurück. Wenn er seine Richter von seiner Unschuld überzeugen konnte, war vielleicht alles gut.

Sie sei ein Geist, der seinen Körper verloren hätte, hatte die Stimme damals erklärt. Nun habe er eine neue Heimstätte in Onots Körper gefunden. Onots Geist und Intellekt, so forderte die Stimme weiter, habe sich ihren Befehlen nicht zu widersetzen, sondern müsse gehorchen.

Onot hatte gehorcht, weil er mußte – und weil er damals keine Ahnung hatte von dem, was mit ihm geschah. Moralisch gesehen, war er der Verbrechen, deren man ihn bezichtigte, nicht schuldig. Wie es aber in der Praxis der unbarmherzigen Gesetze Druufons aussah, war eine andere Frage.

„Ich bin wieder Herr meines Geistes und damit auch meines Körpers“, sagte Onot zu sich. „Niemand hat mir etwas zu befehlen. Ich bin Onot, der Wissenschaftler. Ich werde den Druuf eine Waffe bauen, mit der sie das Universum besiegen können. Die Zeit – welche Geheimnisse birgt sie noch für mich? Wenn ich will, kann ich den Zeitstrom umlenken – und ich werde es tun, um die Geschehnisse der Vergangenheit rückgängig zu machen. Ich werde den Besitzer der Stimme aufspüren und töten, bevor sein Geist meinen Körper verläßt. Die Erde war seine Heimat. Wenn du mich hören kannst, Stimme, dann antworte. Gib zu, daß ich stärker bin als du.“

Seine Gedanken wurden unterbrochen, als der Wärter die Türklappe öffnete und hereinsah. Dann wurde die Klappe wieder geschlossen.

Onot lehnte sich mit dem Rücken gegen die Wand.

Die Stimme ist nicht mehr da, dachte er triumphierend. Früher, wenn ich auch nur den kleinsten Gedanken an Rebellion verschwendete, war sie sofort da und drohte mir. Sie machte, daß ich Kopfschmerzen bekam, und quälte mich. Sie verdrängte mein ganzes Denken und machte mich zu ihrem Sklaven. Aber heute...

Nein, die Stimme war nicht mehr da.

Jetzt war die Stunde gekommen, auf die er so lange gewartet hatte. Er würde dem Richter alles erklären können – und der mußte ihm glauben.

Aber dann, und es war wie ein Keulenschlag, brach alles um ihn herum wieder zusammen.

Lautlos sagte die Stimme zu ihm: „Du irrst, Onot! Ich bin noch da. Aber vielleicht bist du bald ganz allein. Es könnte sein, daß du dann froh wärest, ich käme wieder zurück."

Erschrocken lauschte Onot, aber die Stimme sprach nicht weiter.

Sekunden oder Jahrtausende – es gab keinen temporalen Anhaltspunkt, das festzustellen – wirbelte Ernst Ellerts körperloser Geist durch den Zeitstrom, ehe er an das Zeitgestade der Druuf gespült wurde.

Hier erst war ihm bewußt geworden, daß es nicht nur einen Zeitstrom, nicht nur eine Zeitebene gab, sondern mehrere. Er hatte viele von ihnen durchquert und die sonst undurchlässigen Mauern durchbrochen. Aber die Lücken hatten sich hinter ihm wieder geschlossen und jede Rückkehr illusorisch gemacht.

So fand er Onot, den Wissenschaftler. Behutsam drang er in dessen Körper ein und nahm von ihm Besitz. Der Druuf hatte sich zuerst gegen die Bevormundung gesträubt, mußte aber dann seinen Widerstand aufgeben. Onot wurde Ellerts willenloser Sklave. Gelegentlich versuchte er zwar, den lästigen und gefährlichen Besucher aus dem Nichts abzuschütteln, aber es gelang ihm nicht. Ellert hatte einen neuen Körper und damit eine neue Heimat gefunden.

Einmal fand eine Berührung mit seiner alten Zeitebene statt, aber er bemerkte es nicht. Das war zu jener Zeit gewesen, da Arkon die

Venus besiedelte und Atlantis im Ozean der Erde versank. Erst zehntausend Jahre später – für Ellert nur Wochen – fand die zweite und entscheidende Berührung statt.

Perry Rhodan entdeckte die Zeitebene der Druuf – und er fand Ellert.

Von diesem Augenblick an arbeitete Onot im Auftrag Ellerts für Perry Rhodan und die Terraner. Er tat es unter Zwang. Er lehnte sich auf und spürte, daß er stärker geworden war. Den Verrat hatte er nicht verhindern können, aber er wußte, daß sein Beherrscher – die Stimme – schwächer geworden war.

Auch Ellert wußte das.

Mit Besorgnis mußte er feststellen, daß seine Macht über Onots Intellekt schwand. Nur mit größter Anstrengung konnte er verhindern, aus Onots Gehirn verdrängt zu werden. Er wollte nicht für immer Onot sein, aber die Zeit zur Rückkehr war noch nicht gekommen. Sein wirklicher Körper wartete auf ihn – mehr als sechstausend Lichtjahre entfernt. Aber würde er diese enorme Entfernung noch überbrücken können?

Er betrachte durch Onots vier Augen seine Umgebung, die trostlosen und kahlen Wände der Zelle, in die man den Wissenschaftler gebracht hatte. Vielleicht sollte er es doch versuchen. Das Geheimnis des linearen Überlichtantriebs war jetzt komplett in seiner Hand – bildlich gesprochen. Er würde Raumschiffe bauen können, die mit millionenfacher Lichtgeschwindigkeit flogen, ohne entmaterialisieren zu müssen. Diesen Antrieb wollte er Rhodan als Geschenk überbringen.

Ellert wußte, daß sich seine Artgenossen im Besitz eines Linearantriebs befanden, aber ohne die kompletten Konstruktionspläne würden sie diesen Antrieb niemals nachbauen können.

In den letzten Tagen hatte er darauf verzichtet, Onot zu belästigen. Nur heute früh sah er sich gezwungen, dem Druuf klarzumachen, daß er noch da war.

Doch jetzt gab es anderes zu tun. In dem Felsenlabor lagen die Aufzeichnungen über den Linearantrieb.

Vorsichtig begann er, sich von Onot zu lösen. Der Druuf spürte nichts davon. Ellert sah ihn plötzlich unter sich auf dem Bett sitzen. Die Wände der Zelle verschwammen und wichen zurück. Ihre molekulare Zusammensetzung bot Ellerts Geist keinen Widerstand. Er drang durch die Materie hindurch und schwebte Sekunden später hoch über dem Gerichtsgebäude.

Er dachte an die steinige Wüste und das geheime Labor im Gebirge – und war im selben Augenblick dort. Hoch schwebte er über der Ebene. Einige Fahrzeuge standen dicht beim Eingang zum Labor. Druff kamen aus dem Felsgang und schleppten Geräte und Kisten zu den Wagen. Sie waren dabei, Beweismaterial zu sammeln.

Ellert erschrak. Hoffentlich hatten sie nicht bereits schon die Unterlagen für den Antrieb beiseite geschafft.

Er sank herab und hing unsichtbar und körperlos über den Druuf.

Ein Offizier – seine Rangabzeichen wiesen ihn als Angehörigen des Sicherheitsdiensts von Druufon aus – kommandierte seine Leute mit der üblichen Arroganz eines befehlsgewohnten Vorgesetzten. Wie es schien, hatte er die Absicht, das gesamte Labor Onots auszuräumen.

Wenn Ellert ein Gesicht besessen hätte, wäre einem Beschauer aufgefallen, daß er jetzt lächelte. Es war nicht schwer, in das unvorbereitete Gehirn des Druuf einzudringen. Von einem Widerstand war nicht die geringste Spur zu bemerken. Aber die eifrigen Polizisten trauten ihren Ultraempfangsorganen nicht, als sie plötzlich den Befehl erhielten, alle Sachen wieder in das Labor hinabzubringen.

Ellert zwang den Offizier, das Labor aufzusuchen. Es herrschte ein heilloses Durcheinander in den Felsenkammern. Alles lag und stand wirr durcheinander. Das Chaos vergrößerte sich, als die Druuf die bisher entfernten Gegenstände wieder herabbrachten.

Der Offizier durchstreifte die Räume, als suche er etwas. Er blätterte durch ganze Stapel von Aufzeichnungen, betrachtete sie mit verständnislosen Augen und legte sie wieder fort. Es dauerte fast eine halbe Stunde, ehe er endlich fand, was er unbewußt suchte.

Die Aufzeichnungen waren komplett vorhanden. Sie bestanden aus einer kleinen Metallfolie, hauchdünn und mit kaum leserlichen Formeln bekritzelt. Ihr Wert hingegen war unschätzbar.

Der Offizier schob das Blatt, nachdem er es zusammengefaltet hatte, in die Tasche. Gleichzeitig gab er seinen Helfern den Befehl, mit dem Ausräumen fortzufahren und alles wieder an die Oberfläche zu schleppen.

Der Befehl wurde prompt befolgt. Man war von diesen Offizieren schon eine Menge gewohnt, auch widersinnige Befehle. Wortlos, ohne zu murren, machten sich die Druuf erneut daran, die Räume zu leeren.

Die Aktion war nach einigen Stunden beendet. Die Polizei zog mit den sichergestellten Unterlagen ab. Ellert verblieb im Körper des Offiziers, der einen Fluggleiter bestieg und zur Stadt zurückkehrte, wo er den Behörden die Ausführung des Auftrags meldete.

Dann bat er, den Gefangenen sprechen zu dürfen.

Der General sah erstaunt hoch. „Onot? Was wollen Sie von ihm? Die Untersuchung gegen ihn ist noch nicht abgeschlossen.“

Ellert legte dem Offizier die Antwort in den Mund. „Ich glaube, wir haben noch nicht alles gefunden, was als Beweismaterial gegen ihn dienen kann. Vielleicht kann ich einige Hinweise erhalten, wenn ich ihn ausfrage.“

Der General überlegte. Dann nickte er. „Ich werde vom Obersten Richter eine Sprecherlaubnis anfordern.“

Ellert wartete geduldig. Erst am späten Nachmittag wurde seine Geduld belohnt. Der Offizier erhielt die Erlaubnis, mit dem Gefangenen zu sprechen.

Onot schreckte aus seinen Gedanken hoch, als seine Zellentür geöffnet wurde und der Polizeioffizier eintrat. Von Ellerts Gegenwart für einige Stunden befreit, war sein Gedächtnis voll zurückgekehrt, und er wußte, was geschehen war. Allerdings konnte er nicht ahnen, daß sein Beherrscher ihm nun in Gestalt des Besuchers gegenüberstand.

„Ich muß sofort mit dem Richter reden“, sagte er, noch bevor der Offizier den Mund öffnen konnte. „Es war kein Verrat, wie man ihn sich vorstellt. Ich ...“

„Kein Wort mehr!“ erwiderte der Offizier. „Sie tun, was ich Ihnen sage. Ich war in Ihrem Labor und habe Ihnen etwas mitgebracht, das Sie an Ihrem Körper verbergen müssen. Hier, diese Aufzeichnungen. Sie dürfen nicht verlorengehen.“

Er reichte Onot die Folie. Der Wissenschaftler nahm sie. Erstaunt erkannte er, daß es sich um seine eigene Handschrift handelte, mit der er die wesentlichen Geheimnisse des linearen Antriebs aufgezeichnet hatte. Der Sinn war ihm nicht klar. Der Antrieb war schon lange gebräuchlich. Was sollten die Pläne? Für jeden Druuf waren sie wertlos.

Höchstens jemand, der aus einem anderen Universum kam...

Er begriff. „Nehmen Sie die Aufzeichnungen zurück und vernichten Sie sie!"

Ellert erkannte die Gefahr. Er konnte jetzt unmöglich zwei Individuen zugleich beherrschen. Es wurde Zeit, Onot wieder unter seine Gewalt zu bringen.

Und der Offizier? Würde er sich nicht an das erinnern, was geschehen war? Würde ein schwacher Amnesieblock genügen, ihn alles vergessen zu lassen?

Er mußte es versuchen.

Zehn Sekunden dauerte die Behandlung, dann verließ Ellert den Körper des Offiziers und drang wieder in Onots Gehirn ein. Er spürte Widerstand, den er hart beiseite schob.

Onot gab nach.

„Gut, ich werde tun, was Sie von mir verlangen", sagte er ausdruckslos. „Und nun gehen Sie, bitte."

Der Offizier schien wie aus einem Traum zu erwachen.

Wie kam er in die Zelle des Gefangenen? Was hatte er bei Onot, dem Verräter, zu suchen?

Wortlos drehte er sich um und verließ die Zelle. Der Wärter verschloß sorgfältig die Tür und begleitete den Offizier nach oben. Stumm und wie im Traum schritt dieser dahin, bis er vor dem Obersten Richter stand, der sich nach dem Erfolg seiner Bemühungen erkundigte.

„Nun, was haben Sie erreicht?"

Der Offizier war ratlos. „Nichts, Richter. Absolut nichts."

„Ich dachte es mir", erklärte der Richter und machte eine entlassende Gebärde. „Sie können gehen."

Der Offizier verließ den Raum.

Er versuchte sich vergeblich zu erinnern, was seit jener Laborausräumung bis jetzt geschehen war.

Ellert aber gelang es noch einmal, Onot zu bezwingen. Der Druuf hatte sich schon frei gefühlt und war bereit, alle seine gefährlichen Geheimnisse auszuplaudern.

„Es geht für dich um Leben und Tod, Onot", teilte er dem Wissenschaftler mit. „Solange ich dich nicht verlasse, geschieht dir nichts. Du hast mir geholfen, also werde ich auch dir helfen."

„Du bist nicht mehr stark genug", gab der Wissenschaftler triumphierend zurück.

„Ich kann dich töten", betonte Ellert.

„Dann töte mich", forderte der Druff ihn auf.

„Es gibt noch eine andere Alternative."

„Welche?"

„Wenn der richtige Zeitpunkt gekommen ist, werde ich dich verlassen. Du erhältst von mir das Versprechen, daß ich niemals mehr zurückkehre. Du wirst frei sein."

„Und was verlangst du als Gegendienst?" wollte der Druuf wissen. „Was muß ich dafür tun?"

Ellert fühlte Erleichterung. „Unter der Haut deines linken Armes kannst du eine winzige Erhöhung spüren. Drücke mit der Fingerspitze dagegen. Mehr hast du nicht zu tun. Ja – fester."

Onot war durchaus nicht gewillt, sich der Stimme zu fügen, aber schon die Neugier zwang ihn dazu, den verborgenen Gegenstand unter seiner Haut zu suchen. Er fand ihn leicht. „Was ist das?"

„Frage nicht, Onot. Drücke lieber fester – ja, so ist es gut. Nun kann ich es dir sagen: Es ist ein winziger Sender, der die Verbindung zu guten Freunden herstellt. Dieses Gerät hast du kurz nach der Zerstörung der Raumstation nach meinen Anweisungen entwickelt, ohne daß dir das zu Bewußtsein gekommen ist. Meine – oder auch deine – Gedankenimpulse werden in elektronische Schwingungen umgesetzt, die ein besonderes Gerät wiederum in Worte meiner Sprache verwandelt. Und nun verhalte dich für einige Minuten passiv. Ich kann dich nicht mehr dazu zwingen, aber glaube mir, es ist deine einzige – und deine letzte Chance, am Leben zu bleiben."

Der Alarm riß Captain Marcel Rous aus tiefem Schlummer.

Er raste halbbekleidet hinaus auf den Gang in Richtung Funkzentrale, aus der Alarm gegeben worden war. Es konnte sich nur um eine höchst wichtige Funkmeldung handeln. Wäre der Alarm von der Kommandozentrale aus gegeben worden, wäre vielleicht ein direkter Angriff der Druuf zu befürchten gewesen.

Die Druuf also, sagte sich Rous beruhigt, waren es nicht.

Atemlos stürzte er in den Funkraum der Station und sah, wie Sergeant Masters gerade die Aufnahmegeräte abschaltete. Er konnte in der Eile nicht feststellen, ob es sich um einen empfangenen Hyperspruch von der OHIO, die sich vor dem Entladungstrichter befand, oder um sonst eine Meldung handelte. An den winzigen Spezialempfänger, der seit einigen Tagen den Stützpunkt mit Ellerts Sender verband, dachte er zuletzt.

„Was ist, Masters?"

Der Sergeant richtete sich nach einem letzten Handgriff auf. „Meldung von Ellert, Druufon. Die Entschlüsselung läuft."

Rous nickte ihm zu und begann, nervös in der Zentrale auf und ab zu gehen. Er wußte, daß eine Meldung von Ellert wichtig sein mußte.

Der Mutant meldete sich nur in dringenden Fällen.

Aus Erfahrung wußte er, daß die Entschlüsselung mit dem Automaten nicht mehr als zehn Minuten dauerte. Ob der Funkspruch kürzer oder länger war, spielte dabei keine Rolle.

Sergeant Masters blieb schweigsam. Er sah mit verbissener Miene auf das sich abspulende Tonband und lauschte dem Klicken der Kodemaschine. Dann – endlich – lief das Band wieder zurück.

„Fertig!" gab Masters bekannt.

Captain Rous nickte. „Lassen Sie ablaufen!"

Noch einige Handgriffe, und dann war in dem Raum eine Stimme, die in ihrem geistigen Ursprung zwar einem Mann namens Ellert gehörte, die aber doch nicht die seine war. Der Spezialempfänger hatte Ellerts gesendete Gedankenimpulse in hörbare Laute umgewandelt.

„Hier ist Ernst Ellert im Körper Onots! Ich rufe Perry Rhodan! Ich werde zu schwach, um Onots Geist länger widerstehen zu können. Er verdrängt mich allmählich. Onot wurde verhaftet und wird vor das Oberste Gericht gestellt. Wenn ich ihn nicht daran hindern kann, wird er mich verraten. Er hat auch Kenntnis vom Stützpunkt auf Hades. Ich kann von hier aus nicht in meinen Körper auf der Erde zurückkehren. Bringt meinen Körper nach Hades – oder holt Onot zur Erde. Es gibt keine andere Möglichkeit mehr. Beeilt euch, diese Botschaft an Rhodan weiterzuleiten. Er weiß, was zu tun ist. Nur wenige Tage noch, und es wird zu spät sein. Helft mir! Ernst Ellert."

Perry Rhodan weilte noch auf Arkon III und bereitete seinen Rückflug mit der DRUSUS zur Erde vor.

Im Grunde genommen gab Rhodan nicht viel auf Vorahnungen, aber in den vergangenen Stunden war er ein unangenehmes Gefühl drohender Gefahr nicht losgeworden. Er hatte mit Bull darüber gesprochen, aber der hatte ihn einfach ausgelacht.

„Du siehst Gespenster, Perry. Die letzten Ereignisse haben dich mitgenommen und deine Nerven zu sehr strapaziert. Das kann ich durchaus verstehen. Was willst du? Die Springer haben eine Schlappe erlitten. Die Druuf haben ihre Raumstation verloren und werden bald in ihrer eigenen Zeitebene eingesperrt sein."

„Du vergißt Ellert, Bully", gab Rhodan zurück und ließ den Bildschirm mit den abstrakten Farbmustern unbeachtet. Die Unterhaltungssendungen der Arkoniden sagten ihm nicht zu. „Er sitzt auf Druufon. Wir müssen dafür sorgen, daß er zur Erde zurückkehrt. Wenn der Entspannungstrichter sich schließt, kann es zu spät sein."

„Warum? Holen können wir ihn immer noch."

„Aber unter schwersten Bedingungen. Das möchte ich vermeiden."

„Na – worauf warten wir dann noch?"

Der Umschwung kam selbst Rhodan zu schnell. Er sah Bully einen Augenblick verwundert an, ehe er lächelte und entgegnete: „Ja – worauf warten wir eigentlich noch? Das frage ich mich auch. Ich erwarte noch die Klarmeldung von Terra, dann starten wir. Morgen dürfte es soweit sein. Atlan hat hier die Zügel fest in der Hand. Sicher, wir müssen mit neuen Unruhen rechnen, aber auch damit werden wir gemeinsam fertig werden. Mehr Sorge bereitet mir mein Sohn."

Bully gab keine Antwort. Er ahnte, wie sehr Rhodan gerade dieser Punkt belastete. Er hielt es für besser, keinen Kommentar dazu zu geben. Nach einigen Minuten stummen Starrens auf den Bildschirm unterbrach sie der Funker: „Hypersendung von Terra. Die Meldung kommt von Marschall Freyt, Terra. Absendetermin: 5 – August – 2044 – Zeit – 17.48 Terrania. Der Text: Alarm Hades-Ellert. Captain Rous gibt an, Ellerts Geist sei zu schwach, um in seinen Körper zurückzukehren, und bittet um Hilfe. Sofortiges Handeln unbedingt notwendig. Erbitte Anweisungen. Freyt."

Rhodan stand für einige Sekunden unbeweglich, dann war sein Entschluß gefaßt. Seine Worte klangen klar und deutlich, als er befahl: „Funkspruch an Freyt, Terrania. Text: Anweisungen erfolgen rechtzeitig. Zweiter Funkspruch an Hades. Text: Transmitterempfänger in genau fünf Stunden einschalten. Komme selbst, Rhodan."

Rhodan rief Atlan an, erklärte ihm den Grund des Aufbruchs und verabschiedete sich.

Fünf Minuten später startete die DRUSUS. Die Triebwerke heulten auf und rissen das riesige Schiff in den Weltraum hinaus. Die Antigravfelder neutralisierten jeden Andruck. Mit steigender Beschleunigung raste das Ungetüm der Lichtgeschwindigkeit und dem Festungsgürtel von Arkon entgegen, während der Hauptplanet in der Unendlichkeit versank.

Zwei Stunden währte die rasende Fahrt, dann glitten links und rechts die automatischen Raumstationen vorbei und blieben zurück. Das richtige Codewort hatte vermieden, daß sie sich in feuerspeiende Festungen verwandelten und die DRUSUS vernichteten.

Ungehindert eilte das Schiff dem errechneten Transitionspunkt entgegen.

Pünktlich auf die Sekunde ließ Captain Marcel Rous einen der Transmitter auf Empfang schalten. Irgendwo draußen in der Nähe des Entladungstrichters mußte jetzt die DRUSUS rematerialisieren und Rhodan in die Sendestation eines Materietransmitters treten.

Rous stand vor der Tür des Gitterkäfigs und wartete. Die Lampe leuchtete grün, aber noch war von Rhodan keine Spur zu sehen.

Dann begann das Licht zu flackern. Die ersten Impulse von der DRUSUS trafen ein. Dort war der Sender in Betrieb genommen worden. Und dann – von einer Sekunde zur anderen – erschien in dem Käfig die Gestalt eines Mannes. Sie entstand aus dem Nichts heraus und materialisierte ohne jeden Übergang.

Rhodan trat aus dem Käfig und reichte Captain Rous die Hand.

„Sie haben mir einen schönen Schreck eingejagt, Captain. Wie kam Marschall Freyt an die Meldung?"

Sie schritten durch den Korridor zur Wohnkabine des Stützpunktkommandanten. Noch bevor sie Rous' gemütlichen Aufenthaltsraum erreichten, berichtete der Captain von Ellerts Sender, mit dem ein Kontakt zwischen dem Mutanten und Hades ermöglicht wurde. „Ich sandte sofort nach Erhalt von Ellerts Hilferuf mit einer Sonde einen Notspruch an die OHIO, unser Verbindungsschiff beim Trichter. Ich nehme an, die haben ihn sofort an Marschall Freyt weitergeleitet, der wiederum Verbindung mit Ihnen auf Arkon aufnahm."

Er öffnete die Tür und ließ Rhodan den Vortritt. Erst als die beiden Männer saßen, fragte Rhodan: „Was ist mit Ellert?"

Rous griff in die Tasche und zog ein Stück Papier hervor. „Das ist die erste Funkmeldung, die wir von Druufon erhielten."

Rhodan las Ellerts Botschaft langsam und aufmerksam. Nachdenklich legte er den Zettel vor sich auf den Tisch. „Sie haben also Onot endgültig erwischt, und Ellert hat nicht mehr die Kraft, den Wirtskörper zu verlassen und zur Erde zurückzukehren. Es wird uns tatsächlich nichts anderes übrigbleiben, als ihm seinen eigenen Körper nach Druufon zu bringen. Hm, kein leichtes Unterfangen. Aber zum Glück haben wir ja Zeit genug. Bis die Voruntersuchungen abgeschlossen sind und der Prozeß Onot beginnt, vergehen noch einige Tage."

Rous schüttelte den Kopf. Er war blaß geworden. „Es traf inzwischen eine zweite Botschaft von Ellert ein. Ich fürchte, es ist nur wenig Zeit. Seit zwei Stunden bereits steht Onot vor dem Obersten Gericht. Ellert kann auch Hades nicht erreichen."

Rhodan sah Rous an. „Haben Sie noch den genauen Wortlaut?"

„Den kenne ich auswendig. Ellert funkte, daß man Onot abgeholt und vor Gericht gestellt habe. Er habe kaum noch die Kraft, Onot zu bestimmten Aussagen zu zwingen. Der Druuf sei innerlich bereit, seinen Richtern die volle Wahrheit zu sagen. Ellert versucht, das zu verhindern. Er weiß nicht, wie lange er das noch aushält. Wenn er Onots Gehirn und Körper verlassen muß, weiß er nicht, wohin er gehen soll. Um Druufon zu verlassen, benötigt er Kraft. Die fehlt ihm."

Rhodan nickte. „Ich kann mir nicht vorstellen, was geschehen wird, wenn er ohne die notwendige Energie Onot verläßt. Vielleicht verliert er die temporale Steuermöglichkeit und gleitet erneut ab in den Strom der Zeit, der ihn schon einmal verschlang. Somit wissen wir wenigstens, daß ein gewisser Energieaufwand dazu gehört, in der Gegenwart zu verbleiben. Merkwürdig, darüber habe ich noch nie nachgedacht."

Er sah auf und blickte direkt in Rous' Augen. „Wir müssen unverzüglich handeln. Philosophieren können wir später. Ich kehre an Bord der DRUSUS zurück, bleibe aber in der Nähe des Entladungstrichters. Falls ein Angriff erfolgt, können Sie mit mir rechnen. Wenn nämlich Onot plaudert..." Er stand auf und wartete, bis Rous ihm die Tür öffnete. Während sie zu den Transmittern zurückgingen, fuhr er fort: „Sie geben wir sofort Bescheid, wenn eine weitere Nachricht von Ellert eintrifft."

„Selbstverständlich", versprach Rous.

Rhodan winkte ihm noch einmal zu, ehe er entmaterialisierte. Eine Sekunde später trat Rhodan an Bord der DRUSUS aus dem Empfänger und begab sich in größter Eile zur Hyperfunkstation des Schiffes.

Seine Anweisungen kamen schnell und präzise, wie immer, wenn es um das Schicksal der Erde oder von Terranern ging.

Marschall Freyt hielt sich seit einigen Stunden in seinem Arbeitsraum auf, um auf neue Nachrichten zu warten.

Seine Geduld wurde belohnt, als es zu einer Direktverbindung zu Rhodan kam.

Der ovale Bildschirm leuchtete auf. Rhodans Gesicht war in den ersten Sekunden etwas undeutlich, aber dann wurde es scharf. Jede Linie war deutlich zu erkennen. Die Hyperwellen stellten den unmittelbaren und zeitlosen Kontakt über Lichtjahre hinweg her.

„Freyt – es sieht fast so aus, als hätten wir beide mit diesem Gespräch gerechnet. Ellert hat eine zweite Botschaft geschickt. Er kann Onots Körper nicht mehr ohne Gefahr für länger verlassen. Onot selbst steht vor Gericht und muß sich wegen Verrats verantworten. Ellert versucht, ihn von einem Geständnis abzuhalten, das für uns alle sehr verhängnisvoll sein kann. Die Druuf würden geradezu herausgefordert. Ich sehe keinen anderen Ausweg, als Ellerts Leiche sofort aus dem Mausoleum zu holen und nach Hades zu bringen. Alles Weitere ergibt sich dann."

„Ich habe es geahnt!" rief Freyt. „Haggard und Jamison sind bereit. Wann?"

Rhodan lächelte. „Sofort!"

„Ich werde Ellert selbst bringen. Es sind nur wenige Stunden. Mercant wird wichtige Angelegenheiten für mich übernehmen."

Der Schirm wurde schlagartig dunkel, als die Verbindung nach einigen letzten Anweisungen Rhodans abgebrochen wurde.

Eine Sekunde nur saß Freyt reglos in seinem Sessel, dann kam Leben in ihn. Mercant wurde von der Lage unterrichtet, die beiden Ärzte zum Mausoleum bestellt, der Schnelle Kreuzer C-13 startbereit befohlen und einige Fluggleiter bestellt.

Zehn Minuten später landete Freyt bereits draußen in der Wüste neben der Pyramide, die über Ellerts Grabmal scharf und spitz in den blauen Himmel stach. Haggard und Jamison erwarteten ihn bereits. Unbeweglich standen neben dem Mausoleum die ständigen Wachen und verzogen keine Miene.

Professor Haggard – ebenfalls ein Freund Rhodans und Empfänger der Zelldusche – kam Freyt entgegen. „Was ist denn los? Hat sich die Leiche von Ellert erkältet?" Haggard war für seine rauhen Späße bekannt, von denen man jedoch wußte, daß sie niemals böse gemeint waren. „Oder will er von den Toten auferstehen?"

„Vielleicht beides", gab Freyt zurück und drückte die Hand des Freundes. Er begrüßte Dr. Jamison etwas zurückhaltender, aber gleichfalls freundlich. „Ich habe von Perry Rhodan die Anweisung erhalten, Ellerts Körper aus dem Mausoleum zu holen und nach Hades zu bringen."

„Hä?" machte der Professor. „Nach Hades? Warum?"

„Weil Ellert den weiten Weg zur Erde nicht mehr schafft. Ich weiß, wie man das Grabmal betritt. Würden die Herren Mediziner so freundlich sein, mich zu begleiten?"

Er trat zwischen den beiden Wachen hindurch und berührte die glatte Wand der Pyramide mit seiner flachen Hand, schob sie ein wenig hin und her, als suche er etwas – und dann ertönte seitwärts ein Geräusch.

Der Wüstenboden schob sich auseinander, und eine Treppe in die Tiefe wurde sichtbar.

„Da hinab geht es", erläuterte der Marschall. Er ging voran.

Eine zweite Tür konnte leichter geöffnet werden, dann tat sich vor ihren Blicken die eigentliche Grabkammer auf, in der seit über siebzig Jahren der nicht absterbende Körper des Teletemporariers ruhte und auf die Rückkehr seines Geistes wartete.

Marschall Freyt sah auf die komplizierten Apparaturen, die beim geringsten Lebenszeichen Ellerts den Alarm auslösen sollten. Der Spiegel dicht vor dem reglosen Mund des „Toten" war unbeschlagen. Die Luft in dem quadratischen Raum wirkte stickig, obwohl sie ständig, und zwar seit sieben Jahrzehnten, erneuert wurde.

Dann sahen die drei Männer erst, daß sich das Gesicht Ellerts verändert hatte. Die Wangen waren eingefallen, die Augen lagen in tiefen, dunklen Höhlen – und die Haut schimmerte bläulich.

Professor Haggard deutete mit zitternden Händen auf die hagere Gestalt, deren Umrisse sich durch die Tücher abzeichneten. „Das ist der Beginn der Verwesung ..."

Es war Marschall Freyt, als krampfe sich ihm das Herz zusammen.

Sollte alles nun vergeblich gewesen sein? Seit siebzig Jahren suchte Ellert seinen Körper, und nun, da er ihn endlich gefunden hatte, war es vielleicht zu spät. Sicher, Ellert konnte auch einen anderen Körper übernehmen, aber ...

„Wir müssen uns beeilen", sagte er tonlos und drehte sich zur

Wand, um die von Rhodan beschriebene Abschaltung der Instrumente vorzunehmen. „Jamison, helfen Sie Haggard, Ellert nach oben zu bringen."

Hoffentlich, so dachte er bei sich in stiller Verzweiflung, tragen sie nicht wirklich eine Leiche an die Oberfläche...

25.

Kalte und unerbittliche Augen sahen Onot an.

Hinter einem langen, hohen Tisch saßen die Richter, in feuerrote Roben gehüllt, zwölf an der Zahl. Etwas erhöht und hinter ihnen auf einem Podium thronte der Oberste Richter, gleichzeitig Ankläger und oberster Anwalt.

Onot kam sich klein und nichtig vor, als er in die erbarmungslosen Gesichter blickte. Er mußte stehen und wurde von zwei bewaffneten Druuf bewacht, die ebenfalls grimmig dreinschauten. Hinter sich hörte er das Raunen der Zuschauer.

„Ich wiederhole", sagte der Oberste Richter mit schneidender Stimme, die menschliche Ohren nicht hätten vernehmen können, „was hast du zu der vorgebrachten Beschuldigung zu sagen? Bekennst du dich schuldig?"

„Nein!" entgegnete Onot, und er tat es aus freiem Willen. Ellert hatte nicht nachhelfen müssen, wenn er auch auf der Hut war. Es war unvermeidbar gewesen, daß Onots wacher Geist einige seiner Geheimnisse erfahren hatte, die er unter keinen Umständen preisgeben durfte. „Im Sinne der Anklage bekenne ich mich nicht schuldig."

Der Oberste Richter nickte, als habe er es nicht anders erwartet. „Dann rufe ich jetzt den Zeugen Brodak."

Onot erinnerte sich an Brodak nur vage. War das nicht einer der Assistenten auf der Nebenrechenstelle in der Nähe seines geheimen Labors gewesen? Was konnte der schon wissen?

Ein Druuf wurde in den Saal geführt. Er schien bereit zu sein, Onot unter allen Umständen vernichten zu wollen.

„An jenem Tag, an dem das Rechenzentrum der Hauptstadt zerstört wurde, sah ich Onot bei unserer Rechenstelle nahe der Wüste", erklärte Brodak. „Er kam aus der Untergrundbahn und hatte es sehr eilig. Eine Stunde zuvor waren die feindlichen Roboter in die Zentrale eingedrungen und hatten sie zerstört. Onot floh – ein Beweis dafür, daß er von dem Angriff wußte."

Bewegung ging durch die Zuschauer.

Brodak fuhr triumphierend fort: „Heute wissen wir, daß die Roboter über den Materietransmitter eingebrochen sind. Er war eingeschaltet worden – genau zum rechten Zeitpunkt. Und zwar von Onot."

Der Tumult war unbeschreiblich. Onot hörte drohende Zurufe und schauderte zusammen. Wenn es nach den Zuschauern ginge, würde man ihn auf der Stelle zerreißen.

Der Oberste Richter sorgte für Ruhe. „Was hast du dazu zu sagen, Onot?

Ellert konzentrierte seine Kräfte und zwang Onot zur Antwort. „Eine gemeine Lüge! Intrige! Ich tat nichts dergleichen!"

„Jeder Verbrecher beteuert seine Unschuld, Angeklagter. Beweise sie!"

„Nein!" rief Onot. „Ihr müßt vielmehr meine Schuld beweisen." Für eine Sekunde wurde Ellert unachtsam, weil er den Erfolg spürte. Onots Intellekt bäumte sich gegen die Bevormundung auf. Onot sagte: „Natürlich habe ich den Transmitter eingeschaltet, aber laßt mich erklären ..."

Der Oberste Richter sah ein wenig ratlos aus. Zuerst leugnete der Verräter, dann wieder gab er alles zu. Mit derartigen Geständnissen war nicht viel anzufangen, denn sie sahen nach Beeinflussung aus.

Ellert hatte Onot wieder niedergerungen. Der Druuf fügte hinzu: „Ich widerrufe natürlich. Ich weiß nicht, was mich veranlaßte, eine Tat zu gestehen, die ich nicht beging."

„Warum gehorchst du mir nicht?" fragte Ellert und spürte die Anstrengung wie körperlichen Schmerz. „Es wäre besser für dich."

Aber Onot kämpfte verbissen gegen seinen geistigen Bezwinger.

„Nicht ich, sondern meine Stimme ist der eigentliche Verräter!“ rief er verzweifelt. „Sie zwingt mich...“

„Die Stimme?“ unterbrach ihn der Oberste Richter und sah seine Kollegen bedeutsam an. Er begann zu ahnen, worauf der Angeklagte hinauswollte. „Welche Stimme?“

Doch diesmal war Ellert wachsam. Er ließ Onot antworten: „Stimme – so bezeichne ich meine Neider. Sie schoben mir die Schuld an Dingen in die Schuhe, die ich niemals getan habe. Ich betone, daß ich unschuldig bin. Ich habe meinem Volk viele wertvolle Erfindungen geschenkt...“

„Wir werden diese Tatsache günstig vermerken, Onot“, sagte der Richter mit eigentümlichem Wohlwollen. „Ein freimütiges Geständnis würde deine Lage aber noch weiter verbessern.“

Ellert wußte nun, daß er nicht immer und ohne Pause Onot unter seinen Willen zwingen konnte. Er vermochte es nur in kurzen Zeitabständen, dann mußte er Onots Geist wieder freilassen.

Vielleicht konnte er gerade diese Möglichkeit in eine kluge Taktik verwandeln, so daß aus seiner Schwäche eine Waffe wurde. Wenn Onot sich widersprach, einmal seine Schuld bekannte und wieder energisch abstritt, mußte das die Richter und Zuschauer verwirren.

Er überließ Onot sich selbst. „Eine Stimme war es, die mir befahl, den Transmitter einzuschalten. Aber ich hätte es trotzdem nicht getan, wenn sie nicht Gewalt über mich gehabt hätte. Ich konnte mich nicht wehren. Sie übernahm meinen Körper und dirigierte meine Muskeln und Nerven. Sie war es, die meine Hände leitete und zwang, den Transmitter einzuschalten.“

Onot schwieg erschöpft. Er hatte sich mit dem Bekenntnis seiner Schuld beeilt, weil er fürchtete, nicht lange frei reden zu können. Zu seinem großen Erstaunen wurde er aber von seinem unheimlichen Gegner nicht daran gehindert. Ehe der Richter etwas einwerfen konnte, fuhr er schnell fort: „Es ist ein körperloser Geist, der in mir eine neue Heimat gefunden hat. Er stammt nicht von dieser Welt, sondern von einem Planeten, der viele Lichtjahre entfernt ist. Jetzt hat er seine Kraft verloren und beherrscht mich nicht mehr. Seine Welt ist ..." Er verstummte, denn Ellert schlief nicht. Zuviel durfte Onot nicht verraten. Und so waren die Zuhörer höchst verwundert, als Onot fortfuhr: „Hört nicht auf mich, Freunde. Ich rede wirres Zeug. Alles, was ich eben sagte, ist nicht wahr. Ich bin kein Verräter."

Der Oberste Richter verlor die Geduld. „Du willst uns täuschen, Onot, indem du einen Nervenzusammenbruch spielst. Damit hast du kein Glück. Einmal gestehst du, dann streitest du alles wieder ab. Eine Stimme – pah! Können wir deine Stimme sehen?"

„Sie ist unsichtbar und überall, Richter. Sie ist jetzt in diesem Saal." Und ohne Pause fügte Onot hinzu: „Manchmal bilde ich mir ein, es gäbe die Stimme wirklich und sie sei in meinem Gehirn."

„Na also!" Der Oberste Richter nickte einem Gerichtsdiener zu. „Man soll veranlassen, daß die Mediziner sich Onots annehmen. Zeuge Brodak, wir benötigen Sie jetzt nicht mehr. Der Angeklagte ist in seine Zelle zu bringen. Die Verhandlung wird unterbrochen, bis das Ergebnis der Medizinischen Sektion vorliegt."

Ellert aber wußte, daß er die vor ihm liegende Probe nicht bestehen würde, wenn nicht ein Wunder geschah.

Die Kugel hatte einen Durchmesser von einem halben Meter, war milchig weiß wie ein TV-Bildschirm und schwebte gewichtslos mitten im Raum.

Perry Rhodan, Bully und Oberst Sikermann – Kommandant der DRUSUS – saßen dicht vor ihr und beobachteten die Geschehnisse, die Harno ihnen vom Planeten Druufon übermittelte. Harno, Mitglied des Mutantenkorps, konnte weit entfernte Stellen auf seiner Oberfläche sichtbar machen.

So kam es, daß die drei Männer Zeuge der Gerichtsverhandlung wurden, die sich auf Druufon abspielte.

Rhodan erklärte: „Ellert führte einen verzweifelten Kampf gegen den immer stärker werdenden Onot. Wenn nur die Ursache seiner langsam fortschreitenden Schwäche bekannt wäre, dann ließe sich vielleicht etwas dagegen unternehmen. Harno, du weißt keine Antwort?"

Das Kugelwesen stand unbeweglich vor ihnen in der Luft. Es

hatte die Frage verstanden und antwortete telepathisch: „Ellert ist ein Geist ohne Körper. Nur der Körper vermag in der Gegenwart zu beharren, während ein Geist weder an Raum noch Zeit gebunden ist. Er ist wie ein Mensch, der mitten in einem reißenden Fluß an einer Klippe hängt und sich mit aller Gewalt festhalten muß, um nicht weggeschwemmt zu werden. Läßt seine Kraft nach, wird er loslassen – und abgetrieben werden. Ellert hat sich nun schon seit Jahren an der Klippe Onot festgehalten."

Rhodan nickte.

„Das verstehe ich – rein bildlich gesehen. Was aber kann man unternehmen?"

Harno entgegnete: „Es gibt nur ein Mittel: Ellert muß zurück in seinen eigenen Körper. Noch schafft er den Sprung – vielleicht. Wenn nicht, wird er immer in Onot bleiben müssen, allerdings nicht wie ein Herrscher, sondern als unterdrücktes Unterbewußtsein des Druuf. Kein gutes Schicksal."

„Viele intelligente Lebewesen haben ein Unterbewußtsein", warf Bully ein. „Soll das vielleicht bedeuten, daß ..."

„Keine voreiligen Schlüsse", warnte Harno. „Jedes intelligente, organische Lebewesen hat einen Geist, eine Seele. Sie ist zwiespältig, das ist alles. Der Intellekt an der Oberfläche ist das, was wir seinen Verstand nennen, der unterdrückte Widersacher wird Unterbewußtsein genannt."

„Es ist also nicht mit dem hypothetischen Zustand Ellerts nach seiner Niederlage zu vergleichen?"

„Habe ich das behauptet?"

„Es hörte sich so an."

„Dann wohnten in jedem Menschen zwei Seelen, zwei Intellekte."

Rhodan hielt es für besser, die Debatte zu unterbrechen. Wenn Harno ins Philosophieren kam, war kein Ende abzusehen.

„Vielleicht ist es so", sagte er und sah zu, wie die Druuf Onot hinausführten. „Es wäre gut, wenn wir die nun entstehende Pause nützen könnten. Freyt muß bald eintreffen."

Harnos Oberfläche veränderte sich. Farbige Muster huschten über die Kugelwölbung und formten sich allmählich zu einem steten Bild.

Der Weltraum. Millionen von Sternen verwandelten das All in ein schwarzes Samttuch, das über und über mit Brillanten bedeckt war.

Eine kleine Kugel schwebte dicht neben einer fünfzehnmal größeren.

„Das sind die OHIO und wir", sagte Rhodan. „Freyt ist noch nicht da. Dem Funkspruch nach zu urteilen, müßte er schon..."

Noch während Rhodan sprach, materialisierte keine zwei Lichtsekunden entfernt ein Kreuzer der Flotte. Er raste mit irrsinniger Geschwindigkeit davon, aber Harno folgte ihm mit seinen paranormalen Fähigkeiten.

„Es ist Freyt", stellte Rhodan aufatmend fest und sah zu, wie das Schiff langsamer wurde und in einer weiten Schleife an den Punkt zurückkehrte, an dem es aus dem Hyperraum gekommen war. „Harno, du wirst von nun an pausenlos Onot bewachen und mir Bescheid geben, sobald sich etwas Neues ergibt."

Harno stieg ohne Entgegnung zur Decke empor, wurde dabei kleiner. Das Bild auf seiner Oberfläche erlosch. Bully sprang auf. Oberst Sikermann stand ebenfalls auf, nur wesentlich langsamer und würdevoller.

Zusammen mit Rhodan verließen sie die Kabine, um die bevorstehende Aktion vorzubereiten.

Marschall Freyt hielt sich nicht lange mit einer Begrüßungsrede auf. Kaum war der Kreuzer im riesigen Hangar der DRUSUS gelandet, da öffnete sich auch schon an der Bauchseite des kleinen Schiffes ein Ausstieg, und die Rampe schob sich heraus.

Ein Stationswagen rollte nach unten. Auf ihm lag der Körper eines Menschen, von weißen Tüchern bedeckt.

Freyt, Haggard und Jamison folgten. Sie standen kaum neben dem Wagen, als Perry Rhodan auch schon herbeieilte und Freyt die Hand drückte.

„Schnelle Arbeit, Freyt. Was ist mit Ellert?"

Der Marschall äußerte sich besorgt: „Ich weiß nicht. Sein Aussehen gefällt mir nicht. Haggard übrigens auch nicht. Die Haut hat sich bereits am ganzen Körper blau verfärbt."

Eric Manoli, Rhodans Arzt und Freund, kam gerade in den Hangar. Er hatte die letzten Worte Freyts vernommen.
„Die Seele ist also auch dann mit ihrem Körper verbunden, wenn sie von ihm getrennt ist", sagte er und begrüßte die drei Männer. „Ellert ist der beste Beweis dafür."
„Wieso?"
Manoli sah Freyt verwundert an. „Ganz klar, finde ich. Früher hat Ellerts Geist unbewußt einen winzigen Bruchteil seiner Energie dem Körper übersandt – durch Raum und Zeit, bis zur Erde ins Grabmal. Nun ist er selbst schwach geworden. Seine Kräfte haben sich aufgebraucht. Sein Unterbewußtsein – oder wie man es auch nennen mag – gibt keine Energie mehr ab. Der verlassene Körper beginnt abzusterben."
So ähnlich hatte Harno es auch ausgedrückt, völlig unabhängig von Manoli.
„Und warum wird Ellerts Geist schwach?" fragte Rhodan.
„Weil der Onots stärker wird", gab Manoli zurück.
Rhodan verzichtete auf weitere Fragen. Er trat zu dem Stationswagen und hob die Laken an. Im ersten Augenblick erschrak er, als er das veränderte Gesicht Ellerts sah. Tief lagen die geschlossenen Augen in den dunklen Höhlen. Die Haut war blaßblau.
Siebzig Jahre lang waren mit Ellerts Körper keinerlei Veränderungen vor sich gegangen, und es war gewesen, als schliefe der Teletemporarier nur, aber nun schien dieser Ruhezustand beendet. Ellerts Körper glich bereits jetzt einem toten Organismus.
Rhodan nahm sich zusammen und befahl: „Ras Tschubai und Gucky werden mich begleiten. Ja, du auch, Manoli. Wir gehen nach Hades. Ellerts Körper nehmen wir mit."
Bully wollte etwas sagen, aber dann schwieg er. Vielleicht erkannte er an Rhodans Gesichtsausdruck, daß jeder Versuch, ihn umzustimmen, zum Scheitern verurteilt war. Sikermann nickte nur.
Der Abschied war kurz. Freyt kehrte mit seinem Schiff zur Erde zurück. Zehn Minuten später bereits standen Rhodan, der afrikanische Teleporter Ras Tschubai und Gucky im Transmitterkäfig. Der Wagen mit dem absterbenden Körper wurde hereingerollt, dann

schloß sich hinter Manoli die Tür. Ein grünes Licht leuchtete auf und zeigte damit an, daß der Empfänger auf Hades eingeschaltet worden war.

Rhodan drückte auf den Aktivhebel. Im selben Augenblick kamen sie in der Empfangsstation auf Hades an, wo sie von Rous erwartet wurden.

„Das ist schnell gegangen!“ rief Rous erleichtert. „Wir haben ein neues Notsignal von Ellert aufgefangen. Es besteht leider keine Möglichkeit, ihm eine Nachricht zu senden. Sein winziges Funkgerät birgt keinen Empfänger.“

„Wir werden bald selbst Verbindung mit ihm aufnehmen“, entgegnete Rhodan und sah zu, wie zwei Männer unter Manolis Anleitung den Wagen mit Ellerts Körper aus dem Transmitter schoben. „Lassen Sie eine Ihrer Space-Jets für mich startbereit machen, Captain. Ein Fernaufklärer ist für unseren Zweck am besten geeignet.“

„Mit Mannschaft?“

„Nein, nur mit einem Piloten. Das Unternehmen ist nicht ungefährlich, und ich möchte das Risiko möglichst klein halten.“

„Dann schlage ich Leutnant Werner Mundi vor.“

„Den Ungarn?“

„Eigentlich mehr Österreicher. Ein sehr zuverlässiger Pilot. Sie können sich auf ihn verlassen.“

„Das muß ich auch, Rous. Gut, sagen Sie Mundi, daß wir in einer halben Stunde starten.“

Leutnant Mundi saß bereits Minuten danach im Pilotensessel und wartete auf Befehle. Er hatte ein rosiges, freundliches Gesicht, war nicht gerade dünn zu nennen und wirkte äußerst sympathisch. Auch wenn er Englisch sprach, so verriet sein liebenswürdiger Akzent schon bei den ersten Worten, wo seine Wiege gestanden hatte.

Ras Tschubai und Gucky nahmen ebenfalls in der Zentrale Platz. Sie verhielten sich schweigsam, denn die vor ihnen liegende Aufgabe gefiel ihnen nicht. Es gab zu viele Risiken und fast keinen Anhaltspunkt dafür, daß ihnen die Flucht von Druufon ein zweites Mal gelingen würde.

Zuletzt betrat Rhodan mit Manoli die Zentrale der Space-Jet, die immer noch im Hangar des Stützpunktes auf Hades lag. Die Trage mit Ellerts Körper stand im kleinen Laderaum.

Rhodan nickte dem Piloten zu. „Verlassen Sie Hades, Leutnant Mundi, und fliegen Sie Druufon mit einfacher Lichtgeschwindigkeit an. Transition erst dann, wenn ich Befehl erteile."

Mundi lächelte freundlich und gab dem Personal der Schleuse die zum Start notwendigen Anweisungen. Sekunden später stieg der Diskus, von seinen Antigravfeldern gehalten, langsam in die Höhe und glitt mit steigender Geschwindigkeit durch den weiten Schacht zur Oberfläche von Hades empor. Vor ihm öffneten sich die Schleusen, und dann schoß er hinauf in den dunklen Himmel des Zwielichtplaneten, um sich rasend schnell zwischen den Sternen zu verlieren.

Die Druuf ließen sich Zeit.

Onot hockte auf seinem Bett in der Zelle und sah der näheren Zukunft nicht ohne Bedenken entgegen. Ob sein unsichtbarer Quälgeist nun vorhanden war oder nicht – jetzt spielte es keine große Rolle mehr. Seine Richter hatten die medizinische und hypnopsychologische Prüfung beantragt. Es konnte geschehen, daß bei der Prozedur sein Erinnerungsvermögen verlorenging und er eine neue Persönlichkeit erhielt.

Vielleicht, dachte er bitter, wäre es doch besser gewesen, er hätte auf die Stimme gehört. Wenigstens würde dann der Oberste Richter nicht annehmen, er wäre verrückt geworden. Sie hätten ihn höchstens mit dem Lügendetektor verhört und feststellen müssen, daß er die Wahrheit sprach. Der Geist hätte ihm die Antworten befohlen und ihm einsuggeriert, sie entsprächen der Wahrheit. Kein Lügendetektor hätte das Gegenteil beweisen können.

Aber nun war es zu spät, Fehler der Vergangenheit zu bereuen.

„Es ist deine eigene Schuld", meldete sich Ellert. Wenn Onot seinen Widerstand aufgab, war es vielleicht sogar möglich, den Körper des Druuf ohne nachteilige Begleiterscheinungen zu verlassen. „Warum konntest du mir nicht vertrauen?"

Onot dachte zurück, und seine Gedanken waren wie gesprochene Worte. „Wie sollte ich dir vertrauen, nachdem ich alles über dich erfuhr? Du handelst nur so, wie es für dich am besten ist. Ich wollte Schluß machen mit der ewigen Lüge."

„Dabei bist du in eine schlimmere Lage geraten. Ich fühle keinen körperlichen oder geistigen Schmerz – du schon. Was willst du tun?"

„Es bleibt mir nichts anderes übrig, als zu warten."

Ellert wußte, daß Onot nicht log. Der Druuf hatte den Kampf endgültig aufgegeben. Aber es war zu spät, auch für ihn, Ellert. Wenn Onot einen starken Schock erlitt, konnte es sein, daß Ellerts Geist aus dem Körper des Druuf regelrecht hinausgeschleudert wurde, und was danach geschah, wußte niemand.

Ellert machte einen Versuch und stellte fest, daß er wieder genügend Energie besaß, um Onots Körper zu verlassen. Er würde sicherlich einen neuen Wirtskörper finden und in ihn eindringen können. Wenn er sich ruhig und passiv verhielt, konnte er so abwarten, bis Rhodan ihn holte.

Vielleicht war das die vernünftigste Lösung überhaupt.

Er teilte dem Wissenschaftler seine Gedanken mit, mußte aber zu seiner Überraschung feststellen, daß Onot gegenteiliger Meinung war.

„Jetzt also willst du gehen, nachdem ich durch deine Schuld in eine schlimme Lage geraten bin. Nein, bleibe. Und wenn du kannst, hilf mir. Irgendwie muß es möglich sein."

„Ich sehe keinen Ausweg", mußte Ellert zugeben. „Außerdem ist es genauso deine wie auch meine Schuld. Hättest du auf mich gehört..."

„Wenn ich noch einmal die Möglichkeit hätte, würde ich es bestimmt tun", versprach Onot.

Und genau in dieser Sekunde kam Ellert der rettende Gedanke.

Als weit vor ihnen die ersten Wacheinheiten der Druuf auftauchten, glitt die Space-Jet in den Schutz des Hyperraums.

Sie hielt sich darin in entmaterialisiertem Zustand nur den Bruchteil einer Sekunde auf, dann kehrte sie in den Normalraum – die Zeitebene der Druuf – zurück.

Der sechzehnte Planet stand riesengroß im Raum, umkreist von seinen einundzwanzig Monden und einer Wachflotte.

Rhodan lächelte kalt, als er dem Piloten seine Anweisungen gab.

„Eigenschwingungsdämpfer eingeschaltet lassen. Schutzschirme aktivieren. Weiterflug zur Nachtseite von Druufon. Dort abwarten."

Gucky hockte in der Ecke auf einer schmalen Liegecouch und horchte in sich hinein. Seine telepathischen Fähigkeiten waren enorm, und er vermochte fremde Gedankenimpulse über große Entfernungen hinweg aufzuspüren und zu verstehen. Bei den ersten Begegnungen mit den Druuf war es den Telepathen fast unmöglich gewesen, Gedanken der Druuf zu erfassen. Inzwischen jedoch war Gucky auf solche Aktionen trainiert. So fing er jetzt einen Strom an Impulsen von Druufon auf, aber es war unmöglich, darunter die Gedanken Onots zu identifizieren.

Gucky seufzte verärgert.

„Du hättest doch Harno mitnehmen sollen", piepste er vorwurfsvoll und öffnete für einen Moment die Augen. „Er hätte mich leichter an Onot heranführen können."

„Harno mußte bei Bully auf der DRUSUS bleiben, damit man dort ständig über unseren Verbleib orientiert ist", sagte Rhodan bestimmt. „Was ist übrigens mit Ellert? Warum versuchst du nicht, *ihn* zu finden?"

„Das ist noch schwerer", empörte sich der Mausbiber und schloß die Augen wieder. „Das Gespenst denkt ja überhaupt nicht mehr."

Rhodan verzichtete auf einen Kommentar, der sicherlich nicht sehr freundlich für Gucky ausgefallen wäre.

Leutnant Mundi deutete auf den Bildschirm. „Wenn wir landen wollen, müssen wir uns bald entschließen. Wir haben die Zone der Nacht bald durchflogen."

„Sperren?"

„Nur sehr hoch über dem Planeten. Wir sind bereits durch. Angepeilt hat man uns – hoffe ich – nicht. Wenn wir weiterhin Glück haben, gelingt uns eine unbemerkte Landung. Schließlich ist der Anti-Ortungsschirm eingeschaltet."

Rhodan nickte ihm zu. „Landen Sie, aber schalten Sie vorher noch den Infrarotschirm ein. Ich möchte mir die Gegend ansehen. Zum Glück sind große Teile des Planeten Gebirge und Hochplateaus, die nicht bewohnt sind. Wenn wir ein sicheres Versteck finden, können wir besser operieren."

Es stellte sich heraus, daß sie seitlich einer kleineren Stadt standen. Mit hoher Geschwindigkeit glitten sie einige hundert Kilometer in nördlicher Richtung davon, bis ein Gebirge unter ihnen lag, das von tiefen Schluchten und Tälern durchzogen war.

Mundi ließ die Space-Jet der Oberfläche entgegensinken, bis seitwärts die Felsenwände nach oben stiegen und den Ausschnitt des Himmels verringerten. Endlich setzte das Raumschiff mit einem kaum spürbaren Ruck auf. Der Antrieb verstummte. Sie waren unterhalb einer weit vorstehenden Felskante gelandet, die das Beiboot vor einer zufälligen Entdeckung schützen sollte.

„Sehen Sie auf den Karten nach, wie weit die Hauptstadt entfernt ist", ordnete Rhodan an. „Wir haben sie nach Ellerts Angaben angefertigt. Sehr genau sind sie nicht, aber es wird reichen."

Leutnant Mundi machte sich an die Arbeit und bestimmte den Ort der Landung. Danach war es nicht mehr so schwierig.

„In der Stadt herrscht späte Nacht. Etwa fünfzehntausend Kilometer westlich. Wir sind an einer Stelle gelandet, an der es schon bald wieder hell wird."

„Immerhin können wir uns noch ausschlafen", meinte Gucky und begann wieder mit seinen Nachforschungen, als wolle er beweisen, wie wenig ernst er seine Bemerkung meinte. „Ich versuche es noch einmal."

„Laß das jetzt", sagte Rhodan. „Erforsche lieber die nähere Umgebung unseres Landeplatzes, damit wir keine Überraschungen erleben. Wer weiß, wie lange wir hier auf Ellert warten müssen."

„Allein?"

„Nein, Ras begleitet dich. Stellt fest, ob es in der Nähe Druuf gibt."

Die beiden Teleporter verschwanden, um das Gelände zu erkunden.

Leutnant Mundi beschloß, ein wenig zu schlafen. Vorher nahm er noch eine Kleinigkeit zu sich. Bemerkenswert war, daß er weder zum Essen noch zum Schlafen seinen Platz vor den Kontrollen verließ.

Rhodan begab sich in den Laderaum, wo Dr. Manoli weilte.

Ellert lag im Bett. Rhodan konnte bemerken, daß die Blaufärbung zugenommen hatte.

„Wie lange, glaubst du, bleibt die Zellstruktur wiederbelebungsfähig, Eric?"

Sie duzten sich. Manoli war vor mehr als siebzig Jahren dabeigewesen, als Major Perry Rhodan von der US Space Force die erste bemannte Rakete auf dem Mond landete. Auch er hatte die Zelldusche auf Wanderer erhalten.

„Ich kann es nicht mit Bestimmtheit sagen, würde aber eine Frist von drei Tagen bereits für gefährlich halten. Morgen, spätestens übermorgen sollte Ellert in seinen Körper zurückgekehrt sein, sonst ist es zu spät."

„Druufon hat einen Tag von achtundvierzig Stunden, Eric. Also müßte es bereits bis morgen geschehen sein. In der Nacht können wir kaum etwas unternehmen."

„Wenn wir wenigstens telepathischen Kontakt erhielten. Ich verstehe nicht, daß Gucky versagt."

„Er versagt nicht im Sinne des Wortes", verteidigte Rhodan den Mausbiber. „Die Umstände sind gegen ihn. Wahrscheinlich ist Ellert aber auch so schwach geworden, daß seine Impulse kaum noch ausstrahlen. Wir können nur hoffen, daß der Zufall uns hilft."

Rhodan betrachtete nachdenklich Ellerts Gesicht. „Was mir Sorgen macht, ist die Tatsache, daß Onot nicht mehr im Gefängnis zu sein scheint. Gucky kann ihn nicht mehr anpeilen, wie er es nennt. Er muß ihn unter Millionen Impulsen suchen."

„Warum teleportiert er nicht einfach zu jener Zelle, in der Onot sich zuletzt befand? Vielleicht findet er dort die entsprechenden Anhaltspunkte."

„Später kann er das, jetzt noch nicht. Wir müssen unter allen Umständen vermeiden, daß die Druuf Verdacht schöpfen. Sie dürfen nicht wissen, daß der Wissenschaftler Verbindung mit uns hat. Sie würden sonst logischerweise annehmen müssen, daß wir auch Onots Erfindungen besitzen und entsprechend handeln. Nein, Onot muß für sie der zwar verräterische, aber trotzdem unabhängige Druuf bleiben."

„Ich verstehe“, murmelte Manoli und schritt auf und ab. „Aber ich weiß nun nicht mehr, wie wir Ellert ohne Aufsehen finden sollen.“

„Ich werde noch in der Nacht mit Gucky zur Hauptstadt teleportieren“, sagte Rhodan. „Dann ergibt sich vielleicht eine Möglichkeit, den Aufenthaltsort Onots herauszufinden. Wenn ein Druuf unseren Mausbiber sieht, wird er ihn sicherlich nicht für einen Terraner ansehen. Ich allerdings werde mich im Hintergrund halten müssen.“

Manoli lächelte. „Nein, Gucky kann man kaum für einen Menschen halten, aber sein Auftauchen ist nicht ohne Gefahr für uns. Man könnte von ihm gehört haben.“

„Gucky wird vorsichtig sein“, versprach Rhodan und dachte weiter angestrengt nach.

Er hatte plötzlich das Gefühl, in eine Sackgasse geraten zu sein.

Und bis morgen mittag mußten sie wieder heraus sein.

In erster Linie dachte Ellert an die Aufzeichnungen über den linearen Überlichtantrieb, die Onot in der Tasche hatte. Er wußte, daß er nun wieder genügend Energie besaß, Onots Körper ohne Gefahr für sich verlassen zu können, aber er hatte keine Ahnung, wie weit seine Streifzüge sein durften. Und wenn er nicht mehr die Kraft besaß, rechtzeitig in einen anderen Körper einzudringen ...

Er wagte nicht, sich die Folgen auszumalen. Erneut würde seine körperlose Wanderschaft durch die Ewigkeit beginnen.

„Also gut, Onot“, teilte er dem Druuf schließlich mit. „Wenn du auf mich hörst, werden wir gemeinsam versuchen, dem Obersten Richter ein Schnippchen zu schlagen. Ich werde dich vor der medizinischen Untersuchung retten und außerdem dafür sorgen, daß man dir später, wenn ich dich verlassen habe, nichts mehr anhaben kann.“

„Wie ist das möglich?“

„Du bekommst von mir ein neues Gedächtnis, das sich zwar mit deinem alten deckt und dir deine Persönlichkeit läßt, mich aber nicht mehr kennt. Ich bin für dich nie gewesen. Wenn du vor dem Richter stehst, wirst du die Wahrheit sprechen. Die Lügendetektoren werden das beweisen. Du wirst kein Verräter mehr sein.“

Onot war der Gedanke an ein neues Gedächtnis nicht gerade sehr sympathisch, aber er erkannte mit klarer Logik, daß es für ihn keine bessere Lösung gab.

„Ich bin einverstanden“, sagte er.

„In einer Stunde wird es Nacht. Heute werden sie dich nicht mehr holen, also werden wir heute nacht fliehen. Wir versuchen, dein altes Labor im Gebirge zu erreichen, wo wir uns ausrüsten können. Vielleicht erhalte ich bis dahin auch Nachricht, wo meine Freunde sind. Sobald ich sie gefunden habe, bist du frei. Du wirst dich mit der neuen Erinnerung dem Richter stellen.“

Onot war nicht wohl in seiner dicken Haut.

„Und warum fliehe ich, wenn ich mich doch wieder stelle?“

„Weil du ihnen deinen guten Willen und dein reines Gewissen beweisen möchtest. Glaube mir, das wird sie überzeugen.“

„Und wie kommen wir aus dem Gefängnis?“

Ellert erklärte es ihm. „In einigen Stunden, wenn die Stadt schläft, werde ich einen Wärter übernehmen und hierherkommen. Sobald er die Tür öffnet, schlägst du ihn nieder. Traust du dir das zu?“

„Ich denke schon. Zwar widerstrebt mir jede Art von Gewalt, aber in meiner Lage muß ich mich über gewisse Prinzipien hinwegsetzen. Was nehme ich als Waffe?“

„Leider kann ich dir keine bringen. Der Stuhl dort wird genügen, wenn du ein Bein abbrichst. Treffen wir schon jetzt alle Vorbereitungen.“

Der Stuhl sah zwar zerbrechlich aus, aber er war es nicht. Onot mußte sich gewaltig anstrengen, um ein Bein zu lösen, das eine beachtliche Keule abgab.

„Natürlich könnte ich dir durch den Wärter eine Strahlwaffe geben lassen, aber dann wird deine Flucht schon geheimnisvoll, und gerade das darf sie nicht sein. Sie muß ganz normal aussehen.“

Onot streckte sich auf dem Bett aus. Das Stuhlbein legte er neben sich. „So, von mir aus kann es losgehen. Zu dumm, daß es keine andere Möglichkeit gibt, den Obersten Richter zu überzeugen.“

„Ich wecke dich, wenn es Zeit wird“, sagte Ellert und überging die Bemerkung. „Schlafe jetzt.“

Onots Atemzüge verrieten bald, daß er tatsächlich eingeschlafen war. Die eigentliche Angst war von ihm abgefallen. Er sah seiner Zukunft nicht mehr so bedrückt entgegen.

Ellert ruhte aus, wenn natürlich auch von „Schlaf" bei ihm nicht die Rede sein konnte. Schlaf ist eine körperliche Angelegenheit, und selbst in einem schlafenden Körper ruht der Geist nur. Er schläft nie.

Die Stunden verstrichen. Ellert „dachte" nicht, und so kam es, daß Gucky seine Impulse nicht aufspüren konnte. Sie waren viel zu schwach, um aufgenommen werden zu können. Und später versuchte es Gucky gar nicht mehr.

Draußen war es Nacht geworden.

Ellert sah auf Onots Uhr. Mitternacht.

Der Wissenschaftler schlief fest. Fast tat es Ellert leid, ihn wecken zu müssen, aber Onot mußte bereit sein, wenn der Wärter kam.

„Es ist soweit, Onot! Aufwachen!"

Schon beim ersten Impuls wurde Onot munter. Er richtete sich auf und sah sich um, als müsse er sich zuerst besinnen, wo er war. Dann kehrte seine Erinnerung zurück. Er griff nach dem Stuhlbein.

„Kommt er schon?"

„Nein, aber ich hole ihn, lasse ihn eintreten – und dann schlage ihn nieder. Nicht zu fest, damit du ihn nicht tötest."

„Leider habe ich da keine Erfahrung", entgegnete Onot.

Ellert hätte gegrinst, wenn er es gekonnt hätte. So verabschiedete er sich mit einem freundlichen Impuls und löste sich von Onots Körper. Eine Sekunde später glitt er bereits durch den langen Korridor und war im Wachraum. Einer der Druuf lag auf einem Ruhebett und schlief. Die beiden anderen saßen an einem Tisch und spielten. Ellert kannte das Spiel nicht, aber er sah, daß sich sein Plan geringfügig ändern mußte.

Ohne jede Schwierigkeit schlüpfte er in das Gehirn eines Druuf und übernahm dessen Bewußtsein, indem er es einfach ausschaltete und mit einem Amnesieblock versah. Was der Wärter von diesem Augenblick an unternahm und dachte, tat er nicht aus freiem Willen, und er würde sich später auch nicht mehr daran erinnern können. Wenn er in Onots Zelle erwachte, würde er auch nicht wissen, wie er da hineingelangt war.

Ellert betrachtete sein Gegenüber durch die Augen des Wärters.

„Du bist dran!“ kam die Ultrastimme auffordernd.

Das war leicht gesagt. So einfach ein fremdes Spiel zu spielen war auch nicht Ellerts Spezialität. Er fand einen Ausweg, indem er den Arm hob und auf die Uhr sah – die Uhr des Wärters.

Er stand auf.

„Wir spielen gleich weiter. Ich muß meinen Rundgang machen.“ Das wußte er vom eingeschläferten Erinnerungszentrum seines Opfers. „Die Zeit ist schon fast vorüber.“

„Als ob das so wichtig wäre. Du bist doch sonst nicht so...“

„Dann bin ich es eben heute“, gab Ellert zurück und verließ den Raum. Er spürte, daß der andere Druuf etwas stutzig wurde, kümmerte sich aber nicht mehr darum. Selbst wenn der Kollege des Wärters später aussagte, dieser hätte sich merkwürdig benommen, so würde das keinen Verdacht erregen. Außerdem würde der Wärter sich hüten, seine eigene Unpünktlichkeit an die große Glocke zu hängen.

Ellert – also der Wärter – spazierte den Korridor entlang, Onots Zelle entgegen. Er nahm den Schlüssel aus der Tasche, der aus einer elektronischen Kombination bestand, schob sie in den Kontrollspalt und schaltete ein.

Onots Zellentür öffnete sich sofort. Ahnungslos trat der Wärter ein. Ellert sah Onot neben seinem Bett stehen, die Keule in beiden Fäusten. Er schien noch zu zögern. Vielleicht wollte er warten, bis Ellert wieder bei ihm war, was selbstverständlich unsinnig war, denn Ellert konnte keinen körperlichen Schmerz verspüren, wenn er nicht wollte.

„Nun schlag doch endlich zu!“ ließ er den Wärter sagen. Für eine Sekunde amüsierte er sich über Onots dummen Gesichtsausdruck, dann kam Onot mit einem gewaltigen Satz auf ihn zugesprungen und schwang dabei die Keule. Sie traf den Wärter genau am Hinterkopf.

Noch während der Druuf stürzte, verließ ihn Ellert und drang in Onot ein.

„Gut gemacht, mein Freund. Der wird vor morgen früh nicht mehr wach.“

Onot legte die Keule auf den Fußboden. „Hat er eine Waffe?“

Natürlich hatte Ellert nicht daran gedacht. Im Wachraum gab es genug. Aber da gab es auch einen Druff, der ein Spiel zu Ende spielen wollte.

„Eine Waffe bekommen wir noch, Onot. Hoffentlich mußt du sie niemals gebrauchen, das wäre besser. Geh jetzt!"

„Was soll ich tun, wenn jemand kommt?"

„Meine Sorge, Onot. Komm, wir haben keine Zeit zu verlieren."

Der Druuf gehorchte. Er trat hinaus auf den Korridor und ging in Richtung Wachraum. Ellert eilte ihm voraus und übernahm den am Tisch sitzenden Wärter. Er gab ihm einen Amnesieblock und befahl ihm, sich schlafen zu legen.

Als Onot zwei Minuten später den Wachraum betrat, sah er die beiden Gefängniswärter auf ihren Betten liegen. Sie rührten sich nicht und schliefen fest. Ellert wußte, daß auch ein Kanonenschuß sie jetzt nicht wecken würde.

„Dort an der Wand sind Waffen", machte er Onot aufmerksam. „Es gibt auch weitreichende Schockstrahler. So einen würde ich an deiner Stelle nehmen. Später kannst du damit deinen Friedenswillen beweisen, wenn du erneut vor dem Obersten Richter stehst."

„Erinnere mich nicht daran", meinte Onot ungehalten und nahm eine der Waffen. Als Wissenschaftler hatte er natürlich eine Ahnung von diesen elektronischen Gegenständen und kannte ihre Funktion. Er überprüfte die Ladung und schob den Strahler dann in den Gürtel seines Umhangs.

„Und weiter?" erkundigte er sich schon selbstbewußter.

„Gut so", lobte Ellert. „Durch die Tür dort. Dahinter liegt die Kontrollzentrale. Sie müssen wir zuerst passieren."

Über das elektronische Gehirn hatte Ellert keine Macht, aber wenn es morgen nach der gelungenen Flucht eines Häftlings befragt würde, würde es klar und nüchtern aussagen, daß Onot allein und ohne Begleitung die Sperre durchschritten hatte.

Ungehindert erreichten sie den Ausgang.

Ellert war vorausgeeilt und hatte den dortigen Wächter übernommen. Onot konnte daher den Druuf ohne Schwierigkeiten mit einer Strahlendusche aus seiner Waffe betäuben.

„So geht es ausgezeichnet“, sagte Ellert befriedigt, als der Druuf zusammengesunken hinter seinem Tisch lag. „Drück dort auf den Knopf neben dem Visiphon. Er betätigt das Tor.“

Onot schien die Flucht allmählich Spaß zu machen. Es war eine außergewöhnliche Flucht. Ihm zur Seite stand ein wertvoller Helfer, allein hätte er es niemals gewagt oder gar geschafft.

„Am Rand des Raumhafens parken die öffentlichen Gleiter. Wir werden uns dort einen aussuchen und zum Labor im Gebirge fliegen. Dort sehen wir weiter.“

„Einen Gleiter? Die sind bewacht.“

Ellert lachte lautlos. Onot konnte es deutlich wahrnehmen.

„Was Wachen wert sind, hast du ja erfahren. Sie werden uns nicht hindern.“

Insofern hatte Ellert schon recht, aber es gab etwas, das er nicht wußte.

Jeder Wärter war nämlich mit einem positronischen Kontrollgerät ausgerüstet, das einer winzigen Aufnahmekamera glich. In der Steuerzentrale des Gerichtsgebäudes saß ein Techniker vor einer Wand, die mit Hunderten von kleinen Bildschirmen bedeckt war. Jedes Bild zeigte genau das, was ein Kontrollgerätträger mit seinen beiden inneren Augen auch sah.

Der Techniker hatte auf einem Bild eine Zelle gesehen, in der ein Druuf – die Tabelle sagte ihm, daß es der Häftling Onot war – mit einer Keule losschlug.

Er gab Generalalarm.

Onot drückte auf den Knopf, den Ellert ihm bezeichnete.

Mit einem lauten Summen fuhr das Gitter auseinander und gab den Weg frei. Als der Spalt zwei Meter groß war, hielt das Gitter an.

Für eine Sekunde war Ellert verwirrt, dann geschahen drei Dinge gleichzeitig.

Das Licht in der Stadt flammte auf.

Eine Sirene begann zu heulen.

Und das Tor begann sich wieder zu schließen.

Da wußte Ellert, daß etwas schiefgegangen war.

„Lauf, Onot!“ befahl er und schätzte die Entfernung ab. Zu lästig so ein Körper, dachte er flüchtig. Wenn Onot die wichtigen Pläne nicht bei sich hätte ... „Es ist deine letzte Chance!“

Onot rannte. Relativ zu der Bewegung des Tores war seine Geschwindigkeit normal, wenn sie Ellert auch viel zu langsam erschien. Es waren nur wenige Schritte, aber Onot schaffte es.

Er zwängte sich durch den verbliebenen Spalt und stand auf der Straße, die nun vom Licht überflutet war. Geradeaus lag eine breite Avenue, rechts und links von Bogenlampen in Tageshelle getaucht.

„Dort drüben, wo die Bogenstrahler stehen, ist der Parkplatz für die Lufttaxen“, sagte Onot und deutete in das diffuse Licht hinein. „Ich sehe keine Polizei.“

Ellert befahl dem Druuf, sich zu beeilen. Atemlos erreichte das massige Wesen schließlich den ersten Gleiter.

Es war ein kleineres Fahrzeug, aber sicherlich nicht minder schnell und wendig wie die anderen. Onot sprang mit einem mächtigen Satz in die Kabine, nachdem die Tür zur Seite geglitten war. Seine Hände fanden die Kontrollen fast automatisch. Der Antrieb summte, noch während sich die Tür wieder schloß, dann erhob sich der Gleiter vom Boden und schoß mit unglaublicher Beschleunigung hinauf in den Nachthimmel. Wie ein schnell kleiner werdendes Diadem funkelnder Lichter versank die Stadt unter ihnen. Einige Strahlschüsse verloren sich in der Entfernung.

26.

„Er ist geflohen“, berichtete Gucky, nachdem er zu Rhodan zurückteleportiert war. „Die ganze Stadt ist in Aufruhr.“

Rhodan blickte nachdenklich in die Dunkelheit. Vor knapp einer halben Stunde hatten sie ihr Versteck verlassen, um sich in Druufon umzusehen. Sie waren in einer unwegsamen Gegend, knapp 20 Meilen von Druufon entfernt, materialisiert. Gucky war allein in die Stadt teleportiert, um sich in Ellerts ehemaliger Zelle umzusehen.

„Was hast du sonst noch feststellen können?“ fragte Rhodan.

„Allem Anschein nach ist es Onot gelungen, einen Wärter niederzuschlagen und die Sicherungssysteme des Gefängnisses zu überwinden. Dies kann nur mit Ellerts Hilfe gelungen sein. Mehr konnte ich nicht feststellen, da ich wegen des einsetzenden Großalarms verschwinden mußte. Es war mir auch nicht möglich, Ellert telepathisch aufzuspüren. Es ist wie verhext. Auch bei unserem Landeanflug war mir das nicht möglich, obwohl, wie wir jetzt wissen, Onot noch in seiner Zelle war.“

„Wenn du an Ellerts Stelle wärst, Gucky, wohin würdest du dich wenden – vorausgesetzt es wäre dir bekannt, daß deine Freunde dich suchen werden und diese Freunde über außergewöhnliche Mittel verfügen?“

Der Mausbiber hockte sich auf das breite Hinterteil und benutzte den Biberschwanz als Stütze. Seine Augen richteten sich hinauf in den Himmel, als erwarte er von den Sternen eine Antwort. „Ich würde an einen erreichbaren Ort gehen, den auch meine Freunde kennen – eine andere Möglichkeit kommt überhaupt nicht in Betracht, soviel ich sehe.“

„Aha – und welchen Ort kennen sowohl Onot, Ellert wie auch wir?“

Gucky verlor das Interesse an den Sternen.

„Das ehemals geheime Labor, siebenhundert Kilometer östlich der Hauptstadt.“ Er stand plötzlich auf und watschelte zu Rhodan. „Wenn wir das alles so genau wissen, worauf warten wir dann noch?“

„Weil ich mir immer noch überlege, was Ellert mit der Flucht bezweckt. Wenn er dazu imstande ist, Onot zu überreden, dann hätte er auch noch genügend Energie, sich selbständig zu machen und uns zu suchen. Er muß doch wissen, daß wir unterwegs sind. Warum bringt er Onot in Gefahr – und sich dazu, weil Zeit verschwendet wird?“

„Ja, einiges bleibt auch mir schleierhaft“, gab Gucky zu. „Aber ich wette meinen Kopf gegen Bullys rechten Pantoffel, daß Ellert seine guten Gründe hat, diesen Onot zu uns zu bringen.“

Rhodan nickte. Daran hatte er auch schon gedacht. „Ellert kann keine Materie transportieren, das muß er durch Onot machen lassen – wenn er es möchte. Ich nehme also an, er will uns durch Onot etwas bringen. Wahrscheinlich die Pläne für das Lineartriebwerk. Dann sollten wir jetzt beim Labor nachsehen. Ich denke, wir finden es wieder."

Gucky lauschte in die Nacht hinaus. „Eines jedenfalls ist sicher: Ellert ist noch nicht im Labor. Ich kann seine Gedankenimpulse nicht aufspüren. Er weilt also noch zwischen dem Gebirge und der Stadt. Hoffentlich hat er nicht vor, Onot die ganze Strecke laufen zu lassen."

Rhodan erwiderte: „Begeben wir uns in die Nähe des Labors – oder hast du einen besseren Vorschlag?"

Gucky ließ im Sternenlicht seinen Nagezahn blitzen. „Im Augenblick nicht."

Sekunden später waren sie verschwunden.

Das Glück blieb Ellert treu. Zwanzig Minuten nach dem Start erreichten sie ohne Zwischenfälle ihr Ziel.

Onot ließ den Gleiter tiefer sinken und landete schließlich mit einem harten Ruck dicht an der Felswand, in der die Tür zum Labor weit offenstand. Er atmete erleichtert auf. Hier hatte man ihn verhaftet und würde sicherlich nicht so schnell annehmen, daß er hierher zurückkehren würde.

Ellert beging den Fehler, sich ebenfalls sicher zu fühlen. Er verzichtete darauf, die Umgebung und das Labor abzutasten. Und so wurde er völlig überrumpelt, als Onot beim Aussteigen plötzlich in die Mündungen von mehr als zwei Dutzend Strahlwaffen blickte.

Es war genau in dieser Sekunde, als Dr. Eric Manoli seine Entdeckung machte.

Er hatte eine halbe Stunde geschlafen und sich dann ein wenig mit Ras Tschubai unterhalten. Leutnant Mundi schlief im Pilotensessel.

„Glauben Sie, daß sie ihn finden werden?"

Manoli war unschlüssig. Er fühlte sich müde und zerschlagen. „Wir können es nur hoffen. Ich weiß sonst nicht, wo wir einen Körper für Ellert hernehmen sollen. Ethisch gesehen wäre es ein Verbrechen, einen anderen Intellekt zu unterdrücken, nur damit Ellert Platz findet."

Sie ließen den leise vor sich hin schnarchenden Mundi schlafen, verließen die Zentrale und betraten hintereinander den Laderaum.

Manoli zog die Tür hinter sich zu, ging zu dem Bett, in dem Ellert lag, und hob das Laken an. Er starrte in das bleiche und reglose Gesicht, in dem nichts mehr von einer Blaufärbung zu sehen war.

Es dauerte fast zehn Sekunden, bis er die Veränderung begriff.

„Das – das ist doch nicht möglich!" stammelte er und ließ endlich das Laken los. Es flatterte zurück auf den bewegungslosen Körper. Das Gesicht blieb frei. „Ein biologischer Zerfallsprozeß kann doch nicht einfach rückwärts verlaufen. Der Körper starb ab – jetzt scheint er wieder zu leben." Er beugte sich, wie einem plötzlichen Impuls folgend, hinab und legte sein Ohr auf Ellerts Brust. Dann kam er wieder hoch und schüttelte den Kopf. „Nein, er lebt nicht, Ellert ist noch nicht in seinen Körper zurückgekehrt. Aber warum – zum Teufel! Wenn ich keine Erklärung finde, werde ich noch verrückt."

Ras Tschubai blieb erstaunlich ruhig. „Ich bin kein Mediziner und kann mir daher kein Urteil erlauben. Sie sagen, der Prozeß verlaufe rückwärts. Vielleicht ist es eine gute Idee, auch die theoretischen Erwägungen rückwärts laufen zu lassen."

„Wie meinen Sie das?" fragte Manoli verblüfft.

„Ganz einfach. Sie sagten doch, die Blaufärbung des Körpers rühre daher, daß Ellerts Geist zu schwach geworden sei, gewisse Energien auszustrahlen, die seinem durch Raum und Zeit getrennten Körper lebenswichtige Impulse zukommen ließen. Wenn nun der Zerfallsprozeß aufhört und sogar eine gewisse Wiederbelebung zu beobachten ist, müßte man logischerweise darauf schließen können, daß Ellerts Geist wieder überschüssige Energien abstrahlt – vielleicht sogar, ohne sich dessen bewußt zu werden."

Manoli wurde lebhafter. Er nickte heftig mit dem Kopf, ließ aber dabei Ellerts Gesicht nicht aus den Augen. „So wird es sein, Ras. Zwar ist damit das Problem noch nicht gelöst, aber wenigstens gewinnen wir Zeit. Es ist nur wichtig jetzt, daß Rhodan von der neuen Situation Kenntnis erhält. Wenn Gucky zufällig lauscht, tut er das."

„Es ist ziemlich wahrscheinlich", meinte Ras grinsend, „daß der Mausbiber unsere Gedanken und Worte abhört – wenn er Zeit hat. Er tut es schon aus angeborener Neugier."

Manoli stimmte ihm zu.

Er ahnte ebensowenig wie Ras Tschubai, daß Gucky im Augenblick nicht in der Stimmung war, fremde Gedanken zu belauschen.

Onot ließ seine unförmigen Arme schlaff nach unten hängen und sah die Polizisten ruhig an. Sein Selbstbewußtsein, das sich auf Ellerts Fähigkeiten stützte, war gestiegen.

„An dieser Stelle hat man mich schon einmal verhaftet", sagte er spöttisch. „Alles wiederholt sich im Leben."

Der Offizier – Ellert erkannte ihn an den farbigen Abzeichen der roten Uniformjacke – schien nur wenig Humor zu besitzen. Er schob seine Waffe in den Gürtel zurück und gab seinen Untergebenen einen Wink.

„Was immer er auch sagt, hört nicht auf ihn. Ihr kennt den Befehl des Obersten Richters, den Gefangenen lebendig zur Stadt zurückzubringen. Ihr kennt seine merkwürdigen Fähigkeiten. Wenn ich also einen gegenteiligen Befehl erteile und anordne, Onot freizulassen, so hört nicht auf mich. Bringt ihn ins Labor und sperrt ihn ein, bis er abgeholt wird."

Onot folgte den Polizisten widerstandslos.

Ellert erkannte, daß es diesmal nicht so leicht sein würde, die Druuf zu überlisten. Er konnte immer nur einen einzigen übernehmen und mußte ihn wieder sich selbst überlassen, wenn er in das Gehirn eines anderen dringen wollte. Es war ihm nicht möglich, eine Kollektivmacht auszuüben. Und wenn er wirklich den Offizier beeinflußte, so würde ihm das nicht weiterhelfen. Die Druuf waren gewarnt.

Geh mit ihnen, teilte er Onot lautlos mit. *Ich suche inzwischen nach einem Ausweg.*

Er fing Onots bejahenden Impuls auf und verließ den Körper.

Es fiel ihm nicht schwer. Sein bloßer Wunsch genügte schon, sich zu befreien. Der frühere Widerstand Onots hatte seine Energien förmlich gefressen. Jetzt war er dabei, sich zu erholen. Zumindest in dieser Zeitebene würde er sich bald wieder ungehindert bewegen können.

Draußen in der felsigen Umgebung des Labors zählte Ellert dreißig Druuf. Sie mußten schon länger hier weilen und hatten Onot offensichtlich erwartet. Es war Ellert völlig schleierhaft, wie die Polizeitruppe derart schnell hierher gelangen konnte. Oder hatte der Oberste Richter schon vor Onots Flucht seine Beamten hier versteckt, um eventuelle Freunde des Wissenschaftlers zu überraschen, wenn sie sich dem geheimen Labor näherten?

Onot wurde in einem kleinen Nebenraum untergebracht und eingesperrt. Ellert wußte ihn hier sicher und konnte ihn vorerst sich selbst überlassen.

Er wollte den Offizier übernehmen – und schon in derselben Sekunde sah er aus dessen Augen. Es geschah ohne jeden Übergang, ohne Schwierigkeit und ohne Verzögerung. Er dachte nur an die Möglichkeit – und schon war sie realisiert.

Der Offizier war zu einem Fahrzeug gegangen, das hinter einigen Felsen in guter Deckung stand. Mit Hilfe eines Senders unterrichtete er den Polizeichef der Hauptstadt davon, daß Onot verhaftet worden war. Man versprach ihm, so schnell wie möglich ein Gleitflugzeug zu schicken, um den Verbrecher abzuholen.

Es würde mindestens eine halbe Stunde dauern.

Ellert betrachtete das Gesicht auf dem Bildschirm sehr genau, dann dachte er an die Hauptstadt, das Gerichtsgebäude – und weilte in derselben Sekunde im Korridor, den er so gut kannte. Noch zwei weitere Versuche – und er war im Gehirn des Polizeichefs.

Die anwesenden Offiziere waren völlig verwirrt, als sie ihren Kommandeur plötzlich von einem Bein auf das andere tanzen sahen.

Aber der hörte sofort wieder auf und begegnete den Blicken der anderen Druuf mit weit aufgerissenen Augen.

„Hast du Schmerzen?“ fragte einer seiner Freunde besorgt.

Aber der Offizier schüttelte verwundert den Kopf. „Nein – es überkam mich nur so. Ich verspürte einfach Lust dazu, meine Beine – geht dir das nicht auch so? Manchmal fühlt man eine plötzliche Fröhlichkeit und möchte tanzen. Kein Grund zur Besorgnis. Vielleicht war es auch nur die Freude darüber, daß wir Onot wieder gefaßt haben."

Er wußte nicht, daß er der personifizierte Ausdruck von Ellerts Freude war, dessen Glück sich Luft verschaffen mußte.

Es schien wieder alles soweit in Ordnung zu sein. Er konnte größere Entfernungen überbrücken und ein bestimmtes Ziel erreichen. Er war nicht dazu verdammt, im Körper Onots zu bleiben.

„Wenn du dich so über Onots Festnahme freust, dann schick ihnen endlich den Gleiter, damit sie den Verräter hierherbringen."

Ellert übernahm den Offizier nun vollständig. „Erledige du das. Ich werde dem Obersten Richter den Erfolg unserer Aktion melden. Wie gut, daß ich Posten beim Labor stationierte."

Der angesprochene Druuf verließ den Raum. Ellert kümmerte sich nicht mehr um den Offizier, sondern eilte hinter dessen Freund her, der durch die Korridore ging und draußen auf der inzwischen wieder verdunkelten Straße einen Wagen anhielt, der ihn zum Raumhafen brachte.

Als er sich beim Einsatzoffizier meldete, griff Ellert immer noch nicht ein. Alles verlief, wie er sich vorgestellt hatte.

„Befehl vom Polizeichef: ein Gleiter mit Besatzung sofort zum Labor Onots. Koordinaten sind bekannt. Der entflohene Häftling konnte wieder eingefangen werden und soll dort abgeholt werden."

Der Einsatzoffizier schien erfreut.

„Ich werde selbst fliegen", entgegnete er. „Ich kenne das Gelände. Ich nehme drei Mann mit."

Der Freund des Polizeichefs salutierte und kehrte zum Gerichtsgebäude zurück.

Ellert ließ ihn gehen und nistete sich im Gehirn des Einsatzoffiziers ein, der – nach irdischen Maßstäben – ein Leutnant war.

Der Leutnant alarmierte seine Untergebenen und bestimmte einen Piloten und zwei Sergeanten, die ihn begleiten sollten. Fünf Minuten später stieg die schnelle Maschine in den Nachthimmel empor und raste dann mit erstaunlicher Beschleunigung nach Osten.

Kurz vor der Landung setzte Ellert zum zweiten Experiment an.

Er blieb im Gehirn des Leutnants und schickte nur einen winzigen

Teil seines Intellekts zu Onot. Somit weilte er nun gleichzeitig in den Gehirnen zweier Lebewesen.

„Man wird dich abholen, Onot. Gehe mit ihnen. Wir werden erneut fliehen, aber diesmal besser vorbereitet. Sie sollen sehen, daß mit dir nicht zu spaßen ist und du nur auf freiwilliger Basis mit ihnen verhandelst. Kannst du mich gut verstehen?"

„Wie immer", gab Onot lautlos zurück. „Was wird geschehen?"

„Wir bekommen einen Gleiter zur Verfügung gestellt", erwiderte Ellert gut gelaunt und kehrte zu dem Leutnant zurück.

Der Gleiter landete, der Leutnant stieg aus und begrüßte den Offizier, der Onot festgenommen hatte. Onot wurde geholt und dem Leutnant übergeben. Der brachte ihn in die Kabine und setzte ihn zwischen die beiden schwerbewaffneten Sergeanten. Der Pilot legte die Hände auf die Kontrollen, dann verschloß er die Einstiegluke. Der Antrieb begann zu summen. Der Gleiter stieg nach oben. Dann schoß er in westlicher Richtung davon.

Aber er kam niemals in der Hauptstadt an.

Nicht einmal die Stellung der Sterne veränderte sich, als der leichte, ziehende Schmerz der Rematerialisation schwand. Der schwarze Schatten an der Seite allerdings war verschwunden. Gucky hatte den Sprung so angesetzt, daß sie nicht direkt beim Labor, sondern einige hundert Meter davor in der Wüste gelandet waren.

„Achtung!" flüsterte der Mausbiber und rührte sich nicht vom Fleck. „Eine ganze Menge Druuf sind in der Nähe. Polizei! Sie bewachen Onots Labor."

Um sie herum war es dunkel. Weiter vorn, in nördlicher Richtung, schien der Horizont erhöht zu sein, das war das Gebirge. Am Fuße des Hanges sah Rhodan ein schwaches Licht. Es bewegte sich. Wahrscheinlich gehörte es zu einem Druuf, der die Posten kontrollierte.

Gucky bestätigte Rhodans Vermutung. „Sie haben das Labor umstellt und hoffen, daß sie Onots Freunde fassen können."

Eine Weile warteten sie schweigend, während Gucky die auf ihn einströmenden Gedankenimpulse kontrollierte. Da die beim Labor stationierten Einheiten noch keine Ahnung davon hatten, daß der entflohene Onot ausgerechnet zu ihnen kommen würde, dachte natürlich auch keiner an diese Möglichkeit und an die bereits erfolgte Flucht.

So kam es, daß Gucky nach etwa zehn Minuten angestrengten telepathischen Lauschens zu Rhodan sagte: „Hier sitzen und warten, erscheint mir unsinnig. Wer weiß, wie lange Onot braucht, um hierher zu gelangen. Er müßte schon ein Flugzeug erwischen, und das scheint mir unwahrscheinlich. Immerhin wird er – oder Ellert – nicht so dumm sein, denen hier in die Finger zu laufen. Ellert wird rekognoszieren, die Polizeitruppe entdecken – und woanders hinfliehen."

„Klingt logisch", gab Rhodan zu. „Was sollen wir tun?"

„Das fragst du mich?" Gucky schien verwundert. „Ich habe folgenden Vorschlag: Ich bringe dich zur Space-Jet zurück und sehe mich dann allein noch ein wenig in der Stadt um. Vielleicht finde ich eine Spur."

Rhodan überlegte und sagte dann: „Einverstanden."

Als sie in die Zentrale der Space-Jet materialisierten, war nur Leutnant Mundi dort.

Rhodan traf Manoli und Ras Tschubai auf dem Gang zum Laderaum.

Und so erfuhr Rhodan die große Neuigkeit.

Leider um Sekunden zu spät, denn Gucky war bereits unterwegs.

Der Fluggleiter raste nach Osten.

Ellert hatte einen Bogen von einhundertachtzig Grad beschrieben, kaum daß er den Leutnant erneut unter Kontrolle genommen hatte. Der Pilot hatte zwar verwundert aufgeblickt, als ihm der Offizier den Befehl gab, sich dann aber widerspruchslos gefügt. Die beiden Sergeanten kümmerten sich um ihren Gefangenen.

So weit, so gut. Aber was nun?

Ellert wußte, daß er nicht ewig mit dem gestohlenen Gleiter über Druufon kreuzen konnte. Es würde nicht lange dauern, bis sie die neuerliche Flucht bemerkten und ihn verfolgten. Wenn er Onots Aufzeichnungen nicht im Stich lassen wollte, mußte bald etwas geschehen.

Ob Rhodan schon jemand geschickt hatte? Ob man seinen Notruf überhaupt aufgefangen hatte?

Ellert entsann sich seiner neuen Fähigkeiten. Sicher, sie waren begrenzt. Er war kein Hypno und konnte niemand einen posthypnotischen Befehl erteilen. Wenn er den Leutnant verließ, würde der Druuf wieder ganz nach eigenem Ermessen handeln. Er war nur so lange unter Ellerts Kontrolle, wie dieser sein Gehirn und Bewußtsein beherrschte.

Aber immerhin konnte er jetzt zwei Gehirne zugleich übernehmen.

Vielleicht auch drei? Oder mehr?

Es durchfuhr ihn wie ein elektrischer Schlag, als er diese Möglichkeit erwog. Dann würde es ihm leichtfallen, alle vier Druuf, die sich außer Onot im Gleiter aufhielten, unter seine Gewalt zu bringen.

Schon der erste Versuch überzeugte ihn, daß es möglich war, wenn auch nur für kurze Zeit und mit großer Anstrengung. Zwar nützte ihm die neue Erkenntnis im Augenblick nicht viel, aber sie eröffnete ungeahnte Perspektiven für die Zukunft.

Weit im Osten, so schien ihm, begann es bereits zu dämmern. Der Gleiter flog dem Morgen entgegen. Nicht mehr lange, und der neue Tag begann, wenn sie weiter nach Osten flogen. Es bestand keine Veranlassung, den Kurs zu ändern.

Gucky war inzwischen in die Stadt gesprungen. Mehrere kürzere Teleportationen brachten ihn in das Gerichtsgebäude, wo er im Zimmer des Polizeichefs ein gutes Versteck fand. Die Druuf waren groß, ebenso groß waren natürlich auch ihre Möbel. Gucky hingegen besaß eine kleine Statur. Niemand bemerkte ihn hinter dem Aktenschrank.

Er erfuhr, daß die zweite Flucht Onots geglückt war und erkannte, daß sie sich nur um Sekunden verfehlt hatten. Onot hatte auf unerklärliche Art und Weise, so berichtete der Offizier beim Labor über Funk, einen Leutnant dazu gezwungen, nicht nach der Stadt zu fliegen. Der Gleiter mit dem Verhafteten war spurlos verschwunden.

Der Polizeichef gab erneut Alarm, diesmal an die planetare Luftüberwachung. Überall auf Druufon schalteten sich die automatischen Suchgeräte ein. Ganze Geschwader schneller Jäger stiegen auf und begannen, die Oberfläche des Planeten systematisch abzufliegen. Ihnen würde nichts entgehen, auch kein gelandeter Gleiter.

Aber auch keine Space-Jet.

Gucky erkannte die drohende Gefahr sofort, außerdem hatte er genug gehört. Ellert befand sich auf der Flucht, und er wußte nicht, daß die Helfer schon ganz in der Nähe waren.

Er teleportierte zurück in die Space-Jet.

„Was ist passiert?“ fragte Rhodan.

„Jetzt, wo alle hier sind, kann ich es ja sagen. Ich wollte Wiederholungen vermeiden. Ellert – oder Onot – ist wieder geflohen und mit einem Gleiter und vier Druuf unterwegs. Wohin, weiß niemand. Der ganze Planet hat Luftalarm und wird abgesucht. Sie werden uns entdecken.“

Rhodan sah rasch zu Manoli.

„Ellert scheint wieder aktiv zu werden“, sagte er dann und erklärte Gucky in kurzen Worten, was geschehen war. „Er hat genug überschüssige Energien, um seinen Körper wieder damit zu versorgen – ohne daß er etwas davon ahnt. Vielleicht findet er uns.“

„Ich sollte *ihn* finden“, meinte Gucky und sah trübsinnig zur Decke empor, als erwarte er von dort Hilfe. „Aber wenn er sich nicht auch bemüht, entdecke ich ihn nie. Warum läßt er denn diesen Onot nicht Onot sein und sucht uns?“

„Wir unterhielten uns schon darüber“, machte Rhodan ihn aufmerksam. „Außerdem – was hast du denn, Gucky?“

Alle sahen zu dem Mausbiber, der immer noch gegen die Decke starrte. Er hielt die Augen geschlossen, als müsse er angestrengt lauschen. Dann piepste er ganz aufgeregt: „Ich esse in meinem ganzen Leben keine Mohrrübe mehr, wenn das nicht Ellert ist – keine drei Kilometer über uns, aber mit hoher Geschwindigkeit nach Osten fliegend.“

„Der Gleiter!“ rief Rhodan.

„Ja, mit dem er floh. Ich springe zu ihm.“

Ehe Rhodan oder jemand anders etwas sagen konnte, war er verschwunden. Er tauchte in derselben Sekunde in der Kabine des

Gleiters auf, in der Ellert mit Onot und den vier anderen Druuf seine Experimente anstellte.

Ellert erblickte Gucky zugleich mit zwanzig Augen, aber er sah ihn trotzdem nur einmal.

Fünf Gedankenströme flossen dem Mausbiber entgegen. Und sie dachten nur das eine: *„Gucky!“*

„Ellert – welches von den Nilpferden bist du nun? Welcher ist Onot?“

Wieder kam die Antwort telepathisch und fünffach: „Zwischen den Wärtern: Das ist Onot. Ich muß mich jetzt verteilen und darf nicht in ihn allein zurückkehren. Die Druuf würden dich erkennen. So aber vergessen sie dich. Wo ist das Schiff?“

„Du meinst unser Schiff? Es wartet unten im Gebirge. Die Druuf haben Alarm gegeben. Wir müssen verschwinden, ehe es zu spät ist. Kannst du mit mir kommen?“

„Ich kann Onot nicht...“ Ellert zögerte. „Doch, ich kann. Gucky, greife in Onots rechte Tasche. Du findest ein Stück Folie. Nimm sie an dich und verwahre sie gut. Es sind die Aufzeichnungen für den linearen Überlichtantrieb. Was sagtest du? Alarm?“

„Planeten-Alarm! Niemand wird den morgigen Tag ohne Kontrolle überstehen. Ganz zu schweigen von einem Raumschiff, das nicht bei den Druuf angemeldet ist. Ich springe jetzt in unser Schiff zurück. Rhodan ist selbst gekommen, um dich zu holen. Komm mit!“

„Warte einige Sekunden, Gucky. Ich gehe mit dir – *in* dir. Ich will nur noch Onots Erinnerungen löschen. Ich versprach ihm das.“

Gucky blickte sich indessen um. Der Pilot steuerte unverdrossen nach Osten, der bald aufgehenden Sonne entgegen. Neben ihm saß der Leutnant und betrachtete mit ausdruckslosen Augen die Kontrollen. Ellerts verbliebener Bewußtseinsrest befahl ihm das. Die beiden Sergeanten rührten sich nicht. Auch Onot saß bewegungslos. Er hielt die Augen geschlossen. Wenn er wieder erwachte, würde er nichts mehr von Ellert wissen.

„Sobald Onot die Augen aufschlägt, mußt du springen“, sagte Ellert lautlos. „Es ist die Sekunde, in der ich meinen Geist aus allen Druuf zurückziehe.“

Gucky konzentrierte sich. Er ließ Onots Gesicht nicht aus den Augen. So sehr er sich auch bemühte, etwas von Ellerts geistiger Gegenwart zu fühlen, er bemerkte nichts. Der Teletemporarier mußte sich neutral verhalten.

Da öffnete Onot die Augen und sah ihn.

Gucky sprang.

Die riesige Doppelsonne Siamed stieg im Osten gerade über den Horizont, als Leutnant Mundi die Kontrollen niederdrückte. Mit heulendem Antrieb raste die Space-Jet dem farbigen Himmel entgegen.

Die Überwachungsgeräte der Druuf funktionierten ausgezeichnet, aber nur halb so schnell, wie es hätte sein müssen, um die Space-Jet zu vernichten.

„Durch!" Rhodan atmete erleichtert auf. Er hatte auf dem Bildschirm die Staffel der herbeirasenden Jäger erkannt, die den Luftraum über Druufon kontrollierten.

Die Jäger blieben zurück. Die Space-Jet hatte die Höchstgeschwindigkeit der atmosphärischen Flugzeuge bereits weit überschritten und strebte hinaus in den Weltraum. Aber dort lauerte die größere Gefahr: die Raumflotte der Druuf.

„Transition, sobald die ersten Einheiten auftauchen!" befahl Rhodan.

Leutnant Mundi nickte verbissen.

Im Laderaum spürte Dr. Eric Manoli nichts von den Gefahren der waghalsigen Flucht. Sein Problem hieß Ellert und lag als lebloser Körper in einem Bett. Als Gucky vor einer Stunde in der Zentrale materialisiert war, glaubte jeder, das Unternehmen sei fehlgeschlagen. Aber dann hatte sich Ellert gemeldet. Als körperloser Geist war er vor mehr als siebzig Jahren in die Ewigkeit geschleudert worden – in Guckys Körper war er nun zurückgekehrt.

Manoli kontrollierte den Herzschlag. Er war immer noch langsam, ging jedoch regelmäßig. Die Bluttransfusion hatte die Farbe der Haut lebendiger gemacht. Ellert begann zu leben.

„Du verstehst mich, Ellert?"

Unwillkürlich duzte Manoli den Teletemporarier. Es wäre ihm seltsam vorgekommen, den plötzlich wieder lebenden Körper, den er so gut kannte, anders anreden zu müssen.

„Ich meine, mit dem Gehör", setzte er hinzu.

Die Lippen Ellerts zitterten. Es war offensichtlich, daß er sich Mühe gab, mit seinen Sprechwerkzeugen zu antworten. Aber es war nicht einfach. „Ja."

Es war wie ein Hauch, der an Manolis Ohren drang.

Zum erstenmal seit genau dreiundsiebzig Jahren hatte Ellert wieder aus seinem eigenen Mund gesprochen.

In der Zentrale standen Rhodan und Mundi inzwischen ernsten Problemen gegenüber. Eine Schlachtflotte der Druuf versperrte ihnen den Weg in den freien Raum. Für eine normale Transition reichte die Geschwindigkeit noch nicht ganz aus. Es würde ein „Rutschen" durch den Halbraum werden.

„Transition!" befahl Rhodan, als trotz angelegter Anti-Ortungsschirme die ersten Energieschüsse dicht an den Schutzschirmen der Space-Jet vorbeistrichen.

Mundi zögerte nicht, den Hebel vorzuziehen.

Die feindlichen Schiffe verschwammen und glitten dann zurück. Aber Rhodan konnte bemerken, daß sie ihnen weiter folgten. Durch die Kurztransition innerhalb des Systems hatten sich die Druuf nicht abschütteln lassen.

Vor ihnen tauchte der Planet Hades aus dem Sternenmeer auf.

„Landen! Kodesignal abstrahlen! Alarm geben!" befahl Perry Rhodan.

Die Space-Jet raste auf die Zwielichtwelt zu, verzögerte mit Höchstwert und tauchte in den Hangar ein. Über ihr verschwanden die Sterne. Noch während sie aufsetzte, gellte erst der Alarm durch den Stützpunkt.

Captain Rous stürzte in den Hangar. Rhodan kletterte aus der Luke der Space-Jet.

„Stützpunkt räumen!" rief er dem Offizier entgegen. „Wenn die Druuf richtig kombinieren, werden sie in einer halben Stunde hiersein und aus Hades eine Hölle machen. Das Material müssen wir zurücklassen. Alles in die Transmitter! Schnell, wir haben keine Sekunde zu verlieren!"

Und sie handelten blitzschnell.

Manoli kümmerte sich um Ellert, dessen Glieder noch zu steif waren, als daß er sich ohne Hilfe hätte bewegen können. Für den Stationswagen war keine Zeit, also teleportierten Ras und Gucky den Arzt mit seinem Patienten in den nächsten Transmitter, der bereits aktiviert worden war. Die Aktivierung der Transmitter der Hades-Zentrale hatte die DRUSUS alarmiert, deren Materietransmitter sofort auf Empfang schalteten.

„Starke Druufflotte im Anflug", meldete ein Funker, ehe er die vorbereitete Sprengladung an den Zeitzünder anschloß. Wahrscheinlich eine überflüssige Maßnahme, aber niemand konnte wissen, ob die Druuf Hades zerstören oder einfach landen würden.

Die Mannschaften eilten in die Gitterkäfige der Transmitter. Sie nahmen nur ihr persönliches Eigentum mit. In schneller Folge verschwanden sie, um an Bord der vor dem Entladungstrichter wartenden DRUSUS wieder zu rematerialisieren.

Rhodan und Marcel Rous blieben bis zuletzt.

Die Bildschirme in der Zentrale funktionierten noch. Im Hintergrund tickten bereits die Zeitzünder.

„Wir haben noch dreißig Minuten", sagte Rous erregt.

„Die Druuf werden eher dasein", gab Rhodan zurück.

Nebenan stand die Tür des Materietransmitters offen. Die beiden Männer konnten sich mit drei oder vier Sätzen in Sicherheit bringen, wenn die Lage es erforderte.

Tausende von Sternen standen am dunklen Himmel von Hades. Jetzt wurden es plötzlich mehr Sterne, und sie bewegten sich langsam, wurden größer – und wurden zu Raumschiffen.

„Wenn keine Gegenwehr erfolgt...", begann Marcel Rous.

Rhodan nickte. Er hatte seine Gedanken bereits erraten. „Wir werden sie täuschen. Hades muß vernichtet werden und darf nicht in ihre Hand fallen. Schalten Sie die automatische Abwehr ein, Captain. Sie sollen denken, wir sitzen in der Falle."

Es war schnell geschehen. Kaum hatten sich die ersten Schiffe der

Druuf einer ganz bestimmten Entfernung vom Stützpunkt genähert, da begannen die Energiegeschütze zu feuern. Sie schleuderten ihre Blitze in den Raum, der Flotte entgegen.

Auf dem Bildschirm erkannte Rhodan, daß die Schutzschirme von drei Robotschiffen der Druuf zusammenbrachen.

Die anderen Einheiten zogen sich sofort wieder zurück. Sie bildeten eine Formation, die eindeutig verriet, daß die Vernichtung der Ödwelt angestrebt wurde. Mehr hatte Rhodan nicht erreichen wollen.

„Es ist soweit", sagte er und ließ den Blick nicht vom Bildschirm. „In wenigen Minuten werden ihre Bomben und Torpedos die Kruste von Hades in glutflüssiges Magma verwandeln. Dann wird es hier unten heiß werden."

Rous verzog keine Miene. Er schaltete mit einem kurzen Griff eine größere Entfernung für die automatische Abwehr ein. Energieblitze schossen aus verborgenen Geschützen und drangen in die Formation der Druuf ein, allerdings ohne weiteren Schaden anzurichten. Immerhin mußte der Gegner erkennen, daß der Stützpunkt der Unbekannten verteidigt wurde.

Sie setzten zum endgültigen Angriff an.

Die ersten Bomben fielen weit entfernt, aber sie richteten unvorstellbare Verwüstungen an. Die zweite Welle der Torpedos traf die näheren Felsen und verwandelte sie in tropfende, bizarre Gebilde, die sofort wieder erkalteten. Aber dann fiel die erste Reaktionsbombe.

Sie löste einen Atombrand aus, der nicht mehr zu löschen war.

Hades war für immer verloren.

„Jetzt wissen wir, daß niemand mehr diesen Stützpunkt betreten wird", sagte Captain Rous mit einem leichten Bedauern in seiner Stimme. Er sah sich wie suchend um. „Wir verlieren eine Menge wertvolles Material. Allein die zwölf Transmitter ..."

Wortlos betraten sie den Transmitter. Rhodan drückte den Hebel nieder und stand noch in derselben Sekunde mit Rous im Laderaum der DRUSUS.

Das erste, was sie sahen, war Bullys erleichtertes Gesicht. „Das war höchste Zeit, Herrschaften! Noch eine Minute, und ich wäre nach Hades gekommen, um euch abzuholen."

„Du hättest dir dabei die Finger verbrannt", gab Rhodan kurz zurück. „Alles klar zum Start? Wo ist Ellert?"

„Manoli brachte ihn in die Krankenstation. Oberst Sikermann erwartet deine Anweisungen, Perry."

„Kümmere du dich darum. Transition sofort. Wir müssen so schnell wie möglich zur Erde."

„Du kommst nicht in die Zentrale?"

„Später. Ich muß nach Ellert sehen."

Bully nickte und eilte fort. Marcel Rous hatte genug damit zu tun, seine Mitarbeiter zu sammeln und in ihre neuen Quartiere zu bringen.

Perry Rhodan verließ den Frachtraum, in dem die Transmitter standen, und machte sich auf den Weg zur Krankenstation. Marschall Freyt weilte längst wieder in Terrania. Er würde dort alles vorbereitet haben. Es würde eine Überraschung für Ellert sein.

Ein Gefühl warmer Verbundenheit überkam Rhodan. Endlich hatte er den alten Freund wiedergefunden, der siebzig Jahre zuvor gestorben war. Aber eigentlich hatte er ja die ganze Zeit über gelebt, nur eben an einem anderen Ort, in einer anderen Zeit, in einem anderen Körper.

Ernst Ellert war zurückgekehrt. Sicher, er hatte seine alte Fähigkeit verloren, nach Belieben seinen Geist in die Zukunft zu entsenden, aber das war vielleicht auch gut so. Der Gedanke an die Zeitreise allein schuf schon genug Verwirrung und beschwor Komplikationen herauf, derer man nicht mehr Herr werden konnte. Was würde geschehen, so fragte sich Rhodan, als er seine Hand gegen die Tür der Krankenstation legte, um das Schloß zu betätigen, wenn er die Zukunft sehen könnte? Würde das Wissen um die zukünftigen Ereignisse ihm nicht die Tatkraft für die Gegenwart rauben?

Als er eintrat, blickte er in die Gesichter von Haggard und Jamison. Im Hintergrund stand Manoli über den ausgestreckten Körper Ellerts gebeugt. Als er Rhodan sah, richtete er sich auf.

„Was ist, Eric? Ellert..."

„Alles in Ordnung, Perry. Er ruht. Auch sein Geist ruht. Der Körper weist alle Anzeichen einer schnell fortschreitenden Gesundung auf. In einigen Wochen, so glauben wir, hat er es geschafft."

Rhodan spürte tiefe Erleichterung. Er ging zu dem Bett und sah auf Ellert hinab. Das ehemals so bleiche und tote Gesicht lebte wieder. Unter der Haut pulsierte das Blut. Die Augenlider zuckten, und dann sah Ellert ihn plötzlich an.

Es war ein merkwürdiges Gefühl, den Körper wieder leben zu sehen, der so lange Jahrzehnte tot gewesen war.

„Ernst Ellert – wie fühlst du dich?"

Der Mund bewegte sich, aber die Worte waren kaum zu verstehen.

„Es ist schön, Geist und Körper wieder vereint zu wissen", konnte Rhodan ganz leise hören. Dann, schon etwas deutlicher, fuhr Ellert fort: „So viele Menschen möchten jemand anderer sein, aber sie ahnen nicht, welche Dummheit sie begehen. Man ist nur mit dem eigenen Leben am zufriedensten. Kannst du das verstehen, Perry?"

„Ja, ich verstehe dich", erwiderte Rhodan und legte seine Rechte auf Ellerts Stirn. „Jetzt wirst du wieder Ernst Ellert sein dürfen."

Ellert lächelte. „Auch mit nur einem Arm werde ich glücklich sein."

Rhodan sah bedeutungsvoll zu den Ärzten. Dann lächelte auch er. „Bald wirst du zwei Arme haben, Ellert."

Manoli trat hinzu. „Er muß ruhen, Perry. Es strengt ihn noch zu sehr an."

Aber Ellert war anderer Meinung. „Es strengt mich nicht an, Manoli. Im Gegenteil! Ihr müßt wissen, Glück ist niemals anstrengend. Ich habe auf meinen Reisen viele Planeten und viele Lebewesen gesehen. Ich habe mit ihnen gelebt und sie kennengelernt, aber niemals fand ich ein Volk wie die Menschen. Es wäre schade gewesen, wenn sie sich damals vor siebzig Jahren selbst vernichtet hätten. Ich bin glücklich, wieder ein Mensch sein zu dürfen."

Rhodan nickte ihm zu, lächelte warm und legte den Zeigefinger auf die Lippen. „Auch Glück strengt an, mein Freund. Ich gebe dir also hiermit einen dienstlichen Befehl: Sprich kein Wort mehr und schlafe! Wir haben auf der Erde noch genug Gelegenheit zur Unterhaltung. Werde gesund, Ernst, denn die Zukunft der Menschheit benötigt einen frischen und einsatzbereiten Ellert. Das verstehst du doch, oder?"

Ellert nickte. „Ja, ich verstehe. Aber eines Tages – vielleicht –

werde ich einen alten Freund besuchen, Onot. Ich möchte jetzt nicht in seiner Haut stecken – im wahrsten Sinne des Wortes. Aber er wird es schaffen. Sie werden ihn freilassen."

„So ein Besuch wird nicht einfach werden", meinte Rhodan. „Bald wird die Überlappungszone zusammenbrechen, dann sind unser Universum und das der Druuf wieder getrennt."

Als Ellert die Augen schloß und regelmäßige Atemzüge verrieten, daß er eingeschlafen war, verließen die vier Männer die Krankenstation.

Draußen auf dem Gang fragte Haggard: „Was wird mit diesem Onot geschehen?"

„Ellert nahm ihm die Erinnerung", erklärte Rhodan. „Er wird vor Gericht aussagen, daß er keinen Verrat beging. Die Lügendetektoren werden beweisen, daß er die Wahrheit spricht. Man wird ihn freilassen."

„Und was ist mit ..."

Manoli wurde unterbrochen. Vor ihnen im Gang materialisierte Gucky.

„Ihr redet und redet – dabei erfolgt in zwei Minuten schon die erste Transition." Er zog den Gürtel seiner Spezialuniform zurecht, die extra für seine Statur geschneidert worden war. „Wie wäre es, wenn wir uns in eine Kabine zurückzögen?"

„Meine ist gleich hier", sagte Manoli und öffnete die Tür. „Darf ich bitten?" Als sie saßen, fiel ihm seine von Gucky unterbrochene Frage wieder ein. „Was ist eigentlich mit dem Überlichtantrieb der Druuf? Ellert hat nichts davon erwähnt."

„Beinahe hätte ich's vergessen!" rief Gucky und rutschte von der Couch, um besser in den Taschen wühlen zu können. In der letzten fand er glücklich, was er suchte. Er reichte Rhodan die zusammengeknüllte Folie. „Das habe ich Onot abgenommen. Es sind die Pläne für den Linearantrieb."

Rhodan nahm die Folie und faltete sie auseinander. Er verstand natürlich keine Einzelheiten, aber er sah auf den ersten Blick, daß es sich bei den Aufzeichnungen um Daten über einen Sternenantrieb handelte, wie ihn die Druuf besaßen. Das, was Gucky ihm unter wenig dramatischen Umständen wie Butterbrotpapier in die Hand gedrückt hatte, war ein neuer, besserer Schlüssel zu den Sternen.

Rhodan klopfte Gucky auf die Schulter. „Danke, Kleiner. Du hast uns soeben Ellerts größtes Geschenk überreicht. Ich glaube, daß es uns jetzt endlich gelingen wird, die Stagnation bei der Erforschung des Lineartriebwerks zu überwinden.“

Als der ziehende Schmerz der ersten Transition begann, hielt Perry Rhodan noch immer Onots Aufzeichnungen in der Hand. Eine neue Ära der Raumfahrt würde beginnen.

Das Licht der galaktischen Sonnen würde ihnen den Weg weisen, wie Blinkfeuer einst den Schiffen auf den irdischen Ozeanen.

ENDE

Perry-Rhodan-Terminologie

Aralon
– der vierte Planet des Kesnar-Systems und die Zentralwelt der *Aras**. Das Sonnensystem Kesnar liegt im *Kugelsternhaufen M-13** und ist 38 Lichtjahre von *Arkon** entfernt. Die kleine gelbe Sonne Kesnar verfügt über insgesamt 7 Planeten, von denen nur Nummer 4, Aralon, besiedelt ist. – Der Planet Aralon ist erdähnlich, was Klima, Größe und die Gliederung von Kontinenten und Ozeanen betrifft. Seine Rotation beträgt 380 Tage irdischer Zeitmessung. Der Planet ist fast völlig ausgehöhlt und stellt praktisch eine galaktische Klinik ohne Beispiel dar. Die Oberfläche ist ebenfalls bebaut und von Parks bzw. natürlichen Landschaften bedeckt. – Aralon wird nur von den „Galaktischen Medizinern" bewohnt. Die Klinik beherbergt aber viele Millionen Patienten ungezählter anderer Rassen. Verteidigungsanlagen gibt es auf Aralon nicht, da keine Rasse den Klinikplaneten angreifen würde. Riesige Raumhäfen sorgen für den Umschlag medizinischer Güter sowie für den An- und Abtransport der Patienten.

Aras –
der Ara, (des Aras, der Aras) – auch *Galaktische Mediziner* genannt, eine mutierte Abart ehemaliger arkonidischer Kolonisten, die vom Arkon-System aus den *Kugelhaufen M-13** besiedelten. Unter „mutiert" ist hierbei keine Entwicklung von Parabegabungen zu verstehen, wie sie beispielsweise für die Mitglieder des *SolarenMutantenkorps** zutrifft. Die Aras unterscheiden sich infolge umweltbedingter Mutationen lediglich körperlich von ihren arkonidischen Stammvätern. Sie sind aber absolut humanoid geblieben und ebenso hochgewachsen wie Arkoniden, besitzen ebenso wie diese albinotisch rötliche Augen – im Unterschied zu jenen aber farblose Haut, einen extrem leptosomen Körperbautypus (Astheniker), sind also schmalwüchsig, langgliedrig und von geringer körperlicher Kraft. Der asthenische Habitus hat Psychasthenie zur Folge, d. h. Neigung zu Schizophrenie, krankhafter Empfindsamkeit und Selbstunterschätzung. In diesem Sinne erfolgte bei den Aras eine negative Mutation. – Die Auswirkungen dieser Psychasthenie zeugten teilweise positive

Ergebnisse, die auf den Drang zur Komplexkompensation zurückzuführen sind. Jener Drang war die Antriebskraft, die die Aras zu hervorragenden Leistungen auf dem Gebiet der Biomedizin anspornte. Es gibt kaum noch Geheimnisse der Psyche und des Körpers, die von den Aras nicht gelöst wären. Ungezählte Fremdrassen sowie *Arkoniden*, Springer** und auch *Terraner* lassen sich von Ara-Medizinern helfen oder beraten, wenn ihre eigenen Mediziner bei irgendwelchen Problemen keine Lösung finden. – Leider erstreckt sich die negative Mutation des Geistes bei den Aras auch auf ihr ureigenstes Arbeitsgebiet. So erzeugen sie beispielsweise künstliche planetare oder galaktische Seuchen, damit die anderen Rassen und Völker immer abhängiger von den Aras werden – und damit auf verbrecherische Weise das Geld zusammenkommt, das von den Aras für großangelegte Forschungsprojekte verwendet wird. Diese Forschungsprojekte frönen mehr dem krankhaften Ehrgeiz der Aras als der Bereicherung des Wissens an sich. Außerdem gehen sie bei ihren Bemühungen, die letzten Rätsel des Lebens zu lösen, ziemlich skrupellos vor und verwenden für ihre Versuchsreihen und Vivisektionen fremde intelligente Lebewesen. Dieses verbrecherische Vorgehen hat immer wieder Spannungen zwischen den wachsamen Terranern und den Aras zur Folge. Angesichts des großen Ansehens, das die Aras bei allen bekannten Völkern genießen, muß Terra jedoch sehr behutsam vorgehen, wenn es verbrecherische Unternehmungen der Aras verhindern will. – Die Aras leben wie die Springer vor allem über den Kugelsternhaufen M-13 verbreitet, aber auch über die galaktischen Gebiete der vom arkonidischen Imperium beherrschten Bereiche. Im Unterschied zu den Springern sind die Aras jedoch keine „Weltraum-Nomaden", sondern leben sowohl auf Planeten als auch auf ortsfesten Raumstationen und Raumschiffen.

Atlan –
der „Einsame der Zeit". Atlan ist arkonidischer Abstammung, war in der Vergangenheit (mit Stichjahr 2040 terranischer Zeitrechnung vor rund 10 000 Jahren) Admiral einer arkonidischen Raumflotte, die das Solsystem gegen die *Druuf** verteidigen sollte. Zu jener Zeit war der terranische Kontinent *Atlantis* von arkonidischen Kolonisten besiedelt; es gab Kontakte zur terranischen Urbevölkerung und auch Ehen zwischen arkonidischen Kolonisten und terranischen Frauen. Auf

dem Planeten *Venus* existierte ebenfalls eine arkonidische Kolonie. Der damalige Admiral Atlan ließ auf der Venus ein riesiges *Positronengehirn** bauen und durch eine Robotfestung schützen. Als die Invasion der Druuf den Planeten Venus von arkonidischen Kolonisten entvölkerte und dem terranisehen Kontinent Atlantis den Untergang brachte, wurde die arkonidische Verteidungsflotte vernichtet. Atlan sah sich aller Möglichkeiten beraubt, nach seiner Heimat *Arkon** zurückzukehren oder Verbindung mit der arkonidischen Raumflotte aufzunehmen. Deshalb zog er sich in eine vorbereitete Unterwasserkuppel zurück, in der er den größten Teil der 10 000 Jahre seiner unfreiwilligen Verbannung im biologischen *Tiefschlaf* zubrachte. Von Zeit zu Zeit ließ er sich durch die robotische Steueranlage der Unterwasserkuppel wecken und begab sich an die Erdoberfläche, um den jeweiligen Entwicklungsstand der irdischen Menschheit zu prüfen und die Entwicklung in dem Sinne zu beeinflussen, daß die Zeitspanne bis zur Entstehung einer interstellaren Raumfahrt maximal verkürzt wurde. Stets trat Atlan inkognito auf, je nach der geschichtlichen Situation als Krieger, Händler oder als Freund und Ratgeber berühmter Männer wie Caligula, Kublai Khan, Columbus, Leonardo da Vinci u. a. Als Figur der Perry-Rhodan-Serie taucht Atlan im Jahre 2040 terranischer Zeitrechnung in der Handlung auf. Er ist nicht darauf gefaßt, daß es zu dieser Zeit bereits ein *Solares Imperium** gibt und daß die irdische Menschheit die überlichtschnelle interstellare Raumfahrt beherrscht. Sein Streben nach schnellster Rückkehr nach Arkon bringt ihn in einen Gegensatz zu *Perry Rhodan**, der die Position der Erde gegenüber allen anderen raumfahrenden Rassen der *Galaxis** geheimhalten will. Die daraus resultierende Gegnerschaft verwandelt sich nach anfänglichen Mißverständnissen und bewaffneten Auseinandersetzungen in eine unzerstörbare Freundschaft. Gemeinsam mit Perry Rhodan bekämpft Atlan den *Robotregenten* von Arkon und erreicht es, daß er von einer Sonderschaltung dieser riesigen Regierungspositronik als herrschaftsberechtigter Arkonide aus dem Geschlecht der Gonozal anerkannt wird, der der allgemeinen Degeneration nicht verfallen ist. Für kurze Zeit regiert Atlan das Große Imperium als Imperator mit dem Herrschertitel „Gonozal VIII.“ Atlan ist Träger eines *Zellaktivators**, der ihm die biologische *Unsterblichkeit** gewährleistet. Wie alle Arkoniden ist er hochgewachsen (1,87 m), hat weißblondes Haar und albinotisch-rötliche Augen, ebenso eine Knochenplatte anstatt Rippen, ein Extrahirn mit Logiksektor und ein *photographisches Gedächtnis**.

Druuf –
ein Volk der Perry-Rhodan-Serie, das aus einem fremden Universum stammt. Die Druuf sind Insektenabkömmlinge, durchschnittlich drei Meter groß, sehr klobiger Körperbau, braunschwarze, lederartige Haut ohne jeden Haarwuchs. Sie besitzen zwei starke Arme mit menschenähnlichen Händen und ungewöhnlich feingliedrigen Fingern. Sie bewegen sich auf zwei säulenförmigen Beinen. Ihre kugelrunden Köpfe durchmessen fünfzig Zentimeter und haben vorn und hinten jeweils zwei Augen, aber weder Nase noch Ohren im menschlichen Sinne. Ihre dreieckig geformten Münder dienen nur der Aufnahme von Nahrung. Die Druuf verständigen sich mit körpereigenen Sende- und Empfangsorganen, die auf der Basis des Ultraschalls arbeiten. Die Urheimat und Zentralwelt der Druuf heißt *Druufon** und ist der sechzehnte Planet des Doppelsternsystems Siamed. Durch ein Natureignis wurden die Druuf in die Lage versetzt, in unser Universum einzudringen. Sie nutzten diesen natürlichen Vorgang aus, um andere Lebewesen in ihr eigenes Universum zu holen und ihrem eigenen Zeitablauf anzugleichen. Sie spekulierten dabei mit dem Einfluß der diesen Lebewesen innewohnenden Eigenzeitbeharrung und erhofften, sich dadurch eine Beschleunigung ihrer Eigenzeit und somit eine Angleichung an den Zeitablauf in unserem Universum.

Druufon –
Planetenname aus der Perry-Rhodan-Serie. Druufon ist der sechzehnte Planet des Doppelsternsystem Siamed im Druuf-Universium. Er besitzt eine Sauerstoffatmosphäre ähnlich der irdischen. Sein Durchmesser ist doppelt so groß wie der der Erde; die Schwerkraft beträgt 1,95 Gravos. Das Klima des Planeten ist erdähnlich. Die Rotation dauert 48,6 Stunden. Druufon besitzt 21 Monde, von denen die drei größten wiederum je einen Mond haben. Der Doppelstern Siamed besteht aus einer roten Riesensonne und einem kleinen, grün leuchtenden Begleiter. Das Doppelsternsystem besitzt insgesamt 62 Planeten. Die meisten Planeten werden von großen Monden umkreist, die in der Mehrzahl eigene Begleiter haben. – Außer dem Planeten

Druufon wird in der Perry-Rhodan-Serie noch der dreizehnte Planet des Siamed-Systems beschrieben. Die Terraner tauften ihn „Hades". Hades ist eine Hitzewelt ohne Rotation. Dadurch herrschen auf der Tagesseite ständig Temperaturen um plus 168 Grad Celsius; die Nachtseite ist so kalt, daß die Atmosphäre sich in Form von Eis und Schnee niedergeschlagen hat. Infolge regelmäßig auftretender *Libration* kommt es von Zeit zu Zeit zur Verdampfung eines Teils der gefrorenen Atmosphäre, wodurch starke Gasstürme auftreten. Der Durchmesser von Hades beträgt nur 6385 Kilometer, die Schwerkraft 0,35 Gravos. – In der Perry-Rhodan-Serie wird außerdem der 36. Planet des Siamed-Systems erwähnt. Diese Welt hat keinen Namen erhalten und ist etwa jupitergleich mit einer Schwerkraft von 2,6 Gravos.

Moskito-Jet

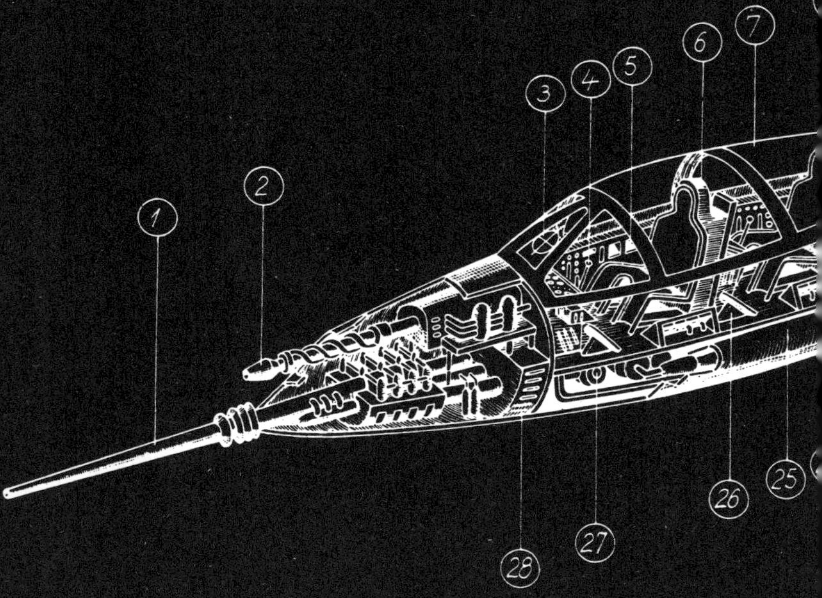

Allgemeines:

Torpedoförmiger Angriffsraumjäger, 26 Meter lang. Zwei Mann Besatzung. Für Flug in planetarischer Atmosphäre, Weltraum und linearem Zwischenraum geeignet. Die neueren Modelle werden Lightning-Jäger genannt und besitzen ein Beschleunigungsvermögen von 850 km/sec^2. Sie besitzen eine starr im Bug eingebaute Transformkanone und einen Waring-Mikrokompensationskonverter, der ihnen eine Reichweite von 300 000 Lichtjahren verleiht.

Technische Daten:

1. Schirmfeldrohr der Impuls-kanone im Bug
2. Transformkanone; Abstrah kraft von 3 Bomben mit je 20 Gigatonnen Sprengkraf
3. Zieloptik
4. Impulssteuerknüppel zum Hochfahren der Triebwerke
5. Energietaster- und Sub-ortungsschirme
6. Hydropneumatischer Pilot-schleudersitz
7. Kanzel mit Panzerplast-